新日本古典文学大系 39

方丈記 徒然草

佐竹昭広
久保田淳 校注

岩波書店刊行

目次

徒然草

つれ〴〵種　上

凡例

方丈記

一　底本には、現存最古の写本、大福光寺本（一軸）を用いた。

二　全篇を五段に分け、また各段中、適宜改行した。

三　底本は漢字まじり片仮名であるが、これを翻刻するに当り、漢字・仮名ともに現在通行の字体に替え、新字体のある漢字はそれを用いた。

四　通読の便を考慮し、底本の仮名書きに漢字を宛て、漢字書きに読み仮名を付け、清濁を区別し、句読点・並列点を加えた。

1　底本にある振り仮名には〈　〉を施した。

2　仮名に漢字を宛てた場合は、もとの仮名を振り仮名に残した。

3　校注者の付けた読み仮名には（　）を施した。

4　底本の仮名遣いが歴史的仮名遣いに一致しないものには、（　）で歴史的仮名遣いを傍記した。但し、仮名に漢字を宛てた場合は、これを省略した。

5　反復記号は原則として底本のままとし、これを改めた場合は、もとの反復記号を傍記した。

五　本文の校異は、特に必要な場合に限り、注の中で言及した。

六　他本との校合をせず、文字不明瞭の箇所は判読・推読した。校注者の見解によって本文を改訂した場合は、脚注にその旨を断った。

七　本文の直前に、導入として短文を掲げた。

八　脚注は、見開き二頁の範囲内に納まるよう、簡潔を宗とした。

1　本文・脚注の照合のため、本文の見開きごとに通し番号を付けた。

2　引歌・文例は、読みやすいように原典に整理を加え、時に漢文を読み下した場合もある。原典の割注は小字とせず、〈　〉で括った。

3　矢印(→)を用いて、脚注の別項や付図・解説を参照できるようにした。

九　本文の後に付録を収めた。

平安京条坊図　大内裏略図　方丈記関係地図

池亭記　鴨長明方丈記(兼良本)　方丈記(長享本)　方丈記(延徳本)　方丈記(真字本)　鴨長明集

十　巻末に解説を掲げた。

十一　校注には立川美彦氏の協力を得た。

徒然草

一　底本には、現存最古の写本である、永享三年正徹書写本(正徹本、二冊)を用いた。

二　底本は、行頭に朱点を付すことによって章段が改まることを示しているが、翻刻に際してはこれを省き、近世以来享受されてきた烏丸光広校訂本(烏丸本)に基づく章段数を（　）に入れて示した。章段の分け方も、底本と烏丸本とでは一致しない箇所も存するが、従来の分け方に従った。ただし、衍文、章段の位置の相違は底本のままとした。一章段の中でも、底本のままではなく、適宜改行し、あるいは追い込むなどの処理をした。

三　翻刻に際しては、原則として現在通行の字体に替え、新字体のある漢字はそれを用いた。

四　通読の便を考慮し、底本の仮名書きに漢字を宛て、漢字書きに読み仮名を付け、清濁を区別し、句読点を加えた。

1　底本にある振り仮名には〈　〉を施した。

2　仮名に漢字を宛てた場合は、もとの仮名を振り仮名に残した。

3　校注者の付けた読み仮名には（　）を施した。

4　底本の仮名遣いが歴史的仮名遣いに一致しない場合は、（　）で歴史的仮名遣いを傍記した。ただし、仮名に漢字を宛てた場合は、これを省略した。

5　反復記号は原則として底本のままとし、これを改めた場合は、もとの反復記号を傍記した。

五　伝東常縁筆本(常縁本、略号「常」)・烏丸本(略号「烏」)によって校合し、底本の誤写・誤脱と考えられる箇所は校訂し、必要と判断される場合は右二本によって欠文、欠字を補い、その部分を〔　〕で括って示した。また、校異のうち主要なものに限り、見開きごとに通し番号(1・2・3…)を付して、脚注奇数頁の左端に掲げた。

六　本文の直前に、導入として短文を掲げた。

七　脚注は、見開き二頁の範囲内に納まるように努めた。

1　本文・脚注の照合のため、本文の見開きごとに通し番号(一・二・三…)を付した。

2　文例は必ずしも原典の表記のままではなく、時に漢文を読み下した場合もある。原典の割注は小字とせず、〈　〉で括った。

八　本文の後に付録を収めた。

京都周辺図　洛中周辺図　内裏図　清涼殿図

徒然草 人名一覧　徒然草 地名・建造物名一覧

九　巻末に解説を掲げた。

十　旧注の検討その他に際して、落合博志氏の協力を得た。

方丈記

佐竹昭広 校注

人間の孤独と社会について鋭い分析を行なった宗教哲学者ニコライ・ベルジャーエフは孤独を二つの型に分ける。その一は、孤独であって、社会的でない人間。この型の人間は、社会的環境に全然、あるいはごく僅かしか適応していない。多くの葛藤を体験し、非調和的である。彼は自己を取り巻いている社会的集団に対してなんら革命的傾向を示さない。彼は簡単に社会的環境から孤立し、逃避し、自己の精神生活と創造をそこから引き離す。抒情詩人、孤独な思想家、根を持たない耽美家はこれに属する。その二は、孤独であって、社会的であり得る人間。これは預言者の型である。彼は決して社会的環境、世論と調和することがない。預言者は世に容れられざる者であり、激しい孤独と寂寥を体験する。場合によっては全周囲から迫害される。しかし、預言者が社会的でないとは言えない。むしろその反対である。彼は常に民族と社会の運命に、歴史に、それらの未来と世界の未来に関心を持っている。彼は民族と社会に批判を加え、それらを裁き、しかも常に民族と社会の運命の内に没する。ベルジャーエフは、右の二つを「葛藤型」と名付け、孤独とは無縁の人々、「調和型」の人間と区別した。

顧みて中世という時代は、葛藤型の思想家、文学者が輩出した時代であった。葛藤型の二として、私たちは直ちに法然、親鸞、日蓮など鎌倉仏教の代表者たちの名を挙げることができる。葛藤型の一には、西行、長明、兼好などの数々の文学者がいる。後者の孤独は、中世では必然的に仏教的厭世思想と結び付き、彼らに遁世閑居という隠遁の生き方を選ばせた。遁世閑居の精神生活と創造は、西行の山家集を生み、長明の方丈記を生み、兼好の徒然草を生んだ。

これから読もうとする方丈記は、人生の葛藤と世の無常から逃避して出家遁世した長明、当代一流の歌人でもあり、琵琶の名手でもあった長明が、方一丈の草庵にあって、閑居独処の自由を謳歌しながら書き綴った「方丈」の「記」である。「人と栖」の「無常」をいやというほど思い知らされた果に世を捨てた長明である。その筆は始中終「人と栖」の「無常」を離れることがない。

ユ[一]ク河ノナガレハ、絶《タ》エズシテ、シカモモトノ水ニアラズ。澱《ヨドミ》ニ浮《ウ》カブウ[二]タカタハ、カ[三]ツ消《キ》エカツ結《ムス》ビテ、ヒサシク留《トヾ》マリタルタメシナシ。世中《ヨノナカ》ニアル人ト栖《スミカ》ト、又[四]カクノゴトシ。タ[五]マシキノ都《ミヤコ》ノウチニ棟《ムネ》ヲナラベ甍《イラカ》[六]ヲアラソヘル、貴《タカ》キ賤《イヤ》シキ人ノ住《ス》マヒハ、世ゝヲ経《ヘ》テ尽《ツ》キセヌ物ナレド、是ヲマコトカト尋《タヅヌ》レバ、昔《ムカ》シアリシ家ハマレナリ。或《アルイ》ハ去年《コゾ》焼《ヤ》ケテ今年《コトシ》作《ツク》レリ。或ハ大家《オホイヘ》ホロビテ小家《コイヘ》トナル。住《ス》ム人モ是ニ同ジ。トコロモ変《カ》ラズ人モ多《ヲホ》カレド、イ[七]ニシヘ見シ人ハ、二三十人ガ中《ウチ》ニワヅカニ一人《ヒトリ》・二人《フタリ》ナリ。朝《アシタ》[八]ニ死ニ夕《ユフベ》ニ生ルヽ、ナラヒ、タヾ水[九]ノ泡《アハ》ニゾ似《ニタ》リケル。不知《シラズ》[一〇]、生《ウ》マレ死《シヌ》ル人、イ[一一]ヅカタ

一 往く河の流れは瞬時も留ることなく。「河の駛流(るし)して、往きて返らざる如く、人命も是の如く、逝く者は還らず」(法句経・無常品)に拠る。「ユク水」と言わず、用例の稀な「ユク河」の語を用いているところから、法句経に依拠したと推測する。

二 「うたかたは、水の上につぼのやうにて浮きたる泡なり」(奥義抄)。歌語。少し後には「水ノ泡」とある。

三 一方では消え、一方では水泡をつくり。「譬へば水泡の、速かに起り、速かに滅するが如く」(涅槃経・寿命品)。

四 漢文訓読語。「如此」「如斯」「如是」「若是」「若斯」などの字をそう読んだ。前文の「ヒサシク留マリタルタメシナシ」を承け、人と栖との常住ならざることを言う。

五 玉を敷きつめたような美しい都。「たましきとは、みやこなり」(能因歌枕)。ここは「都」の枕詞として用いた。「たましきの都に春は立ちにけりあづまの方やまづ霞むらん」(道助法親王家五十首)。以下、池亭記「東京四条以北、乾艮二方、人人貴賤ト無ク、多ク群聚スル所ナリ。高家門ヲ比ベ堂ヲ連ネ、少屋壁ヲ隔テ簷ヲ接フ」による。

六 「甍 イラカ〈屋棟也〉」(色葉字類抄)。

七 池亭記に「応和ヨリ以来、世ノ人好ンデ豊屋峻宇ヲ起ツ。…其ノ住ムコト纔ニ二三年ナリ。古人云ク、造レル者ハ居ラズトイヘリ。誠ナル哉斯ノ言」とある。

八 源信(恵心僧都)の往生要集・上に、「或は朝に生まれて、暮に死す」。ここは、「生」と「死」の順を逆に、「朝ニ死ニ、夕ニ生ルヽ」と述べることによって、先の「カツ消エ、カツ結ビテ」と呼応させてある。

九 例えば、「一切衆生の寿命の定まらざること、水上の泡の如し」(涅槃経・師子吼菩薩品)など。

一〇 漢文訓読調の倒置法。

一一 この類の表現、仏典に多い。「生じて何より来り、滅しては何所に至るや」(正法念処経・生死品)。「此は何より来り、滅して何所に至るや」(阿毘達磨大毘婆沙論一九八)。

ヨリ来《キタ》リテ、イヅカタヘカ去ル。又、不知《(シラズ)》、仮《カリ》[一]ノヤドリ、誰《タ》ガ為ニカ心ヲナヤマシ、何《ナニ》[二]ニヨリテカ目ヲ悦《ヨロコ》バシムル。ソノ主《アルジ》ト栖《スミカ》[三]ト無常ヲアラソフサマ、イハヾ朝顔《アサガホ》[四]ノ露ニコトナラズ。或《(アルイ)》ハ露落《ヲ》チテ花残《ノコ》レリ、残《ノコ》ルトイヘドモ朝日《アサ(ヒ)》ニ枯《カ》[五]レヌ。或ハ花シボミテ[六]露ナヲ《(ホ)》消《キ》エズ、消《キ》エズトイヘドモ夕《(ユフベ)》ヲ待《マ》ツ事ナシ。

予《(ワレ)》[七]、モノヽ心ヲ知《シ》レリシヨリ、四十《ヨソヂ》アマリノ春秋ヲ送《ヲク》レルアヒダニ、世ノ不思議ヲ見ル事、ヤヽタビ〳〵[八]ニナリヌ。去《(イニシ)》[九]安元三年四月廿八日カトヨ。風ハゲシク吹《フ》キテシヅカナラザリシ夜《(ヨ)》、戌《イヌ》[一〇]ノ時許《(バカリ)》、都《ミヤコ》ノ東南ヨリ火出《イ》デ来《キ》テ西北ニイタル。果《ハ》テニハ、朱雀門《(シュジャクモン)》[一一]・

一　住居と人の世と、両方の意を併せ持つ。「ながきよの苦しきことを思へかし何なげくらむ仮の宿りに」(詞花集・雑下)なども その例。
二　漢文訓読の語法。「何由」「何因」「何縁」などの字を、「何ニヨリテカ…〔連体形〕」と訓読した。「何ニ因リテカ此ニ到リタマヘル」(興福寺本大慈恩寺三蔵法師伝一)。
三　「無常とは、涅槃経に云く、人の命の停まらざること、山の水よりも過ぎたり。今日存すといへども、明くればまた保ち難し」(往生要集・上)。「無常」の語、方丈記ではこの箇所のみ。
四　朝顔(牽牛花)の花の上に置いた露。源順の歌に「無常」と題して、「世の中を何にたとへむ夕露も待たで消えぬる朝顔の花」(源順集)。寂然の「無常の心を詠める歌」に「朝顔の花に宿れる露の身ははかなき上になほぞはかなき」(唯心房集)。
五　「枯レヌ」の「枯る」、下の「消エズ」の「消ゆ」、共に「死」に係わる語。名義抄に、「死」の字を、「シヌ」「カル」「キユ」などと読む。
六　「シボム」は漢文訓読系の語彙。
七　池亭記の書出し、「予、二十余年ヨリ以来、東西二京ヲ歴見ルニ…」に倣う。「予 ワレ」(名義抄)。
八　徐々に回を重ねた。「ヤヽ」→二四頁注四
九　一一七七年。高倉天皇の代。百錬抄から、この日の大火の記事を抄録する。「亥刻火起ㇾ自㆓樋口富小路㆒。火焔如ㇾ飛。八省・大極殿…朱雀門・大学寮…民部省…勧学院等払ㇾ地焼亡。大内免㆓其難㆒。此外公卿家十余家為㆓灰燼㆒。…凡東限㆓富小路東㆒、西限㆓朱雀西㆒、南限㆓樋口㆒、北限㆓二条㆒。凡百八十余町。此中人家不ㇾ知㆓幾万家㆒。希代火災也」。→付図1・2
一〇　およそ午後八時ごろ。　一一「朱雀門　シユジヤクモン」(文明本節用集)。以下 →付図1・2
一二　特に、大極殿の焼失は、上下の人心に大きな衝撃を与えた。同年八月四日の「治承」改元も大極殿の火災による(玉葉・治承元・八・五)。「今ハ世ノ末ニ成テ、国

大極殿《(ダイコクデン)》[一二]・大学寮《レウ》・民部省ナドマデ移《ウツ》リテ、一夜《(イチヤ)》ノウチニ塵灰《(チンクワイ)》トナリニキ。火本《ホモト》ハ樋口《(ヒグチ)》[一三]富ノ小路《(トミノコウヂ)》[一四]トカヤ。舞人《(マヒビト)》[一五]ヲヤドセル仮屋《カリヤ》ヨリ出《イ》デ来《キタ》リケルトナン。吹《フ》[一六]キマヨフ風ニトカク移《ウツ》リユクホドニ、扇ヲ広《ヒロ》ゲタルガゴトク末広《スエヒロ》ニナリヌ。遠《トヲ》キ家ハ煙《(ケブリ)》ニムセビ、近《チカ》キアタリハヒタスラ焰《(ホノホ)》ヲ地《(チ)》ニ吹《フ》キツケタリ。空《ソラ》ニハ灰《ハヰ》ヲ吹《フ》キタテタレバ、火[一七]ノヒカリニ映《エイ》ジテアマネク紅《クレナヰ》ナル中《(ナカ)》ニ、風ニ堪《タ》エ《(ヘ)》ズ吹《フ》キ切ラレタル焰《ホノホ》、飛《(トブ)》ガ如クシテ一二町[一八]ヲコエツヽ移《ウツ》リユク。其中《(ソノ)》ノ人、ウツシ[一九]心アラムヤ。或《(アルイ)》ハ煙ニムセビテ倒《タウ》レ臥《フ》シ、或ハ焰《ホノヲ》ニ眩《マグ》[二〇]レテタチマチニ死ヌ。或ハ身ヒトツ辛《カラ》[二一]ウシテ遁《ノガ》ルヽモ、資財[二二]ヲ取出《(トリイヅ)》ルニ及《ヲヨ》バズ。七珍万宝《(シチチンマンボウ)》[二三]サナガラ灰燼《(クワイジン)》トナリニキ。其ノ費《(ツヒ)》エ[二四]イクソバクゾ。其ノタビ、公卿《(クギヤウ)》[二五]ノ家十六焼《ヤ》ケタリ。マシテ、其外《(ソノホカ)》カゾヘ知《シ》ルニ及《ヲヨ》バズ。

ノカ衰ヘテ、又造出サム事モ難クヤ有ンズラムト歎キアヘリ」(延慶本平家・一本・京中多焼失スル事)。「大極殿」は、平家正節、日葡辞書にダイコクデンと読む。易林本節用集はダイゴクデン。

一三 底本「樋」を「桶」に誤る。「洛中横小路。…五条坊門・高辻・五条・樋口(ヒグチ)・六条坊門…」(春林本下学集)。「竪(タテ)小路。…万里小路・富(トミ)小路・京極」(同上)。→付図1

一四 伝聞。「トカヤ言フ」の意。

一五 どのような「舞人」を泊めた仮小屋であったか、詳細不明。前田家本「まひ人」。その他の諸本、「病人」。「…とかやまひ人」の文字列から、「病人」という誤解が生じたのであろう。

一六 方向を定めず激しく吹く風のために、あちこちに燃え移って行く間に。

一七 「火」は底本「日」。宛字か、誤記か。

一八 南北九条、東西両京各四坊に分けられた平安京は、一町(四十丈四方)を基本区画とし、十六町をもって一坊とした。→付図1

一九 反語。正気があろうか、とてもありはしない。「うつしごころ。現心也」(紫明抄六)。

二〇 「マグレ」は、昏倒する、気絶する意の下二段動詞「まぐる」の連用形。

二一 「辛くして」の音便形。更に転じて「からうじて」となる。つらい目に遭いながら、やっとのことで。「カラウシテ」(日葡辞書)。

二二 財産を取り出すことはできない。

二三 あらゆる貴重な宝物は全部灰になってしまった。「七珍」は仏教でいう七つの珍物。→二七頁注二一

二四 「いくそばく。いかばかり也」(三秘抄古今聞書)。「幾多 いくそばく〈おお(多)き義〉」(和漢通用集)。

二五 鎌倉初期の公事書、清獬眼抄(せいかいがんしょう)によれば、この大焼亡で百十余町が焼失、「十三家」の公卿の邸宅が全焼した。即ち、関白殿御所・内大臣御所・大納言実定卿・大納言実国卿・大納言隆季卿・二位中将兼房卿・大納言邦綱卿・中納言資長卿・別当中納言忠親卿・中納言雅頼卿・藤中納言実綱卿・右大弁三位俊経卿・藤三位俊盛卿、「已上十三家也」。

惣《(スベ)》テ、都《ミヤコ》ノウチ三分ガ一ニ及《ヲヨ》ベリトゾ。男女《(ナンニヨ)》死《シ》ヌルモノ数《(ス)》十人。馬牛《(バギウ)》ノタグヒ辺際《(ヘンザイ)》ヲ不知《(シラズ)》。人ノイトナミ皆愚《ヲロ》カナルナカニ、サシモ危《アヤウ》キ京中《(キヤウヂウ)》ノ家ヲツクルトテ、財《タカラ》ヲ費《ツイ》ヤシ心《コヽロ》ヲナヤマス事ハ、[一]スグレテアヂキナクゾ侍[二]ル。

又、[三]治承四年卯月《(ウヅキ)》ノコロ、[四]中御門《(ナカノミカド)》京極《(キヤウゴク)》ノホドヨリ、大《ヲホ》キナル辻《ツジ》風発《ヲコ》リテ、[五]六条ワタリマデ吹《フ》[六]ケル事ハベリキ。[七]三四町ヲ吹《フ》キマクルアヒダニ籠《コモ》レル家ドモ、大《ヲホ》キナルモ小《チヰ》サキモ、ヒトツトシテ破《ヤブ》レザルハナシ。サナガラ平《ヒラ》ニ倒《タフ》レタルモアリ。桁《ケタ》・柱《ハシラ》バカリ残《ノコ》レルモアリ。門《カド》ヲ吹《フ》キハナチテ、四五町ガホカニ置《ヲ》キ、又、垣《カキ》ヲ吹《フ》キハラヒテ、隣《トナリ》トヒトツニナセリ。[八]イハムヤ、家《イヘ》ノウチノ資財、数《カズ》ヲ尽《ツ》クシテ空《ソラ》ニアリ。[九]檜皮《ヒハダ》・葺板《フキイタ》ノタグヒ、冬ノ木《コ》ノ葉《ハ》ノ風ニ乱《(ミダル)》ルガ如シ。

一 この上なく甲斐のないことである。「スグレテ」に称賛の意はない。
二 方丈記で使用される全十二例の「侍リ」は、第二段にのみ集中している。長明の意図的使用である。
三 同年(一一八〇)四月二十九日。安徳天皇の代。「今日中刻上辺〈三四条辺云々〉廻飄忽起、発レ屋折レ木、人家多以吹損云々」(玉葉)。「辻風起レ自二近衛京極一至二于錦小路一。大小人屋多以顚倒」(百錬抄)。「旋風　ツジカゼ」(運歩色葉集)。
四 「洛中横小路。…近衛・勘解由小路・中御門・春日…」(春林本下学集)。「竪小路。…高倉・万里小路・富小路・京極(キヤウゴク)」(同上)。→付図1
五 六条あたりまで。「洛中横小路。…五条・樋口・六条坊門・楊梅・六条」(春林本下学集)。→付図1
六 他本、「いかめしくふく事侍りき。三四町をかけてふきあぐるあひだに、その中にこもれる家ども」(前田家本)のごとく、底本の簡潔に及ばない。
七 三、四町の幅を捲るように吹き上げる中に入った家々は。
八 漢文訓読語。院政鎌倉期の訓読語法では、通常、「イハムヤ…〔用言〕ムヤ」「イハムヤ…〔体言〕ヲヤ」と呼応するが、時に平叙文に流れてしまう場合もあった。ここもその例である。
九 貴族の邸宅・寺社などの屋根を葺く檜の皮、民家の屋根を葺く薄板の類。
一〇 「スベテ…ズ」で、完全否定。全く目も見えない。
一一 「慘敷　ヲビタヽシイ」(日葡辞書)。
一二 「トヨム」は、古今訓点抄、毘沙門堂本古今集註など、「どよむ」と濁音。「ナリドヨミ」(日葡辞書)。「ホドニ」は、前田家本「をとに」、山田本その他「音に」。
一三 往生要集に、「一切の風の中には業風を第一とす。かくの如き業風、悪業の人を将(ひき)ゐ去りて、かの処に到る。既にかしこに到り已れば、閻魔羅王、種々に呵責す。呵責既に已れば、悪業の羂(はな)にて縛られ、

チリヲ煙《(ケブリ)》ノ如ク吹《(フキ)》タテタレバ、一〇スベテ目モ見《ミ》エズ。ヲ《(オ)》一一ビタヽシク鳴《ナ》一二リドヨムホドニ、モノ言《イ》フ声《コヱ》モ聞《キ》コエズ。彼ノ地一三獄ノ業《(ゴフ)》ノ風ナリトモ、一四カバカリニコソハトゾ覚《ヲボ》ユル。家ノ損亡《(ソンバウ)》セルノミニアラズ、是一五ヲ取《ト》リ繕《ツクロ》フアヒダニ身ヲソコナヒ片輪ヅケル人、数《カズ》モ知《シ》ラズ。コノ風未《ヒツジ》一六ノ方《(カタ)》ニ移《ウツ》リユキテ、多《ヲホ》クノ人ノ歎《ナゲ》一七キナセリ。辻《ツジ》一八風ハツネニ吹《フ》ク物ナレドカヽル事ヤアル、タ一九ヾ事《(イト)》ニアラズ、二〇サルベキ物《モノヽ》ノ諭《サトシ》カナドゾ、ウタガヒハベリシ。

又、治二一承四年ミナ月《(ツキ)》ノ比《(コロ)》、ニハカニ都遷《ミヤコウツ》リ侍《(ハベリ)》キ。イト思《ヲモ》ヒノ外《(ホカ)》也《(ナリ)》シ事ナリ。ヲ《(オ)》ホカタ、此ノ京ノハジメヲ聞《キ》ケル事ハ、嵯二二峨ノ天皇ノ御時都《ミヤコ》ト定《サダ》マリニケルヨリノチ、スデニ四百余歳ヲ経《ヘ》タリ。コトナル故《ユヘ》ナクテ容易《タヤス》二三クアラタマルベクモアラネバ、コレヲ世ノ人ヤス

出でて地獄に向ふ。遠く大焦熱地獄の普く大炎の燃ゆるを見、また地獄の罪人の啼き哭ぶ声を聞く」(上・厭離穢土)とある。

一四 まさかこれほどではないだろう。「コソハ」の下に「アラザラメ」が略されていると解する。

一五 家の修理をしているうちに、怪我をして、かたわになった人は、数知れず多い。

一六 南南西の方角。 一七 諸本「歎をなせり」。

一八 これが当時の通説でもあったこと、玉葉に類似の記事が見える。「異レ常謂レ恠。辻風雖レ為二常事一、未レ有下如二今度一之事上。仍尤可レ為二物怪一歟者」(治承四・五・二)。

一九 「非二啻事一 タヾゴトニアラズ」(文明本節用集)。

二〇 しかるべき神仏の警告だろうかなどと疑ったのだった。

二一 同年(一一八〇)六月二日。「又治承四年六月二日、忽ニ都ウツリト云フ事行ヒテ、都ヲ福原ヘ移シテ行幸ナシテ、トカク云フバカリナキ事ドモニナリニケリ」(愚管抄五)。「(六月二日)卯刻、行二幸於入道相国福原別業一。法皇・上皇同以渡御。城外之行宮、往古雖レ有二其例一、延暦以後、都無二此儀一。誠可レ謂二希代之勝事一歟。敢無下知二由緒一之人上」(玉葉)。

二二 方丈記執筆時から遡ること四〇二年、嵯峨天皇の大同五年(八一〇)九月六日、平城上皇は、藤原仲成・薬子兄妹に唆かされ、復位と平城京遷都を計ったが失敗、仲成は討ち取られ、薬子は自殺、上皇は剃髪した。同月十九日、弘仁と改元(日本後紀)。「薬子の変」といわれる。「嵯峨の皇帝の御時、平城の先帝、尚侍(ないしのかみ)の勧めによって世を乱り給ひし時、すでにこの京を他国へ移さんとせさせ給ひしを、大臣公卿、諸国の人民背き申ししかば、移されずして止みにき」(平家物語五・都遷)。底本の「嵯峨ノ天皇」という呼称は、ロドリゲス日本大文典に列挙する天皇名にも、「サガノテンノウ」と、助詞「の」を挟んだ形で記してある。

二三 「タヤスク」は漢文訓読系の語。

カラズ愁《ウレ》ヘアヘル、[一]実《(マコト)》ニ事《(コトワ)》ハリニモ過《ス》ギタリ。サレド、トカク言《イ》フカヒナクテ、[二]帝《(ミカド)》ヨリ始《ハジ》メタテマツリテ、大臣・公卿、[三]ミナ悉クウツロヒ給ヒヌ。世ニ仕《ツカ》フルホドノ人、誰《タレ》カ一人[四]フルサトニ残《ノコ》リ居《ヲ》ラム。官位《ツカサクラヰ》ニ思《(オモヒ)》ヲカケ、主君ノカゲヲ頼《タノ》ムホドノ人ハ、一日ナリトモ疾《ト》クウツロハムト励《ハゲ》ミ、[五]時ヲウシナヒ世ニ余《アマ》サレテ、期《ゴ》スル所ナキモノハ、愁《ウレ》ヘナガラ留《ト》マリ居《ヲ》リ。軒《ノキ》ヲアラソヒシ人ノ住《ス》マヒ、日ヲ経《ヘ》ツヽ荒《ア》レユク。家ハ[六]壊《コホ》タレテ[七]淀河《(ヨドカハ)》ニ浮《ウ》カビ、地《(チ)》ハ眼《メ》ノ前《マヘ》ニ畠トナル。人ノ心皆《ミナ》アラタマリテ、タヾ馬・鞍《クラ》ヲノミ重《ヲモ》クス。[八]牛《ウシ》・車《クルマ》ヲ用《ヨウ》スル人ナシ。[九]西南海《(サイナンカイ)》ノ領所ヲネガヒテ、東北《(トウボク)》ノ庄園ヲコノマズ。ソノ時、[一〇]自《ヲノ》ヅカラ事ノタヨリアリテ、[一一]摂津国《ツノクニ》ノ今ノ京ニイタレリ。所ノアリサマヲ見《ミ》ルニ、[一二]南ハ海チカクテ下《クダ》レリ。波《ナミ》ノ音《ヲト》ツネニカマビスシク[一三]、

一 まことに当然という以上に当然である。
二 安徳天皇。「主上は今年三歳、未だいとけなうましましければ、何心もなう(輿ニ)召されけり」(平家物語五・都遷)。
三 「ミナ、悉ク」と、語を重ねて強調している。「コトゴトク」は、漢文訓読語。「ウツロヒ」は諸本「うつり」。次々行の「ウツロハム」も諸本「うつらん」。「ウツロフ」の語を用いる方が雅語らしくなる。「うつろふとは、…人の異家(いへ)に渡るをいふ」(能因歌枕)。
四 旧都。次頁「古京」に同じ。→二四頁注四
五 出世の機会を逸し、世間から取り残され、将来に期待の持てない者は、身の不幸を嘆きながら旧都に留まっている。
六 「コホツ」は清音。室町時代以降、コボツと濁音。
七 →付図3
八 牛車(ぎっしゃ)を引く牛、及び牛車を重用する人はない。
九 西海道(九カ国)と南海道(六カ国)。平家の傘下にあった。「東北」は、東国と北国。東海道(十五カ国)・東山道(八カ国)と北陸道(七カ国)。トウボクと濁る(平家正節)。
一〇 たまたま、ふとした機会があって。
一一 摂津の福原の新京。「今」は、新しい意。
一二 古本系・流布本系諸本、ここに次の文が続く。「その地ほどせばくて条里をわるにたらず。きたはやまにそひてたかく」(前田家本)。
一三 形容詞「カマビスシ」は漢文訓読系の語。前田家本「かまびすし」と、文を切る。
一四 「天智天皇、世につつみ給ふことありて、筑前の国上毛郡朝倉といふ所に、山中に黒木の屋をつくりておはしけるを、木のまろどのといふ。まろ木にてつくる故なり」(十訓抄一ノ二)。「朝倉や木のまろどのに我がをれば名告りをしつつ行くは誰が子ぞ。天智天皇御歌」(新古今集・雑中)。日本書紀・斉明天皇七年五月の条に載る「朝倉橘広庭宮」から生まれた伝承。

塩風《シホ》コトニハゲシ。内裏ハ山ノ中ナレバ、彼ノ一四木ノ丸殿《マロドノ》モカクヤト、一五ナカ〳〵様《ヤウ》カハリテ、優《イウ》ナルカタモハベリ。日ゞ《ヒビ》ニ壊《コホ》チ、一六河《カハ》モ狭《セ》ニ運《ハコ》ビクダス家《イエ》、イヅクニ作《ツク》レルニカアルラム。一七ナヲ《(ホ)》、ムナシキ地《(チ)》ハオホク、ツクレル屋《ヤ》ハスクナシ。古京ハスデニ荒《(アレ)》テ、新都ハイマダ成《ナ》ラズ。一八アリトシアル人ハ、皆、浮雲ノ思《ヲモ》ヒヲナセリ。モトヨリコノ所ニ居《ヲ》ルモノハ、地《(チ)》ヲウシナヒテ愁《ウレ》フ。今移《ウツ》レル人ハ、一九土木《(トボク)》ノ煩《ワヅラ》ヒアル事ヲ歎《ナゲ》ク。路《ミチ》ノホトリヲ見《ミ》レバ、二〇車ニ乗《ノ》ルベキハ馬ニ騎《ノ》リ、衣冠《(イクワン)》・布衣《(ホイ)》ナルベキハ多ク直垂《ヒタヽレ》ヲ着《キ》タリ。二一都《ミヤコ》ノ手振リタチマチニアラタマリテ、タヾ二二鄙《ヒナ》タル武士《モノヽフ》ニコトナラズ。二三世ノ乱ルヽ瑞相トカ聞《キ》ケルモ著《シル》ク、日ヲ経《ヘ》ツヽ、二四世中《(ヨノナカ)》浮《ウ》キタチテ、人ノ心モ収《ヲサ》マラズ、二五民《タミ》ノウレヘ終《ツキ》ニ空《ムナ》シカラザリケレバ、二六同《ヲナ》ジキ年ノ冬、ナヲ《(ホ)》、コノ京

一四 かえって一風変わって、優雅な面もある。
一五 川も狭しとばかり。川いっぱいに。「家々は賀茂河・桂河に毀ち入れ、筏に組み浮かべ、資材雑具舟に積み、福原へとて運び下す」（平家物語五・都遷）。
一六 まだ空き地は多く、完成した家は少ない。
一七 すべての人は、浮き雲のように、不安定な気持を抱いた。「浮雲ニ身ヲ乗セテ旅ノ天ニマヨヒ、朝露ヲ命ニテ風ノ便ニタダヨフ」（海道記）。
一八 土木建築工事の煩わしさ。「土木　トボク」（色葉字類抄）。
一九 牛車に乗るべき公家が、武士のように馬に乗り、公家の服装であるはずの者が、武士の服装をしているという意。
二〇 「都の手ぶりとは、ふるまひといふとぞ古くは申しける」（和歌童蒙抄四）。「天ざかる鄙に五年住まひつつ都のてぶり忘らえにけり」（万葉集五・八八〇）。「帰り来む程も定めぬ別れ路は都のてぶり思ひ出にせよ」（千載集・離別）。「手振リ」は、底本「手振里」。諸本、誤解して、「条里」に作る。
二一 諸本の「ひなひたる」（鄙びたる）という本文を採用すれば、極めて平明。
二二 世の乱れる前兆とか聞いていたことに違わず。他の諸本、「…ト書ヲケルモ」（山田本）、「…とかきをけるも」（三条西家本）など、「書き置ける」と解したものが多いので、ここも「…ト書キケルモ」とする説がある。世上の風聞と理解する方が自然であろう。「瑞相と申す事は、内典外典に付て、必ず有るべき事の先に現ずるを云ふ也」（日蓮・呵責謗法滅罪鈔）。「ズイサウ。ノチニアラウコトノシルシ」（ヒイデスの経・和らげ）。善悪いずれにもいう。
二三 世間はそわそわと落ち着きを失って。
二四 人民の不平不満も結果的には無根でなかったので。
二五 十一月二十六日還都。「一天之下、四海之中、王侯・卿相・緇素・貴賤・道俗・男女・老少・都鄙、莫㆑不㆑歓㆓娯此事㆒。誠是散㆓衆庶之怨㆒、協㆓万民之望㆒者也」（玉葉）。

ニ帰リ給《(タマヒ)》ニキ。サレド、壊《コホ》チ渡《ワタ》セリシ家ドモハ、イカニナリニケルニカ、悉クモトノ様《(ヤウ)》ニシモ作《ツク》ラズ。伝《ツタ》ヘ聞《キ》ク、イ[一]ニシヘノ賢《カシコ》キ御世《(ミヨ)》ニハ、アハレミヲ以《(モチ)》テ国ヲ治《ヲサ》メ給フ。スナハチ、殿[二]ニ茅《カヤ》フキテ、其《(ソノ)》簷《ノキ》ヲダニトヽノヘズ、[三]煙《(ケブリ)》ノ乏《トモ》シキヲ見《ミ》給フ時ハ、[四]カギリアル貢物《ミツキ》ヲサヘ免《ユル》サレキ。是、民ヲメグミ世ヲタスケ給フニヨリテナリ。今ノ世ノアリサマ、昔ニナゾラヘテ知《シ》リヌベシ。

又、養[五]和ノコロトカ、久《(ヒサシ)》クナリテ覚《ヲボ(エ)》ヘズ。二年《(フタトセ)》ガアヒダ世中《(ヨノナカ)》飢渇《(ケカツ)》[六]シテ、アサマシキ事侍リキ。或《(アルイ)》ハ春・夏ヒ[七]デリ、或ハ秋大風・洪水ナド、ヨカラヌ事ドモウチ続《ツヾ》キテ、五[八]穀事《(コトゴト)》〱ク生《ナ》ラズ。夏植《ナツウ》[九]フ《(ウ)》ルイトナミアリテ、秋刈《カ》リ冬収《ヲサ》ムルソ[一〇]メキハナシ。是ニヨリテ国〻ノ民、或ハ地《(チ)》ヲ捨《ス》テヽサカヒヲ出《イ》デ、或ハ家ヲ忘《ワス》[一一]レテ山ニ住《ス》ム。サ[一二]マ

一 日本では仁徳天皇と醍醐天皇。「仁徳天皇は、三とせの間、御調物をとどめて、民の竈にぎはへることをよろこび給ふ。延喜の帝は、冬夜御衣を脱ぎて、四海の民をおもひやるに、我一人温かなるべからずとこそ仰せられけれ。これまた賢皇聖主の、あまねき御恵みを黎元黔首までに及ぼし給ふこと、昔今変らざる故なり」(十訓抄一ノ一)。

二 中国古代の聖帝、尭は、御殿の高さ僅かに三尺、軒の茅も切り揃えなかったという故事。文明本節用集に「茅茨不剪《(バウシキラズ)》、采椽不斲《(サイテンケヅラズ)》、……」の故事成語を引き、出典を帝範と記しているが、韓非子、史記、漢書等にも見え、日本でも著名であった。

三 日本書紀の仁徳天皇の条(巻十一)参照。

四 規定に定めてある租税・年貢の類までも免除なさった。「みつき物とは、公《(おほやけ)》の年貢を云ふなり」(色葉和難集九)。「貢物 ミツキモノ」(運歩色葉集)。「御調物 ミツキモノ」(易林本節用集)。

五 養和は、治承五年(一一八一)七月十四日の改元から翌年五月二十六日まで。

六 「飢渇 ケカツ」(黒川本色葉字類抄)。「(養和元年六月)近日、天下飢饉、餓死者不レ知二其数一」(百錬抄)。「(同二年正月)近日、嬰児棄二道路一。死骸満二街衢一。……称二諸院蔵人一之輩、多以餓死。其以下不レ知レ数。飢饉超二前代一」(同上)。

七 「ヒデリヲ旱魃《(かんばつ)》ト云フ」(塵袋一)。

八 穀類の総称。五種類の内容は一定しない。「五穀 ゴコク〈米・大麦・小麦・大豆・小豆。又云、黍《(きび)》・菽《(まめ)》・麦・粟・稲〉」(易林本節用集)。

九 この上に、諸本、「むなしく春かへし」(前田家本)、「むなしく春田かへし」(正親町家本)のごとく、必ず春の耕作について述べる。

一〇 忙しい賑わい。「万葉にも、ますらをは友のそめきに慰むる心もあらぬ我ぞ苦しき、と詠める也。公事のいそぎと詠めるとこそ見ゆれ」(奥義抄)。後に濁音化して「ゾメキ」。

〳〵ノ御祈《(オホンイノリ)》ハジマリテ、ナベテナラヌ法《(ホフ)》ドモ行《ヲコナ》ハルレド、更〻其ノ験《シルシ》ナシ。京ノナラヒ、何事《ナニワザ》ニツケテモ、ミナ、モトハ田舎《キナカ》ヲコソ頼《タノ》メルニ、[一三]絶《タ》ヘ《(エ)》テ上《ノボ》ルモノナケレバ、[一四]サノミヤハ操《ミサヲ》モ作《ツク》リアヘン。[一五]念《ネム》ジワビツヽ、サマ〴〵ノ財物《(ザイモツ)》カタハシヨリ捨《ス》ツルガ事《(ゴト)》クスレドモ、更ニ目《メ》見《ミ》立《タ》ツル人ナシ。タマ〳〵換《カ》フル物ハ、金《(コガネ)》ヲ軽《カロ》クシ[一六]粟《(アハ)》ヲ重《モ》クス。乞食《(コツジキ)》路ノホトリニ多《ヲホ》ク、ウレヘ悲《カナ》シム声《コヱ》耳ニ満《ミ》テリ。[一七]前《マヘ》ノ年《トシ》、カクノ如ク辛《カラ》ウシテ暮《ク》レヌ。アクル年《トシ》ハ立《タ》チ直《ナヲ》ルベキカト思《ヲモ》フホドニ、[一八]剰《アマ》リサヘ疫癘《エキレイ》ウチ添《ソ》ヒテ、[一九]マサヾマニ跡形《アトカタ》ナシ。世人《(ヨノヒト)》ミナ[二〇]扃《ケイ》シヌレバ、日ヲ経《ヘ》ツヽ窮《キハ》マリユクサマ、[二一]少水《(セウスイ)》ノ魚《(イヲ)》ノタトヘニ適《カナ》ヘリ。果《ハ》テニハ、[二二]笠《カサ》ウチ着《キ》足ヒキ裹《ツヽ》ミ、ヨロシキ姿《スガタ》シタル物、ヒタスラニ家ゴトニ乞《コ》ヒ歩《アリ》ク。[二三]カク侘《ワ》ビシレタルモノドモ、歩《アリ》クカト見《ミ》レバ、

一二 この「忘レ」は、上の対句「捨テ」の意に近い。「捨スツ・オク・ワスル」(名義抄)、「遺 ノコス・ワスル・スツ」(同上)。
一三 朝廷では種々の御祈禱が始まり、密教の特別の修法も数々行われたが、全然その効験がない。「更〻」は「更ニ」の強調形。
一三 全く都へ上って来る品物がないので。「タエテ…〔否定語〕」は、完全否定。
一四 反語。どうしてそう体裁ばかりつくろうことができようか。「みさほ。音もせで堪忍したる体(てい)なり。ただそのままなる体なり。…返々そのまま いつともなき也。常の儀也。又源氏に、みさほつくるといへるは、しらぬかほ也」(藻塩草二十)。
一五 我慢しきれず、いろいろの財宝を片はしから捨てるように売るのだが、それらの品をよく見て吟味する人など全く無い。
一六 「総ジテハ、粟ハ五穀ノ総名也。一物ニカギラズ」(中華若木詩抄・上)。
一七 養和元年。「辛ウシテ」→五頁注二一
一八 その上、流行病まで加わって。「剰 アマリサヘ」(名義抄)。「疫病ノ事ヲ疫癘ト云フ也」(御書抄一)。
一九 状態は一層ひどく、立ち直る徴候など皆無である。「マサザマ」は、比較して一層甚だしい状態。「(左ノ歌ニ比シテ、右ノ歌ハ)夜といふ言、二つあれば、まさざまの巨病なれども」(仁安二年八月太皇太后宮亮平経盛朝臣家歌合)。
二〇 門戸を閉じ、中に引き籠ってしまったので。疫病流行の際、留守と称して疫神から逃れようとする習俗があった。「扃(ケイ) トサシ」(色葉字類抄)。なお、この語、難解をもって知られ、未だ決着を見ない。底本の「ケイシヌレハ」を、前田家本は「下意し死にければ」、山田本は「病(ミャ)死ケレハ」、三条西家本・正親町家本「やみしにければ」等々に作る。流布本系は、「うへしにければ」(兼良本・陽明文庫本)、「飢死ければ」(京大本・嵯峨本)。

スナハチ倒《タフ》レ臥《フ》シヌ。築地《（ツヒヂ）》[一]ノツラ、道ノホトリニ、餓《ウ》ヘ《（ヱ）》死《シ》ヌル物ノタグヒ、数《カズ》モ不知《（シラズ）》。取《ト》リ捨《ス》ツルワザモ知《シ》ラネバ、クサキ香《カ》世《ニ》界ニ充《ミ》チ満《（ミチ）》テ、変《カハ》リユク貌《カタチ》・アリサマ、目モ当《ア》テラレヌコト多《ヲホ》カリ。イハムヤ河原《カハラ》[三]ナドニハ、馬・車ノ行《ユ》キカフ道ダニナシ。[四]アヤシキ賤《シヅ》・山《ヤマ》賤《ガツ》モ力尽《チカラツ》キテ、薪《タキヾ》サヘ乏《トモ》シクナリユケバ、頼《タノ》ムカタナキ人ハ、[五]ミヅカラガ家ヲ壊《コホ》チテ、市《イチ》ニ出《イ》デテ売《ウ》ル。一人ガ持《モ》チテ出《イ》デタル価《アタヒ》、一日《（ヒトヒ）》ガ命ニダニ不及《（オヨバズ）》トゾ。[六]アヤシキ事ハ、薪ノ中ニ、アカキ丹《ニ》ツキ、薄《ハク》ナド所〳〵ニ見《ミ》ユル木、アヒ雑《マジ》ハリケルヲ、尋《タヅ》ヌレバ、[七]スベキカタナキ物、古《フル》寺ニイタリテ仏ヲヌスミ、堂ノ物具《モノヽ（グ）》ヲ破《ヤブ》リ取《ト》リテ、破《ワ》リ砕《クダ》ケルナリケリ。[八]濁悪世《（チヨクアクセ）》ニシモ生《ム》マレアヒテ、カヽル心ウキ事《ワザ》ヲナン見侍《（ハベリ）》シ。イト哀《アハ》レナル事モ侍《（ハベリ）》キ。[九]去《サ》リガタキ妻《（メ）》・夫持《ヲトコモ》チタル

二 往生要集・上に、「三に無常とは、…出曜経に云く、この日已に過ぎぬれば、命即ち減少す、少水の魚の如し、これ何の楽かあらん」。出曜経は、法句経・無常品から引用。

三 笠をかぶり、足を脚絆《きやはん》・脛巾《はばき》などで覆い、さほど悪くない服装をした者。男性であろう。「よろしき。諸事、中品の事を云ふ也」(藻塩草二十)。

亖 このように困窮し呆《うほ》けた人々が、うろうろと歩き回っているかと見ると、突然、倒れ伏してしまう。

一 築地の道路に面している側。「築地」は、泥土を築き固めて造った塀。ツヒヂはツイ(築)ヒヂ(泥)の転。「築墻　ツイカキ・ツイヒチ」(黒川本色葉字類抄)。

二 仏教語。衆生の住む、この人間界。

三 死体で充ち溢れた賀茂川の河原には、馬・牛車の往来する道さえない。賀茂川下流の河原は、昔から死体遺棄の場所であった。

四 卑賤な者や山に住む木こりなども。「山賤　ヤマガツ〈倭国世話、山人義也〉」(文明本節用集)。

五 「(寿永元年一一八二)十月二日。京中人屋自去夏壊之沽却。殆如無人家。仰使庁制止之。然而猶不拘之」(百錬抄)。

六 奇怪極まることは、薪の中に、赤い塗料が付着したり、金箔などの所々に見える木が混じっているのを。「赭　ニ〈赤土〉」(文明本節用集)。「薪」は、諸本「かゝる薪」。「アヒマシハリケルヲ」は、「あひましはれり、これを」(前田家本)、「相マシレリ、是ヲ」(山田本等)。

七 生きてゆく方策のない者。

八 末世をいう。「五濁悪世《ごぢよくあくせ》」とも。「いつゝのにごり。五濁悪世〈劫濁・見濁・煩悩濁・衆生濁・命濁〉」(紫明抄三)。「濁悪ノ世《よ》」と、「ノ」を補読する説もあるが、「濁悪世　チヨクアクセ」(文明本節用集)という語を認め、補読しない。前田家本「ちよくせ」、他の諸本「濁悪の世」。

九 離れるにも離れられない恩愛のきずなで結ばれた妻

物ハ、ソノ思《ヲモ》ヒマサリテ深《フカ》キ物、必《(カナラズ)》先立《サキダ》チテ死ヌ。ソノ故ハ、ワガ身ハ次《ツギ》ニシテ人ヲ労《イタ》ハシク思《ヲモ》フアヒダニ、マレ〳〵得《エ》タル食《クヒ》物ヲモ彼《カレ》ニ譲《ユツ》ルニヨリテナリ。サレバ、一〇親子《ヲヤコ》アル物ハ、定《サダ》マレル事ニテ、親《ヲヤ》ゾ先立《サキダ》チケル。又、母《ハヽ》ノ命尽《ツ》キタルヲ不知《(シラズ)》シテ、イトケナキ子ノ、ナヲ《(ホ)》乳《チ》ヲ吸《ス》イ《(ヒ)》ツヽ臥《フ》セルナドモアリケリ。一一仁和寺《(ニンワジ)》ニ一二隆暁法印《(リユウゲウホフイン)》トイフ人、カクシツヽ数モ不知《(シラズ)》死《(シヌ)》ル事ヲ悲《カナ》シミテ、一三ソノ首《カウベ》ノ見《ミ》ユルゴトニ、額《ヒタイ》ニ一四阿《(ア)》字《ジ》ヲ書《カ》キテ、一五縁ヲ結バシムル事《ワザ》ヲナンセラレケル。人数《カズ》ヲ知《シ》ラムトテ、四五両月ヲ計《カソ》ヘタリケレバ、京ノウチ、一六一条ヨリハ南、九条ヨリ北、京極《(キヤウゴク)》ヨリハ西《ニシ》、朱雀《(シュジヤク)》ヨリハ東《(ヒムガシ)》ノ、路ノホトリナル一七頭《カシラ》、スベテ四万二千三百余《アマリ》ナンアリケル。イハムヤ、ソノ前後ニ死《シ》ヌル物多《ヲホ》ク、又、一八河原《(カハラ)》・白河《(シラカハ)》・西ノ京、一九モロ〳〵ノ二〇辺地《(ヘンヂ)》ナドヲ加《クハ》ヘテ言《イ》

や夫を持った者は。

一〇 親子一緒にいる者は、当然、親の方が先に死んだのである。

一一 「仁和寺 ニンワジ」(運歩色葉集)。→付図3

一二 「隆暁法印。号宰相法印。太皇太后宮権亮源俊隆子。大僧正寛暁灌頂弟子。同入室。東寺三長者。(元久元)年二月一日入滅。七十三」(仁和寺諸院家記・勝宝院)。入滅は「元久三年(一二〇六)二月一日卒。七十二」(東寺長者補任)が正しいか。然りとすれば、死者の額に阿字を書いて回った養和二年は、隆暁四十八歳の時。

一三 底本以外、この次に、古本系は「ひじりあまたかたらひて」(前田家本)、流布本系は「ひじりをあまたかたらひつゝ」(兼良本)とある。

一四 梵語の第一字母。「(真言宗デハ)一切の法は阿字を離れたる事無きが故に、功徳甚深の名号といへり」(和語燈録一)。前田家本・龍山本は、「阿字」の「阿」を梵字で記す。

阿字

一五 仏縁を結ばせるということをなさったのだった。漢語「結縁」を訓読して「縁を結ぶ」という。

一六 以下、左京の四方を限る。→付図1

一七 他本には「かうべ」と書くものがある。「カシラ」は、漢文訓読系の語。

一八 賀茂川の河原。賀茂川は左京の東外側を流れていた。「白河」は賀茂川左岸白河流域一帯。「京ノウチ」ではない。院政期、十一世紀後半から急速に開け、「京・白河」と併称された。「西ノ京」は右京。低湿地が多く、早くから衰微し、都は左京の方へ発展した。→付図3・1

一九 漢文訓読系の語。

二〇 辺鄙な所。「ヘンヂ」と濁音(色葉字類抄、日葡辞書)。

ハバ、[一]際限モアルベカラズ。[二]イカニイハムヤ[三]七道諸国ヲヤ。[四]崇徳院ノ御位《(ミクラヰ)》ノ時、[五]長承ノコロトカ、カヽルタメシアリケリト聞《キ》ケド、ソノ世ノアリサマハ知《シ》ラズ。[六]目《マ》ノアタリ珍《メヅラ》カナリシ事也。

又、[七]同《ヲナ》ジコロカトヨ。ヲ《(オ)》ビタヽシク[八]大地震《ヲホナヰ》振《フ》ルコト侍《(ハベリ)》キ。ソノサマ[九]世《ヨ》ノ常《ツネ》ナラズ。山ハクヅレテ河ヲウヅミ、海ハカタブキテ[一〇]陸地《(ロクヂ)》ヲヒタセリ。土サケテ水涌《ワ》キ出《イ》デ、巌《イワヲ》ワレテ谷ニ[一一]マロビ入《イ》ル。[一二]ナギサ漕《コ》グ船ハ波ニタヾヨヒ、道ユク馬ハ足《アシ》ノ立《タ》チ処《ド》ヲマドワ《(ハ)》ス。都《ミヤコ》ノホトリニハ、在ゝ所ゝ、堂舎・塔廟《(タフメウ)》ヒトツトシテ全《マタ》カラズ。或《(アルイ)》ハクヅレ、或ハ倒《タフ》レヌ。塵《チリ》・灰《ハヒ》立《タ》チノボリテ、サカリナル煙《(ケブリ)》ノ如シ。地《(チ)》ノウゴキ家ノヤブルヽ音《ヲト》、雷《イカヅチ》ニコトナラズ。家ノ内ニ居《ヲ》レバ、忽《(タチマチ)》ニ[一三]拉《ヒシ》ゲナントス。ハシリ出《イ》ヅレバ、地《(チ)》破《ワ》レ裂《サ》ク。[一四]翼《ハネ》ナケレバ空《ソラ》ヲモ飛《ト》

一 和製の漢語。鎌倉期から所見。原形は「斉限」。
二 「何況」の訓読語。直前の「イハムヤ」に、畳み重ねて用いた。「七道諸国ヲヤ」の「ヲヤ」と呼応する。
三 東海道・東山道・北陸道・山陰道・山陽道・南海道・西海道の七道。畿内を除いた日本全国の称。
四 保安四年(一一二三)より永治元年(一一四一)まで在位。
五 天承二年(一一三二)八月十一日、長承と改元、「依㆓疾疫㆒也」(百錬抄)。長承三年(一一三四)「九月十二日、…晩景雨頻降、風大吹。市中舎屋散々。今年洪水・大焼亡・風災」(中右記)。「今年以後、天下飢饉」(百錬抄)。同四年(一一三五)四月二十七日、保延と改元、「依㆓疾疫飢饉㆒也」(百錬抄)。
六 漢文訓読系の語。「親　マノアタリ」(黒川本色葉字類抄)。「面　マノアタリ」(名義抄)。
七 元暦二年(一一八五)七月九日の大地震。養和の飢饉の三年後。
八 「地震　ナヰフル〈俗云〉」(黒川本色葉字類抄)。「地震　ナヰ」(名義抄)。「七月九日庚寅。午時地大震。其声如㆑雷。震動之間、已送㆓時刻㆒。其後連々不㆑絶。宮城瓦垣幷京中民屋、或破損或顚倒。一所而不㆑全。就㆑中大内日花門、閑院西辺廊顚倒。法勝寺阿弥陀堂顚倒。九重塔破損。三面築垣皆頽壊。南庭儲㆑幄為㆓御所㆒」(百錬抄)。
九 「尋常　ヨノツネ〈又普通〉」(経亮本節用集)。
一〇 陸地(りくち)。平地。「陸地　ロクヂ」(天正十七年本節用集)。
一一 ころげ込む。「転　マロブ」(名義抄)。
一二 「なぎさとは、池・海などのほとりを云ふ」(能因歌枕)。
一三 押しつぶされそうになる。
一四 「翼有るを以て飛ぶ者を聞くも、未だ翼無きを以て飛ぶ者を聞かざる也」(荘子・人間世)。
一五 龍であったなら雲にも乗ろうものを。「ヤ…ム」の係り結び。反語。
一六 大多数の本文は、「とぞ覚え侍りし」と切る。流布

ブベカラズ。[一五]龍《(リヨウ)》ナラバヤ雲ニモ乗《ノ》ラム。恐《ヲソ》レノナカニ恐《ヲソ》ルベカリケルハ、只《(タダ)》地震ナリケリトコソ[一六]覚エ侍《(ハベリ)》シカ。カクヲ《(オ)》ビタヽシク振《フ》ル事ハ、暫《シバ》シニテ止《ヤ》ミニシカドモ、ソノ[一七]余波《ナゴリ》、暫《シバ》シハ絶《タ》エズ。[一八]世《ヨ》ノ常《ツネ》驚《ヲドロ》クホドノ地震《ナヰ》、二三十度振《フ》ラヌ日ハナシ。[一九]十日廿日過《ス》ギニシカバ、[二〇]ヤウ〳〵間遠《マドヲ》ニナリテ、或《(アルイ)》ハ四五度、二三度、[二一]若《(モシ)》ハ[二二]一日《(ヒトヒ)》マゼ、二三日ニ一度ナド、ヲ《(オ)》ホカタソノ[二三]余波《ナゴリ》三月《(ミツキ)》バカリヤ侍リケム。[二四]四大種《(シダイシユ)》ノナカニ[二五]水《(スイ)》・火《(クワ)》・風《(フウ)》ハツネニ害ヲナセド、大地《(ダイヂ)》ニイタリテハ殊《コト》ナル変ヲナサズ。昔、[二六]斉衡《(サイカウ)》ノコロトカ、大地震《ヲホナヰ》振《フ》リテ、東大寺ノ仏ノミグシ落《ヲ》チナド、[二七]イミジキ事ドモハベリケレド、ナヲ《(ホ)》コノタビニハ及《シ》カズトゾ。[二八]スナハチハ、[二九]人皆《ミナ》アヂキナキ事ヲ述《ノ》ベテ、イサヽカ心ノ濁《ニゴ》リモ薄《ウス》ラグト見《ミ》エシカド、月日カサナリ年経《ヘ》ニシノチハ、[三〇]事ハニカ

本系は、その次に、「其中に、或武者、ひとり子の六七ばかりに侍りしが、…ことわりかなとぞ見侍りし」(兼良本)の文が続く。 一七 余震。

一八 世の常としては。形容動詞語幹の副詞的用法。

一九 玉葉に、地震から十八日後の状態が記されている。「今日、地中雖レ鳴、不レ及二震動一。至二昨日一連日不レ同。或両三度、或四五度。又其大小不レ同。連々不レ断也」(元暦二・七・二七)。

二〇 徐々に間隔が遠くなって。

二一 「或ハ…若ハ」と対になった用法は、二二頁にも「或ハ石間ニ詣デ、或ハ石山ヲ拝ム。若ハ又…」と見える。訓点資料には「或」の字をアルイハともモシハとも訓読した例がある。 二二 一日置き。

二三 地震の余波は年末まで続いた。「(十二月)二十日。大地震動如二去七月九日地震一。凡七月以後常不断所レ震也」(醍醐雑事記)。

二四 「四大種とは、謂はく、地(界)・水(界)・火(界)・風界」(阿毘達磨雑集論一)。

二五 この三つを三災という。「世に三災あり。云何(かい)なるを三となすや。一は火災、二は水災、三は風災なり」(長阿含経二十一)。

二六 文徳天皇の斉衡二年(八五五)五月二十三日、東大寺大仏の頭が落ちた。その頃、五月十日、十一日、六月二十一日、二十五日と、地震が頻発している(文徳実録)。

二七 忌むべき大事。ゆゆしい事件。

二八 その当座は。この「スナハチ」は名詞。「ハ」は助詞。諸本、多く助詞「ハ」を欠く。

二九 人々は皆、甲斐のない空しさを述べ合って、煩悩や執着といった心の濁りも、少し減少するかと見えたが。

三〇 事の端(は)にかけて、言い出す人さえいない。底本の「事ハ」を、通説は「言葉」と解するが、右の解でも通ずるのではないか。諸本、「ことのは」(前田家本)、「言ノ葉」(山田本)、「ことの葉」(三条西家本・兼良本)など。

ケテ言《イ》ヒ出《イ》ヅル人ダニナシ。

スベテ、世中《（ヨノナカ）》ノアリニクヽ、ワガ身《ミ》ト栖《スミカ》トノ[一]ハカナク徒《アダ》ナルサマ、又カクノゴトシ。イハムヤ、所[二]ニヨリ身ノホドニ随《シタガ》ヒツヽ心ヲナヤマス事ハ、アゲテ不可計《（カソフベカラズ）》。[三]若《（モシ）》己《ヲノ》レガ身数《カズ》ナラズシテ、[四]権門ノカタハラニ居《ヲ》ルモノハ、深《フカ》ク悦《ヨロコ》ブ事アレドモ、大《ヲホ》キニ楽《タノ》シムニアタハズ。歎《ナゲ》キ切《セチ》ナルトキモ、声《コヱ》ヲアゲテ哭《ナ》クコトナシ。進退《（シンダイ）》ヤスカラズ、起《タチ》居《ヰ》ニツケテ恐《ヲソ》レヲノヽクサマ、[五]タトヘバ、雀《スヾメ》ノ鷹《タカ》ノ巣《ス》ニ近《チカ》ヅケルガゴトシ。若《（モシ）》貧《マツ》シクシテ、富《ト》メル家ノトナリニ居《ヲ》ルモノハ、[六]朝夕《アサユフ》スボキ姿《スガタ》ヲ恥《ハ》ヂテ、ヘツラヒツヽ[七]出《イ》デ入《イ》ル。妻子・[八]僮僕《（トウボク）》ノ羨《ウラヤ》メルサマヲ見《ミ》ルニモ、[九]福家《（フクカ）》ノ人ノナイガシロナル気色《ケシキ》ヲ聞《キ》クニモ、[一〇]心念《（ココロ）》ヽニ動《ウゴ》キテ、時トシテヤスカラズ。若《（モシ）》狭《セバ》キ地《（チ）》ニ居《ヲ》レバ、[一一]近《チカ》ク炎上《（エンシヤウ）》ア

一「ハカナク、アダナル」と、意味を強めていう。「無常 アタナリ」（温故知新書）。諸本、次の「又」の語なし。

二 場所により、分際に応じて、心を苦しめる諸事は、一々数え尽くせない。「アゲテカゾフベカラズ」は「不レ可ニ勝計一」の訓読語。

三 以下、池亭記「又、勢家ニ近ヅイテ微身ヲ容ルヽ者ハ…」参照。

四 権勢ある者の家の傍に住んでいる者は、深く悦ぶべき事があっても、大いに享受することはできない。「…ニアタハズ」は、不可能を表わす漢文訓読の語法。「…コトアタハズ」と同意。

五「タトヘバ…ゴトシ」と呼応する。

六 肩身の狭い、みすぼらしい身なり。「窄 スボシ」（名義抄）。

七 我が家に出入りする。

八 下部（しもべ）。「僮僕 トウボク〈下賤部僕従分〉」（色葉字類抄）。

九 裕福な家の人が自分たちを蔑視する気配を聞き知るにつけても。「福家」は、諸本、「富家」「とめる家」などに作るものが多い。

一〇 心は一念ごとに動揺して、寸時も安らかでない。「念」は、仏教語。極小の時間の単位。

一一 以下、池亭記「東隣ニ火災有レバ…」参照。「炎上」は、火事。当時はエンシャウと清音（日葡辞書）。

一二 往復に難儀が多く。「往反 ワウバン」（色葉字類抄）。

一三 漢文訓読系の語。

一四 富・権勢ある者は貪り欲する心が深く。「諸苦の因する所、貪欲を本と為す」（法華経・譬喩品）。

一五 頼るべき者の無く孤立した者。単孤無頼の者。

一六「財」に八危ありと仏典にいう。「一は、官のために没せられ、二には、盗賊に劫奪され、三には、火起りて覚えず、四には、水の没溺する所、五には、怨家・債主に横しまに奪取せられ、六には、田農修めず、七には、賈作に便利を知らず、八には、悪子博掩して、用度、道無し」（中本起経・尼揵問疑品）。

ル時、ソノ災《(サイ)》ヲ遁《ノガ》ルヽ事ナシ。若辺地《(ヘンチ)》ニアレバ、一二往反《(ワウバン)》ワヅラヒ多《ヲホ》ク、盗賊ノ難《(ナン)》一三ハナハダシ。又、一四勢《イキヲ》ヒアル物ハ貪欲《(トンヨク)》深《フカ》ク、一五独身《(ドクシン)》ナル物ハ人ニ軽《カロ》メラル。一六財アレバ恐《ヲソ》レ多《ヲホ》ク、貧《(マヅシ)》ケレバ恨《ウラ》ミ切《(セチ)》也。人ヲ頼《タノ》メバ、一七身他《(タ)》ノ有《(ウ)》ナリ。一八人ヲハグクメバ、心《(ココロ)》恩愛ニツカハル。一九世ニ随《シタガ》ヘバ身苦《クル》シ。随《シタガ》ハネバ狂《(キヤウ)》セルニ似タリ。イヅレノ所ヲ占《シ》メテ、イカナル事《ワザ》ヲシテカ、暫《シバ》シモ此ノ身ヲ宿《ヤド》シ、二〇タマユラモ心《コヽロ》ヲヤスムベキ。

二一ソノカミ二二父方《カタ》ノ祖母《(オホバ)》ノ家ヲ伝《ツタ》ヘテ、ヒサシク彼ノ所ニ住《ス》ム。其《(ソノ》後《ノチ)》縁欠《カ》ケテ身衰《ヲトロ》ヘ、二三偲《シノ》ブ方《カタ》〲繁《シゲ》カリシカド、終《ツヰ》ニ屋《ヤ》二四トヾムル事ヲ得《エ》ズ。二五三十余《ミソヂアマリ》ニシテ、二六更ニ、ワガ心ト、一《(ヒトツ)》ノ菴《(イホリ)》ヲ結《ムス》ブ。是ヲアリ

一七 我が身は他人の所有物である。「所有ノ財産ハ従テ他ノ有トナル」(続教訓鈔十四)。「所有ノ産貨ハ徒ニ他ノ有トナリヌ」(同上)。
一八 他人を慈(いつく)しみ親身になって世話をすれば、心は恩愛という妄執に使役される。
一九 行基菩薩(七四九没)の言葉として知られていた。「行基菩薩だに思ひ煩ひて、随世似望有、背俗如狂人、穴憂哉世間、何処隠一身、と嘆き」(宝物集四)。「(行基菩薩御遺戒ニ)…世ニシタガヘバ望ミアルニ似タリ。俗ニ背ケバ狂人ノ如シ。アナウノ世間ヤ。何ノ処ニカ此身ヲカクサン」(梵舜本沙石集五末ノ十一)。
二〇 「たまゆら。シバシ也」(和歌初学抄)。歌語。直前の「暫シ」と対になっている。歌の用例は少なくないが、散文に用いた例を知らない。
二一 当初。その昔。底本の「ワカヽミ」を「ソノカミ」の誤写と見なす。「当初 ソノカミ」(黒川本色葉字類抄)。「曾 カツテ・ムカシ…ソノカミ」(名義抄)。「ワカヽミ」では意味不通。但し、「我が上(かみ)」或いは「若上(わかがみ)」と解する説がある。諸本「我身(わがみ)」に作り、通説はこの本文を採る。　二二 祖父、鴨季継の妻。
二三 昔を偲ぶかれこれの事が多々あったが。「家を人に放ちて発つとて、柱に書きつけ侍りける、周防内侍。住みわびて我さへ軒のしのぶ草しのぶかたがたしげき宿かな」(金葉集・雑上)の歌に拠る。長明の無名抄に、「周防の内侍が、我さへ軒のしのぶ草と詠める家は、冷泉堀河の北と西とのすみなり」。
二四 家宅を保ち守ることができず。諸本、「あとをとゞむることをえす」(前田家本)、「跡トヽムル事ヲ得ス」(山田本)、「心とゝむることをえす」(三条西家本)などに作る。人と栖の無常を力説する方丈記の趣旨に沿い、底本の本文に従う。
二五 人生六十年の半ばを過ぎて。→次頁注一五
二六 改めて、自分の心から、自発的に一つの仮りの住居を造った。「菴」は「庵」に同じ。ここでは、出家以前であるから、ごく小さな仮寓という程の意。

シ住《ス》マヒニ[一]比《ナラ》ブルニ、十分ガ一也。[二]居屋《(ヰヤ)》バカリヲ構《カマ》ヘテ、ハカ〴〵シク屋《(ヤ)》ヲ作《ツク》ルニ及《ヲヨ》バズ。ワヅカニ築地《(ツヒヂ)》ヲ築《ツ》ケリトイヘドモ、門《カド》ヲ建《タ》ツル[三]タツキナシ。[四]竹《タケ》ヲ柱《ハシラ》トシテ、車ヲ宿《ヤド》セリ。雪降《フ》リ風吹《フ》クゴトニ、危《アヤウ》カラズシモアラズ。所、[五]河原近《カハラチカ》ケレバ、水難《(スイナン)》モ深《フカ》ク、[六]白波《(ハクバ)》ノ恐《ヲソ》レモ騒《サハ》ガシ。スベテ、[七]アラレヌ世《ヨ》ヲ念《ネム》ジ過《ス》グシツヽ、心ヲナヤマセル事、三十余年也。其間《(ソノアヒダ)》、折《ヲリ》〳〵ノ違《タガ》ヒ目《メ》、自《ヲノ》ヅカラ[八]短《ミジカ》キ運ヲサトリヌ。スナハチ、[九]五十《イソヂ》ノ春ヲ迎《ムカ》ヘテ、家ヲ出《(イデ)》テ世ヲ背《ソム》ケリ。モトヨリ妻子《(サイシ)》ナケレバ、捨《ス》テ難《ガタ》キ[一〇]ヨスガモナシ。身ニ官禄アラズ、何《ナニ、》ニ付ケテカ[一一]執《(シフ)》ヲトヾメン。ムナシク[一二]大原山ノ[一三]雲ニ臥《フ》シテ、又五《(イツ)》カヘリノ春秋ヲ[一四]ナン経《(ヘ)》ニケル。

コヽニ、[一五]六十《(ム)ソヂ》ノ露消《キ》エガタニ及《ヲヨ》ビテ、更《(サラニ)》末葉《スヱバ》ノヤドリヲ結《ムス》ベル

一 比較すると。底本以外、「なすらふるに」、或いは「なそらふるに」。 二 居住用の家だけを造り、次々と付属の家屋を造るには至らない。 三 頼りとなるもの。ここでは資金。 四 粗末な家造りの形容。「仮の世とおもひとるこそあはれなれ／竹を柱に柴ふける庵」(宗長百番連歌合)。 五 賀茂川の河原。

六 盗賊。「白波 ハクバ〈盗人名〉」(色葉字類抄)。すぐ上の「水難」が「みづのなん」(前田家本)であれば、ここも「しらなみ」(同上)と和訓で読むべきだが、底本の「水難」に対しては、音読ハクバの方が適当。「騒ガシ」は「波」の縁語。「水難モ深ク」の「深ク」も「水」の縁語。

七 生きて行きにくい世の中を耐え忍びながら。

八 つたない運命。「短 ミジカシ…ツタナシ」(名義抄)。

九 人生五十年の春を迎えて、出家し遁世した。「今生は纔か五十、六十年が間なり」(富士の人穴の草子)。「五十年六十年ノ寿命ハ纔ノ間トハイヘドモ」(阿弥陀経見聞私三)。

一〇 ゆかり。縁者。 一一 執着しようか、執着するものなど無い。「著 トヾマル」(名義抄)。

一二 比叡山麓、山城国愛宕郡の大原の山。「大原山の奥、寂光院と申す所こそ閑かに候へ」(平家物語・灌頂)。↓付図3

一三 漢語「臥雲」を和らげて「雲に臥す」という。世を捨て、山中に住む意。「雲に臥す人の心ぞ知られぬる今日を初瀬の奥の山踏み」(秋篠月清集)。「寂莫柴門人不到といへる心を、大江宗秀。雲に臥す峰の庵の柴の戸を人は音せでたたく松風」(玉葉集・雑三)。

一四 「ナン…ケル」の係り結びは、強い詠嘆調の回想。

一五 六十の露命も消えようとする頃になって、もう一度改めて、最後に宿るべき庵を結んだことであった。「末葉」「消ゆ」「宿る」「結ぶ」は、「露」の縁語。当時、五十三、四歳と推測される長明の年齢が、六十という大数で記されている。「人間ハ六十ヲ以テ定命ト為ス」(法華経直談鈔四本)、「人生七十古来稀トテ、人生ハ纔ニ六十ノ定命ナレバ」(新刊錦繍段抄一)という中世

事アリ。イ[一六]ハバ、旅人ノ一夜《(ヒトヨ)》ノ宿《(ヤドリ)》ヲツクリ、老《(オイ)》タル蚕《カイコ》ノ繭《マユ》ヲイトナムガゴトシ。是ヲ中《ナカ》[一七]ゴロノ栖《スミカ》ニ比《ナラ》ブレバ、又百分ガ一ニ及《オヨ》バズ。トカク言《イ》フホドニ、齢《(ヨハヒ)》ハ歳《(トシドシ)》〱ニ高《タカ》ク、栖《スミカ》ハ折《ヲリ》〱ニ狭《セバ》シ。ソノ家ノアリサマ、世《ヨ》ノ常《ツネ》ニモ似《ニ》ズ。広《ヒロ》サハワヅカニ方丈《(ホウヂヤウ)》[一八]、高《タカ》サハ七尺ガウチ也。所ヲ思《モ》ヒ定《サダ》メザルガ故《ユヘ》ニ、地《(チ)》ヲ占《シ》メテツクラズ。土居《ツチヰ》[一九]ヲ組《ク》ミ、打覆《ウチヲホヰ》ヲ葺《フ》キテ、継目《ツギメ》ゴトニ懸金《カケガネ》ヲ懸《カ》ケタリ。若《(モシ)》心ニカナハヌ事アラバ、ヤスク外《ホカ》ヘ移《ウツ》サムガタメナリ。ソノ改《アラタ》メツクル事、イクバクノ煩《ワツラ》ヒカアル。積《ツ》[二〇]ムトコロ僅《ワツ》カニ二両、車《クルマ》ノチカラヲ報《ムク》フ外《ホカ》ニハ、サラニ他ノ用途《ヨウドウ》イラズ。イマ、日野山[二一]ノ奥《ヲク》ニアト[二二]ヲ隠《カク》シテノチ、東《(ヒムガシ)》[二三]ニ三尺余ノ庇《ヒサシ》ヲサシテ、柴折《シバヲ》リクブルヨスガ[二四]トス。南竹《タケ》ノ簀子《スノコ》ヲ敷《シ》キ、ソノ西ニ閼伽棚《アカダナ》[二五]ヲツクリ、北[二六]ニ寄《ヨ》セテ障子[二七]ヲヘダテテ阿弥陀ノ

の通念に基づく。「限りある六十《むそぢ》は過ぎつ今よりの心は花の春にまかせん」(再昌草十五)。「この世にて六十年離れぬ秋の月死出の山路も面変りすな　俊恵法師」(千載集・雑上)。

一六 池亭記「亦猶行人ノ旅宿ヲ造リ、老蚕ノ独繭ヲ成スガゴトシ。其住マンコト幾時ゾ」を踏まえる。

一七 二番目の住居、賀茂川に近い小宅を指す。

一八 一丈四方。ホウヂヤウと読む。ハウヂヤウではない。「方」の音は、方形についていう場合、ホウと決まっていた。方丈記も当然、ホウヂヤウキである。「方丈　ホウヂヤウ」(文明本節用集)。

一九 土台として材木を組み、雨露を凌ぐだけの簡単な屋根を葺き。

二〇 車に積めば、わずか二台分、その労力に報いる以外には全く他の出費を要しない。「用途　ヨウドウ」(亀田本節用集)。

二一 →付図3

二二 姿をくらまし、隠棲して後。

二三 以下、池亭記「予、六条以北ニ初テ荒地ヲトム。…平生ニ好ム所、尽ク中ニ在リ」参照。

二四 ここの「ヨスガ」は、よりどころ・手掛かり。

二五 「閼伽」は、梵語の音訳。水の意。その器を置く棚。

二六 以下、兼良本「中にはにしのかきにそへて…」参照。

二七 仕切りの衝立《ついたて》。

一 阿弥陀如来の絵像の右側(向かって左)に普賢菩薩の絵像を飾ったことを、「画キ」と言ったか。普賢は、六牙の白象に乗り、法華経を読誦する信者の前に現じて、これを守護する(法華経・普賢勧発品)。「草の庵の静けきに、持経法師の前にこそ、生々世々にも逢ひがたき、普賢薩埵は見え給へ」(梁塵秘抄)。

二 全八巻。「八軸の妙文」とも言われた。

三 「ホトロトハ、蕨ノ長《た》ケスギテ柴ナドノヤウニナリタルヲ云トゾ」(堀河院百首和歌鈔)。ホトロと清む(日葡辞書)。

四 黒い革張りの竹籠三つ。「合」は蓋のある容器を数える助数詞。

五 「恵心ノ僧都ハ二三巻ノ要集ヲエラビテ念仏ヲスヽム。只日域ニヒロマルノミニアラズ、ハルカニ漢朝ニ伝ヘ

絵像ヲ安置《(アンヂ)》シ、一ソバニ普賢ヲ画《カ》キ、マヘニ二法花経《(ホケキヤウ)》ヲ置ケリ。東《(ヒムガシ)》ノキハニ蕨《ワラビ》ノ三ホトロヲ敷《シ》キテ、夜《ヨル》ノ床《ユカ》トス。西南ニ竹ノ釣棚《ツリダナ》ヲカマヘテ、四クロキ皮籠《カハゴ》三合ヲ置ケリ。スナハチ、和歌・管絃・五往生要集ゴトキノ六抄物《(セウモツ)》ヲ入《イ》レタリ。カタハラニ琴・琵琶各《ヲノ〳〵》一張ヲ立《タ》ツ。イハユル折琴《ヲリ(ゴト)》・継琵琶《ツギビワ》、コレ也。仮《カリ》ノ菴《イホリ》ノ有様《アリヤウ》、カクノ事《(ゴト)》シ。

ソノ所ノサマヲ言《イ》ハバ、南ニ懸樋《カケヒ》アリ。七岩《イワ》ヲ立《タ》テテ水ヲタメタリ。林ノ木チカケレバ、八爪木《ツマ》ヲ拾《ヒロ(フ)》ウニ乏《トモ》シカラズ。名ヲ九音羽《ヽトハ》山トイフ。一〇マサキノカヅラ、一一跡埋《アトウツ》メリ。谷シゲヽレド、一二西晴《ハ》レタリ。一三観念ノタヨリ、ナキニシモアラズ。一四春ハ、藤浪《フヂナミ》ヲ見《ミ》ル。一五紫雲《(シウン)》ノゴトクシテ西方《(サイハウ)》ニ匂《ヽホ》フ。夏ハ、一六郭公《(ホトトギス)》ヲ聞《キ》ク。一七語《カタ》ラフゴトニ死出《シデ》ノ山路《ヂ》ヲチギル。一八秋《アキ》ハ、蜩《ヒグラシ》ノ声耳《コヱミヽ》ニ満《(ミテ)》リ。一九空蟬《ウツセミ》ノ世《ヨ》ヲ二〇カナシム楽《(ガク)》ト聞《キ》コユ。冬ハ、雪

テ是ヲモテアソブ」(続教訓鈔十四)。寛和元年(九八五)成る。日本浄土教史上の代表作。

六 抜き書きしたもの。七 岩を組み合わせて。「タテ、」は、三条西家本・兼良本など「たゝみて」。

八 薪《たきぎ》にする小枝を拾うのに事欠かない。

九 他本、悉く「とやま」(前田家本)・「外山」(山田本)に作る。底本の「ヲトハ山」で支障ない。→付図3・解説

一〇 今のテイカカズラ。常緑蔓性の木で、茎の太いものは直径四センチ長さ一〇メートルに達する。しばしば、赤変する葉がまじり、和歌にはその色付きを詠んだものが多い。「み山には霰降るらし外山なるまさきのかづら色づきにけり」(古今集・大歌所御歌)の歌が、念頭にある。

一一 人の通った足跡を埋め隠している。

一二 西方に展望の開けていることが草庵の理想的条件であった。「この地は西遠く晴れて、極楽を願ふに便りありとて、草庵を結び」(峰相記)。

一三 「日想観」(観無量寿経)を行う便宜。「十六想観ノ事。第一ニ日想観トハ、西方ニ向キ、端座黙然トシテ落日ヲ観ズル也。…夕日ノ西ニ入ルヲ見テ…我ガ身モ終ニ西方ニ至ルベキ事ヲ思ヒテ、両眼ニ涙ヲ流シ、観ズル想也」(阿弥陀経見聞私四)。

一四 この「春」は晩春の景。「藤。…藤浪は浪に似たるなり。…春の末、夏初物なり」(八雲御抄三)。以下、春夏秋冬の叙述は、池亭記「春ハ東岸ノ柳有リ、…」参照。

一五 藤の花は、しばしば西方極楽浄土来迎の紫雲に擬せられた。「西を待つ心に藤をかけてこそその紫の雲を想はめ」(山家集・中雑)。和歌の用語では、「藤」の花について「にほふ」と言う(能因歌枕)。

一六 夏の鳥。異名「しでのたをさ」。「此ノ鳥ハ、死出ノ山路ヨリ来レリ」(名語記十)。一七 「この世にて語らひ置かんほととぎす死出の山路のしるべともなれ。返し。ほととぎす鳴く鳴くこそは語らはめ死出の山路に君しかからば」(山家集・中雑)の歌による。

一八 この「秋」は晩秋。「ひぐらしとは、秋の末つ方に日暮れに鳴くを云ふ也」(和歌童蒙抄九)。「相思夕上ニ松

ヲアハレブ。積《ツ》[二一]モリ消《キ》ユルサマ罪障ニタトヘツベシ。若《(モシ)》念仏物《(モノ)》[二二]ウク読経マメナラヌ時ハ、ミヅカラ休《ヤス》ミ、身ヅカラ怠《ヲコタ》ル。サマタグル人モナク、又、恥《ハ》ヅベキ人モナシ。[二三]コトサラニ無言《(ムゴン)》ヲセザレドモ、独《(ヒト)》リ居《ヲ》レバ、口業《(クゴフ)》ヲ修《ヽサ》メツベシ。必ズ禁戒ヲマモルトシモナクトモ、境界《(キヤウガイ)》[二四]ナケレバ、何《ナニヽ》ニツケテカ破《ヤブ》ラン。若《(モシ)》跡《アト》[二五]ノ白波《シラナミ》ニコノ身ヲ寄《ヨ》スル朝《アシタ》ニハ、岡屋《ヲカノヤ》[二六]ニ行《ユ》キカフ船ヲナガメテ満沙弥《(マンシヤミ)》[二七]ガ風情《(フゼイ)》ヲヌスミ、モシ桂《カツラ》[二八]ノ風葉《カゼハ》ヲ鳴《ナ》ラス夕《ユフベ》ニハ、尋陽《(シンヤウ)》[二九]ノ江《エ》ヲ想《ヽモ》ヒヤリテ源都督《(ゲントトク)》[三〇]ノ行《ヲコナ》ヒヲナラフ。若《(モシ)》[三一]余興アレバ、シバ〳〵、松[三二]ノヒヾキニ秋風楽《(シウフウラク)》[三三]ヲタグヘ、水ノ音《ヲト》ニ流泉《(リウセン)》[三四]ノ曲ヲアヤツル。芸ハコレ拙《ツタナ》ケレドモ、人ノ耳《ミヽ》ヲ悦《ヨロコ》バシメムトニハアラズ。[三五]ヒトリ調《シラ》ベヒトリ詠《(エイ)》ジテ、ミヅカラ情《〈コヽロ〉》ヲ養《ヤシナ》フバカリナリ。

台ㇾ立、蛩思蟬声満ㇾ耳秋」(白氏文集十三・題李十一東亭、和漢朗詠集・秋晩)。「黄落相催、八月之寒蟬満ㇾ耳」(本朝文粋一・紀斉名「落葉賦」)。

一九 「うつせみのよ。はかなしといふ事」(綺語抄・上)。

二〇 底本「カナシムホトキコユ」。→解説

二一 この譬えも歌に多い。「年のうちに積もれる罪はかきくらし降る白雪と共に消えなん」(拾遺集・冬)。

二二 「モノウシ」は、億劫で気が進まないこと。「マメ」の反対語。

二三 特に無言の行をしなくても、一人でいるので、口の罪(妄語・綺語・悪口・両舌)から身を守ることになる。

二四 環境がない以上、何事に関して禁戒を破ろうか。「境界」は仏教語。環境、境遇。「不ㇾ如、孤独ニシテ境界无カランニハ」(行者用心集・上)。

二五 「世の中を何にたとへん朝ぼらけ漕ぎゆく船の跡の白波」の歌に託して、世の無常をしみじみ思う朝には。歌は満沙弥の作。万葉集所載歌は下の句「漕ぎ去にし船の跡なき如し」(三・三五一)。平安以後「跡の白波」という形に変わる。

二六 →付図3

二七 満誓《(まんぜい)》沙弥の略称。俗名、笠朝臣麻呂《(かさのあそみまろ)》。養老五年(七二一)出家して満誓と称した。

二八 白楽天「琵琶行」の冒頭「潯陽江頭夜送客、楓葉荻花秋索々」の「楓」と、源都督の住んだ「桂」とを重ね合わせた。「楓 カツラ〈桂〉」(平他字類抄)。

二九 白楽天の左遷された江州の揚子江沿岸の一地名。「或抄云、琵琶ハ胡国ヨリ出デテ、漢家ニ盛ナリ。…謝鎮西ハ沙漠ニ引キ、白楽天ハ尋陽ニ聞ク」(教訓抄八)。

三〇 源経信《(みなもとのつねのぶ)》。大宰府の権帥《(ごんのそつ)》だったので、「源都督」と唐名で呼ぶ。また、洛外、桂の里の別荘に因んで、桂大納言の名がある。永長二年(一〇九七)没。彼の琵琶の流派を桂流と称する。

三一 「若シ余興有ルトキンバ、児童ト少船ニ乗テ舷ヲ叩キ棹ヲ鼓ス」(池亭記)。

三二 「松風入夜琴といふ題を…。琴の音に峰の松風かよふらしいづれのをより調べそめけん」(拾遺集・雑上)。

又、フモトニ一《(ヒトツ)》ノ柴《シバ》[一]ノ菴《イホリ》アリ。スナハチ、コノ山守《モリ》ガ居《ヲ》ル所也。カシコニ小童《コワラハ》アリ、トキ〴〵来《キタ》リテ、アヒ訪《トブラ》フ。若《(モシ)》[二]ツレ〴〵ナル時ハ、コレヲ伴《トモ》トシテ遊行《(ユギヤウ)》[三]ス。カレハ十歳、コレハ六十、ソノ齢《ヨハヒ》コトノホカナレド、心ヲナグサムルコトコレ同《ヲナ》ジ。或《(アルイ)》ハ茅花《ツバナ》[四]ヲ抜《ヌ》キ、磐《イハ》梨《ナシ》ヲ採《ト》リ、零余子《ヌカゴ》ヲモリ、芹《セリ》ヲ摘《ツ》ム。或ハスソワ[五]ノ田居《(タ)イ》ニイタリテ、落穂《ヲチボ》ヲヒロヒテ、穂組《ホクミ》[六]ヲツクル。若《(モシ)》[七]ウラヽカナレバ、峰《ミネ》ニ攀《ヨ》ヂノボリテ、ハルカニ故郷《フルサト》[八]ノ空《ソラ》ヲノゾミ、木幡《コハタ》[九]山・伏見《フシミ》ノ里《サト》・鳥羽《(ト)バ》・羽《ハ》束師《ツカシ》ヲ見《ミ》ル。勝地《(シヨウチ)》[一〇]ハ主《ヌシ》ナケレバ、心ヲナグサムルニ障《サハ》リナシ。歩《アユ》ミ煩《ワヅラ》ヒナク、心遠《トヲ》クイタルトキハ、コレヨリ峰《ミネ》ツヾキ炭山《スミ》[一一]ヲ越《コ》エ、笠《カサ》[一二]取《トリ》ヲ過《ス》ギテ、或ハ石間《(イハマ)》[一三]ニ詣《マウ》デ、或ハ石山《(イシヤマ)》ヲ拝《ヲガ》ム。若《(モシ)》ハ又、粟津《アハヅ》[一四]ノ原《ハラ》ヲ分《ワ》ケツヽ、蟬歌《セミウタ》[一五]ノ翁《ヲキナ》ガ跡《アト》ヲ訪《トブラ》ヒ、田上河《タナカミ》[一六]ヲワタリテ、猿丸大夫《サルマロマウチギミ》[一七]

三三 箏の琴の曲名。「秋風楽ハ西土来迎ノ楽ナリ」(続教訓鈔十一)。「姫君は、そばなる琴を引き寄せて、秋風楽といふ楽を調べ給へば、まことに天人も天下り、菩提も此処に来光かと」(箱根本地由来)。
三四 琵琶の秘曲「石上流泉」。「抑、流泉曲とは、都率内院の秘曲なり。菩提楽とはこの楽なり」(源平盛衰記三十一)。長明は琵琶の名手であった。 三五 「予、門ヲ杜ギ戸ヲ閉ヂテ、独リ吟ジ独リ詠ズ」(池亭記)。

一 雑木の枝で囲った粗末な小屋。
二 池亭記に、「若シ余仮有ルトキンバ、僮僕ヲ呼ンデ後園ニ入テ以テ糞ヒ以テ灌ス」とある。
三 遊び楽しみながら歩くこと(日葡辞書)。
四 チガヤの芽穂を引き抜き、イワナシの実を採り、ヌカゴをもぎ取り、セリを摘む。いずれも食用となる。「モリ」は、もぎ取る意の動詞「もる」の連用形。
五 山麓沿いの広い田。「問。田ノ多ク並ベルヲタヰト名ヅク、如何。答。タヰハ田居也」(名語記四)。「スソワノタヰ」は、万葉集の古訓に、「筑波峰のすそわのたゐに秋田刈る妹がりやらむもみぢ手折るな」(九・一七五八)。中世、この「すそわのたゐ」が歌語となった。
六 神に供えるため、稲の初穂を組んだもの。児童の遊びとしても行われた。ここは後者。(立川美彦)
七 「ウラ、カ」は「クモリモナクモ、ミハルカシタル義也」(名語記九)。
八 住み捨てた故郷、即ち、都。→二四頁注四
九 以下の四地名 →付図3
一〇 白氏文集十三に、「勝地本来無定主、大都山属愛山人」(遊雲居寺贈穆三十六地主)。和漢朗詠集・山にもこの句を載せる。「勝地トハ景気スグレタ所ヲ云フナリ」(寛文十一年刊和漢朗詠集注六)。
一一・一二・一三・一四 →付図3
一五 倭琴(わごん)の曲「蟬歌」の名手であった翁、蟬丸の遺跡。蟬丸は、「これやこの行くも帰るも別れつつ知るも知らぬも逢坂の関」(後撰集・雑一)、「世の中はとて

ガ墓《ハカ》ヲタヅヌ。帰《カヘ》ルサニハ、折《ヲリ》ニツケツヽ、桜《サクラ》ヲ狩《カ》リ、紅葉《モミヂ》ヲモトメ、蕨《ワラビ》ヲ折《ヽ》リ、木《コ》ノ実《ミ》ヲヒロヒテ、カツハ仏ニタテマツリ、カツハ家土産《(イヘ)ヅト》トス。

若《(モシ)》夜《(ヨ)》シヅカナレバ、窓《マド》ノ月ニ[一八]故人ヲシノビ、[一九]猿《サル》ノ声《コヱ》ニ袖《ソデ》ヲウルホス。[二〇]叢《クサムラ》ノホタルハ、遠《トヲ》ク槇《マキ》ノカヾリ火《ビ》ニマガヒ、[二一]アカ月《(ツキ)》ノ雨《アメ》ハ、自《ヲノ》ヅカラ木《コ》ノ葉《ハ》吹《フ》ク嵐《アラシ》ニ似《ニ》タリ。[二二]山鳥《ドリ》ノホロト鳴《ナ》クヲ聞《キヽ》テモ、父《チヽ》カ母《ハヽ》カトウタガヒ、[二三]峰《ミネ》ノ鹿《カセギ》ノチカク馴《ナ》レタルニツケテモ、世《ヨ》ニ遠《トホ》ザカルホドヲ知《シ》ル。或《(アルイ)》ハ又、[二四]埋《ウツ》ミ火ヲカキヲ《(オ)》コシテ、老《ヲイ》ノ寝覚《ネザ》メノ友《トモ》トス。[二五]恐《ヲソ》ロシキ山ナラネバ、梟《フクロフ》ノ声《コヱ》ヲアハレムニツケテモ、山中《(サンチウ)》ノ[二六]景気、折《ヲリ》ニツケテ尽《ツ》クル事ナシ。[二七]イハムヤ、深《フカ》ク思《ヲモ》ヒ深《フカ》ク知《シ》ラム人ノタメニハ、コレニシモ限《カギ》ルベカラズ。

もかくても同じこと宮も藁屋も果てしなければ」(新古今集・雑下)などの歌で知られるが、伝不明。諸本、多く「蟬歌」を「蟬丸」に作る。→付図3

一六 →付図3

一七 「さるまろまうちきみ」(古今秘註抄)。「マウチキミトハ大夫也」(毘沙門堂本古今集註)。古今集真名序に「古ノ猿丸大夫」と見える。伝不明。墓は曾束にあるという(無名抄)。→付図3

一八 「故人」は、旧知・旧友。「三五夜中新月色、二千里外故人心　白」(和漢朗詠集・十五夜)。

一九 慈円の歌にも、「山深みかつがつ濡るる袂(たもと)かな峰の檜原の猿の一声」(拾玉集二)。和漢朗詠集・猿に、江相公の「巴猿三叫、暁霑二行人之裳一」。これは「巴東三峡猨鳴悲、猨鳴三声涙霑レ衣」(芸文類聚九十五・猨)などの句を典拠とする。

二〇 蛍火を篝火に見立てている。「蛍は、トモシビ、ホシ、ツユ、玉、カガリビ、アマノタクヒ、イサリビ、トモシ」(和歌初学抄)。「難波江の草葉にすだく蛍をば葦間の舟のかがりとや見ん」(堀河百首)。「大井川瀬々にひまなきかがり火と見ゆるはすだく蛍なりけり」(同上)。「マキ」は「槇の嶋」の略称。→付図3

二一 西行の歌に、「暁落葉」の題で、「時雨かと寝覚めの床に聞こゆるは嵐にたへぬ木の葉なりけり」(山家集・冬)とある。「アカ月」は当時の用字法。

二二 行基菩薩の歌、「山鳥のほろほろと鳴く声聞けば父かとぞ思ふ母かとぞ思ふ」(玉葉集・釈教)による。「ホロト」は諸本「ほろほろと」。

二三 西行の歌、「山深み馴るるかせぎのけぢかさに世に遠ざかるほどぞ知らるる」(山家集・下雑)による。

二四 「いふこともなき埋火をおこすかな冬の寝覚めの友しなければ　国信」(堀河百首)。

二五 西行の歌、「山深みけぢかき鳥の音はせでもの恐しき梟の声」(山家集・下雑)による。方丈記は西行の歌を踏まえることが多い。長明は西行を敬慕していた。

二六 景観。景色。 二七 底本「ハイムヤ」に誤る。

ヲ《(オ)》ホカタ、コノ所[一]ニ住《ス》ミハジメシ時ハ、アカラサマ[二]ト思《ヲモ》ヒシカドモ、今《イマ》スデニ、五年《イツトセ》[三]ヲ経《ヘ》タリ。仮《カリ》ノ菴《イホリ》モヤ[四]ヽ故郷《フルサト、》トナリテ、簷《ノキ》ニ朽《クチ》葉《バ》フカク、土居《ツチヰ》ニ苔《コケ》ムセリ。自《ヲノ》[五]ヅカラ事《コト》ノタヨリニ都《ミヤコ》ヲ聞《キ》ケバ、コ[六]ノ山ニ籠《コモ》リ居《ヰ》テノチ、ヤムゴトナキ人ノカクレ給ヘルモ、アマタ聞《キ》コユ。マシテ、ソノ数《カズ》ナラヌタグヒ、尽《ツ》[七]クシテコレヲ知《シ》ルベカラズ。[八]タビ〳〵炎上《(エンシヤウ)》ニ滅《ホロ》ビタル家、又イ[九]クソバクゾ。タヾ、仮《カリ》ノ菴《イホリ》ノミ長閑《ノド》ケクシテ、恐《ヲソ》レナシ。ホド狭《セバ》シトイヘドモ、夜臥《ヨルフ》ス床《ユカ》アリ、昼《ヒル》居《ヰ》ル座アリ。一身ヲヤドスニ不足ナシ。カムナ《寄居》[一〇]ハ、小《チヰ》サキ貝《カヒ》ヲコノム。コレ事[一一]知《シ》レルニヨリテナリ。雎《ミサゴ》[一二]ハ、荒磯《アライソ》ニ居《ヰ》ル。スナハチ人ヲ

一 日野山の草庵。
二 ほんのしばらくと軽い気持であったが。「暫 シバラク・カリソメ・アカラサマ」(名義抄)。
三 方丈記執筆の年から逆算すれば、五年前は承元元年(一二〇七)、長明五十三歳。
四 次第に住み慣れた故郷となって。「やや。徴也、ややう也」(奥義抄)。「ふる里とは、住みうかれたる里也。又、あからさまにたち離れても、本の家をも云ふ也。又、住みながら年久しくなりて破れたる家をも詠めり」(顕注密勘)。「故郷(ふるさと)に品々あり。古き都を故郷と云ふ。又、今住む里の旧(ふ)りたるをも云ふ。又、旅に出し我方を故郷とも云ふ」(連珠合璧集)。底本以外の本文はすべて「ふるや(古屋)」となっているが、「住みながら年久しくなりて破れたる家」「今住む里の旧りたる」の意で「フルサト」と書いた所に注目しなければならない。感慨の度合が違う。
五 たまたま、ふとした機会に、都の様子について人の語るのを耳にしたところでは。「事ノタヨリニ人ノ語ルヲ聞ケバ」(発心集五)。
六 日野に籠ってから方丈記執筆まで約五年間に、九条兼実(承元元年四月)・頌子内親王(同二年九月)・皇太后忻子(同三年八月)・坊門女院範子(同四年四月)・八条女院暲子(建暦元年六月)・春華門院昇子(同年十一月)その他、多くの貴人が世を去った。
七 全部洩れなく知ることはできない。漢文訓読調。
八 諸本「度ゝの炎上」。
九 →五頁注二四
一〇 ヤドカリ。巻貝の殻に住む節足動物。「かみな」の転。「寄居 カミナ」(名義抄)。「寄居之虫如㆑螺而有㆑脚形似㆓蜘蛛㆒。本無㆑殻。入㆓空螺殻中㆒載以行。触㆑之縮㆑足如㆑螺閉㆑戸也。火炙㆑之乃出走。始知㆓其寄居㆒也」(酉陽雑俎・続集八)。「寄居」の字は仮住まいの意。池亭記にも「予、本居処無シ、上東門ノ人家ニ寄居ス」とある。
一一 事の道理を知っているからである。底本以外の諸

恐ルヽガ故《ユヘ》ナリ。ワレ、マタ、カクノゴトシ。事[一三]ヲ知《シ》リ、世《ヨ》ヲ知《シ》レヽバ、欲《ネガ》[一四]ハズ、趨《ワシ》ラズ。タヾ、シヅカナルヲ望《(ノゾミ)》トシ、ウレヘ無キヲ楽《タノ》シミトス。

惣《(スベ)》テ、世《ヨ》ノ人ノ栖《スミカ》ヲツクル習《ナラ》ヒ、必ズシモ事[一五]ノタメニセズ。或《(アルイ)》ハ妻子・眷属《(ケンゾク)》ノ為ニツクリ、或ハ親昵《(シンヂツ)》[一六]・朋友《(ボウイウ)》ノ為ニツクル。或ハ主君・師匠、及《ヲヨ》ビ財宝・牛馬ノ為ニサヘコレヲツクル。ワレ、今、身[一七]ノ為ニムスベリ。人ノ為ニツクラズ。故如何《ユヘイカン》[一八]トナレバ、今[一九]ノ世《ヨ》ノナラヒ、此ノ身ノアリサマ、伴《トモ》[二〇]ナフベキ人モナク、頼《タノ》ムベキ奴《ヤツコ》モナシ。

縦《(タトヒ)》広《ヒロ》クツクレリトモ、誰《タレ》ヲ宿《ヤド》シ、誰《タレ》ヲカ居《ス》ヘ《(エ)》ン。

夫《(ソレ)》[二一]、人[二二]ノ友《トモ》トアルモノハ、富《ト》メルヲ尊《タウト》ミ、懇《ネムゴ》ロナルヲ先《サキ》トス。必ズシモ、情《ナサケ》アルト淳《スナホ》ナルトヲバ不愛《(アイセズ)》。只、絲竹《(シチク)》[二三]・花月《(クワゲツ)》ヲ友《トモ》トセンニ

本、「事」を「身」に作る。

一三 海浜に棲み、魚類を主食とする猛禽。「筑紫へ下りけるに、たかとみといふ所にて、みさごの魚(いを)取りけるを見てよめる。夕まぐれ鷹と見つれば荒磯の波間を分くるみさごなりけり」(散木奇歌集・旅宿)。この前後、池亭記の「蝸ハ其舎ヲ安ンジ、虱ハ其縫ヲ楽シム。…」参照。

一三 事の道理を知り、世の現実を知っているので。この「事」も、諸本「身」。

一四 世俗の名利を求めず、名聞のために奔走しない。「ワシル」は「走る」意。漢文訓読系の語。「世務労レ心非二富貴一、人生実事是歓娯 白」(千載佳句・閑適)。

一五 「シヅカナルヲ望トシ、ウレヘ無キヲ楽シミトス」という、大切な事のためにするのではない。底本の「事」、これも諸本「身」。

一六 親近者や友人。「親昵 シンヂツ」(色葉字類抄)。「朋友 ボウイウ〈同心・知音・断金・連璧〉」(同上)。

一七 自分のために小庵を作った。

一八 「イカントナレバ、即ち、ナゼニトユウニ。このことの意味は…である」(日葡辞書)。「ユエヲイカントナレバ」(日本大文典)。漢文訓読語。

一九 当世の常態。

二〇 伴侶となるべき妻もなく、(私を)主人と頼むべき従者もいない。

二一 文頭に置く発語。漢文訓読語。

二二 「人ノ師為ル者ハ、貴キヲ先ニシ富メルヲ先ニシテ、文ノ次ヲ以テセズ、如カジ師無ランニハ。人ノ友為ル者ハ、勢ヲ以テシ利ヲ以テシテ、淡交ヲ以テセズ、如カジ友無ランニハ」(池亭記)。

二三 「絲」は弦楽器、琴・琵琶の類。「竹」は管楽器、笙・笛の類。「花」は春の花。「月」は秋の月。

ハシカジ。人ノ奴《ヤツコ》タル物ハ、賞罰[一]ハナハダシク、恩顧アツキヲ先《サキ》トス。更ニ[二]、ハグヽミアハレムト、安《ヤス》クシヅカナルトヲバ欲《ネガ》ハズ。只、ワガ身ヲ奴婢《(ヌビ)》[三]トスルニハシカズ。イカヾ[四]奴婢トスルトナラバ、若《(モシ)》ナスベキ事アレバ、スナハチ[五]己《ヲノ》ガ身ヲツカフ。懈《タユ》[六]カラズシモアラネド、人ヲ従《シタガ》ヘ人ヲ顧《カヘリ》ミルヨリヤスシ。若[七]アリクベキ事アレバ、ミヅカラアユム。苦《クル》シトイヘドモ、馬・鞍《クラ》・牛・車ト心[八]ヲナヤマヌニハシカズ。今、一身ヲ分《ワカ》チテ、二《(フタツ)》[九]ノ用ヲナス。手ノ奴《ヤツコ》、足ノ乗《リモノ》、善《ヨ》ク我《ワ》ガ心ニカナヘリ。身心《(シンジン)》[一〇]ノ苦《クル》シミヲ知《シ》レレバ、苦《クル》シム時ハ休《ヤス》メツ、マメナレバ使《ツカ》フ。使《ツカ》フトテモタビ〳〵過《ス》グサズ。物《(モノ)》ウシトテモ心ヲウゴカス事ナシ。イカニイハムヤ、常《ツネ》[一一]ニアリキ常《ツネ》ニハタラクハ、養性《(ヤウジヤウ)》ナルベシ。ナンゾイタヅラニ休《ヤス》ミ居《ヲ》ラン。人ヲナヤマス、罪業《(ザイゴフ)》ナリ。イ[一二]

一 この「賞罰」は、もっぱら賞の意。
二 主人が庇護し、哀憐の情を注ぐことも、心安らかで、身に憂いのないことも、一向に欲しない。
三 二行前の「ヤッコ」に同じ。「奴婢 ぬび〈下人〉」(和漢通用集)。日葡辞書も、ヌビと濁音。
四 どのようにして下部(しもべ)にするのかというなら。「イカヾ」はイカニカの転。「イカヾ」と書いてイカンガと発音した。「奴婢トスル」の「スル」と係り結びになっている。後出「イカヾ他ノ力ヲ借ルベキ」も同様、「べキ」に係る。二八頁「イカヾ…アタラ時ヲ過グサム」の「イカヾ」も文末の「ム」に係る。
五 即座に。ただちに。漢文訓読の用語。
六 体が疲れてだるくないわけではないが。
七 外出する必要があれば自身徒歩で行く。「アリク」と「アユム」の使い分けがはっきりしている。
八 底本「心ヲナヤマスニハシカズ」。これでは、心を悩ますに越したことはないという意にならざるを得ず、明らかに前後撞着するので、「ナヤマス」の仮名「ス」を「ヌ」の誤りと認める。心を悩まさないに越したことはないという意であれば、長明の論理に矛盾はない。
九 二つのはたらきをさせる。
一〇 身体および心。体の内外。「身心」の語、正法眼蔵に多出。「身心を澡浴して、香油をぬり、塵穢を除くは、第一の仏法なり」(五十六・洗面)。「しかあれば、身を清むるは、心を清むるなり。身心を清むるは、国土を清め、仏道を清むるなり」(別五・洗面)。前田家本「こゝろ身」、山田本「心ト心身」、三条西家本「心身」。
一一 常にあちこち出歩き、常に体を動かすことは、健康増進にもなるはずだ。「養生 やうじやう〈身の養生〉、養性 同〈同〉」(和漢通用集)。上の「イカニイハムヤ」を受けて「養性ナルヲヤ」と応ずるのが正格。
一二 反語。どうして他人の力など借りようか、借りはしない。→注四
一三 衣食等についてもまた同様、他の力を借りない。「衣食 エジキ」(易林本節用集)。

カヾ他ノ力《(チカラ)》ヲ借《カ》ルベキ。衣食《(エジキ)》[一三]ノタグヒ、又同《ヲナ》ジ。藤《フヂ》[一四]ノ衣《(コロモ)》、麻《アサ》[一五]ノ衾《フスマ》、ワヅカニ得《ウ》ルニシタガヒテ肌《ハダヘ》ヲ隠《カク》シ、野辺《(オ)》[一六]ノヲハギ、峰《ミネ》ノ木《コ》ノ実《ミ》、ワヅカニ命ヲ継《ツ》グバカリナリ。人ニ交《マジ》ハラザレバ、姿《スガタ》ヲ恥《ハ》ヅル悔《クヰ》モナシ。糧《カテ》乏《トモ》シケレバ、疎《ヲロソ》[一七]カナル報ヲ甘《アマ》クス。惣《(スベ)》テ、カヤウノ楽《タノ》シミ、富《ト》メル人ニ対《タイ》シテ言《イ》フニハアラズ。只、ワガ身ヒトツニトリテ、昔《ムカシ》[一八]・今トヲナゾラフルバカリナリ[一九]。

夫《(ソレ)》、三界《(サンガイ)》[二〇]ハ只心《(ココロ)》ヒトツナリ。心若《(モシ)》安《ヤス》カラズハ、象馬《(ザウメ)》[二一]・七珍《(シチチン)》モヨシナク、宮殿《(クウデン)》・楼閣《(ロウカク)》モノゾミナシ。今、サビシキ[二二]住《ス》マヒ、一間《ヒトマ》ノ菴《イホリ》、[二三]ミヅカラコレヲ愛ス。自《ヲノ》ヅカラ都《ミヤコ》ニ出《イ》デテ、身ノ乞匃《(コツガイ)》[二四]トナレル事ヲ恥《ハ》ヅトイヘドモ、帰《カヘ》リテコヽニ居《ヲ》ル時ハ、他ノ俗塵《(ゾクヂン)》ニ馳《ハ》スル事ヲアハレム。若人《(モシ)》コノ言《イ》ヘル事ヲウタガハヾ、魚《(イヲ)》[二五]ト鳥トノアリサマヲ見

一四 世捨人の着る粗末な衣としていう。「藤衣とは…又あやしのしづの衣をよめり。…藤の皮をはぎてあらあらしく織れる衣也」(顕注密勘)。「貧しきは住みよかるらし山の奥／藤の衣に隠す身の果て」(毛利千句四)。

一五 これも粗末な夜具としていう。

一六 野の嫁菜と山の果実。「今はまた野辺のをはぎの春深み時過ぎぬれや摘む人ぞなき」(新撰六帖六)。「嵐吹く峰の木の実を拾ふ間に袖に紅葉ぞまづ積もりける寂蓮」(正治初度百首)。

一七 果報つたない粗末な食糧を甘いと味わう。「報」の読み方、ホウ・ムクヒの両説がある。前田家本「ほゝ」、山田本等「哺」。

一八 諸本、「昔」「今」の間に「と」が入っているが、底本の方を古形と認める。

一九 流布本系の諸本には、この次に、「大方、世をのがれ…おり〳〵の美景にのこれり」(兼良本)の文が続く。

二〇 「三界唯一心」。古来、誤って華厳経の偈(げ)と言い伝えて来た。「花厳(けご)ニハ三界唯一心ト云ヒ、法花(けほっ)ニハ唯有一仏乗ト説キ、起信ニハ一心法界ト云フ」(梵舜本沙石集五末ノ九)。歌にも詠まれた。「三界唯一心。散る花を惜しまばとまれ世の中は心のほかのものとやは聞く」(後拾遺集・雑六)。「三界唯一心。澄み濁る流れの末は変れども心一つの法の水上」(夫木抄・雑十六)。「三界」は、欲界・色界・無色界。

二一 法華経・随喜功徳品に、「金・銀・瑠璃・硨磲・碼碯・珊瑚・琥珀、諸の妙なる珍宝、及び象馬・車乗・七宝所成の宮殿・楼閣等」とある。「象馬」は、象と馬。「ザウメ」(日葡辞書)。「クウデン」(同上)。

二二 「閑 サビシ・シヅカ」(文明本節用集)。

二三 池亭記には「我吾ガ宅ヲ愛シテ、其ノ他ヲ知ラズ」とある。

二四 乞食。

二五 すぐ次に「イヲ」とあるので、ここもイヲと読む。当時、「イヲ」「ウヲ」両形あった。

ヨ。魚ハ水ニ飽《ア》カズ。魚《イヲ》[一]ニアラザレバソノ心ヲ知《シ》ラズ。鳥《トリ》[二]ハ林ヲ楽《ネガ》フ。鳥ニアラザレバ其ノ心ヲ知《シ》ラズ。閑居《(カンキヨ)》[三]ノ気味《(キビ)》モ又同《ヲナ》ジ。住《ス》[四]マズシテ誰《(タレ)》カサトラム。

抑《(ソモソモ)》[五]、一期《(イチゴ)》[六]ノ月影《カゲ》カタブキテ、余算《(ヨサン)》ノ山ノ端《ハ》ニ近《チカ》シ。タチマチニ三途《(サンヅ)》[七]ノ闇《ヤミ》ニ向《ム》カハントス。何《ナニ》[八]ノワザヲカカコタムトスル。仏ノ教《ヲシ》ヘ給フ趣《ヲモム》キハ、事ニ触《フ》レテ執心《(シフシン)》ナカレトナリ。今、草菴《(サウアン)》ヲ愛《アイ》スルモ、閑寂《(カンセキ)》ニ着《(ヂヤク)》スルモサバカリ[九]ナルベシ。イカヾ[一〇]要《(エウ)》ナキ楽《タノ》シミヲ延《ノ》ベテ、アタラ時ヲ過《ス》グサム。シヅカナル[一一]アカ月《(ツキ)》、コノ事《(コトワ)》ハリヲ思《ヲモ》ヒツヾケテ、ミヅカラ心ニ問《ト》ヒテ言《イ》[一二]ハク、世《ヨ》[一三]ヲ遁《ノガ》レテ山林《(サンリン)》[一四]ニ交《マジ》ハルハ、心ヲ

一「子(し)は魚に非ず。安(いづくん)ぞ魚の楽しむを知らん、と」(荘子・秋水)。
二 摩訶止観・四下に、「狗は聚落を楽(ねが)ひ、鹿は山沢を楽ひ、魚は池沼を楽ひ、蛇は穴居を楽ひ、猿は深林を楽ひ、鳥は空に依ることを楽ふ」とある。
三 方丈記の中で「閑居」の語は此処一箇所だけである。「カンキョ。人里離れた所など静かな所に引き込んでいること」(日葡辞書)。「気味」は、味わい、趣。「人間栄耀因縁浅、林下幽閑気味深　白」(和漢朗詠集・閑居、千載佳句・幽居)。「気味　キビ〈飲食部〉」(色葉字類抄)。
四 西行の歌に、「山深くさこそ心はかよふとも住まであはれを知らんものかは」(新古今集・雑中)。
五「抑　ソモソモ〈…発語辞也〉」(温故知新書)。漢文訓読語。
六 私の生涯は、月が西に傾いて山の端にかかろうとしているように、余命はもう残り少ない。定命六十まで、あと二、三年、五十七歳か五十八歳であろう。「余算」は、残りの齢(よはひ)。諸本、「余算ノ」の「ノ」を欠く。
七 死後の三悪道(地獄道・餓鬼道・畜生道)を闇にたとえていう。八 今更、この世で積んだいかなる善業を言い訳にしようとするのか。
九 底本「サハカリ」は意味不明瞭。一応「サバカリ」と読んで、この前後を、草庵を愛着して止まないのも、静かさに執着するのも、所詮それだけのことであろう、つまらないことだの意に解して置く。誤写あるか。諸本、「さはり(障り)なるべし」とあり、意味直截。
一〇 反語。どうして役にも立たない楽しみを徒(いたずら)に延ばして、惜しい時間を空費して良いものだろうか。「ノベ」を、諸注は「述べ」と解する。
一一 暁。未明。まだ夜明け前の闇に包まれている頃。「しづかなる暁ごとに見渡せばまだ深き夜の夢ぞかなしき　式子内親王」(新古今集・釈教)。
一二「世ヲ遁レテ…狂セルカ」が、問の言葉。
一三 漢語「遁世」を和らげて、「世を遁(のが)る」という。
一四 山林に隠棲するということは。「モシ人仏道ヲ行ハ

修《ヽサ》メテ道ヲ行《ヽコナ》ハムトナリ。[一五]シカルヲ、[一六]汝《ナンヂ》、[一七]スガタハ聖人《ヒジリ》ニテ、心[一八]ハニゴリニ染《シ》メリ。[一九]栖《スミカ》ハスナハチ浄名居士《ジヤウミヤウコジ》ノ跡《アト》ヲケガセリトイヘドモ、持《タモ》ツトコロハ[二〇]ワヅカニ[二一]周利槃特《シュリハンドク》ガ行《オコナヒ》ニダニ及《ヲヨ》バズ。[二二]若《モシ》コレ、[二三]貧賤ノ報ノミヅカラナヤマスカ。ハタ又、[二四]妄心《マウジン》ノイタリテ狂《キヤウ》セルカ。ソノトキ、心、更ニ答《コタ》フル事ナシ。只、[二五]カタハラニ舌根《ゼッコン》ヲヤトヒテ、[二六]不請《フシヤウ》阿弥陀仏両三遍申《マウシ》テ已《ヤ》ミヌ。

[二七]于時《トキニ》、建暦ノ二年《フタトセ》、弥生《ヤヨヒ》ノ晦《ツゴモリ》コロ、[二八]桑門《サウモン》ノ蓮胤《レンイン》、[二九]外山《トヤマ》ノ菴《イホリ》ニシテ、コレヲ記《シル》ス。[三〇]

方丈記

ン為ニ山林ニモ交ハリ」(発心集三)。「古の賢人、世を遁れて山林に交はりし先蹤を集めて、聊か愚耳に聞かしめん」(日蓮・聖愚問答鈔・下)。
一五 逆接の接続詞。それなのに。漢文訓読語。ここは、「シカルニ」「シカレドモ」などよりも烈しい語気を感じさせる。 一六 漢文訓読系の語。
一七 外貌は清僧の如く。「聖人」は、シャウニン、ヒジリ、いずれにも読めるが、対句の構成上、和語で読む。「ヒジリヲバ聖人ト書キ、又上人ト書ク」(塵袋五)。
一八 心は世俗の煩悩・雑念に汚れきっている。「蓮葉の濁りに染まぬ心もて何かは露を玉とあざむく」(古今集・夏)。「にごりにしまぬとは、不レ染ニ世間法一心也」(八雲御抄三)。
一九 住みかはそのまま浄名居士の丈室を踏襲してはいるものの。「今ハ昔、天竺ノ毘舎離城ノ中ニ浄名居士ト申ス翁在マシケリ。此ノ人ノ居給ヘル室ハ広サ方丈也」(今昔物語三ノ一)。「維摩大士 ユイマダイジ〈浄名居士也〉」(経亮本節用集)。
二〇 文法的には、「ワヅカニ周利槃特ガ行ナリ」と言う方が正格。ここは破格の強調表現。
二一 極めて愚鈍ではあったが、「守口摂意身莫犯、如是行者得度世」という、唯一つの偈(げ)を習い覚えて、固く守った周梨槃特の修行(法句譬喩経)。なお、「周利槃特ガ」の「ガ」(連体助詞)は、上の「浄名居士ノ」の「ノ」に比して、敬意が低い。二一頁、「満沙弥ガ風情」と「源都督ノ行ヒ」の対比においても同様。
二二 「若コレ…狂セルカ」は、池亭記の「是天ノ然ラシムル歟、将人ノ自ラ狂セル歟」を模す。
二三 今生における貧窮・下賤という前世の業の報い。「(因果経云)昔世、於ニ三宝所一无ニ恭敬之心一人ハ、此世、作ニ貧窮下賤之人一、為ニ一切人一所ニ悽蔑一」(東大寺諷誦文稿)。「前世ニ物ヲ惜シミ、功徳ヲ作ラザリシ者ハ、コノ世ニ貧窮下劣ノ身ト生ル」(続教訓鈔十四)。
二四 「貧賤ノ報」が前世の戒行の拙さであるのに対して、「妄心」は現世の修行の至らないことをいう。

右一巻者鴨長明自筆也
従西南院一相伝之
寛二元二年二月日

親三快証之

三五 答えられない心のそばに、舌を借りて来て働かせ。「舌根」は六根(眼根・耳根・鼻根・舌根・身根・意根)の一。
三六 方丈記最大の難語。諸本も混乱している。「不情」(山田本)、「不軽」(三条西家本)、「不惜の」(前田家本)、「不祥の」(正親町家本)、「不浄の」(氏孝本)。底本の「不請」が原形であることは確実であろう。「舌根ヲヤトヒテ」「両三遍(二三返)」「阿弥陀仏」を唱えるということ自体、すでに一心不乱の境地から遠い。即ちこの「不請」は、「心に請ひ望まぬ」意、「己が心にはさほど思はねど、但口すさみに念仏するをいふ。此は心の深からぬを卑下していひしなり」(織田得能)と解される。
三七 建暦二年(一二一二)三月末日。「頃」の語を添えて、表現を柔らかくした。
三八 「桑門」は梵語の音訳、沙門に同じ。世捨人。僧。「蓮胤」は、長明の法名。
三九 長明の日野山の草庵は、音羽山系の端山、通称「外山」と呼ばれる山に在った。
四〇 「記」の末尾には、多くこのような跋を付す。「天元五載孟冬十月、家主保胤、自ラ作リ自ラ書ケリ」(池亭記)。「癸丑歳七月一日記之」(本朝文粋十二・書斎記)。「元和十二年九月日柳宋元記」(文体明弁四十九・柳州東亭記)。「焉四年八月丁亥廬陵欧陽脩記」(同上五十・有美堂記)。

一 醍醐寺西南院。醍醐 →付図3
二 一二四四年。長明没後二十八年。
三 法印親快。醍醐寺の学僧。大納言源雅親の息。醍醐寺遍智院道教に入門。師、早世の後は、深賢・浄尊・憲深に学び、印可を受ける。地蔵院に親快方の法流を樹立。建治二年(一二七六)没。六十二歳。但し、底本の識語は親快の筆跡ではないと見られる。→解説

付録

大福光寺本方丈記の読解に資するため、慶滋保胤の池亭記、方丈記流布本の代表たる一条兼良筆本、また参考として方丈記略本三種および鴨長明集を翻刻する。いずれも通行の字体を採用し、句読点を加え、段落を設け、濁点を付した。

①池亭記

身延山久遠寺蔵本朝文粋巻第十二所収の本文により、その訓点にしたがって読み下した。全体を五段に分け、改行した。音読符は省略し、訓読符は平仮名の振り仮名に替えた。

②兼良本

古典文庫所収の影印により、大福光寺本の翻刻に準じて五段に分けた。

③略本三種(長享本・延徳本・真字本)

長享本は故若林正治氏蔵本(写本一冊)、延徳本は京都大学文学部潁原文庫蔵本(写本一冊)、真字本は武庫川女子大学蔵本(吉沢義則・野中春水氏旧蔵本、写本一冊)に、それぞれよった。真字本の送り仮名を整理し、誤字を判読し、脱字一箇所を補ったほかは、特に校訂しない。

④鴨長明集

島原市立島原公民館松平文庫の鴨長明百首(内題「鴨長明集」)により、同文庫の一本等を参照、欠脱を補った。

付図1　平安京条坊図

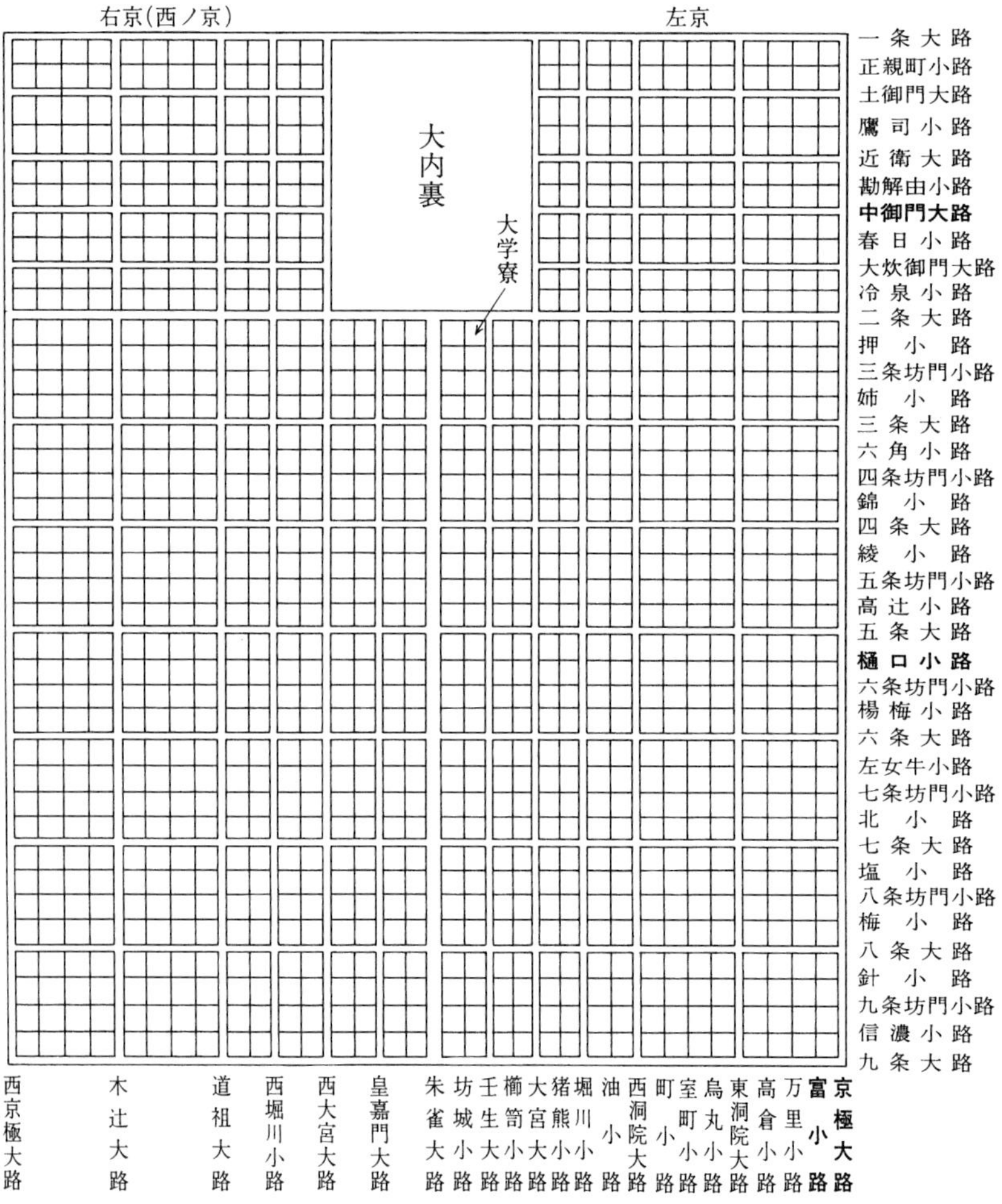
右京(西ノ京)
左京
大内裏
大学寮
一条大路
正親町小路
土御門大路
鷹司小路
近衛大路
勘解由小路
中御門大路
春日小路
大炊御門大路
冷泉小路
二条大路
押小路
三条坊門小路
姉小路
三条大路
六角小路
四条坊門小路
錦小路
四条大路
綾小路
五条坊門小路
高辻小路
五条大路
樋口小路
六条坊門小路
楊梅小路
六条大路
左女牛小路
七条坊門小路
北小路
七条大路
塩小路
八条坊門小路
梅小路
八条大路
針小路
九条坊門小路
信濃小路
九条大路
西京極大路
木辻大路
道祖大路
西堀川小路
西大宮大路
皇嘉門大路
朱雀大路
坊城小路
壬生大路
櫛笥小路
大宮大路
猪熊小路
堀川小路
油小路
西洞院大路
町小路
室町小路
烏丸小路
東洞院大路
高倉小路
万里小路
富小路
京極大路

付図2　大内裏略図

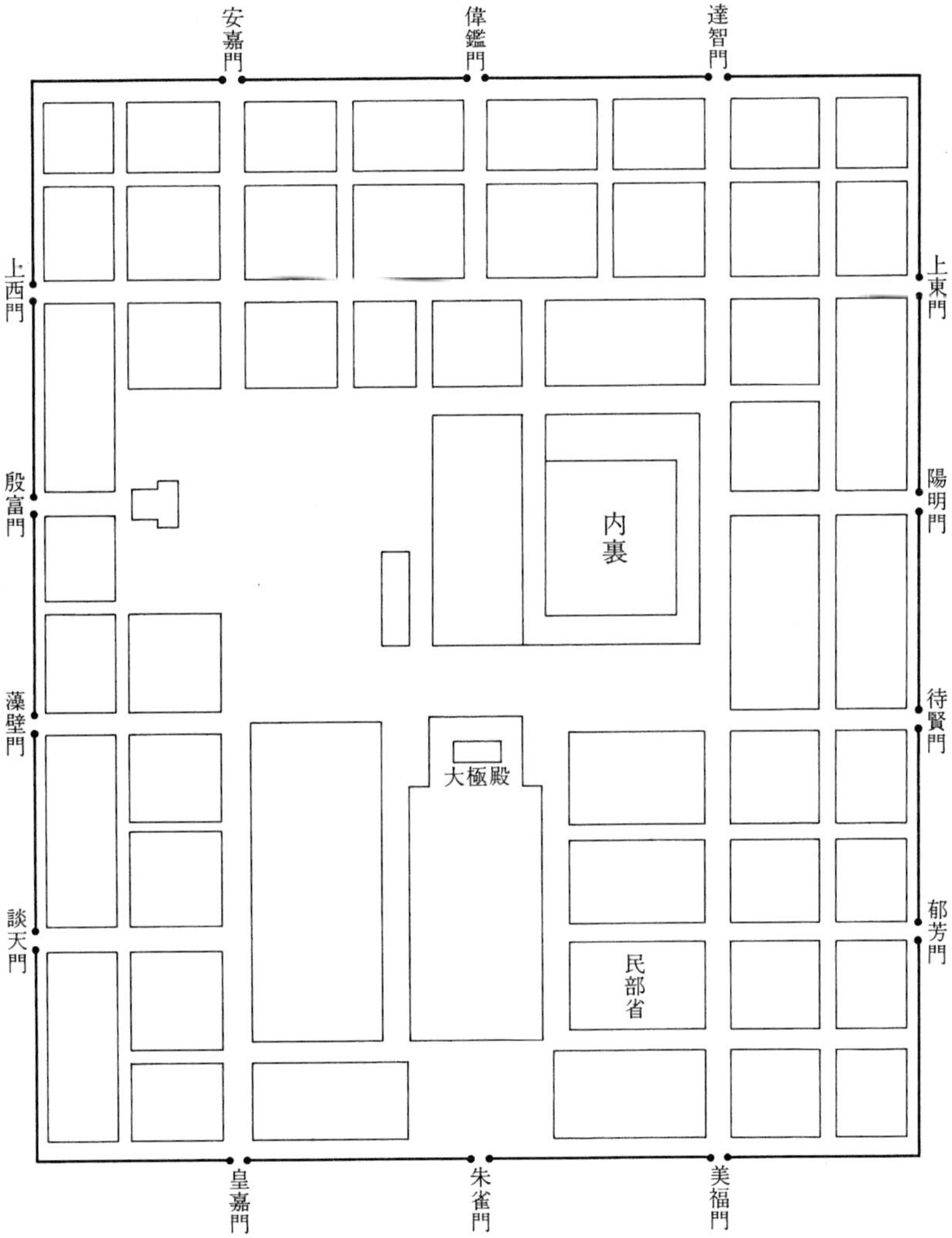
安嘉門
偉鑑門
達智門
上西門
上東門
殷富門
陽明門
内裏
藻壁門
待賢門
大極殿
談天門
郁芳門
民部省
皇嘉門
朱雀門
美福門

付図3　方丈記関係地図

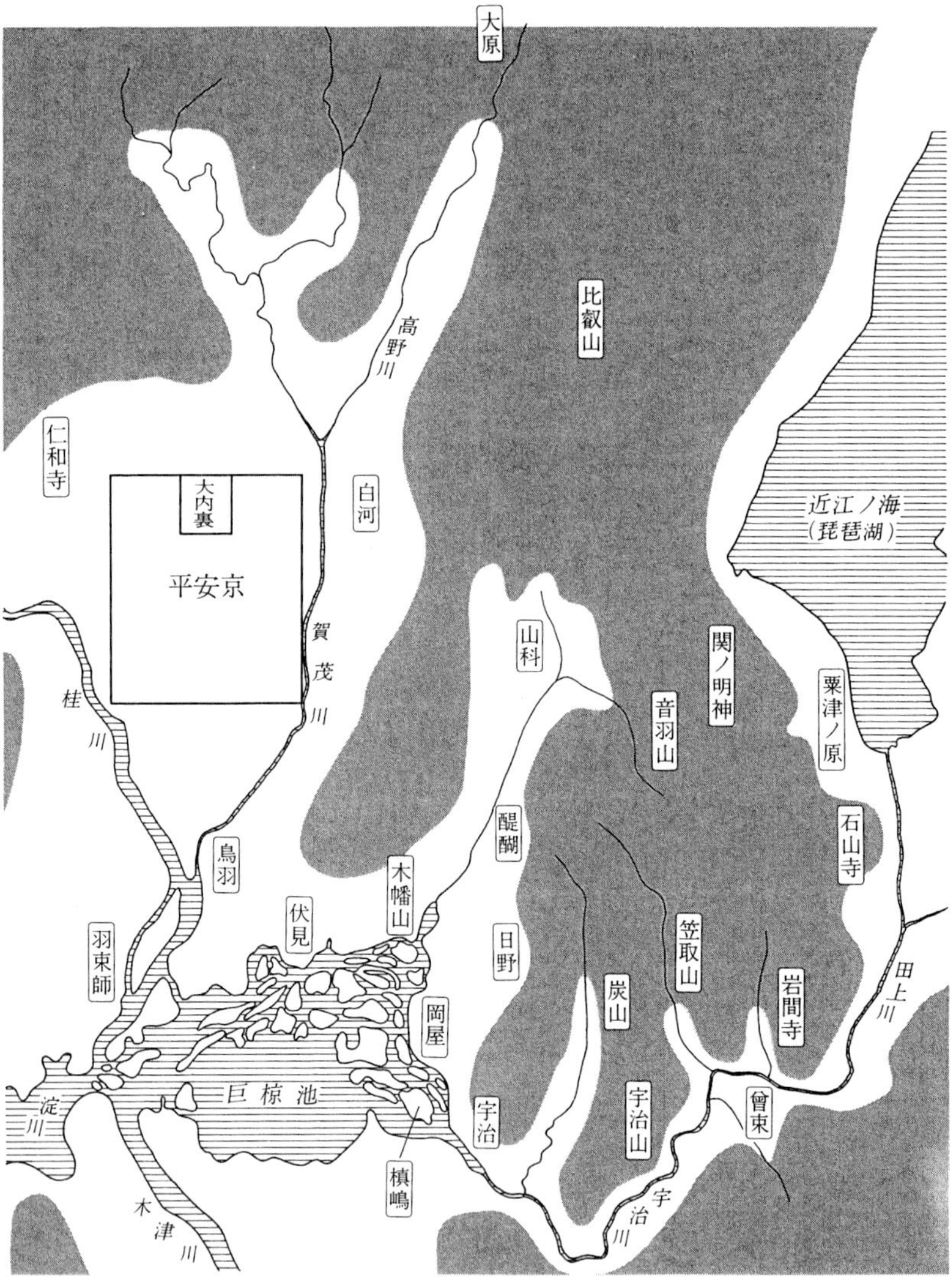
大原
比叡山
高野川
仁和寺
大内裏
平安京
白河
近江ノ海
（琵琶湖）
賀茂川
山科
関ノ明神
音羽山
桂川
粟津ノ原
醍醐
石山寺
鳥羽
木幡山
伏見
日野
笠取山
羽束師
田上川
岡屋
炭山
岩間寺
巨椋池
宇治
宇治山
曾束
淀川
槇嶋
宇治川
木津川

＊現代語音の五十音順
＊頁数は「方丈記」本文頁

粟津ノ原 二二頁

「(滋賀郡)粟津。今の膳所村なり。…大津町馬場の南より勢多川の辺までを指し…」(増補大日本地名辞書)。「恨めしき里の名なれや君に我があはづの原の逢はで帰れば」(兼盛集)。「ふる里のあはづの原の桜花昔の春もかくやありけむ」(能宣集)。「音に聞くあはづの原を今日見れば萩のとく散る名にこそありけれ」(嘉言集)。

石山 二二頁

西国三十三所観音の第十三番。「石山寺。丈六ノ如意輪十一仏。近江国志賀郡勢多郷ニアリ。聖武天王ノ御願。七間四面也。良弁ノ建立」(壒嚢鈔十二)。「石山に詣で侍りて月を見てよみ侍りける、藤原長能。都にも人や待つらむ石山の峰に残れる秋の夜の月」(新古今集・雑上)。

石間(岩間寺) 二二頁

西国三十三所観音の第十二番。「醍醐寺末寺。石間寺一間四面。礼堂一宇三間。已上檜皮葺。奉レ安二置千手観音・不動・毘沙門一。金鎮大師世号巨勢小大徳建立也」(醍醐雑事記)。「正法寺。岩間寺ト云。等身ノ千手。近江国勢多郷ニアリ。トノ醍醐ノ東ニ当レリ。泰澄法師ノ建立。一間四面ノ堂也」(壒嚢鈔十二)。「石山寺の南一里半。醍醐寺の東一里半」(増補大日本地名辞書)。

大原山 一八頁

「法花経ヲ縮レバ念仏也。念仏ハ法華経ヲ略スル也。去レバ大原ノ奥ニ引キ籠リテ念仏計申シテ居タル人有リ」(法華経直談鈔三本)。「(釈良忍)承徳ノ年号ノ始、隠遁シテ大原山ニ棲ミツヽ、来迎院ヲ始テ…」(元亨釈書和解十一)。「寂然入道、大原に住みけるに遣はしける。大原は比良の高嶺の近ければ雪降るほどを思ひこそやれ」(山家集・下雑)。「閑居冬日。ながめやる大原山の慰めは立つ炭窯の煙ばかりか」(唯心房集)。

岡屋 二一頁

「日暮れなば岡の屋にこそふしみなめ、明けて渡らん櫃河や櫃河、櫃河の橋」(梁塵秘抄)。「伏見過ぎぬ岡の屋になほとどまらじ日野まで行きて駒こころみん」(山家集・下雑)。「今(宇治郡)宇治村大字木幡五箇荘是なり。五箇荘に岡之屋の字存す。宇治河に臨む」(増補大日本地名辞書)。

音羽山 二〇頁

「音羽山は一に牛尾山とも云はれ、逢坂山以南の大嶺(標高五九三米)にして、笠取山に連り、延亘一里、山城と近江の国境をなす。古来より多く和歌の詠ぜられてその名が高い」(京都府山科町誌)。「音羽山ハ近江国ニアリ」(毘沙門堂本古今集註)。「音羽山、山城ニアリ」(同上)。しかし、元来、音羽山は、牛尾山に限らず、北は比叡山から南は宇治山に及ぶ大山系の総称だったと思われる。

笠取 二二頁

笠取山。「醍醐の山脈に接続し、近江の国滋賀郡に亘る。古来此山を詠ぜし歌多し」(京都府宇治郡誌)。「山城国…かさとり山」(能因歌枕)。「雨はふる道はまよひぬ山しなの笠取山やいづこなるらん」(古今六帖二)。「笠取の山に世を経る身にしあれば炭焼もをる我が心かな」(金葉集・恋下)。「醍醐。雨そそくしるしぞ空に現はるる笠取山の清滝の宮」(拾玉集三)。「(醍醐寺ハ)在二山城国宇治郡笠取山一」(醍醐寺縁起)。

木幡山　二二頁

「木幡山。伏見山(桃山)の東面を木幡山と称す(今明治天皇御陵の付近)。蓋し宇治郡木幡の西に傍ふを以てなり。古は宇治郡に属す」(京都府紀伊郡誌)。「木幡山有明の月に越えゆけば伏見の里に衣打つなり」(壬二集)。「木幡山花の錦は織りてけり桜柳をたてぬきにして」(夫木抄・春四)。

猿丸大夫ガ墓(曾束)　二二頁

「或人云、田上の下に曾束といふ所あり。そこに猿丸大夫が墓あり。庄の境にて、そこの券に書き載せたれば、皆人知れり」(無名抄)。

炭山　二二頁

笠取西庄に属した。「炭山の燃えこそまされ冬寒み独りおき火のよるはいも寝ず」(源順集)。「炭は主として笠取村に於て製造せらる。同村炭山部落の名称より考ふるに古来より産出したるものなるべく…」(京都府宇治郡誌)。

蟬歌ノ翁ガ跡(関ノ明神)　二二頁

「逢坂の関の明神と申すは、昔の蟬丸なり。かの藁家の跡を失はずして、そこに神となりて住み給ふなるべし」(無名抄)。

醍醐　三〇頁

「醍醐。醍醐村大字醍醐は理源大師所開醍醐寺の寺境にして、其東方は醍醐山笠取山を籠め、石間寺(近江国滋賀郡)に至る。嶺谷広深なり。寺塔は上下の二所に分れ、其建造盛大を極め、近年に至る迄寺領四千石、不易の大邑たり。…京都を去る一里半」(増補大日本地名辞書)。上の醍醐の准胝観音は、西国三十三所観音の第十一番。

田上河　二二頁

「近江…たなかみ河。アジロアリ」(和歌初学抄)。「月影の田上河に清ければ網代に氷魚のよるも見えけり」(拾遺集・雑秋)。「大戸川。或は田上川と曰ふ。下田上村黒津に於て勢多川に会す。又信楽川と云ふ。源は甲賀郡信楽谷の南多羅尾の御斎峠に発し…黒津に至る。総長九里。氷魚の名産あり」(増補大日本地名辞書)。

鳥羽　二二頁

白河院造営の離宮の所在地。「山城の鳥羽のわたりをうち過ぎて稲葉の風に思ひこそやれ」(重之集)。「鳥羽にて、竹風夜涼といへることを、人々つかうまつりし時、春宮大夫公継。窓近きいささむら竹風吹けば秋におどろく夏の夜の夢」(新古今集・夏)。

仁和寺　一三頁

「仁和寺ハ仁和ノ御門ノ御願。則チ寛平法皇ノ皇居也。御持世ノ時、宇多天皇トモ、仁和ノ御門トモ申シ、又亭子院トモ、寛平法皇トモ申サレキ。然ルニ御子醍醐天皇ノ御宇、昌泰二年十月十四日、御歳三十三ニテ御出家有テ、御法名ハ空理。是ヨリ密教ニ帰シ給テ、仙院ヲ改メテ、御室ト号シ奉ル。…同三年三月ニ、旧院ノ傍ニ一伽藍ヲ御建立有テ、仁和寺ト号ス。今、本寺ト云是也」(壒嚢鈔十四)。

羽束師　二二頁

「山城国…はつかしの森」(能因歌枕)。「忘られて思ふなげきのしげるをや身をはづかしのもりといふらん」(後撰集・恋二)。「ほととぎす尋ねかねたる恨みして帰る人目やはづかしの杜」(千五百番歌合・夏一)。「(乙訓郡)羽束師森は古川の北、志水の西に在り。樹木鬱々として古代の致を失はず」(増補大日本地名辞書)。

日野山　一九頁

日野の山の意で、特に「日野山」というふ山があるのではない。「日野は山城と近江の国境なる連山の西麓に在り。山科郷の巽に位し、醍醐の南にて、木幡の北に挟りたる、西北の低き緩かなる傾斜したる地なり。昭和六年四月京都市に編入せられ、伏見区になりたれ共、其時迄は山城国宇治郡なりき。東海道の国道は、東よりすれば山科の追分にて岐れて、右すれば京都に至り、左すれば伏見奈良に至る道となる。是を醍醐路と云ふ。其の街道は六地蔵の櫃河橋の手前にて伏見に至る道と、宇治を経て奈良に至る道に岐るゝなり。…日野は遠き昔、藤原氏の荘園に賜りたる地にして、萱尾明神を勧進し、此地に祀られてより後、藤原氏の北家、山荘を営み、法界寺を建立あり」(日野誌)。「(日野)資業三品之時造二大仏像一。奉レ納二御身一畢。建レ寺号二法界寺一」(叡岳要記・上)。「日野ノ法界寺。伝教ノ御作。中堂ト同ジ。御衣木法界定印ト云々。仍テ此ノ寺ノ寺号アリト」(壒嚢鈔十二・七仏薬師事)。

伏見ノ里　二二二頁

「山城国…伏見里」(能因歌枕)。「みやこ人くるれば帰る今よりは伏見の里の名をもたのまじ」(後拾遺集・雑五)。「夢通ふ道さへ絶えぬ呉竹の伏見の里の雪の下折れ」(新古今集・冬)。「遠からぬ伏見の里の関守はこはたの峰の君ぞ据ゑける。…伏見へは木幡の関を越えて行けばなり」(建保百首名所註)。

槙(槙嶋)　二二三頁

「宇治河の瀬々の網代に鵜飼舟あはれとや見る槙の嶋人」(拾玉集三)。「宇治のわたりも真木嶋など、おととしの比は、行きかふ人の袖の錦、都の春の柳桜をこきまぜたりしに」(再昌草五)。「又あれに一村の里の見えて候ふは槙の嶋候ふか。さん候、槙の嶋とも申し、又宇治の河嶋とも申すなり」(謡曲・頼政)。

池亭記

慶保胤

予《ワレ》、二十余年ヨリ以来《コノカタ》、東西二京ヲ歴《ヘ》見ルニ、西京人家漸ク稀《マレ》ニシテ殆《ホトヲ》ト幽墟《キヨ》ニ幾《チカ》シ。人《ひと》ハ去ルコト有テ来ルコト無シ。屋《ヤ》ハ壊《ヤブ》ルコト有リ造ルコト無シ。其ノ移徙《ウツ》ルニ処無ク賤貧ニ憚ルコト無キ者《モノ》ハ是《コレ》ニ居《ヲ》リ。或ハ幽隠亡命ヲ楽《タノ》シンデ、山ニ入リ田ニ帰《カヘ》ルベキ者《モノ》ハ去ラズ。若シ自ラ財貨《クワ》ヲ蓄《タクハ》ヘ、心奔営ニ有ル者《モノ》ハ、一日ト雖モ之ニ住《ス》ムコト得ズ。往年ヨリ一《ツ》ノ東閣有リ。華堂朱戸、竹樹泉石、誠ニ是、象外ノ勝地也。主人事有テ左転、屋舎火有テ自ラ焼《ヤ》ケヌ。其門客ノ近地ニ居《ヲ》ル者ノ数十家、相率《あひひき》ヰテ去リヌ。其後、主人帰ルト雖モ重《カサ》ネテ修《ツクロ》ハズ、子孫多シト雖モ永ク住セズ。荊棘門ニ鎖《サ》シ、狐狸穴ヲ安《ヤス》ンズ。夫《ソ》レ此ノ如キハ、天ノ西京ヲ亡ボスナリ人ノ罪ニ非ズトイフ、明《アキラ》ケシ。東京四条以北、乾艮《イヌイウシトラ》二方、人人《ひと》貴賤ト無ク、多ク群聚スル所ナリ。高家門ヲ比《ナラ》ベ堂ヲ連《ツラ》ネ、少屋壁《カベ》ヲ隔テ簷《ノキ》ヲ接《マジ》フ。東隣ニ火災有レバ西隣ハ余炎ヲ免レズ。南宅ニ盗賊有レバ、北宅ハ流矢ヲ避リ難シ。南院ハ貧シク北院ハ富《ト》メリ。富《ト》メル者《もの》未ダ必シモ徳有ラズ、貧シキ者《もの》亦猶恥有リ。又、勢《セイ》家ニ近《チカ》ヅイテ微身ヲ容《イ》ルヽ者《モノ》ハ、屋破《ヤブ》レタリト雖モ葺《フ》クコトヲ得ズ、垣壊《カキヤブ》レタリト雖モ築《ツ》クコトヲ得ズ。楽シビ有レドモ大キニ口ヲ開テ咲フコト能ハズ、哀シビ有レドモ高ク声ヲ揚《ア》ゲテ哭《コク》スルコト能ハズ。進退懼《ヲソレ》有リ、心神安カラズ。譬ヘバ鳥雀ノ鷹鸇《キヨウセン》ニ近《チカ》ヅクガ猶シ。何況《いかにいはんや》、転《ウタヽ》門戸ヲ広《ヒロ》ウシ、初メテ第宅ヲ置《ヲ》カンヤ。小屋相并《あひアハ》セ、少人相訴《あひ》ル者多シ。宛《アタカ》モ子孫ノ父母ノ国ヲ去《サ》リ、仙官ノ人世ノ塵ニ謫《タク》セルガ如シ。

其尤モ甚シキ者《モノ》ハ、或ハ狭《セバ》キ土ヲ以テ一家ノ愚民ヲ滅ボスニ至リ、或ハ東河ノ畔《ホトリ》ヲトテ若シ大水ニ遇《ア》フトキンバ魚鼈《ベツ》ト伍《ゴ》為《タ》リ、或ハ北野ノ中《ウチ》ニ住シテ若《モ》シ苦旱有ルトキンバ渇《カツ》乏《ホク》ナリト雖モ水無シ。彼ノ両京ノ中、空閑ノ地無キ歟《カ》。何ゾ其レ人心ノ強シ甚《ハナハダ》シキ乎《ヤ》。

且夫《マタカ》ノ河辺野外、啇屋《タツヤ》ヲ比《ナラ》ベ戸ヲ比《ナラ》ベタルノミニ非ズ、兼テハ復《また》、田ト為シ畠ト為ス。老圃永ク地ヲ得テ以テ畝《ウネ》ヲ開《ヒラ》キ、老農便チ河ヲ堰《セ》イテ以テ田ニ漑《マカ》ス。比《シキリ》ノ年《とし》水有テ流溢《イツ》シテ隄《ツヽミ》絶《たえ》ヌ。防河ノ官、昨日《きのふ》ハ其功ヲ称シ、今日《けふ》ハ其破レニ任《マカ》ス。洛陽城人、殆《ホトヲ》ト魚ト為《ナ》ルベキ歟。竊《ヒソカ》ニ格《キャク》ノ文ヲ見ルニ、鴨河ノ西ハ、唯崇神院ノ田ヲ耕《タカヘ》スコトヲ免《ユル》セリ。自余ハ皆悉ク禁断ス。人害有ルヲ以テナリ。加以《シカノミナラズ》、東河北野ハ四郊《カウ》ノ二《ツ》ナリ。天子時ヲ迎《ムカ》ヘル場《ニハ》、遊幸ノ地也。人有テ縦《ホシヒマヽ》ニ居《ヲ》ラマク欲《ホ》シ耕《タカヘ》サマク欲ス。有司何ゾ禁ゼズ制セザル乎《ヤ》。若シ庶人ノ遊戯ヲ謂《イ》ハヾ、夏天ニ納涼ノ客、已ニ小鮎《コアユ》ヲ漁《スナド》ル涯《キシ》無シ、秋風ニ遊猟ノ士、又小鷹《こたか》ヲ臂《ヒヂ》マスル野無シ。夫《ソ》レ京外ハ時ニ争《アラソ》ヒ住《ヂウ》シ、京内ハ日《ヒヾ》ニ陵遅ス。彼ノ坊城ノ南面、荒蕪眇ヽトシテ、秀麦離ヽタリ。膏腴《ユ》ヲ去《サ》テ墝埆《ゲウカク》ニ就《ツ》ク、是天ノ然ラシムル歟、将《ハタ》人ノ自ラ狂セル歟。

予《ワレ》、本《もと》居処無シ、上東門ノ人家ニ寄居ス。常ニ損益ヲ思テ永ク住センコトヲ要《モト》メズ。縦《タト》ヒ求ムトモ之ヲ得《ウ》ベカラズ。其価直、二三畝《ホ》、千万銭ナルヲ乎《ヤ》。予《ワレ》、六条以北ニ初テ荒地ヲ卜《シ》ム。四《ツ》ノ垣《カキ》ヲ築《ツ》イテ、一《ツ》ノ門ヲ開ク。上ハ蕭相《ジヤウ》国ノ窮僻《キウヘキ》ノ地ヲ択《エラ》ビ、下ハ仲長統《トウ》ノ清曠ノ居ヲ慕《ネガ》フ。地方都盧十有余畝《ボ》、隆《タカ》キニ就《ツイ》テ小山ヲ為《ツク》ル、窪《クボ》ナルニ遇《ア》フテ小池ヲ穿《ホ》ル。池《いけ》ノ面ニ小堂ヲ置《ヲ》イテ弥陀ヲ安ジ、池ノ東ニ小閣ヲ開テ書籍ヲ納《ヲサ》ム。池ノ北ニ低《テイ》屋ヲ起《タ》テテ妻子ヲ著《ツ》ケリ。凡ソ、屋舎ハ十ノ四《ツ》、池水ハ九ガ三《ツ》、菜園ハ八ガ二《ツ》、芹《キン》田ハ七ガ一《ツ》ナリ。其ノ外、緑松ノ嶋、白沙ノ汀《ミギハ》、紅鯉白鷺、小橋小船、平生ニ好《コノ》ム所、尽《コト〲》ク中《ナカ》ニ在リ。況乎《いはんや》、春ハ東岸ノ柳有リ、細煙嫋娜《デウダ》タリ。夏ハ北戸ノ竹有リ、清風颯《サツ》然タリ。秋ハ西窓ノ月有リ、以テ書ヲ披《ヒラ》クベシ。冬ハ南簷《エン》ノ日有リ、以テ背《セナカ》ヲ炙《アブ》ルベシ。

予《ワレ》、行年漸ク五旬ニ垂《ナン〱》トシテ適《タマ〱》少宅有リ。蝸《カタツブリ》ハ其舎ヲ安《ヤス》ンジ、虱《シラミ》ハ其縫《ヌイメ》ヲ楽《タノ》シム。鶺《カヤクキ》ハ小枝ニ住《ス》ンデ鄧《トウ》林ノ大《ヲホ》キナルヲ望マズ。蛙《カヘル》ハ曲井ニ在テ滄海ノ寛《ヒロ》イコトヲ知ラズ。家主、職《シヨク》柱下ニ在リト雖モ、心山中ニ住《ス》ムガ如シ。官爵ハ運命ニ任《マカ》ス、天ノ工均《タクミヒト》シ、寿夭ハ乾坤ニ付《ツ》ク、丘《キウ》ガ禱ルコト久シク、人ノ風鵬為《ボウタ》ルヲ楽《ネガ》ハズ、人ノ霧《ブ》豹為《ハウタ》ルヲ楽ハズ。膝《ヒザ》ヲ屈《クツ》シ腰《コシ》ヲ折《ヲ》リテ媚ヲ王侯将相ニ求メンコトヲ要セズ、又言ヲ避《サ》リ色ヲ避テ蹤《アト》ヲ深山幽谷ニ刊《ケツ》ランコトヲ要セズ。朝ニ在テ身暫ク王事ニ随フ。家ニ在テ心永ク仏那《ダ》ニ帰ス。予《ワレ》、出テハ青草ノ袍有リ、位卑《イヤ》シト雖モ職尚貴《タフト》シ。入テハ白紵《チヨ》ノ被《フスマ》有リ、春ヨリモ暄《アタヽカ》ニ雪ヨリモ潔《イサギヨ》シ。盥《テアラ》ヒ嗽《クチスヽ》ク初メ、西堂ニ参ジ、弥陀ヲ念ジ、法華ヲ読《ヨ》ム。飯飡《ハンサン》ノ後、東閣ニ入リ、書巻ヲ開イテ古賢ニ逢フ。夫《カ》ノ漢ノ文皇帝ヲ異代ノ主トス、倹約ヲ好《コノ》ンデ人民ヲ安《ヤス》ンゼシヲ以テナリ。唐ノ白楽天ヲ異代ノ師トス、詩句ニ長ジテ仏法ニ帰スルヲ以テナリ。晋朝ノ七賢ヲ異代ノ友トス、身朝ニ在テ志隠《イム》ニ在ルヲ以テナリ。予ガ賢主ニ遇《ア》ヒ、賢師ニ遇《ア》ヒ、賢友ニ遇フ、一日ニ三遇《グ》有リ、一生三楽ヲ為《ナ》ス。近代人世ノ事、一《ツ》トシテ恋フベキ無シ。人ノ師為《タ》ル者《モノ》ハ、貴キヲ先《サキ》ニシ富《ト》メルヲ先ニシテ、文《ブン》ノ次《ツイデ》ヲ以テセズ、如《シ》カジ師無ランニハ。人《ひと》ノ友為《タ》ル者《モノ》ハ、勢《セイ》ヲ以テシ利ヲ以テシテ、淡交ヲ以テセズ、如《シ》カジ友《トモ》無ランニハ。予《ワレ》、門ヲ杜《フサ》ギ戸ヲ閉ヂテ、独リ吟ジ独リ詠ズ。若シ余興有ルトキンバ、児童ト少船ニ乗テ舷《フナバタ》ヲ叩《タヽ》キ棹《サウ》ヲ鼓《コ》ス。若シ余仮《イトマ》有ルトキンバ、僮僕ヲ呼《ヨ》ンデ後園ニ入テ以テ糞《アクタハラ》ヒ以テ灌《ミツマカ》ス。我吾《ワレ》ガ宅ヲ愛シテ、其ノ他ヲ知ラズ。

応和ヨリ以来《コノカタ》、世ノ人好《コノ》ンデ豊屋峻《シユン》宇ヲ起《タ》ツ。殆《ホトヲ》ト節ヲ山《ヤマ》ニシ梲《セツ》ニ藻《エガ》ケルニ至ル。其費《ツキエ》巨千万ニ且《ナン〳〵》トシ、其ノ住《ス》ムコト纔ニ二三年ナリ。古人云ク、造《ツク》レル者《モノ》ハ居《ヲ》ラズトイヘリ。誠《マコト》ナル哉《カナ》斯ノ言《コト》。予《ワレ》暮歯ニ及テ、少宅ヲ開キ起《タ》ツ、諸ノ身ニ取リ分ニ量ルニ、誠ニ奢盛《シヤセイ》ナリ。上、天ニ畏《ヲソ》リ、下、人ニ愧《ハ》ヅ。亦猶行人ノ旅宿ヲ造《ツク》リ、老蚕《セム》ノ独繭《ケン》ヲ成《ナ》スガゴトシ。其住《ス》マンコト幾《イク》時ゾ。嗟乎《アヽ》、聖賢ノ家ヲ造ル、民ヲモ費《ツキヤ》サズ、鬼ヲモ労セズ。仁義ヲ以テ棟梁ト為シ、礼法ヲ以テ柱礎ト為シ、道徳ヲ以テ門戸ト為シ、慈愛ヲ以テ垣墻《エンシヤウ》ト為シ、好倹ヲ以テ家事ト為シ、積善ヲ以テ家資ト為ス。其中《ウチ》ニ居《ヲ》ル者《モノ》ヲバ、火《ひ》シ焼《ヤ》クヿト能ハズ、風モ倒《タフ》スコト能ハズ、妖《エウ》モ呈《アラハ》ルヽコト得ズ、災モ来ルコト得ズ、鬼神モ窺《ウカヾ》フベカラズ、盗賊モ犯スベカラズ。其ノ家自ラ富《ト》ミ、其ノ主是 寿《イノチナガ》シ。官位永ク保チ、子孫相承《あひう》ク。慎《ツヽシ》マザルベケン乎《ヤ》。

天元五載孟冬十月、家主保胤、自ラ作リ自ラ書《カ》ケリ。

鴨長明方丈記(兼良本)

行く河の流は、たえずして、しかも本の水にあらず。よどみにうかぶうたかたは、かつきえかつむすびて、久しくとまる事なし。世の中にある人とすみかと、又かくのごとし。玉しきのみやこの中にむねをならべいらかをあらそへる、たかきいやしき人のすまゐは、代〻をへてつきせぬ物なれど、これをまことかと尋ぬれば、むかしありし家もまれなり。あるは大家ほろびて小家となる。すむ人も又これにおなじ。所もかはらず人もおほかれど、古みし人は、二三十人が中にわづかにひとりふたり也。朝にしにゆふべにむまるゝならひ、たゞ水の泡にぞにたりける。しらず、むまれしぬる人、いづかたよりきたりて、いづくへかさる。また、しらず、かりのやどり、たがためにか心をなやまし、なにゝよりてか目をよろこばしむる。其あるじとすみかと無常をあらそふさま、いはゞ朝顔の露にことならず。あるは露おちて花のこれり、のこるといへども朝日にはかれぬ。あるは花しぼみてつゆ猶きえず、消ずといへどもゆふべをまつ事なし。

凡、物の心をしれりしより、よそぢあまりの春秋をおくるあひだに、世のふしぎをみる事、やゝたび〳〵になりぬ。いんじ安元三年四月廿八日かとよ。風はげしく吹てしづかならざりし夜、いぬの時ばかり、都のたつみより火いできていぬゐにいたる。はてには、朱雀門大極殿大学寮民部省までうつりて、一夜が程にはいとなりにき。火もとは樋口

なるつじかぜおこりて、六条わたりまでいかめしく吹る事侍き。三四丁をかけてふきまくるあひだ、其中にこもれる家ども、大きなるもちいさきも、一としてやぶれざるはなし。さながらひらにたふれたるもあり。けたはしらばかりのこれるもあり。又、門の上を吹はなちて、四五丁がほどにをき、又、垣をふきはらひて、隣とひとつになせり。いはんや、家の中のたから、数をつくして空にあり。檜皮ふき板のたぐひ、冬の木の葉の風にみだるゝがごとし。塵を煙のごとくふきたてたれば、すべて目もみえず。おびたゝしくなりどよむ音に、物いふこゑもきこえず。地獄の業風なりとも、かくこそはとぞおぼえける。家の損亡のみならず、これをとりつくろふ間に身をそこなひかたわをつける物、数をしらず。此かぜ坤のかたにうつり行て、おほくの人のなげきをなせり。つじ風は常に吹物なれどかゝる事やはある、たゞ事にあらず、さるべき物のさとしかなどぞ、うたがひ侍し。

又、同年のみな月の比、にわかに都うつり侍き。いと思

富少路とかや。病人をやどせるかりやよりいできけるとなん。ふきまよふ風にとかくうつりゆくほどに、扇をひろげたるごとく末ひろになりぬ。遠き家は煙にむせび、ちかきあたりはひたすらほのをゝ地にふきつけたり。空には灰をふきたてたれば、日の光に映じてあまねく紅なる中に、風にたへず吹きゝれたるほのを、とぶがごとくして一二町をこえつゝうつりゆく。其中の人、うつゝ心ならんや。或は煙にむせびてたふれふし、或はほのをにまぐれてたちまちにしにぬ。あるひは又わづかに身ひとつからくしてのがれたれども資財をとり出るに及ず。七珍万宝さながら灰燼となりにき。其つゐへいくそばくぞ。この度、公卿の家十六やけたり。まして、そのほかはかずしらず。すべて、都のうち三分が一に及べりとぞ。男女しぬる物数千人。馬牛のたぐひへんさひをしらず。人のいとなみみなおろかなる中に、さしもあやうき京中の家をつくるとて、たからをついやし心をなやます事は、すぐれてあぢきなくぞ侍るべき。

又、治承四年卯月廿九日の比、中御門京極の程より、大

のほかなりし事なり。大かた、此京のはじめをきけば、嵯峨の天皇の御時都とさだまりにけるよりのち、すでに数百歳をへたり。事なくてたやすくあらたまるべくもあらねば、これを世の人たやすからずうれへあへるさま、ことはりにも過たり。されど、とかくいふかひなくて、御門よりはじめたてまつりて、大臣公卿、こと〴〵くうつり給ぬ。世につかふる程の人、たれかひとり故郷にのこらん。つかさ位に思をかけ、主君のかげをもたのむほどの人は、一日なりともとくうつらんとはげみあへり。時をうしなひ世にあまされて、期《ご》する所なき物は、うれへながらとまりをり。軒をあらそひし人のすまひ、日をへつゝあれゆく。家はこぼたれてよど川にうかび、地はめのまへに畠となる。人の心みなあらたまりて、たゞ馬鞍をのみをもくす。牛くるまを用とする人なし。西南海の所領をねがひ、東北国の庄園をばこのまず。其時、をのづから事のたよりありて、摂津くにの今の京にいたれり。所のありさまをみるに、其地程せばくて条里をわるにたらず。北は山にそひてたかく、南は海にちかくてくだれり。浪の音つねにかまびすくして、しほ風ことにはげし。内裏は山の中なれば、かの木の丸殿もかくやと、中〳〵やうかはりて、ゆうなるかたも侍き。日ゝにこぼちて、河もせきあへずはこびくだす家、いづくにつくれるにかあらん。猶、むなしき地はおほく、つくれる屋はすくなし。故郷はすでにあれて、新都はいまだならず。ありとしある人、みな、浮雲の思をなせり。もとよりこの所にある物は、地をうしなひてうれふ。今うつりすむ人は、土木のわづらひある事をなげく。みちのほとりをみれば、車にのるべきは馬にのり、衣冠布衣なるべきは直垂をきたり。宮この条里たちまちはあらたまりて、たゞひなびたるものゝふにことならず。これは世のみだるゝ瑞さうとかきゝをけるもしるく、日をへつゝ世の中うきたちて、人の心もおさまらず、民の愁つゐにむなしからざりければ、同年の冬、猶、この京にかへり給にき。されど、こぼちわたせりし家どもは、いかになりにけるにか、こと〴〵もとのやうにもつくらず。ほのかにつたへきくに、いにしへのかしこき御代には、あはれみをもて国をおさめ、則、御殿にかやをふきても、軒をだにとゝのへず、煙のともしきを見給ふ時は、かぎりあるかつき物をさへゆるされき。これ、民をめぐみ世をたすけ給ふによりて也。今の世中のありさま、むかしになずらへてしりぬべし。

又、養和元二両年の比かとよ、久しくなりてたしかにもおぼえず。ふたとせがあひだ世中飢渇して、あさましき事侍き。或は春夏日でり、或は秋冬大風大水など、よからぬ事どもうちつゞきて、五穀こと〴〵くならず。むなしく春かへし夏うふるいとなみのみありて、秋かり冬おさむるそめきはなし。これによりて国〳〵の民、或は地をすてゝさかひをいで、或は家をわすれて山にすむ。さま〴〵御祈はじまり、なべてならぬ法どもおこなはるれど、さらにそのしるしなし。京のならひ、なにわざにつけても、みな、もとはゐ中をこそたのめるに、たえてのぼる物なければ、さのみやはみさをもつくりあへん。念じわびつゝ、たから物かたはしよりすつるごとくすれども、更に目たつる人なし。たま〳〵かふる物は、金をかろくし粟ををもくす。乞食みちのほとりにおほく、うれへかなしむこゑ耳にみてり。さきの年、かくのごとくからくしてくれぬ。あくるとしはたちなをるべきかとおもふに、あまさへ疫癘さへうちそひて、まさるさまにあとかたなし。世の人みなうへしにければ、日をへつゝきはまりゆくさま、小水の魚のたとへにかなへり。はてには、笠うちき足ひきつゝみ、よろしきすがたしたる物、ひたすら家ごとにこひありく。かくわびしれたる物ども、ありくかとみれば、すなはちたふれしぬ。つひぢのつら、路頭に、うへしぬるたぐひは、数しらねば、くさき風世界にみち〳〵て、かはりゆくかたちのありさま、目もあてられぬ事おほかり。いはんや川原などには、馬車の行かふ道だにもなし。あやしきしづ山がつも力つきて、薪にさへともしくなり行ば、たのむ方なき人は身づから家をこぼちて、市にいでゝうるに、一人もちたるあひた(マヽ)、猶一日が命をさゝふるに及ずとぞ。あやしき事は、かゝるたき木の中に、あかき丹《たん》のにつき、しろかねこがねなどのはく所〳〵につきてみゆる木のわれ、あひまじれり。これを尋れば、すべき方なき物の、ふるき寺にいたりて仏をぬすみ、堂の物のぐをやぶりとりて、わりくだけるなりけり。濁悪の世にしもむまれあひて、かゝる心うきわざをなん見侍き。又いとあはれなる事侍き。さりがたきめおとこなどもちたる物は、その心ざしまさりてふかきは、かならず死す。そのゆへは、我身をばつぎになして、おとこにもあれめにもあれ、いたはしくおもふかたに、たま〳〵こひゑたる物をまづゆづるによりてなり。されば父子ある物は、さだまれる事にて、おやぞさきだちてしにける。又、母がいのちつきてふせるをしらずして、いとけなき子の、そのちぶさにすひつきつゝふせるなどもありけり。仁和寺に隆暁法印といふ人、かくしつゝ数しらずしぬる事をかなしびて、ひじりをあまたかたらひつゝ、そのしにかうべのみゆるごとに、阿字をかきて、縁にむすばしむるわざをなんせられける。其数をしらんとて、四五両月が程かぞへたりければ、京の中、一条よりみなみ、九条より北、京極より西、朱雀より東、みちのほとりにあるかうべ、すべて四万二千三百なむありける。いはんや、その前後にしぬる物もおほく、河原白川西の京、もろ〳〵の辺地などをくはへていはゞ、さいげんもあるべからず。いかにいはんや諸国七道をや。近は崇徳院の御位の時、長承の比かとよ、かゝるためしありけるときけども、其代のありさまはしらず。まのあたりいとめづらかにかなしかりし事也。

又、元暦二年の比、大なゐふる事侍き。そのさまよのつねならず。山くづれて河をうづみ、海かたぶきて陸をひたせり。地さけて水わきあがり、いはほわれて谷にまろび入る。なぎさこぐ船は浪にたゞよひ、みちゆく馬はあしのたちどをまどはせり。いはんや、宮このほとりには、在ゝ所ゝ、堂舎塔廟一としてまたからず。或はくづれ、或はたふれたる間、ちりはいたちのぼりて、さかりなるけぶりのごとし。地うごき家やぶるゝ音、雷にことならず。家のうちにをれば、たちまちにうちひしげなんとす。はしりいづれば、又地われさく。羽なければ空へもあがるべからず。龍ならねば雲にのぼらん事かたし。おそれの中におそるべかりけるは、たゞ地震なりけりとぞおぼえ侍し。其中に、或武者、ひとり子の六七ばかりに侍りしが、ついぢのおほひの下にこ家をつくりてはかなげなるあとなし事をしてあそび侍しが、俄にくづれうめられて、あとかたなくひらにうちひさがれて、二の目など一寸ばかりづゝうちいだされたるを、父母かゝへて、こゑをおしまずかなしみあひて侍しこそ、哀にかなしく見侍りしか。子のかなしみにはたけき物も恥をわすれけりとおぼえて、いとをしく、ことわりかなとぞ見侍りし。かくおびたゝしくふる事は、しばしにてやみにしかど、其名残、しば〳〵たえず。よのつねにおどろく程のなゐ、二三十度ふらぬ日はなし。十日廿日すぎにしかば、やう〳〵まどをになりて、或は四五ど、二三度、若は一日まぜ、二三日に一どなど、大かたその名残三月ばかりや侍けん。四大の中に水火風はつねに害をなせど、大地にいたりては殊なる変をなさず。むかし、斉衡の比かとよ、大なゐふりて、東大寺の仏のみぐしおちなどして、いみじきことゞも侍けれど、猶このたびにはしかずとぞ。すなはち、人みなあぢきなき事をのべて、いさゝか心のにごりもうすらぐかとみし程に、月かさなりとしこえしかば、後は、ことの葉にかけていひ出る人だになし。

すべて、世のありにくき事、我身とすみかとのはかなくあだなるさま、かくのごとし。いはんや、所により身のほどにしたがいて、心をなやます事、あげてかぞふべからず。若をのづから身かなはずして、権門のかたはらにをる物は、ふかくよろこぶ事あれども、大にたのしむにあたはず。なげきある時も、声をあげてなげく事なし。進退やすからず、たちゐにおそれをのゝく。たとへば、雀の鷹のすにちかづけるがごとし。もしまづしくして、とめる家のとなりにをる物は、朝夕すぼきすがたをはぢて、へつらひて出入る。妻子僮僕のうらやめるさまにも、富家の人のないがしろなるけしきをきくにも、心念〻にうごきて、時としてやすからず。もしせばき地にをれば、ちかく炎上ある時、其害をのがるゝ事なし。若辺地にあれば、行かへるわづらひおほく、盗賊の難はなれがたし。いきほひある物は貪欲ふかく、独身なる物はかすめらる。宝あればおそれおほく、まづしければなげき切なり。人をたのめば、身他の有となり、人をはごくめば、心をんあいにつかる。世にしたがへばみくるし、又したがはねばくるへるにゝたり。いづれの所をしめ、いかなるわざをしてか、しばしもこの身をやすむべき。

我身父かたのうばの家をつたへて、久しくかの所にすむ。そのゝち縁かけ身おとろへて、しのぶかた〴〵しげかりしかば、つゐに跡せむる事をえずして、みそぢあまりにして、更に、我心と、ひとつのいほりをむすぶ。これをありしすまゐになずらふるに、十分が一なり。たゞゐ屋ばかりをかまへて、はか〴〵しくは屋をつくるに及ず。わづかに築地をつけりといへども、門をたつるたつきなし。竹をはしらとして、車やどりとせり。雪ふり風ふくごとに、あやうからずしもあらず。所は、川原ちかければ、水のなんふかく、しら波のおそれもさはがし。すべて、あられぬ世を念じくらしつゝ心をなやませる事、三十余年なり。そのあひだ、おり〳〵のたがひめに、をのづから、みじかき運をさとりぬ。則、いそぢの春をむかへて、家を出、世をそむけり。もとより妻子なければ、すてがたきよすがもなし。身に官禄あらず、なにゝつけてか執をとゞめん。むなしく大原山の雲にふして、又いくそばくの春秋をかへぬる。

こゝに、むそぢの露消がたに及て、さらに末葉のやどりをむすべる事あり。いはゞ、旅人の一夜のやどをつくり、かひこのまゆをいとなむがごとし。これを中比のすみかになぞらふれば、又百分が一に及ず。とかくいふ程に、齢はとし〴〵にかたぶき、すみかはおり〳〵にせばし。其家のありさま、よのつねならず。わづかに方丈、たかさ七尺がうちなり。所を思さだめざるがゆへに、地をしめてつくらず。つちゐをくみ、うちおほゐをふきて、つぎめごとにかきがねをかけたり。もし心にかなはぬ事あらば、やすくほかにうつさんがためなり。そのあらためつくる時、いくばくのわづらひかある。つむところわづかに二両なり。車のちからをむくふほかに、さらに用途いらず。今、日野山の奥に跡をかくして、南にかりの日がくしをさしいだして、竹のすのこをしき、その西にあかだなをつくり、中にはにしのかきにそへて阿弥陀の画像をあんぢしたてまつりて、落日をうけて眉間の光とす。彼の帳のとびらに普賢並に不動の像をかけたり。北の障子のうへにちいさき棚をかまへて、くろき皮子三四合を置。則、和歌管絃往生要集ごときの抄物を入たり。かたはらに琴琵琶各一張をたつ。いはゆるおりごとつぎ比巴、これなり。東にそへてわらびのほとろをしきつかなみをしきて、夜のゆかとす。東のかきに窓をあけて、こゝにふづくゑをつくりいだせり。枕のかたにすびつあり。これを柴おりくぶるよすがとす。いほりの下にすこし地をしめ、あばらなるひめがきをかこひて園とす。則、もろ〳〵の薬草をうへたり。かりのいほりのありさま、かくのごとし。

その所のさまをいはゞ、南にかけ樋あり。いはをたゝみて水をためたり。林の木ちかければ、爪木をひろふにともしからず。名を外山といふ。まさきのかづら、あとをうづめり。谷しげゝれば、西ははれたり。観念のたより、なきにしもあらず。春は、藤なみをみる。紫の雲のごとくして西の方にゝほふ。夏は、郭公をきく。かたらふごとにしでの山ぢを契る。秋は、日晩のこゑ耳にみてり。うつせみの世をかなしむときこゆ。冬は、雪をあはれむ。つもり消るさま罪障にたとへつべし。もし念仏物うく読経まめならぬ時は、身づからやすみ、身づからおこたるに、さまたぐる人もなく、又、はづべき友なし。ことさらに無言をせざれども、ひとりをれば、口業をおさめつべし。かならず禁戒をまもるとしなけれども、境界なければ、なにゝつけてかやぶらん。もしあとのしら浪に身をよする朝には、岡の屋に行かふ舟をながめて満沙弥が風情をぬすみ、もしかつらの風はちをならす夕には、尋陽江を思やりて源都督のながれをならふ。若余興あれば、しば〳〵、松のひゞきに秋風楽をたぐへ、水のをとに流泉の曲をあやつる。芸はこれつたなければ、人の耳をよろこばしめむとにもあらず。ひとりしらべひとり詠じて、身づから心をやしなふばかり也。

又、ふもとにひとつの柴のいほりあり。則、此山もりがをる所なり。かしこに小わらわあり、時〳〵きたりて、あいとぶらふ。若つれ〴〵なる時は、これを友としてあそびありく。かれは十歳、我は六十、そのよはひことのほかなれど、心をなぐさむる事これおなじ。或はつばなをぬき、いはなしをとる。又ぬかごをもり、せりをつむ。或はすそはの田ゐにいたりて、おちぼをひろひて、ほくみをつくる。もし日うらゝかなれば、みねによぢのぼりて、遥に故郷の空をのぞみ、木幡山伏見の里鳥羽はつかせ(ママ)をみる。勝地はぬしなければ、心をなぐさむるにさはりなし。あゆみわづらひなく、心ざしとをくいたる時は、これよりみねつゞきすみ山をこえ、かさとりをすぎて、或は石山をおがむ。若は又、粟津の原をわけて、蟬丸の翁があとをとぶらひ、川をわたりて、猿丸まうち君がはかをたづぬ。かへるさまには、おりにつけつゝ、桜をかり、紅葉をもとめ、蕨をおり、このみをひろひて、かつは仏にたてまつり、かつは家づとゝす。

もし夜しづかなれば、窓の月にむかし人をしのび、さるの声に袖をうるほす。草村のほたるは、遠くま木の嶋のかゞり火にまがひ、暁の雨は、をのづから木の葉ふく嵐にゝたり。山鳥のほろ〳〵となくをきゝて、ちゝはゝかとうたがひ、みねのかせぎのちかくなれたるにつけても、世にとをざかる程をしる。或は、うづみ火をかきおこして、老のねざめの友とす。おそろしき山ならねど、ふくろうの声をあはれむにつけても、山中の景気、おりにつけつゝつくる事なし。況、ふかく思ひふかくしれらん人のためには、これにもかぎるべからず。

大方、この所にすみはじめし時は、あからさまと思しかど、今までに、五とせをへたり。かりのいほりもやゝふる屋となりて、軒のくち葉ふかく、つちゐに苔むせり。をのづから、事のたよりに宮こをきけば、この山にこもりゐて後、や事なき人のかくれ給へるも、あまたきこゆ。まして、その数ならぬたぐひ、つくしてこれをしるべからず。たび〳〵の炎上にほろびたる家、又いくそばくぞ。たゞ、かりのいほりなる身のどけくして、おそれなし。ほどせばしといへども、よりふすゆかあり、ひるゐる座あり。一身をやどすにふそくなし。かへる《かふなイ》は、ちいさきかひ《貝イ》をこのむ。これ身をしるによりて也。みさごは、あらいそにゐる。則人をおそるゝによりてなり。我、又、かくのごとし。身をしり、世をしれゝば、ねがはず、わしらず。たゞ、しづかなるをのぞみとし、うれへなきをたのしみとす。

　すべて、世の人のすみかをつくるならひ、かならずしも身のためにせず。或は妻子或は眷属のためにつくり、或は親昵、財宝車馬のためにさへこれをつくる。これ、いま、身のためにむすべり。人のためにつくらず。ゆへいかんとならば、今の世のならひ、この身のありさま、ともなふべき人もなく、たのむべきやつこもなし。たとひひろくつくれりとも、たれをかやどし、たれをかすへん。それ、人の友たる物は、富るをたふとみ、ねんごろなるをさきとす。かならずしも、なさけあるとすなほなるとを愛せず。たゞ、いとたけ花月を友とせんにしかず。人のやつこたるは、賞罰のはなはだしきをかへりみ、恩顧のあつきをおもくす。更に、はごくみあはれむといへども、やすくしづかなる事をねがはず。たゞ、我身をやつことするには、もしすべき事あれば、則をのづから身をつかふ。たゆからずしもあらねど、人をしたがへ人をかへりみるよりもやすし。もしありくべき事あれば、身づからあゆむ。くるしといへども、むまくらうし車と心をなやますにはにず。今、一身をわかちて、二の用をなす。手のやつこ、足のり物、よく我心にかなへり。心、又、身のくるしみをしれゝば、くるしむ時はやすめつ、まめなる時はつかふ。おこたるとても心を動す事なし。何いはんや、つねにありきつねにうごくは、養性也。なんぞいたづらにやすみをらん。人をくるしめ人をなやますは、罪業也。いかゞ他の力をかるべき。衣食のたぐひ、又おなじ。藤の衣、あさのふすま、うるにしたがひてはだへをかくす。野辺のをはぎ、峰の木のみ、命をつぐばかり也。人にまじはらざれば、すがたをはづるくひもなし。かてともしければ、おろそかなれども猶味をあまくす。すべて、か様の事、たのしくとめる人にたいしていふにはあらず。たゞ、我身ひとつにとりて、むかしと今とをたくらぶるなり。大方、世をのがれ身をすてしより、うらみもなく、おそれもなし。命は天運にまかせて、おしまず、いとはず。身は浮雲になずらへて、たのまず、またしとせず。一期のたのしみは、うたゝねの枕のうへにきはまり、生涯ののぞみは、おり〳〵の美景にのこれり。

それ、三界はたゞ心ひとつ也。心もしやすからずは、象馬七珍もよしなく、宮殿楼閣ものぞみなし。今、さびしきすまゐ、一まのいほり、身づからこれを愛す。をのづから宮こにいでゝは、身乞食となれる事をはづといへども、かへりてこゝにをる時は、他の俗塵に着する事をあはれむ。もし人このいへる事をうたがはゞ、魚とりのありさまをみよ。うをは水にあかず。魚にあらざればその心をしらず。鳥は林をねがふ。鳥にあらざれば其心をしらず。閑居の気味も又かくのごとし。すまずしてたれかさとらん。

抑、一期の月かたぶきて、余算山のはにちかし。忽に三途のやみにむかはん時、なにわざをかかこたんとする。仏の人をおしへ給ふ趣は、事にふれて執心なかれとなり。いま、草の庵りを愛するもとがとす。閑寂に着するもさはりなるべし。いかゞ、要なきたのしみをのべて、むなしくあたら時をすごさん。しづかなる暁、このことわりを思ひつゞけて、身づから心に問ていはく、世をのがれて山林にまじはるは、心をおさめて道を行はんためなり。しかるを、汝がすがたはひじりにゝて、心はにごりにしづめり。すみかはすなはち浄名居士のあとをけがせりといへども、たもつ所は周利般特が行にだにも及ばず。もしこれ、貧賤の報の身づからなやますか。はた又、妄心のいたりてくるはせるか。其時、心、さらに答ふる事なし。たゞ、かたはらに舌根をやとひて、不請の念仏両三反を申てやみぬ。

時に、建暦の二とせ、やよひのつごもり比、桑門蓮胤、と山のいほりにして、これをしるす。

右一冊者後成恩寺禅閤芳翰也尤可翫物哉穴賢〻〻

天文第十四暦大簇仲旬

桃花野人亜相（花押）記之

方丈記（長享本）

鴨氏長明

行水のながれはたえずして、しかももとの水にあらず。よどみにうかぶうたかたは、かつきえかつむすんで、ひさしくとゞまる事なし。世中にある人のすみかも、又かくのごとし。もろ／＼の里／＼にむねをならべ、いらかをあらそへる、たつときいやしき人の住居は、世ゝをへてもつきせぬものなれども、むかしあるは今はなし。あるひはこぞさかへてことしほろび、或はきのふつくりてけふはやけぬ。さて人これにおなじ。すがたもかはらずふるまひもおなじけれど、いにしへみし人は、百人が中にわづかにひとりふたりのこれり。あるひは詞をまじへ契りをむすびし人も、浅茅がはらの露と消、或は名をきゝすがたを見し人も、蓬がもとのちりとなる。又、朝にむまれ夕に死するならひ、只水の上のうたかたなり。そのぬしもすみかと無常をあらそふさま、槿の露におなじ。ある時は花によりさきに露こぼれ、あるときは露よりさきに花しぼんぬべ《（ママ）》し。さきだちて家のこるもあり、ぬしよりさきにほろぶる家もあり。ぬしとすみかとともにありといへども、うれへならぬときは稀なり。わかきをさきだてゝ袖をしぼる老人もあり、親にをくれて路次にさすらふみなし子。契りをむすぶ夫妻にわかれて、比目のかたらひむなしく、たのみをかくる主君をうしなひて、眷顧の思にあらたまる。ともにあひむかへるときは、かれをはぐくみやしなはんと、さま／＼の心をついやす。貧しきものはちかく《（ママ）》あらんことをのぞみ、とめるものは財のうする事をなげくといへども、心にかなふことなし。このゆへに、あるにつけてもうれへ、なきにつけてもうれへずといふ事なし。又、わづかに是かなへば彼かくることをなげき、彼是おなじくある事を思へども、おもふにしたがふ事なし。かやうに歎きつゝ一生はつくるといへども、希望はつきず。

つら／＼これらをおもふに、家あれば焼失のをそれあり、妻子あればはぐゝまんおもひあり、眷属あればこゝろにしたがはざるうらみあり、宝あれば盗人の憚あり、田畑あればおほやけにつけてあやぶみあり。すべてたかき人にはしたがはむと思ひ、くだれる人をばしたがへんとはげむ。凡やすき所なし。いづくにかこの身をやどさん。いかにいはんや、只今の世ばかりの苦にして後の世のおそれなくは、さてもありなん。つたへきく、人一日一夜をふるに八億四千の念あり。その念〻のうちになす所は皆三途の業といへり。かの三途におもむきなん事は、久しきことかは。只一の息とまり、二つの眼とづるをまつばかり也。あらきつかひにをはれ、闇きみちにむかはん時、眼にさへぎるものは牛頭馬頭のいかるすがた、耳に聞ゆるものは炎魔法皇の□はしき詞。汝閻浮にありし時、諸教の流布は見きやみざりきや。知識の教をば聞きやきかざりきや。もし聞ながら信ぜずして、爰にきたれる物ならば、誰をかこち、なにものをうらみん。成劫のそのかみより、汝いく度かわれらが手にかゝりて苦をうけし。吾幾たびか汝に又きたるなとあつらへし。みづから苦の種子を植て苦しき所にきたる事、うれへの中の愁なり。夏虫の火に入て後に《本》にくゆるがごとし。尤おろかなりと。人みな是をしるといへども、朝の露のかゝれる程をうらみ、野原の風の絶ざる間をほこり、多の（ママ）世も苦しき事をのぞみ、後の世はおそろしき態をいとはむ（ママ）なるべし。

爰に我、ふかき谷のほとりに閑なる林の間に、わづかに方丈なる草の庵をむすべり。竹の柱をたて、苅萱をふき、松葉をかこひとし、古木のかはをしきものとせり。かたはらに筧の水を湛たり。東南の角五尺には蕨のおどろをしきて、夜の床とし、さゆる霜よに身をあたゝむ。西南の角に窓をあけて、竹のあみ戸を立たり。西の山の端をまもるに便あり。西北の角五尺には竹のすのこをしけり。阿弥陀の絵像を安置せり。そばには棚をかまへ往生要集ごとき文書を少〻をけり。この庵をつくるに巧匠やとはざれども、みづからむすぶにたへたり。又、心のうつるにまかせて心ざしあらんとすれども、あたらしき益《本》もなし。程ちいさしといへども、一身をやどすにせばからず。たとひ是よりひろしとも、たれをかやどし、なにものをゝかん。

　沢の根芹をつみ、峰の菓をひろひ、あるにつけて用ひ、麻の衣、藤の衣、うるにしたがひて肌をかくす。あながちにおしき命ならねば、粮のつきなん愁も思はず。人にまじはる身ならねば、姿をはづる悔もなし。むくふべきちからなければ、人の恩もねがはしからず。名聞を思ざれば、そしる人も恨しからず。もしなすべき事あれば、すなはちをのれが身をつかふ。物うからぬにはあらねど、馬鞍牛車と心をなやますよりは、やす〳〵と一身をわかちて、この用をなす。手のやつこ、足ののり物、これを心にかなへり。苦しき時はやすめ、時〳〵はつかふ。つかふとても痛はしからず。物うしとてもかざらず。いはむや又、よのつねのふるまひならねば、なにゆへにかさしもいとは《みイ》ん、身をくるしめん。只つねには世のはかなき事を朝の露の消やすきにたとへ、身のさだめなき事を夕の雲にとゞめがたきになして、有につけなきにつけて、あながちにへつらひ求る業なし。こゝろざす道ふかければ、つれ〴〵なる愁もなし。

　谷の清水、峰の木立、眼をよろこばしむる友なり。風の声、虫の音、耳にしたがふちからなり。春は鶯の声を鸚鵡の囀と聞。夏は時鳥を聞、かたらふ事も四手の山路を契る。秋はくまなき月の影に満月のかほばせを思ひよる。冬の山風にまがふ紅葉をば常ならぬ世のためしなりと見。殊更無言をせざれども、独居ば口業をみだる事なし。禁戒をまもらざれども、境界なければなにゝつけてかやぶらん。もしかふばしき友の柴の戸をたゝひて来入ば、往事をかたらひ、来縁を契る。それ世間利養のために契らず、只菩提の真の善知識のためにかたらふ。心に仏を念じ、手に経巻をにぎるに、妨る人もなし。倦ければをのづからやすみ、をのづからをこたるに、はづべき人もなし。心いさめば又ほ《本》しむ。念仏何べんとさだめず、経巻何巻とさだめず。名聞のためにせざれば、人をかざることなし。檀那をいのらざれば、しるしのなき事をもうらみず。但みづから讃毀《(マヽ)》心をおこし、信敬の思にならんことを待ばかりなり。

方丈の居所たのしき事かくのごとし。かやうの事又人にむかひていふにはあらず。只身にとりて心のひくかたなれば、原憲が百綴、顔子が一瓢の跡を思ふばかりなり。もし人これをうたがはしく思はゞ、魚ど鳥との情を見よ。魚は水にあかず、鳥は林にあかず。魚にあらざれば、水のすみよきをしらず、鳥にあらざれば、林のねがはしきをしらず。かれがごとく、とめる人は賤しき振廻を苦とみ、まづしき人は富を苦とみ、志一ならねば、ふるまひもおなじからず。今、方丈の草庵、よく我こゝろにかなへり。故に、万物をゆたかにして、うれはしき事なし。いかにいはんや、一生夢のごとくにはせ過て、迎の雲を待えて菩提聖衆に肩をならべ、不退の浄刹に詣しつゝ、如来の妄蔵《(マヽ)》を披て功徳の正財ゆたかにして、世ゝ生ゝの父母師長をたすけ、六道四生の群類を引導せん事、いくばくのたのしみぞや。

写本云

長享二年戊申十二月十三日於宇多福西本願寺拽老眼雖為寒中禿筆毛亀鳥跡氷堅依為大功写之者也

仏子英源

又次云

于時天文八年己亥正月廿五日於桃尾安楽院南窓書之

隆　快

又次云

右之本喜多院源春坊隆賢得之後見之人ゝ五字一頂之御廻向奉憑者也

慶長廿年菊月下旬　　宝生院信盛書

方丈記（延徳本）

行く川の流は絶ずして、しかももとの水にあらず。淀にうかぶうたかたは、且消え且結んで、久しくとゞまる事なし。世中にある人もすみかも、又かくの如し。もろ〳〵の里〻に棟を並べ、甍を争へる、たときいやしき人の住ゐも、世〻を経てつきせぬ物なれども、昔ありしは今は無し。或は去年栄へて今年亡び、或は昨日つくりてけふは焼けぬ。既に人これ同じ。姿も変らずふるまひも同じけれども、古へ見し人は、百人が中に僅に一人二人残れり。或は詞をまじへ契を結びし人も、浅茅が原の露ときえ、或は名を聞き姿を見し人も、蓬がもとの塵となり、又、あしたに生れ夕に死する習、只水の上のうたかたなり。其ぬしと家と無常を争ふさま、槿の露に同じ。ある時は花よりさきに露こぼれ、ある時は家よりさきに花しぼむ。かくの如く、或はぬしさきだちて家はあり、或は家はうせてぬしのこり、ぬしとすみかと共にありといへども、うれへならぬ時は稀なり。若き子をさきだてゝ袖をしぼる老人もあり、或ははぐゝむ親におくれて路頭にさすらふ孤子。或は契を結ぶ夫妻にわかれて、比翼の語らひ空しくなり、或は頼をかくる主君を失ひて、眷顧の思ひ忽に反す。又、共にあひむかへるときは、かれをはぐゝみ養むとて、様〻の心を費やし、貧しき者は財あらんことを望み、富める者は宝のうする事を歎くといへども、心にかなふ事なし。此故に、あるにつけても愁へ、なきにつけても愁へずといふ事なし。又、わづかにこれかなへばかれかくる事を歎き、彼是同じくあらんことを思へども、思ふに随ふことなし。かやうに歎きつゝ一生はつるといへども、希望は尽きず。

つら〳〵これらのことをおもふに、家あれば焼失の恐あり、妻子あればはごくむ思あり、眷属あれば心に随はざる憾あり、宝あれば盗人の憚あり、田畠あればおほやけにつけてあやぶみあり。凡そ高き人には随はんことをこばみ、くだれる人をば随がへむとはげむ。凡そやすき所なし。いづくにか此身を宿さむ。いかに況んや、この世ばかりの苦にして後の世の恐なくは、さてもありなん。伝へ聞く、人一日一夜のうちをふるに八億四千の息あり。その息ゝのうちになす所は皆三途の業といへり。その三途に赴かんことは、久しき事かは。たゞ一の息とまり、二のまなこ閉づるを待つばかり也。

爰にわれ、深き谷のほとり閑なる林の間に、僅なる方丈の草の庵を結べり。竹の柱をたて、苅萱をふき、松葉をかこひとし、古木の皮を敷物とせり。傍らに筧の水をたゝへたり。東南の隅五尺には蕨のほとろをしきて、夜の床とし、さゆる霜の夜に身を暖たむ。西南の角五尺には窓をあけて、竹のあみをたてたり。西の山の端をまばるに便あり。西北の隅五尺には竹の簀子をしき、阿弥陀の絵像を安置せり。傍らにつり棚をかまへ、往生要集ごときの文書を少ゝおけり。又、傍らに琴琵琶をたて置けり。いはゆる折琴つぎ琵琶是なり。今更の身にはおふせぬ手すさびながらも、昔忘れぬ名残に、折ふしはかきなでゝ思をやる。子期が如きの知音も物せねど、興あれば、しば〳〵松の響に秋風の楽をたぐへ、岩が根に流るゝ水に流泉の曲をあやとる。芸はこれ拙なければ、人の聞を喜こばしめむとにもあらず。独調べ独り詠じて、みづから心を養ふばかりなり。此庵をつくるに工匠を雇はざれども、みづから結ぶにたへたり。又、心のうつるにまかせて爰を去らんとすれども、あたらしき難も無し。たとひ外に移し去るとも、家財は車一つにも足らざるべし。程ちひさしといへども、一身をやどすに狭からず。たとひ是より広しとも、誰をか宿し、何ものをか置かむ。

沢の根芹、峰の木の実、あるにつけて命をつなぎ、麻の衣、藤のふすま、うるにしたがひて肌を隠す。あながちにをしき命ならねば、粮のつきなん愁も思はず。人に交はる身ならねば、姿を恥づる悔も無し。むくふべき力なければ、人の思も願はしからず。名聞を思はざれば、謗る人もうらめしからず。おのづからなすべき事あれば、即ちおのれが身を使ふ。ありくべき事あれば、みづから歩むに、たゆからぬにはあらねども、馬鞍牛車と心をなやますよりは易し。今、一身をわかちて、二の用をなす。手のやつこ、足の乗物、これよくわが心にかなへり。苦しき時はやすめ、勇時ゝはつかふ。つかへども痛はしからず。物うしとてもかざらず。況んや又、よの常のふるまひならねば、何事をかはさしもいとなみ身をくるしめむ。万はあるにつき、あるにしたがひて、へつらひ求むる業なし。心ざす道深ければ、つれづれ《なカ》たる愁もなし。

谷の清水、峰の木立、眼を喜ばしむる友なり。風の音、虫の声、耳にしたがふしるか（マヽ）なり。春は鶯の声を待えては鸚鵡の囀と聞き、松にかゝる藤浪紫雲のよそほひにてなつかし。夏は郭公を聞き、語ふ毎に死出の山路をちぎる。秋は隈なき月の影に満月の顔ばせを思ひやり、冬の嵐に散まがふ紅葉をば常ならぬ世のためしなりと見。殊さら無言をせざれども、独ゐたれば口業をもつくることなし。かたく禁戒を守らざれども、境界なければ何につけてか破らん。もしかうばしき友柴の戸をたゝいて入来れば、往事を語り、来縁を契る。それ世間名聞寄合の為に契らず、只後世菩提の真の善知識の為に語ふ。心に仏を念じ、手に経巻をにぎるに、妨る人もなし。倦よれ（ママ）ばおのづから怠るに、恥べき人もなし。心いさめば又はじむ。念仏し読経するに、名聞のためにせざれば、人にかざることなし。檀那を祈らざれば、験のなきことをも恨みず。但みづから慚愧の心を起し、信教の思あらんことを持つばかり也。

方丈のすまひ楽しきこと此の如し。富める人にむかひていふにあらず。たゞ身一つにとりて心のひくかたなれば、原憲が百つゞり、顔子が一瓶のあとを思ふばかり也。是を疑はしく思はゞ、魚と水との情を見よ。魚は水にあかず、鳥は林を愛す。魚にあらざれば、水の住よき心を知らず、鳥にあらざれば、林の願はしきを知らず。かれが如く、富める人は賤しきふるまひを苦しと見る。貧しき我は富めるふるまひを苦しと見る。志一ならねば、ふるまひも同じからず。今、方丈の庵、よくわが心にかなへり。故に、万物をゆたかにして、うれはしき事更になし。一生夢の如くに打すぎ、迎の雲を待えて菩薩聖主に肩をならべ、不退の浄刹に詣しつゝ、如来の宝蔵をひらいて功徳の聖財ゆたかにして、世ゝ生ゝの父母師長をたすけ、六道四生の群生を導かむこと、いくばくの楽みぞや。

墨ぞめのころもににたる心かと
とふ人あらばいかゞこたへむ

桑門蓮胤　誌之

此本奥書曰
方丈記者是祇翁之所持以長明自筆巻物写之畢誠筐中之重宝也
延徳二年三月上旬　肖柏判

方丈記(真字本)

鴨長明作

行川之水不絶而然非本水。澱浮転瀉《ウタカタ》且《カツ》消且結久無留事。世間住家又如此。諸里々棟並甍争高賤人住居、代々経不尽物共、昔有今無。或去年栄今年亡、或昨日造今日焼。住人又是同。姿(不)替振舞同共、古見人者万人中一人二人残。或言葉雑結契人浅茅原露消、或聞名見姿人蓬本成塵。又朝生夕死習只水上転瀉也。其主与家争無常様槿露同。或時自華前露逆、或時自露前花萎《シボム》。如此或主先立残家、或自主先有亡家。雖有栖共不愁時稀也。或若子先立而有絞《シボル》袖老人、或殿育親有跉跰于路頭孤子。

或結契別妻女而日来語空也、或懸頼失主君眷顧之恩忽変。又其相対則彼孚養様々心費、貧者望有宝、富者歎失宝。歎厭無叶心。故就有憂就無憂云也。纔是叶歎彼闕、彼是思同有無随。

倩思此於事、有家有焼失怖、有妻子有心不随恨。有宝有盗人憚、有田畠有就公危。都思随高人、励随下人。凡無安事。何所宿此身。何況只此世苦耳。無後世苦任他。伝聞有人一日間八億四千思、念々中成所皆是三途業云。其三途趣事久事。只留一息二眼閉事待計也。

爰ニ我レ深キ渓ノ頭ホトリニ静ナル林ノ間ニ方丈ナル結ベリ二草庵ヲ一。立二竹ノ柱ヲ一、以二苅萱ヲ一葺キ、以テ二松ノ葉ヲ一囲カコミ、古キ木ノ皮ヲ敷物トセリ。東北ノ角五尺計ヲバ柴折焼所トセリ。傍ニ湛タヽヘタリ二覓ノ水ヲ一。東南ノ角五尺ニハ蕨ハラビノホトロヲ敷キ、夜寝床トシ、暖アタヽメ二寒霜夜ノ身ヲ一、西南ノ角ニ窓ヲ明イテ、立タリ二竹ノ編戸ヲ一。守ルヲ二西ノ山ノ之端ヲ一朋トセリ。西北ノ角五尺ニハ竹ノ簀子ヲ敷ケリ。安二置セリ阿弥陀之画像ヲ一。傍バニ構ヘ二於鈎ツリ棚ダナヲ一、如キノ二往生要文集ノ一文少々置ケリ。造二此ノ庵ヲ一殊更ニ工ヲ不レ雇、自ラ結ニ堪ヘタリ。又任ツヽ二心ノ一遷ニ爰ヲ欲レ去ントレドモ、無二惜キ難ンニ一。雖ドモレ少サシト程ド、宿スニ二一身ヲ一不レ狭。縦タトイ覓シトモ、誰ヲ宿シ、置ン二何ノ物ヲカ一。沢ノ根芹就テレ有ニ二峰ノ菓ミヲ一続ケレ命ヲ、随テレ得ルニ二麻ノ単ヒトヘヌノ衣藤ノ衣モ一蔵スレ膚ヲ。強ニ惜キ不レ命ネバ、不レ思ニ二粮ノ之尽キンヲ於愁ヲモ一。無レ悔シモ下不ネバ二人ニ雑ル身ナラ一恥ルヲ上姿ヲ。無レバ二可キレ報ズ力一、不レ如シカラ二於人ノ恩顧ヲモ一ハ。不レバレ思ニ二名聞ヲ一、不ズレ悕ウラメシカラ二誹ル人ヲモ一。有レバレ可コト二必ズ成ス一則使フニ二己ガ身ヲ一、不ネドモレ懶モノウカラヌニハ共、随ヘレ人ニ従リレ顧リミルレ人ヲ安シ。有二可キレ行フ事ハザ一自ラ歩。タユカラヌニハアラネドモ馬鞍牛車自トレ悩ハスレ心ヲ、分テ二今一身ヲ一成ス二二ノ用ヲ一。手ノ奴ヤッコ足ノ駕也。叶ヘリ二是レ能ク我ガ心ニ一。苦キ時ハ休メ、勇ム時ハ仕。使トテモ不レ痛、不レ荘ラ二於懶ニ一キトテモ。矧ヤ又尋

常ニ不バ二振舞ナラ一、何故ニカサシモ営ミ苦ンレ身ヲ。只万ハ就ケレ有ニ随テレ無ニ強ニ諂ヒ無二求ル欲心一。谷ノ之清水嶺ノ之木立令ルレ悦レ眼ヲ友也。随フ二風ノ音虫ノ声一来ニ指南也。待チ得テハ春ノ鶯ノ声ヲ而聞二鸚鵡ノ囀リト一、夏ハ松ニ懸ル藤次ナミノ紫雲ノ粧ヒニテ而懐ナツカシク敷、秋ハ無キレ隈月ノ影ゲ満月ノ尊容ヲ想像ヲモイヤリ、冬ハ嵐ニ迷フ紅葉々ハヌ不レ常ナラ世之様タメシ也。殊更ニ不レドモ二無言一、独居タレバ無シレ告ルニ二言葉ヲ一。不レドモ守二堅ク禁戒ヲ一、無レバ二境界一付テカニ何ニ乎破ン。若シ芳キ朋有テ下扣レバ二柴戸ヲ一来ル者上、語ヒニ二往生之事ヲ一契ル二於来縁ヲ一。更ニ不レ契レ為下名聞利養ノ上、唯語フレ為ニ二菩提ノ之善知識ノ一。心ニ念ジレ仏ヲ手ニ取ルニ二経巻ヲ一、妨ル無シレ人。懶ケレバ自ラ息ミ、自ラ懈ヲコタルニハ可レ恥無シレ人。心勇メバ又始ム。念仏幾返リト不レ定、誦経幾巻ト不レ定。不ネバレ為ニ二名聞之ヲ一、無レ荘ルコト二人目ヲ一。不レバレ祈ラ二檀那ヲ一、不レ恨無キコトヲモレ験ノ。只自ラ起リ二慚愧之心ヲ一待レ有ンコトヲ二思ヒ信敬ノ之計一也。方丈ノ栖カ楽ミ如シレ此ノ。何様ノ之事ト非ネドモ下対ニ二富ル人ニ一諂上ニハ、只取テ二我身一ニ無レバ二心ノ一引コト、原憲ガ百綴リズ顔子ガ思フ二一瓢ノ之跡ヲ一計也。若シ是ヲ思バレ疑シク、見ヨ二魚ト与ノレ鳥様ヲ一。魚者不レ飽

レ水ニ、鳥者愛スレ林ヲ。非レバレ魚ニ不レ知二水ノ能キ心ヲ一。不レバレ鳥ニ不レ知二其ノ林ノ願キ趣ヲモ一。如レ其ノ富ル人者見ルレ苦ト二貧キ振舞一。貧キ我レハ見レ虚二仮富ル振舞ヲ一。不バレ一ナラレ志シ振舞不レ同ラ。今ノ方丈之庵リ能ク叶ヘル二我心ニ一故ニ豊ニシテ二万ツ物ノ一無シ二澤ウルハシキコト更ニ一。況ヤ如クニ二一生ハ夢ノ一馳過テ迎ノ雲ヲ待得テ、並ベ下於聖衆ニ肩ヲ上詣デ二不退ノ浄刹ニ一、開テ二宝蔵ヲ一豊ニシテ二功徳ノ聖財ヲ一而生々世々之扶ニ父母師長ヲ一導カンコト二六趣四生ノ之群類ヲ一、幾計ノ楽ゾヤ乎。

鴨長明集

春

歳内立春

1 春といへばよし野の山の朝霞年をもこめてはや立にけり

霞隔浦

2 もかり船こぎ出てみればうらの海の霞に消るよさの松原

梅花誰家

3 われも今しのばん宿に梅植じまだみぬ花の面かげにたつ

花を思ふ心をよめる

4 思ひやる心やかねて詠むらんまだ見ぬ花の面影にたつ

関路花

5 春くれば不破の関守いとまあれや往来の程を花にまかせて

依花不厭風と云心を

6 よしの川しがらみかけて桜さく妹背の山のあらしをぞまつ

父身まかりてあくる年花をみてよめる

7 春しあればことしも花は咲にけり散をしみれば人はいづらは

花

8 よしの山高ねに花や咲ぬらん晴ゆく中にとまる白雲

9 春風に雲のしがらみ村消て高根をあらふ花のしら浪

10 吉野山あさせしらなみ岩こえてをとせぬ水はさくら也けり

三月尽をよめる

11 立とまれ野べの霞に事とはんをのれはしるや春の行末

夏

山家卯花

12 山がつの垣ほに咲る卯花の手折程をぞおしむとはみる

夜見卯花

13 てる月のかげをかつらの枝ながらおる心ちするよはの卯花

郭公

14 ほとゝぎすはつね聞つる名残にはしばし物こそいはれざりけれ

社頭郭公

15 ほとゝぎす鳴一声や榊とる枝にとまらぬ手向なるらん

五月雨をよめる

16 五月雨の日数つもればしら菅の葉ずゑをうづむゐでの萍

蛍火照橋

17 あしの葉にすだく蛍のほの〴〵とたどりぞ渡るまのゝ浮橋

蚊遣火尽と云ことを

18 蚊やり火の消ゆくみるぞ哀なる我したもえよはてはいかにと

夏月映泉

19 いしゐづゝむすぶしづくのさゞ浪に移るともなき夕月夜かな

樹陰納涼

20 水結ぶならの木陰に風吹ばおぼめく秋ぞふかくなり行

21 夏くれば過うかりけりいそのかみふるから小野のならの下陰

〔樹陰晩涼〕

22 まてしばしまだ夏山の木の下に吹べき物か秋の夕かぜ

秋

萩

23 花みつと人にはいはじ小萩原わけつる袖の色にまかせて

水辺草花
24 さをしかのしがらむ萩の下おれにあやなくよどむ谷川の
水
25 浪枕にしきの袖をかたしきて汀にねたる秋萩のはな
家の女郎花盛なる時、とをき所へまかるとて
26 あるじはととふ人あらば女郎花宿のけしきをみよとこた
へよ
閑庭苅萱
27 分てくる人なき庭のかるかやはをのれみだるゝ程ぞ見え
ける
雁をよめる
28 行水に雲ゐのかりの影みれば数かきとむる心ちこそすれ
雁声遠聞
29 玉札のうらひき返す心ちして雲のあなたに名のる雁金
鹿
30 風渡る真葛が原のさびしきにつまどふ鹿の声うらむ也

31 夕されば身にしむ野べの秋風にたへでや鹿の声を立らん
霧隔行舟と云心をよめる
32 音す也野島がさきの霧のまにたがこぐ船のともの成覧
月
33 嵐吹有明の空に雲消て月すみのぼる高円のやま
34 月影の雲がくれゆく秋の夜はきえてつもりぬ庭の白雪
35 詠ればいたらぬくまもなかりけり心や月の影にそふらん
荒屋見月
（歌欠）
海上月
36 くまもなき鏡と見えて澄月をもゝたびみがく沖の白浪
37 玉と見るみさきが沖の浪まより立出る月の影のさやけき
下総国にみさきと云所あり、日の本の東のはてなれば、
月の浪まよりいづる様にてみゆるなるなむ中侍

38
ちぎりあらばかさねもやせんはる〴〵とうつをのみきく衣なり共
〔擣衣音遠〕

海辺擣衣
39
月清み礒の松がねきぬたにて衣うつなりさては海士人
〔紅葉映池水〕
40
秋山のうつれるいけの水草こそこずゑに見えぬ青葉なりけれ〕

女郎花の霜がれゆくをみ侍て
41
くる人もかれ〴〵なれや女郎花秋はてゆけばをのれのみかは

長月の晦日の比、鹿の鳴を聞てよめる
42
霜うづむま葛がしたのうら枯てさびしかるねのをしか鳴也

虫声惜秋
43
秋したふむしの声こそよはるなれとまらぬ物と誰かをしへし

冬

時雨
44
山のはにはなれば消る薄雲は嵐のをくる時雨也けり
45
をとするもさびしき物と槙の板に思ひしらする初時雨哉

落葉
46
山颪に散もみぢ葉やつもるらん谷の筧の音よはる也

大井川に罷て落葉をよめる
47
あすもこんとなせ岩浪風吹ば花に紅葉をそへて折けり

残菊
48
冬くればほしかとみゆる花もなしみなむらさきの雲がくれつゝ

霰
49
杉の板をかりにうちふくねやの上にたぢろくばかり霰降也
50
霰ふるあしのまろやの板びさしね覚もよほすつまにぞ有ける

深夜千鳥

51 さ夜更て千鳥つまどふ松陰にこぬみの浜やさびしかるらん

52 ね覚する浪の枕に鳴ちどりをのがねにさへ袖ぬらせとや

氷逐夜結

53 薄氷つばさにかけし鳰鳥のいく夜つもりて隙求むらん

水鳥をよめる

54 みくさゐる汀をかづく鴨鳥は上毛さへこそみどりなりけれ

暁千鳥

55 月影のかたぶく礒にゐる鵆かたはにのこる霜かとぞみる

月前水鳥

56 くもり行月をばしらでをく霜をはらひえたりと鴛ぞ鳴なる

社頭冬月

57 かた岡のならの枯はも散はてゝ枝にとまらぬ月のしらゆふ

ある人の北野にて歌合せんと侍りしに、同じ心を

58 偽をわきてとがむるしめの内にひるとなみえそ冬の夜の月

寒蘆隔水

59 霜はらふ羽音にのみぞ鳰鳥の芦まの床は人にしらるゝ

歳暮の心を

60 おしめ共過ゆく年のいかで又おもひかへりて身にとまるらん

恋

初恋の心を

61 袖に散露打はらふあはれ我しらぬ恋ぢと蹈そめてけり

忍恋

62 しのぶれば音にこそたてね竿鹿の入野の露のけぬべき物を

63 まてしばしもらし初ても身の程をしるやとゝはゞいかゞこたへん

不被知人恋

64 うき身にはたえぬ思ひに思ひなれて物やおもふとゝふ人もなし

初見返事恋

65 なにせんにおぼつかなさを歎けん思ひたへねと書ける物を

後朝恋

66 越かねし逢坂山をあはれ今朝帰るをとむる関守もがな

成疑心恋

67 うちはらひ人通ひけり浅茅原ねたしや今夜露のこぼれぬ

毎夜他行恋

68 をのづからたがはぬ夜半も有やとて主なき宿にかよひ馴ぬる

思二世恋

69 新続古今恋三 我はたゞこん世のやみも任他君だにおなじ道にまよはゞ

並床不逢恋

70 よそにのみならぶる袖のぬるばかり涙よ床のうらづたひせよ

契暁恋

71 たのめつゝ妹をまつまに月影をおしまで山のはにぞかけたる

誓言契恋

72 神かけてたのむればよし心みんさてもつらくは人のためかは

夢中会恋

73 うつゝにはしばし袖をも引とめでさむる別をしたふかひなし

互精進恋

74 中に又人をばふせじ神垣やならぶかひなき丸ねなりとも

蒙示現恋

75 しるしあればいづなる物をあふとみるいもゐの床のおきうきやなぞ

対泉恋人

76 思ひ出て忍ぶ泪やそひぬらん色に玉なる山の井の水

寄草花恋

77 朝露に小萩分てもならひにき雫も色もそれは物かは

恋のこゝろを

78 恨やるつらさも身にぞかへりぬる君に心をかへておもへば

79 恋しさの行方もなき大空に又みつ物はうらみなりけり

80 消かへりおさへてむせぶ袖の内に思ひ残せることのはぞなき

81 する墨をもどきがほにもあらふかなかくかひなしと涙もやしる

82 見てもいとへなにか涙をはぢもせん是ぞ恋てふ心うきもの

83 今よりはこりぬや心おもひしれさるぞやしらぬ人にうつるは

秋の夕べに女のもとへつかはす

84 しのばんとおもひし物を夕暮の風のけしきにつゐにまけぬる

雑

やごとなき人の若君生れ給へる事いかゞとあれば

85 ともかくもえこそいはねの松が上に木高く巣立鶴の子なれば

津の国へまかる道に、こやと云所に泊り侍て、ねやのさうじにあやしげなる手にて手習をして侍るかたはらに書付ける

86 津の国のこやのあしでぞしどろなるなにはざしたる海士の住居ぞ

山里なる所へあからさまにまかりてよめる

87 かりに来てみるだにたへぬ山里にたれつれ〴〵と明くらすらん

物おもひ侍る比おさなき子をみて

88 そむくべきうき世にまどふこゝろかな子を思ふみちはあはれ成けり

述懐のこゝろを

89 おく山のまさきのかづらくりかへしいふともたゝじたえぬなげきは

90 あればいとふそむけばしたふかずならぬ身とこゝろとの中ぞゆかしき

91 こゝろにもあらでなにぞのふるかひもよし賤の身よ消はてねたゞ

92 何事をうしといふらんおふかたのよのならひこそきかまほしけれ

93 うきながらすぎ野のきゞすこへたてゝさほとる計ものをこそおもへ

94 霜うづむ枯野によはるむしの音のこはいつまでかよに聞ゆべき

95 世はすてつ身はなきものになしはてつ何をうらむる誰が情ぞも

96 うき身をばいかにせんとておしむぞと人にかはりてこゝろをぞ思ふ

97 花ゆへにかよひし物をよしの山こゝろぼそくもおもひたつかな

98 あわれ共あだにいふべきなげきかと思ふか人のしらずがほなる

99 すみわびぬいざゝはこえん死出の山さてだに親の跡を踏べく

これを見侍て、かもの輔光

100 すみわびていそぎなこえそしでの山此世におやのあと［を］こそふめ

と申侍しかば

101 なげきあらばわれまではすな君をのみ親のあとふむ道はしるらん

懐旧時〻と云事を

102 おもひいでゝ忍ぶもうしやいにしへをさはつかのまにわするべき身か

浄土の相かきあらはしたる中に花のふれる所を

103 たえずちる花も有けり古郷の梅もさくらもよしやひととき

ある聖のすゝめにて百首の歌を厭離穢土欣求浄土によせてよみ侍し中に、雁を

104 しら雲にきえぬばかりぞ夢のよを雁となくねはおのれのみかは

月

105 朝ゆふににしをそむかじと思へども月まつほどはえこそむかはね

〔養和元年五月日　　散位鴨長明判〕

徒然草

久保田淳 校注

鎌倉時代の語原辞典名語記巻第九に言う。

ツレ〳〵如何。徒然トカケリ。……ツクラセ〳〵ノ反ハ、ツレ〳〵也。ヨヲツクシ、日ヲツクス心ナルベシ。

これは、語呂合せにもならない無理な語原説である。けれども、あるときには余りにも短く、またあるときには余りにも長い、「時間」という魔物と一日中顔を突き合わせ、これを我が物としようとするはかない営為が、徒然草二百四十余の長短の文章であったとすれば、「つれづれ」を、「世を尽くし、日を尽くす心」と説明するのも、あながち見当違いではないかもしれない。兼好は「つれづれ」であるからこそ、「世を尽くし、日を尽く」そうとした。貴重な時間を浪費しようとした。しかも、その徒然草の中で、彼は次のように説示する。

寸陰惜しむ人なし。……道人は遠く日月を惜しむべからず。たゞ今の一念空しく過ぐることを惜しむべし。（第百八段）

何たる矛盾であろうか。これに比べれば、「下戸ならぬこそ、男はよけれ」(第一段)と揚言する一方で飲酒の弊を突き、「よろづにいみじくとも、色好みならざらむ男は、いとさう〴〵しく、玉の盃の底なき心ちぞすべき」(第三段)と言いながら色欲に溺れることを戒める自家撞着などは、些細なことである。

兼好以前、藤原定家は、その歌論書毎月抄の前書で、「定めて後の世の笑はれ草も茂うぞ候らんなれども」と記している。「笑はれ草」の「草」も「徒然草」の「草」も、「種」の意である。古今和歌集仮名序にいう「人の心の種」である。定家はもとより謙辞として「笑はれ草」と言っているにすぎない。「よしなしごとをそこはかとなく書き付くれば、あやしうこそ物狂おしけれ」と序段に記す兼好もまた、この作物を本気で「よしなしごと」と思っている訳ではあるまい。いや、それとも「時間」という魔物と四六時中顔を突き合わせているうちに、「命を終ふる大事」も所詮は「よしなしごと」と化し、たとえば、「めなもみといふ草」の効用が「大事」と思われてくるという価値観の顛倒が、彼の心の裡に起こらなかったと、誰が言い切れるであろうか。そして、我々の生においても、いつ何時同じような顛倒が起こらないとも限らないのである。

つれ〲種　上

（序段）

[一]つれ〲なるまゝに、[二]日ぐらし硯《すゞり》に向《む》かひて、[三]心にうつりゆくよしなしごとを[四]そこはかとなく書《か》き付《つ》くれば、[五]あやしうこそ物狂《ぐる（ほ）》おしけれ。

（第一段）

[六]いでや、[七]この世に生《むま》れ出《い》でば、願《ねが》はしかるべきことこそ多《おほ》かめれ。御門《みかど》の御位はいともかしこし。[八]竹の園生《そのふ》の末《すゑ》葉まで、[九]人間の種《たね》なら

序段　これは無聊をもてあましている人間が書き綴ったたわいない文章であると卑下した序章。
一 手持ち無沙汰で所在ないのに任せて。「いとつれづれなる夕暮に、端に臥して、前なる前栽どもを、ただに見るよりはとて、物に書付けたれば、いとあやしうこそ見ゆれ、さはれ人やは見る」（和泉式部集・下）、「つれづれの余りぬる時、見るもの聞くものにつけて書き付くるいたづらごと」（藤原長綱集）。
二 一日中硯に向かって。「ただ硯に向かひて、思ひ余る折は、手習をのみたけきことにて書き付け給ふ」（源氏・手習での浮舟の描写）。
三 心に次々と映っては消えてゆくたわいないことを。「うつり」には「映り」「移り」両語のニュアンスが籠められているか。「よしなしごと」は和泉式部集や堤中納言物語・よしなしごとなどで、「つれづれなり」の語と組み合せて用いた例がある。
四 そこがそれだという区別もなく。叙述に必然性や一貫性が認められないことを謙遜していう。
五 奇妙に狂気じみているよ。これも謙辞。「牛の鞦（しりがい）の香の、なほあやしう、嗅ぎ知らぬものなれど、をかしきこそ物狂ほしけれ」（枕草子二二四段）。
第一段　社会的地位、容姿、態度、性質、才能、趣味等、種々の角度から見た理想的な人間像。
六 さて。話題を切り出す際の感動詞。
七 現世に生を享けたならば。
八 皇子や皇孫まで。前漢文帝の子孝王が兎園を作り、竹を植えた故事により、皇族を竹園という。「末葉」は「竹」の縁語。
九 人間界の血筋でないことは尊い。「種」も「竹」の縁語。「此花非二是人間種一　瓊樹枝頭第二花」（和漢朗詠集・親王・大江朝綱）、「此花非二是人間種一　再養二平台一片霞一」（同・菅原文時）、「呉竹の園生ににほふ花にこそ千代の春しる色は見えけれ」（兼好家集）。

1 いては—ては（烏）

ぬ[1]こそやむごとなき。[一]一《いち》の人の御有様《ありさま》[2]［は］[二]さらなり、[三]たゞ人も、[四]舎人《とねり》など[五]給はるきは《ゝ》[六]ゆゝしと見ゆ。その子《こ》、孫《むまご》までは、[七]はふれにたれど、[八]猶《(なほ)》なまめかし。[九]それより下《しも》つ方《かた》は、[一〇]ほどにつけつゝ時に遇《あ》ひ、[一一]したり顔《がほ》なるも、[一二]身づからはいみじと思《おも》ふらめど、[一三]いとくちをし。

法師ばかり羨《うらや》ましからぬ物はあらじ。「[一四]人には木の端《はし》のやうに思はるゝよ」と[一五]清少納言が[3]書《か》ける、[一六]さることぞかし。[4][一七]勢《いきおひ》のまゝにのゝしりたるにつけて、いみじとは見えず。[一八]僧賀聖《(そうがひじり)》の言《い》ひける[5]やうに、[一九]名聞《(みやうもん)》苦《くる》しく、仏の御教《(みをしへ)》に違《たが》ふらむとぞ覚《おぼ》ゆる。[二〇]ひたふる[6]［の］世捨《すて》人は、[二一]なか〱あらまほしき方《かた》もありなむ。

人は、[二二]かたち有様《ありさま》のすぐれ、[7][二三]めでたからむこそ、あらまほしかるべけれ、物うち言《い》ひたる、聞《き》き《ゝ》にくからず、[二四]愛敬《あひぎやう》ありて、[二五]言葉《ことと》多《おほ》か

一 摂政・関白などの称。
二 言うまでもない。
三 摂政・関白以外の貴族。「ただ人なりとも、げにその人ばかりぞなづらふべかりける」（夜の寝覚三）。
四 随身。内舎人・小舎人、六衛府の兵士で、勅宣により、帯剣し、弓矢を携えて、貴人に随従した。
五 朝廷から頂く身分。弘安礼節によれば近衛少将にも二人の随身が許されている。
六 普通とは違って立派なものだと見える。
七 おちぶれてしまっていても。
八 やはり優雅である。本作品では古代的な事物を「なまめかし」と形容することが少なくない。
九 舎人を頂く階級より下の階級。具体的には、殿上人や受領（国司階層）など。
一〇 身分に応じてよい時勢にめぐりあい。
一一 得意顔であるのも。
一二 自身はすばらしいと思っているのだろうが。挿入句。　一三 ひどく感心しない。
一四 「思はん子を法師になしたらんこそ心ぐるしけれ。ただ木のはしなどのやうに思ひたるこそ、いといとほしけれ」（枕草子七段）を念頭に置く。
一五 枕草子の作者。生没年未詳。
一六 もっともなことだよ。
一七 権勢に任せて羽振りよく行動しているにつけても。
一八 「増賀」とも。長保五年（一〇〇三）没、八十七歳。
一九 名声は煩悩となるから僧侶の身に苦しく。僧賀は師を諷諫して「名聞コソクルシカリケレ。カタイノミゾタノシカリ」（発心集一ノ五）と歌ったという。
二〇 一途の遁世者は。
二一 かえって好ましい点もあるだろう。
二二 容貌や風采が。本作品では「かたち」を意識することが少なくない。
二三 すばらしいと褒められるようなのが望ましいことだろうが。文章はここで終止せず、「それよりもさらに」という気持で以下に続くと見る。

らぬこそ、あかず向《む》かはまほしけれ。

めでたしと見《み》る人の、[二六]心劣《おと》りせらるゝ本性《(ほんしやう)》見えむこそ、くちをしかるべけれ。

[二七]品《しな》、かたちこそ生《むま》れつきたらめ、心は[二八]などか賢《かしこ》きより賢《かしこ》きにも[8]〔移《うつ》さば〕移《うつ》らざらむ。かたち、[二九]心ざまよき人も、[三〇]才《ざえ》なくなりぬれば、品下《しなくだ》り、[三一]顔憎《かほにく》さげなる人にも立《た》ち交《まじ》りて、[三二]かけず気《(け)》おさるゝこそ、本意《ほい》なきわざなれ。

ありたきことは、[三三]まことしき文《ふみ》の道《みち》、[三四]作文《(さくもん)》、和歌、[三五]管絃の道、又[三六]有職《いうそく》に[三七]公事《(くじ)》の方《かた》、[三八]人の鏡ならむこそ、いみじかるべけれ。[三九]手《て》などつたなからず走《はし》り書《が》き、[四〇]声《こゑ》お《(を)》かしくて拍子取《と》り、[四一]いたましうする物から、[四二]下戸《げこ》ならぬこそ、男《おのこ》はよけれ。

二四 魅力があって。
二五 兼好はとくに多弁を嫌い、寡黙をよしとする。
二六 本当の性質は思ったよりも劣っていたのだとわかるのは。
二七 身分。階級。「今はただ品にもよらじ、容貌《(かたち)》をばさらにも言はじ」(源氏・帚木)。
二八 どうして、賢い上にもさらに賢い状態にも、移そうとしたならば、移らないということがあろうか。論語・学而の「子夏曰、賢賢易色」を「…賢きより賢からんとならば色を易《(か)》へよ」と訓読したのに拠ったか。
二九 気だてのよい人。
三〇 才芸が無いという定評になると。
三一 容貌の醜い人。「兄《(せうと)》の顔憎げに」(源氏・帚木)。
三二 問題にもならず圧倒されるのは残念なことだ。
三三 経書・史書など、本格的な漢籍の学問。この前後、源氏の息夕霧に対する教育方針を念頭に置くか。
三四 漢詩を作ること。
三五 音楽。「管」は笛などの管楽器。「絃」は琴などの弦楽器。作文・和歌・管絃は、いわゆる三舟の才。
三六 官職・故実・典礼に関する知識。
三七 朝廷の儀式。
三八 人々の手本。「太宗常以㆑人為㆑鏡」(白氏文集・百錬鏡)。
三九 筆跡なども上手にすらすらと書き。
四〇 声がよくて、一座で歌う時に拍子を取り。拍子は打楽器だが、ここでは扇拍子か。
四一 酒を勧められると困ったような様子をするものの。
四二 酒は飲めない口ではないのが、男はよいものだ。

1こそ—ぞ(烏)　2は(常・烏)—ナシ　3かける—かけるも(常)　かけるもげに(烏)　4いきおひのまゝに—いきおひのまゝにと有常のはもうと有(底細紙片)　いきほひまうに(烏)　5ける—けん(烏)　6の(常・烏)—ナシ　7めてたからむ—たらん(烏)　8うつさは(常・烏)—ナシ

（第二段）

[一]いにしへの聖《ひじり》の御世のまつりごとをも忘《わす》れ、民の愁《うれ》[二]へ、国の損《そこな》はるゝも知《し》らず、よろづに[三]きよらを尽《つく》していみじと思《おも》ひ、[四]所せきさましたる人こそ、[五]うたて思《おも》ふ所なく見ゆれ。

「[六]衣冠《(いくわん)》より馬、車まで[1]、あるに従《したが》ひて用《もち》ゐよ。美麗を求《もと》むることなかれ」とぞ、[七]九条殿の御誡《(ごかい)》[2]にも侍る。[八]順徳院の、禁中の事《こと》どもも書《か》かせ給《(たまひ)》[3]つるにも、「[九]おほやけのたてまつる物は[4]、疎《をろそ》かなるを用《もち》ゐ[5]てよしとす」とこそ侍《(はべる)》[6]めれ。

（第三段）

よろづにいみじくとも、[一〇]色好《ごの》[7]みならざらむ男《おとこ》は、いとさう〴〵し

第二段　奢侈に耽る権勢者達への批判。

一 中世の日本では、醍醐天皇(延喜の治世)・村上天皇(天暦の治世)などが聖天子と仰がれた。

二 庶民が苦しみを訴え、国力が疲弊することをも意に介さず。「民」は貴族から見て統治される人々の意。

三 贅美を尽して。源氏の元服の際の饗宴の描写に「きよらを尽して仕うまつれり」(源氏・桐壺)とある。

四 仰々しく振舞っている人は。

五 いやになってしまうほどいい気なものだなあと見えるよ。「末代ニ人ノ振舞、昔ニカワリ、富貴ノ家ハ、心ヲ恣ニシテ、酒色ヲ貪シ、屋舎ヲ過奢ニ作、人民ノ苦ヲ不レ知」(沙石集三ノ七)。

六 身に着ける衣服や冠から乗り物としての馬や車に至るまで。

七 「九条殿」は藤原師輔。天徳四年(九六〇)没、五十三歳。「御誡」は九条右丞相遺誡、一巻。

八 鎌倉時代の天皇。仁治三年(一二四二)没、四十六歳。その著書は禁秘抄。

九 天皇のお召し物。「内蔵寮より進(たてまつ)る所、近代無下に軽微也。但し天位着御の物は、疎なるを以て美(よ)しとす」(禁秘抄・上・御装束事)。

第三段　ほどほどに恋愛体験を有する男の方が望ましいという人間論。

一〇 恋愛情趣を解しないような男はひどく物足りなく。

一一 「且つ夫れ玉の巵(さかづき)も当(そこ)無くんば、宝と雖も用に非ず」(文選二・三都賦)によるか。

一二 露や霜に濡れて着物もくたくたになるまで、恋のためにさまよい歩き。「萩が花散るらむ小野の露霜に濡れてをゆかむさ夜は更くとも」(古今集・秋上・読人しらず)、「ある女の、業平の朝臣を、所定めず歩きすと思ひて、よみてつかはしける」(同・恋四詞書)。

一三 親の意見、訓戒。「たらちねの諫めしものをつれづれとながむるをだに問ふ人もなし」(新古今集・雑下・和泉式部)。

く、玉[一一]の盃《さかづき》の底《そこ》なき心ちぞすべき。

[一二]露霜《(つゆしも)》に[8]しほ《(を)》れて、所定《ところさだ》めず惑《まど》ひ歩《あり》き、[一三]親《おや》の諫《いさ》め、世の譏《そし》りを[一四]包《つゝ》むに[一五]心の暇《いとま》なく、[一六]あふさきるさに思《(おもひ)》乱《みだ》れ、[一七]さるは[一八]ひとり寝《ね》がちに、まどろむ夜《(よ)》なきこそ、お《(を)》かしけれ。

さりとて、[一九]ひたすらたはれたる方《かた》にはあらで、女に[二〇]たやすからず思はれんこそ、あらまほしかるべきわざなれ。

（第四段）

[二一]後《のち》の世のこと心に忘《わす》れず、[二二]仏の道《みち》[9]うとからぬ、心《こゝろ》にくし。

（第五段）

[二三]不幸《ふかう》に憂《うれ》へに沈《しづ》める人の、[二四]頭《かしら》おろしなど、ふつゝかに思《(おもひ)》とりたる

一四 気兼ねするので。
一五 精神的余裕もなく。「秋の夕べは、まして心のいとまなく思し乱るる人の御あたりに心をかけて」（源氏・若紫）。
一六 ああでもないこうでもないと煩悶し。「そへにとてとすればかかりかくすればあな言ひしらずあふさきるさに」（古今集・雑体・読人しらず）。
一七 とは言っても、じつは。
一八 ともすれば独り寝をすることが多く。第百三十七段にも「長夜をひとり明かし」という。
一九 一途に色に耽っているという様子ではなくて。
二〇 与し易くないと思われるようであるのが望ましいことだ。「すべて、男は女に笑はれぬやうに生し立つべしとぞ」（第百七段）というのに共通する考え方。

第四段 道心を抱いている人への共感。
二一 現世が無常であり、そこでの所行によって後世が決定されるということをいつも心にとめていて。
二二 仏道に無関心でない人が奥ゆかしい。

第五段 不遇な場合に望ましい身の処し方。
二三 運が悪く、嘆きに沈んでいる人が。「憂へ」は沈淪の憂愁。
二四 出家しようなど、野暮ったく思い決めてしまったのではなく。「ふつゝか　いやしき義なり」（野槌）、「思ひ込む様子の如何にも頑固な不趣味なのを形容したのである。ふつゝかは元来太く丈夫なものを指すのであるが、多く用ゐられるのは太く賤しき、或は下品な不恰好なものを指す」（武田新解）。

1まて—にいたるまで（鳥）　2御誡—御ゆいかい（常）遺誡（鳥）　3給つる—給へる（常・鳥）　4たてまつる物—奉り物（鳥）　5もちゐて—もちて（常）もて（鳥）　6侍めれ—侍れ（鳥）　7色このみなら—色このま（鳥）　8しほれ—しほたれ（常・鳥）　9みち—道に（常）

にはあらで、一あるかなきかに門《かど》二鎖《さ》しこめて、待《まつ》三こともなく明《あ》かし暮《くら》したる、四さる方《かた》にあらまほし。

五顕基《あきもと》の中納言の言《い》ひけん、六配《はい》所の月、罪《つみ》なくて見《み》んことも、1さも覚《おぼ》えぬべし。

（第六段）

我身《わがみ》のやむごとなからむにも、まして七数《かず》ならざらむにも、子といふ物、八なくてありなむ。

九前中書王《さきのちうしよわう》、一〇九条太政大臣《くでうのおほきおとど》、一一花園左大臣《はなぞののさだいじん》、2みな御族《ぞう》絶《た》えむことを願《ねが》ひ給へり。一二染殿《そめどの》の大臣《おとど》3をも、「子孫のおはせぬぞよく侍る。一三末《すゑ》のおくれ侍《はべり》4つるはわろきことなり」とぞ、一四世継《よつぎ》の翁の物語には言《い》へる。一五聖徳太子の御墓《はか》をかねて築《つ》かせ給《たまひ》5けるにも、一六「こゝを切《き》れ。かしこ

一　いるのかいないのかわからないといった有様で。
二　門を鎖し家の中に閉じ籠って。謹慎や不満の意で貴族が行う籠居を意味するか。
三　期待することもなく、日を送っている。
四　そのような状態でありたいものである。
五　源顕基。永承二年（一〇四七）没、四十八歳。
六　「入道中納言顕基常に談ぜられて云く、咎無くして流罪せられ、配所にて月を見ばや云々」（江談抄三）他、袋草紙、古事談、発心集等にも同様の言が見出される。

第六段　子供は持たない方がよいという意見。
七　人数に入らないような身分の低い場合にも。
八　ないのがよいであろう。
九　兼明親王。永延元年（九八七）没、七十四歳。
一〇　藤原信長か。寛治八年（一〇九四）没、七十三歳。藤原伊通（第二百三十八段参照）説もある。
一一　源有仁。久安三年（一一四七）没、四十五歳。今鏡に男子のいないことをよしとしたと語る。
一二　藤原良房。貞観十四年（八七二）没、六十九歳。
一三　子孫が人より劣ってしまうことは。
一四　大鏡。ただし、「かくいみじき幸人の、子のおはしまさぬこそ、くちをしけれ」（二・良房伝）とあり、兼好が引くような文言は見出しえない。
一五　推古三十年（六二二）没、四十九歳。陵墓は河内国磯長（しなが）陵。
一六　この箇所を断ち切れ。その箇所も断ち切れ。聖徳太子伝暦・下に「太子命ㇾ駕、科長（しなが）墓処監ニ造ㇾ墓者一、直入ニ墓内一、四望謂ニ左右一曰、此処必断、彼処必切、欲ㇾ令ㇾ応ㇾ絶ニ子孫之後一」とある。多くの墓室を省略させることによって、大規模な計画を縮小させたか。

第七段　物のあわれを解する端緒となる無常の肯定と、生に執着して老醜をさらす老人への慨嘆。
一七　あだし野に置く露は消えやすいが、そのように突然消えることなく。「あだし野」は山城国の歌枕、墓地とされる。「暮るゝまも待つべき世かはあだし野の末葉の露にあらし立つなり」（新古今集・雑下・式子内親

を断《た》て。子孫あらせじと思ふなり」と侍けるとかや。

（第七段）

[一七]あだし野の露消《き》ゆる時なく、[一八]鳥辺山《とりべやま》の煙《けぶり》立《た》ちも[6]去《さ》らでのみ住《す》[一九]みはつるならひならば[7]、いかに物の[二〇]あはれもなからむ。世は定《さだ》[二一]めなきこそいみじけれ。

命ある物を見《み》るに、人ばかり久《ひさ》しきはなし。[二二]かげろふの夕《ゆふべ》を待《ま》ち、[二三]夏の蟬の春秋《はるあき》を知《し》らぬもあるぞかし。[二四]つくぐ〵と一年《ひとゝせ》を暮《くら》すほど[8]にだに、こよなうのどけしや。飽《あ》かず、惜《お》しと思《おも》はば、[二五]千年《とせ》を過《す》ぐすとも、一夜《ひとよ》の夢のこゝちこそせめ。住《す》みはてぬ世に見[二六]にくき姿《すがた》を待《ま》ちえて、何《なに》かはせむ。[二七]命長《いのちなが》ければ恥多《はぢおほ》し。長《なが》くとも、[二八]四十《よそぢ》に足《た》らぬほどにて死《し》なんこそ、[二九]めやすかる

王)、「たれとてもとまるべきかはあだし野の草の葉ごとにすがる白露」(続古今集・哀傷・西行)。
一八 鳥辺山に立ち昇る茶毘の煙は忽ちまぎれてしまうが、そのようににわかに立ち去ることもなく。「鳥辺山」は鳥辺野とも。山城国の歌枕で葬地。「鳥辺山谷に煙の燃えたたばはかなく見えしわれと知らなむ」(拾遺集・哀傷・読人しらず)。
一九 生を全うするというのがこの世の慣いならば。「住みはつ」は死なないの意ではなく、天寿を全うするの意か。
二〇 物事の情趣。「恋せずは人は心もなからまし物のあはれもこれよりぞ知る」(長秋詠藻)。
二一 不定であるからこそたいそうおもしろいのだ。
二二 昆虫のかげろうが夕方には死に。「蜉蝣、渠略なり。朝に生れ夕に死す」(詩経・曹風の伝)、「蚍蜉朝に生れて暮に死し、其の楽を尽す」(淮南子・説林訓)、「夕暮に命かけたるかげろふのありやあらずや問ふもはかなし」(新古今集・恋三・読人しらず)。
二三 夏蟬が春や秋を知らないという短命の例。「恵蛄(けいこ=夏蟬)は春秋を知らず。此れ小年なり」(荘子・逍遥遊)。
二四 なすこともなくぼんやりとして。「つくぐ〵と」は「つれづれなり」に近い状態をいうか。
二五 「繡帳羅帷隠二灯燭一 一夜千年猶不レ足」(玉台新詠・烏棲曲)、「秋の夜の千夜を一夜になせりとも言葉残りて鳥や鳴きなん」(伊勢物語二十二段)。
二六 何かいいことがあるかと待っていてその結果老醜の姿を得て、それが何になるだろうか。
二七 「尭曰はく、男子多ければ則ち懼れ多く、富めば則

1も—ナシ(烏) 2御—ナシ(常・烏) 3をも—も(常・烏) 4侍つる—侍る(常) 給へる(烏) 5給けるにも—給ふ時に(常) 給ける時も(烏) 6も—ナシ(常・烏) 7ならは—ならましかは(常) 8にたに—も(常) だにも(烏)

べけれ。

そのほど過《す》ぎぬれば、[1]かたち[一]を恥《は》づる心もなく、人に[2]交《まじ》はらむことを思《おも》ひ、夕《(ゆふべ)》[二]の日に子孫を愛《あひ》して、さかゆく[三]末《すゑ》を見《み》むまでの命をあらまし、ひたすら世をむさぼる心のみ深《ふか》く、物《もの》のあはれも知《し》らずなりゆくなむ、あさましき。

（第八段）

世の人の心[3]迷《まよ》はすこと、[4]色欲[四]にはしかず。人の心は愚《おろ》かなる物かな。

匂《にほ》ひなどは仮《かり》の[5]物ぞかし。しばらく[五]衣装に薫物《たき》すと知《し》りながら、えならぬ[六]匂《(にほひ)》にはかならず心ときめき[七]する物なり。

久米《くめ》[八]の仙人の、物洗《あら》ふ女の脛《はぎ》の白《(しろき)》を見《み》て通《(つう)》[九]を失《うしな》ひけんは、まこと

ち事多く、寿なれば則ち辱かしめ多し」(荘子・天地)。

二八　四十代が肉体的、精神的に一人の人間の人生における節目であるという考え方を背景としていうか。「今年ぞ四十になり給ひければ、御賀のこと公にも聞しめしすぐさず」(源氏・若菜上)。

二九　みっともなくないであろう。なお、雑談集四には、四十歳になると親を埋め殺した棄老国のことを語る。

一　老醜の容貌への羞恥心もなくなり。

二　まもなく沈む夕日のように余命いくばくもない身でありながら子や孫に愛着して。「可レ憐八九十　歯堕双眸昏　朝露貪ニ名利一　夕陽憂ニ子孫ニ一」(白氏文集・秦中吟・不致仕)、「昨は紅顔に誇り、今は白骨と為るとも、唯だ是れ朝の露の底に名利を貪り、夕の陽の前に子孫を愛す」(観心略要集)、「何をむさぼる心なるらん／朝露のあだなる世とは知りながら」(続草庵集・連歌)。

三　いよいよ繁栄する将来を見届けるまでの寿命はあるだろうとあてにし。「さかゆく　さかゆる也」(八雲御抄四)。

第八段　人間が官能の誘惑に弱いことへの概嘆。

四　仏教語として、六欲、また五欲の一で、感覚的な欲望の意。

五　「為レ君薫ニ衣裳一　君聞ニ蘭麝ニ不ニ馨香ニ一」(白氏文集・太行路、和漢朗詠集・恋)による。

六　何とも言えずよい匂いには。

七　期待感で胸がどきどきする。「心ときめきするもの…よき薫物たきてひとり臥したる。…頭洗ひ化粧じて、かうばしう染みたるきぬなど着たる」(枕草子二十九段)。

八　大和の葛城山または吉野の竜門寺に住んでいた仙人。「物洗ふ女」と夫妻となったが、後再び神通力を得て仏土をさして飛び去ったという(七大寺巡礼私記、扶桑略記、今昔物語集、発心集等)。

九　虚空を飛行するという神通力を失ったとかいうのは。

一〇　「手如ニ柔荑一　膚如ニ凝脂ニ一」(詩経・衛風)。

に[一〇]手足《あし》、はだへなどの清《きよ》らに、肥《こ》えあぶらづきたらん[6]は、[一一]外《（ほか）》の色なら ねば、さもあらむかし。

（第九段）

女は[一二]髪《かみ》のめでたからむこそ、人の[7]目立《めた》つべかめれ、[一三]人のほど、心ばへなどは、[一四]物言《ものい》ひたるけはひにこそ、[一五]物越《ものご》しにも知《し》らるれ。[一六]ことに触《ふ》れて、[一七]うちあるさまにも人の心《こゝろ》を惑《まど》はし、すべて、女の[一八]うちとけたるゐ《（い）》も寝《ね》ず、身を惜《お》しとも思《（おもひ）》たらず、[一九]堪《た》ゆべくもあらぬ[8]［わざ］にもよく堪《た》へ忍《しの》ぶは、たゞ[二〇]色を思《おも》ふがゆへ《（ゑ）》なり。

まことに、愛着《（あいぢやく）》の道、その[二一]根深《ねふか》く、源《（みなもと）》遠《とを》し。[二二]六塵《（ろくぢん）》の楽欲《（げうよく）》多《おほ》しといへども、[二三]皆厭離《（えんり）》しつべし。其中《（その）》に、たゞ[二四]かの[9]惑《まど》ひの一《ひと》つやめがたきのみぞ、[二五]老《（おい）》たるも若《わか》きも、智あるも愚《おろ》かなるも、変《かは》る所なしと

一一 外在的に装われた色ではないから。「仮色迷レ人猶若レ是。真色迷レ人応レ過レ此」（白氏文集・古塚狐）。

第九段 前段に続き、女性の魅力、愛欲の情念の根強さへの嗟嘆と自戒。

一二 髪のみごとな女性が人の注目するに違いない存在だが。ここで切れず、「しかし」という気持で下に続く。

一三 人柄や性質などは。

一四 「物うち言ひたる、聞きにくからず」（第一段）に通じる考え方。

一五 御簾や几帳などの物越しにも知られるものである。

一六 何かの事柄につけて。

一七 ちょっとした様子でも。

一八 くつろいで寝ようともせず。「心すきずきしくて、好色甚しかりけり。年比の男にも、少しもうちとけたるかたちを見せず、事におきて色深く情ありければ、心を動かす人多かりけり」（古今著聞集八ノ三三〇）。

一九 とても堪えられそうもないことにもよく我慢しているのは。

二〇 自身を美しく見せたいと思うためである。「色」は容色の意と解してよいか。

二一 根源は深遠である。

二二 「六塵」は、眼・耳・鼻・舌・身・意の六根（六種の官能）に働きかけて、清浄な心を汚す、色・声・香・味・触・法の六境。「楽欲」は願求欲望の意の仏語。

二三 皆厭い捨てることができるであろう。

二四 あの色欲という煩悩の迷い一つだけ。

二五 老僧志賀寺上人が京極御息所に恋した話（俊頼髄脳）、賢人小野宮実資が水汲み女を呼び入れた話（十訓抄七）などが想起される。

1かたち―姿（常） 2ましはらむ―出ましらはむ（常・烏） 3まよはす―まとはす（常・烏） 4色欲―色おもふのみ（常） 5そかし―なるに（烏） 6底「は」重書 7めたつ―めてつ（常） 8わさ（常・烏）―ナシ 9まとひ―まよひ（常）

見ゆる。

されば、女[一]の髪筋《かみすぢ》をよれる綱《つな》には、大象《ざう》もよく繫《つな》がれ、女[二]の履《は》ける足駄《あしだ》にて[1]作《つく》る笛には、秋の鹿《しか》かならず寄《よ》るとぞ言《い》ひ伝《つた》へ侍る。

身づから戒《いまし》めて、恐《おそ》るべく、慎《つゝし》むべきは、この惑《まど》ひなり。

（第十段）

家居《ゐ》のつき[三]ぐ〱しくあらまほしきこそ、仮[四]《かり》の宿《やど》りとは思《おも》へど、興[五]《けう》ある物なれ。

[六]よき人ののどやかに住《す》みなしたる所は、さし入《(いり)》たる月の[2]色も、ひときはしみぐ〱と見ゆるぞかし。今[七]《いま》めかしくきららかなら[3]ねど、木《(こ)》立[八]《だち》物古《ふ》りて、わざ[九]とならぬ[4]庭の草も心あるさまに、簀子[一〇]《すのこ》、[5]透垣[一一]《すいがひ》[一二]たよりおかしく《(を)》、うち[一三]ある調度《でうど》も、昔覚[一四]《むかしおぼ》えて安《やす》らかなるこそ、心にくし

一 仏典によるらしいが、未詳。
二 このような俗信があったらしいが、未詳。「秋の鹿」は秋に牝鹿を求める牡鹿。
第十段 趣味のよい住居や悪趣味な住居についての論。住居に関する古人の挿話と自身の見聞。
三 似合わしく理想的であることが。
四 住居はこの世でのかりそめの宿と思うけれども。挿入句。「仮ノヤドリ、誰ガ為ニカ心ヲナヤマシ」（方丈記）、「タビノソラカリノヤドリトヲモヘドモアラマホシキハコノスマヰカナ」（明恵上人集）。
五 感興をそそられるものである。
六 身分や教養のある人。
七 目新しくきらびやかに派手ではないけれども。
八 どことなく古びていて。兼好の趣味に叶ったもの。
九 作為を加えたと見えない庭の草も趣ある様子で。
一〇 竹などの簀子をめぐらした縁。簀子縁。
一一 竹や板で、向うが透けて見えるように作った垣。
一二 配置の具合が趣あり。
一三 何気なく置いてある道具類。
一四 昔が偲ばれて落ち着いているのが。
一五 大勢の工匠達が。
一六 やれ中国の、やれ日本のと。「御前に、乱れがはしき前栽なども植ゑさせたまはず、撫子の色をととのへたる、唐の、大和の、籬いとなつかしく結ひなして、咲き乱れたる夕映えいみじく見ゆ」（源氏・常夏）。
一七 庭の植込み。
一八 あるがままでなく手を加えて作ってあるのは。源氏・東屋で浮舟の継父常陸介の住まいについて、「徳いかめしうなどあれば、ほどほどにつけては思ひあがり

と見ゆれ。
[一五]多く《おほ》の匠《たくみ》の、[6]心尽《つく》して磨《みが》きたて、[7]唐《から》の、[一六]大和《やまと》の、めづらしくえならぬ調度《でうど》ども並《なら》べ置《を》き、[一七]前栽《せんざい》の草木まで、[一八]心のまゝならず作《つく》りなせるは、見《み》る目《め》も苦《くる》しく、いとわびし。[一九]さてもやは永《なが》らへ住《す》むべき。又、[二〇]時のまの煙《けぶり》ともなりなむとぞ、うち見《み》るより、[8]まづ覚《おぼ》ゆる。

[9]大方《かた》、家居《ゐ》にこそ、[二一]事《こと》ざまはを《お》しはからるれ。

[二二]後徳大寺《ごとくだいじ》の大臣《おとゞ》の[二三]寝殿《しんでん》に、[二四]鳶《とび》ゐさせじとて、縄《なわ》を張《は》られたりけるを[二五]西行が見《み》て、「鳶《とび》のゐたらむは、[10]何《なに》か苦《くる》しかるべき。この殿の御《み》心、[二六]さばかりにこそ」とて、[11]其後《そのご》まいら《ゐ》ざりけると聞《き》ゝ侍るに、[二七]綾小路《あやのこうぢ》の宮のおはします[二八]小坂殿《こさかどの》の棟《むね》に、いつぞや縄《なわ》を引《ひ》かれたりしかば、かのためし思《おもひ》出《い》でられ侍《はべり》しに、[12][二九]まことや、「烏《からす》の群《む》れゐて、池の蛙《かへる》を取《と》りければ、御覧《らん》じ悲《かな》しませ給《たまひ》てなん」と人の語《かた》りし

て、家の内もきらきらしく物清げに住みなし、事好みしたる」と述べていることなどが想起される。

一九 そのようにしてもいつまで永住できるであろうか。

二〇 一瞬の間に焼けてしまうであろうと。

二一 物事の有様。ここでは、家の主の心ばえ。

二二 藤原実定。建久二年(一一九一)没、五十三歳。

二三 寝殿造りの建物での正殿。「徳大寺には歌の間と云ふ所あり。寝殿の西の角の間なり。是、後徳大寺左府、西行に対面せられける所なり」(井蛙抄六)。

二四 鳶をとまらせまいとして。「西行法師…後徳大寺左大臣の御もとに辿り参りて、まづ門外より内を見入ければ、寝殿の棟に縄を張りけり。あやしう思ひて人に尋ねければ、「あれは鳶据ゑじとて張られたる」と答へけるを聞きて、「鳶のゐる、何かは苦しき」とて、疎みて帰りぬ」(古今著聞集十五ノ四九四)。家の棟に鳥がとまるのを忌んだ例としては、「たう」(朱鷺)がとまったのを、「是は忌むなるものを」として射た話(古今著聞集九ノ三五二)や、鷺がとまったのを「神ノ咎」とした話(沙石集一ノ十)などがある。

二五 平安末期の歌人。文治六年(一一九〇)没、七十三歳。

二六 その程度なのだな。

二七 正しくは「綾小路の宮」。亀山天皇の皇子、性恵法親王か。生没年未詳。拾遺抄は、以下の話を後高倉院の皇子尊性法親王のこととする、慶運の往生秘解による後成恩寺(一条兼良の諡)抄なる古注の説を引く。ただし、後成恩寺抄も往生秘解もともに未詳。

二八 妙法院内の一院の名かという。

二九 何でもこれは。

1つくる—つくれる(常・烏) 2色—光(常) 3ねと—ねは(常) 4ぬ—ねと(常) 5すいかひ—すいかきの(常) すいかいの(烏) 6心—心を(烏) 7からの—唐(常) 8まつおほゆる—おもはるゝ(烏) 9大かた—大方は(常・烏) 10か—かは(常・烏) 11其後—そのゝちは(烏) 12まことや—まことやらむ(常)

こそ、さてはいみじくぞと[1]覚《おぼ》えしか。徳大寺にもいかなるゆへ《(ゑ)》か侍《(はべり)》けん。

（第十一段）

神無月《(かみなづき)》の頃《ころ》、[一]栗栖《くるす》野といふ所を過《す》ぎて、[二]ある山里に尋《たづ》ね入《(いる)》事侍《(はべり)》しに、[三]遥《はる》かなる苔の[2]道《みち》を踏《ふ》み分《わ》けて、[四]心ぼそく住《す》みなしたる庵《(いほり)》あり。木《(こ)》の葉に埋《うづ》もるゝ[五]懸樋《かけひ》のしづくならでは、[六]露《(つゆ)》音《をと》なふ物なし。[七]閼伽《あか》棚《だな》に[八]菊、紅葉など折《お》り散《ち》らしたる[3]は、さすがに住《す》む人のあればなるべし。

[九]かくてもあられけるよと、あはれに見《み》るほどに、かなたの庭に、大《(おほき)》なる[一〇]柑子《かうじ》の木の、[一一]枝もたはゝ《(わわ)》になりたる[4]が、周《まは》りをきびしく囲《かこ》ひたりしこそ、少《すこ》し[一二]事《こと》さめて、[一三]この木なからましかばと覚《おぼ》えしか。

第十一段　閑寂境にありながら俗情を捨てない主の心が察知されて、興ざめした草庵についての感想。
一 山城国宇治郡、現在の山科の栗栖野か。同愛宕郡、現在の京都市北区の栗栖野とする説もある。
二 全注釈は、正和二年(一三一三)九月六条有忠から購入した田地のある宇治郡の小野庄を訪れた際の経験かとする。
三 どこまでも遥かに続く苔むした道を踏み分けていった奥に。「山深き苔の下道踏み分けてげには訪ひくる人ぞまれなる」(新後拾遺集・雑上・読人しらず)。
四 幽寂な趣を湛えて住んでいる庵がある。
五 古歌にも「思ひやれとふ人もなき山里の懸樋の水の心ぼそさを」(後拾遺集・雑三・上東門院中将)などと歌われている。
六 「いささかも」「全然」の意の副詞だが、上の「しづく」との縁語ともなる。
七 仏に供える水(閼伽)を入れた容器などを置く棚。
八 「法師ばらの閼伽奉るとて、からからと鳴らしつつ、菊の花、濃き薄き紅葉など折り散らしたるもはかなげなれど」(源氏・賢木)。
九 このような寂しい有様でも住んでいられるのだよと。
一〇 蜜柑の木。法華験記・上ノ三十七、今昔物語集十三ノ四十二、発心集一ノ八に、房の橘の木に執心を残したため、死後その木の下に蛇となって転生した僧の話があるので、橘に類する柑子が草庵に植えられていることは似つかわしいともいえる。
一一 実が枝もしなうほどびっしりとなっているのがあり。
一二 興ざめして。
一三 この木がなかったならよかったのになあと。

第十二段　自分と同じ心の人はおらず、人間は孤独な存在であるという認識。
一四 しみじみと。しんみりと。

（第十二段）

[5]同心《（おなじこころ）》ならむ人と[一四]しめやかに物語して、お《（を）》かしきことも、世のはかなきことも、[一五]うらなく[一六]言《い》ひ慰《なぐさ》ま[6]れんこそうれしかるべきに、[一七]さる人あるまじけれ[7]ど、[一八]つゆ違《たが》はざらむと向《む》かひ[8]たらむは、[一九][9]たゞひとりある心ちやせん。

たがひに言《い》はむほどのことをば、[二〇]げにと聞《き》くかひある物から、[二一]いさゝか違《たが》ふ所もあらむ人こそ、「[二二]我はさやは思ふ」など、[二三]争《あらそ》ひ憎《にく》み、「[二四]さるからさぞ」ともうち語《かた》らはゞ、つれ〴〵慰《なぐさ》まめと思へど、げには少《すこ》し[10]かこつ[二五]方《かた》も我と[二六]等《ひと》しからざらむ人は、[二七]大方《かた》のよしなしごと言《い》はむほどこそあらめ、[二八]まめやかの心の友には、遥《はる》かに[11]隔《へだ》つるところのありぬべきぞ、わびしきや。

一五 腹蔵なく。「心うつくしく、例の人のやうに恨みのたまはば、我もうらなくうち語りて、慰め聞えてんものを」(源氏・紅葉賀)。
一六 話しておのずと心が慰まるならば。「れ」は自発。
一七 そのような人はいないであろうが、それにしても。
一八 少しも相手の心をそこねまいと気を遣いながら。
一九 ただ一人でいるような寂しい気持がするであろう。対座していても精神的には孤独なことをいう。
二〇 なるほどそうなのかと聞くに価するとは言うものの。
二一 少し意見のくい違っている所もあるような人は。
二二 わたしはそうは思わない。「やは」は反語。
二三 論争し。「憎み」には深い意味はない。
二四 「そうだからそうなのだよ」などとも。「さぞと言はばまことにさぞとあどうちてなやうやと言ふ人だにもがな」(拾玉集・述懐百首)。
二五 愚痴をこぼしたくなる事柄についても。
二六 「思ふこと言はでぞただにやみぬべき我と等しき人しなければ」(伊勢物語一二四段、新勅撰集・雑二・在原業平)を念頭に置くか。
二七 世間一般のとりとめないことを言おうとしている間はそれでよいであろうが。挿入句。
二八 本当の心の通い合う友には。「さすが心ある限り、このあはれを言ひ思はぬ人はなけれど、かつ見る人々も、わが心の友は誰かはあらむと覚えしかば、人にも物も言はれず、つくづくと思ひ続けて」(建礼門院右京大夫集)、「晴れやらぬ心の友とながめてもひとりぞ暮す五月雨の空」(兼好家集)。

1そ—こそ(烏)　2みち—ほそ道(烏)　3は—ナシ(烏)　4か—に(常)　5同心—おなし心(常・烏)　6れん—む(常・烏)　7と—ば(烏)　8たらむ—ゐたらん(烏)　9たゝ—ナシ(烏)　10かこつ(常・烏)—かたつ　11へたつるところ—隔たる事〈所ィ〉(常)　へだゝる所(烏)

（第十三段）

ひとり灯《（ともしび）》の下《もと》にて[1][一]文をひろげて、[二]見《み》ぬ世の人を友とする[2]、こよなう慰《なぐさ》むわざなり[3]。

文《ふみ》は、[三]文選《もんぜん》のあはれなる巻《（まき）》〴〵、[四]白氏《はくし》の文集《（ぶんじふ）》、[五]老子の言《こと》葉、[六]南華《なんくわ》の篇《（へん）》。[七]此国《（この）》の博士《はかせ》どもの書《か》ける物も、[八]いにしへのはあはれなること多《おほ》かり。

（第十四段）

和歌こそ猶《（なほ）》お《（を）》かしき物なれ。[九]あやしのしづ、山がつのしわざも、言《い》ひ出《い》でつればおもしろく、[一〇]恐《おそろ》しき猪《ゐのしゝ》も、「臥《ふ》す猪《ゐ》の床《とこ》」と言《い》へば、やさしく成《（なり）》ぬ。

第十三段　古典と古人を礼讃した読書論。

一　書物。

二　実際には見たこともない古の人。「鶴籠開処見㆓君子㆒、書巻展時逢㆓古人㆒」（白氏文集・不㆑出㆑門、和漢朗詠集・閑居）、「文を読むとて夜も寝られず／夢ならで昔の人に逢ひにけり」（続草庵集・連歌）。

三　三十巻。梁の昭明太子撰。周末から梁までの詩文集。

四　白氏文集。七十一巻。白居易、字楽天の詩文集。

五　老子は周の時代の思想家。語録「老子」（老子道徳経）は、上下二篇、計八十一章。

六　南華真人と称された戦国時代の思想家荘周の書「荘子」。現存本は内篇・外篇・雑篇の三部三十三篇。

七　わが国の文章博士達の書いた文章。本朝文粋などをさすか。

八　言外に、現代（作者に近い時代）の物には感興をそそられないことを暗示する。本段は「書（ふみ）は、文集。文選。新賦。史記。五帝本紀。願文。表。博士の申文」（枕草子二一一段）に触発されたか。

第十四段　古典的な和歌や歌謡への讃嘆。

九　身分の低い農夫や木樵りなどのする仕事も。「下人　やまがつ」（八雲御抄三）。

一〇　「歌のやうにいみじき物なし。猪などいふ恐ろしき物も、臥す猪の床など言ひつれば、やさしきなり」（八雲御抄六所引寂蓮の語）。この歌句の作例は和泉式部の「かるもかきふすゐの床のいを安みさこそ寝ざらめかからずもがな」（後拾遺集・恋四）など。

一一　一箇所おもしろくて巧みに表現しおおせていると いう歌。定家十体に「有㆓一節㆒様」（ひとふしあるよう）という歌体を立てる。

一二　どうしてだろうか。挿入句。

一三　言外にしみじみと雰囲気が髣髴される歌。

この頃《ごろ》の歌は、[一一]ひとふしお《(を)》かしく言《い》ひ叶《かな》へたりと見《み》ゆるはあれど、古《ふる》き歌どものやうに、[一二]いかにぞや、[一三]言葉《ことば》のほかにあはれにけしき覚《おぼ》ゆるはなし。

[一四]貫之が、「[一五]糸《いと》による物ならなくに」といへるは、[一六]古今集の中の[4]歌[一七]の屑《くづ》とかや言《い》ひ伝《つた》へたれど、[一八]今《いま》の世の人の詠《よ》みぬべきことがらとは見《み》えず。その[5]頃《ころ》の歌には、[一九]姿《すがた》、言葉《ことば》、[6]〔この〕たぐひのみ多《おほ》し。此《(この)》歌に限《かぎ》りてかく[二〇]言《い》ひ立《た》てられたるも、知《し》りがたし。[二一]源氏の物語には、「物とはなしに」とぞ書《か》ける。

[二二]新古今には、「[二三]残《のこ》る松さへ峰《みね》にさびしき」[7]といふ歌をぞ[二四]言《い》ふなるは、まことに、少《すこ》し[8]〔[二五]く〕だけたる姿《すがた》にもや見《み》ゆらむ。されど、この歌も、[二六]衆議判《(しゆぎはん)》の時、[二七]よろしきよし沙汰《(さた)》ありて、後にも、ことさら感じ仰《おほ》せ下《くだ》されけるよし、[二八]家長《(いへなが)》が日記には書《か》けり。

一四 紀貫之。天慶八年(九四五)頃没か。享年未詳。
一五 第三句以下は「別れ路の心細くも思ほゆるかな」(古今集・羇旅)。
一六 古今和歌集。最初の勅撰集。二十巻。延喜五年(九〇五)醍醐天皇の詔勅により紀友則・同貫之・凡河内躬恒・壬生忠岑が撰進。
一七 劣った歌。
一八 現代の人が詠めそうな歌であるとは思われない。
一九 歌の風体や表現など。
二〇 このように悪口を言われる理由も。
二一 五十四帖。紫式部作。貫之の前掲歌が「『物とはなしに』とか、貫之がこの世ながらの別れをだに心細き筋に引き掛けけむを」(源氏・総角での、宇治八の宮一周忌準備の描写)の形で引歌とされていることをいう。
二二 新古今和歌集。第八番目の勅撰集。二十巻。元久二年(一二〇五)後鳥羽上皇の院宣により、源通具・藤原有家・同定家・同家隆・同雅経が撰進。
二三 上句は「冬の来て山もあらはに木の葉降り」(新古今集・冬・祝部成茂)。元久元年(一二〇四)十一月十日和歌所で行われた春日社歌合で「落葉」の題詠。
二四 新古今集中での劣った歌と言うようであるが、それは。
二五 言葉が整っていない風体に見えるであろうか。
二六 歌合で、歌の勝負を左右の方人《かたうど》や作者が合議して判定すること。春日社歌合では衆議判で勝とする。
二七 格別感心したというお言葉が下されたよし。主語は明記されていないが、歌合の主催者後鳥羽院。
二八 源家長日記。和歌所開闔《かいこう》であった源家長(文暦元年(一二三四)没、享年未詳)が記した、仮名文の回想記。一巻。

1にて—に(常・烏)　2する—するそ(常・烏)　3なり—なれ(常)　なる(烏)　4歌のくつ—歌くつ(常・烏)　5ころ—世(烏)　6この(常・烏)—ナシ　7いふ—いへる(常・烏)　8く(常・烏)—ナシ

「[一]歌の道のみ、いにしへに変《かは》らぬ」など言《い》ふこともあれど、[二]いさや。今も詠《よ》みあへる同《おな》じ言葉《ことば》、[三]歌枕《まくら》を、昔の人の詠《よ》めるは、さらに同《おな》じ物にあらず。[四]やすくすなほにして、姿《すがた》も清《きよ》げに、あはれも深《ふか》く見《み》ゆ。[五]梁塵秘抄《りやうぢんひせう》の[六]郢曲《えいきよく》の言葉《こと》こそ、又あはれなることは多《おほ》かめれ。昔《むかし》の人は、たゞいかに[七]言《い》ひ捨《す》てたることぐさも、皆いみじく聞《きこ》ゆるにや。

（第十五段）

[八]いづくにもあれ、しばし旅立《だ》ちたるこそ、[九]目覚《めさ》むる心ちすれ。そのわたり、こゝかしこ見歩《あり》き、[一〇]ゐ中《なか》びたる所、山里などは、[一一]いと目《め》なれぬことのみぞ多《おほ》かる。

一 新古今集・雑下・西行の「末の世もこの情のみ変らずと見し夢なくはよそに聞かまし」の歌の詞書に「何事も衰へゆけど、この道こそ世の末に変らぬものはあれ、なほこの歌よむべきよし、別当湛快、三位俊成に申すと見侍りて、おどろきながら、この歌をいそぎよみいだしてつかはしける奥に、書き付け侍りける」とある。これを念頭に置くか。
二 さあ、どんなものであろうか。「いさ」は疑問を表す副詞で「知らず」という表現を伴うことが多い。
三 和歌に詠まれる名所。和歌の素材や歌語をいうこともあるが、ここでは名所の意でよいか。
四 平明で自然であり、風体も美しく、情趣も深く見える。
五 後白河法皇撰の歌謡集。もと今様の詞章十巻と口伝集十巻、計二十巻。現存本は今様の部は巻一断簡と巻二、口伝集は巻一巻首と巻十のみ。
六 朗詠・今様・神楽・風俗・催馬楽など、謡い物の総称。
七 無造作に言った言葉。
第十五段 旅先での発見を挙げた旅行礼讃論。
八 どこでもよい。
九 目が覚めるような新鮮な心地がするものだ。
一〇 都周辺の田園や山沿いの地を念頭に置くか。
一一 大層見馴れないこと(珍しいこと)が多くあるものだ。
一二 よいついで。好便。
一三 そのこと、あのことなど、あのついでに忘れないように。「そのことかのことなど、大方なる御文の御返り、はたあべいほどに聞えおきて」(夜の寝覚三)。
一四 万事につけおのずと気遣いされ。自宅のようにくつろげる場所ではない旅先なので緊張することをいう。ただし、その緊張感は先にいう「目覚むる心ちすれ」というのと同じく、日常生活で弛緩していた心を清新にする働きを持つ。
一五 何か技芸の心得のある人。才能ある人。
第十六段 音楽や楽器についての好尚。

都へ[2]便[一二]《(たより)》求《もと》めて文《ふみ》[3]やり、「そのこと[一三]、[4]「かのこと」[5]かの便宜《びんぎ》に忘《わす》るな」など言《い》ひ[6]やりたるこそお《(を)》かしけれ。

さやうの所にてこそ、[7]「万[一四]《(よろづ)》に心づかひ[8]せられ、持《も》てる調度《(でうど)》まで、よきはよく、」能[一五]ある人、かたちよき人も、常《つね》よりはをかしと[9]見《み》ゆれ。

寺、社《やしろ》などに忍《しの》びて籠《こも》りたるも、お《(を)》かし。

（第十六段）

神楽[一六]《(かぐら)》こそ[一七]なまめかしく、おもしろけれ。

大方《かた》、物[一八]の音《ね》には、笛[一九]《ふえ》、篳篥[二〇]《ひちりき》。常[二一]に聞《き》きたきは、[10]琵琶[二二]《(びは)》、和琴[二三]《(わごん)》。

（第十七段）

山寺[二四]にかき籠《こも》りて仏[二五]に仕《つか(う)》ふまつるこそ、つれ[二六]ぐ〳〵もなく、心[二七]の濁《にご》

一六 神事として行われた舞楽。
一七 古雅で美しくおもしろいものだ。
一八 楽器の音。
一九 横笛をさすか。七孔ある。第二百十九段注二一参照。
二〇 雅楽の管楽器。管は竹で、表に七孔、裏に二孔ある竪笛。簧(リード)は蘆の茎で作る。
二一 源氏に柏木の死後のこととして、「もて使ひ給ひし御調度ども、常に弾き給ひし琵琶和琴などの緒もとり放ちやつされて音(ね)をたてぬも、いと埋れいたきわざなりや」(柏木)という。「持てる調度」「能ある人、かたちよき人」に言及する前段から、音楽・楽器について述べる本段への展開の背後には、あるいは源氏のこの叙述も関係があるか。
二二 弦楽器。四弦で柱は四個。
二三 日本古来の弦楽器で、形は箏に似る。六弦。神楽・東遊(あずまあそび)などに用いた。底本・常縁本の本文は早くから発生した誤写か。

第十七段　仏寺参籠がもたらす精神的な喜びを述べる。

二四 山中の寺に参籠して。
二五 み仏にお仕え申しあげる。具体的には、閼伽(水)を汲み、香華を供え、経典を読誦することなど。
二六 無聊さもなく。「この方の営み(勤行)はこの世もつれづれならず、後の世はた頼もしげなり」(源氏・賢木)。
二七 煩悩に汚れていた心もおのずと清浄になる心地がする。「イサヽカ心ノ濁リモ薄ラグト見エシカド」(方丈記)。

1を—も(常・烏)　2便—ひむ(常)　たより(烏)　3やり—やる(烏)　4かのこと(常・烏)—ナシ　5かのひんき—かのひん(常)　便宜(烏)　6やりたる—やる(常・烏)　7万に…よく(常・烏)—ナシ　8せられ(常)—せらるれ(烏)　9と—とこそ(烏)　10琵琶和琴(烏)—ひさわうみや一(常)　ひさ王宮一(底)

りも清《きよ》まる心ちすれ。

（第十八段）

人は、[一]を《(お)》のれをつゞまやかにし、おごりを退《しりぞ》けて、[1]財《(たから)》持《も》たず、世をむさぼらざらんぞ、いみじかるべき。昔《むかし》より、賢《かしこ》き人の富《と》めるはまれなり。

[2][二]もろこしに[三]許由《(きよいう)》といひ[3]ける人の、更に身に従《したが》へる貯《たくは》へもなくて、水をも、手して捧《さゝ》げて飲《の》みけるを見《み》て、[四]なりひさことい ふ物を、人の得《え》させたりければ、ある時、木の枝に懸《か》けたりけるが、風に吹《ふ》かれて鳴《な》りけるを、[五]「かしかまし」とて捨《す》てつ、[六]又手にむすびてぞ、水も飲《の》みける。[七]いかばかり心のうち涼《すゞ》しかりけん。[4][八]孫晨《(そんしん)》は、冬の月に衾《ふすま》なくて、藁《わら》一束《つか》ありけるを、夕《ゆふべ》にはこれに臥《ふ》

第十八段　古代中国の賢人のごとく、質素な生活に徹することへの礼讃。

一 自分自身の生活を倹約して。以下の叙述は第二段での主張と表裏をなす。

二 中国。歌語に近い言い方。「唐　もろこし」(八雲御抄三)。

三 古代中国の賢人。尭が天下を譲ろうとしたのを拒んで箕山に隠れ、汚れたことを聞いたとして潁川で耳を洗ったという。その事蹟は沙石集十本ノ四にも語られている。

四 瓢箪。熟した瓢箪は二つ割りにして中をくりぬき、杓子として用いられる。

五 やかましい。「Caxicamaxij カシカマシイ(囂しい)」(日葡)。

六 水も手ですくって飲んだという。「許由一瓢」(蒙求・上)、源光行の蒙求和歌・閑居部にも。

七 「さざ波や志賀の浦風いかばかり心のうちの涼しかるらん」(拾遺集・哀傷・藤原公任)。

八 古代中国の賢人。字は元公。「孫晨藁席」(蒙求・下)、蒙求和歌・述懐部にも。

九 わが国の人は語り伝える筈がない。中国に比して、日本では清貧に甘んじた賢人を称える気風が乏しいことを慨嘆していう。類似の考え方は慶政の閑居友・下ノ七などにも見出される。

し、朝《あした》には収《おさ》めけり。

もろこしの人は、これをいみじと思《おも》へばこそ、記《しる》しとゞめて世にも伝《つた》へけめ、九これらの人は5語《かた》り伝《つた》ふべからず。

（第十九段）

一〇お《を》りふしの移《うつ》り変《かは》るこそ、一一物ごとにあはれなれ。「一二物のあはれは秋こそまされ」と、人ごとに言《い》ふめれど、一三それもさる物にて、今ひときは一四心も浮《う》きたつ物は、春のけしきにこそあめれ。一五鳥の声《こゑ》などもことのほかに春めきて、のどやかなる日影に、一六垣《かき》根《ね》の草萌《も》え出《い》づる6頃《ころ》、やゝ春深《ふか》く、霞《かすみ》わたりて、一七花もやう〳〵けしきだつほどこそあれ、お《を》りしも雨風うち続《つゞ》き7⌈て、一八心あは《わ》たゝしく散《ちり》過《す》ぎぬ。青葉に成行《なりゆく》まで、⌋よろづにたゞ心をのみぞ悩《なや》ます。一九花

第十九段　四季の風物についての随想。

一〇 季節。「をりふしも移れば更へつ世の中の人の心の花染めの袖」（新古今集・夏・藤原俊成女）、「をりふしのゆくへも今は知らぬ身に春こそかかる花は見えしか」（続古今集・雑上・藤原実資）。

一一 それぞれの季節の風物につけて。

一二 「春はただ花のひとへに咲くばかり物のあはれは秋ぞまされる」（拾遺集・雑下・読人しらず）などの古歌を念頭に置いていうか。

一三 それはそれとして。

一四 そわそわして心も落ち着かなくなるものは。「心うかる」「あくがる」などという言い方に近いが、一種の不安感を伴っており、陽気に浮かれるという現代語の語感とはいささか異なるか。

一五 鳥の囀る声などもたいそう春らしい様子になって。「百千鳥朝けの空に遊ぶなりことのほかにぞ春めきにける」（夫木抄二・鶯・源有仲）。

一六 垣根の下に生える草。「野辺見れば若菜摘みけりむべしこそ垣根の草も春めきにけれ」（拾遺集・春・紀貫之）。

一七 桜の花もやっと咲き初めようという様子を見せるやいなや。

一八 状況は異なるが、「久方の光のどけき春の日にしづ心なく花の散るらむ」（古今集・春下・紀友則）をも念頭に置くか。満開の桜の叙述を欠くことに注意。

一九 花橘は昔を思い出させるものという評判を取っているが。「さつき待つ花たちばなの香をかげば昔の人の袖の香ぞする」（古今集・夏・読人しらず）。

1財—財を（常・烏）　2もろこし—唐土（烏）　3ける人の—し人は（常）つる人は（烏）　4孫晨—孫康（常）　5かたり—語も（常）かたりも（烏）　6ころ—より（常）ころより（烏）　7て…まて（常・烏）—ナシ

たちばなは[1]名こそおへれ、猶《(なほ)》[一]梅の匂《にほ》ひにぞ、いにしへの事もたちかへり恋しう思《(おもひ)》出《い》でらるゝ。[二]山吹の清《きよ》げに、[三]藤のおぼつかなきさましたる、すべて思《おも》ひ捨《す》てがたきこと多《おほ》し。

「[四]灌仏《(くわんぶつ)》の比《(ころ)》、[五]祭《まつり》の頃《ころ》、[六]若《わか》葉の梢《(こずゑ)》涼《すゞ》しげに茂《しげ》りゆく程こそ、世のあはれも人の恋しさもまされ」と人の仰《おほ》せられしこそ、[七]げにさるものなれ。[八]五月《(さつき)》菖蒲《あやめ》葺《ふ》く頃《ころ》、早苗《(さなへ)》取《と》る比、[九]くゐ《(ひ)》なの叩《たゝ》くなど、[一〇]心ぼそからぬかは。水無《みな》月の頃《ころ》、[一一]あやしき家に夕顔《がほ》の白《しろ》く見《み》えて、[一二]蚊遣《(かやり)》火《(び)》ふすぶるもあはれ也。[一三]六月祓《(みなづきばらへ)》又お《(を)》かし。

[一四]七夕《(たなばた)》[2]祭《まつり》こそなまめかしけれ。やう〳〵[一五]夜寒になるほど、雁鳴《(なき)》て来《く》る[3]比、萩の下葉色づく[4]ほど、早田《(わさだ)》刈《か》り乾《ほ》すなど、[一六]取《と》り集《あつ》めたることは秋のみぞ多《おほ》かる。又、[一七]野分《(のわき)》の朝《あした》こそ[5]おもしろけれ。言《い》ひ続《つゞ》くれば、皆[一八]源氏の物語、[一九]枕草子《さうし》などにこと古《ふ》りにたれど、同《おな》じことは[6]今《いま》

一　梅が香が懐旧の念を誘う事例は、古今集、伊勢物語、源氏・早蕨、新古今集等に多く見出される。
二　山吹が清楚な感じで。次の藤とともに暮春の景物。
三　藤がはっきりしない様子で咲いている。白楽天の「紫藤花下漸黄昏」(白氏文集・三月三十日題慈恩寺、和漢朗詠集・三月尽)などの句から受ける、藤花の朦朧たる印象をいうか。
四　仏生会。釈迦の誕生日である四月八日、誕生仏に香水を灌ぐ行事。
五　賀茂祭。陰暦四月の中の酉の日に行われた。
六　「わが宿の花見がてらに来る人は散りなむのちぞ恋しかるべき」(古今集・春上・凡河内躬恒)などを念頭に置いていうか。
七　全くもっともなことだ。
八　菖蒲の葉を軒端などに挿して飾る五月五日の端午の節句の頃。夏の代表的景物、時鳥に言及しない。
九　「ただそこはかとなう繁れる蔭どもなまめかしきに、水鶏《(くひな)》のうちたたきたるは、誰が門《(かど)》さしてとあはれに覚ゆ」(源氏・明石)。
一〇　ものさびしくないことがあるだろうか。
一一　身分の低い者の家に。「かの白く咲けるをなむ、夕顔と申し侍る。花の名は人めきて、かうあやしき垣根になん咲き侍りける」(源氏・夕顔)。
一二　「夏なれば宿にふすぶる蚊遣火のいつまでわが身下燃えをせむ」(古今集・恋一・読人しらず)。
一三　六月晦日に行う大祓。
一四　乞巧奠《(きつこうでん)》ともいう。陰暦七月七日牽牛・織女の二星を祭る行事。
一五　以下の叙述は「さ夜深く旅の空にて鳴く雁はおのが羽風や夜寒なるらん」(後拾遺集・秋上・伊勢大輔)、「夜を寒み衣かりがね鳴くなへに萩の下葉は色づきにけり」(拾遺集・雑秋・柿本人麻呂)、「わが門の早田もいまだ刈り上げぬに今朝吹く風に雁は来にけり」(古今六帖二・素性)などによるか。「早田」は早生(早稲)を産する田。稲刈りの描写は源氏・手習にも見られる。

さらに言《い》はじとにもあらず。[7]思《おも》二〇ふこと言《い》はぬは腹《はら》ふくるゝ[8]わざ、筆に任《まか》せつゝ二一あぢきなきすさみにて、[9]かつ破《やぶ》り棄《す》つべき物なれば、人二二の見《み》るべきにもあらず。

さて、冬枯《が》れのけしきこそ、秋にはお《(を)》二三さ〳〵劣《おと》るまじけれ。汀《みぎは》の草に紅葉《もみぢ》二四の散《ち》りとゞまりて、霜いと白《しろ》うを《(お)》ける朝《あした》、遣《やり》二五水より煙《(けぶり)》二六の立《た》つこそお《(を)》かしけれ。年《とし》二七の暮《く》れはてゝ、人ごとに急《いそ》ぎあへる頃《ころ》ぞ、又なくあはれなる。二八すさまじき物にして、見《み》る人もなき月の寒《さむ》けく澄《す》める廿日《(はつか)》あまりの空こそ、心ぼそきものなれ。御仏名《(おぶつみやう)》二九、荷前《(のさき)》三〇の使立《つかひた》つなどぞ、あはれにやむごとなき。公事《(くじ)》三一ども繁《しげ》く、春の急《いそ》ぎ三二に取《と》り重《かさ》ねて催《もよを》し行《おこな》はるゝさまぞいみじきや。追儺《(ついな)》三三より四方拝《(しはう)はい》三四に続《つゞ》くこそ、おもしろけれ。晦《つごもり》の夜[10]はいたう暗《くら》きに、松三五どもともして、夜中《よなか》過《す》ぐるまで、人の門《(かど)》叩《たゝ》き、走《はし》り歩《あり》きて、何事《なにごと》にかあらむ、こ三六と〳〵し

一六 あれもこれもと一緒にまとめられるようなこと。「白栲(たへ)の衣打つ砧の音もかすかにこなたかなた聞きわたされ、空飛ぶ雁の声、とり集めて忍びがたきこと多かり」(源氏・夕顔)。
一七 台風の吹いた翌朝。
一八 源氏・野分での六条院の描写をさしていう。
一九 清少納言作の随筆。同二〇〇段の叙述を念頭に置いていう。
二〇 「おぼしきこと言はぬは、げにぞ腹ふくるる心地しける。かかればこそ、昔の人は、物言はまほしくなれば、穴を掘りては言ひ入れ侍りけめと覚え侍り」(大鏡・序)。
二一 つまらない気慰みで。
二二 人が見るはずのものでもない。もとより謙辞。
二三 なかなかどうして劣らないであろう。
二四 紅葉を秋の景物としてでなく、落葉として捉えていることに注意。
二五 庭に引き入れた流水。橘俊綱の作庭記に詳しい。
二六 蒸気。冬の代表的景物、雪に言及しない。
二七 年末の忙しさを詠じた歳暮の歌は少なくない。
二八 興ざめのする物として見る人のない月。「すさまじき例に言ひおきけむ人の心浅さよ」(源氏・朝顔)、「世の人のすさまじき事に言ふなる師走の月夜の」(同・総角)の他、狭衣物語二、更級日記などに類似の表現が見出される。秋の代表的景物としての月に言及せず、冬の月を叙述していることに注意。
二九 諸仏の名号を唱えて罪障を懺悔する年中行事。
三〇 毎年諸国から奉る貢物の初物(荷前)を諸陵に奉るために遣わされる勅使。

1名—名に(常・烏)　2まつり—まつる(烏)　3比—程(常)　4ほと—比(常)　5おもしろ—おかし(烏)　6は—ナシ(常)　又(烏)　7おもふ—おなしき(常)　おぼしき(烏)　8わさ—わさなれは(常・烏)　9すさみ—すさひ(烏)　10夜は—夜(烏)

くのゝしりて、足《あし》[一]を空に惑《まど》ふが、あか月よりさすが音《をと》なくなりぬるこそ、年《とし》のなごりも心ぼそけれ。[二]なき人の来《く》る夜とて魂祭《たままつ》るわざは、この比《(ごろ)》都にはなきを、[三]東《あづま》の方《かた》には猶《(なほ)》することにてありしこそ、あはれなりしか。

かくて明《あ》け行《ゆ》く空のけしき、[四]昨日《(きのふ)》に変《かは》りたりとは見《み》えねど、引《ひ》き替《か》へめづらしき心ちぞする。大路《おほち》のさま、[五]松立《た》てわたして花やかにうれしげなるこそ、又あはれなれ。

（第二十段）

なにがしとかやいひし世捨《す》て人の、「[六]この世のほだし持《も》たらぬ身に、たゞ[七]空のなごりのみぞお《(を)》しき」と言《い》ひしこそ、まことにさも覚《おぼ》えぬべけれ。

三一 朝廷での儀式が頻繁に。
三二 新春を迎える準備。
三三 鬼やらい。大晦日に禁中で殿上人が桃の弓と葦の矢で鬼を追い出す年中行事。
三四 元旦に天皇が清涼殿の東庭で属星(ぞくしよう)を唱え、天地四方、山陵を拝する儀式。
三五 松明。
三六 大仰に大きな声を出して。

一 源氏・夕顔、同・賢木他にも見える、足も地に着かないようにあわてている状態の形容。
二 「たま祭る年の終りになりにけりけふには又や逢むとすらむ」(曾禰好忠集・十二月最後の歌)、「師走の晦の夜　なき人の来る夜と聞けど君もなしわが住む里や魂なきの里」(和泉式部続集)。この他にも大晦日に魂祭をしたことを物語る事例は王朝文学に少なくない。
三 関東下向の際の見聞を反映させた叙述。
四 「いかに寝て起くるあしたにいふことぞ昨日を去年とけふを今年と」(後拾遺集・春上・小大君)、「去年といふ昨日にけふは変らぬをいかに知りてか鶯の鳴く」(千五百番歌合・春一・小侍従)などに通う感じ方。
五 門松を立て連ねて。本朝無題詩・惟宗孝言の詩の自注によれば、門松の風習は平安後期に始まるか。

第二十段　空への愛着を述べた一隠者の言への共感。
六 現世につなぎとめるきずなとなる物。たとえば、妻子・財産など。
七 空の様子だけがなごり惜しい。兼好自身は「思ひおくことぞこの世に残りける見ざらむあとの秋の夜の月」(兼好家集)と詠んでいる。

（第二十一段）

[八]よろづのことは、月見《み》るにこそ慰《なぐさ》む物なれ。ある人の、「月ばかりおもしろき物はあらじ」と言《い》ひしに、又ひとり、「露こそ[2]猶《(なほ)》あはれなれ」と[九]争《あらそ》ひしこそ、お《(を)》かしけれ。[一〇]お《(を)》りにふれば、[3]何《なに》かあはれならざらむ。

月[一一]花はさらなり、風[一二]のみこそ人に心はつくめれ。岩に砕《くだ》けて清《きよ》く流《なが》るゝ水[一三]のけしきこそ、[4]時を分《わ》かずめでたけれ。「沅湘《(げんしやう)》[一四][5]昼夜《ひるよる》東に流《なが》れ去《さ》る、愁人のために止《とゞ》まること暫《しばら》く[6]もあらず」といへる詩を見侍《(はべり)》しこそ、あはれなりしか。嵇康《(けいかう)》[一五]も、「山沢《(さんたく)》[一六]に遊《あそ》びて魚鳥を見《み》れば、[7]心楽《たの》しむ」と言《い》へり。人遠《どを》[一七]く、水草[一八]清《きよ》き所にさまよひ歩《あり》きたるばかり、心慰《なぐさ》む事はあらじ。

第二十一段　心を慰藉する自然の風物への愛惜の情。

八「めにおくれて侍りける頃月を見侍りて　大江為基　ながむるに物思ふことの慰むは月は憂世のほかよりや行く」（拾遺集・雑上）などを念頭に置くか。

九 論争したことが風流でおもしろい。

一〇 時の移り変りに触発されれば、何でもしみじみとした感興を催さないものはないであろう。「か」は反語。

一一 月や花は言うまでもない。

一二 風が物事に感ずる心を人に付与するようである。「おしなべて物を思はぬ人にさへ心をつくる秋の初風」（新古今集・秋上・西行）。

一三 水の有様が季節の区別なくすばらしい。「子、川の上に在りて曰はく、逝く者は斯くの如きか。昼夜を舎（ゃ）めず」（論語・子罕）。

一四 三体詩一所収、唐の詩人戴叔倫の絶句「湘南即事」の転句と結句。「沅湘」は沅水と湘水で、共に洞庭湖に注ぐ。「昼夜」は原詩では「日夜」とする。「愁人」は心に憂いを抱いている人の意で、詩人自身をさす。右の詩の起・承句は「盧橘花開楓葉衰　出レ門何処望二京師一」。

一五 魏・晋の人。竹林の七賢の一人。

一六 山や沢を逍遥して魚や鳥を見ると、心が楽しくなる。文選二十二・与二山巨源一絶交書・嵇康をほとんどそのまま訓読した文章。ただし、「心楽しむ」の原文は「心甚楽レ之」。

一七 人里から遠く。

一八 江談抄に玄賓が大僧都を辞退した時の歌を「外国は山水清し事多き君が都は住まぬまされり」、古今著聞集五ノ一四三では同じ歌の二・三・四句を「水草清し事繁き天の下には」と伝える。これらによるか。

1あか月—暁かた（常・烏）　**2**猶—ナシ（烏）　**3**か—かは（常・烏）　**4**を—をも（常・烏）　**5**ひるよる—日夜（烏）　**6**あら—せ（烏）　**7**たのしむ—たのしふ（烏）

（第二十二段）

[一]何事《ごと》も古《ふる》き世のみぞ慕《したは》しき。[二]今様《やう》はむげに[1]賤《いや》しうこそ成《(なり)》行《ゆ》くめれ。

かの[三]木の道の匠《たくみ》の作《つく》れる[2]「[四]うつくしき」器《うつは》物も、[五]古代《こだい》の姿《すがた》こそをかしと見ゆれ。

[六]文の[3]「詞《(ことば)》」などぞ、昔の反古《ほうご》どもはいみじき。[七]たゞ言《い》ふ」言葉《こと》も、[八]くちをしうこそなりもて行《ゆ》くなれ。「いにしへは、「[九]車もたげよ」[4]「「[一〇]火かゝげよ」とこそ言《い》ひしを、今様《やう》の人は、[5]「もちあげよ」「かきあげよ」」と言《い》ふ。「[一一]主殿寮《(とのも)れう》人数《(にんじゆ)》立《た》て」と言《い》ふべきを、「[一二]立《(たち)》あかし白《しろ》くせよ」と言《い》ひ、[一三]最勝講《(さいしようかう)》[6]の[一四]御聴聞《ちやうもん》所なるをば、「御講《かう》の廬《ろ》」とこそ言《い》ふを、「[一五]講廬《かうろ》」[7]など言《い》ふ、くちをし」とぞ、[8][一六]古《ふる》人は仰《(おほせ)》られし。

第二十二段　現代の賤しさへの慨嘆と、古代への憧憬。

一 西行の「跡とめて古きを慕ふ世ならなむ今もあり経ば昔なるべし」(新勅撰集・雑二)などを念頭に置くか。
二 現代風はひどく下品になってゆくようだ。
三 木工の職人。源氏・帚木の雨夜の品定めで左馬頭が「木の道の匠の、よろづの物を心に任せて作り出すも」として、様式の一定しない「臨時の翫び物」の場合は現代風な物がよいこともあるが、様式の定まった道具類を欠陥なく作り出せるかいなかで、真の名人かどうか判別できると論評している部分を念頭に置いて述べる。
四 契沖書入に、玉櫛笥の類とする。この部分、源氏・蓬生に古風な調度類を「うるはしき」と形容していることと関係があるか。　五 昔風の姿。
六 手紙の言葉遣いなどが古い手紙の場合はすばらしい。
七 話し言葉。書き言葉である「文の詞」に対していう。
八 感心しないものにだんだんなってゆくようだ。
九 牛車に牛を付ける前に車の轅《ながえ》を持ち上げよ。
一〇 灯火の灯心を掻き立てよ。
一一「主殿寮」は令制で宮内省に属し、禁中の清掃・乗物・湯浴み・燭火・薪炭などを司る役所。「人数」はその役人。「立て」は動詞の命令形で、この句は「主殿寮の人々、立て」の意か。近世初頭には「だて」と濁音で読んでいた。
一二 立て置いて火をともした松明。「たてあかし」とも。「白くせよ」は、明るくなるように焚けの意。「たちあかしの光の心もとなければ」(紫式部日記)、「たてあかしの昼より明きに」(狭衣物語三)。
一三 毎年五月に五日間、東大寺・興福寺・延暦寺・園城寺から学徳高い僧を選び、清涼殿で金光明最勝王経を講ぜしめて、国家平安、宝祚長久を祈願させた法会。
一四 天皇が論義を聴聞する場所。
一五 簡便を旨とする省略表現に反発したか。　一六 古老。

第二十三段　内裏の古風さへの礼讃。

一七 現在は何事も衰微してしまった末世だとは言って

(第二十三段)

[一七]衰《おとろ》へたる末の世とはいへど、猶《(なほ)》[一八]九重《こゝのへ》の[一九]神《かみ》さびたる有様《ありさま》こそ、[二〇]世づかずめでたきものなれ。

9[二一]露台《ろだい》の、[二二]朝餉《あさがれゐ》、[二三]何殿《なにでん》、何門などは、いみじとも聞《きこ》ゆべし。[二四]あやしの所にもありぬべき[二五]小蔀《こじとみ》、[二六]小板敷《こいたじき》、[二七]高遣戸《たかやりど》なども、めでたくこそ聞《きこ》ゆれ。「[二八]陣《ぢん》に夜《よ》の設《まう》けせよ」10など言《い》ふこそ、いみじけれ。[二九]夜《よる》の御殿《おとゞ》のをば、「[三〇]かひ《(い)》ともしとうよ」など言《い》ふ、又めでたし。[三一]上卿《(しやうけい)》の陣《ぢん》にて事行《おこな》へるさまはさら也、[三二]諸司《(しよし)》の下《しも》人どもの、したり顔《がほ》に馴《な》れたる11、お《(を)》かし。さばかり寒《さむ》き夜《よ》もすがら、こゝかしこに眠《ねぶ》りゐたるこそ、お《(を)》かしけれ。

「[三三]内侍所《(ないし)どころ》の御鈴《みすゞ》の音《をと》は、めでたく優なるものなり」とぞ、[三四]徳大寺

も。末法思想に基いていう。なお、第十四段(九二頁)注一所引西行歌詞書参照。
一八 宮中。禁中。内裏。「御所　九重」(八雲御抄三)。
一九 神々しい有様が。
二〇 世俗一般に染まることはなく、古風ですばらしい。
二一 紫宸殿と仁寿殿との間にある、屋根のない板敷の台。「の」は衍字か。
二二 朝餉の間。清涼殿の中、台盤所の北の部屋で、天皇が朝食(朝餉)を摂る所。
二三 何々殿、何々門などという名は、じつにすばらしいと聞えるであろう。具体的な殿舎や門を明示しないでこう言った。
二四 身分の低い者の家にもありそうな。
二五 蔀(格子組みの裏に板を張ったもの)のある小さな窓。ここでは、清涼殿の昼御座(ひのおまし)と殿上の間との間にある蔀の小窓。天子はここから殿上の間を見る。
二六 清涼殿の殿上の間の南にある板縁。蔵人が候す。
二七 清涼殿西南の渡殿の南側に付けられた、高く作ってある引戸。殿上人などが参殿する際に通る。
二八 陣の座(禁中での公事の際公卿が列座する席)に夜の準備(照明の用意)をせよ。
二九 清涼殿内にある天皇の寝所。
三〇 掻灯(夜の御殿にともす灯籠の油火)を早くともせ。「夜御殿と申すは天子の御寝所なり。剣璽を置かるる故にいつも灯を消たぬなり。是をかいともしと申すにや」(年中行事歌合)。
三一 朝廷で公事を執行する際の首席者。大臣、大・中納言のうちから決められる。

1いやしう―いやしく(烏)　2うつくしき(常・烏)―ナシ　3詞…いふ(常・烏)―ナシ　4火…かきあけよ(常・烏)―ナシ　5もち(常)―もて(烏)　6の―ナシ(烏)　7なと―と(烏)　8ふる―ふるき(常・烏)　9ろたいの―露台〈大内ィ〉の(常)　露台(烏)　10なと―と(烏)　11たる―たるも(常・烏)

の太政の大臣《おほいとの》は仰《(おほせ)》られける。

（第二十四段）

[一][1]斎宮《(さいぐう)》の[二]野の宮におはします有様《ありさま》こそ、[三]やさしくおもしろきことの限《かぎ》りとは覚《おぼ》えしか。経、仏など忌《い》みて、[四]「なかご」「染紙《そめかみ》」など言《い》ふなるもお《(を)》かし。

すべて、神の社《やしろ》こそ、[2][五]すごくなまめかしき物なれや。物古《ふ》りたる[六]杜《(もり)》のけしきもたゞならぬに、[3]玉垣《かき》しは《(わ)》たして、榊《さかき》に木綿《ゆふ》懸《か》けたるなど、いみじからぬかは。

ことにお《(を)》かしきは、[七]伊勢、賀茂、春日、平野《ひらの》、住吉、三輪、貴布《きぶ》禰《ね》、吉田《よしだ》、大原野、松尾《(まつのを)》、梅宮《(うめのみや)》。

二一　多くの役所の下役人達が得意顔にもの慣れた様子であるのも。

二三　「内侍所」は宮中の温明殿のこと。賢所。三種の神器の一、八咫鏡が安置され、内侍が常に奉仕している。「御鈴」は内侍所の唐櫃の上に引かれている緋の綱に懸けられた鈴。女官が綱を引いて鳴らす。

二四　藤原公孝か。公孝は嘉元三年(一三〇五)没、五十三歳。

第二十四段　森厳な雰囲気を湛えた神祇信仰への礼讃。

一　天皇の即位するたびに選ばれて伊勢神宮に奉仕する未婚の内親王または女王(二世から五世までの皇族の女子)。斎王。その居所をも斎宮と呼ぶ。

二　斎宮または斎院(賀茂神社に奉仕する)が皇居の初斎院から移ってさらに潔斎生活をする宮。斎宮の場合は嵯峨にあった。現在の野々宮神社はその旧跡。

三　最も優雅で趣あることと思われた。

四　「なかご」は仏を意味する忌詞。延喜式五・忌詞内七言の最初に「仏称二中子一」という。「染紙」は経を意味する忌詞。同じく「経称二染紙一」とある。

五　身がひきしまるようにものさびしく、そしてどことなく優雅な物であるよ。「なまめかしくすごうおもしろく、所がらはまして聞えけり」(源氏・若菜下、住吉社での東遊の描写)。

六　社の森のたたずまいも普通ではないと感じられるところに。

七　以下由緒ある神社を列挙する。伊勢神宮。賀茂神社。春日大社。平野神社。住吉大社。大神神社。貴船神社。吉田神社。大原野神社。松尾大社。梅宮大社。この順序は、神格の高さや都との位置関係、音調の快さなどによるか。

第二十五段　人間の営みのはかなさへの概嘆。

八　飛鳥川(大和国の歌枕)の淵が瀬と変るような、定めないこの世であるから。「世の中は何か常なる飛鳥川昨日の淵ぞ今日は瀬になる」(古今集・雑下・読人しら

（第二十五段）

[八]飛鳥河《あすか》の淵瀬《ふちせ》常《つね》ならぬ世にしあれば、[九]時移《うつ》り、事去《ことさ》り、[4]楽《たの》しみ悲《かな》しび行《ゆ》きかひて、はなやかなりしあたりも人住《す》まぬ野《の》らとなり、変《かは》らぬ住《す》みかは人改《あらた》まりぬ。[一〇]桃李《(たうり)》物言《い》はねば、誰《たれ》と共《とも》にか昔《むかし》を語《かた》らむ。ましで、見ぬいにしへのや[一一]むごとなかりけん跡のみぞ、いとはかなき。

[一二]京極殿《(きやうごくどの)》、[一三]法成寺《(ほふじやうじ)》など見《み》ることそ、[一四]心ざし留《とゞ》まり、事《(こと)》変じにけるさまはあはれなれ。[一五]御堂殿《(みだうどの)》造《つく》り磨《みが》ゝせ給《(たまひ)》て、庄園多《おほ》く寄《よ》せられ、[一六]我《(わが)》[5]族《ぞう》のみ御門《(みかど)》の御後見《うしろみ》、[一七]世のかためにて、行末《ゆくすゑ》までとおぼしを《(お)》きし時、いかならむ世にも、かばかりあ[一八]せはて[6]んとおぼしけ[7]んや。[一九]大門《(だいもん)》、[二〇]金《こん》堂など、近《ちか》くまでありしかど、[二一]正和《(しやうわ)》の頃《ころ》、[二二]南[8]の門は焼《や》けぬ。金堂《こんだう》は

ず）。

九 時世が推移し事柄が過去のこととなって。「時移り事去り、楽しみ尽き悲しみ来たる」（長恨歌伝）、「たとひ時移り事去り、楽しび悲しび行き交ふとも」（古今集・仮名序）などに基いていう。「桃李浅深又望に満つ、白河辺を過ぎ、只懐旧の思有り。昔旧遊と花を翫びし所、時移り事去り、花猶春毎に回らず、古木折れ尽き、堂宇滅亡せり」（明月記・元仁二年二月二十九日の条）。

一〇「桃李不レ言春幾暮　煙霞無レ跡昔誰栖」（和漢朗詠集・仙家・菅原文時）。

一一 貴人が関わっておられたという旧跡が。

一二 藤原道長の邸宅。土御門殿、上東門第とも呼ばれた。

一三 藤原道長が創建した寺院。

一四「従ニ楽尽哀来。志留事変ニ」（本朝文粋・朱雀院四十九日御願文・大江朝綱）に拠る。

一五 藤原道長。万寿四年（一〇二七）没、六十二歳。

一六 自分の一族だけ。

一七 日本国の枢要の臣。「かため」は、守護者の意。「おほやけのかためとなりて、天の下をたすくる方にて見れば」（源氏・桐壺）、「山鳥の　おのれとながく　久しくぞ　国をまぼらん　かためにて」（続千載集・雑体・後宇多院）。

一八 衰微してしまうであろう。

一九 総門。法成寺には東西南北に大門があった。

二〇 本堂。その寺の本尊仏を安置する。ここの本尊は大日如来。

二一「正和」は花園天皇の代の年号。一三一二年三月二十日から一三一七年二月三日まで。

二二 南大門。正和三年（一三一四）三月頃には南大門の存在したことが記録類から知られる。

1斎宮―斎王（烏）　2すこく―すてがたく（烏）　3はたし―わたし（常・烏）　4たのしみ―たのしひ（常・烏）　5そう―御そう（常・烏）　6と―とは（常・烏）　7けん―てん（常・烏）　8の―ナシ（烏）

其《その》[一]後倒《たう》れ伏《ふ》したるまゝにて、取《と》り立《た》つるわざもなし。無量寿院《むりやうじゆゐん》[二]ばかりぞ、そのかたとて残《のこ》りたる。丈六《ぢやうろく》[三]の仏九体《くたい》、いと尊《たうと》くて並《なら》びおはします。行成《かうぜい》[四]の大納言の額[五]、兼行《かねゆき》[六]が書《か》ける扉《とびら》[七]、[1]猶《なほ》あざやかに見ゆるぞあはれなる。法花堂《ほつけだう》[八]などもいまだ侍《はべ》めり。これも又いつまでかあらむ。

かばかりのなごりだになき所〳〵は、を《お》[九]のづから[2]あやしき石ずへ《ゑ》ばかり残《のこ》るもあれど、定《さだ》かに知《し》れる人[3]だにもなし。

されば、よろづに見ざらむ世までを思《おもひ》[一〇]を《お》きてんこそ、はかなかるべけれ。

（第二十六段）

風[一一]も吹《ふき》あへずうつろふ人の心の花になれ[4]にし年《とし》月を思へば、あは

一 文保元年(一三一七)八月五日金堂の転倒したことが、皇代暦によって知られる。
二 法成寺の阿弥陀堂の院号。寛仁四年(一〇二〇)落慶供養が行われた。
三 一丈六尺の仏像。「九体」は九品浄土を意味する九品仏。
四 藤原行成。万寿四年(一〇二七)没、五十六歳。能書として知られ、三蹟のうち権蹟《ごんせき》と呼ばれる。
五 寺院の名を書いて門に掲げた書札。
六 源兼行。生没年未詳。能書で内裏や寺院の額を書いたと伝える。
七 ここでは、寺院の扉に描かれた絵の詞の意。色紙形に書いたことが栄花物語・玉の台などによって知られる。「〈御堂〉法成寺。〈額大納言行成。扉兼行〉」(世尊寺伊行「夜鶴庭訓抄」)。
八 法華三昧堂。普賢菩薩を本尊とし、法華三昧を修する堂。
九 たまたまわけのわからない礎だけ残っている場合もあるけれども。「すみれ咲く奈良の都の跡とては礎のみぞ形見なりける」(夫木抄六・菫菜・源仲正)。
一〇 あらかじめ心の中で思い定めておくことは。
第二十六段　親しかった人が疎遠になってゆく悲しみ。
一一 風も吹き散らしきらぬうちに移り変る花のように浮薄な人の心。紀貫之の「桜花とく散りぬとも思ほえず人の心ぞ風も吹きあへぬ」(古今集・春下)、小野小町の「色見えでうつろふものは世の中の人の心の花にぞありける」(同・恋五)。
一二 言葉の一つ一つは忘れぬものの。「あはれてふ言の葉ごとに置く露は昔を恋ふる涙なりけり」(古今集・雑下・読人しらず)。
一三 親しい間柄だった人が自分と関わりなくなってゆくという、世間にありがちなことが。「つらくなりゆく人に　今さらに変る契りと思ふまではかなく人を頼みけるかな」(兼好家集)。
一四 古代中国、戦国時代の思想家墨子のことをいう。その兼愛説を記した墨子・所染に、糸を染める者を見

れと聞《きゝ》[5]し[一二]言《こと》の葉ごとに忘《わす》れぬ物から、[一三]わが世の外《ほか》になりゆく習《なら》ひこそ、なき人の別《わかれ》よりもまさりて悲《かな》しき物なれ。されば、[一四]白《しろ》き糸《いと》の染《そ》まむことを[6]悲《かな》しみ、[一五]道《みち》のちまたの分《わか》れんことを歎《なげ》く人もありけんかし。

[一六]堀川院の百首の歌の中に、

[一七]昔《むかし》見し妹《いも》が垣根《かきね》はあれにけりつばなまじりのすみれのみして

さびしきけしき、さること侍《はべり》けん。

（第二十七段）

[一八]御国譲《ゆづ》りの節会《せちゑ》行《おこな》はれて、[一九]剣璽《けむじ》、[7][二〇]賢所《かしこどころ》[二一]渡《わた》したてまつらるゝほどこそ、限《かぎ》りなう心ぼそけれ。

[二二]新院の[8][二三]おりゐさせ給《たまひ》[9]て春、詠《よ》ませ給けるとかや。

て糸が染料によって何色にも染まるように、人は習慣によって善にも悪にも染まりやすいことを嘆じたと述べる。「墨子悲レ糸」（蒙求・上）、蒙求和歌・哀傷部にも。

一五 同じく戦国時代の思想家楊朱のことをいう。為我の説を唱えて、墨子と対立した。淮南子・説林訓に逵路を見て、南にも北にも行けるように、人は善悪を選択しうるのに悪に赴く者がいることを嘆いたとの故事を伝える。「楊朱泣レ岐」（蒙求・上、「墨子悲レ糸」と対をなす）、蒙求和歌でも「墨子悲レ糸」に続いて語る。

一六 堀河院御時百首和歌。堀河天皇の代、長治二年（一一〇五）以降類聚された組題の百首歌。作者は藤原公実等十四人ないしは十六人。

一七 昔逢ったことのある恋人の家の垣根はすっかり荒れてしまったなあ。茅花に交ってすみれの花が咲いているだけで。茅花は荒地に生える茅萱の花。すみれも廃園に咲くと考えられていた。同百首で春のうち「菫菜」を題とする公実の作。

第二十七段 譲位の寂しさ、わびしさと、その際露呈する打算的な人心。

一八 譲位の儀式。

一九 三種の神器のうち、草薙剣と八坂瓊曲玉。

二〇 同じく、八咫鏡。神鏡。「賢所」は本来神鏡を奉安する殿舎の称。

二一 旧主が新帝にお渡し申しあげなさる時が。

二二 花園院。貞和四年（一三四八）没、五十二歳。「新院」は既に上皇がいる場合、新たになった上皇をさしていう語。この場合、もとからの上皇は「本院」という。

二三 譲位なさった年の春。譲位は文保二年（一三一八）二月二十六日だから、その直後のことか。

1猶―ナシ（烏） 2あやしき―ナシ（烏） 3たにも―たに（常） も（烏） 4に―こ（常） 5し―こし（常） 6かなしみ―かなしひ（常・烏） 7かしこところ―かしこき所（常） 内侍所（烏） 8おりゐ―おり（烏） 9て―ての（常・烏）

[一]殿守《とのもり》のとものみやつこよそにして変《かは》らぬ庭に花ぞ散《ち》りしく今の世の事繁《ことしげ》きにまぎれて、院[三]にはまい《(ゐ)》る人もなきぞ[1]わび[四]しげなる。かゝるお《(を)》りにぞ、人[五]の心もあらはれぬべき。

（第二十八段）

[六]諒闇《(りやうあん)》の年《とし》ばかりあはれなることはあらじ。

[七]倚廬《〈イロ〉》の御所のさまなど、[八]板敷《いたじき》を下《さ》げ、[九]葦《あし》の御簾《(み)す》[2]〔を掛《か》けて〕、[一〇]布の《ぬのゝ》帽額《もかう》あら〳〵しく、[一一]御調度《でうど》ど《ゝ》もを《(お)》ろそかに、[一二]みな人の装束《さうぞく》、[一三]太刀《たち》、[一四][一五]平緒《ひらを》まで、[一六]異様《こと》なるぞゆゝしき。

（第二十九段）

静《しづ》かに思へば、よろづに過《す》[一七]ぎにし方《かた》の恋しさのみぞ、[一八]せんかたな

一 主殿寮の下役人達はわたしの御所を閑却しているので、掃き清めない庭に桜の花が散り敷いているよ。本歌は「殿守のとものみやつこ心あらばこの春ばかり朝清めすな」(拾遺集・雑春・源公忠)。
二 新帝の御代になっての忙しさにまぎれて。
三 上皇の御所には。
四 みじめな感じがする。他本の「さびしげなる」の方が穏当のようでもあるが、あるいはこの方が率直な感想か。
五 人の心のほどもはっきりするに違いない。「春宮位に即き給ひぬれば、天が下本院におし移りぬ。世の中おし分かれて、人の心どももかかるきはにぞあらはれける」(増鏡・老のなみ)。
第二十八段　諒闇のあわれさ。
六 天子が父母の喪に服する期間で、満一年とされる。
七 天皇が諒闇の際に籠る仮屋。
八 板張りの床を低く作り。九 葦で作った簾。
一〇 錦でなく、布を用いた帽額。帽額は、御簾の上部や上長押の外側に幕のように横に張った布地。
一一 粗末なもので。
一二 御道具類も粗末なものであって。
一三 百官が鈍色(にびいろ)の喪服を着ていることをいう。
一四 廷臣が帯びる太刀。諒闇の時はその鞘は黒漆で無文。
一五 束帯の時に佩く儀仗の太刀の緒。幅の広い平打の組紐を用いる。諒闇の時は鈍色や香色。
一六 ふだんの色や様子と異なっているのは厳粛な感じを与える。
第二十九段　道具や古い手紙などを整理する際に催す懐旧の情。
一七 昔。過ぎ去った時間。「過ぎにし方恋しきもの…折からあはれなりし人の文、雨など降りつれづれなる日、探し出でたる」(枕草子三十段)、「世の中を今はの心つくからに過ぎにし方ぞいと恋しき」(新古今集・雑下・慈円)、「世の中ありしにもあらず移り変りて、馴れ見

き。

一九人静《しづ》まりて後、二〇長《なが》き夜の[3]すさみに、二一何《なに》となき具足《ぐそく》取《と》りしたゝめ、二二残《のこ》しを《(お)》かじと思ふ反古《ほうご》など破《や》り棄《す》つる中に、二三なき人の手習《てなら》ひ、二四絵《ゑ》描《か》[4]きすさみたる、見出《い》でたるこそ、二五たゞそのおり《(を)》の心ちすれ。二六この頃《ごろ》ある人の文《ふみ》だに、久しくなりて、いかなるおり《(を)》、いつの年《とし》なりけむと思ふは、あはれなるぞかし。二七手馴《てな》れし具足《ぐそく》など[5]の、二八心もなくて変《かは》らず久しき、いと悲《かな》し。

（第三十段）

人のなき跡ばかり悲《かな》しきはなし。

二九中《(ちう)》陰《ゐん》の程、三〇山里なむどに移《うつ》ろい《(ひ)》て、便《びん》あしく狭《せば》き所にあまたあひ居《ゐ》て、三一後のわざども営《いとな》みあへる、心あは《(わ)》たゝし。日数の早《はや》く過《す》ぐ

し人もなくなり行くことを　語るべき友さへまれになるままにいとど昔の偲ばるるかな」（兼好家集）。
一八 何とも紛らわしようがない。
一九 人が寝静まってのち。 二〇 長い夜の気慰みに。
二一 とくにどうということもない道具類を取り片付け。
二二 残しておくまいと思う古い手紙など。自分の死後など他人に見られては不都合であるという配慮から処分するのである。源氏・幻に、紫の上の死後、源氏が古反古を焼却処分する場面が、「落ちとまりてかたはなるべき人の御文ども…破(ヤ)らせ給ひなどするに…みづからしおき給ひける事なれど、久しうなりにける世の事と思すに、ただ今のやうなる墨つきなど、げに千年の形見にしつべかりけるを、見ずなりぬべきよと思せば、かひなくて、疎からぬ人々二三人ばかり、御前にて破らせ給ふ」と叙されている。本段はその影響下にあるか。
二三 今はなき人が字を習い。この前後に類似する叙述は無名草子にも見出される。
二四 気慰みに絵を描きちらしたもの。「はかなき筆のすさみなれども、絵は残りてこそ侍らめ。あはれなる事なり」（古今著聞集十一ノ四〇三）。
二五 全くもう故人がそれらを書いたその時のような気がするよ。
二六 現在生存している人の手紙でさえ。
二七 使い馴れた道具類が。「手馴れし」の主体を故人と解する説もあるが、自分自身と見てよいか。
二八 心も持っていないで。無心な状態で。
第三十段 人の死後の悲しさや寂しさへの詠嘆。
二九 人が死んでから次の生を受けるまでの四十九日間。
三〇 山里に籠って故人の追善供養をする例は、新古今集・哀傷の藤原顕輔の歌などに見出される。
三一 追善の法要。

1わひしけ―さひしけ（常・烏）　2をかけて（常・烏）―ナシ　3・4すさみ―すさひ（烏）　5の―も（烏）

るほどぞ、[1]物に似ぬ。[一]果《は》ての日は、いと情《なさけ》なう、互《たが》ひに言《い》ふことも[2]なくて、[二]われ[3]賢《かしこ》に[三]物引《ひ》きしたゝめ、[四]ちり〴〵に行《(ゆき)》あかれぬ。元《もと》の住《す》みかに[4]立帰《(たち)かへ》りてぞ、さらに悲《かな》しきことは多《おほ》かるべき。[五]「しか〴〵の事は、[六]あなかしこ、[七]跡のため忌《い》むなることぞ」など[5]言《い》ひあへることそ、[八]かばかりの中に何《なに》かはと、人の心は猶《(なほ)》[九]うたて覚《おぼ》ゆれ。

年《とし》月経《へ》ても、[一〇]露《(つゆ)》忘《わす》るゝにはあらねど、[6][一一]「去《さ》れる物は日ゝに疎《うと》し」と言《い》へることなれば、[一二]さは言《い》へど、[一三]そのきはばかりは覚《おぼ》えぬにや、[一四]よしなしごと言《い》ひて、うちも笑《わら》ひぬ。[7][一五]からは気《(け)》[一六]うとき山の中にお《(を)》さめて、[一七]さるべき日ばかりまうでつゝ見《み》れば、ほどなく[一八]卒都婆《そとば》も[一九]苔むし、木《(こ)》の葉降《ふ》り埋《うづ》みて、[二〇]夕《(ゆふべ)》の嵐、夜《(よる)》の月ぞ、[8][二一]こと問《と》ふよすがなりける。

[二二]思《(おもひ)》出《い》でてしのぶ人あらむ程こそあらめ、そも又ほどなく失《う》せて、

一　中陰の最後の日。
二　いかにも自分だけはしっかりしているという様子で。
三　山里に持ち込んだ身の周りの物を整理整頓して。
四　てんでんばらばらに別れて行ってしまう。七条后の没後詠んだ伊勢の長歌に「秋のもみぢと　人々は　おのがちりぢり　別れなば」(古今集・雑体)とある。「あかれぬ」は歌語的感覚で用いたか。「あかるゝ　源じなどにも、あかれ給といへるはあちこちゆく也」(八雲御抄四)。
五　これこれしかじかの事。
六　決して。
七　死者があった跡にとってしてはならないとして、忌み避けるということですよ。
八　これほど悲しい最中にどうして縁起を担ぐことがあろうか。
九　いやなものだと思われる。
一〇　少しも忘れるわけではないが。「露」は当字。
一一　「去者日以疎　生(または来)者日以親」(文選十五・古詩十九首)。
一二　少しも忘れないとは言うけれども。「さ」は前文の「年月経ても、露忘るゝにはあらね」を受ける。
一三　亡くなったその当座ほどには悲しみも痛切に感じないのだろうか。
一四　たわいないことを言って笑ったりするようになる。
一五　なきがら。
一六　人気の遠い。
一七　忌日。命日。
一八　供養塔。ここでは石塔か。
一九　苔が生え、木の葉が散って埋めて。
二〇　さびしい自然現象以外訪れるものがないことをいう。「ありし世の宿のけしきをとふものは秋の夜の月庭の春風」(拾玉集・文集百首)。
二一　訪れる親類縁者。
二二　故人のことを思い出してなつかしがる人がいるうちはよいだろうが。

聞《き》き《ゝ》[9]伝《つた》ふばかりの末《すゑ》〴〵は、あはれとや[10]思ふ。さるは[二三]、跡[二四]とふわざも絶《た》えぬれば、いづれ[二五]の[11]世の人と、名をだに知《し》らず、年《とし》〴〵の春の草のみぞ、心《こゝろ》あらむ人はあはれと[12]も見《み》るべきを、はては嵐[二六]にむせびし松も、千年《とせ》を待《ま》たで薪に砕《くだ》かれ、古《ふる》き塚《つか》はすかれて田と成《(なり)》ぬ。その形《かた》[13]もなくなりぬるぞ悲《かな》しき。

（第三十一段）

雪[二七]の面白《(おもしろう)》降《ふ》りたりし朝《(あした)》、人[二八]のがり言《い》ふべきことありて、文をやるとて、雪のこと何とも言《い》はざりし返《かへ》り事《ごと》に、「「此《(この)》[二九]雪、いかゞ見《み》ると、[三〇]一筆[14]のせ給はぬほどのひが〳〵[三一]しからむ人の仰せらるゝこと、聞《き》き《ゝ》[三二]入《(いる)》べきかは。返《(かへすが)》ゝ《(へす)》くちお《(を)》しきみ心なり」と言《い》ひたりしこそ、[15]お《(を)》かしかりしか。

二三 その上。
二四 なき人の追善供養をすること。
二五 「古墓何代人　不レ知ニ姓与一レ名　化作ニ路傍土一　年年春草生」（白氏文集・続古詩十首の第二首）。源顕基が愛誦していたと伝える詩句。
二六 山風に吹かれてむせび泣くような音を立てた松も、千歳を待つことなく薪として切り砕かれ、古い墓は鋤き返されて田となってしまう。注二一と同じ詩に「古墓犂為レ田　松柏摧為レ薪」とある。

第三十一段 雪の朝に無風流な手紙を出してたしなめられた経験談。
二七 雪が趣ある様子で降った朝。
二八 ある人のもとへ。この「人」は女性か。
二九 すばらしい雪景色ではありませんか、これをどう眺めておられますかという、雪見舞いの言葉。古の歌人達は雪の降った朝、しばしばそのような歌の贈答を試みている。
三〇 たった一筆でも書き載せようとなさらないほどの。
三一 ひねくれているような人、偏屈な人がおっしゃること。
三二 耳を貸すべきでしょうか。「かは」は反語。

1に—にも（常・鳥）　2なくて—なく（常・鳥）　3かしこ—かしこけ（常・鳥）　4立—ナシ（鳥）　5いひあへる—いへる（鳥）　6される—其（常）　去（鳥）　7からは（常・鳥）—かし　8そ—のみぞ（鳥）　9つたふ—つたふる（鳥）　10や—やは（常・鳥）　11世の—ナシ（鳥）　12とも—と（常・鳥）　13も—たに（常・鳥）　14のせ給はぬ—の給はぬ（常）　のたまはせぬ（鳥）　15おかし—やさし（常）

今《いま》はなき人なれば、一かばかりのことも忘《わす》れがたし。

（第三十二段）

九月廿日比《(はつかごろ)》、1 二ある人に誘《さそ》はれたてまつりて、三明《あ》くるまで月見ありく事侍《(はべり)》しに、四おぼし出《い》づる所ありて、五案内せさせて入給《(いりたまひ)》ぬ。六荒《あ》れたる庭の露しげきに、七わざとならぬ匂《にほ》ひしめやかにうち薫《かほ》りて、八忍《しの》びたるけはひ、いと物あはれなり。

九よきほど2に出《い》で給《(たまひ)》ぬれど、猶《(なほ)》一〇ことざまの優に覚《おぼ》えて、一一物の《ものゝ》隠《かく》れよりしばし見ゐたるに、一二妻戸《つまど》を今少《すこ》し押《お》し開《あ》けて、月見《み》るけしきなり。一三やがてかけ籠《こも》らましかば、くちをしからまし。一四あとまで見《み》る人ありとはいかでか知《し》らむ。一五かやう3のこと、たゞ朝夕の心づかひによるべし。

一 この程度のことも忘れがたい。

第三十二段 男を送り出したのちに月を見ていた、風流で奥ゆかしい女の話。

二 ある人のお誘いを頂いて。「藤大納言殿の松尾の花見におはせしに、誘はれたてまつりて、山里の花を」（兼好家集）。

三 「九月廿日比」だから、この月は有明の月で、夜が明けても空に残っている。「無動寺にて夏の夜明くるまで月を見て」（兼好家集）、「九月廿日余りばかりの有明の月に御目さまして、いみじう久しうもなりにけるかな、あはれこの月は見るらんかし」（和泉式部日記）。

四 「ある人」がお思い出しになった所。なじみの女性の家である。

五 従者に取次ぎを請わせて。

六 「思ひ出でしままにまかりたりしかば…荒れたる家の露しげきをながめて」（源氏・帚木）などの叙述を念頭に置くか。

七 わざわざ薫いたのではない香の匂いがしっとりと薫って。

八 ひっそりと住んでいる様子。

九 そのお方は適当な時間でそこをお出になられたが。

一〇 事の有様が優雅に思われて。

一一 物陰からしばらく見ていると。主語は自分（兼好）。男が女の家を出たと見せて、見送る女の様子を物陰から窺うという話は、枕草子一八〇段に語られている。

一二 両開きの戸。寝殿にも対屋にも四隅にあり、出入口となる。

一三 そのまま妻戸の掛金を掛けて部屋の中に籠ったならば。

一四 帰る人を見送ったあとまで。

一五 このような振舞いはただ平生の心遣いによるのであろう。

一六その人、ほどなく失《う》せにけり[4]とぞ聞《き》き《ゝ》侍りし。

(第三十三段)

一七今《いま》の内裏造《つく》り出《いだ》されて、一八有職《いうそく》の人〳〵に見せられけるに、一九「いづくも難《なむ》なし」とて、既《すで》に二〇遷幸《せんかう》の日近《ちか》く成《なり》けるに、二一玄輝《げんき》門院[5]の御覧《らん》じて、二二「閑院殿《かんゐんどの》の《ゝ》二三櫛形《くしがた》の穴《あな》は、丸《まろ》く、縁《ふち》もなくてぞありし」と仰《おほせ》られ[6]たりける、いみじかりけり。

これは二四葉《えう》の入《い》りて、木にて縁《ふち》をしたりければ、誤《あやま》りにて、直《なを》されにけり。

(第三十四段)

二五甲香《かひかう》は、二六ほら貝《がい》の様《やう》なるが、小《ちい》さくて、口のほどの細長《ほそなが》に[7]さし出《い》

一六 その女性。よい人は夭折するというような考え方が作者の背後にあることを思わせる結び。

第三十三段 玄輝門院が宮廷の殿舎の故実に通じていた話。

一七 二条富小路内裏。文保元年(一三一七)四月、後文にいう閑院殿を模して造営された。
一八 故実典礼に詳しい人。
一九 どこにも欠点がない。
二〇 天皇がふだんの御所から他の場所に移ること。
二一 後深草天皇の妃。元徳元年(一三二九)没、八十四歳。
二二 もと藤原冬嗣の家。里内裏であった。宝治三年(一二四九)二月一日焼亡し、建長三年(一二五一)再建されたが、正元元年(一二五九)五月二十二日また炎上した。
二三 清涼殿の母屋と殿上の間との境の壁の上部にある半月形の横連子窓。天皇や女房が殿上の間を覗き見るために設けられてあった。「さて櫛形の穴に人の影して、朝餉に人の声のし候ふは誰ぞ」(金刀比羅本平治物語・上)、「兵衛督殿、日の御座の火ども消ちて、櫛形より覗けば、殿上の壁にうしろ用意してゐ給へり」(弁内侍日記・宝治三年正月十五日の条)。
二四 葉の周辺にあるような切れ込み。「杏葉」という。

第三十四段 甲香に関する博物誌的な知識。

二五 練香に用いる長螺という巻貝の蓋。薫集類抄、類聚雑要抄、香要抄等にその練香としての製法を記す。
二六 海に産する巻貝。一般には、吹き鳴らすためにその貝殻に口金を付けたものをいうことが多い。

1比—の比(烏)　2に—にて(常・烏)　3こと—事は(烏)　4どそ—と(烏)　5の—ナシ(烏)　6たり—ナシ(常・烏)　7さし—して(烏)

でたる貝《かひ》の蓋《ふた》なり。一武蔵国金沢《かねさは》といふ浦にありしを、所《二》の物は、「三へなたりと申侍《まうしはべる》」とぞ言《い》ひし。

(第三十五段)

四手《て》のわろき人の、憚《はゞか》らず五文書《か》六きちらすは、よし。見《み》七ぐるしとて、人に[1]書《か》ゝする、八うるさし。

(第三十六段)

「久《ひさ》しく訪《をとづ》れぬ頃《ころ》、九いかばかり恨《うら》むらむと、一〇わが怠《おこた》り思《(おもひ)し》知られて、一一言《こと》の葉なき心ちするに、女の方《かた》より、「一二仕丁《じちやう》やある。一三ひとり」など言《い》ひおこせたる、[2]一四ありがたく[3]うれし。一五さる心ざましたる人ぞよき」と人の申侍《まうしはべり》し、一六さもあるべきことなり。

一 現在の神奈川県横浜市金沢区。称名寺・金沢文庫のある地。兼好家集に「武蔵国かねさはといふ所に昔住みし家のいたう荒れたるに泊りて、月明き夜　ふるさとの浅茅が庭の露の上に床は草葉と宿る月かな」とあり、兼好はしばらく金沢に住んだことがあった。
二 土地の者。
三 「へなだり」という読みもある。旧注では、「ばい」「つぶ」などの呼び名をも伝える。

第三十五段　悪筆でも自筆がよく、代筆は煩わしいという意見。
四 「手」は筆跡。字の下手な人。
五 遠慮することなく。気にすることなく。
六 手紙を勝手に書くのはよい。
七 自筆ではみっともないと言って他人に代筆させるのは。
八 煩わしい。代筆させられる人の気持で言ったとも、代筆の手紙を受取った人の気持を述べたとも、両方に解しうる。

第三十六段　男にとって付き合ううえで好もしい女性像。
九 相手の女はどれほど自分(男)の薄情を恨めしく思っているだろうかと。
一〇 自身の無沙汰。「久しかりつるほどの怠りなどのたまふも」(源氏・浮舟)。
一一 弁解の言葉もないような気がする時に。
一二 仕丁がいますか。「仕丁」は貴族の家で雑役に従事する下男、下僕。
一三 一人よこしてください。仕丁を貸してほしいということから、女も当然、相手の男同様に貴族階層に属する人間であろうと想像される。
一四 めったにないことのように感じられて、嬉しい。
一五 そのようなさっぱりした性質の女性がよい。
一六 いかにもそうであるに違いない。

（第三十七段）

[一七]朝夕《あさゆふ》隔《へだ》てなく馴《な》れたる人の、[一八]ともある時[4]〔我に〕[5]所[一九]を《(お)》き、[二〇]引《ひ》きつくろへるさまに見《み》ゆるこそ、「[二一]今《いま》さらかくやは」[6]と言《い》ふ人もありぬべけれど、猶《(なほ)》[二二][7]うや〳〵しくよき人かなと[8]覚《おぼ》ゆれ。[二三]うとき人の、[二四]うちとけたることなど言《い》ひたる、又よしと[二五]思ひつきぬべし。

（第三十八段）

[二六]名利に使《つか》はれて、閑《しづ》かなる暇《いとま》なく、一生を苦《くる》しむるこそ、愚《おろ》かなれ。

財《(たから)》多《おほ》ければ、[二七]身を守《まも》るに[9]まどし。[二八]害を買《か》ひ、[10]煩《わづら》ひを招《まね》く中だち

第三十七段 馴染みの人やさほど親しくない人が示す好もしい態度。

一七 日常何の隔てもなく馴れ親しんでいる人。この「人」は女性か。

一八 ふとした時。

一九 遠慮して。距離を置いた感じで。

二〇 身じまいを正している有様に見えることは。

二一 今改まってそのようにする必要があろうか。

二二 礼儀正しく。異文「げに〳〵しく」によれば、実意があって、の意となるか。

二三 深いつきあいのない人が。

二四 うちとけた冗談などを言ったのも。

二五 好きになるに違いない。

第三十八段 人生における名利はすべて空しいという醒めた認識。

二六 名誉や利益に使役されて。「一向迷₂本心₁ 終朝役₂名利₁ 名利得レ到レ身 形容已顦顇」（寒山詩）。

二七 身を守ることが十分できない。「まどし」は「まづし」の意。この部分、「財アレバ恐レ多ク」（方丈記）という言い方に通う。

二八 「伊《これ》茲《こ》の禽の無知にして、何ぞ身を処するの智に似たる。宝を懐《だい》いて以て害を賈《か》はず、表を飾りて以て累《わづらひ》を招かず」（文選七・鸚鵡賦）による。

1 かゝする—かゝするは（常・烏） 2 たる—たるこそ（常・烏）—ナシ 3 うれし—うれしけれ（常・烏） 4 我に（常・烏） —ナシ5 所—心（烏） 6 と—なと（常・烏） 7 うや〳〵しく—けに〈うやィ〉〳〵しく（常） げに〳〵しく（烏） 8 とおほゆれ—とおほゆれと（常） とぞおぼゆる（烏） 9 まとし—まとふ（常） 10 わつらひ—累（烏）

なり。[一]身の後には金《こがね》をして北斗を支《さゝ》ふとも、[二]人のためにぞわ[づ][1]らはるべき。愚《おろ》かなる人の目《め》を喜《よろこ》ばしむる楽《たの》しみ、又あぢきなし。[三]大《おほき》なる車、肥《こ》えたる馬、金玉の飾《かざ》りも、心あらむ人はうたて愚《おろ》か[2]にぞ見《み》るべき。[四]金は山に捨《す》て、玉は淵に投《な》ぐべし。[五]利に惑《まど》ふはすぐれて愚《おろ》かなる人なり。

[六]埋《うづ》もれぬ名を永《なが》き世に残《のこ》さんこそあらまほしかる[3]べきに、[4]位も高《たか》く、[七]やむごとなきをしも勝《すぐれ》たる人[5]とやいふべき。[八]愚《おろ》かにつたなき人も、家に生《むま》れ、時に遇《あ》へば、[6]高《たか》き位に至《いた》り、奢《おご》りを極《きは》むるもあり。[九]いみじかりし賢人、[7]聖人も、[8]身づから賤《いや》しき位にをり、時に遇《あ》はずしてやみぬる、又多《おほ》し。ひとへに高《たか》き官位《つかさ》を望《のぞ》むも、次に愚《おろ》かなり。

智恵と心とこそ、世にすぐれたる誉《ほま》れも残《のこ》さまほしきを、つら〳〵思《おも》へば、[一〇]誉《ほま》れを愛《あひ》するは、人の聞《き》ゝを喜《よろこ》ぶなり。褒《ほ》むる人、譏《そし》

一 死後は黄金をうずたかく積んで北斗星を支えるとしても。「身後堆レ金拄二北斗一 不レ如生前一樽酒」(白氏文集・勧レ酒)に基いていう。
二 人々のために煩わしく思われるであろう。
三 漢語「大車肥馬」を訓読した。蒙求和歌・祝部・相如題レ柱の条に「ワレ大夫トシテ大車肥馬ニノラズハ又コノハシヲワタラジトチカヒテ」とある。
四 「器は陶匏を用ゐ、服は素玄を尚び、織美を恥ぢて服せず、奇麗を賤しんで珍とせず、金を山に捐(す)て、珠を淵に沈む」(文選一・東都賦)による。
五 利益に眩惑されるのはとりわけ愚かな人である。
六 死後も忘れられない名声を後世に永く残すのが望ましいことであろうが。「遺文三十軸　軸軸金玉声　竜門原上土　埋レ骨不レ埋レ名」(白氏文集・題二故元少尹集後二首の第二首)、「苔の下に埋まぬ名をば残すともはかなの道や敷島の歌」(拾遺愚草・中)。
七 尊い身分の人を勝れた人と言えるであろうか。「や」は反語。
八 愚かで品性の劣っている人でも、名家に生れ、時勢に遇えば。
九 「老子荘周は吾の師なり、親(みづか)ら賤職に居る。柳下恵東方朔は達人なり、卑位に安んず。吾豈(あに)敢へて之を短(そし)らんや」(文選二十二・与二山巨源一絶交書・嵆康)、「孔子嘗て委吏となりては、会計当らんのみと曰へり。嘗て乗田となりては、牛羊茁として壮長せんのみと曰へり」(孟子・万章下)などに基き、老子・荘子・孔子などを念頭に置いていうか。
一〇 名声を求めるのは、他人の評判がよいのを喜ぶことを意味する。名声を超越している例として、子貢が師の孔子を批判した畑作りの老人について、「天下を以て之を誉めて其の謂ふ所を得と雖も、謷然として顧みず、天下を以て之を非(そし)りて其の謂ふ所を失ふとも、儻然として受けず。天下の非誉も益損することなし。是れを全徳の人と謂はん哉」(荘子・天地)と語ったという。これを念頭に置くか。

る人、ともに[一一]世にとゞまらず、伝《つた》へ聞《き》かむ人、又〳〵すみやかに去《さ》るべし。誰《たれ》を[9]か恥《は》ぢ、誰《たれ》に知《し》られんことを[10]か願《ねが》はむ。[一二]誉《ほま》れは又譏《そし》りのもとなり。[一三]身の後《ち》の名、残《のこ》りてさらに益《ゑき》なし。これを願《ねが》ふも次《つぎ》に愚《おろ》かなり。

たゞし、[一四]しゐ《(ひ)》て智を求《もと》め、賢を願《ねが》ふ人のために言《い》はば、[一五]智恵出《い》でては偽《いつは》りあり。[一六]才能は煩悩の増長《(ぞうぢやう)》せるなり。[一七]伝《(つたへ)》て聞《き》き、学《まな》びて知《し》るは、まことの智にあらず。いかなるをか智といふべき。[11][一八]可と不可とは一条なり。いかなるをか善といふ。[12][一九]名を思ふは、人の聞《き》きを喜《よろこ》ぶ也。褒《ほ》むる人、譏《そし》る人、ともに世にとゞまらず、伝《つた》へ聞《き》かむ人、又〳〵すみやかに去《さ》るべし。誰を恥《は》ぢ、誰にか知《し》られんことを願《ねが》はん。身の後の名、残《のこ》りてさらに益なし。是を願《ねが》ふも次に愚《おろ》かなり。

[二〇]まことの人は智もなく、徳もなく、功もなく、名もなし。誰か知《し》

一一 死んでしまう。
一二 名声はまた誹謗の原因となるものである。「好んで面(ま)のあたりに人を誉む者は、亦好んで背にして之を毀(そし)る」(荘子・盗跖)などを念頭に置くか。
一三 死後の名声は残ったところで一向に無益である。「我をして身後の名あらしめんよりは、即時一盃の酒にはしかず」(晋書・張翰伝)に拠るか。
一四 それでもしゃにむに智を求め、賢くなることを願う人のために言うならば。
一五 智恵が出て来て偽りが生ずるのだ。「大道廃れて仁義あり、智慧出でて大偽あり、六親和せずして孝慈あり、国家昏乱して忠臣あり」(老子・上)。
一六 才能とは煩悩が増大したものにすぎないのだ。
一七 伝聞し、学んで知ることは本当の智ではない。
一八 よいこととよくないこととは同一である。「一条」は同一の事の意。「老聃曰はく、胡(なん)ぞ直ちに彼の死生を以て一条と為し、可不可を以て一貫と為す者をして、其の桎梏を解かしめざる」(荘子・徳充符)、「方(まさ)に可なれば方に不可、方に不可なれば方に可なり」(同・斉物論)。
一九 以下の部分、「人の聞きを」から「愚かなり」まで、底本系統のみに存する重複本文。
二〇 真人は、智もなく、徳もなく、功績もなく、名声もない。「まことの人」は、仙人たり得た人、至人を意味する漢語「真人」(荘子・大宗師に「且れ真人ありて、而る後に真知あり」という)を和らげた言い方。この部分は「至人は己れなく、神人は功なく、聖人は名なし」(荘子・逍遥遊)に拠る。

1つ(常・烏)―ナシ 2に―成と(常・烏) 3へきに―べけれ(烏) 4も―ナシ(常・烏) 5や―やは(常・烏) 6いたり―のぼり(烏) 7も―ナシ(烏) 8身つから…あはすして―まつしくいやしくして(常) 9かはち(常・烏)―はかり 10か―ナシ(常・烏) 11可と不可と―可不可(烏) 12名を…おろかなり―ナシ(常・烏)

り、誰《たれ》か伝《つた》へん。是《(これ)》、[一]徳を隠《かく》し、愚を守《まも》るにはあらず。[二]もとより賢愚得失の境《さかゐ》にをらざればなり。

迷《(まよひ)》の心をもちて[三]名利の要《(えう)》を求《もと》むるに、かくのごとし。[1][四]万事皆《みな》非也。言《い》ふに足《た》らず、願《ねが》ふに足《た》らず。

(第三十九段)

ある人、[五]法然上人に、「[六]念仏の時、[七]眠《(ねぶり)》に《(を)》おかされて、[八]行《(ぎやう)》を怠《おこた》り侍《(はべる)》こと、[九]いかゞして此《(この)》障《さは》りを[2]除《のぞ》き侍らん」と申《(まうし)》ければ、「[一〇]目の覚《さ》めたらむほど念仏したまへ」と[3]答《こた》へられける、いと尊《たうと》かりけり。

又、「[一一]往生は、[一二]一定《(いちぢやう)》と思《おも》へば一定、不定《(ふぢやう)》と思《おも》へば不定なり」と言《い》はれけり。これも尊《たうと》し。

又、「[一三]疑《うたが》ひながらも[4]念仏すれば往生す」[5]と言《い》はれけり。[一四]これも又

一 自身の徳行を隠し、愚直に徹するのではない。隠徳の聖の説話は、発心集などに多い。「仏法には徳を隠す事をばよき事にいひたれども、ほかに愚を現ずれば又懈怠になる失あり」(一言芳談・下)。
二 本来、賢いとか愚かとか、長所とか短所とかを対立的に論ずる境地にいないからである。
三 名誉や利益の要点。
四 人生でのすべてのことは皆間違っている。「万事皆非灯下涙　一生半暮月前情」(新撰朗詠集・秋夜・中原長国)の詩句を引くか。

第三十九段 法然上人の人間性あふれる法語。
五 浄土宗の開祖。建暦二年(一二一二)没、八十歳。
六 口に仏の名を唱えること。具体的には、「南無阿弥陀仏」の六字の名号を口に唱えること。
七 睡魔に襲われて。
八 行を怠りますことがございますが。「行」は修行の意。
九 どのようにしてこの障害を除いたらよろしいでしょうか。
一〇 目が覚めている間。
一一 この世を去り、極楽浄土・兜率天などに往き、生れること。ここでは、阿弥陀仏の浄土たる極楽世界に生れること。
一二 確かなことと思うから確かなのであり、不確かなことだと思うから不確かなのである。一言芳談・下に法然の語として、「又云、往生は決定《(けつぢやう)》と思へば決定めて生る。不定と思へば不定なり」とある。
一三 これに近い考え方は源信の往生要集にも見出される。「問ふ。もし深信なくして疑念を生ずる者は、終に往生せざるや。答ふ。もし全く信ぜず、かの業を修せず、願求せざる者は、理として生るべからず。もし仏智を疑ふといへども、しかもなほかの土を願ひ、かの業を修する者は、また往生することを得」(往生要

尊《たうと》し。

（第四十段）

一五因幡《いなば》の国に、一六何《なに》の入道とかやいふ者《ものゝ》娘《むすめ》、一七かたちよしと6聞《きこ》えて、人あまた一八言《い》ひわたりけれど、この娘《むすめ》、たゞ栗《くり》をのみ食《く》ひて、一九さらに米《よね》のたぐひを食《く》わ《(は)》ざりければ、「二〇かゝる異様《ことやう》の物、二一人に見《み》ゆべきにあらず」とて、親許《おやゆる》さざりけり。

（第四十一段）

二二五月五日《(さつきいつか)》、二三賀茂の競《くら》べ馬を見侍《(はべり)》しが、7車の前《まへ》に二四雑《ざう》人立《た》ち隔《へだ》てゝ見《み》えざりしかば、をの《(お)》〳〵下《お》りて、二五埒《らち》の際《きは》に寄《よ》りたれど、ことに人多《おほ》く二六立《た》ち込《こ》みて、分《わ》け入《(いる)》8べきやうもなし。

集・下）。
一四 「尊し」の反復表現で、兼好の法然に対する深い尊崇の念が窺われる。

第四十段 変った嗜好の娘と、その父の話。
一五 現在の鳥取県の東部。
一六 何某の入道（出家者）とかいう者。「源氏に、明石入道が娘のことを思ひよせたるか」（契沖書入）。
一七 器量がよいという評判で。
一八 長い間言い寄ったけれども。
一九 一向に米の類を食わなかったので。栗は五穀のうちに数えられていない。
二〇 このような風変りな者。
二一 人の妻となるべきではない。結婚すべきでない。「見ゆ」は夫婦となるの意。

第四十一段 賀茂社の競馬で無常についての認識を述べて群衆に感心されたという体験談。
二二 端午の節句の日。
二三 五月五日、上賀茂神社で行われる競馬。
二四 一般庶民。貴族や武士などの階層から言う語である。
二五 馬場のまわりの柵。
二六 込みあっていて、とても分け入れそうにもない。

1万事―万事は（常・烏） 2のそき―やめ（常・烏） 3ける―たりける（烏） 4すれは（常・烏）―すれはすれは（改面ニヨル衍字） 5と―とも（烏） 6きこえて―聞て（常） きゝて（烏） 7か―に（常・烏） 8入―入ぬ（烏）

かゝるおり《(を)》に、向《むか》ひなる棟《あふち》[一]の木に、法師の登《のぼ》りて、木の股《また》に[二]ついゐ《(い)》て物見《み》るあり。取《と》り付《つ》きながら[三]いたう眠《ねぶ》りて、[四]落《お》ちぬべき時に目《め》を覚《さ》ますことたび／＼なり。

是《(これ)》を見《み》る人、[五]あざけりあさみて、「[六]世《よ》のしれ物かな。[七]かくあやう《(ふ)》き枝の上《うへ》にて、安《やす》き心ありて[1]眠《ねぶ》らるらんよ」と言《い》ふに、我《(わ)》が心にふと思《おも》ひしまゝに、「[八]我等が生死《(しやうじ)》の到来、[九]たゞ今《いま》にもやあらん。それを忘《(わすれ)》て物見て日を暮《くら》す、愚《おろ》かなることは猶《(なほ)》まさりたる物を」と言《い》ひたれば、[2]「前なる人共」「[一〇]まことにさにこそ候《(さうらひ)》けれ。[一一]もとも愚《おろ》かに候《(さうらふ)》」と言《い》ひて、皆《みな》[一二]うしろを[3]顧《かへり》みて、「こゝへ入《い》らせ給へ」とて、[4][一三]所をさりて呼《よ》び入《い》れ侍《(はべり)》にき。

[一四]かほどのことはり《(わ)》、[一五]誰かは思《(おもひ)》寄《よ》らざらむなれど、[一六]おり《(を)》からの思ひかけぬ心ちして、[一七]胸《むね》に当《あた》りけるにや。[一八]人、木石にあらねば、時に

一 梅檀(せんだん)の古名。枕草子にも「木のさま憎げなれど、あふちの花いとをかし。かれがれにさまことに咲きて、必ず五月五日にあふもをかし」(三十七段)とあり、この季節の花木。上賀茂付近に棟の木があったことは、「道の辺の賀茂の河原の伏拝(ふしをがみ)古木のあふち陰も馴れにき」(新撰六帖六・藤原信実)の歌や駿牛絵詞の叙述からも知られる。
二 ちょこなんと座って。
三 ひどく居眠りして。
四 今にも落ちそうになる時に。
五 あきれて馬鹿にして。
六 とんでもない愚か者だなあ。
七 あのように危っかしい枝の上でよくも安心して眠れるものだよ。「眠らる」の「る」は可能の助動詞。
八 わたしたちに死が訪れること。「生」は「死」を強めるために付した。
九 たった今であるかもしれない。
一〇 本当にそうでございました。
一一 いかにも愚かでございます。
一二 うしろにいるわたしを顧みて。
一三 場所を空けて。
一四 この程度の些細な道理。「昔道林禅師、秦望山ノ長松ノ上ニ居ス。時ノ人、コレヲ鳥窠(テウクワ)和尚ト名ク。白居易侍郎、其国ノ守タリシ時、ユキテ問テ云、「禅師ノ居所、アヤウクコソ」ト。師云、「我ニ何ノアヤフキ事カアラン。侍郎ガアヤウキ事ハ、コレヨリモ甚シ」ト云」(沙石集五本ノ五)。契沖書入にこの故事を「引べし」とある。
一五 「誰かは思寄らざらむ」という文を体言のように受けて、「なれど」と逆接的に下に続けた。中世に時折見られる文型。「コレホドノ道理ハ人ゴトニ知リヌベシ。僧正モイカヾ知リ給ハザラムナレドモ、先達ノ口伝マコトニサルベシト感ジ思ハレケル」(雑談集五)。
一六 場合が場合だっただけに、思い寄らぬ気持がして。
一七 胸(心)にひしひしと思い当ったのであろうか。

とりて[一九]物[5]を感ずることなきにあらず。

(第四十二段)

[二〇]唐橋中将《(からはしのちうじやう)》といふ人の子に、[二一]行雅僧都《(ぎやうがそうづ)》とて、[二二]教相《(けうさう)》の人の師する僧ありけり。[二三]気《(け)》のあがる病ありて、[6][二四]年《とし》やう〳〵闌《た》くるほどに、鼻の中ふさがりて、息《いき》も出《い》でがたかりければ、さま〴〵に[二五]つくろい《(ひ)》けれど、[7][二六]煩《わづら》はしくなりて、目《め》、眉《まゆ》、額《ひたひ》なども腫《は》れまどひて、[二七]うちおほひければ、物《もの》も見《み》えず。[二八]二《に》の舞《まひ》の面《おもて》のやうに見《み》えけるが、たゞ[8]恐《おそ》ろしに恐《おそ》ろしく、鬼の顔《かほ》になりて、目は頂《いたゞき》のかたに付《つ》き、額《ひたい》のほど鼻《はな》になりなどして、後[9]〔は〕[二九]坊《ばう》の中の人にも[三〇]見《み》えず、籠《こも》りゐて、年《とし》久《(ひさし)》くありて、猶《(なほ)》煩《わづら》はしく成《(なり)》て[三一]死《(しに)》にけり。

[三二]かゝる病もあることにこそありけれ。

一八 人間は木や石のような非情な物ではないから。「人非二木石一皆有レ情」(白氏文集・李夫人)、「ヲロカナル者ノ敬フ心ナクテ木石ノ如ク思ヘルニハ、只木石ノ如シ」(雑談集五)。

一九 物事に触れて感慨を催すの意で、異文「物に」の方がわかりやすいか。

第四十二段 奇病に冒された僧の話。

二〇 源雅清のことか。寛喜二年(一二三〇)没、四十九歳。ただし、吾妻鏡は、雅清の甥通清を唐橋中将と呼ぶ。

二一 伝未詳。尊卑分脈には見えないが、雅清の甥とする系図も存する。「僧都」は僧官で、僧正に次ぐ。

二二 密教で、教義を組織的に解釈説明すること。「事相」の対。「教相ヒロクシテ難レ記」(沙石集六ノ十六)。

二三 のぼせる病気。

二四 次第に年を取るうちに。

二五 治療したけれども。

二六 病気がちになって。

二七 覆いかぶさったので。

二八 舞楽の曲名。林邑楽《(りんゆうがく)》、壱越調《(いちこつじよう)》。案摩の舞と対になり奏せられる。舞人は二人。一臈は咲面《(えみおもて)》=翁)、二臈は腫面《(はれおもて)》=嫗)を付ける。ここにいう「二の舞の面」はこの腫面をさす。

二九 僧房。

三〇 顔を見られることなく。

三一 死んでしまったという。中世国語ではナ変動詞「死ぬ」に完了の助動詞「ぬ」が接続する例は少なくない。

三二 このような変った病気もあったのだよ。摩訶止観八上に病患の諸相とその因縁を説く。

1ねふらる―眠る(常) ねふる(烏) 2前なる人共(常・烏)―ナシ 3かへりみ―見かへり(烏) 4所―前(常) 5を―に(常・烏) 6とし―年の(烏) 7ふさかり―ふたがり(烏) 8おそろしに―ナシ(常・烏) 9は(常・烏)―ナシ

（第四十三段）

[一]春の暮《くれ》つかた、[1][二]のどかに艶《えむ》なる空に、[三]いやしからぬ家の、奥深《おくふか》く、[四]木立《(こ)だち》[2]古《ふ》りて、庭に散《(ちり)》しほ《(を)》れたる花、[五]見過《す》ぐしがたきを、[3]入《(いり)》て見《み》れば、[六]南面《おもて》の格子《かうし》みな下《おろ》してさびしげなるに、東に向《む》きて[七]妻戸《つまど》のよきほどに開《あ》きたる[4]が、[八]御簾《みす》の[5]破《や》れより見《み》れば、[九]かたち[6]〔き〕よげなる男《おとこ》の、年廿《とし(はたち)》ばかりにて、[一〇]うちとけたれど、[一一]心にくゝのどやかなるさまして、[7]机《つくゑ》に[一二]文をくりひろげて見ゐたり。

いかなる人なりけん、尋《たづ》ね聞《き》かまほし。

（第四十四段）

[一三]あやしの竹の編戸《あみど》の内《うち》より、いと若《わか》き男の、[一四][8]月の影《かげ》に色あひ定《さだ》か

第四十三段　暮春、趣ある家で若くきれいな男が読書する有様を垣間見した話。

一 暮春の頃。 二 日ざしもやわらかく風情ある空のもと。 三 風雅な家。

四 木立も時代が経っている感じで。第十段にも見えていた、兼好の好みに合う設定。

五 花を見過しがたく感じて他人の家に立ち入るという行為は、白楽天が「遥見ニ人家一花便入　不レ論三貴賤与ニ親疎一」（白氏文集・又題一絶、和漢朗詠集・花）と詠じている。

六 南に面した部屋の格子。格子は柱と柱との間に掛けてある格子組みの建具。上下二枚を取り付け、上の格子を釣り上げたり、下したりする。

七 両開きになる戸。

八 御簾の破れ目から見ると。御簾は寝殿の内部、妻戸のあるあたりに掛けられている。垣間見の趣向。

九 容姿の美しい男で。

一〇 くつろいだ姿ではあるけれども。

一一 奥ゆかしくのんびりした姿で。 一二 書物。

第四十四段　秋の夜、笛を吹きながら田中を行く若い男のあとに随い、趣ある山荘に入って垣間見した話。

一三 身分の低い者の家にあるような、竹を薄く削いで編んだ粗末な戸。

一四 月の光に色調ははっきりしないけれども。

一五 つやつや美しく光っている狩衣。狩衣は公卿・殿上人の略服。 一六 濃い紫色の指貫。指貫は裾に通した紐をくるぶしのあたりで縛る袴。

一七 たいそう上流貴族を思わせる様子で。

一八 小柄な男の童一人を連れて。

一九 遥かに続く田の中の細道を、稲葉の露にひどく濡れながら分けて行く間。「小山田の稲葉の露にそぼちつつ人目守る身は苦しかりけり」（堀河百首・藤原顕季）。

二〇 笛を何とも言えず美しく気ままに吹いている。この笛は横笛か。

ならねど、[一五]つやゝかなる狩衣《かりぎぬ》に[一六]濃き指貫《さしぬき》、[一七]いとゆへ《(ゑ)》づきたるさまにて、[一八]さゝやかなる童《わらは》ひとりを具《ぐ》して、[一九]遥《はる》かなる田の中の細《ほそ》道を、稲《いな》葉の露にそぼちつゝ分《わ》け行《(ゆく)》ほど、[二〇]笛をえならず吹《(ふき)》[9]すさみたる、[二一]あはれと聞《き》ゝ知《し》るべき人もあらじと思ふに、行《ゆ》かん方《かた》知《し》ら[10]まほしく、見送《おく》りつゝ行《ゆ》けば、笛を吹やみて、山の際《きは》に[二二]惣《そう》門[11]ある内《うち》に入《(いり)》ぬ。[二三]榻《しぢ》に立《た》てたる車の見《み》ゆるも、[二四]宮こよりは目《め》とまる心ちして、下人《しも》に問《と》へば、「[二五]しか〳〵の宮のおはします頃《ころ》にて、御仏事などのさふ《(う)》らふにや」と言《い》ふ。

[二六]御堂《(みだう)》の方《かた》には法師どもまい《(ゐ)》りたり。[二七]夜寒《さむ》の風に誘《さそ》はれ来《く》る[二八]空だき物の匂《にほ》ひも、身にしむ心ちす。[12][二九]寝殿《しうでん》より御堂の[三〇]廊《らう》に通《かよ》ふ女房の[13][三一]追風《をひかぜ》用意《ようい》など、[三二]人目《め》なき山里ともいはず、心づかひしたり。

[三三]心のまゝに茂《しげ》れる秋の野ゝらは、[三四]を《(お)》きあまる露に埋《うづ》もれて、[三五]虫の音《ね》

二一 風情があると聞き分けられる人もあるまい。
二二 大門。正門。「惣門は錠のさされてさぶらふぞ」(平家物語五・月見)。
二三 榻に轅《(ながえ)》を立て掛けてある牛車。榻は牛車の牛を外した時に、轅(牛車の前方に出ている二本の長い柄)の軛《(くびき)》(=牛の頸に懸ける横木)を載せる四脚の台。
二四 都で見るよりは目につく気がして。
二五 何某の宮。 二六 持仏堂。
二七 夜寒を感じさせる風。「夜寒」は、第十九段にもあったように、秋にいう。
二八 どこで焚くのかわからないように焚きくゆらす薫物。 二九 正殿。撥音「ん」の代りに「う」と表記する例は中世の文献に時折見られる。
三〇 建物と建物をつなぐための、屋根のある回廊風の建物。 三一 通ったあとよいかおりが漂うように、衣服に香を焚きしめておくこと。
三二 訪れる人のない山里であるにもかかわらず。「山里は冬ぞさびしさまさりける人目も草もかれぬと思へば」(古今集・冬・源宗于)。
三三 草が茂り放題に茂っている、さながら秋の野原のような庭は。「問ふ人もなき山里の浅茅生は心のままに茂りこそすれ」(堀河百首・祐子内親王家紀伊)、「里は荒れて人はふりにし宿なれや庭もまがきも秋の野らなる」(古今集・秋上・遍昭)などを引くか。
三四 溢れるほどたくさん置いている露。「おきあまる夜のまの露も浅茅生のおのが涙と虫や鳴くらん」(文保百首・藤原実重)。 三五 虫の声は恨むかのように聞え。

1のとか—のどやか(烏) 2ふり—物ふり(烏) 3入て—さし入て(常・烏) 4か—ナシ(烏) 5やれ—やふれたる(常) やぶれ(烏) 6き(常・烏)—ナシ 7つくゑ—机のうへ(常・烏) 8の—ナシ(常・烏) 9すさみ—すさひ(烏) 10まほしく—まほしくて(烏) 11ある—のある(常・烏) 12しうてん—しん殿(常) 寝殿(烏) 13をひかせ—をひ風に(常)

かごとがましく、[一]遣水《やり》の音《(おと)》のどやか也。[二]宮この空よりは雲の行《(ゆき)》来《き》も速《はや》き心ちして、[三]月の晴《は》れ曇《くも》る[1]ほど定《さだ》めがたし。

（第四十五段）

[四]公世《(きんよ)》の二位の[2]兄《あに》、[五]良覚《(りやうがく)》僧正と聞《きこ》えしは、きはめて[六][3]腹の悪《あ》しき人なりけり。

坊[七]のかたはらに大きなる榎《え》[八]の木のありければ、人、「榎《え》の木《き》の僧正」とぞ言《い》ひける。[九]「この名しかるべからず」とて、かの木《き》を伐られにけり。その[4]株《かぶ》[一〇]のありければ、「[一一]切杭《きりくひ》の僧正」と[5]呼《よ》びけり。いよ〲[6]腹を立《た》ちて、切杭《きりくひ》を掘《ほ》り捨《す》てたりける[7]跡、[一二]大《(おほき)》なる堀《ほり》にて有《(あり)》ければ、「[一三]堀池《ほりけ》の僧正」とぞ言《い》ひける。

一 遣水の音はゆったりと響いてくる。遣水は第十九段（九七頁）注二五参照。
二 山里での感じを言う。「雲の行来」は中世和歌で愛された語句。
三 雲につれて月が晴れたり曇ったりして。

第四十五段　あだ名に立腹してその原因を取り除いても次々に新しいあだ名が付けられる高僧の話。
四 藤原公世。正安三年（一三〇一）没、享年未詳。
五 生没年未詳。「僧正」は僧官の最高位。大・正・権の別がある。
六 怒りっぽい人。「中比甲斐国ニ、厳融房ト云学生アリケリ。…アマリニ腹ノアシキ上人ニテ」（沙石集三ノ三）。
七 僧房。
八 ニレ科の落葉性高木。
九 この名はよくない。
一〇 切り株。
一一 「切杭」も切り株の意。
一二 大きな堀となっていたので。
一三 二重母音となる「ほりいけ」をつづめて「ほりけ」と言った。仁和寺諸師年譜、仁和寺諸院家記、東寺長者補任などに、輔仁親王の息、大僧正信証が堀池僧正といわれたと伝える。

第四十六段　高僧にふさわしくないあだ名の由来。
一四 京都上京の地名。
一五 「強盗」は、日葡に「Gōdō ガゥダゥ」とある。「法印」は法印大和尚位の略で、第一等の僧位。僧官における僧正に相当する。
一六 付けたということである。四段動詞「付く」を他動

（第四十六段）

[一四]柳原《（やなぎはら）》の辺に、[一五]強盗《（がうだう）》の法印と[8]呼《よ》ばるゝ僧ありけり。たび〳〵強盗《がうだう》に逢《あ》ひたるゆへ《（ゑ）》に、此名《（この）》を[9]付《つ》[一六]きにけるとぞ。

（第二百二十三段）[一七]

[一八]鶴大臣殿《たづ（のおほいとの）》は、[一九]童名《わらは》たづ君也[二〇]。[二一]鶴を飼《か》ひ[10]給へる[11]ゆへ《（ゑ）》と申《（まうす）》は、ひがことなり。

（第四十七段）

ある人、[二二]清水《（きよみづ）》へまいり《（ゐ）》けるに、老《（おい）》たる尼の[二三]行《ゆ》き連《つ》れたりけるが、道《みち》すがら、[二四]「くさめ〳〵」と[二五]言《い》ひもて行《ゆ》きければ、「[二六]尼御前《ごぜむ》、何事《なにごと》を

詞的に用いることは珍しくない。

第二百二十三段　著名な大臣の通称の由来。

一七 本段がここに位置するのは正徹本系統のみ。

一八 藤原（九条）基家。弘安三年（一二八〇）没、七十八歳。

一九 元服以前の名。

二〇 「たづ」（田鶴）は鶴の歌語。基家が「鶴内府」「鶴殿」と呼ばれたことは、井蛙抄六の逸話にも見える。

二一 あるいは鶴を愛して国を亡ぼした、衛の懿公の故事（十訓抄六）などを念頭に置いて記したか。底本における本段の位置が原型に近いかいなかは不明だが、異称・通称という点で、前二段との連想は緊密である。

第四十七段　養い君のことを案ずる尼の真情。

二二 清水寺。京都東山の音羽山麓にある。

二三 道連れとなったのが。

二四 くしゃみをした時の呪文。拾芥抄に「休息万命《（くそくまんみやう）》急急如律令」の意というが、本来くしゃみの擬音語か。「鼻ヒタル時、クサメトマジナフ如何。コレヲバ九足八面鬼トトナフレバ、短ヲウカヾフ鬼、ワガ名字ヲイハレテ、害ヲナサズ逃去トイヘル義アリ。又、休息万命急〻如律令トトナフベキヲ、クサメトハイヘリトイフ説アリ」（名語記八）。

二五 言い続けて行くので。

二六 尼さん。尼に対する呼び掛けの語。

1ほと—事（烏）　2あに—兄に（常）　せうとに（烏）　3の—ナシ（烏）　4かふ—根（烏）　5よひ—いひ（烏）　6を—ナシ（烏）　7たりける跡—たりけり其跡（常）　たりければその跡（烏）　8よはるゝ—号する（烏）　9つき—付（常）　つけ（烏）　10給へる—給ひける（常・烏）　11ゆへ—ゆへに（烏）

かくはの給《たまふ》ぞ」と問《と》ひけれども、答《いら》へもせず、猶《なほ》い〔ひ〕[1]やまざりけるを、たび〳〵問《と》はれて、うち腹立《はらた》ちて、「[2][一]やら、[二]鼻ひたる時、[三]かくまじなはねば[3]死《し》ぬると申せば、[四]養《やしな》ひ君の[五]比叡《ひえ》の山に[六]児《ちご》にておはします、[七]たゞ今《いま》もや[4]鼻《はな》ひたまふらむと思《おも》へば、かく申《まうす》ぞかし」と言《い》ひ[5]ける、[6][八]わりなき心ざしなりけむかし。

（第四十八段）

[九]光親《みつちか》の卿、[一〇]院の[一一]最勝講《さいしようかう》[一二]奉行《ぶぎやう》してさぶらひけるを、御前《ごぜん》へ召《め》されて、[一三]供御《ぐご》を出《いだ》されて食《く》はせられけり。さて、食《く》ひ散《ち》らしたる[一四]衝重《ついがさね》ねを[一五]御簾《みす》の内《うち》へさし入《いれ》て、まかり出《い》でにけり。[一六]女房、「[一七]あなきたな、誰《たれ》に取《と》れとてか」など申《まうし》あはれければ、「[一八]有職《いうそく》の振舞《ふるま》ひ、[一九]やむ事なきことなり」と、返《かへすがへす》〻感《かん》ぜさせ給《たまひ》けるとぞ。

一　「ええ、うるさいなあ」という気持で応答した語。
二　くしゃみをした時。
三　このようにおまじないをしないと死ぬと申すので。
四　養育申しあげた若君。
五　延暦寺。天台宗の総本山。
六　童形のまま寺院に奉仕し、学問などをする男の子。
七　たった今もくしゃみをしていらっしゃるだろうか。
八　どうにもしようのないほど深い情愛だったのであろうよ。

第四十八段　女房達があきれた藤原光親の振舞いを後鳥羽院は感嘆したという逸話。
九　藤原光親。承久三年（一二二一）刑死、四十六歳。
一〇　院の御所の最勝講。この院は後鳥羽院。延応元年（一二三九）隠岐で没、六十歳。
一一　五月中の五日間、金光明最勝王経の講説を行い、国家の平安、宝祚の長久を祈る講会。寛弘二年（一〇〇五）に始まるという。
一二　事務を執行するために伺候していたのを。「奉行」は「行事」ともいう。雲図抄の「最勝講事」に「中殿の儀、五位蔵人行事たり」とある。
一三　お食事。
一四　台付きの膳。
一五　院の御聴聞所の御簾の内側へ差し入れて退出した。
一六　院の女房。
一七　ああ汚い、誰にあと片付けせよと思ってしたのでしょうか。
一八　故実典礼儀に通じている者の振舞いで。
一九　立派なことである。小槻季継記に、藤原長房に関する類似の逸話を伝える。

（第四十九段）

老《(おい)》来《(きたり)》て、[二〇]始《(はじめ)》て道を行ぜむと[二一]待《(まつ)》ことなかれ。[二二]古《ふる》き塚《つか》は、多《おほ》くこれ少年の人なり。

[二三]はからざるに病《やまひ》を受《う》けて、たちまちに此《(この)》世を去《さ》らむとする時にこそ、初《はじ》めて過《(すぎ)》[二四]ぬる方の誤《あやま》れることは知《し》ら[7]るれ。誤《あやま》りといふ[8]に、他のことにあらず、[二五]速《すみ》やかにすべきことを緩《ゆる》くし、緩《ゆる》くすべきことを急《いそ》ぎて、過《す》ぎにしことのくやしきなり。その時悔《く》ゆともかひあらむ[9]やは。

人はたゞ、無常の身に迫《せま》りぬることを[10][二六]ひしと心にかけて、[二七]束《つか》の間《ま》も忘《わす》るまじきなり。さらば、などか[二八]この世の濁《にご》りも薄《うす》く、仏[11]の道を勤《つと》むる心も[二九]まめやかならざらむ。

第四十九段　無常迅速を自覚すべきであるという説示。

二〇 年老いてから。
二一 仏道を実践しようと、将来を期待してはいけない。
二二 古い墓はその多くが年若くして死んだ人の墓である。この部分、沙石集に「古人云、老来リテ、初メテ道ヲ学セント云事ナカレ。古墳ヲホクハ是少年ノ人ナリト」（五本ノ十一）とあるのに拠るか。
二三 思いがけずに。
二四 過去の生き方が間違っていたことが知られるのである。
二五 沙石集に嘉祥大師の語として「百年ノ命ハ朝露著ニ非ズ。須ク道ノ為ニ緩ナル所ヲ急ニシ、急ナル所ヲ緩ニスベシ。豈一生自ラ誤レルニ非ザルノミ」（六ノ十）とあるのに拠るか。
二六 しっかりと。
二七 短い時間にも。歌語的な言い方か。「つかのまとへば、草かりてつかぬるほどゝいへり。時のまなり」（八雲御抄四）。
二八 現世での煩悩、妄執。「スナハチハ、人皆アヂキナキ事ヲ述ベテ、イサヽカ心ノ濁リモ薄ラグト見エシカド」（方丈記）。
二九 まじめでないことがあるだろうか。

1ひ（常・鳥）—ナシ　**2**やら—やゝ（常・鳥）　**3**しぬると—死ぬる也と（鳥）　**4**たまふらむ—給はん（鳥）　**5**ける—けり（常・鳥）　**6**わりなき—有難き（鳥）　**7**るれ—るなれ（鳥）　**8**に—事は（常）　は（鳥）　**9**やは—や（常・鳥）　**10**ひしと心に—心にひしと（常・鳥）　**11**の—ナシ（常・鳥）

「昔ありける聖《ひじり》は、人来《きた》りて[一]自他の要事を言《い》ふ時、答《こた》へていはく、「今、火急の事有《あり》て、すでに朝《あした》夕《ゆふべ》に迫《せま》れり」とて、耳を[1]ふさぎて念仏して、つゐ《ひ》に往生を遂《と》げけり」と、禅林[二]の十因に[2]書《か》けり。

[三]心戒《しんかい》といひける聖は、あまりにこの世のかりそめなることを思《おもひ》て、閑《しつ》かに[3]つゐ《い》[四]ゝることだになくて、[4]常《つね》はうずくまりてのみぞありける。

（第五十段）

[五]応長《おうちやう》の比《ころ》、[六]伊勢の国より、[七]女の鬼になりたるを率《ゐ》[八]て上《のぼ》りたりといふことありて、その比廿日《はつか》ばかり、日ごとに、[九]京白河の人、「鬼見《み》に」とて、出《い》[一〇]でまどふ。

「昨日《きのふ》は[一一]西園寺《さいをんじ》にまい《ゐ》りたりし」「今日は院[一二]へまい《ゐ》るべし」「只今

一 自他人の肝要な事。「諸宗の学生、公請に随而御仏事未だ始まらざる程、自他要事を相談す」(一言芳談・下)。
二 往生拾因。康和五年(一一〇三)永観の著。「禅林」は禅林寺。
三 発心集七ノ十二他に逸話を伝える。
四 座ることすらしないで。「心戒上人、常に蹲居し給ふ。或人その故を問ひければ、三界六道には、心やすく尻さしすゑてゐるべき所なき故なり」(一言芳談・下)。

第五十段　鬼女上洛の虚言に群衆が翻弄された話。

五 花園天皇の代の年号。本段末尾にいう疫病のため、四月二十八日、延慶四年(一三一一)から応長と改元された。翌年三月二十日、正和と改元。
六 現在の三重県。政治的にも宗教的にも、都との関係はかなり密接で、しかもある程度遠い国であることから、このような話の発生する場としてふさわしい。
七 閑居友・下に、嫉妬の余り生きながら鬼となった美濃国の女のことを語る。この鬼もその類と考えられたか。
八 引き連れて上京したということ。
九 京の市中や白川在の人々。「白河」は京の東山沿いを流れる白川流域一帯をさす。「京白河に四五万間の在家、一度に火をかけて皆焼払ふ」(平家物語七・維盛都落)。
一〇 やたらに外を出歩く。
一一 西園寺公経が造営した北山沿いの寺院。西園寺家の当主は入道前太政大臣実兼(北山入道殿)、及びその男前左大臣公衡(竹林院左大臣)。
一二 院の御所。この時の院は、持明院統が伏見・後伏見院、大覚寺統が後宇多院。院政の主は伏見院で、御所は持明院殿。
一三 どこそこに参っている。　一四 虚言だ。
一五 身分の高い人も低い者も。貴賤を問わず。
一六 京の東側の山。白川とともに、東山沿いの鴨東(洛東)一帯をさしても言った。兼好はこの頃東山に住ん

は[一三]そこ〳〵に」など[5]言《い》へど、「まさしく見たり」と言《い》ふ人もなく、「[一四]そらごとなり[6]」と言《い》ふ人もなし。[一五]上下、たゞ鬼の事のみ言《い》ひやまず。

その頃《ころ》、[一六]東《ひんがし》山より[一七]安居《あご》院辺《へん》へまかり侍《（はべり）》しに、[一八]四条より上《かみ》さまの人、みな北をさして走《はし》る。「[一九]一条室町《むろまち》に鬼あり」と[二〇]のゝしりあへり。[二一]今出《いまで》河辺《へん》[7]より見やれば、[二二]院の御桟敷《さじき》のあたり、[二三]さらに通《とを》り[8]うべくもあらず、立《た》ち込《こ》みたり。「[二四]はやく、跡なきことにはあらざめり」とて、[二五]人をやりて見《み》するに、[二六]大方《かた》逢《あ》へる物なし。暮《く》るゝ[9]まで立《た》ち騒《さは》ぎて、はては[二七]闘諍《とうじやう》起《お》こりて、[二八]あさましきことどもありけり。

その比《（ころ）》、[二九]をしなべて《（お）》、二三日人の煩《わづら》ふことの[10]侍しをぞ、かの鬼のそら事は此《（この）》[三〇]しるしを示《しめ》すなりけりと言《い》ふ人も侍し。

でいたか。
一七 京の北の外れにあった比叡山の里坊。安居院流唱導で著名。
一八 四条大路より北方の人。
一九 一条大路と室町小路の交叉する付近。京の北東。
二〇 大騒ぎをしている。
二一 一条大路付近を流れていた川。源氏・帚木に見える中川はその下流。
二二 院が賀茂祭その他の行事を見物するための桟敷。宇治拾遺物語に「一条桟敷屋に、ある男泊りて」(一六〇話)、古今著聞集に「一条室町にて、院の御桟敷の前の幔、風に吹上げられたりけるに」(十ノ三六八)とある他、諸書に見える。「桟敷殿」とも呼ばれ、常設のもの、行事の度に新設されるものなどがあった。この場合は常設の桟敷殿か。
二三 全く通ることもできないくらい立て込んでいる。
二四 さては、根拠のないことではないようだ。
二五 従者か。
二六 全く鬼に逢った者はいない。 二七 喧嘩。
二八 驚きあきれるような事柄。刃傷沙汰などの類か。
二九 あらゆる階層の人々が二、三日病むこと。インフルエンザのような症状で、田楽病、三日病などと称された。「凡そ此の間俗に田楽病と号す」(園太暦・延慶四年三月八日の条)、「三月中旬以後五月中に至り、三日病平均なり。鎮西より京都に至り、関東より奥州に至る。都鄙甲乙人悩る人少く病多々と云々。これに依り改元。京都は四月廿八日始めてこれを書かる。関東は五月八日吉書始めと云々」(武家年代記裏書・応長元年)。
三〇 前兆。

1ふさき―ふたぎ(鳥)　2かけり―かけ〈侍ィ〉り(常)侍り(鳥)　3つゐゝる―ついゐける(鳥)　4て―ナシ(常・鳥)　5いへと―いひあへり(鳥)　6なり―ナシ(鳥)　7へん―の辺(常・鳥)　8うへく―うへう(常・鳥)　9まて―までかく(常・鳥)　10の―ナシ(常・鳥)

（第五十一段）

[一]亀山殿の池に[二]大井河の[三]水をまかせられ〔むと〕て、[四]大井の土民に仰《おほ》せて、水車《みづぐるま》を造《つく》らせられけり。多《おほ》くの[五]あしを給《たまひ》て、[六]日数《かず》経《へ》て営《いとな》み出《いだ》して、懸《か》けたりけるに、[七]大方《かた》めぐらざりければ、とかくなを《ほ》しけれども、つゐ《ひ》に廻《まは》らで、[八]いたづらに立《た》てりけり。

さて、[九]宇治の里人を召《め》して、[一〇]調《てう》ぜさせられければ、[一一]安《やす》らかに結《ゆ》ひてまいら《ゐ》せたりけるが、思《おもふ》やうにめぐりて、水を汲《く》みて入《い》るゝこと、めでたかりけり。

[一二]よろづに、其《その》道を知《し》れる者《もの》は、[一三]やむごとなきこと也。

（第五十二段）

第五十一段　水車を例とした、専門家に対する感嘆。

一 後嵯峨院が京の西、嵯峨の亀山の麓に造営した離宮。現在の天竜寺の地にあった。

二 大堰川。保津川の下流、嵯峨・嵐山の麓付近をこのように呼ぶ。それより下、桂付近からは桂川となる。

三 水を引き入れようとなさって。

四 大井川沿いの農民。

五 銭を下されて。「Voaxi ヲアシ（お足）…銭。これは婦人語である」（日葡）。

六 何日も経って骨を折って作り出して。

七 少しも廻らなかったので。

八 無駄に立っていた。

九 京の東南、宇治の里に住む人。古く、宇治橋両岸の集落を中心とする一帯を宇治郷と呼んだ。急流で知られる宇治川が流れているので、宇治の里には昔から水車が多かった。「ながめやる宇治の川瀬の水車とことはにこそ君はかけけれ」（夫木抄三十三・水車・宗尊親王）。

一〇 こしらえさせなさったところ。

一一 やすやすと組み立ててさしあげた水車が。

一二 万事につけ、その方法、技術を知っている者は。

一三 貴重なことである。

第五十二段　石清水八幡宮の摂社を本社と誤認して、誤りに気付かなかった、独り合点の仁和寺の法師の話。

一四 京の西、大内山の南麓にある。

一五 石清水八幡宮。現、京都府八幡市の男山の頂上にある。

[一四]仁和寺《(にんわじ)》[9]なる法師、年寄《としよ》るまで[一五]石清水《(いはしみづ)》を拝《ゝが》まざりければ、[一六]心憂《う》く覚《おぼ》えて、ある時思《(おもひ)》立《た》ちて、たゞひとり[一七]徒歩《かち》よりまうでけり。[一八]極楽寺、[一九]高良《かうら》などを[10]見《み》て、[11][二〇]〔かばかりと心えて、〕帰《(かへり)》にけり。

扨《(さて)》、[二一]かたへの人にあひて、「[二二]年《とし》ごろ思《おも》ひつること、果《はた》し侍《(はべり)》ぬ。[二三]聞《き》きしにも過《す》ぎて、尊《たうと》くこそおはしけれ。[二四]そも、まいり《(ゐ)》たる人ごとに、[二五]山へ登《のぼ》りしは、何事《なにごと》かありけむ[12]と、[二六]ゆかしかりしかど、神へまい《(ゐ)》るこそ本意《ほい》なれと思《おも》ひて、山までは見《み》ず」とぞ言《い》ひける。

少《すこ》しのことにも[二七]先達《(せんだつ)》はあらまほしきことなり。

(第五十三段)

是《(これ)》も仁和寺《(にんわじ)》の法師、[二八]童《わらは》の法師《し》にならむとする[13]なごりとて、を《(お)》の〳〵遊《あそ》ぶことありけるに、酔《ゑ》い《(ひ)》て輿に入《(いる)》あまり、かたはらなる[二九]足鼎《あしがなへ》

一六 残念に思って。石清水八幡宮は神仏習合が著しい社だったから僧侶の参詣を拒むことはない。
一七 徒歩で。
一八 男山の東北麓にあった石清水八幡宮の別当寺。
一九 高良神社。男山の東北麓にある石清水八幡宮の摂社。
二〇 石清水八幡宮はこれらだけだと早合点して。
二一 朋輩に向かって。「あひて」は、向かっての意。「後ニ、其座ニアリケル上達部ノ、長方卿ニアヒテ、「サテモ…」」(続古事談二)。
二二 多年の念願を果たしました。
二三 噂に聞いた以上に荘厳でいらっしゃった。
二四 それにしても、参詣した人々がいずれも。
二五 男山をさす。男山では頂上を山上、麓を山下《(げさん)》と言った。
二六 知りたかったけれども。
二七 案内者はあってほしいものである。

第五十三段 輿に乗じて鼎をかぶって抜けなくなった仁和寺の法師の失敗談。
二八 稚児姿の少年が僧形になろうとするなごりを惜しむ宴ということで。「落餝の事、十七若しくは十九を以て其の年限を定むべきなり」(守覚法親王「右記」)。
二九 三本足のある金属製の器。食物を煮るのに用いる。

1池―御池(烏)　**2**むと(常・烏)―ナシ　**3**土民(常・烏)―士民　**4**日かす―数日(常・烏)　**5**へて―に(烏)　**6**調せ―こしらへ(常・烏)　**7**て―ナシ(常・烏)　**8**こと―もの(常・烏)　**9**なる―にある(常・烏)　**10**みて―おがみて(烏)　**11**かはかり…あひて(常・烏)―ナシ　**12**と―ナシ(常・烏)　**13**なこり―名残おしむ(常)

を取《と》りて頭《かしら》[一]にかづきたれば、つまるやうにするを、鼻を押《お》し平《ひら》めて顔《かほゝ》をさし入《い》れて舞《(まひ)》出《い》でたるに、満座興[二]に入《(いる)》こと限《(かぎり)》なし。

しばしかなで[三]て《ゝ》後、抜《ぬ》かむとするに、大方[四]抜《かたぬ》かれず。酒宴[五]こと覚《さ》めて、いかゞはせんと惑《まど》ひけり。とかくすれば、首《くび》の周《まは》り欠《か》けて血《ち》垂《た》り、たゞ[六]腫《は》れに腫《は》れ満《み》ちて、息《いき》もつまりければ、[1]打《う》ち割《わ》らむとすれども、[2]たやすく割《わ》れず、響《ひゞ》きて堪《た》へがたかりければ、[3]「かなはず」すべきやうなくて、三足[七]《あし》なる角《つの》の《ゝ》上《うへ》に帷子[八]《かたびら》を打《(うち)》懸《か》けて、[4]杖をつかせ、手を引《ひ》きて、京[九]なる医師《くすし》のがり[5]率《ゐ》て行《ゆ》きにけり。道すがら、人の怪《あや》しみ見《み》ること限なし。医師《くすし》のもとにさし入《い》りて、向《むか》[一〇]ひゐたりけむ有様《ありさま》、さこそ[一一]ことやうなりけめ。物を言《い》ふも[6]曇《くも》[一二]り声《ごゑ》に響《ひゞ》きて、聞《きこ》えず。「かゝることは、文《ふみ》[一三]にも見《み》えず、伝《つた》[一四]へたる教《をし》へもなし」と言《い》へば、又仁和寺へ帰《かへ》りて、親《した》[一五]しき物、老《お》いたる母など、枕上《がみ》[一六]に寄《よ》り

一 頭にかぶったところ。
二 一座の者がみな面白がることといったら、この上ない。
三 舞って。「さきの翁よりは天骨もなく、おろおろかなでたりければ、横座の鬼、この度は悪く舞ひたり…といひければ」(宇治拾遺物語三話)。
四 全く抜けない。
五 酒宴の興も覚めて。
六 ただもう隙間も無いほどひどく腫れて。「たゞ恐ろしに恐ろしく、鬼の顔になりて」(第四十二段)と類似の表現。
七 鼎の三本足。
八 裏をつけない衣服。
九 都にいる医師のもとに。
一〇 患者である鼎法師と医師とが向かい合っていたであろう有様は。
一一 さぞ異様だったであろう。
一二 反響してはっきり聞き取れない。
一三 医書にも載っていないし。
一四 師匠から伝授された教えもない。
一五 この病人は死ぬだろうと考えて、家族・親類を呼び集めたのである。
一六 枕もとに寄り集まって座って。その光景は、釈迦が涅槃に入った時、十二支の動物達までも集まって嘆き悲しんだ有様に一脈通ずるものがある。作者は暗にそれを意識して描いているか。
一七 当の病人は(鼎をかぶっているから)聞いているとも思われない。
一八 力いっぱい。
一九 藁しべ。「手に握られたる物を見れば、わらすべといふ物ただ一筋握られたり」(宇治拾遺物語九十六話)。
二〇 金属壁と皮膚との間に隙間を設けて。
二一 耳や鼻が欠けたり、穴があいたりしながらも。中世には「一日の猿楽に鼻欠く」という諺があったらしい(九条家本平治物語・中)。本話はあるいはそれと関わ

ゐて、泣《な》き悲《かな》しめど、[一七]聞《き》くらむとも覚《おぼ》えず。

かゝるほどに、ある者《もの》の言《い》ふやう、「たとひ耳《みゝ》、[7]鼻《はな》こそ切《き》れ失《う》すとも、命ばかりはなどか[8]生《い》きざらむ。たゞ[一八]力をたてゝ[9]引《ひ》きに引《ひ》き給へ」とて、[一九]藁《わら》[10]のすべを周《まは》りにさし入《(いれ)》て、[二〇]金《かね》を隔《へだ》てゝ、[11]首《くび》もちぎるばかり引《ひ》きたるに、[二一]耳《みゝ》、鼻欠《はなか》[12]けうげながら、抜《ぬ》けにけり。[二二]から き命《いのち》まうけて、久《ひさ》しく病《や》みゐたりけり。

（第五十四段）

[二三]御室《(お)むろ》に[二四]いみじき児《(ちご)》のありけるを、[二五]いかで誘《さそ》ひ[13]出《い》でゝ遊《あそ》ばむとたくむ[14]法師《し》有《(あり)》て、[二六]能ある遊《あそ》び[15]法師など語《かた》らひて、[二七]風流の[16]破子《わりご》[二八]ねんごろに営《いとな》み出《い》でゝ、[17]箱《はこ》やうの物に[二九]したゝめ入《(いれ)》て、[三〇]双《ならび》の岡《おか》の[三一]便《びん》よき所に埋《うづ》み置《を》きて、紅葉散《ち》らし[18]かけ、[三二]思《おも》ひ寄《よ》らぬさまにして、[三三]御所へ[19]まい《(ゐ)》り、

りがあるか。
三 あやうい命だったのに拾い物をして。

第五十四段 趣向が何者かに妨害されて、趣向倒れとなった仁和寺の法師の話。
三 仁和寺の別称。
四 たいそうかわいい稚児。
五 何とかして誘い出して遊ぼうと計画する。
六 延年の舞などの遊芸の才能ある僧。いわゆる遊僧。
七 意匠を凝らした破籠(わりご)。破籠は食物を容れる器。檜の薄板を曲げて作る。また、その中に入れる食物、弁当をもいう。
八 入念に作り設けて。
九 用意して入れて。
一〇 平安京の西、仁和寺の南方にある双ヶ丘。
一一 都合のよい場所。
一二 そこに物が埋まっているなどとは思いも寄らぬ状態にして。
一三 御室の御所。仁和寺の門跡の住房。「皇后宮の亮経正、幼少にては仁和寺の御室の御所に、童形にて候はれしかば」(平家物語七・経正都落)。

1うちわらむ…けれは—ナシ(常) 2とも—ど(烏) 3かなはす(常)—ナシ(底) かなはで(烏) 4杖をつかせ手をひきて—手を引杖をつかせて(常・烏) 5ゐてゆきにけり—行けり(常) ゐて行ける(烏) 6くもり—くゝもり(常・烏) 7こそ—は(常) 8いき—いか(常) 生(烏) 9ひきに—たゝ引に(常) ナシ(烏) 10すへ—しべ(烏) 11ちきる—きるゝ(常) 12うけ—ナシ(常) 13いてゝ—出して(常・烏) 14法し—法師共(常・烏) 15法師—法師ども(烏) 16わりこ—破子やうのもの(烏) 17はこやう—手箱やう(常) 箱ふぜひ(烏) 18かけ—かけなと(常・烏) 19まいり—参りて(烏)

児《ちご》一をそゝのかし出《い》でにけり。

うれしと思《おもひ》て、こゝかしこ遊《あそ》びめぐりて、二ありつる苔の筵《むしろ》に並《な》みゐて、三「いたうこそ困《こう》じにたれ。四あはれ紅葉を焚《た》かむ人もがな。五験《げん》あらむ僧達、祈《いのり》心みられよ」など六言《い》ひしろひて、埋《うづ》みつる木《こ》の本に向《む》きて七数珠《ずゞ》押《を》し擦《す》り、八印ことぐ〵しく結《むす》び出《い》でなど[1]して、九いらなく」振舞《ふるまひ》て、木《こ》の葉を掻《か》き退《の》けたれど、一〇つやく〵物見《み》えず。所の違《たが》ひたるにやとて、掘《ほ》らぬ[2]所なく、一一山をあされども、なかりけり。埋《うづ》みけるを人の見置《みを》きて、御所へまい《ゐ》りたるまに、盗《ぬす》めるなりけり。法師《し》ども一二言《こと》の葉なくて、[3]一三いと聞《き》きにくゝいさかひ、腹立《た》ちて帰《かへ》りにけり。

あまりに興あらむとすることは、かならず一四あひなきものなり。

一 誘い出した。仁和寺では稚児は「惣じて白地の出行、其暇を乞ふべし」(守覚法親王「右記」)と躾けられていた。

二 さっき目を付けておいた、苔の生えている、遊宴によい場所。「不レ堪紅葉青苔地」(白氏文集・秋雨中贈二元九一、和漢朗詠集・紅葉)、「岩隠れの苔の上に並みゐて、土器《かはらけ》まゐる」(源氏・若紫)。

三 ひどく疲れてしまったよ。

四 ああ、紅葉を焚いて酒を暖めるような風流な人がいないかなあ。「林間暖レ酒焼二紅葉一 石上題レ詩掃二緑苔一」(白氏文集・送三王十八帰レ山、寄二題仙遊寺一、和漢朗詠集・秋興)の詩句などを念頭に置いていう。

五 効験がある高僧達。

六 言いあって。

七 祈る時の作法。

八 仰々しく印を結んでみせ。

九 大袈裟に振舞って。「この史、文刺に文はさみて、いらなく振舞ひて、このおとどに奉るとて、いと高やかに鳴らして侍りけるに」(大鏡・時平)。

一〇 全く何物も見えない。

一一 探しまわったけれども。

一二 驚きあきれ、面目まるつぶれで言葉も出ず。

一三 たいそう聞きづらいほどに口論し。

一四 面白くないものである。

（第五十五段）

家の作《(つくり)》やうは夏[一五]をむねとすべし。冬はいかなる[一六]所[4]も住《す》まる。暑《あつ》[一七]き比《(ころ)》悪《わろ》き住《す》まゐ《(ひ)》[5]、堪《た》へがたきことなり。深《ふか》[一八]き水は涼《すゞ》しげなし。浅《あさ》[一九]くて流《なが》れたる、遥《はる》かに涼《すゞ》し。細《こま》かなる物を見《み》るに、遣《やり》[二〇][6]戸は蔀《しとみ》の間《ま》よりも明《あか》し。天上《てん(じやう)》[二一]の高《たか》きは、冬寒《さむ》く、ともし火暗《くら》し。造作《(ざうさく)》[二二]は、用[二三]なき所を造《つく》りたる、見《み》るもおもしろく、よろづの用《よう》にも立《た》ちてよしとぞ、人[二四]の定《さだ》めあひ侍《(はべり)》し。

（第五十六段）

久《ひさ》[二五]しく隔《へだゝ》たりて逢《あ》ひたる人の、我《(わが)》[二六]方《かた》に有《(あり)》つること数《かず》〳〵に、残《のこ》

第五十五段　住み心地のよい住居について。

一五　夏を中心に考えるべきである。暑気の強い京の気候から経験的に会得した理屈か。

一六　どのような所にも住める。「る」は可能の助動詞。

一七　作庭記に、軒の長い家（閣）について、「夏涼しく、冬暖かなるゆゑなり」という。

一八　「池は浅かるべし。池深ければ魚大なり。魚大なれば悪虫となりて人を害す」（作庭記）。

一九　「池なき所の遣水は事外に広く流して、庭の面をよくよく薄くなして、水のせゝらぎ流を堂上より見すべきなり」（作庭記）。

二〇　引き戸の部屋は蔀（格子組みの裏に板を張った戸）の部屋よりも明るい。蔀は多くの場合上下二枚で、下は固定されており、上の部分も光をさえぎることが多いので、蔀の間は遣戸の間よりも暗いことになる。

二一　「天上」は天井の意。天井が高いと、暖められた空気が上昇し、拡散して、人のいるあたりは暖くならない。光も拡散してしまって、灯火の照明が十分に届かない。

二二　建築。

二三　無用な所を造っておくのが。

二四　人々が論評しあいました。

第五十六段　人の話し方のよしあしについて。

二五　長らく逢わないでいたのちに逢った人が。

二六　自分の側にあったことをあれこれと。

1していらなく（烏）―ナシ（底・常）　2所―ところも（烏）　3いと―ナシ（烏）　4も―にも（烏）　5すまゐ―住居は（烏）　6すゞしけ―涼しけ（「け」ミセケチ）〈きけしきイ〉（常）

りなく語《かた》り続《つゞ》くるこそ、[一]あひなけれ。[二]隔《へだ》てなく馴《な》れぬる人も、ほど経《へ》て見《み》るは[三]恥《は》づかしからぬかは。[四]次《つぎ》さまの人は、[五]あからさまに立《た》ち出《い》でても、[六]けふありつることとて、[七]息《いき》も継《つ》ぎあへず語《かた》り興《けふ》ずるぞかし。[八]よき人の物語《がた》りするは、人あまたあれど、[九]一人《ひとり》に向《む》きて言《い》ふを、[一〇]を《お》のづから人も聞《き》くにこそあれ。[一一]よからぬ[1]人、[一二]誰《たれ》[2]となくあまたの中にうち出《い》でて、見《み》ることのやうに語《かた》りなせば、皆同《みなおな》じく[一三]笑《わら》ひのゝしる[3]が、[一四]いとらうがはし。をかしきことを言《い》ひても[一五]いたく興《けう》ぜぬと、興《けう》なきことを言《い》ひ[4]てよく笑《わら》ふ[5]に、[6]その[一六]人のほど測《はか》られぬべき。

[一七]人の[7]さまのよしあし、才《ざえ》ある人は[一八]そのことなど、[一九]定《さだ》めあへるに、[二〇]を《お》のれが身[8]に引《ひ》き掛《か》けて言《い》ひ出《い》でたる、[二一]いとわびし。

（第五十七段）

一　面白くない。
二　隔意なく馴れ親しんだ人も。
三　気恥かしくないことがあるだろうか。「かは」は反語。第三十七段前半で述べた好もしい態度と逆の態度への反発感をいう。
四　二流の人。
五　ついちょっと外出しても。
六　「けふ」を「今日」の意にとって、「今日あった出来事」と解する説と、「興」を「けふ」と表記したとして、「面白かったこと」と解する説とが対立している。
七　息を継ぐひまもないくらいたて続けに面白おかしくしゃべりたてるのであるよ。
八　身分ある人が話をするし方は。
九　そのうちの主だった一人に。
一〇　おのずと他の人も聞くのである。
一一　身分の劣った人。
一二　「憎きもの…物語するに、さし出でして我ひとりさいまくる者。すべてさしいでは、童も大人もいと憎し」（枕草子二十八段）。
一三　大声で笑うのが。
一四　ひどく無作法だ。
一五　たいして面白がらないのと。
一六　人品を測ることができるであろう。
一七　人の有様のよしあし。
一八　才能に関すること。
一九　論評し、判定しあう際に。「皆人々詠み出だして、よしあしなど定めらるるほどに」（枕草子九十九段）。
二〇　自分自身を引合いに出して。
二一　ひどくいやなものだ。

第五十七段　興ざめな話のし方について。

人の語《かた》り出《い》でたる歌二二物語《がたり》の、歌のわろきこそ本意《ほい》二三なけれ。少《すこ》しそ二四の道知《し》らむ人は、いみじと思《おも》ひては語《かた》らじ。すべて、二五いとも知《し》らぬ道の物語《がた》りしたる、二六かたはらいたく、聞《き》ゝにくし。

（第五十八段）

「二七道心《(だうしん)》あらば住《す》む所にしもよらじ。家にあり、人に交《まじ》はるとも、9後の世を願《ねが》はむに二八かたかるべきかは」と言《い》ふは、更に10後《のち》の世知《し》らぬ人なり。げには、此世《(この)》をはかなみ、かならず二九生死《(しやうじ)》を出《い》でむと思はむに、三〇何の興ありてか、朝夕君に仕《つか》へ、家を顧《かへり》みる営《いとな》みの三一いさましからむ。三二心は縁に引《ひ》かれて移《うつ》る物なれば、三三閑《しつ》かならでは、道は行《(ぎやう)》じがたし。

二二 ある歌が詠まれた事情などの由来話。
二三 がっかりする。
二四 その方面のこと。ここでは、歌道。
二五 大して詳しくは知らない分野の話をしていること。
二六 他人事ながらはらはらして。「かたはらいたきもの…才ある人の前にて、才なき人の物覚え声に人の名など言ひたる。よしとも覚えぬ我が歌を人に語りて、人のほめなどしたる由言ふも、かたはらいたし」（枕草子九十六段）。

第五十八段　遁世者の生き方について。
二七 仏道を求める心。
二八 難しいことがある筈はない。「かは」は反語。
二九 生死の妄執を離れようと思うとしたならば。
三〇 何の面白みがあって。
三一 励む気になるであろうか。「忍びがたきこともやすく忍ばれて、後世のつとめもいさましきなり」（一言芳談・上）。
三二 心は機縁につれて移りやすいものであるから。「心起るは必ず縁に託す」（摩訶止観五上）。
三三 摩訶止観四下でも「閑居静処」を説き、「好処に三あり、一には深山遠谷、二には頭陀抖擻、三には蘭若伽藍なり。…身を安んじ道に入るには、必ずすべからく選択すべし」と教えている。

1人―人は（常・烏）　2と―とも（常・烏）　3か―ナシ（常・烏）　4て―ても（烏）　5に―にそ（常・烏）　6その人―品（常・烏）　7さま―みざま（烏）　8に―を（常・烏）　9後の世―後世（常・烏）　10のちの世―後世（常・烏）

その器物《うつは》[一]、昔《むかし》の人に及《をよ》ばず、山林[二]に入《い》りても、飢《う》ゑを助《たす》け、嵐[三]を防《ふせ》くよすがなくてはあられぬ[四]わざなれば、[五]を《(お)》のづから世をむさぼるに似《に》たることも、便《たよ》[六]りに触《ふ》ればなどかなからむ。さればとて、「背《そむ》[七]けるかひなし。さばかりならば、なじかは[八]捨《す》てし」など言《い》はむは、むげ[九]のことなり。[一〇][1]〔さすがに〕一《(ひと)》度《たび》道に入《(いり)》て世を厭《いと》はむ人、たとひ望《のぞ》みありといふとも、[2]勢《いきおひ》[一一]ある人の貪欲《とんよく》多《おほ》きに似《に》るべからず。紙[一二]の衾《ふすま》、麻[一三]の衣、一鉢《(ひとはち)》[一四]の設《まう》け、藜《あかざ》[一五]のあつもの、いくばくか[一六]人の費《つい》えをなさむ。[3]〔求《もと》むる〕所は[4]得《え》やすく、その心はやく足《た》りぬ[5]〔べし〕。かたち[一七]に恥《は》づる所もあれば、[6]さはいへど[一八]、悪[一九]には疎《うと》く、善には近《ちか》づくことのみぞ多《おほ》き。

[二〇]人と生《むま》れたらむしるしには、いかに[7]〔も〕して世を遁《のが》れんことこそあらまほしけれ。ひとへにむさぼることを[8]努《つと》めて、菩提《(ぼだい)》[二一]に赴《おもむ》[9]かざる

一 人としての才能、器量。「五穀水味殊勝ニシテ、人ノ器強キ昔ハ尤モ可レ然。今ノ末世ニハ、人弱ク五穀又気味ナシ」(雑談集三)。
二 遁世者として山林に入っても。「世ヲ遁レテ山林ニ交ハルハ、心ヲ修メテ道ヲ行ハムトナリ」(方丈記)。
三 烈しい山風を防ぐ手段。
四 生きてゆけないことであるから。「裸にして飢ゑて安からずんば、道法いづくんぞあらん。故にすべからく衣食を具足すべきなり」(摩訶止観四上)。
五 自然と、世俗的な欲望を抱いている俗人に似た行為も。六 何かの機会につけてはあるに違いない。
七 出家した甲斐がない。八 どうして世を捨てたのか。
九 余りにもひどいことである。
一〇 そうは言うものの。前の「背けるかひなし。…なじかは捨てし」を受けていう。
一一 権勢ある人がたいそう欲が深いのと似る筈がない。
一二 紙製の夜具。「薄紙百綴ノ衿、寒ニ服タレバ肌ヲ温ルニタレリ」(海道記)。
一三 麻で作った粗末な着物。
一四 托鉢のための鉢一杯の食糧。「空腹一坏ノ粥、飢テ啜レバ餘ノ味アリ」(海道記)。
一五 野草の藜で作った吸物。
一六 どれほど他人の損失になることがあろうか。
一七 出家してやつれ衰えている姿や容貌を世人に見られるのを恥かしく思うところもあるので。方丈記にも「人ニ交ハラザレバ、姿ヲ恥ヅル悔モナシ」、「自ヅカラ都ニ出デテ、身ノ乞匃トナレル事ヲ恥ヅトイヘドモ」という。
一八 そうは言うけれども。前文の「背けるかひなし。…なじかは捨てし」を受けていう。
一九 悪行からは遠ざかり、善行に親しむことが多い。七仏通戒偈に「諸悪莫作、諸善奉行、自浄其意、是諸仏教」という。
二〇 逢いがたい人身として生れた甲斐には。
二一 悟りの境地に到達しようと志向しない人は。沙石

は、[10]よろづ畜類には[11]変《かは》る所あるまじくや。

（第五十九段）

[二一]大事を思《おも》ひ立《た》たむ人は、[二二]さりがたく心にかゝらむことの本意《ほい》を遂《と》げずして、[二四]さながら捨《す》つべきなり。しばし此《（この）》こと果《は》てて、[二五]同《おな》じくはかのこと沙汰《さた》し置《を》きて、[12][二六]しか〳〵のこと、人の[13]譏《そし》りやあらむ、行《（ゆく）》末難《すゑなん》[二七]なくしたゝめまうけて、年[二八]ごろもあればこそあれ、[二九]そのこと待《ま》たむほどあらじ、物騒《さは》[三〇]がしからぬやうになど思はむには、[三一]えさらぬことのみいとゞ重《かさ》なりて、[14]事尽《つ》くる限《かぎ》りもなく、思《おも》ひ立《た》つ日もあるべからず。大様《（おほ）やう》人を見《み》るに、少《すこ》し心ある際《きは》は、皆《みな》この[三二]あらましにてぞ[三三]一期《（いちご）》は過《す》ぐめる。

[三四]近《ちか》き火[15]など逃《に》ぐる人は、「しばし」とや言《い》ふ[16]べき。[三五]身を助《たす》けむと

集にも「竜樹ノ誡ニ、六根具セリ。智恵サカシクトモ、仏道ヲ行ゼズシテ、偏ニ今生ノ身ヲ安楽ナラシメムト思バ、畜類ニ異ナラズ。…人トナレルカイニハ、仏法ヲ行ズベシ」（六ノ十）という。

第五十九段 出家を決意したら直ちに実行に移すべきであるという意見。

二一 人間にとって一大事である出家遁世を決意する人は。

二二 去りにくく、心にひっかかっている事柄の目的、目標を遂行しないで。

二四 そっくりそのまま放棄すべきである。

二五 どうせ遁世するならばあのことを処理しておいてから遁世しよう。 二六 これこれしかじかのこと。

二七 非難のないように準備しておいて。

二八 多年このようにして過ごしてきたのだから。

二九 そのことが片付くまでの間はたいしてかからないだろう。 三〇 あわただしくないように。

三一 避けられないこと。

三二 心づもり。ここでは、いずれ出家しようという心づもり。「はかなさを思ひ知らずはなけれどもあらましにのみ日をくらすかな」（堀河百首・無常・源師頼）。

三三 一生は過ぎるようだ。 三四 近所の火事。近火。

三五 わが身を救おうと思えば。十訓抄六に、絵仏師良秀が隣家から出火した際、妻子や注文の仏画をほうって、「身ばかりただ一人」大路に逃げたことを語る。

1さすかに（常・烏）―ナシ　2といふ―「と云」補入（常）ナシ（烏）　3もとむる（常・烏）―ナシ　4え―ナシ（烏）　5へし（常・烏）―ナシ　6さはいへと―ナシ（常）　7も（常・烏）―ナシ　8つとめ―もとめ（常）　9さる―さらむ（常・烏）　10よろつ―万の（烏）ナシ（常）　11には―に（常・烏）　12しか〳〵のこと（常・烏）―しかの〳〵のこと　13そしり―あさけり（常）嘲（烏）　14事―ことの（常・烏）　15なと―なとに（常・烏）　16へき―ナシ（烏）

すれば、恥《はぢ》をも顧《かへり》みず、財《（たから）》をも捨《す》てゝ遁《のが》れ去《さ》るぞかし。[一]命は人を待《（まつ）》ものかは。[二]無常の来《きた》ることは水火の攻《せ》むるよりも速《すみ》やかに、遁《のが》れがたき物を。その時、[三]老《（おい）》たる親《おや》、[1]いとけなき子、君の恩、人の情《なさけ》、捨《す》てがたしとて捨《す》てざらむや。

（第六十段）

[四]真乗院《（しんじようゐん）》に、[五]盛親僧都《（じやうしんそうづ）》とて[2][六]やごとなき智者有《（あり）》けり。[七]芋頭《いもがしら》といふものを好《この》みて多《おほ》く食《く》ひけり。[八]談義の坐にても、大《（おほき）》なる鉢《はち》に[九]うづたかく盛《も》りて、膝元《ひざもと》に置《を》きつゝ、食《く》ひながら[3]ぞ文《ふみ》をも読《よ》み[4]ける。煩《わづら》ふことあるには、七日《（なぬか）》、二七日《（ふたなぬか）》など、療治とて籠《（こもり）》ゐて、思《おも》ふ様《（やう）》によき芋頭《いもがしら》を選《えら》びて、ことに多《おほ》く食《く》ひて、[5]よろづ[6]病をも癒《いや》しけり。人に食《く》はすることなし。たゞひとりのみぞ食《く》ひける。きはめて貧《まづ》しかりけるに、

一 第百八十八段にも登蓮法師の語として、「人の命は雨の晴れ間をも待つ物かは」とある。

二 「衆生の生死は水火よりも甚し」（禅家亀鑑）。

三 大集経十六の偈に「妻子珍宝及王位、臨命終時無随者、唯戒及施不放逸、今世後世為伴侶」とある。

第六十段 個性的な僧侶盛親の人となり。

四 仁和寺の院家の一。藤原顕季が最勝院を建立した時房舎を造ったのに始まるという。宜秋門院の御願寺。

五 徳治三年（一三〇八）正月二十六日の東寺での後宇多法皇の灌頂を記した後宇多院御灌頂記に、「持花衆卅二口〈持二花筥一〉」の一人として、権少僧都盛親の名が見える。

六 重きをなす知識僧。

七 里芋の親芋（球茎）。今昔物語集三十一ノ十六に、見知らぬ島に漂着した佐渡国の住人が、島人から芋頭を与えられたことを語る。

八 経典の意義を解説すること。

九 高く盛り上るように盛って。「田舎合子のきはめて大きに、くぼかりけるに、飯うづだかくよそひ」（平家物語八・猫間）。

一〇 死ぬ際に。

一一 一貫は一千文。

一二 僧房。

一三 あれこれ合せて。「彼レ此レ都合三万余騎、最初ガ峯へ差向ラル」（太平記三十四・紀州竜門山軍事）。

師匠死《し》[一〇]にさまに、銭《(ぜに)》[一一]二百貫と坊[一二][7]一《(ひとつ)》譲《ゆづ》りたりけるを、坊を百貫に売《う》りて、[一三]かれこれ[一四]三万疋《(びき)》を芋頭のあし[一五]と定《さだ》めて、京[一六]なる人に預《あづ》けて[8]置《を》きて、十貫づゝ取寄《よ》せて、芋頭《がしら》をとも[一七]しからず召《め》しけるほどに、又異《こと》[9]用《もち》ゐることなく[10]して、そのあし皆[一八]に成《(なり)》にけり。[11]三百の物を貧《まづ》しき身にまう[一九]けて、かく計《はか》らひける、まことにあり[二〇]がたき道心者《(だうしんじゃ)》なりとぞ、人申《(まうし)》ける。

此僧都《(このそうづ)》、ある法師を見《み》て、[12]「[二一]しろうるり」といふ名を付《つ》けたりけり。「[二二]とは何ものぞ」と人の問《と》ひければ、「[13]さるもの、我も知《し》らず。[二三]若《(もし)》あらましかば、[14]かの僧[15]が顔《かほ》に似《に》てん」とぞ言《い》ひける。

この僧都[16]はみめ[二四]よく、力強《ちからつよ》く、大食にて、能書《(のうじょ)》[二五]、学匠《(がくしゃう)》、弁舌人に勝《すぐ》れて、宗《(しゆう)》[二六]の法灯《(ほふとう)》なれば、寺中[二七]にも重《おも》く思はれたりけれども、世[二八]を軽《かろ》く思ひたる癖者《くせもの》[二九]にて、よろづ自由[三〇]にして、大方人に従《したが》ふ[17]といふ

一四 一疋は十文だから、「三万疋」は三十万文、三百貫となる。
一五 代金。第五十一段注五参照。
一六 都に住んでいる人。仁和寺は都の外であった。
一七 十分召しあがっているうちに。
一八 すっかりなくなってしまった。「鉢なりつる水飯も鮎のすしもみなになりにけり」(古今著聞集十八ノ六四四)。
一九 手に入れて。
二〇 めったにいない出家者である。
二一 白くのっぺりした顔の感じをこう言ったか。
二二 「しろうるりとは一体何ですか」の意。
二三 もしもいたならば、あの僧の顔に似ているだろう。
二四 容貌がととのっており。
二五 文字を書くのが上手で、すぐれた学者でもあり。
二六 その宗派でのすぐれた僧侶。「宗」は、ここでは真言宗。
二七 真乗院の内でも。
二八 世間のことを取るに足りないと思っている。
二九 一癖も二癖もある者。
三〇 思いのままであって。「寛平聖主の御時より当寺御仏事の為に調じ置かるる法服等、住侶挙げて恣に他所に用ゐこれを請くる事、自由の至りなり」(守覚法親王「右記」)。

1 いとけなき―いときなき(鳥) 2 やことなき―やむことなき(常・鳥) 3 そ―ナシ(鳥) 4 ける―けり(鳥) 5 よろつ―万の(常・鳥) 6 をも―を(鳥) 7 一―一とを(常) ひとつを(鳥) 8 て―ナシ(常・鳥) 9 もちゐる―もちふる(鳥) 10 して―て(鳥) 11 三百―三万疋(常) 三百貫(鳥) 12 しろうるり―しろうる(「る」補入)り成(常) 13 もの―物を(常・鳥) 14 かの―此(常・鳥) 15 か―の(常・鳥) 16 は―ナシ(鳥) 17 といふ―ナシ(常)

ことなし。[一]出仕して、[二]饗膳《ぜん》などに就《つ》く時も、[1][三]〔皆人の前〕据《す(ゑ)》へわたすを待《ま》たず、我《(わが)》前《まへ》に据《す(ゑ)》へぬれば、[四]やがてひとりうち食《く》ひて、帰《かへ》りたければ、ひとりつい[五]立《た》ちて[2]出《(いで)》にけり。[六]時《(とき)》、非時《(ひじ)》も、[3]人と等《ひと》しく[4]定《さだ》めて食《く》はず。我《(わが)》食《く》ひたき時《とき》、夜中にも暁《あかつき》にも食《く》ひて、睡《ねぶ》たければ、昼《ひる》も[七]掛《か》け籠《こも》りて、いかなる大事あれども、人の言《い》ふこと聞《き》き入《い》れず。目覚《めさ》めぬれば、幾夜《いく》も[5]寝《ね》ず、[6]心澄《す》まして[八]嘯《うそぶ》き歩《あり》きなど、[7]世《よ》の常《つね》ならぬさまなれども、人に厭《いと》はれず、よろづ[8]許《ゆる》されけり。[九]徳の至《いた》れりけるにこそ。[9]

（第六十一段）

[一〇]御産《(ごさん)》の時[一一]甑落《こしきおと》すことは、[一二]定《さだ》まれることにはあらず。[一三]御胞衣《(おんえな)》とゞこほる時の[10]まじなひことなり。とゞこほらせ給はねば、このことな

一　朝廷や貴族の家などでの法会の席に出て。
二　食事の膳。
三　全員の膳をすっかり据えるのを待たず。
四　直ちに。　五　さっと立って。
六　「時」は、僧が本来決められた時に摂る食事。「非時」は、同じく僧が日中から後夜までの間に摂る食事。
七　掛金をして自室に籠って。
八　詩歌などを口ずさんで歩き。
九　この上なく徳が高かったからであろう。「子の曰はく、泰伯は其れ至徳と謂ふべきのみ」(論語・泰伯)。
第六十一段　宮中の御産に際し甑を落す習慣の起源。
一〇　皇子・皇女などが誕生する出産の時。
一一　米などを蒸す道具。平家物語で安徳天皇誕生の際の事として、「今度の御産に勝事あまたあり。…后御産の時、御殿の棟より甑をまろばかす事あり。皇子御誕生には南へ落し、皇女誕生には北へ落すを、是は北へ落したりければ、こはいかにと騒がれて、取上げ落し直したりけれども、あしき御事に人々申しあへり」(三・公卿揃)と語る。
一二　典拠ある、一定の方式に則ったしきたりではない。
一三　後産が遅れている時の、すみやかに済むようにとのまじない。
一四　しもじもの階層からこの風習は起って。
一五　特別な由緒はない。「本説」は、典拠、故事来歴。
一六　京都の北東の大原。遁世者が多く隠栖した地で、山城国の歌枕ともされる。
一七　「宝蔵」は種々の宝物を収納する倉庫。中世には蓮華王院(三十三間堂)の宝蔵、宇治平等院の一切経蔵、鳥羽勝光明院の宝蔵、東大寺の蔵などが著名。「宝蔵の絵」は、あるいは餓鬼草紙をさすか。ここに甑が描かれている(学術文庫)。「今日自レ院給二宝蔵絵一合一」(花園天皇宸記・正和二年五月三十日条)。
一八　身分の低い人。
第六十二段　延政門院の幼時の歌についての聞書。
一九　後嵯峨天皇の皇女悦子内親王。元弘二年(一三三二)没、

し。[一四]下《しも》ざまより事起《お》こりて、[一五]させる本説《ぜち》なし。[一六]大原《はら》の里の甑《こしき》を召《め》すなり。[一七]古《ふる》き宝蔵の絵《ゑ》に、[一八]賤《いや》しき人の子産《う》みたる所に、甑落《こしきお》としたるを描《か》きたり。

（第六十二段）

[一九]延政門院《(えんせいもんゐん)》[二〇][11]いとけなくおはしましける時、[二一]院へまい《(ゐ)》る人に、[二二]御[12]言《こと》付《づ》けとて、申させ[13]給《(たまひ)》ける、

[二三]ふたつ文字《もじ》牛《うし》の角文字《つのもじ》すぐな文字《もじ》ゆがみ文字《もじ》とぞ君は覚《おぼ》ゆる

恋《こひ》しく思《おも》ひまい《(ゐ)》らせさせ給《(たまふ)》となり。

（第六十三段）

[二四]後七日《(ごしちにち)》の阿闍梨《あざり》、[二五]武者を集《あつ》むること[14]は、[二六]いつとかや、[二七]盗人《ぬすびと》に遭《あ》ひ

七十四歳。二〇 幼くいらっしゃった時。
二一 院の御所へ参る人に。院は延政門院の父後嵯峨院。文永九年(一二七二)没、五十三歳。
二二 皇女からの御伝言ですという形で申しあげさせられた。
二三 「ふたつ文字」は「こ」、「牛の角文字」は「い」(一説に「ひ」)、「すぐな文字」は「し」、「ゆがみ文字」は「く」で、これを続けると、「こいしく」となる。父君が恋しく思われますの意。

第六十三段 後七日の阿闍梨で武者を集める習慣の起源と、それへの批判。

二四 後七日の御修法(みしほ)の導師を勤める阿闍梨。東寺一の長者が勤める習わしであった。後七日の御修法は、毎年一月八日から十四日までの七日間、宮中の真言院で行われる、真言宗の祈禱。天子の衣服を渡し、その安穏、国家の隆昌等を祈る。承和二年(八三五)空海の奏請に始まり、毎年金剛界・胎蔵界を交互に修する。年中行事秘抄、夕拝備急至要抄、建武年中行事、公事根源等に見える。「阿闍梨」は、弟子に正しい法式を教える師僧の意だが、ここでは修法の導師の意。
二五 夕拝備急至要抄で「太元法始」の項に「守護〈使庁武家各申ニ事由ニ仰遣〉」とあり、「後七日法阿闍梨」の項では「守護〈同前〉」とする。
二六 いつのことであったか。四季物語によれば、大治二年(一一二七)のこと。
二七 阿闍梨が盗賊に遭って以来。「大治二とせの御修法(みしほ)に、盗人多く群れ入りて、夜居(ゐよ)の僧、阿闍梨

1皆人の前(常・烏)―ナシ　2出に―行(常・烏)　3と―に(烏)　4さためて―定ては(常)　5ねす―いねず(烏)　6心―心を(常・烏)　7よのつね―尋常(烏)　8ゆるされ―ゆるされに(常)　9にこそ―にや(常・烏)　10ましなひこと―まじなひ(烏)　11いとけなく―いときなく(烏)　12ことつけ―ことつて(烏)　13給ける―給ひける御歌(常・烏)　14は―ナシ(烏)

にけるより、殿居人《とのゐ》[一]とて、かくことぐ\しくなりけり。[1]〔一〕[2][二]年《とせ》の相《さう》は此修中《(このしゆちう)》[三]の有様《ありさま》にこそ見《み》ゆなれ。[3][四]つは物を用《もち》ゐんこと穏《おだや》かならぬことと也。

（第六十四段）

「車[五]の五緒《(いつつ)を》は、[六]かならず人によらず、[七]ほどにつけて、極《きは》[八]むる官《つかさ》位に至《いた》りぬれば乗《の》る物なり」とぞ、[九]ある人[4]は仰《(おほせ)》られし。

（第六十五段）

此頃《(この)ごろ》の冠《かうぶり》[一〇]は昔よりは遥《はる》かに高《たか》くなりたるなり。古代《こだい》[一一]の[5]冠桶《おけ》持《も》ちたる人は、端《はた》[一二]を継《つ》ぎて今《いま》[6]は用《もち》ゐるなり。

などの衣、あるは仏の具奪ひ取りしより、御修法のたびには、宮の内に六衛府のつかさ人、検非違使の下人など、弓、やなぐひを備へ、かがり、あかしともして守れるに」(四季物語)。

一 警固の人として。
二 その年の吉凶の相は。
三 この御修法の最中の様子に顕れるという。
四 兵を用いることは凶事であるとの考えに基く。

第六十四段 五緒の車に関する故実の聞書。
五 牛車の簾の上部に垂らしてある五筋の革緒。ここでは、五緒を付けた車に乗ることは、の意。
六 必ずしも人による区別はなく。
七 それぞれの階層に相応して。
八 その家柄にとって最高の官位(極官極位)に達したならば。これを「先途を極む」と言った。
九 故実に通じたある人。源通方の餝抄、「車」の項に、「大八葉、五緒、長物見は、極位の人、大臣之に乗る。而るに近代多く乗用すること然るべからず」とある。

第六十五段 冠の高さの変遷についての備忘録。
一〇 かんむり。
一一 古風な冠桶。冠桶は、冠を容れる桶。常縁本により改める。
一二 冠桶の縁。

（第六十六段）

一三岡本《おかもと》の関白殿、一四盛《さか》りなる紅梅の枝に、一五鳥一双を添《そ》へて、一六この枝に付《つ》けてまい《（ゐ）》らすべきよし、一七御鷹飼一八下野武勝《（しもつけのたけかつ）》に仰《（おほせ）》られたりけるに、「一九花に鳥付《つ》くる、7すべて知《し》りさぶらはず。一枝に二《ふた》つ付《つ》くることも二〇存知8し候はず」と申《（まうし）》ければ、二一膳部《ぶ》に尋《たづ》ねられ、9人に問《と》はせ給《（たまひ）》て、又武勝に、「さらば、二二を《（お）》のれが思《おも》はんやうに付《つ》けてまい《（ゐ）》らせよ」と仰《おほ》せられたりければ、花もなき梅の枝に一《（ひとつ）》を付《つ》けてまい《（ゐ）》らせけり。

武勝が申侍《（まうしはべり）》しは、「二三柴の枝、梅の枝《えだ》、蕾《つぼ》みたると散《ち》りたる10に付《つ》く。二四五葉《（ごえふ）》などにも付《つ》く。枝の長《なが》さ11七尺、二五返《かへ》し刀《がたな》五分に切《き》る。12枝半《なか》ばに鳥を付《つ》く。13二六踏《ふ》まする枝《えだ》、付《つ》くる枝有《（あり）》。二七しゞら藤《ふぢ》の割《わ》らぬにて、二所付《ふたところつ》くべし。藤の先《さき》は二八ひうち羽《ば》の長《たけ》に比《くら》べて切《き》りて、14二九牛角のやうにたは《（わ）》

第六十六段　木の枝に鳥を付ける作法の聞書。
一三 藤原(近衛)家平。元亨四年(一三二四)没、四十三歳。
一四 満開の紅梅の枝。
一五 鷹狩の獲物である、雌雄の雉一つがい。
一六 人への贈り物とするために、この枝(鳥柴《としば》という)に結び付けて献上せよと。明月記・元仁二年(一二二五)二月八日の条には、紅梅の大枝を剪り、雄雉雌雉各十羽を小鳥のごとく付けたという記事が見える。
一七 鷹を飼育して、鷹狩に従う役人。朝廷の官人なので「御」を冠した。蔵人所に属する。
一八 鎌倉時代、近衛家に仕えた随身。生没年未詳。
一九 花が咲いている枝に鳥を結び付けるというやり方は。
二〇 心得ておりません。
二一 食膳の事に従事する者。
二二 お前がよいと思うように付けて献上せよ。
二三 鳥柴になる枝としては。
二四 五葉松。「松は五葉もよし」(第百三十九段)。
二五 木や竹を斜めに切り、その先を反対側から少し切り削ぐこと。
二六 鳥の脚に踏ませる枝。
二七 あおつづら。
二八 鷹の翼の下脇にある毛。
二九 牛の角のように曲げなくてはいけない。

1けり—にけり(常・鳥)　2一とせ(常)—と勢〈本ノマヽ〉(底)　一年(鳥)　3なれ—なれば(鳥)　4は—ナシ(常・鳥)　5冠おけ〈をはイ〉(常)—冠をは(底)　冠桶を(鳥)　6は—ナシ(鳥)　7すへて—すべ(鳥)　8し—ナシ(常・鳥)　9人—人ゝ(常・鳥)　10に—とに(常・鳥)　11七尺—七尺〈或本六尺〉(底)　七尺或六尺(鳥)　12枝—枝の(常・鳥)　13ふまするえたつくる枝—つくる枝ふまする枝(鳥)　14牛角—牛の角(常・鳥)

む〔べし〕[1]。[一]初《はつ》雪の朝《あした》、枝を肩《かた》に掛《か》けて、[二]中門《(ちうもん)》より[三]振舞《(ふるまひ)》てまい《(ゐ)》る。[2][四]石を伝《つた》ひて、雪に跡を付《つ》けず。[五]あまおほゐ《(ひ)》の毛《け》を少《すこ》しかなぐり散《ち》らして、[六]二棟《ふたむね》の御所の[七]高欄《かうらむ》に寄《よ》せ掛《か》く。[八]禄《ろく》を出《いだ》さるれば、肩《かた》に掛《か》けて、[九]拝して退《しりぞ》く。初雪と[3]いへど、[一〇]沓《くつ》のはなの隠《かく》れぬほどの雪にはまい《(ゐ)》らず。あまおほゐ《(ひ)》の毛を散《ち》らすことは、鷹は[一一]細腰《よはごし》を取《と》ることなれば、[一二]御鷹の取《と》りたるよしなるべし」と申《(まうし)》き。

[一三]花に鳥付《つ》けずとは、いかなるゆへ《(ゑ)》にかありけむ。[一四]長《なが》月ばかりに、梅の[一五]造《つく》り枝に雉《きじ》を付《つ》けて、「[一六]君がためにと折《お》る花は時しもわかぬ」と言《い》へること、[一七]伊勢物語に見《み》えたり。造《つく》り花は[一八]苦《くる》しからぬにや。

（第六十七段）

[一九]賀茂の[二〇]岩本《もと》、橋本《もと》は、[二一]業平《(なりひら)》、[二二]実方《(さねかた)》也。人の常に[二三]言《い》ひまがへ侍れば、

一 初雪の降った朝を選んで。「無品親王伏見に侍りし比、雪の朝にと柴に雉を付けて奉るとて」（新続古今集・雑上）。
二 寝殿造りで、東西の表門の内側にあり、寝殿の南庭に通ずる門。「常は中門に佇み、歯をくひしばり、怒てぞおはしける」（平家物語一・俊寛沙汰）。
三 様子を作って参上する。作法故実（三条実冬）に、種々の歩き方の故実を述べる。
四 庭や軒先に敷いた石。烏丸本等に「大砌の石」とあるのがわかりやすい。
五 鳥の翼の風切羽の根元に生えている短い羽毛。
六 棟が二つあるように造った建物。
七 欄干。
八 祝儀として下賜される物。衣裳の場合が多い。
九 拝舞して。拝舞は舞の所作にも似た動作を伴った拝礼。作法故実に「拝事」「舞踏事」の項がある。
一〇 沓の先端。
一一 腰の細くくびれた部分。
一二 御当家の鷹が取った獲物であることを意味する行為であろう。
一三 以下の叙述は、兼好が武勝の述べた故実を信頼すべきものと認めた上で、疑問を述べたか。
一四 九月頃に。
一五 造花の枝。
一六 伊勢物語の歌を引く。この歌を含む伊勢物語九十八段の全文は、「昔、太政大臣と聞ゆるおはしけり。仕うまつる男、長月ばかりに、梅の造り枝に雉をつけて奉るとて、わがたのむ君がためにと折る花は時しもわかぬものにぞありける　とよみて奉りたりければ、いとかしこくをかしがり給ひて、使に禄賜へりけり」。歌は、わたくしがおたより申しあげているあなたの御為にと折った花は、季節の区別がございません。「時しも」の語句に「きじ（雉）」を物名（もののな＝隠題）として詠み入れる。
一七 平安初期に成った歌物語。作者未詳。
一八 さしつかえないのであろうか。

第六十七段　賀茂社の末社、岩本・橋本二社の祭神と、二社を信仰した今出川院近衛の話。

一九 賀茂別雷神社（上賀茂社）。
二〇 共に上賀茂社の境内にある末社。
二一 在原業平。元慶四年（八八〇）没、五十六歳。

[二四]一年《とせ》まい《(ゐ)》りたりしに、老《(おい)》たる[二五]宮司《づかさ》の過《す》ぎしを呼《よ》びとゞめて尋《たづ》ね侍《(はべり)》しに、「実方は、[二六]御手洗《みたらし》に影《かげ》の映《うつ》りける所と侍れば、橋本や、猶《(なほ)》水の近《ちか》ければと覚《おぼ》え侍《(はべる)》。[二七]吉水《(よしみづ)》の和尚《(くわしやう)》の[4]、

[二八]月をめで花をながめしいにしへのやさしき人はこゝに在原《ありはら》

と詠《よ》み給《(たまひ)》けるは、岩本《いはもと》の社《やしろ》と[5]ぞ[6]うけ給《(たまはり)》を《(お)》き侍れど、[二九]を《(お)》のれらよりも[7]中[三〇]〳〵御存知などもこそ[8]さぶらふらめ」と、いとうや[三一]〳〵しく言《い》ひたりしこそ、いみじく覚《おぼ》えしか。

[三二]今出川院の近衛とて、[三三]集どもに[9]もあまた入《(いり)》たる人は、若《わか》かりける時、常《つね》に[三四]百首の歌を詠《よ》みて、かの二《ふた》つの社《やしろ》の[三五]御前《まへ》の水に[10]書《か》きて、手《た》向《む》けられけり。まことにや[三六]むごとなき誉《ほま》れありて、[三七]人の口にある歌多《おほ》し。[三八]作文《(さくもん)》し[11]、序などいみじく書《か》く人也。

二二 藤原実方。長徳四年(九九八)任地の陸奥に没。享年未詳。 二三 混同して言いますので。 二五 神官。
二四 ある年、参詣した時に。
二六 神を拝する前に手や口を清めるための水。上賀茂社で小川となって流れており、御手洗川、楢(なら)の小川と呼ばれている。
二七 慈円。嘉禄元年(一二二五)没、七十一歳。
二八 月を賞美し、花を見つめて詠歌した、古の風雅な人、在原業平はここにあられるよ。「こゝに在り」から「在原」へと続ける。慈円の家集、拾玉集には見出されない歌。 二九 わたくしどもよりも。
三〇 かえってあなたの方が御存知でございましょう。
三一 礼儀正しく。
三二 今出川院の女房。藤原伊平の女(むすめ)。生没年未詳。
三三 いくつかの勅撰和歌集にも。
三四 百首まとめて詠む和歌。平安時代から中世までは盛んに試みられた歌の詠み方。練習のため、また神仏に奉納のため、個人的に試みる場合と、複数の作者が同一の歌題で詠む場合とがあった。ここでは前者。
三五 御前の水で墨をすって書いて。藤原雅経の明日香井和歌集や、為家集にも、橋本社奉納和歌が見出される。 三六 立派な歌よみだとの名声があって。
三七 人々が口ずさむ歌。
三八 詩を作り、序などを上手に書く。「作文」は漢詩を作ること。「序」は和歌序、詩序などをいう。この箇所、「作文、詩序など」と解する説もあるが、「詩序」と限定しなくてもよいか。

1 へし(常・烏)―ナシ　2 石を―石〈大みきりイ〉を(底) 大みきりを(常) 大みぎりのいしを(烏)　3 いへと―いへ共(常・烏)　4 の―ナシ(烏)　5 そ―こそ(烏)　6 うけ給―うけた給(底) うけ給り(常) 承り(烏)　7 も―は(烏)　8 さふらふらめ―さふらはめ(烏)　9 にも―に(常・烏)　10 に―にて(烏)　11 し―詩(烏)

（第六十八段）

[一]筑紫《つくし》に、[二]なにがしの押領使《あうりやうし》などいふやうなる物[1]ありけるが、[三]土大根《つちおほね》をよろづにいみじき薬とて、朝《あさ》ごとに二《ふた》つづゝ焼《や》きて食《く》ひけること、年久しく成《（なり）》ぬ。

ある時、館《たち》の内《うち》に人もなかりける隙《ひま》を測《はか》りて、敵襲《かたきおそ》ひ来《き》[2]て囲《かこ》み攻《せ》めけるに、館《たち》の内《うち》に[四]つは物二人出《い》で来《き》て、命を惜《お》しまず戦《たゝか》ひて、皆《みな》追《を》ひ返《かへ》してけり。[五]いと不思議《（ふしぎ）》に覚《（おぼえ）》て、[六]「日ごろこゝに物《もの》し給ふとも[3]見ぬ人〳〵の、かく戦《たゝか》ひし給《（たまふ）》は、いかなる人ぞ」と問《と》ひければ、[七]「年《とし》ごろ頼《たの》みて、[八]朝《あさ》な〳〵召《め》しつる[九]土大根《つちおほね》[4]「ら」にさぶらふ」と言《い》ひて、失《う》せにけり。

[一〇]深《ふか》く信を致《いた》しぬれば、[一一]かゝる徳《とく》もありけるにこそ。

第六十八段　常食していた土大根の化身に危機を救われたという押領使の奇譚。
一　九州。
二　押領使何某。押領使は、諸国の凶徒を鎮めるために朝廷から任命された官。
三　大根。「莱菔」「蘿蔔」などの字を当て、長生療養方や延寿類要に、穀類の消化や痰を切るによく、暴飲暴食のあと生のままかじると便通によいなどと、その効用を説く。
四　武士。
五　たいそう不思議に思って。
六　ふだんここにいらっしゃるとも見えぬ人々が。
七　永年あなたがその効験を信頼して。
八　毎朝召しあがっておられた。
九　大根（の精）でございますと言って消え失せてしまった。「ら」は複数を示す接尾語。
一〇　深く信仰したので。
一一　このような得なこともあったのであろう。

第六十九段　豆と豆幹が話すのを聞いた性空上人の奇譚。
一二　性空。寛弘四年（一〇〇七）没、九十八歳。
一三　法華経を読誦（どくじゆ）した功徳が積もって。
一四　六根清浄（ろつこんしやうじやう）を得た人。六根は、眼・耳・鼻・舌・身・意の六種の、人間の迷いを生ずる根源。法華経・法師功徳品に、法華経を受持、読誦、解説、書写した人は、その功徳で、六根を荘厳して皆清浄ならしめ、清浄なる耳で、三千大千世界のあらゆる音声を聞くことができるようになると説く。
一五　旅人を泊める仮宿。
一六　豆を採ったあとの茎や枝。豆殻とする説もある。
一七　ぶつぶつと。豆が煮える際の擬音語。
一八　疎遠な間柄ではないお前が。
一九　ひどい目にあわせるものだなあ。
二〇　日葡に「Bachibachi バチバチ」を、木の葉が焼ける

（第六十九段）

[5]書写《しよしや》[一二]の上人《しやうにん》は法花《ほつけ》読誦《どくず》[一三]の功積《こうつ》[6]もて、六根浄《ろくこんじやう》[一四]に叶《かな》[7]へる人なりけり。旅[一五]の仮屋《かり》に立《たち》入《い》[8]られたりけるに、[9]豆《まめ》[一六]の幹《から》を焚《た》きて豆《まめ》を煮《に》[10]ける音《をと》の、つぶ[一七]〱[11]と鳴《な》りけるを聞《き》き給《たまひ》ければ、「疎《うと》[一八]からぬを《お》[12]のれしも、恨《うら》めしくも[13]我を[14]ばからき目《め》[一九]を見《み》する物かな」と言《い》ひけり。焚《た》かるゝ[15]豆幹《まめがら》のばち[16][二〇]〱と鳴《な》る音《をと》は、「わ[二一]が心よりすることかは。焼《や》[二二]かるゝはいかばかり堪《た》へがたけれど、[17]力《ちから》[二三]なき事也。かく[二四]な恨《うら》み給そ」とぞ聞《きこ》えける。

（第七十段）

元応《げんおう》[二五]の清暑堂《せいしよだう》[二六]の御遊《ぎよいう》に、玄上《げんじやう》[二七]は失《う》せにし頃《ころ》、菊第《きくてい》[二八]の大臣《おとゞ》、牧馬《ぼくば》[二九]を

時の音の形容という。
二一　わたしの意志ですることではない。「かは」は反語。
二二　自分だって焼かれるのはどれほど堪えがたいかしれないけれども。
二三　どうしようもないことなのだ。
二四　そのようにお恨みなさるな。この豆幹と豆との問答は、曹植の七歩の詩の故事にもとづくか。

第七十段　御遊で琵琶を弾ずる際、何者かに妨害された藤原兼季が、嗜みにより事なきをえたという話。
二五　一三一九年四月二十八日から一三二一年二月二十三日までの間。後醍醐天皇の代の年号。
二六　清暑堂の御神楽の後に行われる管弦の御遊。清暑堂は、大内裏の豊楽院九堂の一。
二七　宮中に伝わった琵琶の名器。累代の宝物で、内裏焼亡の際にも自ずと飛び出すなどの奇瑞を示す霊物と見なされていた（禁秘抄・上）。正和五年（一三一六）閏十月二十四日盗難に遭ったが、元応元年（一三一九）五月出現した。
二八　藤原（西園寺）兼季。暦応二年（一三三九）没、五十四歳。西園寺家の人は代々琵琶を能くした。
二九　玄上と並び称された琵琶の名器。順徳院御琵琶合・十三番で左の玄象（玄上）と合され、「醍醐天皇御比巴也。玄象ともに朝夕に翫レ之給云々。称二霊物一即是也」と評されて、持（じ）であった。

1物―物の（常・烏）　**2**き―来り（烏）　**3**見ぬ―見えぬ（常）　**4**ら（常・烏）―ナシ　**5**書写（常・烏）―書䨮〈シヤ〉　**6**つもて―つもりて（常・烏）　**7**に―を（常）　**8**いられたり―出られたり（常）　いられ（烏）　**9**まめ―大豆（常）　**10**に―煎（常）　**11**なりける―なる（常・烏）　**12**をのれ―をのれら（烏）　**13**も―ナシ（烏）　**14**をは―をは煎て（常）　をば煮て（烏）　**15**まめから―大豆から（常）　**16**はち〱と―はら〱と（常・烏）　**17**と―共（常・烏）

[1]弾《ひ》き給《(たまひ)》けるに、座に就《つ》きてまづ柱《(ぢう)》[一]を探《さぐ》られたりければ、一《ひと》つ落《お》ちにけり。御懐《ふところ》[二]にそくゐ《(ひ)》を持《も》ち[2]給たるにて付《つ》けられにければ、神供《(じんぐ)》[三]のまい《(ゐ)》るほどによく乾《ひ》て、事故《ことゆへ》[四]なかりけり。

[五]いかなる意趣かありけん、物見《み》ける衣被《きぬかづ》[六]きの寄《よ》りて、放《はな》[七]ちて、元《もと》のやうに置《を》きたりけるとぞ。

（第七十一段）

[八]名を聞《き》くよりやがて面影は推《を》し量《はか》らるゝ心《こゝ》ちするを、見《み》る時《とき》は又[九]かねて思《おも》ひつるまゝの顔《かほ》したる人こそなけれ。[一〇]昔《むかし》物語《がたり》を聞き《きゝ》ても、[一一]この頃《ごろ》の人の家の、[3]そこのほどにてぞありけむと覚《おぼ》え、人も今見《み》る人の中に思《おも》[一二]ひよそへらるゝ[4]は、誰《たれ》もかく覚ゆるにや。

又、[一三]いかなるお《(を)》りぞ、[一四]たゞ今《いま》[5]の人の言《い》ふことも、目《め》に見《み》ゆる物《もの》も、

一 琵琶で、胴の上に立てて弦を支える具。雅楽の琵琶では四つある。平曲の琵琶では五つ。
二 飯粒を練って作った糊。「続飯」とも書く。「然るべき所作之時、比巴の撥一絃一具柱かたぞくひ必ずあいぐす」(胡琴教録・下)、「続飯〈厚紙ヲ円切テ、中ヨリ推折テ入二続飯一、続飯ヘラヲ中ヘ指入タル也〉」(除目抄)。
三 神への供物が上がるまでの間に。
四 さしさわりはなかった。
五 どのような恨みがあったのであろうか。
六 被《き》(かず)をかぶった女。
七 取り外して。

第七十一段 想像と現実との食い違いや錯覚の心理について。
八 人の名前を聞くと直ちにその顔は想像される気がするが。「るゝ」は自発の助動詞。
九 以前思っていたままの顔をしている人はいないものである。
一〇 昔話。
一一 現代の。
一二 たとえばきっとあんな人だったろうと思われるのは。「らるゝ」は自発の助動詞。
一三 何かの折に。以下、心理学でいう既視感(déjà vu)に相当する心理的錯覚について述べる。
一四 今目の前の人が言うことも。
一五 このようなことがいつだったかあったよ。「は」は詠嘆の終助詞。
一六 確かにあった気持がするのは。

第七十二段 賤しげな物づくし。
一七 品が劣っていると感じられるもの。枕草子にも「いやしげなるもの」(一四九段)という章段がある。
一八 座っている周辺に。

わが心の中に、[6]か〻る[一五]事のいつぞやありしはと[7]覚《おぼ》えて、いつとは思ひ出《い》でねど、[一六]まさしくありし[8]心ちするは、我ばかりかく思ふにや。

(第七十二段)

賤《いや》[一七]しげなる物、[一八]ゐたるあたりに[9]調度《でうど》[一九]多《おほ》き。硯《すゞり》[二〇]に筆の多《おほ》き。持仏堂[二一]に仏の多き。前栽《(せんざい)》[二二]に石、草《くさ》木の多《おほ》き。家[二三]の内《うち》に子孫《むまご》の多《おほ》き。人[二四]に逢《あ》ひて言《こと》葉の多《おほ》き。願文《(ぐわんもん)》[二五]に作善《(さぜん)》[二六]多《おほ》く書《か》き載《の》せたる。

多《(おほく)》て[10]賤《いや》しからぬは、文《ふ》車[二七][11]〔の文〕、塵塚《づか》[二八]の塵《ちり》。

(第七十三段)

世に語《かた》り伝《つた》ふること、[二九]まことはあひなきにや、多《おほ》くは皆空言《みなそらごと》也。[三〇]あるには[12]過《す》ぎて、人は物《もの》を[三一]言《い》ひなすに、まして年《とし》[三二]月過《(すぎ)》、境《さかゐ》も隔《(へだゝ)》た

一九 もろもろの道具類。第十段で「唐の大和の、めづらしくえならぬ調度ども並べ置き」という態度を嫌ったのに通ずる感性でいうか。
二〇 硯箱に筆が多く置いてある状態。
二一 持仏を安置供養する堂、または宅内の一間。
二二 第十段で「前栽の草木まで、心のまゝならず作りなせる」有様を嫌うのと共通した考え方。
二三 第六段・七段に通ずる考え方。
二四 第一段の「言葉多からぬこそ、あかず向かはまほしけれ」に通ずる考え方。
二五 神仏に対して祈願の趣旨を記した文章。
二六 造仏・写経などの善い行いをしたこと。
二七 室内で書物を運ぶための車。
二八 塵を捨てる場所。内裏の右兵衛の陣に、宮中の塵を毎朝掃き集めて捨てた、塵山と称する塵塚があったという(俊頼髄脳)。正治後度百首の「禁中」の題で、鴨長明や賀茂季保が詠じている。この塵山などをも連想して書くか。

第七十三段 嘘のさまざまと、対処のし方。
二九 真実のことは面白くないのであろうか。
三〇 実際にそうである以上に。
三一 誇張して言ううえに。「なす」は、作為して…するの意。
三二 歳月も経ち、場所も遠く隔ってしまうと。

1 ひき―弾じ(烏) **2** たる―ける(常) **3** の―ナシ(烏) **4** はたれも…か〻る―ナシ(常) **5** の―ナシ(烏) **6** に―も(烏) **7** は―か(烏) **8** 心ち―心ちの(常・烏) **9** てうと―調度の(常・烏) **10** いやしからぬ―見くるしからぬ(常・烏) **11** の文(常・烏)―ナシ **12** には―にも(常・烏)

りぬれば、言《い》ひたきまゝに語《かた》りなして、筆にも書《か》きとゞめぬれば、[1][一]やがて定《さだ》まりぬ。

[二]道《みち》〳〵の物《ものゝ》上手のいみじきことなど、[三]頑《かたくなゝ》なる人のその道知《し》らぬは、[四]そゞろに神のごとくに言《い》へど、[2]道知《し》れる人は、[五]更に[3]信起《お》こさず。[六]音《をと》に聞《き》くと見《み》る時《とき》とは、何事《ごと》も変《かは》る物なり。

[七]かつ顕《あらは》るゝをも顧《かへり》みず、口に任《まか》せて言《い》ひ散《ち》らすは、[八]やがて浮《う》きたることと聞《きこ》ゆ。又、[九]我もまことしからずは思《（おもひ）》ながら、人の言《い》ひしまゝに、[一〇]鼻《はな》のほどおごめきて言《い》ふは、その人の空言《そらごと》にはあらず。[一一]げに〳〵しくところ〴〵うち[一二]おぼめき、よく知《し》らぬよしして、[4][一三]さるからつま〴〵合《あは》せて語《かた》る空事《そら》は、恐《おそ》ろしきことなり。

[一四]我《（わが）》ため面目あるやうに言《い》はれぬる空言《そらごと》は、[一五]人いたくあらがはず。皆《みな》人の興《けう》ずる空言《そらごと》は、ひとり、「[一六]さもなかりし物を」と言《い》はむも詮《せむ》[一七]

一　そのまま実際あったことと決まってしまう。
二　もろもろの芸道の名人のすばらしいこと。「道々の物の上手ども多かるころほひ」（源氏・花宴）。
三　思い込みが強くて正しい判断が下せない人。頑愚な人。
四　むやみに。
五　一向に信用しない。
六　噂に聞く時と実際に見る時とは。
七　一方では嘘であることが露顕するのもかまわず。
八　すぐ事実無根のことだとわかる。
九　話している本人も本当らしくないとは思いながら。
一〇　小鼻のあたりを動かして言う嘘は。「すかい給ふを、心えながら、鼻のわたりおごめきて語りなす」（河内本源氏・帚木）。
一一　もっともらしく。
一二　はぐらかし。
一三　そうだから、端々は矛盾のないように。
一四　自身にとって名誉あるように言われた嘘。
一五　言われた当人はひどく抗弁したり、否定したりしない。
一六　そうでもなかったのに。
一七　無意味に思われて、黙って聞いているうちに。

なくて、聞《き》きゐたるほどに、証人に[5]〔さへ〕なされて、[一八]いとゞ定《さだ》まりぬべし。

とにもかくにも、空言《そらごと》多《おほ》き世なり。たゞ常《つね》にある、めづらしからぬ事のまゝに心得《え》たら[6]むに、よろづ[7]は違《たが》ふべからず。[一九]下《(しも)》ざまの人の物語《がた》りは、耳驚《おどろ》く事のみあり。[二〇]よき人は怪《あや》しき事を語《かた》らず。

かくは言《い》へど、[二一]仏神《(ぶつじん)》の奇特《(きどく)》、[二二]権者《(ごんじや)》の伝記、[二三]さのみ信ぜざるべき[8]にはあらず。[二四]是《(これ)》は世俗の空言《そらごと》を[二五]ねんごろに[9]信起《お》こしたるもお《(を)》こがましく、[10][二六]「よも」など言《い》ふも詮《せん》なければ、[二七]大方《かた》はまことしくあひしらひて、ひとへに信《しん》ぜず、又疑《うたが》ひ嘲《あざ》けるべからず[11]と也。

(第七十四段)

[二八]蟻のごとくに集《あつ》まりて、東西に急《いそ》ぎ、南北に[二九]走《わし》る[12]人、[三〇]高きあり、

一八 いよいよ真実ということに決まってしまうであろう。
一九 身分の低い人の話すことには聞いて驚くようなことがある。
二〇 教養のある人は奇怪なことを語らない。「子、怪力乱神を語らず」(論語・述而)の本文を念頭に置くか。
二一 仏や神の神変不思議な霊験。
二二 生き仏の伝記。「権者」は、衆生済度のために、現世で仮に人の姿となって現れた仏のこと。権化、化人などともいう。
二三 一概に信じてはならないというのではない。
二四 前文の「仏神の奇特、権者の伝記」をさす。
二五 本気になって信じこむのも馬鹿らしく。
二六 「まさかそんなことはないだろう」などと言ってもしかたがないので。
二七 大体は本当のこととして応対しておいて。

第七十四段　世俗の人間のあわただしさを傍観者的に述べる。
二八 文選九・長笛賦に音楽の形容として「踊踧櫕仄、蜂聚蟻同」とあるが、その「蜂聚蟻同」の句を「蜂のごとく聚(あつま)り蟻のごとく同(あつま)る」と訓読したのによるか(野槌)。
二九 「はしる」に同じ。「頭に雪をいただきて世中をわしるたぐひあり」(閑居友・上ノ四)。
三〇 身分の高い人がいるかと思うと、低い人もいる。

1やかて―やかて又(常・烏)　2と―共(常・烏)　3信―信を(常)　信も(烏)　4さるから―さることから(常)　去ながら(烏)　5さへ(常・烏)―ナシ　6に―ナシ(烏)　7は―ナシ(烏)　8には―に(常)　にも(烏)　9おこし―し(常・烏)　10よも―よもあらし(常・烏)　11と也―ナシ(烏)　12人―ナシ(烏)

賤《いや》しきあり、老《(おい)》たるあり、若《わか》きあり、[一]行所《(ゆく)ところ》あり、帰《かへ》る家あり。[二]夕《(ゆふべ)》に寝《い》ねては[1]朝《(あした)》に起《お》く。[三]営《いとな》む所、何事《なにごと》ぞ。[2][四]生《(しやう)》をむさぼり、利を求《もと》めて、やむ時なし。

[五]身を養《やしな》ひて何事《なにごと》をか待《ま》つ。[六]期《(ご)》する所、たゞ老と死とにあり。その来《きた》ること速《すみ》やかにして、[七]念〻の間《あひだ》にとゞまらず。[八]これを待《ま》つほど、[3]何の[4]楽《たの》しみかあらむ。[5]

[九]惑《まど》へる物はこれを恐《おそ》れず。[一〇]名利に溺《おぼ》れて、[6][一一]前途の近《ちか》きことを顧《かへり》みねばなり。愚《をろ》かなる人[7]はこれを[8]悲《かな》しむ。[一二]常住ならむことを思《(おもひ)》て、[一三]変《(へん)》化《げ》のことわりを知《し》らねば也。

（第七十五段）

[一四]つれ〴〵わぶる人はいかなる心ならむ。[一五]まぎるゝ方なく、たゞひ

一　どこかへ行っては、家に帰る。
二　夕方家に帰って寝ては、翌朝起きて仕事に出て行く。
三　何事をせっせと努めるのであろうか。
四　貪欲に生きることに執着し、利益を追求して、止まる時がない。
五　養生して何事を待ち受けているのだろうか。
六　期待したところで、得られるものはただ老いと死とである。
七　一瞬一瞬の間にも休止しない。「是の身電の如く、念々住(と)まらず」(維摩経)。
八　老いや死を待つ間。
九　迷妄にとらわれている者は。
一〇　名利を貪欲に求めることに惑溺して。
一一　行き着く先。具体的には老いと死。
一二　いつまでも変らないことを願って。
一三　一切の事物は絶えず変化するという道理。人間に関しては、生・老・病・死と変化するという道理。

第七十五段　世俗に交わることの弊害、閑寂な生活を送ることの勧め。
一四　手持ち無沙汰で所在ない状態をつらく思う人。常に活動していないと気がすまないような人。
一五　心がまぎれようもなく、ただ独りいるのがよいのだ。
一六　世俗に順応すると。「随レ世似レ有レ望、背レ俗如二狂人一、穴憂世間、隠二一身於何処一」(行基菩薩遺誡)、「世ニ随ヘバ身苦シ」(方丈記)。
一七　心は世の中の汚れ(外の塵)に気を取られて。「言葉

とりあるのみ[9]ぞよき。

一六世に従《したが》へば、[10]一七心の外《ほか》の塵《ちり》に奪《うば》はれて、惑《まど》ひやすく、人に交《まじ》はれば、一八言《こと》葉よその聞《き》きに従《したが》ひて、一九さながら心にあらず。二〇人[11]と戯《たはぶ》れ、物《もの》に争《あらそ》ひ、二一一《ひと》度《たび》は恨《うら》み、一度《たび》は喜《よろこ》ぶ。そのこと、二二定《さだ》まれる事なし。二三分別みだりに[12]起《お》こり、得失やむ時なし。二四惑《まど》ひの上《うへ》に酔《ゑ》へり。酔《ゑい》の内《うち》に夢をなす。二五走《はし》りて急《いそ》がはしく、二六ほれて忘《わす》れたる事、人みなかくのごとし。

いまだ二七まことの道を知《し》らずとも、二八縁を離《はな》れて、身を閑《しづ》かにし、二九事《こと》に与《あづか》らずして、心を安《やす》くせむこそ、三〇しばらく[13]楽《たの》しむとも言《い》ひつべけれ。「三一生活《しやうくわつ》、人事《にんじ》、伎能、学問等の諸縁をやめよ」とこそ、摩訶《まか》止観《しくわん》にも[14]侍《はべ》めれ。

よその聞きに従ひて」と対をなすので、「心の」の「の」は衍字と見る。
一八 自分が言う言葉は他人がそれをどう聞くかということに左右されて。
一九 全く自分の本心ではない。
二〇 人と面白おかしく戯れたと思うと、他人と争ったりして。対句的表現。「物」も他人の意。
二一 恨んだと思うと喜んで。
二二 心の状態は一定していない。
二三 やたらに思わくが働いて、絶えず利害を考えている。
二四 迷っている上に酔っている、酔ってしかも夢を見ているようなものだ。
二五 忙しそうに走り廻っているかと思うと。
二六 呆然として大事なことをも忘れている。
二七 仏道を真に悟っていないとしても。
二八 諸の機縁から遠ざかって閑寂な境に身を置き。
二九 世事に関与せず、心を安静に保つことが。
三〇 一時的にもせよ、生を楽しむと言うべきである。
三一 摩訶止観は天台止観とも。十巻または二十巻。隋の智顗の説を弟子の灌頂(章安)が筆録した。天台三大部の一。同書巻四下に「息(「やめる」の意)諸縁務」を説き、「縁務に四あり。一には生活、二には人事、三には技能、四には学問なり」という。「天台大師、摩訶止観修行ノ方便ヲ教給テ、世間ノ縁務ヲヤムベキ由ヲノ給ヘルニハ、此事猶スツベシトテ、学問ヲモ制シ給ヘリ。況余ノ世事ヲヤ」(沙石集六ノ十)。

1は―ナシ(常・烏)　2そ―ぞや(烏)　3ほと―あひた(常・烏)　4たのしみ―たのしひ(烏)　5あらむ―ある〈らんイ〉(常)　6前途―先途(常・烏)　7は―はまた(烏)　8かなしむ―悲しふ(烏)　9そよき―こそよけれ(烏)　10心の―心(常・烏)　11と―に(烏)　12おこり―おこりて(常・烏)　13たのしむ―たのしふ(烏)　14侍めれ―侍れ(烏)

（第七十六段）

[1][一]世覚《おぼ》え花やかなるあたりに、[二]歎《(なげき)》も喜《(よろこび)》もありて、[三]人多《おほ》く行《ゆ》き訪《とぶら》ふ中に、[四]聖法師《(ひじりぼふし)》の交《まじ》りて、[五]言《い》ひ入《い》れ、佇《たゝず》みたるこそ、[六]さらずともと見ゆれ。

[七]さるべきゆへ《(ゑ)》ありとも、[八]法師《し》は人に疎《うと》くてありなむ。

（第七十七段）

[九]世中《(よのなか)》に其比《(そのころ)》人のもて扱《あつか》ひぐさに言《い》ひあへる事、[一〇]いろふべき[2]際《きは》にもあらぬ人の、[一一]よく案内知《し》りて、人にも語《かた》り聞《き》かせ、[一二]問《と》ひ聞《き》ゝたるこそ、[一三]うけられね。ことに[一四]かたほとりなる聖法師《(ひじりぼふし)》などぞ、[一五]世《よ》の人の上《うへ》は我《(わが)》[3]ことと尋《たづ》ね聞《き》ゝ、[一六]いかでかばかりは知《し》りけむと覚ゆる[4]まで、[一七]言《い》

第七十六段　世間の注視を集めている派手な場所に出入りする法師への批判。

一　世間の評判が派手な権門勢家に。

二　弔事も慶事もあって。「楽しみ悲しび行きかひて」（第二十五段）と類似した言い方。

三　人々が大勢訪れる中に。

四　遁世した僧が混って。ここでの「聖」は寺院社会からさらに逃れた僧、再出家した僧のこと。

五　取次ぎを頼んで門外に佇んでいる有様は。

六　そんなことをしなくてもよいだろうにと見えるものだ。「後世を助からんと思はん者は、かまへて人目に立つべからざるものなり」（一言芳談・上）、「竹原聖がよきなり。遠山の紅葉、野辺の一樹などの様に人目に立つはあしきなり」（同・下）というのに通じる考え方。

七　たとえ訪問すべき理由があっても。

八　出家者は人と疎遠であるのが望ましい。

第七十七段　世間で話題になっている事柄に関心を示し、介入する人々、とくに法師への批判。

九　世間でその頃人々が話の種として言いあっている事柄を。

一〇　当然かかわるはずの分際でもない人が。

一一　事情に精通していて。

一二　もっと詳しく知ろうと穿鑿していることが。

一三　感心できない。

一四　片田舎の遁世僧などが。「かたほとり」は都の外れ、片田舎の意。「辺土」（第二百二十段注一二）、「片ゐ中」（第七十九段注三）などとともに、都をよしとし、地方を見くだす兼好の意識をうかがわせる語。

一五　世間の人の身の上のことはまるで自分のことのように。

一六　どうしてこれほど詳しく知ったのだろうか。

一七　勝手気ままにしゃべるようである。一言芳談で、宝幢院本願の言葉として、「当世の上人は合戦物語云々」（下）というようなたぐいのおしゃべりをさすか。

ひ散《ち》らすめる。

（第七十八段）

[一八]今様《やう》のことどものめづらしきを言《い》ひ弘《ひろ》め、[一九]もてなすこそ、又うけられね。[二〇]世に[5]古《ふ》りたるまで知《し》らぬ人は心にくし。

[二一]今《いま》さらの人などのある時に、[6][二二]こゝもとに言《い》ひ付《つ》けたる言種《ことぐさ》、物の《ものゝ》名など、[二三]心得《え》たるどち、[二四]片端言《かたはしい》ひ交《かは》し、[二五]目見合《あは》せ、笑《わら》ひなどして、[二六]心知《し》らぬ人に心得《え》ず思《おも》はすること、[二七]世馴《な》れず、よからぬ人の、かならずあることなり。

（第七十九段）

[二八]何事[7]にも入《(いり)》立《たゝ》たぬさましたるぞよき。

第七十八段　流行の事柄に関心を示すこと、仲間内だけに通じる話し方への批判。

一八 現代の事柄でまだ珍しいのを。
一九 話題として取り上げるのが。
二〇 世間では流行遅れとなっているまで知らない人は奥ゆかしい。
二一 新来の人などがいる時に。
二二 この所で言い馴れている話題やあだ名など。
二三 訳がわかっている同士が。
二四 その一部分をお互いに言って。
二五 目くばせをし、意味ありげに笑ったりして。
二六 事情のわからない人。
二七 人情を解さない、教養のない人。

第七十九段　出しゃばった態度への批判。

二八 何事にも深く立ち入らないという態度をしているのがよい。

1世—世の(常・烏)　2きはにも—には(烏)　3ことと—ごとく(烏)　4まて—までぞ(烏)　5ふりたる—ことふりたる(常・烏)　6に—ナシ(常・烏)　7にも—も(常・烏)

[一]よき人は、知《し》りたることとて、[二]さのみ[1]したり顔《がほ》に[2]や言《い》ふ。[三]片《かた》ゐ中《なか》よりさし出《い》でたる人こそ、[四]よろづの道に心得《え》たるよしのさしいらへはすれ。[五]されば[3]よと恥《は》[六]づかしき方《かた》もあれど、[七]身づからもいみじと思《おも》へるけしき、[八]頑《かたくな》なり。[九]よく弁《わきま》へたる道《みち》には、かならず[一〇]口重《くちおも》く、問《と》はぬ限《かぎ》りは言《い》はぬこそいみじけれ。

（第八十段）

[一一]人ごとに、我身《わがみ》に疎《うと》きことをのみぞ[4]好《この》める。[一二]法師は兵《つはもの》の道を立《た》て、[一三]夷《えびす》は弓引《ひ》[一四]くすべ[5]知《し》らず、[6]「[一五]仏法知《しり》たる気色《きそく》し、」[一六]連歌し、[一七]管絃を嗜《たしな》みあへり。[7]されど、[一八]疎《をろ》かなるを《お》のれが道《みち》よりは、猶《なほ》[8]人には思《おも》ひ侮《あなづ》られぬべし。

一 教養のある人は。 二 そう得意顔に言うであろうか。
三 片田舎から都会に出てきた人が。
四 すべての方面を理解しているというような返答はするものである。 五 やはりそうだったのかと。
六 気恥かしくなるほどすばらしいこともあるけれども。
七 自分自身すばらしいと思っている様子は。
八 ひとりよがりで愚かしい。
九 自身がよく理解している方面の事柄に関しては。
一〇 容易に話さず、他人が質問しない限りは言わないのがたいそうよいのだ。

第八十段 専門外の技芸を好む傾向、とくに武芸を好む風潮への批判。

一一 誰もが自身にふさわしくないことを好んでいるようだ。
一二 僧侶は武道を表に立てて。兵法を専らとして。僧兵の有様をいう。「非職ノ兵仗ハヤリツヽ、路次ノ礼儀辻々ハナシ」(建武年間記所引二条河原落書)。
一三 東国武士は。東国に対する兼好の侮蔑的意識がうかがわれる言い方。
一四 弓を引く方法、すなわち兵法を知らず。「弓モ引エズ犬逐物、落馬矢数ニマサリタリ」(二条河原落書)。
一五 仏法を知っているという様子をし。この句、烏丸本により補う。
一六 連歌を行い。連歌は和歌から派生したもので、長句(五・七・五)と短句(七・七)を交互に付けてゆく。「京鎌倉ヲコキマゼテ、一座ソロハヌエセ連歌、在々所々ノ歌連歌、点者ニナラヌ人ゾナキ」(二条河原落書)。
一七 音楽を教養として楽しんでいる。
一八 疎かにしている自身の専門の道。
一九 公卿。三位以上の者と四位で参議となった者。
二〇 昇殿を許された者。四位・五位と六位の蔵人。
二一 上つ方まで。暗に、後醍醐天皇とその周辺のことをいうか。 二二 総じて武勇を好む人々が多くいる。
二三 百戦百勝しても武勇だという名声は決めにくい。「百戦百勝は善の善なる者にあらざるなり」(孫子・謀

法師のみ[9]にあらず、一九上達部《(かんだちめ)》、二〇殿上人《(てんじやうびと)》、[10]二一上《(かみ)》ざまで、二二をしなべ《(お)》て武を好《この》む人多《おほ》かり。二三百度闘《もゝたびたゝか》ひ[11]〔て百度《もゝたび》〕勝《か》つとも、いまだ武勇の名を定《さだ》めがたし。そのゆへ《(ゑ)》は、二四運[12]に乗《の》りて仇《あた》を砕《くだ》く時、勇者にあらずといふ人なし。二五つは物尽《つ》き、矢窮《きは》まりて、遂《つい》に[13]〔敵に〕降《くだ》らず、死を易《やす》くして後、初《はじ》めて名を顕《あらは》すべき道也。

二六生《い》けらむほどは武に誇《ほこ》るべからず。二七人倫に遠《とを》く、禽獣に近《ちか》き振舞《ふるま》ひ、二八その家にあらずは好《この》みて益なきことなり。

（第八十一段）

屏風、二九障子などの絵三〇も文字も、三一頑《かたくな》なる筆様《やう》して書《か》きたるは、[14]見[15]三二にくゝ思《おも》はで、[16]三三宿主《やどあるじ》のつたなく覚《(おぼゆ)》る也。三四大方《かた》、持《も》てる調度《でうど》にても、三五心劣《をと》りせらるゝことはありぬべし。三六さ

攻)。二四 好運に乗じて敵を攻撃する時は勇者でない人はいない。二五 武器が尽き、矢を射つくしても、最後まで敵に降参せず。「兵尽き矢窮まり、人尺鉄無きも、猶復徒首奮呼して、争ひて先登を為す」(文選二十一・答二蘇武一書)。二六 生きている間は武を誇るべきではない。二七 人間の道から遠く、畜生道に近い振舞いであって。二八 武家でなくては。

第八十一段 趣味の悪い調度によって持主の人柄が知られることと、調度のよしあしについて。

二九 襖。三〇 屏風絵・障子絵はしばしば詩歌を伴っていた。記録に残る女御入内屏風などでは、絵師や和歌の書家の名が知られるものもある。三一 愚かしくも上手ぶった筆致で書いてあるのは。「津の国へまかる道に、昆陽(やこ)といふ所に泊りて侍るに、閨の障子にあやしげなる手にて手習をして侍れば」(鴨長明集)。三二 それら自体は醜いとも思わないで、むしろ。三三 家の主人の品性が劣っていると思われるものである。三四 総じて、持っている道具によっても。三五 その持主に対してつい軽蔑の念が起ることはあるであろう。「らるゝ」は自発の助動詞。「持てる調度まで、よきはよく」(第十五段)と逆の場合である。三六 それほどよい物を持つべきであるというわけではない。

1したりかほ―しりがほ(烏) 2や―やは(常・烏) 3よと―世に〈よと〉(常) 世に(烏) 4このむめる―このめる(烏) 5すへ(常・烏)―すゑ 6仏法知たるきそくし(烏)―ナシ(底・常) 7されと(常・烏)―されは 8には―に(烏) 9に―にも(烏) 10上さま―ナシ(常) 11てもゝたひ(常・烏)―ナシ 12のり―乗じ(烏) 13敵に(常・烏)―ナシ 14は―か(常・烏) 15見にくゝおもはて―みにくきよりも(常・烏) 16やと―宿の(烏) ナシ(常)

のみよき物を持《も》つべしとには[1]あらず。[一]損《そむ》ぜざらむためとて、品《しな》なくみにくきさまにしなし、[二]めづらしからむとて、用《よう》なきことどもし添《そ》へ、[三]煩《わづら》はしく好《この》みなせる[2]〔をいふ〕也。[四]古《ふる》めかしきやうにて、いたくことごしからず、[五]つゐ《(ひ)》えもなくて、[六]物がらのよきが、よきなり。

（第八十二段）

[七]「うすものの表紙はとく損《そむ》ずるがわびしき」と人の言《い》ひしに、[八]頓阿《(とんあ)》が、[九]「うす物は上下《かみしも》はつれ、[一〇]螺鈿《らでん》の軸《ぢく》は貝落《お》ちてのちこそいみじけれ」と申侍《(まうしはべり)》しこそ、[一一]心[3]まさりして覚《おぼ》えしか。[一二]一部とある草子[4]巻《(まき)》物《(もの)》などの同《おな》じ[5]やうにあらぬを、「みにくし」と言《い》へ[6]ば、[一三]弘融僧都《(こうゆうそうづ)》[7]は、「物をかならず[一四]一具[8]と調《とゝの》へんとするは、[一五]つたなき人のすることなり。

一 丈夫であるようにと考えて、品なくみっともない有様に仕立て。 二 あるいは、珍しいだろうというわけで、無用なこと(飾りなど)を加えて。
三 うるさく数寄を凝らしている。
四 古風なようで、あまり大仰ではなくて。「うちある調度も、昔覚えて安らかなるこそ、心にくしと見ゆれ」(第十段)と同じ感性に基いていう。「いたう恥ぢらひて、口おほひし給へるさへ、ひなび古めかしう、ことごとしく、儀式官の練り出でたる肘もち覚えて」(源氏・末摘花)。
五 出費もなく。
六 品質のよいのが、本当によい物なのである。
第八十二段　物事は不完全な状態がよいという美意識への共感。
七 薄物を使った本の表紙はすぐ損なわれるのが困ったものだ。薄物は薄い絹織物で、羅や紗をいう。「羅の表紙紐の玉ゆらとき風は天の河原に雲や巻くらむ」(拾遺愚草員外)などの歌もあり、巻物(巻子本)や草子(冊子本)の表紙に薄物が用いられることは少なくない。
八 応安五年(一三七二)没、八十四歳。兼好と親しかった。
九 薄物の表紙は天地の部分の糸がほつれ。
一〇 螺鈿の巻物の軸は貝がはがれて落ちたのちが大層よいのだ。 一一 感心させられた。
一二 何冊か何巻かで一部一揃いとなる冊子本や巻子本などが同じような装丁でないことを。いわゆる取合せ本なのであろう。
一三 仁和寺の僧侶。元弘三年(一三三三)四十七歳で生存、没年未詳。 一四 一揃えに揃えようとすることは。
一五 愚劣な人。
一六 完全に揃っていないのがよいのだ。
一七 完全にととのっているのはよくないことである。
一八 未完成であるのをそのまま放置してあるのは。
一九 ほっと息がつけることである。「生き延ぶる」と解する説もある。 二〇 花園天皇宸記・正和二年(一三一三)九月一日条に、清涼殿と殿上の間の造り様として、方形の穴があることになっているとの、平経親の言を記す。

一六不具なるこそよけれ」と言《い》ひしも、いみじく覚《おぼ》えしなり。「すべて何もみな、事《こと》の一七調《とゝの》ほりたるはあしきことなり。一八し残《のこ》したるをさてうちを《お》きたるは、おもしろく、一九いきのぶるわざなり。二〇内裏造《つく》らるゝにも、かならず造《つく》りはてぬ所を残《のこ》すこと也」と、ある人申《まうし》き。[9]二一先賢《せんけん》の作《つく》れる内外《ないげ》の文にも、二二章段の欠《か》けたることのみこそ侍れ。

（第八十三段）

二三竹林院の入道左大臣殿、太政大臣にあがり給はむに[10]は二四何のとゞこほりかおはせんなれども、「二五めづらしげなし。二六一の上《かみ》にてやみなむ」とて、二七出家し給《たまひ》にけり。二八洞院《とうゐん》の左大臣殿、此《この》[11]こと二九甘心し給て、[12]三〇相国《しやうこく》望《のぞ》みおはせざりけり。「[13]三一亢竜《かうりよう》悔《くひ》あり」とかやいふこと侍《はべる》なり。三二月満《み》ちて[14]欠《か》け、物盛《さか》りにしては衰《おとろ》ふ。よろづのこと、三三先《さき》のつま

二一 古の賢人が書いた内典（仏教の書物）や外典（それ以外の書物）にも。
二二 章段の欠脱していることが多くあります。
第八十三段 物事は充足しない状態にとどめておくのがよいという考え方への共感。
二三 藤原公衡。正和四年（一三一五）没、五十二歳。
二四 何の支障がおありであろうか、おありなわけはないのであるが。 二五 珍しくもない。
二六 左大臣でやめておこう。「一の上」は左大臣の異称。「官中事、一向左大臣統二領之一。故云二一上一」（職原抄・上）。
二七 公衡は応長元年（一三一一）八月二十日、四十八歳で出家した。風雅集・雑下にその際の京極為兼との贈答歌を収める。
二八 藤原実泰。嘉暦二年（一三二七）没、五十九歳。
二九 感心なさって。 三〇 太政大臣に昇進の希望はおありでなかった。「相国」は太政大臣・左右大臣の唐名。
三一 天高く昇りつめた竜（栄華を極めた者）はもはや昇る余地がなく、衰えるおそれがある。易経・乾卦に基く諺。
三二 月は満月になれば次には欠けてゆき、物事は盛りを極めればあとは衰える。「月満つれば則ち虧け、物盛りなれば則ち衰ふ。天地の常数なり」（史記・范雎蔡沢伝）、「物壮なれば則ち老《おとろ》ふ。是を不道と謂ふ。不道は早く已む」（老子・上）。
三三 行く先が閉塞しているのは破綻が間近であるという道理。

1とには―とに（常） とにも（烏） 2をいふ（常・烏）―ナシ 3まさりして（常）―まりさして（底） まさりて（烏） 4号物―ナシ（烏） 5に―にも（常・烏） 6は―と（常・烏） 7は―か（常・烏） 8と―に（常・烏） 9き―侍し也（常・烏） 10には―に（常・烏） 11こと―事を（常・烏） 12相国―相国の（常・烏） 13亢竜―亢竜の（常・烏） 14て―ては（常・烏）

[1]りぬるは破《やぶ》れに近《ちか》き道《みち》なり。

（第八十四段）

[2]法顕三蔵《ほっけんさんざう》[一]の天竺《てんぢく》[二]に渡《わた》りて、故郷[三]の扇を見《み》ては[3]悲《かな》しみ、病[四]に臥《ふ》して[4]も漢の食を願《ねが》ひ給《たまひ》けることを聞《き》きて、「さばかり[五]の人の、むげにこそ心よは《わ》き気色《けしき》を人の国にて見《み》え給けれ」と人の言《い》ひしに、[5]弘融《こうゆう》[六]が「優[七]に情《なさけ》ありける三蔵なり[6]」と言《い》ひたりしこそ、法師[八]のやうにもあらず、心にくゝ覚《おぼ》えしか。

（第八十五段）

人[九]の心すなほならねば、偽《いつは》りなきにしもあらず。されども、を《お》[一〇]のづから正直[一一]の人、などかなからむ。を《お》[一二]のれすなほならねど、人の賢

第八十四段　めめしい印象を与える法顕三蔵の逸話を情があると肯定した弘融への共感。
一 法顕はインドに渡り、大旅行ののち帰国、大般涅槃経などを漢訳した中国、東晋の僧。「三蔵」は経・律・論に通達した高僧の敬称。
二 インド。
三 生れ故郷である中国の団扇を見て。法顕伝第五章に獅子国(スリランカ)でのこととして語る。
四 法苑珠林九十一に語られている。
五 あれほどの高僧がひどく気の弱い様子を異国で見られなさったよ。
六 第八十二段注一三参照。
七 やさしく人情味のあった三蔵である。
八 法師らしくもなくて、奥ゆかしく思われた。「山寺モ法師クサクハヰタカラズ心キヨクハクソフクナリト」(明恵上人集)と詠じた明恵にも通ずる感じ方。
第八十五段　愚人が賢人を憎むことへの非難と、賢を学ぶべきことの勧め。
九 人間の心は真直でないから、虚偽がないわけではない。 一〇 たまには。まれには。
一一 心の真直な人がどうしていない筈があろうか。「子曰はく、十室の邑、必ず忠信丘が如き者あらん」(論語・公治長)。
一二 自身は素直でないが、他人の賢い有様を見て羨ましく思うのは、世間によくあることである。「子曰はく、賢を見ては斉(ひと)しからんことを思ひ」(論語・里仁)。 一三 漢語「至愚」を和らげていう。
一四 たまにいる賢い人を見て。
一五 賢人を偽善者だと誹謗する。「士は茲(こ)の多口に憎まる。詩に憂心悄悄として群小に慍(うら)まると云へるは、孔子なり」(孟子・尽心下)。
一六 自身の考えと違っているのでこのように嘲ることによって、以下のことがわかった。
一七 ひどく愚かな性質であって、すぐれて賢い性質に移ることはできない。「子曰はく、唯(ただ)上知と下愚と

を見《み》て羨《うらや》むは、世《よ》の常《つね》なり。[一三]至《いた》りて愚《おろ》かなる人は、[一四]たま〳〵賢なる人を見《み》ては、[7]これを憎《にく》む。「[一五]大《(おほき)》なる利を得《え》んがために、[8]少《すこ》しき利を受《う》けず、偽《いつは》り飾《かざ》りて名を立《た》てんとす」と譏《そし》る。[一六]をのれ《(お)》が心に違《たが》へるによりて、この嘲《あざけ》りをなすにて知《し》りぬ。此人《(この)》は[一七]下愚《(かぐ)》の性《(しやう)》、移《うつ》るべからず。[9]此人は[一八]偽《いつは》りて[10][小]利をも辞すべからず。[11][一九]仮《かり》に賢をも[12]学《まね》ぶべからず。

[二〇]狂人の真似《まね》とて大路《(おほち)》を走《はし》らば、すなはち狂人なり。[二一]悪人の真似《まね》とて人を殺《ころ》さば、悪人也。[二二]驥《(き)》を学《まな》ぶは驥のたぐひ[13]なり。[二三]舜を学《まな》ぶは舜の輩《(ともがら)》也。[二四]偽《(いつはり)》ても賢を学《まな》ばむを賢といふべし。

（第八十六段）

[二五]惟継《これつぐ》の中納言は風月《(ふげつ)》[二六]の才に富《と》める人なり。[二七]一生精進にて、読《ど》経う

は移らず」（論語・陽貨）に拠る。この本文は、沙石集にも「上智ハ不ㇾ被ㇾ教、下愚ハ不ㇾ移」（四ノ九）と引かれる。
一八 本心でなくても利益あることを辞退するのが賢いのに、この人は僅かな利益でも辞退することができない。
一九 かりそめにも賢さを真似ることができない。
二〇 中世に行われた「狂人走《ハシ》レバ不狂人走《ハシ》ル」（沙石集十末ノ二）という諺に基いていうか。
二一 「人の性は善悪混ず。其の善を修するときは則ち善人たり。其の悪を修するときは則ち悪人たり」（揚子法言・修身）。
二二 一日に千里を行く駿馬。「驥を睎《こひねが》ふの馬も亦驥の乗なり。顔を睎ふの人も亦顔の徒なり」（揚子法言・学行）。
二三 古代中国の聖人で、五帝の一。尭の後、帝位に即いたと伝えられる。「孟子曰はく、雞鳴にして起き、孶孶《しし》として善を為す者は舜の徒なり」（孟子・尽心上）。
二四 たとえ偽ってでも賢人の真似をする人を賢人と言うべきである。
第八十六段　平惟継が円伊に対して言った冗談。
二五 平惟継。康永二年（一三四三）没、七十八歳。
二六 詩歌の才に富んでいた。「匡衡風月の才に富めるのみならず」（十訓抄一）。
二七 生涯仏道修行に努めて。

1ぬる―たる（烏）　2法顕（烏）―法眼（底・常）　3かなしみ―かなしひ（烏）　4も―ナシ（常）は（烏）　5弘融か―弘融僧都か（常）弘融僧都（烏）　6なり―かな（常）哉（烏）　7は―ナシ（烏）　8すこしき―すこしきの（常・烏）　9此人は―ナシ（常・烏）　10小（烏）―少（常）ナシ（底）　11かりに賢をも―かりにも賢を（常・烏）　12まねふ―まなふ（常）学（烏）　13なり―ナシ（烏）

ちして、[一]寺法師の円伊《ゑんい》[二]僧正と同宿[三]して侍《はべり》けるに、文保《ぶんぽう》[四]に三井《みゐ》[五]寺焼《や》かれにし時[1]、坊主[六]にあひて、「御房[七]をば寺法師とこそ申《まうし》つれども、寺[八]はなければ、[2]今は法師《し》とこそ申さめ」と言《い》はれけり。いみじき秀句[九]なりけり。

（第八十七段）

下部《しもべ》[一〇]に酒飲《の》ますることは心すべきこと也。

宇治[一一]に住《す》み[3]侍《はべる》男《おのこ》、京に具覚房《ぐかくばう》[一二]とて、なまめきたる[一三]遁世の僧を、小舅《こじうと》[一四]なりければ、常[一五]に[4]ぞ申《まうし》むつびける[5]。[6]〔ある時、〕迎《むか》[一六]ひに馬をつかはしたりければ、「遥《はる》[一七]かなるほどなり。口付《くちづき》[一八]の男《おのこ》に、まづ一度《ど》[一九]せさせよ」とて酒を出《いだ》したれば、さし受《う》[二〇]け〳〵よゝ[二一]と飲《の》みぬ。太刀[二二]うち佩《は》きて[7]かひ〴〵しければ、頼《たの》もしく覚《おぼ》えて、召《め》[二三]し具《ぐ》し[8]つゝ行《ゆ》くほど

一 三井寺（園城寺。天台宗寺門派の総本山）の僧侶の意。比叡山延暦寺（天台宗山門派の総本山）の僧侶を山法師と呼ぶのに対していう。 二 生没年未詳。

三 「同宿」は、同じ僧房に住して師事すること。一言芳談に、貞慶が「同宿したてまつりて、学問すべきよしを申」した聖を追い返した話があり（上）、また敬日の語として、「遁世に三の口伝あり。一には同宿」としている（下）。

四 一三一七年二月三日から一三一九年四月二十八日までの間。花園天皇の代の年号だが、文保二年二月二十六日、後醍醐天皇が践祚した。

五 文保三年四月二十五日延暦寺の大衆によって焼かれた。「園城寺為二山門一被レ焼先例及二度々一歟、然而今度堂并僧房等、不レ残二一宇一払レ地焼失了」（花園天皇宸記・同日条）。 六 僧房の主である円伊に向かって。「あひて」は、第五十二段注二一参照。

七 貴僧を。「御房」は僧侶に向かっていう言い方。

八 もはや寺はないのだから、今はただの法師と申しましょう。「寺法師」「山法師」といった所属する寺院による区別や対立をなくして、本来の法師の立場を回復しようという意を籠めた洒落。

九 たいそうすばらしい洒落であるよ。

第八十七段 泥酔した下部が傷害事件を惹起した話。

一〇 身分の低い者に酒を飲ませるのは注意すべきことである。主旨を最初に提示する形式の章段。

一一 京の都の東南の地。第五十一段注九参照。

一二 伝未詳。 一三 優雅な遁世聖。「美作守顕能ノモトニナマメキタル僧ノ入来テ、経ヲヨニタフトク読アリ」（発心集一ノ十二）。 一四 小舅だったので。具覚房が宇治に住む男の妻の兄弟だったことをいう。

一五 いつも親しく付き合っていた。

一六 宇治から京へお迎えの馬をよこしたので。

一七 京から宇治までは遠距離である。

一八 馬の口を取って引く男。 一九 一杯飲ませよ。

二〇 受けては飲み受けては飲みして。

に、[二四]木幡《こはた》のほどにて、[二五]奈良法師《し》の兵士《(ひやうじ)》あまた具《ぐ》して逢《あ》ひたるに、この男立《おとこた》ち向《む》かひて、「[二六]日暮《く》れにたる山中[9]なり。怪《あや》しきぞ。[二七]止《と》まり候へ」と言《い》ひて、太刀を引《ひ》き抜《ぬ》きければ、人も皆太刀《みなたち》抜《ぬ》き、[二八]矢はげなどしけるを、具覚房[二九]手《て》を擦《す》りて、「[三〇]うつし心なく酔《ゑ(ひ)》いたる物にさぶらふ。[三一]枉《ま》げて許《ゆる》し給はらむ」と言《い》ひければ、をの《(お)》〳〵嘲《あざけ》りて過《(すぎ)》ぬ。

此男《(この)》、[10][三二]又具覚房にあひて、「御房は[三三]口惜《お》しきことし[11]給へる物かな。[三四]をのれ《(お)》酔《(ゑひ)》たること侍らず。[三五]高名つかまつらん[12]ずるを、抜《ぬ》ける太刀《たち》[三六]むなしくなし[13]給へること」と怒《いか》りて、[三七]ひた斬《き》りに斬《き》り落《おと》しつ。[三八]さて、「[三九]山立《(やまだち)》あり」と[四〇]のゝしりければ、[四一]里人おこりて出《い》で合《あ》へば、「[四二]われこそ山立よ」と言《い》ひて、走《はし》りかゝりつゝ斬《き》り廻《まは》りけるを、[四三]あまたして手負《お》ほせ、打伏《(うち)ふ》せて、縛《しば》り[14]つ。

馬は血付《ちつ》きて、[四四]宇治大路《(おほち)》の家に走《はし》り入《(いり)》[15]たるに、[四五]あさましくて、男《おのこ》

二二 ぐびぐび飲んだ。
二三 太刀を帯びていて役に立ちそうであったので。後に起る惨劇の伏線。
二四 木幡山のあたりで。木幡は山城国の歌枕。現在の伏見山であるという。盗賊なども出没したらしく、都人に恐れられていた。
二五 奈良の東大寺や興福寺の法師。この語を用いたのは、あるいは前段の「寺法師」からの連想もあるか。
二六 すっかり日が暮れた山の中だ。
二七 お止まりなさい。
二八 矢をつがえなどしたのを。
二九 両手をすりあわせて。わびる姿である。
三〇 正体なく。正気もなく。
三一 許しがたいところでしょうが、そこを何とかお許しください。
三二 今度は具覚房に向かって。
三三 残念なことをなさったものです。
三四 わたしは酔ってなどおりません。生酔いが言いそうな言葉である。
三五 手柄を立ててさしあげようとしたのに。
三六 無駄にしてしまわれたよ。
三七 ただひたすら斬りかかって来て、具覚房を斬り、馬から落した。
三八 そうしておいて。
三九 山賊が出た。「山だちと申す恐れはあらじかし」(西行「聞書集」)。
四〇 大声でわめいたので。
四一 大勢集まって立ち向かったところ。
四二 俺がその山賊だよ。
四三 大勢で手傷を負わせて。
四四 具覚房の小舅の家。
四五 驚いて。

1にし―し(常・烏)　2は―よりは(常・烏)　3侍―侍ける(常・烏)　4そ―ナシ(常・烏)　5けるに(常) 侍ける(烏)　6ある時(常・烏)―ナシ　7かひ〳〵しけりは―かい〳〵しけなれは(常・烏)　8つゝ―て(烏)　9なり―に(烏)　10又―ナシ(烏)　11給へる―給ひつる(常・烏)　12する―とする(常・烏)　13給へる―給ひつる(烏)　14つ―てける(常) けり(烏)　15たるに―たり(烏)

どもあまた走《はし》らかしたれば、具覚房口[一]なし原に[二]よひ臥《ふ》したるを[三]求出《(もとめ)い》でて、舁《か》きもて来《き》つ。[四]からき命生《い》きたれど、[五]腰斬《こしき》り損《そむ》ぜられて、かたわ《(は)》になりにけり。

（第八十八段）

ある者《もの》、[1][六]道風《(たうふう)》が書《か》ける[七]和漢朗詠集とて持《(もち)》たりけるを、或人《(ある)》、「[八]御相伝《(さうでん)う》浮けることには侍らじなれども、[九]四条大納言撰《えら》ばれたる物を道風書《か》かむこと、[一〇]時代や[2]合《あ》はず侍らん。[一一]おぼつかなく[3]ぞ」と言《い》ひければ、「[一二]さ候へばこそ、世に有《(あり)》がたき物には侍《(はべり)》けれ」[4]と、いよいよ[一三]秘蔵《ひさう》しけり。

（第八十九段）

一　くちなし（梔子）の生えている原と解するが、あるいは地名か。
二　うめきながら倒れ臥していたのを。
三　捜し出して、（歩けないから）かついで連れて来た。
四　かろうじて命は助かったけれども。第五十三段と類似の表現、結末である。
五　腰を斬られ損なわれて。

第八十八段　他人に指摘されても時代錯誤の伝承に気付かない愚かで滑稽な、本の持主の話。
六　小野道風。平安時代の能書家で、三蹟のうちの野蹟。康保三年（九六六）没、七十一歳。注九の藤原公任はこの年に生れている。
七　朗詠に適する漢詩文の秀句と秀歌を集めた撰集。二巻。藤原公任撰。
八　お家でのお言い伝えですから根拠の無いことではございますまいが。
九　藤原公任。長久二年（一〇四一）没、七十六歳。
一〇　時代が適合しないのではありませんか。
一一　その点が不審です。
一二　ですからこそ、めったにない貴重品なのです。
一三　大事にしまっていた。

第八十九段　飼犬を猫またと誤認して大騒ぎした臆病な連歌師の話。
一四　化け猫。藤原定家は明月記・天福元年（一二三三）八月二日の条に、奈良で「猫胯」という獣が現れ、人を食い殺したと語り、「目は猫の如く、其の体は犬の如く長し」と伝聞を記す。
一五　このあたりでも。
一六　年を経てえらくなって。「経あがり」は官位などが昇進することを言う場合が多い。ここではこの言い方で滑稽感が生ずる。
一七　人を取って食うことはあるという話だ。「あなる」は「あるなる」（「ありなる」とも）が「あんなる」と撥音便

「奥山に猫《ねこ》[一四]またといふ[5]物《もの》、人を食《く》らふ[6]なり」と人の言《い》ひけるに、「山ならねども、[一五]これらにも猫《ねこ》の経《へ》[一六]あがりて、猫《ねこ》またになりて、人[一七]取《と》ることはあなる物を」と言《い》ふ者《もの》ありけるを、[一八]何阿弥陀《なにあみだ》仏とかや[7]いひて、[一九]連歌しける法師の[二〇]行願寺《(ぎやうぐわんじ)》の辺《(へん)》にありけるが聞《き》き《ゝ》て、「ひとり歩《あり》かむ身は心[二一]すべきことにこそ」と思《(おもひ)》ける頃《ころ》しも、[8]ある[二二]所にて夜ふくるまで連歌して、たゞひとり帰《かへ》りけるに、小《こ》[二三]河の端《はた》にて、音《をと》[二四]に聞《き》き《ゝ》し猫また、あやまたず[二五]足元《あしもと》へふと[9]〔寄《よ》り〕来《き》て、[二六]やがてかき付《つ》くまゝに、首《くび》のほどを食《く》はんとす。

肝《きも》心も失《う》せて、防《ふせ》かむとするに[10]力《ちから》なく、足《あし》[二七]も立《た》た《ゝ》ず、小《こ》河へ[11]転《ころ》び入《い》りて、「助《たす》[二八]けよや。猫《ねこ》またよや〳〵」と叫《さけ》べば、家《いゑ》〳〵より[二九]松明《まつ》ども出《いだ》[12]して、走《はし》り寄《よ》りて見《み》れば、[三〇]このわたりに見知《みし》れる僧也。「[三一]こはいかに」とて、河の中より抱《いだ》き起《お》こしたれば、[13]〔連歌の〕賭物《かけ》[三二]取《と》り

となり、撥音表記を省いた。「なる」は伝聞の助動詞。

一八 何阿弥陀仏とか号して。連歌師はしばしば「…阿弥陀仏」と、いわゆる阿号を名乗った。

一九 連歌を生業としていた法師、いわゆる連歌師である。

二〇 天台宗の古寺。通称革堂(こうどう)。一条北辺にあった。

二一 用心しなくてはならないことだ。

二二 底本「なる」は、書写者が上文から続けて「下(もし)なる所」と解したか。

二三 賀茂から発して、一条付近で堀川に注いでいた川。「さきに行願寺のほとりといへる首尾おもしろし。革堂むかしは一条の北の小川にありし也」(文段抄)。

二四 噂に聞いた猫また。

二五 目標を間違えることなく。狙われていると思い込んでいる何阿弥陀仏の意識に立っていう。

二六 そのまま飛び付くと。

二七 驚愕、恐怖のあまりに腰が抜けたのである。

二八 助けてくれ。猫まただ、猫まただ。文段抄は「古点にはたすけよやねこまたよやねこまたよやとよめり。然共たゞよや〳〵と読べし。助けよや〳〵也」という。

二九 たいまつ。

三〇 この付近で見知っている僧。

三一 これはどうしたのだ。

三二 連歌の賞品として取って懐中していた扇や小箱など。職業的な連歌師が参加する一座ではもとより、一般人の連歌でもしばしば景品が出され、高点を得た者がもらったらしい。

1道風か―小野道風の(鳥)　2あはす―たかひ(常・鳥)　3そ―こそ(常・鳥)　4と―とて(常・鳥)　5もの―もの有て(常・鳥)　6なり―なる(常・鳥)　7いひて―ナシ(鳥)　8ある(鳥)―なる(底)　有(常)　9より(常・鳥)―ナシ　10ちから―力も(常・鳥)　11ころひ―まろひ(常)　12いたして―ともして(常・鳥)　13連歌の(常・鳥)―ナシ

て、扇、小箱など懐《ふところ》に持《も》ちたりけるも、一水に入《い》りぬ。二稀有《けう》にして助《たす》かりたるさまにて、三這《は》う《（ふ）》〳〵家に入《（いり）》にけり。

四飼《か》ひける犬の、暗《くら》けれど主《ぬし》を知《し》りて、飛《と》び付《つ》きたりけるとぞ。

（第九十段）

五大納言法印の召《め》し使《つか》ひし六乙鶴丸《（おとづるまる）》、七やすら殿といふ者《もの》を知《し》りて、常に行《ゆ》き通《かよ》ひしに、ある時出《い》でて帰《かへ》り来《き》たるを、法印、「いづくへ行《ゆ》きつるぞ」と問《と》ひしかば、八「やすら殿のがり、まかりて候《（さうらひ）》つ」と言《い》ふ。「そのやすら殿は、九男《おとこ》か、法師《し》か」と又問《と》はれて、一〇袖掻《か》き合《あは》せて、一一「いかゞ候《（さうらふ）》らん。頭《かしら》をば見《み》候はず」と答《こた》へ申《（まうし）》き。一二などか頭《かしら》ばかりの見《み》えざりけん。

一 水につかってしまった。
二 あぶないところを助かったという有様で。
三 這うようにして。「足も立たず」というのに照応する。
四 何阿弥陀仏が飼っていた犬が。最後に種明かしをする手法。

第九十段 主に交際相手を問われた稚児の滑稽な応答。

五 伝未詳。あるいは醍醐寺報恩院の僧正隆勝か。「大納言法印」は僧位が法印で、親類縁者などに大納言である人がいる僧をいう呼称。これを公名《（きみな）》という。
六 伝未詳。大納言法印の稚児である。
七 伝未詳。乙鶴丸と男色関係にあったのであろう。
八 やすら殿のもとへ出かけておりました。
九 俗体の男か、それとも出家者か。
一〇 両袖を重ね合せて。大納言法印に対してかしこまった姿。
一一 どうでございましょうか。
一二 どうして頭だけが見えなかったのだろうか。会っているのだから顔を見ている筈なのにという気持を籠める。

（第九十一段）

[一三]赤舌日《(しやくぜちにち)》といふ事、[一四]陰陽道《(おんやうだう)》には沙汰なきことなり。昔《むかし》の人、[一五]これを忌《い》まず。此比《(このごろ)》、何者《なにもの》の言《い》ひ出《い》でて忌《い》み始《はじ》め[2]けるにか、[一六]此日あること末《すゑ》通《とを》らずと言《い》ひて、その日[一七]言《い》ひたりしこと、[3]〔したりしこと〕叶《かな》はず、得《え》たりし物は失《うしな》ひつ、[一八]企《くはた》てたりしこと成《な》らずといふ。

[4]此事愚《おろ》かなり。[一九]吉日《(きちにち)》を選《えら》びてなしたるわざの[5]末《すゑ》の通《とほ》らぬを数《かぞ》へてみむも、[6]〔又〕等《ひと》しかるべし。そのゆへ《(ゑ)》は、[二〇]無常変易《(へんえき)》の境《さかひ》、[二一]ありと見《み》る物《もの》も存ぜず。[二二]始《はじ》めあること[7]終《おは》りなし。[二三]心ざしは遂《と》げず、[8][二四]願《ねが》ひは叶《かな》はず。人の心[二五]不定《(ふぢやう)》也。物皆《みな》[二六]幻化《(げんけ)》なり。[二七]何事かしばらくも住《(ぢゆう)》する。[二八]このことはり《(わ)》を知《し》らざる也。[二九]「吉日に悪をなすに、かならず凶なり。悪日に善を行《おこな》ふ[9]〔に〕、必《(かならず)》吉なり」と言《い》へり。[三〇]吉凶は人によりて、

第九十一段　万物が変化する道理を考えれば、吉凶をかつぐことは無意味であるという論。

一三　簠簋内伝二に赤口日と赤舌日を、共に閻浮提の衆生を悩乱させる悪日であると解説する。

一四　陰陽五行説に基き、天文・暦数・卜筮・相地などのことを行う学問。賀茂・安倍の両家が代々陰陽師の家として知られる。

一五　赤舌日を悪日として避けない。

一六　この日始まったことは完遂しない。

一七　言ったことや行ったことは実現しない。

一八　計画したことは成就しない。

一九　縁起のよい日を選んでした事柄で完遂しない例を数えてみたとしても、また同じくらいあるだろう。

二〇　この世は無常で絶えず物事が移り変る世界である。

二一　存在すると見える物も実際には存在しない。

二二　始まりがあることでも終りははっきりしない。

二三　人が志すことはなしとげられず。

二四　人の願望は叶えられない。

二五　定まっておらず、絶えず動揺している。「わが身わが心は不定なり」（一遍・播州法語集）。

二六　まぼろしのように実体のないもの。「不浄ナリ、無常ナリ、幻化ナリ、苦悩也」（沙石集四ノ九）、「有為ノ法ハ皆幻化也。無レ有ニ実性一」（雑談集一）。

二七　いったい何がしばらくの間でもとどまっているであろうか。「か」は反語。

二八　赤舌日を忌むのはこの道理を知らないのである。

二九　諺らしいが、出所不明。

三〇　事文類聚前集十二所収「時日無吉凶弁」（沈顔）に似た考え方が述べられている。

1つ―ナシ（鳥）　2けるにか―けむ〈るにかイ〉（常）　3したりしこと（常・鳥）―ナシ　4此事―ナシ（鳥）　5の―ナシ（鳥）　6又（常・鳥）―ナシ　7こと―事も（鳥）　8ねかひはかなはす―のそみはたえす（常・鳥）　9に（常・鳥）―ナシ

日によらず。

（第九十二段）

ある人、弓射《い》る事を習《なら》ふに、[一]諸矢《もろや》をたばさみて的に向《む》かふ。師の言《い》はく、「[二]初心の人、[三]二《ふた》つの矢を持《も》つことなかれ。[四]後《のち》の矢を頼《たの》みて、初《はじ》めの矢に[五]なを《(ほ)》ざりの心あり。[六]毎度[1]たゞ得失[2]なく、[七]此《(この)》一箭《(や)》に[3]定《さだ》まるべしと思《おも》へ」と言《い》ふ。[八][4]［僅《わづ》かに］二《ふた》つの矢、師の前《まへ》にて一《ひと》つを疎《おろ》かにせんと思《おも》はむや。[九]懈怠《(けだい)》の心、身づから知《し》らずといへども、師これを知《し》る。[一〇]此戒《いまし》め、万事にわたるべし。

[一一]道を学する人、[一二]夕《(ゆふべ)》には朝《(あした)》あらむことを思《(おもひ)》、朝には夕あらむことを思て、[一三]重《かさ》ねてねんごろに修《(しゆ)》せむことを期《(ご)》す。[一四]いはんや、[一五]一刹那《(せつな)》のうちにおひ《(い)》て懈怠の心あることを知《し》らむや。[一六]何ぞ、たゞ今《いま》の一念にを《(お)》

第九十二段　弓術の師の教訓に基く、各人の裡に潜む懈怠の心への自省。

一　甲矢(はや)と乙矢(おとや)で一対になった二本の矢。「一手矢」ともいう。
二　初心者。
三　二本の矢を持ってはいけない。
四　二本の矢を持つと、最初の矢で射損じても後の矢で的を射当てるだろうと期待して。
五　いい加減に扱う心が生じる。
六　射るたびにうまく当るかどうかと思案せず、の意か。
七　この一矢で勝負は決まると思え。
八　たった二本の矢のうち一本を、しかも師の前で、いい加減にしようと思うであろうか。「や」は反語。意識的にはいい加減にしているつもりはないのだが、実は内心怠る心が潜んでいて、師匠にはそれがわかるのだという文脈。
九　怠りなまける心。雑談集七に「精進懈怠事」と題し、懈怠の諸相を述べ、「一法トシテ嬾堕懈怠ノ中ヨリ不レ生」という古人の語を引く。
一〇　この教誡は弓術のみならず、万事にわたって真実であろう。
一一　仏の道を学ぶ人。「学道ノ人ハ、後日ヲ待テ行道セント思フコトナカレ。只今日今時ヲ過ゴサズシテ、日々時々ヲ勤ムベキ也」（正法眼蔵随聞記一）。
一二　夕方には翌朝があるだろう、朝には夕方まで間があるだろうと、常に後の時間をあてにし。
一三　次の機会に重ねて入念に修行しようとあてにする。
一四（そのように後の機会をあてにしているのだから）ましてや…を知ろうか。「いはんや…や」と呼応する。
一五　一瞬。「刹那」は梵語の漢訳語で、極めて短い時間の意。一弾指の間に六十五刹那あるという。
一六　どうしてたった今の瞬間に修行することがひどく難しいのであろうか。「一念」は、六十刹那、九十刹那、または一刹那に同じという。
一七　直ちにこの戒めを実行することがひどく難しいの

ひ《い》て[5]することの[6]はなはだかたき、[7]直《たゞ》[一七]ちに用《もち》ゐること甚《はなはだ》かたき。

（第九十三段）

「牛を売《う》る者あり。買《か》ふ人、「明日その価《あたひ》をやりて、牛《うし》を取《と》らむ」と言《い》ふ。夜[一八]の間《ま》に[8]牛死《し》にぬ。買《か》はんとする人に利あり。売《う》らむとする人に損あり」と語《かた》る人あり。

これを聞《き》きて、[9]かたはら[一九]なる者《もの》の言《い》はく、「牛の主《ぬし》、まことに損ありといへども、又大《おほき》なる利あり。其《その》故は、生《しやう》[二〇]ある物死の近《ちか》きことを知《し》らざること、牛すでに[二一]しか也。人また同《おな》じ。測《はか》[二二]らざるに、牛は[10]死《し》に、測《はか》らざるに主は存ぜり。[二三]一日の命《いのち》、万金よりも重《おも》し。[二四]牛の価《あたひ》、鵞毛《がもう》よりも軽《かろ》し。[二五]万金を得《え》て一銭を失《うしな》はん人、損ありといふべからず」と言《い》ふに、[11]人皆嘲《あざけ》りて、「[二六]其ことは《わ》りは牛の主に限《かぎ》るべか

であろうか。前文と同じく、凡愚としての嘆きを繰り返していう。

第九十三段 牛の売買契約を例とした、無常の認識に関する問答。

一八 夜のうちに牛が死んでしまった。「死にぬ」については、第四十二段注三一参照。

一九 傍にいた者。作者の思想を代弁する人物。「兼好みづからいふにや」（文段抄）。

二〇 およそ生命あるものにとって、死が近くにあるのにそれを認識していないことは。

二一 牛の場合が既にそうである。人間の場合もまた同様である。

二二 思いがけずに牛は死に、思いがけずに牛の持主は生存している。一般の人々は生きていることを当然のことと考えるのに、これを「測らざるに」と考えるところが眼目。

二三 人の一日の命の価値は万金よりも重い。「人固より一死有り。或いは太山より重く、或いは鴻毛より軽し。用の趣く所異ればなり」（文選二十一・報²任少卿¹書）。

二四 人の命の価値の重さを考えれば、牛の価値などは鵞鳥の毛よりも軽い。「鵞毛」は軽い物の比喩としていう。「雪似²鵞毛¹飛散乱」（白氏文集・酬²令公雪中見レ贈、訝下不レ与²夢得¹同相訪上」、和漢朗詠集・雪）。

二五 だから万金（自身の命）を手に入れて一銭（牛の価）をなくす人に、損害があると言うことはできない。

二六 その理屈は牛の持主に限定することはできない。人間一般に通ずることではないかという反論である。

1たゝ得失―に矢（常） 2なく（常・烏）―なかく 3さたまる―定（烏） 4わつかに（常・烏）―ナシ 5するーたゞちにする（烏） 6はなはたかたき―ナシ（常・烏） 7たゝちにもちゐること―たゝちにもちゐることの（常） ナシ（烏） 8しにぬ―死ぬ（常・烏） 9かたはら―かたへ（烏） 10しに―死し（常・烏） 11人皆―皆人（烏）

らず」と言《い》ふ。

又云《（いはく）》、「一されば、人死を憎《にく》まば、生《（しやう）》を愛すべし。二存命の悦《（よろこび）》、日〻に楽《たの》しまざらんや。愚《おろ》かなる人、この楽《たの》しみを忘《わす》れて、三いたつかはしく外《（ほか）》の楽《たの》しみを求《もと》め、此《（この）》四宝《たから》を忘《わす》れて、危《あや》う《（ふ）》く他の宝《たから》をむさぼる1に、心ざし満《み》つことなし。五生《い》ける間《（あひだ）》生を楽《たの》しまずして、死に臨《のぞ》みて死を恐《おそ》れば、このことはり《（わ）》あるべからず。六人皆《みな》生を楽《たの》しまざるは、死を恐《おそ》れざるゆへ《（ゑ）》なり。死を恐《ゝそ》れざるにはあらず、死の近《ちか》きことを忘《わす》るゝなり。2［もし］又、七生死《（しやうじ）》の相《（さう）》にあづからず3［は、まことの利を得たりといふべし］」と言《い》ふに、人いよ〳〵嘲《（あざける）》。

（第九十四段）

八常磐井《ときは》の相国《（しやうこく）》出仕し給《（たまひ）》けるに、九勅書を持《も》ちたる一〇北面《（ほくめん）》一一逢《あ》ひたてま

一 であるから、人は死を憎み嫌うのならば、生を愛すべきなのである。「されば」は反論を受けていう。
二 生きているという悦びを毎日楽しまないことがあってよいものだろうか。
三 煩わしくも。面倒にも。
四 生きているという宝を忘れて、危険にも他の宝を貪り求めるものだから、その志向は満たされることはない。
五 生きている間生を楽しまないでいよいよ死ぬ際に死を恐れるとしたならば、それは道理に合わないことである。前の論によれば、生を楽しまない者は死を憎まない筈であるから。
六 だから人がだれも生を楽しんでいないのは、死を恐れないからである。いや、死を恐れないのではない、死が近いことを忘れているのである。牛の突然の死はそれを気付かせてくれたのだから大きな利益を得たことになるのだと、前の論理を反復する。
七 生死の相に関わらないというのであれば、その人は本当の利を得たというべきである。

第九十四段　藤原実氏が職掌を弁えない北面何某の行為を咎めて罷免させた話。
八 藤原実氏。文永六年（一二六九）没、七十六歳。「相国」は太政大臣・左大臣・右大臣の唐名。
九 勅命を布告する公文書。ただし、ここでは院宣または院の文書か。道助法親王家五十首の奥に付された後鳥羽院の書状を「上皇勅書」と呼ぶ例がある。
一〇 北面の武士。院の御所の北面に詰めて守護に当る。

つりて、馬[一二]より下《お》りたりけるを、相国後《のち》に、「北面なにがしは勅書を持《も》ちながら下馬し侍《はべり》し者なり。[4]か程《ほど》[一三]の者、争《いかでか》君に仕《つか》うまつり候《さうらふ》べき」と申されければ、北面[一四]を[5]放《はな》されにけり。勅書を馬の上《うへ》[一五]ながら捧《さゝ》げて、見《み》せたてまつるべし、下《お》るべからずとぞ。

（第九十五段）

「箱《はこ》[一六]のくりかたに[6]緒《を》付《つ》くること、何方《いづかた》に付《つ》け侍《はべる》べきぞ」と、ある有職《いうそく》[一七]の人に尋《たづ》ね申侍《まうしはべり》しかば、「軸《ぢく》[一八]に付《つ》け、表紙《へうし》に付《つ》くること、両[一九]説なれば、いづれも難なし。[7]文箱《ふばこ》[二〇]は[8]多《おほ》く右に付《つ》く。手箱《てばこ》[二一]には、軸《ぢく》に付《つ》くるも常《つね》のこと也」と仰《おほせ》られ[9]侍き。

一一 北面が常磐井相国にお逢い申しあげて。
一二 相国を敬って下馬したのである。
一三 この程度の礼法を弁えない者が、どうしてわが君にお仕え申しあげることができようか。侍中群要、「御書使事」の条に「路頭雖レ逢二大臣一、不レ可レ下レ車」、「御使」の条に「於二路頭一雖レ逢二大臣已上一不レ下」という。
一四 北面を罷免されてしまった。
一五 馬に乗ったまま捧げ持って、上位の貴族にお見せ申しあげるべきである。

第九十五段 箱に緒を付ける際の故実の聞書。
一六 箱の緒を通す環。緒を通すために箱の身に付けられた耳状の輪（通釈）。
一七 故実に精通している人。
一八 「軸」は左、「表紙」は右の意（寿命院抄）。
一九 二説存することであるから、どちらに付けても問題はない。
二〇 書物や書状を入れる箱。
二一 手近な小道具類を入れる箱。

1に—には（烏） 2もし（常・烏）—ナシ 3はまことの利を得たりといふへし（常）—ナシ（底） といはゞ実の理をえたりといふべし（烏） 4か程—か様（常） 5はなされ—はなたれ（常・烏） 6を—緒を（烏） 7文箱—文の箱（常・烏） 8おほく—おほくは（常・烏） 9侍き—き（常・烏）

（第九十六段）

一 めなもみといふ草あり。二 くちはみにさゝれたる人、彼草《（かの）》を揉《も》みて付《つ》けぬれば、三 すなはち癒《い》ゆと〔1なむ。見知《し》〕りてを《（お）》くべし。

（第九十七段）

四 その物《もの》に付《つ》きて、その物を費《つひや》し損《そこな》ふ物《もの》、2かならずあり。3五 体に虱《しらみ》あり。六 家に鼠《ねずみ》あり。七 国に賊あり。八 少人《（せうじん）》に財あり。九 君子に仁義あり。一〇 僧に法あり。

（第九十八段）

一一 尊《たうと》き聖《ひじり》の言《い》ひを《（お）》4けることを書《（かき）》付《つ》けて、一二 一言芳談《（いちごんはうだん）》とかや名付《づ》けた

第九十六段　薬草めなもみの効用を記した備忘録。
一 キク科の一年生草本。康頼本草に「鶴蝨」を和名「女奈毛美」という。薬経太素ではこの鶴蝨（鶴虱）の実を取って陰干しし、虺虫に嚙まれた時、淡酢を和えた湯で調合して用いよと説く。ただし、同じくキク科のヤブタバコとする説もある。
二 まむし。「Cuchifami クチハミ…蝮」（日葡）。
三 すぐに傷がなおるということである。底本によれば、「癒ゆ。取りておくべし」と解しうる。

第九十七段　本体を損なう寄生物の物づくし。
四 物に寄生して、その本体に損害を与える物。
五 人の身体には虱が寄生する。
六 人家には家を損なう鼠がいる。
七 人・家・国と、段階を高めてゆく修辞法。また鼠を鼠賊という連想も働いていようか。
八 小人が財を持つと欲望のために身を損なうのでいう。
九 小人と対になる君子という連想で続ける。仁義を理想とする君子が、それに拘泥する余り人間の自然なあり方から遠ざかることを老荘的な立場から皮肉っていうか。なお、第三十八段（一一五頁）注一五参照。
一〇 儒教・老荘思想に次いで、仏教思想に言及する。「法」は仏法僧（三宝）の法。僧は仏法に拘泥して真実の仏の教えから遠ざかることがある。それを皮肉っていう。本段で作者が最も言いたかったことを最後に言った。

第九十八段　一言芳談からの抄出。
一一 尊敬すべき遁世上人が言い残した言葉。
一二 仮名法語集。二巻。編者、成立年等未詳。三十余名の念仏行者によって浄土門の信仰が語られている。
一三 共感を覚えた条々。
一四 明禅法印の語。明禅は仁治三年（一二四二）没、七十七

る草子を見侍《はべり》しに、[5][一三]心合《あ》ひて覚《おぼ》えしことども。

[6]一、[一四]しやせまし、[7]せずやあらましと思《おも》ふことは、[8]おほやうせぬは[9]よきなり。

一、[一五]後世《ごせ》[10]を思《おも》はむ者《もの》は、[一六]糂汰瓶《じんだがめ》一《ひと》つも持《も》つまじきこと也。[一七]持経《ぢきやう》、本尊に至《いた》るまで、よき物《もの》を持《も》つ、[11]よしなきなり。

一、[一八]遁世者は、[一九]なきにことかけぬやうを量《はか》らひて過《す》ぐる、最上のやうにてあるなり。

一、[二〇]上臈《じやうらふ》は下臈《げらふ》になり、智者は愚者になり、[二一]徳人《とくにん》は貧になり、能ある人は無能になるべきなり。

一、[二二]仏道を願《ねが》ふといふは、[二三]別《べち》のことなし、[二四]暇《いとま》ある身に成《なり》て、[二五]世の事《こと》を心にかけぬを第一の道とす。

この他《ほか》[12]にもありしことども、覚《おぼ》えず。

歳。しようかしないでおこうかと思うことは、大体においてしないのがよいのである。

一五 俊乗房重源の語。重源は建永元年(一二〇六)没、八十六歳。

一六 たとえ糠味噌瓶一つも持ってはならないことである。同じ内容の語は沙石集にも、法然の質問に対する重源の答えとして、「秦太瓶一ナリトモ、執心トヾマラム者(ハ)、可レ捨事トコソ心ヱテ侍レ」(四ノ九)と述べられている。

一七 以下の叙述に内容的に近い語句は解脱上人(貞慶)の語として、「出離に三障あり。一には所持の愛物、本尊、持経等まで。二には身命を惜しむ。三には善知識の教へに従はざる」とある。貞慶は建暦三年(一二一三)没、五十九歳。

一八 敬仏房の語。敬仏房は生没年未詳。

一九 物が無くても不自由しないような生活を考えてすごすのが。

二〇 松蔭の顕性房の語。ただし、長文にわたる原文の最初の部分である。顕性房は生没年未詳。「上臈」は修行の年功を多く積んだ僧、「下臈」は年功の少ない僧のこと。

二一 金持ちは貧乏人になり。

二二 行仙房の語。行仙房は生没年未詳。

二三 一言芳談では「別にやうやうしき事なし」とする。

二四 つれづれなる境涯に身を置くことと共通するか。

二五 俗世間の事を心にかけない。ただし、一言芳談では「余の事に心をかけぬ」とする。

1なむ見し(常・烏)―ナシ　2かならす―かずをしらず(烏)　3体―身(常・烏)　4をける―をきける(常)置ける(烏)　5心―心に(常・烏)　6一―合点、以下同ジ(常)　7す―て(常)　8おほやう―おほやうは(烏)　9は―か(常)　10を―ナシ(常)　11よしなき―ましき(常)　よしなき事(烏)　12にも―も(常・烏)

（第九十九段）

一堀河の相国《(しやうこく)》二は美男のたのしき人にて、三其事《(その)こと》と《ゝ》なく1過差《(くわさ)》を好《この》み給《(たまひ)》けり。四御子《(おんこ)》基俊卿《(もととしのきやう)》を五大理《(だいり)》になして、六庁務行《をこな》はれけるに、七庁屋《(ちやうや)》の2八唐《(から)》櫃《ひつ)》みぐるしとて、九めでたく作《つく》り改《あらた》めらるべきよし仰《おほ》せられけるに、3この唐櫃は一〇上古《(しやうこ)》より伝《つた》はりて、その始《はじ》めを知《し》らず、数百年《(すひやく)》を4経《へ》たり、一一累代の公物《(くもつ)》、一二古弊《(こへい)》をもちて一三規模とす、輙《(たやす)》く改《あらた》められがたきよし、一四故実の諸官等申《(まうし)》ければ、そのことやみにけり。

（第百段）

一五久我《(こが)》の相国《(しやうこく)》は、一六殿上にて水を召《め》しけるに、一七主殿司《とのもづかさ》、一八土器《かはらけ》をたてまつりければ、「一九鋺《まがり》をまいら《(ゐ)》せよ」とて、鋺《まがり》してぞ召《め》しける。

第九十九段　検非違使庁の古い唐櫃を新しく作り直そうとした源基具のもくろみが、故実に通じている役人達の反対で中止された話。

一　源基具。永仁五年(一二九七)没、六十六歳。

二　美男で裕福な人。「かの御子(惟喬親王)はたのしき人にてなんおはしましける」(古今著聞集十二ノ四一八)。

三　何かというと贅沢をお好みなされた。

四　源基俊。文保三年(一三一九)没、五十九歳。

五　検非違使別当の唐名。検非違使は、治安維持、訴訟、裁判を司った令外の官。別当は、その長官。基俊がこの官に在ったのは、弘安八年(一二八五)四月十日から同九年後半まで。「世俗説、補二大理一之人可レ備二七徳一。所謂譜第器量才幹有職近習容儀富有云々」(職原抄・下)。

六　検非違使庁の公務。

七　検非違使庁の庁舎。別当の私邸に設けられた。

八　六本脚の蓋付きの容器。

九　立派に作り改めるべきであるという指示。

一〇　古くから伝わって。

一一　代々伝わる官物。山槐記の記述によると朱の唐櫃で、移動する際にも吉日を選ぶほど神聖視されたらしい。

一二　古くなって傷んでいること。　一三　規範とする。

一四　古いしきたりに通じている諸役人。

第百段　源通光がまがりで水を飲んだ話。

一五　源通光。宝治二年(一二四八)没、六十二歳。

一六　清涼殿で水をめしあがった際に。

一七　主殿寮の女官。主殿寮は第二十二段注一一参照。

一八　素焼の容器をさしあげたところ。

一九　水などを入れる容器。木製の椀か(通釈)ともいうが、不明。鋺で飲むことが故実に叶っていたか。

第百一段　公事に際してのある人の失敗が中原康綱の機転によって救われた話。

二〇　天皇が大臣を任命する儀式。江家次第二十にその次第を記す。　二一　節会の時、承明門内で儀式をつかさどる上席の公卿。承明門外で事に当る外弁《(げべん)》の対。

（第百一段）

或人《ある》、[5]任大臣[二〇]の節会《せちゑ》の内弁《ないべん》[二一]を勤《つと》められけるに、内記《ないき》[二二]の持《も》ちたる宣《せん》[二三]命《みやう》を取《と》らずして、堂上《たうしやう》[二四]せられにけり。極《きは》[二五]まりなき失礼《しちらひ》なれども、立《た》[二六]ち帰《かへ》り取《と》るべきにもあらず。思[二七]ひわづらはれけるに、[6]六位[二八]の外記《げき》康綱《やすつな》、衣被《きぬかづ》[二九]きの女房を語《かた》らひて、かの宣命を持《も》[三〇]たせて、忍《しの》びやかにたてまつらせたりける[7]、いみじかりけり。

（第百二段）

[8]尹大納言光忠入道《ゐんのだいなごんみつただ》[三一][9]、追儺《ついな》[三二]の上卿《しやうけい》を勤《つと》められけるに、洞院《とうゐん》[三三]右大臣殿に次第[三四]を申《まうし》受《う》けられければ、「又五郎[三五]男《おとこ》を師とするより他《ほか》の才学[三六]さぶらはじ」とその給《たまひ》ける。

二二 中務省に属し、詔勅・宣命の起草、五位以上の位記、宮中の記録などをつかさどる職。これに対し、太政官の少納言の下にあって、奏文を作り、公事に従う書記官が外記(きげ)。
二三 天皇の命令を記した文書。ここでは任大臣(何某を大臣に任命するという内容)の宣命。朝野群載にその実例を収める。
二四 紫宸殿へ昇られた。江家次第には「内弁宣命を笏に取り副へて軒廊の西一間に進み立つ」とある。
二五 この上ない礼を失したことであるけれども。内弁は宣命使の参議に宣命を渡すことになっている。
二六 立ち戻って取ることはできない。
二七 どうしたらよいか思い悩まれたが。
二八 中原康綱。暦応二年(一三三九)没、五十歳。
二九 衣をかぶっている女房に事情を打ち明けて。「衣被き」は第七十段(一四八頁)注六参照。
三〇 その女房に持たせてこっそりとさしあげたことは、たいそうすばらしいことであった。

第百二段 老衛士又五郎が公事に精通していた話。
三一 源光忠。元徳三年(一三三一)没、四十八歳。「尹大納言」は大納言で弾正尹(弾正台=非違を糺弾し風俗を粛正する役所の長官)を兼ねる者。
三二 「追儺」は、大晦日の夜、禁中で行う鬼やらいの公事。第十九段(九七頁)注三三参照。「上卿」は、公事を執り行う際の首席者。第二十三段注三一参照。
三三 藤原公賢か。その父、実泰とする説もある。
三四 進行の順序について教えを請うたところ。追儺の次第は江家次第十一に詳しい。 三五 伝未詳。
三六 (又五郎を先生とする以上に)よい智恵はございますまい。

1過差(烏)—愚者(底) 遇差(常) 2・3唐櫃(常・烏)—唐横 4へたり—経たる(常) 5任大臣—任大納言(常) 6六位の外記—六位内記(烏) 7たりける—けり(烏) 8尹(烏)—平(底・常) 9入道—卿(常)

彼《(かの)》又五郎は、老《お》いたる衛士《(ゑじ)》[一]の、公事《(くじ)》[1]によく慣《な》れたる者《もの》にて[2]〔ぞ有《(あり)》ける。〕近衛殿[二]着陣[三]し給《(たまひ)》ける時、膝突《ひざつき》[四][3]を忘《わす》れ、外記《(げき)》を召《め》されければ、火焚《た》[五]きてさぶらひけるが、「[4]〔まづ〕[六]膝突《ひざつき》を召《め》さるべくや候《(さうらふ)》らむ」と、忍《しの》[七]びやかにつぶやきたりける[5]、いとをかしかりけり。

（第百三段）

大覚寺殿[八]にて、近習《(きんじゆ)》[九]の人ども、なぞ〱[一〇]を作《つく》りて解《と》かれけるところへ、医師《くすし》[一一]忠守《(ただもり)》まい《(ゐ)》りたりけるを[6]、侍従《(じじゆう)》[一二]大納言公明《(きんあきら)》卿、「我朝《(わがてう)》[一三]の物とも見《み》えぬ忠守《たゞもり》かな」と、なぞ〱にせられけり[7]。「唐瓶子《から(へいじ)》[一四]」と解きて笑《わら》ひあはれければ、腹立《はらた》[一五]ちてまかり出《い》でにけり。

（第百四段）

一 諸国から選抜され、衛門府に配属された兵士で、公事の雑役や御殿の清掃に従事し、庭火を焚いた。
二 藤原(近衛)経忠。観応三年(一三五二)没、五十一歳。
三 陣の座にお着きなさった時。陣の座は公事の時、公卿が列座する席。第二十三段注二八参照。
四 膝の下に敷く大きさ半畳ほどの薄縁。「軾」とも書く。
五 (又五郎が)庭火を焚いて伺候していたが。
六 外記を召される前に膝突を召されるべきでございましょう。近衛殿が膝突を忘れたことを暗に難じた。
七 小声でつぶやいたのがたいそうおかしかった。又五郎がそれと意識せず、膝突を外記と等しく擬人的に表現した点に面白さを感じたか。

第百三段 丹波忠守が嘲弄的な謎々の対象とされたことを怒った話。

八 洛西の嵯峨にある大覚寺内の御所。この話は後宇多院の御所でのことか。
九 院の近臣の人々。禁秘抄・上に「近習事」の項がある。
一〇 謎々。「謎」は、もと「何(な)ぞ」の意。なぞなぞは平安時代にもしばしば行われた言語遊戯。
一一 丹波忠守。康永三年(一三四四)没、享年未詳。
一二 藤原公明。延元元年(一三三六)没、五十五歳。
一三 日本国の人とも見えない忠守だなあ。丹波氏が後漢の霊帝の子孫であるという伝承によっていう。
一四 中国渡来の酒器。平忠盛は伊勢平氏で、「伊勢平氏(瓶子)はすがめ(眇・酢瓶)なりけり」とはやされたというが(平家物語一・殿上闇討)、丹波忠守は中国からの渡来人の子孫で発音は同じ「タダモリ」だから、唐瓶子だと言った。
一五 腹を立てた理由は不明。あるいは単にその出自を諷するに止まらず、忠盛に対する揶揄と同様、忠守の身体的特徴をもからかう意味が籠められていたか。

第百四段 ある人が馴染みの女を訪れた一夜の情景の垣間見ふうな描写。

一六 人の訪れもない荒廃した家に。「人目なく荒れたる宿は橘の花こそ軒のつまとなりけれ」(源氏・花散里)。

一六荒《あ》れたる宿《やど》の人目《め》なきに、女の、一七憚《はゞか》る8〔事ある〕頃《ころ》にて、一八つれぐと籠《こも》りゐたるを、ある人とぶらひ給はむとて、一九夕月夜《ゆふづくよ》のおぼつかなきほどに忍《(しのび)》て尋《たづ》ねおはしたるに、二〇犬《いぬ》のことぐしく咎《とが》むれば、二一下衆《げす》女の出《い》でて、「いづくよりぞ」と言《い》ふに、二二やがて9案内《あんない》せさせて、入《い》り給《(たまひ)》ぬ。心ぼそげなる有様《ありさま》、二三いかで過《す》ぐすらむと、いと10〔心〕苦《ぐる》し。二四あやしき板敷《いたじき》にしばし立《た》ちたまへるを、二五もてしづめたるけはひの若《わか》やかなるして、11「二六かなた」と言《い》ふ人あれば、二七立《た》て開《あ》けところせげなる遣戸《やりど》よりぞ入《い》りたまひぬる。

二八内《うち》のさまは、いたくすさまじからず。二九心にくゝ、三〇火はあなたにほのかなれど、三一物のきらなど見《み》えて、三二にはかにしもあらぬ匂《にほ》ひ、三三いとなつかしう住《す》みなしたり。「三四門《かど》よく鎖《さ》してよ。三五雨もぞ降《ふ》る、三六御車は門の下《した》に、御供《とも》の人はそこぐに」と言《い》へ12〔ば〕、「三七今宵《こよひ》ぞやすき寝《ゐ》

一七 世間を憚ることがある時で。「憚る事」の内容は不明だが、一説に服喪中かという。 一八 所在なく籠っているのを。 一九 夕月の出る、薄暗くて物もはっきり見えない時分に。「夕月夜」は、陰暦七日頃までの夕方に出る月。「夕月夜おぼつかなきを玉くしげふたみの浦は明けてこそ見め」(古今集・羇旅・藤原兼輔)。 二〇 犬がおおげさに吠えるので。「憎きもの…忍びて来る人見知りて吠ゆる犬」(枕草子二十八段)、「里びたる声したる犬どもの出で来てのしるもいと恐ろしく」(源氏・浮舟)。 二一 直ちに取り次がせてお入りになった。 二二 下仕えの女。下婢。 二三 どうして過ごしているのだろうと、ひどく気の毒に思われる。 二四 みすぼらしい板敷。 二五 落ち着いた雰囲気でしかも若々しい女房の声で。 二六 あちらへどうぞ。 二七 開閉の窮屈そうな引き戸。「立て」は、戸を立てる(閉める)意。 二八 部屋の内部はそれほど興ざめな様子ではない。 二九 奥ゆかしく。 三〇 向うの方にほのかにともっているが。 三一 物の美しさなどはわかって。 三二 来客があるので急いで焚いたのではない香の薫りが。第三十二段に通ずるものがある。 三三 たいそう人なつかしさを誘うように工夫して住んでいる。 三四 門をよく閉めて。女房が下仕えの男などに言い付ける語。 三五 雨が降るといけないから。 三六 お客様の牛車は門の下に入れて。お供の人はどこそこにお休みになるように。 三七 今夜は安眠できそうです。これは別の女房の私語。

1公事によく(常)—云事によく(底) よく公事に(烏) 2そ有ける(常・烏)—ナシ 3わすれ—忘て(常・烏) 4まつ(常・烏)—ナシ 5たりける—ける(烏) 6を—に(烏) 7けり—にけるを(烏) 8事ある(常・烏)—ナシ 9あんない—あない(常・烏) 10心(常〈補入〉・烏)—ナシ 11かなた—こなた(常・烏) 12は(常・烏)—ナシ

は寝《ぬ》べかめる」と[一]うちさゝめくも、忍《しの》びたれど、[二]ほどなければほの[1]聞《きこ》ゆる。

さて、[三]このほどの事ども[2]こまかに聞《きこ》えたまふに、[四]夜深《ぶか》き鳥も鳴《(なき)》ぬ。[五]来《こ》しかた行《(ゆく)》末《すゑ》かけて、[3]こまやかなる御物語に、[六]このたびは鳥も花やかなる声《こゑ》にうちしきれば、[七]明《あ》け放《はな》るゝにやと聞《き》ゝ給へど、[八]夜深《ぶか》く急《いそ》ぐべき所《ところ》のさまにもあら[4]で、少《すこ》し[九]たゆみたまへるに、[一〇]隙白《ひましろ》くなれば、[一一]忘《わす》れがたきことなど言《い》ひて立《た》ち出《い》で給《(たまふ)》に、木末《(こ)ずゑ》も庭も、[一二]めづらしく青《あを》みわたりたる卯月《(うづき)》ばかりのあけぼの、[一三]艶《えむ》にをかしかり[5]し、おぼし出《い》でゝ、[一四]桂《かつら》の木の大《おほ》きなるが隠《かく》るゝまで、[一五]今《いま》も見送《おく》りたまふ[6]〔とぞ〕。

（第百五段）

一　ひそひそささやくのも。
二　さほど離れていないからほのかに聞える。
三　近況などをこまごまとお話しなされるうちに。主語は「ある人」。
四　まだ深夜なのに鶏も鳴いた。「可レ憎病鵲夜半驚レ人薄媚狂鶏三更唱レ暁」(遊仙窟、新撰朗詠集・恋・張文成)の句などを連想して書くか。
五　以前のことから今後のことにわたって。
六　今度は派手な声でしきりに鳴くので。
七　夜が明けたのだろうかと。
八　人目に付かないように、夜が明けないうちに急いで帰らねばならないような場所でもないので。
九　油断なさっていらっしゃると。
一〇　閨《ねや》の隙間が白く(明るく)なったので。夜が明けたことをいう。「冬の夜に幾度ばかり寝覚めして物思ふ宿のひま白むらん」(後拾遺集・冬・増基)。
一一　あなたのことを忘れられないというようなこと。男が女に対して言うのである。
一二　新鮮な情感を誘うように一面に新緑で青々としていた四月頃の朝ぼらけが。
一三　優艶で趣があったことを今もお思い出しになられて。
一四　落葉高木。賀茂祭の時に葵を付けて、諸鬘《もろかずら》として用いられる。「大きなる桂の樹の追風に…ただ一目見給ひし宿なりと見給ふ」(源氏・花散里)。
一五　今でもその家の前を通る際には見送りなされるということである。

第百五段　寒夜、御堂の廊で語りあう男女の姿を垣間見た描写。
一六　北側の建物の陰。
一七　寄せた牛車の轅。「轅」は牛車の前方に出ている二本の長い柄。
一八　夜が明けても空に残る頃の月。
一九　明るいけれども、翳りがなくはない状態である時

一六北の屋陰《かげ》に消《き》え残《のこ》りたる雪の、いたう凍《こほ》りたるに、一七さし寄《よ》せたる車の轅《ながへ》も、7霜いたくきらめきて、一八在明《(ありあけ)》の月一九さやかなれども、くまなくはあらぬに、二〇人離《ばな》れなる御堂の廊《らう》に8〔二一なみ〳〵にはあらぬと見《み》ゆる男、女《をんな》と二二長押《なげし》に〕尻掛《しりか》けて、物語《がた》りするさまこそ、何事《なにごと》にかあらん、二三尽《つ》きすまじけれ。二四かぶし、かたちなど、いとよしと見《み》えて、二五えもいはぬ10匂ひのさと11薫《かほ》りたるこそお《(を)》かしけれ。二六けはひなど、二七はつれ〳〵聞《きこ》えたるもゆかし。

（第百六段）

二八高野の12証空《せうくわう》二九上人、京へ上《のぼ》りけるに、細道《ほそみち》にて、三〇馬に乗《の》りたる女の行《(ゆき)》逢《あ》ひたりける13〔が〕、三一口引《(ひき)》ける男《おとこ》悪《あ》しく引《ひ》きて、三二聖《ひじり》の馬を堀《ほり》へ14落《おと》してけり。

二〇 ひとけのない御堂の廊に。「御堂の廊」は第四十四段注三〇参照。
二一 相当な身分らしい男。
二二 下長押。「長押」は寝殿造りで間仕切りとして柱と柱の間に横に渡した材。兼好家集に「冬の夜荒れたる所の簀子に尻掛けて、木高き松の木の間よりくまなく洩りたる月を見て、あかつきまで物語し侍りける人に　思ひ出づや軒のしのぶに霜さえて松の葉分けの月を見し夜は」とあるのによく似た状態。
二三 尽きないのであろう。
二四 頭つきの意か。
二五 何とも言えぬよい匂い。
二六 声。
二七 言葉の端々が聞えるのも、よく聞きたいという気を起こさせる。

第百六段　世事に疎い聖が怒りに任せ、俗人を相手に仏語だらけの悪口を吐いたのち、それを反省して逃げた話。
二八 高野山。真言宗の総本山金剛峰寺。
二九 伝未詳。
三〇 馬に乗った女と出逢ったが。
三一 馬の口を取って引いていた男。第八十七段の「口付の男」と同じ意。
三二 上人の乗っている馬を堀割へ蹴落してしまった。

1きこゆる—きこゆ（常・烏）　2こまかに—こまやかに（常・烏）　3こまやか—まめやか（常・烏）　4て—ねは（常・烏）　5し—しを（常・烏）　6とぞ（常・烏）—ナシ　7も—に（常）　8なみ〳〵に…なけしに（常・烏）—ナシ　9ぬ（常）—ず（烏）　10匂ひ（常・烏）—にほか〈本〉　11さとかほり（常・烏）—さえこほり　12せうくわう—せうくう（常）　証空（烏）　13か（常・烏）—ナシ　14おとし—をし落し（常）

聖、い一と腹悪《はらあ》しく咎《とが》めて、「こ二は稀有《けう》の狼藉《らうぜき》かな。四部《（しぶ）》三の弟子はよな、比丘《（びく）》よりは比丘尼《（びくに）》は劣《おと》り、比丘尼より優婆塞《うばそく》は劣《おと》り、優婆塞《うばそく》よりも1優婆夷《うばい》は劣《おと》れり。かくのごとくの2優婆夷《うばい》などの身にて、比丘を3掘《ほり》に蹴入《けい》れさする、未曾有《みぞう》四の悪行《（あくぎやう）》なり」4と言《い》ひければ、口引《（くちひき）》の男、5「い五かに仰《（おほせ）》らるゝやらむ。え六こそ聞《き》き知《し》らね」と言《い》ふに、上人、6猶《（なほ）》七いきまきて、「何《なに》と言《い》ふぞ、非修非学《（ひしゆひがく）》八の男」と、荒《あら》らかに言《い》ひて、極《きは》九まりなき放言《はうごん》しつと7思《おも》へるけしきにて、8馬を引《ひ》き返して逃《に》げられにけり。

9尊《たうと》一〇かりける諍《いさか》ひなるべし。

（第百七段）

「女の物言《ものい》ひ掛《か》けたる返事《（かへり）ごと》10に、と一一りあへずよきほどにする男は、

一 ひどく腹を立てて。なお、第四十五段注六参照。
二 これはめったにない乱暴な行いだなあ。
三 仏の四種類の弟子はだな。「四部の弟子」は、四種の仏弟子、比丘（出家して具足戒を受けた男子）・比丘尼（同じく女子。尼）・優婆塞（在俗のまま仏門に帰依した男子）・優婆夷（同じく女子）の総称。四衆(しゅ)ともいう。「よな」は、念を押す気持を表す助詞。
四 未だかつてない悪い行いである。
五 何とおっしゃるのでしょうか。
六 聞いてもよくわかりません。
七 いきり立って。
八 修行もせず、学問をもしない男。
九 この上ない悪口を言ってしまったと思った様子で。
一〇 証空が感情に任せていきり立ったのち、突如それを反省して逃げたことを、いかにも世間知らずの法師にふさわしい行動と感じ、その世間離れしている点をむしろ尊いと感じていう。

第百七段 男がひどく意識する女は性質の劣った存在にすぎないという論。

一一 とっさに。
一二 めったにいないものであるよ。
一三 亀山天皇。鎌倉時代の天皇。嘉元三年（一三〇五）没、五十七歳。
一四 ふざけた女房達が。
一五 ほととぎすの声をお聞きになりましたか。
一六 物の数でもないわたしのような者は聞くことができません。「音せぬは待つ人からかほととぎす誰教へけん数ならぬ身を」（続古今集・雑上・源俊頼）、「数ならぬ身にはならはぬ初音とて聞きても辿るほととぎすかな」（藤川五百首・藤原為定）。
一七 源具守。正和五年（一三一六）没、六十八歳。
一八 京の北東の盆地。山城国の歌枕とされる。具守の山荘があった。兼好家集に「堀河のおほいまうちぎみ

[一二]ありがたき物ぞ」とて、亀《かめ》[一三]山の院の御時、[一四]しれたる女房ども、若《わか》き男達《たち》のまい《(ゐ)》らるゝごとに、「[一五]ほとゝぎすや聞《き》きたまへる」と問ひて心《(こころ)》みられけるに、[11]何《なに》大納言とかやは、「[一六]数《かず》ならぬ身は、え聞《き》き候はず」と答《こた》へられけり。[一七]堀河の内大臣殿は、「[一八]岩倉《いはくら》にて聞《き》きて候《(さうらひ)》しやらむ」と仰《(おほせ)》られたりけるを、「[一九]これは難なし。数《かず》ならぬ身、[12][二〇]をかし」など定《さだ》[二一]めあはれけり。

すべて、男《おのこ》[13]は[14]女に笑《わら》はれぬやうに生《おほ》[二二]し立《た》つべしとぞ。「[二三]浄土寺の[15]関白殿は、幼《おさな》くて安喜門院《(あんきもんゐん)》[二四]のよく[二五]教《をし》へ[16]まい《(ゐ)》らさせ給《(たまひ)》けるゆへ《(ゑ)》に、御言《こと》葉などのよきぞ」と人の仰られけるとかや。[二六]山階《しな》の左大臣殿は、「[二七]あやしの下女《(しもをんな)》の見《み》[二八]たてまつるも、いと恥《は》づかしく、心づかひせらるゝ」とこそ仰られ[17]ける。[18][二九]女なき世なりせば、衣《え》文《もむ》も冠《かうぶり》も、[三〇]いかにもあれ、[三一]引《ひ》き繕《つくろ》ふ人も侍らじ。

を岩倉の山庄にをさめたてまつりにし又の春」とあり、具守は死後同所に葬られたことが知られる。

一九 この返事は欠点がない。

二〇 他本の「むつかし」だと、「わずらわしい」「きざだ」と否定的評価を下したことになる。あるいはその方がよいか。

二一 批評しあいなさった。

二二 育て上げるべきであるということである。

二三 藤原師教。元応二年(一三二〇)没、四十八歳。

二四 後堀河天皇の中宮。弘安九年(一二八六)没、八十歳。

二五 師教の父忠教の母は藤原公房の女(むすめ)で、安喜門院の妹。従って安喜門院は師教の大伯母に当るので、幼い師教を養育したか。

二六 藤原実雄。文永十年(一二七三)没、五十七歳。

二七 身分の低い下仕えの女。

二八 見申しあげる。拝見する。「下女」の立場で「山階の左大臣」を敬って言った謙譲表現、いわゆる自敬表現。左大臣自身が言ったか、作者が言い換えたかは不明。

二九 もしも女がいない世の中であったならば、装束も冠り物も。

三〇 どのようであろうとも。どのように乱れていても。挿入句。

三一 身だしなみを整える男もおりますまい。

1 も―は(常) ナシ(鳥) 2 うはいなとの身にて―のはいか身として(常) 3 に―へ(常・鳥) 4 いひ―いはれ(鳥) 5 いかに―いかゝ(常) 6 いきまき―いきめき(常) 7 おもへる―おもひける(鳥) 8 馬を―馬(鳥) 9 に―ナシ(常) 10 に―ナシ(常・鳥) 11 なに―なにかしの(常・鳥) 12 をかし―むつかし(常・鳥) 13 は―をは(常・鳥) 14 女にわらはれぬ―女のわらはぬ(常) 15 関白殿―前関白殿(鳥) 16 まいらさ(「さ」補入)せ―まいらせさせ(常・鳥) 17 ける―けれ(常・鳥) 18 女―女の(鳥)

かく人に[1]恥《は》ぢらるゝ女、[一]いかばかりいみじき物ぞと思ふに、[二]女の性《(しやう)》は皆《みな》ひがめり。[三]人我《(にんが)》の相深《さうふか》く、貪欲《(とんよく)》甚しく、物のことは《(わ)》りを知《し》らず、たゞ[四]迷《まよ》ひの方《かた》に心も[2]早《はや》く、言葉《こと》も巧《たく》みに、[五]苦《くる》しからぬことをも問《と》ふ時は言《い》はず。[六]用意《ようい》あるかと見れば、[3]〔又〕[七]あさましきことまで、[八]問《と》はず語《がた》りに言《い》ひ出《いだ》す。[九]深《ふか》くたばかり飾《かざ》れる[4]言葉《こと》、男の智恵にも勝《まさ》りたるかと思《おも》へば、其《(その)》ことの[5]跡[一〇]より顕《あらは》るゝを知《し》らず。[一一]すなほならずしてつたなき物は女也。その心に従《したが》ひて、よく思《おも》はれんこと、[6]心憂《う》かるべし。されば、[一二]何かは女の恥《は》づかしからむ。[7][一三]もしは賢女あらば、それもものうとく、すさまじかりなむ。たゞ[一四]迷《まよ》ひをあるじとして、かれに従《したが》ふ時、やさしく[8]〔も〕おもしろくも覚《おぼ》ゆべきことなり。

（第百八段）

一 どれほどすばらしいものかと思うと。
二 女の性質は皆ひねくれている。
三 自己中心の考え方。
四 迷妄の方面には心も機敏に働き。
五 話してもさしつかえないこと。
六 深い思慮分別。
七 あきれるようなこと。
八 尋ねもしないのに話し出す。
九 深くたくらんで偽り飾った言葉。
一〇 言うそばから偽りが露顕することも頓着しない。
一一 心が真直でなく、拙劣な存在。
一二 どうして女が気のおけるものであろうか。
一三 もし賢い女がいたならばそれも疎ましく、興ざめであろう。源氏・帚木の雨夜の品定めで式部丞が語る「賢き女」（博士の娘）の話などを念頭に置くか。
一四 迷いの心を主として、女に従う時。

第百八段　無常を認識して光陰を惜しむべきこと。

[一五]寸陰《(すんいん)》惜《お》しむ人なし。是《(これ)》[一六]、よく知《し》れるか、愚《おろ》かなるか。愚《おろ》かにして怠《おこた》る人のために言《い》はば、[一七]一銭軽《かろ》しといへども、是を重《かさ》ぬれば貧《まづ》しき人を富《と》める人となす。されば、[一八]商人《あき》の一銭を惜しむ心、[9]ねんごろなり。[一九]刹那《(せつな)》覚《おぼ》えずといへども、[二〇]これを運《はこ》びてやまざれば、[二一]命を[10]修《(しゅ)》する期《(ご)》たちまちに至《いた》る。されば、[二二]道人《(だうにん)》は遠《とを》く日月《(にちぐわつ)》を惜《お》しむべからず。[二三]たゞ今《いま》の一念空《むな》しく過《す》ぐることを惜《お》しむべし。

もし、人来《きた》りて、[二四]我が命、[11]明日かならず失《うしな》はるべしと告《つ》げ知《し》らせたらんに、今日《けふ》の暮《く》るゝ間《あいだ》、何事《なにごと》をか[12]楽《たの》しみ、[二五]何事をか営《いとな》まむ。[二六]われら[13]は生《い》ける今日の日、何ぞ其《(その)》時節に異《こと》ならむ。一日のうちに、飲《(おん)》食《(じき)》、[二七]便利、睡眠《(すいめん)》、言語《(ごんご)》、行歩《(ぎやうぶ)》、[14]やむことを得《え》ずして多《おほ》くの時を失《うしな》ふ。その余《あま》りの暇《いとま》、いくばくならぬ[15]中、無益《(むやく)》のことをなし、無益のことを言《い》ひ、[二八]無益のことを思惟して、時を移《うつ》すのみならず、[二九]日を消し、

一五 ほんの僅かの時間を惜しむ人はいない。「学道ノ人スベカラク寸陰ヲ惜ムベシ」(正法眼蔵随聞記六)。
一六 人々はこのことをよく知っているのか、愚かで知らないのか。
一七 愚かな人にわかりやすいように、金儲けの比喩を用いて説く。
一八 商人が一銭を大切にする心は並々ならぬものがある。
一九 一刹那は自覚しないほど短いといっても。「刹那」は第九十二段注一五参照。
二〇 これをどこまでも積み重ねていけば。
二一 命を終える時、死期にたちまち到達する。「修する」は「終する」の誤写か。
二二 仏道を修行する人は遠い先の時間を惜しむべきではない。
二三 たった今の刹那が無駄に過ぎることを惜しむべきである。「一念」は第九十二段注一六参照。
二四 お前は明日必ず死ぬであろうの意。「我が命」は間接話法的に言った。
二五 何事をしようとして忙しく立ち働くであろうか。
二六 我々が生きている今日という日がじつはその日、死を予告された前の日と何ら違ってはいないのだ。
二七 大小便をすること。用便。
二八 役にも立たないことを思って。
二九 一日を浪費し、一月を過ごして。

1はちら—聖ら(常)　2はやく—はやくうつり(烏)　3又(常・烏)—ナシ　4こと葉—ことは(常)　事は(烏)　5の—ナシ(烏)　6こと—ナシ(常)　事は(烏)　7は—ナシ(常・烏)　8も(常・烏)—ナシ　9ねんころ—切(烏)　10修する—おはる(常)　終る(烏)　11明日—あすは(常・烏)　12たのしみ—たのみ(烏)　13は—か(常・烏)　14やむことをえす—やんことなく(常)　15中—内に(常・烏)

月をわたりて、一生を送る、尤《もつとも》愚《おろ》か也。

[一]謝霊運《しやれいうん》は[二]法華の筆儒《ひつじゆ》[1]なりしかども、心常《つね》に[三]風雲の興[2]を観ぜしかば、[四]恵遠《ゑをん》、[五]白蓮《びやくれん》の交《まじは》りを許《ゆる》さゞりき。[六]しばらくもこれなき時は死人に同《おな》じ。光陰何《なに》のためにか惜《を》しむとならば、[3]〔内に〕[七]思慮なく、外《ほか》に[4]政《まつり》事《ごと》なくして、[5]や[八]〔ま〕む人はやみ、修《しゆ》せん人は修せよとなり。

（第百九段）

[九]高名の木登《のぼ》りと云《いひ》し男《をのこ》、[一〇]人を掟《き》てて、高《たか》き木に登《のぼ》せて、梢《こずゑ》を切《き》らせしに、[一一]いと危《あや(ふ)》うく見《み》えしほどは言《い》ふこともなくて、下《お》るゝ時に、[一二]軒長《のきたけ》ばかりに成《(なり)》て、「[一三]誤《あやま》ちすな。[一四]心して下《お》りよ」と言葉《こと》を掛《か》け侍《(はべり)》しを、「かばかりになりては、[一五]飛《と》び[6]下《お》るとも下《お》りなむ。[7]いかにかくはかり言《い》ふぞ」と申侍《(まうしはべり)》しかば、「[一六]そのことに候《(さうらふ)》。[8]目《め》[一七]くるまき、枝危《あや》

一 古代中国、六朝の東晋から宋代にかけての詩人。四三三年刑死した。
二 法華経の梵語からの翻訳を漢字に筆記する役。
三 風や雲など自然の興趣を眺めては詩賦を吟じたので。
四 慧遠とも。東晋の僧。大乗の奥義を極めた。四一六年没。
五 白蓮社の交際。白蓮社は蓮社ともいい、恵遠が廬山の東林寺で始めた念仏修行の結社。
六 かりそめにも寸陰を惜しむ心がない場合は、死人も同然である。
七 心の中であれこれ思うことなく、社会的には政治上のことに関わることがなくて。
八 悪事を止める人は止め、善行を修する人は修せよということのために惜しむのである。「止悪修善」の教えをいうか。

第百九段 事故は油断した所で起るものだという木登りの名人の教訓への共感。

九 木登りの名人として有名な男。
一〇 人を指図して。
一一 たいそう危険に見えた間は。
一二 軒の高さほどになって。「軒長にあがる鞠を声はなやかに乞て」（遊庭秘抄）。
一三 けがをするな。
一四 用心して下りよ。
一五 飛び下りたとしても下りられるだろう。
一六 そのことでございます。
一七 目が回り。

う《(ふ)》きほどは、一八を《(お)》のれが恐《おそ》れ侍れば、申さず。一九誤《あやま》ちはやすき所になりて、かならずつかまつることに候」と言《い》ふ。二〇9あやしの下﨟《(げらふ)》なれども、二一聖人の戒《いまし》めに叶《かな》へり。二二鞠《まり》も、二三かたき所を蹴《け》出《いだ》してのち、やすく思《おも》へば、かならず10落《お》つると侍るやらむ。

（第百十段）

二四双六《(すぐろく)》の上手と云《(いひ)》し人に、その11手《て》立《だて》を二五問《と》ひ侍《(はべり)》しかば、「勝《か》たんと打《う》つべからず。負《ま》けじと打《う》つべきなり。二六いづれの手か、とく負《ま》けぬべきと案《あむ》じて、その手を使《つか》はずして、一目《め》なりとも遅《をそ》く負《ま》くべき手《て》に就《つ》くべし」と言《い》ふ。

二七道を知《し》れる教《おし》へ、二八身を治《をさ》め、二九国を保《たも》たん道も、又しかなり。

一八 当人が警戒しておりますから、こちらからは注意いたしません。
一九 けがは安全な所になって必ずいたしますものでございます。
二〇 身分の低い者ではあるが。
二一 易経に地位に安心しきっている者、滅亡を忘れている者、乱を忘れている者の危険を説き、「君子は安くして危ふきを忘れず」（繋辞下）という。
二二 蹴鞠。革沓をはいて、鞠を蹴り、地面に落さぬように受ける競技。
二三 難しいところをうまく蹴って切り抜けたのち。

第百十段 守備に徹せよという双六の名人の教訓への共感。
二四 盤の上に黒白の駒石各十五個を並べて対戦し、二個の賽を二人が交互に振って、出た目の数だけ石を送り、すべての石が早く相手の陣に入った方を勝とする遊戯。インドに起り、中国から伝わった。
二五 勝つための手段。
二六 どの手が早く負けるであろうかと思案して。
二七 その道を知っている者の教えであって。
二八 その身の行いを正し。「修身」「治身」などの漢語を訓読した言い方。
二九 為政者として国を統治する道。政治。「国を有《(も)》つ者は以て慎まざるべからず」（大学）。

1筆儒—儒（常） 筆受（烏） 2興—思（烏） 3内に（常・烏）—ナシ 4政こと—政事（常） 世事（烏） 5やまむ（常） 止ん（烏）—やむ 6おる—おるゝ（常・烏） 7かくはかり—かくは（常） かく（烏） 8くるまき—くるめき（常・烏） 9あやしの—あやしき（烏） 10おつる—落（烏） 11てたて—行（烏）

（第百十一段）

「囲碁《(ゐご)》[一]、双六《(すぐろく)》[二]好《この》みて明《あ》かし暮《くら》す人は、四重五逆[三]にも勝《まさ》れる悪事とぞ思《おも》ふ」と、ある聖《ひじり》の申ししこと、耳にとゞまりて、いみじく覚《おぼ》え侍り。[1]

（第百十二段）

[2]明日遠《とを》き国へ赴《おもむ》くべしと聞《き》かむ人に、心閑《しづ》かになすべからむわざをば、人、言《い》[四]ひ掛《か》けてんや。俄《には》[五]かの大事をも営《いとな》み、切《せち》に歎《なげ》くこともある人は、他の事を聞《き》き入《い》れず、人の憂《うれ》[六]へ悦《(よろこび)》をも問《と》はず。[3]〔問《と》はず」とて、「などや」[七]と恨《うら》むる人《ひと》もなし。されば、年《とし》[八]もやう〳〵闌《た》け、病[九]にもまつはれ、いはむや、世をも遁《のが》れたらむ人、又これに同《おな》じか

第百十一段　勝負事を好むのは大悪であるというある聖の語への共感。

一 碁。中国から伝来した。江談抄三「吉備入唐間事」に、吉備真備が伝えたと語る。

二 第百十段注二四参照。囲碁・双六が博奕を伴いがちなことは、古今著聞集十二・博奕第十八より知られる。「鷹犬博奕《(ばくえき)》は重く禁遏《(きんあつ)》する所なり」（九条右丞相遺誡）。とくに寺院での双六を禁じたものとしては、「囲碁双六等、諸遊芸鞠小弓等の事、強ちこれを好むべからず。…就中双六においては、曾て以てこれを操るべからず。大師御制誡其の一なり」（守覚法親王「右記」）という例がある。

三 「四重」は、邪淫戒・盗戒・殺人戒・大妄語戒の四種の戒律を犯す重罪。「五逆」は、父を殺すこと、母を殺すこと、阿羅漢（聖者）を殺すこと、仏身を傷つけること、和合僧（僧の集団）を破壊することの五種で、仏教における重罪。

第百十二段　世事をすべて放棄せよという論。

四 言い掛けるであろうか。「や」は反語。

五 突然の重大な事柄を行い。

六 他人の憂え悲しみや慶び事（慶弔）の挨拶もしない。

七 どうしてあの人は挨拶をしないのだろうか。

八 だんだんに年も取り。

九 病気とも縁が切れなくなり。

一〇 人間生活におけるしきたり。

一一 どれといって避け難くないものがあるだろうか。具体的には、嵆康が、生来手紙を認めるのを好まないにもかかわらず、「人間多事にして案に堆く机に盈つ。相酬答せずんば則ち教を犯し義を傷《(やぶ)》る」（文選二十二・与㆓山巨源㆒絶交書）と述べているようなことを念頭に置くか。

一二 世間が黙ってはいないのに順応して。

るべし。

[一〇]人間の儀式、[一一]いづれ[4]〔の事〕かさりがたからぬ。[一二]世俗の[5]難キ二黙止シ一に従《したが》ひて、[一三]是《(これ)》を必《(かならず)》とせば、願《(ねがひ)》も多《おほ》く、身も苦《くる》しく、心の暇《いとま》もなく、[一四]一生は雑事《(ざふじ)》の小節《(せうせつ)》に[6]まつはれて、空《(むなし)》く暮《く》れなん。

[一五]日暮《く》れ、道遠《みちとを》し。[一六]吾生《(わがしやう)》すでに[7]蹉踏たり。[一七]諸縁を放下《(はうげ)》すべき時なり。[一八]信をも守《まぼ》らじ。礼義をも思《おも》はじ。[一九]此《(この)》[8]心を得《え》ざらむ人は、物狂《ぐる(ひ)》いとも言《い》へ、[二〇]うつゝなし、情《なさけ》なしとも思《おも》へ。譏《そし》るとも苦《くる》しまじ。[二一]褒《ほ》むとも聞《き》き《ゝ》入《い》れじ。

（第百十三段）

[二二]四十《よそぢ》[9]に余《あま》りぬる人の、[二三]色めきたる方《かた(お)》をのづから忍《しの》びてあらむは、[10][二四]いかゞせん、[二五]言《こと》に打《う》ち出《い》でて《ゝ》、男《おとこ》女のこと、人の上《うへ》をも言《い》ひ、戯《たはぶ》

一三 儀式を必ず行うとしたならば。
一四 一生は些細な雑事に悩まされて。
一五 選択伝弘決疑鈔(建長六年、良忠著)所引の白楽天の偈に「日暮れて途遠し。吾が生已に蹉跎《ださ》たり」とある。
一六 自分の一生は既に時機を逸してしまった。「蹉踏」は「蹉跎」とあるべきか。時機を逸する、つまずくなどの意。
一七 もろもろの機縁を放擲すべき時である。第七十五段注二八・三一参照。
一八 人間関係で大切にされる信義をも守るまい。社会的な礼儀をも気にしまい。
一九 「信をも守らじ。礼義をも思はじ」という決意の意味するところを理解できない人は。
二〇 正気ではない、情愛がないとも思うがよい。
二一 逆に褒められても別に嬉しくもない、無関心であるの意。

第百十三段 見苦しく、聞き苦しい物づくし。
二二 四十歳は人生の節目で、これを過ぎると老境に入るという考えからいうか。なお、第七段注二八参照。
二三 色欲に関わること、情事をたまにこっそり行っているのは。
二四 どうしようか。しかたがないだろう。
二五 言葉に出して情事を話題にし。一言芳談に、敬仏房の語として「上人(法然)あからさまにても男女の間事物語にし給はず」(下)という。

1侍り―侍る(烏)　2明日―あすは(常・烏)　3とはず(烏)―ナシ(底・常)　4の事(常・烏)―ナシ　5難黙止―もたしかたき(常・烏)　6まつは―さへら(烏)　7蹉踏―蹉跎(常・烏)　8を―をも(烏)　9に―にも(烏)　10いかゝ―いかゞは(烏)

る〻こそ、似《に》[一]げなく、見ぐるしけれ。

[二]大方《おほかた》、聞《き》き《〻》にく〻見ぐるしきこと、老人《おひ》の若《わか》き人に交《まじ》[1]りて、興[三]あらむと物言《い》ひゐたる。数《かず》[四]ならぬ身にて、世覚《おぼ》[五]えある人を隔《へだ》てなきさまに言《い》ひたる。貧《まづ》[六]しき所《ところ》に酒宴好《この》み、客人《まれ(びと)》[七]にあるじせむときらめ[八]きたる。

（第百十四段）

今[九]出河の大臣殿《おほゐとの》、嵯峨《さが》[一〇]へおはしけるに、有栖川《ありす》[一一]のわたりに、水の流《なが》れたる所にて、賽《さい》[一二]王丸、御牛《うし》[一三]を追《お》ひたりければ、あがきの水[一四]、前《まへ》[一五]板《いた》まで[2]さとか〻りけるを、為則《ためのり》[一六]、御車[一七]の尻《しり》[3]には候《(さうらひ)》けるが、「稀有《けう》[一八]の童《はらは》かな。か〻[一九]る所にて御牛をば追《お》ふ物か」と言《い》ひたりければ、大臣《おほゐ》殿御[二〇]けしき悪《あ》しくなりて、「を《(お)》[二一]のれ車やらむ事、賽《さい》王丸に勝《まさ》[4]りてえ

一　似つかわしくなく、みっともない。
二　総じて、聞きづらくみっともないこと。
三　若い人の興味を惹こうと物を言っている有様。
四　物の数でもないような身分でありながら。
五　世間で声望ある人を遠慮のないように言っている有様。
六　貧乏人の家で酒宴をしたがり。
七　お客をもてなそうと。
八　派手に振舞っている有様。「従(モト)ノ者多ク被仕(ツカハレ)テ鑭(ラキ)メクモ理也」(今昔物語集二十六ノ十四)。

第百十四段　藤原公相が賽王丸の牛の追い方を難じた為則を怒って折檻した話と、賽王丸の主太秦殿が女房に奇妙な命名をした話。

九　藤原(西園寺)公相。文永四年(一二六七)没、四十五歳。その死について、後崇光院本増鏡・北野の雪に、「このおとど、入道殿よりは少し情おくれ、いちはやくなどおはしければ、心の底にはさのみ嘆く人もなかりけるとかや」と語る。　一〇　京都の西郊。
一一　嵯峨付近を流れる小さな川。
一二　西園寺家に仕えた牛飼童。駿牛絵詞に頻出する。
一三　お牛をせき立てて先へ進ませたので。
一四　牛が足掻きをした際にはねた水が。
一五　牛車の前の入口に横に掛け渡してある板。
一六　伝未詳。　一七　車の後部。
一八　とんでもない童だな。
一九　このような所でお牛を追うとは、何ということだ。「水の流れたる所」だから言う。「物か」は詠嘆。
二〇　御機嫌が悪くなって。
二一　お前は牛車を先へ進めることについて、賽王丸以上に知ってはいまい。
二二　お前こそとんでもない男だ。為則の賽王丸に対する罵倒の語をそのまま繰り返した。

知《し》」らじ。稀有《けう》[二二]の男なり」とて、御車[二三]に頭を打《う》ち当《あ》てられ[5]けり。

この高名の賽《さい》王丸は、[6]太秦《うづまさ》[二四]の男《おとこ》、料《れう》[二五]の御牛飼《かひ》ぞかし。此《この》太秦殿《うづまさどの》に侍《はべり》ける女房の名ども、一人は[7]ひさゝち[二六]、一人は[8]ことへち、一人は[9]はふいら、一人は[10]おとうらと付《つ》りられけり。

（第百十五段）

宿《しゆく》[二七]河原《がはら》といふ所にて、ぼろ〳〵[二八]多《おほ》く集《あつ》まりて、[11]九品《くぼん》[二九]念仏を申《まうし》けるに、外《ほか》より入《い》り来《きた》るぼろ〳〵の、「もし[三〇]、此《この》御中に、いろをし[三一]房と申《まうす》ぼろやおはします」と尋《たづね》ければ、其《その》中より、「いろをし、こゝにさぶらふ。かくの給《たまふ》は[12]誰」と答《こた》ふれば、「しら梵字《ぼんじ》[三二]と申《まうす》者也。を《お》[三三]のれが[13]師なにがしと申《まうし》人、東国にていろをしと申《まうす》ぼろに殺《ころ》されけりとうけ給《たまはり》しかば、その人に逢《あ》ひたてまつりて、恨《うら》[三四]み申さばやと

三三 お車に為則の頭を打ちつけなさった。
二四 烏丸本の「太秦どのゝ男」がよいか。太秦殿は、一説に、藤原（坊門）信清の子孫かという。太秦は京都西郊の地名。「男」は、従者の意。
二五 院の御用を勤めた牛飼の意か。
二六 以下の名前はいずれも牛に因むらしいが、不明。

第百十五段　ぼろぼろ同士の決闘の話の聞書と、ぼろぼろの起源。

二七 武蔵国の多摩川の流域の地か。摂津国説もある。
二八 後世の虚無僧に類する無頼の徒のごとき遁世者。馬聖ともいった。「所領得替ノ後ハ、ヒタスラ暮露々々ノ如クニテ、帷ニ紙衣キテヌルニ、足モ身モ冷ズ」（沙石集・拾遺六十九話）、「修行者といひ、ぼろぼろなど申すふぜいの者に行き合ひなどして、心の外なる契りを結ぶためしも侍とかや聞けども」（とはずがたり四）、「法の月広く澄まして武蔵野に起きゐる暮露の草の床かな…暮露の心、月入るばかりの法の光をか広め侍るべき。信仰もなく覚ゆ。…いとふなよ通ふ心のむまひじり人の聞くべき足（あ）の音もなし…左の馬聖は…よりきたりて神妙に侍り」（七十一番職人歌合・四十六番左）。
二九 西方極楽浄土への九品往生を願って念仏を唱えること。
三〇 もしかしてこのお仲間に。
三一 伝未詳。　三二 伝未詳。
三三 わたくしの師匠である何某と申した人が。
三四 恐れながら仕返し申しあげたいと思って。

1 ましり—まじはり（烏）　2 さと—さゝと（烏）ナシ（常）　3 には—に（常・烏）　4 りてえし（常・烏）—ナシ　5 けり—にけり（常・烏）　6 うつまさ—太秦どの（烏）　7 ひさゝち—ひさゝら（常）　8 ことへち—ことつら（常）ことつち（烏）　9 はふいら—はふいう（常）　10 おとうら—おとうち（常）をとうし（烏）　11 九品—九品の（常・烏）　12 誰—たそ（常）　13 師—師匠（常）

思《おも》ひて、尋申《たづねまうす》なり」と言《い》ふ。

いろをし、「ゆゝしくも[一]尋《たづ》ねおはしたり。さる事[二]侍《はべり》き。こゝにて[三]対面したてまつらば、[四]道場を汚し侍《はべる》べし。[五]前《まへ》の河原へまい《ゐ》りあはむ。[六]穴賢《あなかしこ》、[七]わきさし達《たち》、[八]いづ方《かた》をも見つぎ給ふな。[九]あまたの煩《わづら》ひにならば、仏事の妨《さまたげ》に侍べし」と言《い》ひ定《さだ》めて、二人[一〇]河原へ出合《いであひ》て、心[一一]行《ゆく》ばかり貫《つらぬ》き[一二]あひて、共《とも》に死《し》にに《ゝ》けり。

ぼろ／＼と云者《いふもの》、昔はなかりけるにや。近《ちか》き世に、[1][一三]ぼろしむ、梵字《ぼんじ》、漢字《かんじ》などいひける者《もの》、其始《そのはじめ》なりけるをや。[2]世を捨《す》てたるに似《ゝ》て、[3]而《しかも》[一四]我執深《ふか》く、仏道を願《ねが》ふに似《ゝ》て、[一五]闘諍《とうじやう》を事とす。[一六]放逸無慙《はういつむざん》の有様《ありさま》なれど、[一七]死を軽《かろ》くして、少《すこ》しもなづまざる方[4]、[一八]いさぎよく覚《おぼえ》て、人の語《かた》りしまゝに書付《かきつけ》侍る也。

一　御立派にもよく尋ねていらっしゃった。
二　そのようなことがありました。
三　お目にかかったならば。「対面」は実際には対決を意味する。
四　仏事を修する場。
五　前の河原で決闘しましょう。
六　ああ、決して。第三十段（一〇八頁）注六参照。
七　付き添っている人々。
八　どちらをも加勢なさるな。
九　多くの人々に迷惑をかけることになると。
一〇　河原へ出て決闘して。
一一　思う存分。
一二　刺し違えて。
一三　いずれもぼろぼろの異称。「ぼろしむ」はあるいは「ぼろんじ」の誤りか。
一四　自我に対する執着。
一五　闘争。
一六　ほしいままに振舞い、自らの悪行を恥じない有様。
一七　死を何とも思わず、生に執着しない傾向が。
一八　生に執着する俗人から見るといさぎよいと思われたか。

（第百十六段）

寺院の号、[一九]さらぬよろづの物にも、名を付《つ》くる事、昔の人は少《すこ》しも[二〇]求《と》めず、たゞ[二一]ありのまゝに[二二]安《やす》く付《つけ》[5]たるなり。此比《このごろ》は深《ふか》く案じ、[二三]才覚を顕《あらは》さむとしたる様に聞《きこゆ》る、[二四]いと六借《むつかし》。人の名も、[二五]目《め》なれぬ文字を付《つ》かむとす[6]、益なきことなり。

何事も、珍《めづらし》きことを求《もとめ》、[二六]異説を好《このむ》は、[二七]浅才の人の必《かならず》ある事なりとぞ。

（第百十七段）

[二八]友とするに悪《わろ》き物、七《ななつ》あり。一《ひとつ》には、[二九]高《たか》くやむごとなき人。二《ふたつ》には、[7][三〇]若《わか》き人。三《みつ》に[8]、[三一]病《やまひ》なく身強《つよ》き人。四《よつ》には、[三二]酒を好《このむ》人。五《いつつ》には、

第百十六段　事物に命名の際、珍しい名を付けようとするのはよくない、すべて珍奇を好むのは浅薄であると述べる。

一九　それ以外のいろいろな物にも。
二〇　探し求めず。
二一　あるがままに。自然に。
二二　わかりやすく。
二三　学才をひけらかそうとしたように聞える。
二四　ひどく煩わしい。
二五　見なれぬ文字を付けようとすること。
二六　変った説。
二七　浅薄な知識の持主。

第百十七段　悪友とよい友の物づくし。
二八　「孔子の曰はく、益者三友、損者三友。直きを友とし、諒(まこと)を友とし、多聞を友とするは、益なり。便辟を友とし、善柔を友とし、便佞を友とするは、損なり」(論語・季氏)などに倣う意識があっていうか。
二九　身分が高く尊貴な人。礼を失しないように気を遣わねばならないから悪い。
三〇　若い人は老人に対する理解に欠けるから悪い。
三一　健康で強壮な人。病身の者に対する同情心がないから悪い。
三二　酒癖のよくない人が多いから悪い。

1ほろしむ―ぼろんじ(烏)　**2**をや―とかや(常・烏)　**3**而―しかも(常)　ナシ(烏)　**4**方―かたの(常・烏)　**5**たる―ける(烏)　**6**す―する(烏)　**7**わかき―年わかき(常)　**8**に―には(常・烏)

[一]猛《たけ》く勇《いさ》める兵《(つはもの)》。六《(むつ)》には、空言《(そらごと)》する人。七には、欲深《ふか》き人。

良《よ》き友、三あり。一には、物《もの》くるゝ友。二には、医師《くすし》[二]。三には、智恵ある友《とも》。

（第百十八段）

鯉《こゐ》[三]のあつ物[1]を食《く》ひたる日は、鬢《びん》そゝけずとなん。[2]膠《にかは》[四]にも作《つく》る物《もの》なれば、粘《ねば》りたる物にこそ。鯉《こゐ》ばかりこそ、御前[五]にても切《き》らるゝ物なれば、やむごとなき魚[3]なれ。

鳥には、鴙《(きじ)》[六]、さうなき物也。雉《きじ》、松茸《(まつたけ)》[七]などは、御湯殿《ゆどの》の上《うへ》[八]にか[4]ゝりたるも苦《くる》しからず。その他《ほか》は心憂《う》きことなり。中宮[九]の御方《かた》の御湯《ゆ》殿《どの》の上《うへ》の黒《くろ》み棚《だな》[一〇]に、雁の見《み》[5]えけるを、北山[一一]の入道殿《どの》の御覧《(ごらん)》じて、帰《かへ》らせ給《(たまひ)》て、やがて[一二]御文《ふみ》[6]して、「かやうの物、[一三]さながらその姿《すがた》にてみ

一　喧嘩早いから悪い。
二　病気になった時頼りになるから良い。

第百十八段　食用となる魚鳥とその取扱い方。

三　鯉の吸物。
四　鯉で膠を作ることは不明。
五　天皇の御前でも料理されるものであるから、尊重すべき魚である。古今著聞集十八ノ六二六に、藤原家成が崇徳天皇の面前で鯉の庖丁を仕ったこと、また、とはずがたり二に、後深草院の前で隆弁僧正が鯉の庖丁を披露したことが述べられている。
六　雉が比類なくすぐれた物である。
七　とはずがたり二にも、後深草、亀山の両院が伏見山で松茸狩りを行ったことが記されており、貴人に供されたことが知られる。
八　「御湯殿の上」は、宮廷や将軍の屋敷で、湯を沸かし、食膳の道具などを置いてある部屋。女官が伺候していた。
九　後京極院。元弘三年(一三三三)没、享年未詳。
一〇　食膳の器具類を置く棚。
一一　藤原(西園寺)実兼。元亨二年(一三二二)没、七十四歳。「北山」は西園寺の意。
一二　直ちにお手紙で。
一三　そのまま鳥の姿で。調理の手が加わっていないことをいう。

棚《たな》にゐて候《さうらひ》し事、見ならはず、一四様悪《さまあ》しきこと也。一五はかぐしき人のさぶらはぬゆへ《ゑ》にこそ」など申されたりけり。

（第百十九段）

一六鎌倉《かまくら》の海に、一七鰹《かつほ》といふ魚は、かの一八境《さかゐ》には一九さうなき物にて、此比《このごろ》もてなす物《もの》なり。それも、鎌倉《かまくら》の年寄《としよ》りの申侍《まうしはべり》しは、「此魚、二〇を《お》のれ7らが若《わかゝ》かりし世までは、二一はかぐしき人の前《まへゝ》へ出《い》づること侍らざりき。頭《かしら》は二二下部《しもべ》も食《く》はず、切《き》りて捨《す》て侍し物《もの》なり」と申《まうし》き。

かやうの8物、二三世の末《すへ》になれば、二四上《かみ》ざままでも入《いり》立《た》つわざにこそ9侍《はべる》なれ。

一四 体裁の悪いことである。
一五 しっかりした人。

第百十九段　下魚とされていた鰹が珍重される現代への慨嘆。

一六 相模国鎌倉。幕府の所在地。
一七 鰹は、鰹節としては古くから用いられているが、ここでは生食することを問題とする。
一八 あの土地では。
一九 またとない上等の物として。
二〇 自分らが若かった時代までは。
二一 ちゃんとした人。立派な人。
二二 身分の低い者。
二三 末世になったので。世も衰えたので。
二四 上つ方までも入りこむことのようでございます。

1を—ナシ(烏)　2にかは(常)—にはか(底)　膠(烏)　3なれ—也(常)　なり(烏)　4かゝり(常・烏)—かゝ〈本〉え　5ける—たる(常)　つる(烏)　6して—にて(烏)　7か—ナシ(烏)　8物—物も(烏)　9侍なれ—侍れ(烏)

（第百二十段）

[1]唐《から》[一]物は、薬《くすり》[二]の他《ほか》は、[2]皆無《みなな》くとも事欠《ことか》くまじ。文どもは此国《(この)》に多《おほ》く弘《ひろ》まりぬれば、書《か》きも写《うつ》してん。唐《もろこし》[三]舟のたやす[四]からぬ道《みち》に、[3]不用《ふよう》の物どものみ取《と》り積《つ》みて、所狭《ところせ》[五]く渡《わた》し持《も》て来《く》る、いと愚《おろ》かなり。「[4]遠《(とほき)》[六]物《もの》を宝《たから》とせず」とも、又、「得《え》[七]がたき宝《たから》を尊《たうと》まず」[5]とも、文[八]に侍《(はべり)》とかや。[6]

（第百二十一段）

養《やしな》[九]ひ飼《か》ふ物には、馬、牛。繋《つな》ぎ[7]苦《くる》しむる、痛《いた》ましけれど、無《な》くて叶《かな》はぬ物なれば、[8]いかゞ[一〇]せん。犬は、守《まも》り防《ふせ》く務《つと》め、人にも勝《まさ》りたれば、か[一一]ならずあるべし。[9]家ごとにある物なれば、ことさらに求《もと》め

第百二十段　薬を除く舶来品不要論。

一　舶来品。「唐物」を珍重した有様は、続史愚抄・正中元年（一三二四）八月二十六日の条、建武式目条々などからも知られる。

二　第九十六段などとともに、医薬に対する兼好の関心を窺わせる叙述。日本に産しない薬種が船載されたことは、翰林五鳳集の記述などからも知られる。

三　中国と日本の間を往来する船。

四　容易ではない航路であるのに。

五　いっぱいになるほど。建長五年（一二五三）六月二十九日唐船破却令が出されていること（吾妻鏡）によっても、日宋貿易が活発であったことが窺われる。それは宋から元となっても同様で、元寇後も変りなかった。

六　「遠物を宝とせざれば、則ち遠人格（いた）る。宝とする所惟れ賢なれば、則ち邇人安んず」（書経・旅獒）。

七　老子に「得難き貨（たから）を貴ばざれば、民をして盗まざらしむ」（上）、また、「是を以て聖人は欲せざるを欲して得難きの貨を貴ばず」（下）という。

八　典拠とすべき本文。

第百二十一段　馬・牛・犬以外の家畜不要論と、動物愛護論。

九　家畜の代表として、最初に当時最も有用な馬と牛を挙げる。枕草子の類聚章段的な書出し。

一〇　どうしようか。しかたがない。飼うこともやむをえない。

一一　不可欠の家畜である。守覚法親王「右記」に、「禽獣の類、之を飼ふ事…一向之を停止すべし。鶏犬においては之を免ず。内外典中多く其の徳を説く」として、藤原道長の飼犬が呪咀を発見したという説話など、犬の効用を詳述し、「家を守る獣、主を涅する禽、此を名づけて鶏犬と曰ふ」とある。「夫犬ハ以ㇾ守ㇾ禦養ㇾ人トイヘリ」（太平記二十二・畑六郎左衛門事）。

一二　「檻に籠められ、鎖をさされ」の意。

一三　「翼を切られ、籠に入れられ」の意。

一四　鳥についていう。「只籠鳥雲を恋ふの思ひ有り」（本

飼《か》はずともありなん。

其外《（そのほか）》の鳥、けだ物、すべて用なき物也《もの》。走《はし》るけだ物は檻《おり》[一二]に籠《こ》め、鎖《くさり》をさゝれ、飛《と》ぶ鳥は翼《つばさ》[一三]を切《き》り、籠《こ》に入《（いれ）》られて、雲[一四]を恋《こ》ひ、野山[一五]を思《おも》ふ愁《うれ》へ、やむ時なし。[10]勧[一六]は[一七]その思《おも》ひ、わが身に当《あた》りて忍《（しのび）》がたくは、[一八]心あらん人、これを楽《たの》しまんや。生《（しやう）》を苦《くる》しめて目を悦《（よろこ）》ばしむるは、桀《（けつ）》[一九]、紂《（ちう）》が心なり。王子猷《（わうしいう）》[二〇]が鳥を愛《あひ》せし、林《はやし》[二一]に楽《たの》しむを見《み》て[11]逍遥《（せうえう）》の友《とも》としき。捕《とら》へ苦《くる》しめたるにあらず。

[12]おほよそ、「珍《めづら》[二二]しき鳥、あやしき獣《けもの》、国に養《やしな》はず」[13]とぞ、文[二三]にも[14]侍る。

（第百二十二段）

人の才能は、[15]文明《ふみあきら》[二四]かにして、聖《ひじり》[二五]の教《おし》へを知《し》れるを第一とす。次《つぎ》に

朝文粋六・申二勘解由次官井図書頭一状・菅原文時）。

一五 獣についていう。「鹿ヲ取テ檻ニコメツナギテ、居所ヲイミジクシ、食物ヲ美麗ニシテ養ヘドモ、鹿ハ山ヲノミ思フ心ヲトドメズ」（沙石集十本ノ四）。

一六 底本、「勧」の右傍に「本」と傍記する。「勧は」の二字意不明。あるいは「勧」は「動」の誤写で、「動は」で「ややもすれば」と読み、常縁本の長文の異文の痕跡と見るべきか。

一七 それら家畜の心が自身に思い当って我慢しがたいものであるならば。

一八 情ある人は家畜を飼うことを楽しまないであろう。

一九 桀は古代中国、夏の最後の王。殷の湯王に討たれた。紂は同じく、殷の最後の王。周の武王に滅ぼされた。共に悪王として名高い。

二〇 王徽之。古代中国、東晋の人。子猷は字。王羲之の子。竹を愛したことで知られる。

二一 「子猷看処鳥栖ㇾ煙」（和漢朗詠集・竹・章孝標）。

二二 「犬馬其の土性に非ざれば畜《（か）》はず、珍禽奇獣、国に育《（やしな）》はず」（書経・旅獒）。

二三 典拠とすべき書籍にもあります。

第百二十二段 人間として身につけるべき才能について。

二四 書籍に精通していて。

二五 聖賢の教え。

1から物—唐の物（鳥） 2みな—ナシ（鳥） 3ふよう—無用（常・鳥） 4遠—遠国（常） 5とも—ともと（常・鳥） 6に—にも（鳥） 7くるしむる—くるしむるは（常） くるしむるこそ（鳥） 8いかゝ—いかゝは（常・鳥） 9家—されど家（鳥） 10勧は—勧〈本〉は（底） やゝもすれは疵つきやもひて死ぬうつくしみ鳥獣におよほすへし（常） ナシ（鳥） 11逍遥（鳥）—せうはう（底・常） 12おほよそ—をよそ（常） 凡（鳥） 13そ—こそ（常・鳥） 14侍る—侍なれ（常・鳥） 15ふみ—ふみに（常）

は、[一]手書《てか》く事、[二]むねとすることはなくとも、これを習《なら》ふべし。[三]学問《がくもん》に便《たよ》りあらんためなり。次に、[四]医術を習《なら》ふべし。[五]身を養《やしな》ひ、人を助《たす》け、[六]忠孝の勤《つと》めも、医にあらずはあるべからず。次に、弓《(ゆみ)》射《ゐ》、馬乗《の》る事、[七]六芸《(りくげい)》に出《いだ》せり。必《(かならず)》是《(これ)》を[八]窺《うかゞ》ふべし。[九]文武医の道、まことに欠《か》けてはあるべからず。是を学《まな》ばむをば、[一〇]いたづらなる人といふべからず。

次に、[一一]食は人の天なり。よく味《あぢ》はひを調《とゝの》へ知《し》れる人、[一二]大《おほ》きなる徳とすべし。次に、[一三]細工万《(よろづ)》に要多《おほ》し。

此外《(このほか)》のことども、[一四]多能は君子の恥《(はづ)》るところなり。[一五]詩歌に巧《(たくみ)》に、[一六]糸竹に妙《(たへ)》なるは、[一七]幽玄の道、君臣《(くんしん)》是を重《おも》くすといへども、[一八]今《いま》の世には[一九]是をもちて世を治《おさ》むること、[二〇]蹔[二一]愚《おろ》かなるに似《に》たり。[二二]金《(こがね)》はすぐれたれども、鉄《くろがね》の益多《やくおほ》きにしかざるがごとし。

一 書道。「凡そ成長《(ひとと)》りて頗る物の情を知るの時は、朝に書伝を読み、次に手跡を学べ」(九条右丞相遺誡)。
二 専門とすることはなくても。
三 学問をする上で都合がよいためである。
四 医療の術。
五 自身の健康を保ち。
六 忠孝にはげむことも医術の心得がなくてはできない。「親に事《(つか)》ふる者は、亦医を知らざるべからず」(小学)。
七 礼・楽・射・御・書・数の六種の技芸。中国古代において、士以上の者の必修科目とされた。弓術は「射」、乗馬は「御」に相当する。「射は仁の道なり。正を諸《(これ)》己れに求む」(礼記・射義)。
八 一応は心得ておくべきである。
九 「凡そ、国家の器用を撰ばるる事は、専ら文武医の三の道なり」(二条良基「百寮訓要抄」)。
一〇 役に立たない人と言うべきではない。
一一 食物は人にとって天のように絶対的なものだ。「夫《(そ)》れ食は人の天たり。農は政の本たり」(帝範・務農篇)、「民は食をもつて天とす」(宝物集(二))。
一二 大きな能力がある人とすべきである。
一三 工芸。
一四 「吾少《(わか)》くして賤し。故に鄙事に多能なり。君子多ならんや。多ならざるなり」(論語・子罕)。
一五 漢詩や和歌に巧みであり。
一六 音楽にすぐれていることは。「嵆(嵆康)博く技芸を綜ぶ。糸竹において特に妙なり」(文選八・思旧賦)。
一七 優雅優美な道。中世芸術論でいう幽玄よりはもっと一般的な意味で用いたか。帝王の教養としては「和歌は光孝天皇より未だ絶えず。綺語たりと雖も、我国の習俗なり。好色の道、幽玄の儀、棄て置くべからざる事か」(禁秘抄・上)といわれている。
一八 現代においては。以下の叙述は、鎌倉末期から南北朝にかけての乱世を背景として考えるべき部分。
一九 詩歌や音楽でもって世を治めることは。

(第百二十三段)

[二三]無益《むやく》のことをなして時を移《うつ》すを、愚《おろ》かなる人とも、[二四]僻事《ひがこと》する人ともいふべし。[二五]国のため、君のため、やむことをえずしてなすべきこと多《おほ》し。其余《そのあま》りの暇《いとま》、[二六]いくばくならず。6思《おもふ》べし、[二七]人の身にやむことをえずして営《いとな》む所、[二八]第一に食《く》ひ物、第二に着《き》る物、第三に居《ゐ》る所なり。人間の大事、この三《みつ》には過《す》ぎず。7飢《う》ゑ、寒《さむ》からず、8雨風に侵《おか》されずして閑《しづ》かに9過《す》ぐすを楽《たの》しみとす。

但《ただし》、人皆《みな》病あり。病に侵《おか》されぬれば、その愁《うれ》へ、忍《しの》びがたし。[二九]医療を忘《わす》るべからず。薬を加《くは》へて、四《よつ》のこと、求《もと》めえざるを貧《まづ》しとす。此《この》四欠《か》けざるを富《と》めりとす。此四の他《ほか》を求《もとめ》10営《いとな》むを奢《おご》りとす。四のこと[三〇]倹約ならば、11[三一]誰人《たれひと》か足《た》らずとせん。

二〇 烏丸本等の「漸」を誤写したか。
二一 迂遠なようである。現実的ではないようだ。藤原頼長は子孫への教訓として「糸竹和歌に至りては、勧むる所に非ずと雖も、強ちに禁ずべからず」(台記・康治元年十二月三十日の条)という。
二二 金は貴重だが鉄が多くのことに役立つのには及ばないようなものだ。

第百二十三段 人間生活の基本的条件としての食・衣・住・薬の四つについて。
二三 以下第百八段と同様の考えを述べる。
二四 間違ったことをする人。
二五 公務に携わり、宮仕えの身としてやむをえずすべきことは多い。遁世者兼好の言として注目される。国務に従事する人々を読者として想定しているか。
二六 どれほどもない。いくらもない。
二七 人間の身として生きてゆくためにどうしようもなくて得ようと努めること。
二八 食・衣・住の三つを挙げる。
二九 第百十七・百二十二段と同じく、兼好の医薬に対する関心の深さを窺わせる叙述。
三〇 つつましやかな有様ながら足りているならば。
三一 いったい誰が足らないとするであろうか。

1 て―手を(常)　2 馬―馬に(常・烏)　3 天―命(烏)　4 万に―万の(常)　5 暫―やうやく(常) 漸(烏)　6 思―道をおもふ(常)　7 うゑ―うへす(常) 饑ず(烏)　8 雨風―風雨(烏)　9 すくす―すこす(常) 過す(烏)　10 を―へからす是をいとなむを(常)　11 誰人―たれの人(常・烏)

（第百二十四段）

[1][一]是法《ぜほふ》は[二]浄土宗に恥《は》ぢずといへども、[三]学匠を立《た》てず、只明暮《あけくれ》念仏して、安《やす》らかに世を過《す》ぐす有様《ありさま》、[四]いとあらまほし。

（第百二十五段）

[五]人におくれて[六]四十九日の仏事に、或聖《あるひじり》を[七]請《しやう》じ侍《はべり》しに、[八]説法いみじくして、皆人涙を流《なが》しけり。導師帰《かへ》りて後、聴聞《ちやうもん》の人ども、「いつよりも殊《ことに》、今日は尊《たうと》く覚侍《おぼえはべり》つ」[2]と感じあへり。[3][4]返《かへ》り事《ごと》に、「[九]何《なに》とも候へ、[一〇]あれほど唐《から》の狗《いぬ》に似[5]候《さうらひ》なんうへは」と言《い》ひたりしに、[一一]あはれも覚《さ》めて、お《を》かしかりき。[6][一二]さる導師の誉《ほ》めやうやはあるべき。

又、「人に酒勧《さけすゝ》むるとて、[一三]を《お》のれまづたべて、人に[一四]強《し》ゐ《ひ》たてまつ

第百二十四段　是法の生き方への讃嘆。
一 兼好と同時代の僧で歌人。生没年未詳。
二 浄土宗で恥かしくない学識ある僧であるが。浄土宗は法然（第三十九段注五参照）を開祖とする。
三 すぐれた学者であるということを表に出さず。
四 たいそう理想的である。

第百二十五段　滑稽な物の言い方二例。
五 人に死なれて。
六 中陰の最後の日の法要である。
七 導師としてお招きしましたところ。導師は法会、供養などで中心となる僧。
八 すばらしい説法をして、聴衆は皆感涙を流した。いわゆる能説の僧で、この世の無常なこと、この回向によって亡者が往生するであろうことを、美辞麗句をつらねて述べたのであろう。
九 何といたしましても。
一〇 あれほど唐の犬に似ておりますからには。「尊いのも当然だ」という意味を言外に暗示する。唐の犬は舶載された家畜だから珍重されたのであろう。なお、花園天皇宸記・元亨元年三月二十六日の条参照。
一一 感動もさめて。
一二 そのような導師の誉め方があるべきだろうか。
一三 自身がまず頂いてから。
一四 人に酒を無理強い申しあげようとすることは。
一五 剣は両方に刃が付いているから。いわゆる両刃の剣である。
一六 持ちあげる時にまず自分の頭が斬れてしまうから。
一七 人を斬ることができないのである。
一八 自分がまず酔って倒れてしまったならば、相手の人もまさか召しあがるまい。
一九 試し斬りしたのであろうか。

らんとするは、剣《けん》にて人斬《き》らむとするに似《に》たることなり。[一五]方《かた》に刃《は》[7]の付《つ》き[8]たれば、[一六]もたぐる時、まづわが[9]頭の[10]斬《き》るゝゆへ《（ゑ）》に、[一七]人をばえ斬《き》らぬ也。[一八]を《（お）》のれまづ酔《ゑ》い《（ひ）》て臥《ふ》しなば、[11]〔人も〕よも召《め》さじ」と申《（まうし）》き。剣《けん》にて斬《き》り[一九]心見《（こころみ）》たりけるにや、いと[12]お《（を）》かし。

（第百二十六段）

「[二〇]博打《ばくち》の負《ま》[二一]け極《きは》まりて、残《のこ》りなく[13]打入《うち（いれ）》せむに[14]あひては、打《う》つべからず。[二二]立《た》ち返《かへ》り[二三]続《つゞ》けて勝《か》つべき時の至《いた》れると知《し》るべし。その時を知《し》るを、[二四]よき博打といふ也」と、ある物申《（まうし）》き。

（第百二十七段）

[二五]改《（あらため）》て益《（やく）》なきことは、改ぬを[15]力とするなり。

第百二十六段　形勢が逆転する時を知るべきであるという博打の教訓の聞書。

二〇 ばくち打ち。

二一 とことんまで負けて、残っている金品を全部賭けようとしているのに向かっては打ってはならない。「打入」は賭物とすること、また、賭物として渡すこと。「某ガ二千度参タル事、慥(タシカ)ニ某ニ双六ニ打入レツ」(今昔物語集十六ノ三十七)。

二二 形勢が逆転して。

二三 負けていた方が続けて勝つに違いない時が到来したと知らねばならない。世阿弥が「この男時《（をどき）》・女時《（めどき）》とは、一切の勝負に、定めて一方色めきて、よき時分になる事あり。これを男時と心得べし。勝負の物数久しければ、両方へ移り変り〳〵すべし」(風姿花伝・別紙口伝)と述べているのに通ずる考え方。

二四 博打の名人というのである。

第百二十七段　無駄な改変はしないことをよしとする論。

二五 改めても無益なことは改めないことに従うの意か。「力と」は、あるいは「事と」の誤写か。第九十九段などからも窺われる考え方。「魯人長府を為《（つく）》る。閔子騫曰はく、旧貫に仍らば之を如何。何ぞ必ずしも改め作らん」(論語・先進)に拠るか。

1是法―是法々師(常・烏)　2つ―つる(常・烏)　3り―りし(常・烏)　4かへりこと―返事(常・烏)　5候―たり(常)　6き―けり(烏)　7の―ナシ(烏)　8たれは―たるものなれば(烏)　9頭の―頸を(烏)　10きるゝ―きらるゝ(常)　きる(烏)　11人も(常)―人は(烏)　ナシ(底)　12おかし―おかしかりき(烏)　13うち入―打いれむと(常・烏)　14あひて―相手(常)　15力―心(常)　よし(烏)

(第百二十八段)

雅房《まさふさ》[一]の大納言は、才賢《ざえかしこ》く[二]、よき人にて、大将[三]にもなさばやとおぼしめしける[1]頃《ころ》、院[四]の近習《(きんじゆ)》[五]なる人、「只今あさましきことを見侍《(はべり)》つ[六]」と申されければ、「何事ぞ」と問《ゝ》はせ給《(たまひ)》けるに、「雅房《まさふさ》の卿、鷹[七]に飼《か》はむとて、生《い》[八]きたる犬の足を切《き》り侍つるを、中垣《がき》[九]の穴《あな》より見侍つ」と申されけるに、[一〇]うとましく、憎《にくゝ》くおぼしめして、日頃《ひごろ》[一一]の[2]御気色《(みけしき)》も違《たが》ひ、昇進[一二]もし給はざりけり。

[一三]さばかりの人、鷹を持《も》たれたりける[3]は、思《おも》はずなれど、犬の足《あし》は跡[一四]なきことなりけり[4]。空言《(そらごと)》[一五]は不便《(ふびん)》なれども、かゝることを聞《き》かせ給て憎《にく》ませ給ける君の御心《こゝろ》はいと尊《たうと》きことなり。

大方《かた》、生《い》ける[5]物殺《ころ》し、痛《いた》め、闘《たゝか》はしめて遊《あそ》び楽《たの》しまむ人は、畜《(ちく)》[一六]

第百二十八段　源雅房が残酷な振舞いをしたと中傷されて出世しなかった話と、生物に対して慈悲心を持たないことへの批判。

一 源雅房。正安四年(一三〇二)没、四十一歳。
二 学才もあり、よい人柄であるので。
三 近衛の大将にもしたい。大将は近衛府の長官。左右各一人。大臣または大納言の兼官で、摂関家に次ぐ家柄、いわゆる清華の家の人でないとなれなかった。
四 この「院」が誰をさすかは不明。一説に、後伏見院。
五 側近の臣。第百二段注九参照。禁秘抄・上・近習事に「内々の事近習を以て尋ねしむる、古来の例なり」という。
六 あきれるようなことを見ました。
七 鷹に餌として与えようとして。
八 犬の足の肉を削ぎ切ったということか。
九 隔てとなっている垣根。
一〇 嫌なやつだから遠ざけたいと、憎らしくお思いになって。
一一 それまでの雅房に対して好意的であった御機嫌も悪くなられて。
一二 雅房は大将に昇進なさらなかった。除目に関して決定権を持つ「院」が昇進させなかったのである。
一三 あれほど立派な人が鷹を持っておられたのだから、意外なことであるが。九条右丞相遺誡(第百十一段注二参照)や台記・康治元年十二月二十日の条で、「鷹犬」を持つことを禁じている。
一四 事実無根のことであった。
一五 虚言は不都合であるけれども。
一六 お互いに傷つけ殺し合う動物の同類である。「若(シモ)人仁ナキワ、鬼畜ノ如シ」(沙石集三ノ七)。

生残害《しやうさんがい》のたぐひなり。よろづの鳥けだ物、小《ちい》さき虫までも、心をとめて有様《ありさま》を見《み》るに、[一七]子を思《おも》ひ、親《おや》を懐《なつか》しくし、[一八]夫婦を伴《ともな》ひ、妬み怒《いか》り、欲[6]の多《おほ》く、[一九]身を愛し、命を惜《お》しめること、[二〇]ひとへに愚癡《ぐち》なるゆへ《ゑ》に、人よりもまさりて甚し。[7][二一]苦《くる》しみを与へ、命を奪《うば》はんこと、いかでか痛《いた》ましからざらむ。すべて、[二二]一切の有情《うじやう》を見《み》て慈悲の心なからむは人倫にあらず。

（第百二十九段）

[二三]顔回《がんくわい》は、[二四]心ざし、人に労を施《ほどこ》さじとなり。すべて、[二五]人[8]を苦《くる》しめ物を[9]しへた〔ぐ〕る事、[二六]賤《いや》しき民の心ざしをも奪《うば》ふべからず。[10]〔又、〕[11]いとけなき子を[二七]すかし、おどし、言《い》ひ恥《は》づかしめて、興《けう》ずること[12]〔あり。〕[二八]おとなしき人は、まことならねば、[二九]ことにもあらず思《おも》へど、

一七 子を愛し。「物いはぬよものけだものすらだにもあはれなるかなや親の子を思ふ」（金槐集）。雑談集三には「獣マデモ母ノ子ヲ思事」として、子猿を射られた母猿の腸が寸断されていたという、中国禅僧の発心譚を語る。
一八 夫婦連れ立って。
一九 自身に愛着し。
二〇 ひたすら愚かであるために人よりもいちじるしい。
二一 第百二十一段に通ずる考え方。
二二 すべての生き物を見て慈悲の心のないような人は、人間ではない。

第百二十九段 他人に心理的苦悩を与えるのは無慈悲であるという意見。
二三 古代中国、魯の賢人。孔子の弟子。なお、花園天皇宸記・元応元年十月二十六日の条参照。
二四 「顔淵季路侍す。子の曰はく、盍《なん》ぞ各爾の志を言はざる。…顔淵の曰はく、願はくは善に伐《ほこ》ること無く、労を施すこと無けん」（論語・公冶長）。
二五 底本「人に物をしへたる事」を改める。
二六 「子の曰はく、三軍も帥を奪ふべきなり。匹夫も志を奪ふべからざるなり」（論語・子罕）。
二七 だましたり、脅したり、ひどいことを言って恥かしい思いをさせたりして。
二八 成人は。
二九 何でもないと思うけれども。

1 めし—ナシ（鳥）　2 御気色—御きそく（常）　3 けるは（常・鳥）—けれは　4 けり—ナシ（常・鳥）　5 物—ものを（常・鳥）　6 の—ナシ（常・鳥）　7 くるしみを—彼にくるしみを（鳥）　8 をくるしめ（常・鳥）—に　9 しへたくる（常・鳥）—しへたる　10 又（常・鳥）—ナシ　11 いとけなき—いときなき（鳥）　12 あり（常・鳥）—ナシ

幼《おさな》き心には身に[一]しみて恐《おそ》ろしく、恥《は》づかしく、あさましき思《おも》ひ、誠に[1]切なり。是《(これ)》を悩《なや》まして[2]興《けう》とすること、[3]慈愛の心にあらず。おとなしき人の悦《(よろこび)》、怒《いか》り、[4]悲《かな》しみ、[5]楽《たの》しむも、皆虚妄《(こまう)》[二]なれども、誰か実有《(じつう)》[三]の相に着《(ちやく)》せざる。身を破《やぶ》るよりも、心を痛《いた》ましむるは、人を損《そこな》ふこと猶《(なほ)》甚し。[四]病を受《う》くることも、多《おほ》くは心より[6]受《う》くる。外《(ほか)》より来《きた》る病は少《すくな》し。薬《くすり》を飲《の》みて汗《あせ》を求《もと》むるには、験《しるし》なきことあれども、一旦恥《は》ぢ恐《おそ》るゝことあれば、必《(かならず)》汗《あせ》を[7]流《なが》す。心のしわざなりと[8]いふこと、[9]知《し》りぬべし。凌雲《れううん》[五]の額《がく》を書《か》きて白頭の人となりし例《ためし》、なきにあらず。

(第百三十段)

[六]物に[10]争《あらそ》はず、をのれ《(お)》[七]を枉《ま》げて人に従《したが》ひ、我《(わが)》[八]身を後《のち》にして、人を先《さき》にするにはしかず。

一 心底からこわかったり、恥かしかったり、ひどく驚いたりするような思い。
二 仮の相。
三 この世の存在は実在すると誤認すること。
四 いわゆる「病は気から」ということを述べる。文選所収の嵆康(嵆叔夜)の「養生論」に同じ趣旨の論がある。
五 「凌雲」は凌雲観。古代中国、魏の明帝が建立した高楼。韋誕を籠に入れ、轆轤で引き上げて額を書かせたところ、地上に降りた時には鬢髪が真白であったという。世説新語に見え、十訓抄でも九重の塔に上らされた仏師某の話に関連して、「彼の韋仲将が凌雲台に昇りけん心地も、かくやありけんと覚ゆ」(十)と例に引く。「凌雲台の春の霞、波を凌ぎて幽々たり」(宴曲集五・遠玄)。
六 **第百三十段** 競争の弊害と学問について。物事に争わず。「子の曰はく、君子は争ふ所無し」(論語・八佾)。
七 自分の意志をまげて他人の意志に従い。
八 自身を後まわしにして他人を優先するにこしたことはない。

よろづの遊《あそ》びにも、[九]勝《か》ち負《ま》けを好《この》む人は、勝《か》ちて興《けう》あらむためなり。を《(お)》のれが芸の勝《まさ》りたる事を悦《(よろこ)》ぶ。[一〇]されば、負《ま》けて興なく覚《おぼ》ゆべきこと、又知《し》られたり。[一一]我《(われ)》負《ま》けて人を悦《よろこ》ばしめむと思《おも》はば、さらに遊《あそ》びの興なかるべし。[一二]人に本意《ほい》なく思《おも》はせて、わが心を[11]慰《なぐさ》めんこと、徳に背《そむ》けり。

[一三]むつましき中に戯《たはぶ》るゝも、[一四]人をはかりあざむきて、を《(お)》のれが智の勝《まさ》りたることを興とす。是《(これ)》又、[一五]礼にあらず。されば、初《はじ》め[一六]興宴《けうえん》より起《お》こりて、長《なが》き[12]怨《(うらみ)》を結《むす》ぶたぐひ多《おほ》し。是皆争《あらそ》ひを好《この》む[一七]失《(しつ)》なり。

人に[13]勝《か》たむことを思はば、たゞ学問して、その智を人に[14]まさむと思《おも》ふべし。道を学《まな》ぶとならば、[一八]善に誇らず、輩《ともがら》に諍《(あらそふ)》べからずといふことを知《し》るべきゆへ《(ゑ)》なり。[一九]大《おほ》きなる職をも辞し、利をも捨《す》つるは、たゞ学問の力《ちから》なり。

九 勝負事を好む人は、勝って面白がろうとするためにするのである。
一〇 だから、相手が負けて面白くなく感ずるであろうこともおのずと知られる。
一一 自分が負けて他人を喜ばせようとしたら。
一二 他人に面白くなく思わせて自分の心を慰めることは徳に背いている。勝負事が反道徳的であることをいう。第百十一段などに通ずる考え方。
一三 親しい間柄での冗談でも。
一四 他人をひっかけだまして自分の智恵が勝っていることを面白がる。
一五 礼儀に反する。
一六 興宴の席での冗談が原因で長い遺恨を抱くようになるという類の事例は多い。
一七 弊害。
一八 自身の善を誇ることなく。顔回の語(第百二十九段注二四参照)を踏まえていう。
一九 重要な職をも辞退し、大きな利益をも捨てることができるのは、ただ学問の力によって可能なのである。「大きなる」は「職」と「利」の両方に掛かる。

1なり―なるへし(常・烏)　2と―ナシ(常・烏)　3慈愛―慈悲(烏)　4かなしみ―かなしひ(烏)　5たのしむ―たのしふ(烏)　6うくる―うくる也(常)　うく(烏)　7なかす―ながすは(烏)　8いふこと―ナシ(常)　といふことを(烏)　9しりぬ―知(常・烏)　10に―を(常)　11なくさめん―なぐさまん(烏)　12怨―あた(常)　恨(烏)　13かたむ―勝らん(烏)　14まさむ―まさらむ(常・烏)

（第百三十一段）

一貧《まづ》しき者《もの》は、宝《たから》[1]をもちて礼とし、二老《(おい)》たる者《もの》は、力[2]をもちて礼とす。三をのが分を知《し》りて、四及ばざる時は速《(すみやか)》にやむを、智といふべし。五許《ゆる》さざらん[3]〔は〕、人の誤《あやま》りなり。[4]六〔分を知《し》らずしてしゐ《(ひ)》て励《はげ》むは、をのれが誤也。〕

七貧《まづ》しく[5]して分を知《し》らざれば盗《ぬす》み、八力衰《おとろ》へて分を知《し》らざれば病《やまひ》を受《う》く。

（第百三十二段）

九鳥羽の作《つく》り道は、一〇鳥羽殿建《た》てられて[6]後《のち》の号にはあらず、昔よりの名なり。

第百三十一段　分を知るということについて。
一 貧乏人は財宝を贈ることを礼儀とし。
二 老人は人のために力仕事をすることを礼儀に叶うとする。この部分は礼記の「貧者は貨財を以て礼とせず、老者は筋力を以て礼とせず」（曲礼上）という本文をあえて反対の意に用いていう。
三 自分の分際。身の程。
四 分際に及ばない時は速かに無理な努力を中止するのが賢いあり方というべきである。
五 中止することを認めないとしたら、それは他人が間違っているのである。
六 身の程を知らずに無理な努力をするのは、自身の間違いである。
七 貧乏なのに分際を弁えないから、豊かになろうとして盗みを働き。八 力が衰えているのに身の程を弁えないから、無理に力を使って病気になる。
第百三十二段　鳥羽の作り道の起源と、それにまつわる元良親王の逸話。
九 平安京の羅城門から鳥羽を一直線に南下する道。
一〇 白河上皇が寛治元年（一〇八七）京の南、鳥羽に建造した離宮。鳥羽離宮。城南離宮ともいわれた。
一一 陽成天皇の皇子。天慶六年（九四三）没、五十四歳。
一二 元日の朝賀の儀式に賀詞を奏上すること。
一三 立派であって。
一四 大内裏の八省院の北部の中央にあった正殿。
一五 式部卿重明親王（醍醐天皇皇子。天暦八年（九五四）没、四十九歳）の日記。ただし、同記残欠本にはこの記事は見出されない。
第百三十三段　天皇の寝所における枕の位置について。
一六 清涼殿内の天皇の寝所は。
一七 東枕にしていらっしゃる。「夜御殿。…帳は清涼殿に同じ。東枕なり。畳の御座敷なり」（禁秘抄・上）。
一八 「陽気」は万物に生命力を与える気。陰陽五行説で、東方は陽とされる。

[一一]元良親王《もとよししんわう》、[7][一二]元日奏賀《そうが》の声《こゑ》、甚《はなはだ》[一三]殊勝にして、[一四]大極殿《だいこくでん》より鳥羽の作《つく》り道まで聞《きこ》えけるよし、[一五]李部王記《りほうわうのき》に侍《はべる》と[8]や。

（第百三十三段）

[一六]夜《よる》の御殿《おとゞ》は、[一七]東御枕《ひがしみまくら》なり。大方《おほかた》、[一八]東を枕として陽気を受《う》くべきゆへ《ゑ》に、[一九]孔子も東首《とうしゆ》し給へり。[二〇]寝殿のしつらひ、[9]あるは[二一]南枕、常《つね》の事なり。[二二]白河院は、[10][二三]北首《ほくしゆ》に御寝《ぎよしん》[11]ありけり。「[二四]北は忌《い》む事なり。又、[二五]伊勢は南也。[二六]太神宮の御方を御跡にせさせ給《たまふ》こと、いかゞ」と、人申《まうし》けり。但《ただし》、[二七]太神宮の遥拝は、巽《たつみ》に向《む》かはせ[12]給ふ。南とはあらず。

（第百三十四段）

[二八]高倉院《たかくらのゐん》の[二九]法花堂《ほつけだう》の[三〇]三昧僧《さんまいそう》、[三一]なにがしの律師《りつし》とかやいふ者《もの》、ある時

一九 孔子も東枕をなさった。「疾あるに君之を視れば、東首して朝服を加へ、紳を拖(ひ)く」(論語・郷党)。孔子は古代中国、春秋時代の思想家。魯の人。字は仲尼。紀元前四七九年没、七十三歳。論語はその言行録。
二〇 寝殿造りの正殿での寝床の設備。
二一 南枕だと、正面に頭を向けていることになる。仁和寺では「南に枕して臥すべきなり。南嶺祖師(空海)遺跡数ヶ所これ有り」(守覚法親王「右記」)と教えられた。
二二 平安時代の天皇。大治四年(一一二九)没、七十七歳。
二三 北枕でおやすみになられた。「枕の事　鳥羽、白河の両法皇は殊に北枕に御す」(三中口伝五)。
二四 北は忌み避けることである。
二五 伊勢国は都から南の方角である。
二六 伊勢神宮。第二十四段注七参照。帝王がこの方向に足を向けてはならないとされていることは、「凡そ禁中の作法、先づ神事、後に他事。旦暮敬神の叡慮懈怠無く、白地にも神宮幷に内侍所の方を以て御跡と為さず」(禁秘抄・上)という記述によって知られる。
二七 天皇が伊勢大神宮を遥拝される時には東南にお向きになる。「主上御心を正して着御、〈巽向〉神宮内侍所已下御祈禱」(禁秘抄・上)。

第百三十四段　自己を認識していた某律師の話と、一般に自己の拙劣さを知らないことへの批判。

二八 平安時代の天皇。治承五年(一一八一)没、二十一歳。
二九 清閑寺内の法華三昧堂。　三〇 三昧を修する僧。
三一 何某律師とかいった者。律師は僧官の一、僧正・僧都の下である。

1・2もちて―もて(烏)　3は(常・烏)―ナシ　4分を…也(烏)―ナシ(底・常)　5して―て(烏)　6のちの号―後号する(常)　7元日―元日の(烏)　8や―かや(常・烏)　9あるは―あるひは(常)　或は(烏)　10北首―北枕(常)　11あり―なり(烏)　12給ふ南とは―給ひなむには(常)　給ふ南には(烏)

鏡《かゞみ》を取《と》りて顔《かほ》をつくゞ〵と見て、我《(わが)》一かたちのみにくく、浅猿《(あさまし)》きこと、[1]余《あま》りに心憂《う》く覚《おぼ》えて、鏡さへうとましき心ちしければ、其《(その)》後永《なが》く鏡を恐《おそ》れて、手にだに取《と》らず、二更に人に交《まじ》はる事なし。三御堂の勤《つと》めばかりにあひて、籠《こも》りゐたりと聞《き》ゝ侍《(はべり)》しこそ、四ありがたく覚《おぼ》えしか。

五賢《かしこ》げなる人も、六人の上《うへ》をのみ量《はか》りて、をのれ《(お)》をば知《し》らざる也。[2]七我を知《し》らずして外《(ほか)》を知《し》るといふことはり《(わ)》、あるべからず。されば、己《(おのれ)》を知《し》るを、物知《ものし》れる人といふべし。

八かたち見にくけれども知《し》らず、心の愚《おろ》かなるをも知《し》らず、芸の拙《(つたなき)》をも知《し》らず、[3]身の数《かず》ならぬをも知《し》らず、[4]年《とし》老《(おい)》ぬるをも知《し》らず、病の侵《おか》すをも知《し》らず、[5]〔死の近き事をも知《し》らず、行《(おこなふ)》道の至《いた》らざるをも知《し》らず。〕九身の上《うへ》の非を知《し》らねば、まして外の譏《そし》りを知《し》らず。たゞし、一〇かたちは鏡に見《み》ゆ、一一年《とし》は数《かぞ》へて知《し》る。一二わが身の事[6]〔知《し》ら

一 自分の容貌が醜く、興ざめであること。
二 全く人と付き合うことをしなかった。
三 御堂の勤行だけに出向いて。
四 たいそう珍しく、殊勝なことと思われた。このような共感の背後には、第一・四十三段などにも窺われた、容姿に対する作者自身の強い関心の存在が想像される。
五 利口そうな人。
六 他人の身の上ばかりを推測して。「かしこきも身の上知らずよそにてぞおろかなる人にまこと問ふべき」（嘉元百首・亀山院）。
七 自身を知らないで他を知るという道理がある筈はない。
八 容貌が醜いけれども、それを自覚しない。「知らず」の「ず」は、ここで終止すると見るよりは、連用形の中止法のごとき用法で、一旦中止して下に続いてゆく。「知らず」とされる事柄は、反復される度に、外面的なものから内面的なものへ、比較的軽いものから重いものへと、段階的に深められてゆく。
九 自身の欠点を知らないのだから、まして他人が非難していることを知らない。
一〇 容貌が醜いことは鏡に映って見える。この「見ゆ」も、終止形ではあるが、気持の上では連用形中止法に近いと見られる。
一一 年を取ったことは数えてわかる。
一二 自身のことを知らない訳ではないが、なすべき方法を知らないのだから、知らないも同然と言ってよいだろう。

ぬにはあらねど、すべき方《かた》のなりれば、」知《し》らぬに似《に》たりとぞ言《い》はまし。

一三形を7改《あらた》め、齢《よはひ》を若《わか》くせよとにはあらず。一四拙を知《し》らば、何《なん》ぞやがて退《しりぞ》かざる。一五老ぬと知《し》らば、何《なむ》ぞ閑《しづ》かに8居《ゐ》て身を安《やす》くせざる。9「一六行《おこなひ》」10おろそかなりと知《し》らば、一七何《なん》ぞこれを思《おも》ふこと、これにあらざる。すべて、一八人に愛楽《あいげう》せられずして衆に交《まじ》はるは、恥《はぢ》なり。

形《かたち》見にくゝ、一九心おくれにして出《い》で仕《つか》へ、無智にして大才に交《まじ》はり、二〇不堪《ふかん》の芸をもちて堪能《かんのう》の11座に連《つら》なり、二一雪の首を戴《いたゞ》きて盛《さか》りなる人に並《なら》び、二二いはんや、及ばざる事を望《のぞ》み、叶《かな》はぬことを愁《うれ》へ、来《きた》らざる事を待《ま》ち、二三人に恐《をそ》れ、人に媚《こ》ぶるは、二四人の与《あた》ふる恥にあらず。二五貪る心《こゝろ》に引《ひ》かれて、身づから身を恥《は》づかしむる也。二六貪《むさぼ》ることのやまざる12ことは、二七命を終ふる大事、今《いま》こゝに13来《きた》りと、確《たし》かに知《し》らざれば

一三 容貌を美しく改め、年齢を若くせよというのではない。それは不可能なことである。
一四 自身が拙劣であることを知ったならばどうして直ちに引退しないのだ。
一五 老いたと知ったならばどうして閑居して身を安んじようとしないのか。
一六 修行がおろそかであると知ったならば。
一七 どうしてそのことをよくよく反省しないのか。「帝念へや。茲《これ》を念ふに茲に在り」(書経・大禹謨)。
一八 他人に愛されないで大勢の人々の中に立ち交ることは恥である。
一九 心の働きが劣っていて出仕し。
二〇 未熟な芸でもって熟練した技芸の持主と同席し。
二一 白髪頭になって働き盛りの人に並び。
二二 ましてや、その身に及ばぬことを希望し、それが実現しないことを嘆き、やってきそうもないことを期待し。
二三 他人を恐れたり、他人におべっかを使ったりするのは。権勢ある人物に対する弱者の態度などをいうか。
二四 他人が与える恥辱ではない。
二五 自身の貪欲な心に引きずられて、自分で自分を辱めているのである。
二六 飽くなく欲望を追求することがやまないのは。
二七 終焉、死という大事が現在目の前に来ているとはっきり認識していないからである。「此たしかにといふに心をつくべし。死はたれもしれども、たしかにしらぬ故とのこゝろなり」(文段抄)。

1こと—事を(烏)　2我(常・烏)—物　3身の—ナシ(烏)　4とし—年の(常・烏)　5死の…しらす(常・烏)—ナシ　6しらぬ…なければ(常・烏)—ナシ　7あらため—あらためよ(常)　8ゐて—ナシ(烏)　9行(常・烏)—ナシ　10おろそか—をろか(常・烏)　11座—庭(常)　12こと—ナシ(烏)　13きたり—きたれり(常・烏)

なり。

(第百三十五段)

資季《すけすゑ》[一]の大納言入道と[1]聞《きこ》えける人、具氏《ともうぢ》[二]の宰相中将にあひて、「[三]わぬしの問《と》はれんほどの事、何事《なにごと》[四]なりとも答《こた》へ申さざらんや」と言《い》はれければ、具氏《ともうぢ》、「[五]いかゞ[2]侍《はべる》べからん」と申されけるを、「[六]さらば、あらがひたまへ」と言《い》はれて、「[七]はか〴〵しきことは片端《かたはし》も[3]学《まな》び知《し》り侍らねば、[4]尋申《たづねまうす》までもなし。[八]何となきそゞろごとの中におぼつかなきことをこそ、問《と》ひたてまつらめ」と申されけり。

「[九]まして、こゝもとの浅《あさ》きことは、何事なりとも明《あきら》め申さむ」と言《い》はれければ、[一〇]近習《きんじゆ》の人〳〵、女房なども、「[一一]興《けう》あるあらがひなり。同《おな》じくは、[一二]御前にて争《あらそ》はるべし。[一三]負《ま》けたらむ人は、供御《ぐご》を設《まう》けらる

第百三十五段　広言を吐いた藤原資季が源具氏にへこまされた話。

一 藤原資季。正応二年(一二八九)没、八十三歳。
二 源具氏。建治元年(一二七五)没、四十四歳。
三 おぬし。
四 何事であってもお答えしないことがあろうか。
五 さあどうでございましょうか。「それは疑わしい」という気持を籠めた返事。
六 それでは挑戦してごらんなさい。
七 しっかりしたこと。学問的なこと。
八 何ということもないとりとめのないことの中ではっきりしないこと。
九 このあたりの簡単なことは。
一〇 院の近習か。院は後嵯峨院か後深草院か。
一一 興味深い論争。
一二 院の御前で。
一三 負けた人は食事の設営をなさるべきである。これを「負けわざ」という。とはずがたり二に、後深草院・亀山院が小弓の負けわざをしあったことが語られ、資季はそこにも登場する。

べし」と定《さだ》めて、[一四]御前にて召《め》し合《あは》せられたりけるに、具氏《ともうぢ》、「幼《おさな》くより聞《き》き習《なら》ひ侍れど、その心知《し》らぬこと侍り。「[一五]むまのきつりやうきつにのをか中くほれいりくれんとう」と申《(まうす)》事は、いかなる心にか侍らん。うけたまはらむ」と申されけるに、大納言入道、[一六]はたと詰《つま》りて、「是《(これ)》はそゞろごとなれば、言《い》ふにも足《た》らず」と言《い》はれけるを、「もとより[一七]深《ふか》き道《みち》は知《し》り侍らず。[一八]そゞろごとを尋《(たづね)》たてまつらむと定申《(さだめまうし)》つ」と申されければ、大納言入道負《ま》けになりて、[一九]所課《(しよくわ)》[二〇]いかめしくせられたりけるとぞ。

（第百三十六段）

[二一]医師《くすし》篤成《あつしげ》、[二二]故法皇の御前に候《(さうらひ)》て、供御《ぐご》のまい《(ゐ)》りけるに、「[5]今日まい《(ゐ)》り侍る供御《ぐご》の色〳〵を、[二三][6]学問も、[二四]功能《くのう》も、尋《たづ》ね下されて、空《そら》に

一四 院の御前に召し出して対決させられたところ。
一五 中世でよく行われた謎らしいが、意不明。名語記六にも見える。
一六 ぐっと詰まって。
一七 深い学問に関すること。
一八 とりとめもないことをお尋ね申しあげようとあらかじめ決めて申しました。
一九 課せられたこと。ここでは、供御を設けること。
二〇 大がかりになさったということである。

第百三十六段 広言を吐いた和気篤成が源有房の質問によって恥をかいた話。

二一 和気篤成。典薬頭・大膳大夫。生没年未詳。「医師」は天子または院の侍医。「侍医は常に竜顔に近き者なり」(禁秘抄・上)。
二二 後宇多法皇をさすか。元亨四年(一三二四)没、五十八歳。
二三 それらに関する漢学的知識も。異文「文字も」の方がわかりやすい。
二四 薬としての効能も。

1と—とかや(烏)　2侍へからん—侍らん(烏)　3まなひしり—まねひ(常)まねびしり(烏)　4尋申まても—尋申ても益(常)　5今日—今(烏)　6学問—文字(常・烏)

申《(まうし)》侍らば、[一]本草《(ほんざう)》に御覧《(ごらん)》じ[1]合《あは》せられ侍れかし。[2][二]ひとへに申誤《あやま》り侍らじ」と申ける時しも、[三]六条の[3]故内府《(だいふ)》まい《(ゐ)》りたまひて、「有房《ありふさ》、つゐ《(い)》でに物習《なら》ひ侍らん」とて、「まづ、「[四]しほ」といふ文字は、いづれの偏《(へん)》にか侍らむ」と問《と》はれたりけるに、「[五]土偏《(どへん)》に候《(さうらふ)》」と申たりければ、「[六]才のほど、すでに顕《あらは》れにたり。[七]今《いま》はさばかりにて候へ。[八]ゆかしき所《ところ》なし」と申されけるに、[九]どよみ[4]にて、まかり出《い》でにけり。

一 本草学の書物。
二 異文「一も」の方がわかりやすい。
三 源有房。元応元年(一三一九)没、六十九歳。
四 有房が塩の文字を質問したのは、「今日まいり侍る供御」の中に塩があったからか。
五 土偏でございます。篤成は「塩」の字を考えて答えた。なお、山田俊雄「しほといふ文字は何れの偏にか侍るらん」(『国語と国文学』昭和四十一年九月)参照。
六 学才の程度は早くも露顕してしまった。有房は正字の「鹽」でなければ正解としない立場である。
七 もうその程度でやめておきなさい。
八 そなたの学識で知りたいところはない。
九 大笑いで。

兼好法師作也《ト》云云

此《ノ》草子一見之次、[一〇]不《ルノ》レ堪《ヘ》レ感余《ニリ》、去《ヌル》[一一]永享元年冬十二月《ノ》比、書写置《シクノ》処、或仁《ル》[一二]所望之間、重《ネテ》而書写《レ》以《テ》二初本《ヲ》一之与《ヘ》進《ラセ》了《ンヌ》。[一三]雖《モ》二不審多《シト》一如《ク》二写本《ノ》一書《ク》レ之《ヲ》而已

永享三年三月廿七日

非[一四]人正徹

一〇 感動に堪えない余り。

一一 一四二九年。後花園天皇の代の年号。

一二 ある人が所望するので、重ねて書写し。

一三 疑問の箇所が多いけれども、写本のままに書き写す。

一四 出家者・遁世者が謙辞として言った。藤原定家が奥入の識語に「非人桑門明静」と自署した類。永享三年に正徹は五十一歳。

1あはせられ侍れかし―あはせむに(常)　2ひとへに―も(常・烏)　3故―左(常)　4にて―に成て(烏)

つれ〴〵種　下

（第百三十七段）

一花はさかりに、月はくまなきをのみ、見《み》る物かは。二雨に向《む》かひて月を恋《こ》ひ、三垂《た》れこめて春の行方《ゆくゑ》も[1]知《し》らぬも、四猶《(なほ)》あはれに、なさけ深《ふか》し。五咲《さ》きぬべきほどの木末《(こ)ずゑ》、散《ち》りしほれ《(を)》たる庭などこそ、六見どころ多《おほ》けれ。七歌の[2]事書《ことがき》にも、「八花見《み》にまかれりけるに、はやく散《ち》り過《す》ぎにければ」とも、「障《さは》ることありて、まからで」なども書《か》けるは、「花を見て」と言《い》へるに劣《おと》れることかは。花の散《ち》り、九月の傾《かたぶ》くを慕《した》ふならひはさることなれど、一〇[3]ことに一一[4]頑《かたく》な《ゝ》なる人ぞ、「この枝、かの

第百三十七段　物の見方と美意識についての論、賀茂祭の描写、無常の認識。

一 桜の花は満開で、月はかげったところのない状態だけを賞美するものだろうか。「八月十五夜、くまなき月影」（源氏・夕顔）。この美意識に対しては、正徹が正徹物語・上で称揚しているが、本居宣長は玉勝間四・兼好法師が詞のあげつらひで、「後の世のさかしら心のつくり風流《(みやび)》」と批判している。

二 雨天に対して月を眺めたいと願い。詩題に「対ㇾ雨恋ㇾ月」があり、江談抄四には雨の八月十五夜に同題を詠じた源順の「楊貴妃帰唐帝思　李夫人去漢皇情」（類聚句題抄、和漢朗詠集・十五夜）の詩にまつわる逸話を語る。

三 家の内に閉じこもっていて過ぎてゆく春の行く先を知らないという状態も。「たれこめて春の行方も知らぬまに待ちし桜もうつろひにけり」（古今集・春下・藤原因香朝臣）の歌を引く。この歌は患って帳を垂れて籠っている間、折り枝の桜が散り始めたのを見て詠じた歌。　四 やはりしみじみとしていて情緒が深い。

五 これから咲き初めようとしている頃の梢や、花が散ってしおれている庭などが。

六 見るに価するところが多い。　七 和歌の詞書。

八 花見に出かけたところ、既に散ってしまっていたので。「雲林院の桜見にまかりけるに、みな散りはてて、僅かに片枝に残りて侍りければ」（新古今集・春下・良暹）。　九 月が西の空に傾くのを。月が沈むのを。

一〇 もっともなことであるが。

一一 とくに一筋に思いつめたら考えを変えようとしない愚かな人が。

一二 花や月に限らず、万事、物事の初めや終りが趣あるのである。　一三 恋愛の情緒も。

一四 ついに恋人と逢うことなしに終ったつらさを思い。「思ふことありその海のうつせ貝逢はでやみぬる名をや残さむ」（堀河百首・源師頼）。

一五 実現しなかった恋人との約束について愚痴をこぼ

枝《えだ》、散《ち》りにけり。今《いま》は見どころなし」などは言《い》ふめる。

[一二]よろづの事[5]〔も〕、始《はじ》め終《おは》りこそお《(を)》かしけれ。[一三]男女《おとこ》のなさけも、ひとへに逢《あ》ひ見《み》るをばいふ物か[6]〔は〕。[一四]逢《あ》はでやみにし憂《う》さを思《おも》ひ、[一五]あだなる契《(ちぎり)》をかこち、[一六]長夜《(ながきよ)》をひとり明《あ》かし、[一七]遠《とを》き雲井《(くもゐ)》を思《おも》ひやり、[一八]浅《あさ》茅《ち》が宿に昔《むかし》をしのぶこそ、[7][一九]色好《この》むとは言《い》はめ。

[二〇]望月《もち》のくまなきを千里《(ち)さと》のほかまで眺《なが》めたるよりも、[二一]暁近《ちか》く成《(なり)》て待《ま》ち出《い》でたるが、[二二]いと心ふかう、青《あを》みたるやうにて、深《ふか》き山の杉の梢《こずゑ》に見《み》えたる、[二三]木《(こ)》の間《ま》の影《かげ》、うちしぐれたるむら雲がくれのほど、[二四]又なくあはれなり。[二五]椎柴《しゐしば》、白樫《しらかし》などの、濡《ぬ》れたるやうなる葉の上《うへ》にきらめきたるこそ、身にしみて、[二六]心あらむ友《とも》もがなと、[二七]宮こ恋《こひ》しう覚《おぼ》ゆれ。

[二八]すべて、月花をば、さのみ目《め》にて見《み》る物かは。[二九]春は家[8]に立《た》ち去《さ》ら

し。 一六 長い夜を恋人もいないままに一人で明かし。
一七 遠い空のかなたにいる恋人のことを思いやり。「忘るなよほどは雲居になりぬとも空行く月のめぐりあふまで」(拾遺集・雑上・橘忠幹)。
一八 荒れはてた家で昔の恋人を懐しく思い出すことなどが。 浅茅が生えることは荒廃しつつあることを意味する。
一九 風流な振舞いをする、恋の情趣を愛すると言おう。
二〇 かげりのない十五夜の月を遠く彼方までも眺めた場合よりも。「秦甸之一千餘里 凜々氷鋪 漢家之三十六宮 澄々粉餝」(和漢朗詠集・秋・十五夜)、「三五夜中新月色 二千里外故人心」(同・白楽天)などを念頭に置く。 二一 ずっと待っていて明け方近くなってようやく出た有明の月が。
二二 たいそう趣深く、青みがかっているようで。
二三 木の間を洩れる月の光やしぐれを降らす村雲に隠れた有様などが。「尋ね来て言問ふ人のなき宿に木の間の月の影ぞさしくる」(山家集)、「今よりは木の葉隠れもなけれどもしぐれに残る村雲の月」(新古今集・冬・源具親)。
二四 この上なくしみじみとした感じを起こさせる。
二五 椎の木や白樫(樫の一種)などの濡れたように光沢のある葉の上に輝いている月の光が。
二六 情緒を解する友人がいてほしいと。
二七 都が恋しく思われる。
二八 総じて月や花を肉眼だけで見るものであろうか。「かは」は反語。心敬が、ささめごと・末でこの部分や注二一・注五の部分を引いて、「誠に艶深く覚え侍り」と称讃している。
二九 春は家の内にいながらでも花を思い。

1も—ナシ(常・烏) 2ことかき—言葉がき(烏) 3さる—さるへき(常) 4かたくなゝる—つきさまの(常) 5も(常・烏)—ナシ 6は(常・烏)—ナシ 7色このむ—色このみ(常) 8に—を(烏)

でも、月[一]の夜はねやのうちながらも[1]思《おも》へるこそ、[2]「いと」[二]たのもしう、お《(を)》かしけれ。

[三]よき人は[四]ひとへに[3]好《す》けるさまにも見《み》えず、[五]興《けう》ずるさまもなを《(ほ)》ざりなり。[六]かたゐ中《(なか)》の人こそ、[七]色濃《こ》くよろづはもて興《けう》ずれ。花のもとには[4][八]ねぢ寄《よ》り、立《(たち)》寄《よ》り、[九]あからめもせず[5]まぼりて、酒飲《の》み、[一〇]連歌して、はては大《(おほき)》なる枝、心なく折《お》り取《と》りぬ。[6][一一]泉にては手足《てあし》さしひたし、[7][一二]雪には降《お》り立《た》ちて跡付《あとつ》けなど、[一三]よろづの物、よそながら見《み》ることなし。

[一四]さやうの人の[一五]祭《まつり》見しさま、いとめづらかなりき。「[一六]見ごと、いと遅《おそ》し。[一七]そのほどは桟敷不用《さじきふよう》なり」とて、[8][一八]奥《おく》なる屋に酒飲《の》み、物食《く》ひ、[9][一九]暮《ご》、双六《すぐろく》など遊《あそ》びて、桟敷《さじき》には人を[二〇]置きたれば、「[二一]渡《わた》りさふ《(う)》らふ」と言《い》ふ時に、[二二]を《(お)》の〳〵肝《きも》つぶるゝやうに争《あらそ》ひ走《はし》り[10]昇《のぼ》りて、[二三]落《お》ちぬべ

一　秋の月の夜は寝所の中にいながら月を思っているのが。
二　期待が持たれ。
三　趣味のよい人は。
四　ひたすら数寄を凝らすふうにも見えず。
五　楽しむ有様もあっさりしている。
六　片田舎に住む人が。
七　しつこく万事につけ面白がる。
八　近寄り。
九　よそ見もせず見守って。
一〇　地下の連歌師を中心とした花下《はなのもと》の連歌などをさすか。
一一　夏の納涼の有様。
一二　冬の雪見の有様。
一三　万事外側からさりげなく見るということがない。
一四　そのような田舎人が。
一五　賀茂祭を見物した有様はたいそう変っておかしなものだった。助動詞「き」は作者が直接体験したことを意味する。
一六　見ものが前を通るのはひどく遅い。
一七　それまでの間は桟敷に用はない。桟敷は賀茂祭の行列を見物するためのもの。第五十段注二二参照。
一八　桟敷の奥にある家で。
一九　第百十段注二四、百十一段注一参照。
二〇　見張りの人を置いてあるので。
二一　行列が前を通ります。
二二　皆々肝をつぶしたようにあわてて騒いで、争って桟敷に走り上って。
二三　今にも落ちそうになるまで簾を前に張り出させて押し合いへし合いして。

き[11]まで簾張《すだれは》り出《い》でて、[12]押《お》しあひつゝ、[二四]一事《ひとこと》も見洩《も》らさじと[13]まぼりて、「[二五]とあり、かゝり」と物ごとに言《い》ひて、渡《わた》り過《す》ぎぬれば、「[二六]又渡《わた》らむ[14]ほど」とて、降《お》りぬ。[二七]たゞ、物をのみ見《み》むとするなるべし。

[二八]宮この人のゆゝしげなるは、眠《(ねぶり)》ていとも見《み》ず。[二九]若《わか》く、末《すゑ》〴〵なるは、[三〇]宮仕《みやづか》へに立《た》ち居《ゐ》、人のうしろに[15]さぶらふは、[三一]さまあしくも及《をよ》び懸《かゝ》らず、[三二]わりなく見《み》んとする人もなし。

[三三]何《なに》となく葵掛《あふひか》けわたして、[三四]なまめかしきに、[三五]明《あ》け放《はな》れぬほど、[三六]忍《しの》びて寄《よ》する車どものゆかしきを、「[三七]それか、かれか」など思《おも》ひ[16]寄《よ》すれば、牛飼、下部《しもべ》などの見知《し》れるも[17]あり。[三八]お(を)かしくも、きら〳〵しくも、さま〴〵に行《ゆ》き交《か》ふ、[三九]見《み》るもつれ〴〵ならず。暮《く》るゝほどには、立《た》て並《なら》べつる車[18]ども、所《ところ》なく並《な》み居《ゐ》つる人も、何方《いづかた》へか行《ゆ》き[19]帰《かへ》るらむ、ほどなく稀《まれ》になりて、[四〇]車どものらうがはしさもすみぬれば、

二四 一つも見落すまいと見守って。
二五 こうだ、ああだと、物を見るたびごとに言って。
二六 また通るまでは(奥で遊んでいよう)と言って。
二七 雰囲気などを味わおうとせず、ただひたすら物事だけを見ようとするのであろう。
二八 都人で身分の高そうな人は居睡りしていてろくに見もしない。
二九 年も若く末輩である人々は。
三〇 主人のお世話に立ったり居たりしており。
三一 体裁悪く寄りかかったりせず。
三二 無理に見ようとする人もいない。
三三 すべての物にずらりと葵を掛けて。葵は賀茂葵。ふたばあおい。賀茂祭には葵を家の軒や車に飾る。
三四 優雅な雰囲気であるのに。
三五 すっかり夜が明けきらない時分。
三六 人目を忍んで寄せる牛車の主が知りたいものだが。
三七 その人の車か、あの人の車か。
三八 趣あるさまにも、きらびやかな服装にもよそおって。
三九 見るにつけ、退屈しない。
四〇 牛車の混雑も済んでしまうと。

1おもへる—おもふ(常) 2いと(常・烏)—ナシ 3すけるさまにもみえす—すきめつることなし(常) 4ねち—ねり(常) 5まほり—まもり(常・烏) 6にては—にて(常) には(烏) 7ひたし—ひたして(烏) 8に—にて(常・烏) 9こ—囲碁(常) 囲棊(烏) 10のほりて—てのほりぬ(常) 11まて—程まて(常) 12おしあひ—をしあけ(常) 13まほり—まもり(常) 14ほとゝて—まてといひて(常・烏) 15さふらふは—さふらへは(常) 16よすれは—より(常) 17あり—あるへし(常) 18とも—も(常) 19かへる—つ(常・烏)

[一]簾《すだれ》、畳《たゝみ》も取《と》り払《はら》ひ、目《め》の前《まへ》にさびしげになり行《(ゆく)》こそ、世[二]の例《ためし》も思《おも》ひ知《し》られてあはれなれ[1]と覚《おぼ》えたるこそ、祭《まつり》見たるにてはあれ。

かの桟敷《さじき》の前《まへ》をこゝ[三]ら行《ゆ》き交《か》ふ人の、見知《し》れるがあまたあるにて[2]思《おも》へば、世の人数《かず》[四]もさのみは多《おほ》からぬにこそ。此《(この)》人みな失《う》せなむのち、我《(わが)》身死《し》ぬべきに定《さだ》まりたりとも、[五]ほどなく待《ま》ち付《つ》けぬべし。大《(おほき)》なる器物《うつは》に水を容《い》れて、細《ほそ》き穴《あな》をあけたらむに、[六]したゞること少《すく》しといふとも、[3][4][七]怠《おこた》るまなく洩《も》りゆかば、[八]やがて尽《つ》きぬべし。都の中《(うち)》に多《おほ》き人、[九]死《し》なざる日はあるべからず。一日に一人《ひとり》、二人《ふたり》のみならむや。[一〇]鳥部野《(とりべの)》、[一一]舟岡《ふなをか》、[一二]さらぬ野山にも、[一三]送《おく》る数多《かずおほ》かる日はあれ[5]ども、送《おく》らぬ日はなし。されば、[一四]棺《ひつき》をひさく者《もの》、作《つく》りてうち置《を》くほどなし。

[一五]若《わか》きにもよらず、強《つよ》きにもよらず、思ひかけぬは死期《(しご)》なり。今日《けふ》

一　桟敷の簾や敷物も片付けられ。
二　盛んな者は必ず衰える。歓楽極まって哀感が多いといったこの世のためしも自ら認識されてしみじみと感慨にふけるのが、祭を見物したということの意味なのである。
三　大勢行き来する人々に見知っている人がたくさんあることから考えると。「こゝら　おほく也」(八雲御抄四)。
四　さほどは多くないのであろう。「治承・養和の飢饉、東国・西国のいくさに、人種滅び失せたりといへども、なほ残りは多かりけりとぞ見えし」(平家物語十一・一門大路渡)というのとは対照的な感じ方である。
五　まもなくその時に出逢うに違いない。
六　「Xitadari, u, atta シタダリ、ル、ッタ」(日葡)。
七　休む間もなく漏っていけば。
八　すぐ水はなくなってしまうであろう。
九　死なないという日はある筈がない。
一〇　「鳥辺山」(第七段注一八)に同じ。
一一　京の北、紫野の西にある岡。現、京都市北区。葬送地であった。「舟岡の裾野の塚の数添へて昔の人に君をなしつる」(山家集)。
一二　それ以外の野山にも。
一三　死者の遺骸を送るその数が多いという日はあるが。「送る」は葬送するの意。「山送り」「野辺(の)送り」という言い方もあった。
一四　棺桶を売る者。「棺」「ひさぐ」は、ともに古くは清音。
一五　年の若いことにも関係なく、丈夫であるのにも関係なく。
一六　めったにない思いがけぬことなのである。
一七　ほんの少しの間もこの世をのんびりと思えるであろうか。「けふとても世をのどかには思はねどあす知らぬ身ぞあはれなりける」(堀河百首・無常・河内)、「の

まで遁《のが》れ[6]来《き》にける、[一六]ありがたき不思議《ふしぎ》なり。[一七]しばしも世をのどかに[7]思《(おもひ)》なんや。[一八]継子《まゝこ》立《だ》てといふ物を双六《すぐろく》の石にて[8]作《つく》り、立《た》て並《なら》べたるほどは、取《と》られん事[9]はいづれの石とも知《し》らねども、数《かぞ》へ当《あ》てゝ一《ひと》つを取《と》りぬれば、[一九]その他《ほか》は遁《のが》れぬと[10]見《み》れば、又〳〵数《かぞ》ふれば、[二〇]かれこれまぬきゆくほどに、いづれも遁《のが》れざるに似《に》たり。

[二一]兵《つはもの》の軍《いくさ》に出《い》づるは、死に近《ちか》きことを知《し》りて、[11]家を忘《わす》れ、[12]身を忘《わす》る。[二二]世を背《そむ》ける草の庵《いほり》には、閑《しづ》かに[二三]水石を翫《もてあそ》びて、これをよそに聞《き》くと思へるは、[二四]いとはかなし。閑《しづ》かなる[13]山の奥《おく》、[14][二五]無常の敵《かたき》、[二六]きお《(ほ)》ひ来《きた》らざらむや。[二七]その死に臨《のぞ》めること、[15]敵《かたき》の陣に進《すゝ》めるに同《おな》じ。

(第百三十八段)

「[二八]祭《まつり》過《す》ぎぬれば、後の葵不用《あふひふよう》なり」とて、ある人の、[二九]御簾《みす》なる

がれても柴のかりほの仮の世にいまいくほどかのどけかるべき」(兼好家集)。

一八 碁石を用いた遊戯。黒石を実子、白石を継子に見立て、各十五個の石を一定の順に並べ、数えて十番めごとの石を取り除いてゆく。並べ方によって、継子または実子がすべて取り除かれる。継子算(塵劫記)とも。

一九 その他の石は遁れたと思っていると。

二〇 あれもこれもと間引いてゆくうちに。

二一 武士が戦いのために出陣する時は。「将命を受くるの日其の家を忘れ、軍を張り野に宿して其の親を忘れ、枹を授りて鼓つときは其の身を忘る」(尉繚子)。

二二 遁世して住んでいる草庵では。

二三 水や石などの自然を愛して。「花樹を植ゑ、水石を翫ぶ」(明月記・天福元年二月十七日の条)。

二四 ひどくたよりない。

二五 無常という敵が。

二六 殺到して来ないであろうか。

二七 世捨て人の生活が死を目前に控えている有様は戦陣に進んでいるのと同じである。

第百三十八段 賀茂祭の後の葵や薬玉の処置について。

二八 賀茂祭が過ぎてしまったら、そのあとの葵はいらない。

二九 御簾に掛けてあった葵を。

1とおほえ—大路見(常・烏) 2おもへは—しりぬ(常・烏) 3いふとも—いへ共(常) 4おこたるま—おこたり(常) 5とも—ど(烏) 6きにける—ぬるは(常) 来にけるは(烏) 7に—には(烏) 8つくり—つくりて(常・烏) 9は—ナシ(常・烏) 10みれは—みれと(常・烏) 11・12を—をも(烏) 13山のおく—岩のはさま(常) 14無常のかたき—常のあた(常) 15かたき—軍(常) いくさ(烏)

をみな取《と》らせられ侍《はべり》しが、[一]色もなく覚《おぼ》えしを、[二]よき人のし給《たまふ》ことなれば、さるべきにやと思《おも》ひしかど、[1][三]周防《すはう》の内侍《ないし》が、

[四]掛《か》くれどもかひなき物はもろともにみすのあふひの枯《かれ》葉なりけり

とよめるも、[五]母屋《も》の御簾《みす》に葵《あふひ》の掛《か》ゝりたる枯《かれ》葉をよめるよし、家の[2]集にも書《か》けり。[六]古《ふる》き歌の[3]事書《ことがき》に、「枯《か》れたる葵《あふひ》に挿《さ》してつかはしける」とも侍り。[七]枕草子《さうし》にも、[八]「こし方《かた》[4]の恋しきこと、[5]枯《か》れたる葵《あふひ》」と書《か》けるこそ、[九]いみじくなつかしう思ひ寄《よ》りたれ。[一〇]鴨[6]の長明《ながあきら》が[一一]四季《き》の物語にも、「[一二]玉垂《だれ》に後のあふひはとまりけり」[7]とぞよめる。[一三]を《お》のれと枯《か》るゝだにこそあるを、[一四]なごりなく、いかゞ取《と》り捨《す》つべき。

[一五]御帳《ちやう》に懸《かゝ》れる[一六]薬《くす》玉も、[一七]九月九日、菊に取《と》り換《か》[8]へらるといへば、[一八]菖《さう》蒲《ぶ》は菊のお《を》り[9]までであるべきにこそ。[一九]枇杷《びは》の皇太后宮《くわうたいこうぐう》隠《かく》れ給《たまひ》て後、

一 情愛もなく思われたが。
二 身分や教養のある人。
三 平安中期の女房歌人。生没年未詳。
四 掛けてあってもその甲斐のないものは、あなたと一緒に見ることのない葵の枯れ葉ですね。周防内侍集に「院の局に常に相住みなる人の出でたるほどに参りて見れば、母屋の御簾に葵の枯れて掛かりたるに書き付けし」とあり、これに対する返歌も見える。
五 寝殿造りの建物の中央の部屋。
六 実方中将集に「はやう物言ひし人に、枯れたる葵にさして」という詞書の贈答歌がある。
七 第十九段(九六頁)注一九参照。
八 「過ぎにし方恋しきもの、枯れたる葵」(枕草子三十段)。 九 たいそうなつかしく気付いたものだ。
一〇 建保四年(一二一六)没。方丈記の作者。
一一 随筆。十二巻。長明作は疑わしく、現存本にはむしろ徒然草の影響が顕著に認められる。別に、歌林四季物語(十二巻)もあるが、これも長明仮託の随筆と見られる。 一二 下句は「かれても通へ(または「残れ」)人の面影」とある。四季物語で「古六帖」(古今六帖の意)所載の和泉式部の歌と伝えるが、現行の古今六帖には見えない。一首の大意は、祭のあとの葵は枯れながらも御簾に残っているよ、そのようにあの人は離(か)れても、その面影は通って来てほしい。
一三 自身枯れるだけでもなごりおしいのに。
一四 なごりおしげもなく、どうして取り捨てられようか。 一五 帳台。貴人の居間兼寝所。寝殿造りの母屋に浜床を設け、天井を張り、四方に帳(とばり)を垂らす。
一六 五月五日の端午の節句に用いられる飾り。薬や香料を球状の錦の袋に入れ、造花や五色の糸を垂らす。
一七 重陽の節句の日。以下の記述は、枕草子の「九月九日の菊を、あやしき生絹(すずし)のきぬにつつみてまゐらせたるを、同じ柱に結ひ付けて月頃ある薬玉にときかへてぞ棄つめる。また薬玉は菊の折まであるべきにやあらん」(三十九段)という部分を受けていうか。

古《ふる》き御帳の内《うち》に、昌蒲《（さうぶ）》、薬《くす》玉などの枯《か》れたるが侍《（はべり）》けるを見《み》て、「[二〇]お《（を）》りならぬねをなを《（ほ）》ぞかけつる」と、[二一]弁の乳母《めのと》のいへる[10]返《かへ》り事《ごと》に、「[二二]あやめの草はありながら」とも、[二三]江侍従《（がうじじゆう）》が[11]よみしぞかし。

（第百三十九段）

[二四]家にありたき木は、松、桜。松《まつ》は[二五]五葉《（ごえふ）》もよし。[二六]花は一重《ひとへ》なる、よし。[二七]八《や》重桜《ゑざくら》は[二八]奈良の都にのみありけるを、[12]この頃《ごろ》ぞ[13]世に多《おほ》くなり[14]侍《（はべる）》なる。[二九]吉野の花、[三〇]左近の桜《さくら》、みな一重《ひとへ》にてこそあれ。八重桜《ざくら》は[三一]異様《ことやう》の物《もの》なり。[15][三二]いとこちたく、ねぢけたり。[三三]植《う》へ《（ゑ）》ずともありなむ。遅桜《おそざくら》、[16][三四]又すさまじ。虫《むし》の付《つ》きたるもむつかし。

梅は、[三五]白《しろ》き、薄《うす》紅梅。一重《ひとへ》なるがとく咲《さ》きたるも、[三六]重《かさ》なり[17]たる紅梅の匂《にほ》ひめでたきも、みなをかし。遅《おそ》き梅《むめ》は桜《さくら》に[三七]咲《さ》き合《あ》ひて、[三八]覚《おぼ》え

一八 あやめ。サトイモ科の植物で芳香がある。端午の節句に飾られる。第十九段（九六頁）注八参照。
一九 三条院の后。万寿四年（一〇二七）没、三十四歳。
二〇 「あやめ草涙の玉に貫（ぬ）きかへて折ならぬねをなほぞかけつる」（千載集・哀傷）の歌をさす。「菖蒲の代りに涙の玉を貫いて、季節外れの音（根）を掛けます（声を出して泣きます）」。
二一 平安中期の女房歌人。生没年未詳。
二二 「玉貫きしあやめの草はありながらよどのは荒れんものとやは見し」（千載集・哀傷）の歌をさす。「薬玉を貫いた菖蒲はそのまま残っていますが、淀野（夜殿）は荒れると思ってもみたでしょうか」。
二三 平安中期の女房歌人。生没年未詳。

第百三十九段　花や植木について。
二四 家に植えたい木。以下、枕草子の類聚章段を模した文体。　二五 五葉松。
二六 桜の花は一重咲きであるのがよい。「五葉」と「一重」は数対をなす。
二七 「いにしへの奈良の都の八重桜けふ九重ににほひぬるかな」（詞花集・春・伊勢大輔）の歌などを念頭に置いていう。　二八 平城京。奈良時代の都。
二九 吉野山の桜。吉野は大和国の歌枕。
三〇 紫宸殿の正面に、右近の橘と対に植えられている桜。南殿の桜。古事談六に、もとは梅であったことな

1し—侍し（烏）　2にも—に（常・烏）　3ことかき—ことばがき（烏）　4の—ナシ（常・烏）　5こと—物（烏）　6長明—なかあきら（常）　7よめる—書たる（常）かける（烏）　8らる—らるゝ（常・烏）　9まて—までも（常・烏）　10かへりこと—返し（常）返事（烏）　11よみし—よめる（常）　12このころ—今の世に（常）　13世に—いつくにも（常）　14侍なる—侍る（常）　15こちたくねぢけたり（烏）—こちたか（「か」傍書小字）くねちけたり（底）ねちけこちたし（常）　16又—いと（常）　17たる—ナシ（常）

劣《おと》り、気《(け)》一おされて、枝にしぼみ付《つ》きたる、心憂《う》し。一重《ひとへ》なるがまづ咲《さ》きて散《ち》りたるは、[1]心二とく、お《(を)》かしとて、京極入道中納言三は、猶《(なほ)》一重梅《ひとへ》をなん、軒近《ちか》く植《う》へ《(ゑ)》られたりける。京極の屋四の南向《む》きに、今も二本侍《(はべる)》めり。

柳、又お《(を)》かし。卯月《(うづき)》五ばかりの若楓《わかゝえで》[2]は、すべてよろづの花紅葉《もみぢ》にも勝《まさ》りて、めでたき物也。橘《たちばな》六、桂《かつら》、いづれも、木は物古《ものふ》り、大《(おほき)》なる、よし。

草は、山吹七、藤、杜若《かきつばた》、[3]撫子《なでしこ》。池には、蓮《はちす》。秋の草は、荻、薄《すゝき》、[4]桔梗《きゝやう》、萩、女郎花《(をみなへし)》、藤袴《ふぢばかま》、[5]紫苑《しおん》、吾亦紅《われもかう》、刈萱《かるかや》、[6]竜胆《りんだう》、菊、黄菊《き》も。蔦《つた》、葛《くず》、朝顔《あさがほ》、いづれもいと高《たか》ゝらず、さゝやかなる、垣《かき》に茂《しげ》からぬ、よし。

此外《(このほか)》の、世八に稀《まれ》なる物《もの》、唐《から》九めきたる名の聞《き》きにくゝ、花も見馴《な》れ

ど、その沿革を語る。
二一 変った物。変な物。
二二 しつこく、ひねくれている。
二三 植えなくてもよいだろう。
二四 興ざめがする。
二五 白梅もよいし、薄紅梅もよい。
二六 八重咲きの紅梅で匂いがすばらしいのも。
二七 同じ時期に咲いて。
二八 評判が桜に劣り。

一 桜に圧倒されて。
二 気が早くて趣がある。
三 藤原定家。仁治二年(一二四一)没、八十歳。
四 一条京極にあった、定家の晩年の家。
五 四月頃の若葉の楓。「御前の若楓・柏木などの青やかに茂りあひたるが」(源氏・胡蝶)、「若楓青きひとへに紅の袴とみゆる岩躑躅かな」(拾玉集)。
六 「橘」は花橘。第十九段注一九参照。「桂」は第百四段(一七八頁)注一四参照。
七 山吹は木だが、枕草子でも「草の花は…八重山吹」(六十七段)と、草として扱われる。藤も正しくは木。晩春枕草子では「木の花は」(三十七段)で取り上げる。晩春から夏にかけての花を列挙する。
八 世間に少なく珍しい物。
九 中国風な名で聞きにくく。たとえば牡丹や長春花などを念頭に置くか。
一〇 ひどく親しみが持てない。
一一 目新しくめったにない物。
一二 趣味のよくない人が珍重する物である。第百二十一段末尾で述べていることと共通する考え方。
一三 なくてよいだろう。

ぬなど、[一〇]いとなつかしからず。大方《かた》、何《なに》も、[一一]めづらしくありがたき物は、[一二]よからぬ人のもて興《けう》ずる物也。さやうの物《もの》、[一三]なくてありなん。

（第百四十段）

[一四]身[7]死《し》にて財《(たから)》残《のこ》る事は、[8]智者のせざるなり。[一五]よからぬ物貯《たくは》へ置《を》きたるもつたなく、[一六]よき物は[9]心とめけんと、はかなし。[一七]こちたく多《おほ》かる、[10]ましてくちをし。「[一八]我こそ得《え》め」など言《い》ふ者《もの》どもありて、[一九]跡に[11]争《あらそ》ひたる、[12]いと[13]様悪《さまあ》し。[二〇]後は誰《たれ》[14]にと心ざす物あらば、生《い》けらんうちにぞ譲《ゆづ》るべき。

朝夕《あさゆふ》[二一]なくて[15]叶《かな》はざらん物こそあらめ、その他《ほか》は[二二]何も持たでぞあらまほしき。

第百四十段　生前に財物を処分することの勧め。

一四 当の持主が死んで財物が残ることは。

一五 つまらない物をためて置いたことも劣っていると感じられ。

一六 よい物の場合は執着したことだろうと、はかなく思われる。愛する物への執心から成仏できなかった話は多い。

一七 仰山に多いのは、まして故人のために残念に思われる。

一八 わたしが当然もらう権利があるのだ。

一九 遺産や形見の分配を死後に争っているのはひどく体裁が悪い。骨肉の間で故人の遺産争いをする例は古来多い。たとえば、堀川家の祖源通具が嘉禄三年(一二二七)九月二日没した直後、遺児の具定・具実の兄弟が遺産をめぐって争ったことが、明月記によって知られる。藤原為家死後の為氏と為相の争いも著名。

二〇 自分の死後は誰それに譲ろうと考えている物があったならば。

二一 なくては不自由する物は持っていることもしかたがないが。

二二 何も持たないのが望ましい。第九十八段に引かれている一言芳談での重源の語に通ずる考え方。

1枝に―はては枝に(常)　2は―ナシ(常・烏)　3なてしこ…萩―ナシ(常)　4きゝやう―きちかう(烏)　5しおん―ナシ(常)　しをに(烏)　6りんたう―りうたむ(常)　7しに―死し(烏)　8せさる―せざる処(烏)　9心―心を(烏)　10まして―まいて(常)　11あらそひたる―あらそへる(常)　12いと―ナシ(烏)　13さまあし―あさまし(常)　14にと―にも(常)　15かなは―あられ(常)

(第百四十一段)

[一]悲田院《ひでんゐん》の[二]尭蓮《げうれん》上人は、俗姓は[三]三浦のなにがしとかや、[四]左右《さう》なき武者也。[五]故郷《ふるさと》の人の[1]来《き》て物語《がた》りすとて、「吾妻《あづま》人こそ、[六]言《い》ひつる事は頼《たの》まるれ。都の人は[2]言受《ことう》[七]けのみよくて、まことなし」と言《い》ひしを、聖《(ひじり)》、[八]「それはさ[3]こそおぼすらめど、[4][九]を《(お)》のれは宮こに久しく住《す》み馴《な》れて見侍《み(はべる)》に、人の心劣《おと》れりとは思《(おもひ)》侍らず。[一〇]なべて心やはらかに、情《なさけ》あるゆへ《(ゑ)》に、人の言《い》ふほどの事、[一一]けやけくいなびがたくて、[一二]よろづえ言《い》ひ放《はな》たず、心よ[5]〔は〕《(わ)》く言受《ことう》けしつ。偽《いつは》りせんとは思はねど、乏《とも》しく、叶《かな》はぬ人のみあれば、[一三]を《(お)》のづから本意《ほい》通《とほ》らぬこと[6]多《おほ》かるべし。吾妻《あづま》人は、我方《(わが)かた》なれど、[一四]げには心の色なく、情《なさけ》おくれ、[一五]ひとへに[7]すくよかなる物なれば、[一六]初《はじ》めより、「いな」と言《い》ひてやみぬ。[一七]賑《にぎは》ひ

第百四十一段　東国出身の尭蓮による、東国人と都人の心の比較論。

一 病人・窮者・孤児などを救済する寺院。中世には鴨川西にあった。
二 伝未詳。
三 三浦の何某とかいう。三浦氏は本姓平。相模国三浦に住んでいた、いわゆる坂東八平氏の一。
四 並ぶ者のない武士。「武士ノ親類骨肉ノ中ニ、家ヲ出テ道ニ入シハ、智恵モ賢ク、器量ツヨク、発心モタカク、修行モハゲシ」(沙石集四ノ二)。
五 東国の人。下にいう「吾妻人」である。
六 言ったことは信頼できる。
七 承知したという返事ばかりよくて、誠意がない。
八 あなたはそのようにお思いでしょうが。
九 わたしは。
一〇 都人はおしなべて心が柔和で。
一一 はっきりと拒否しにくくて。
一二 万事遠慮なしに言うことができない。
一三 おのずと思い通りにならないことも多くあるであろう。
一四 本当のところは情愛がなく、情緒が劣っていて。
一五 ひたすらぶっきらぼうなものであるから。
一六 出来ないことは最初から、「駄目です」と言って済んでしまう。
一七 経済的に裕福なので。

豊《ゆた》かなれば、人には頼《たの》まるゝぞかし」と、[一八]ことは《(わ)》られ侍《(はべり)》しこそ、此聖《(この)ひじり》、[一九]声《こゑ》うちゆがみ、[二〇]あら〳〵しくて、[二一]聖教《(しやうげう)》のこまやかなることは《(わ)》り、[二二]いとわきまへずもやと思《おも》ひしに、[8]この一言《こと》葉の後、[二三]心にくゝなりて、多《おほ》かる中に寺をも[二四]住持せらるゝは、[二五]かくやはらぎたるところ[9]のありて、その益《やく》もあるにこそと覚《おぼ》え[10]侍し。

（第百四十二段）

[二六]心なしと[11]見る者《もの》も、よき[12]一言《ひとこと》は言《い》ふ物なり。[二七]ある荒夷《あらゑびす》の恐《おそ》ろしげなるが、[二八]かたへ《(へ)》にあひて、「御子はおはすや」と問ひしに、「一人《ひとり》も持《も》ち侍らず」と答《(こたへ)》しかば、「[二九]さては、物のあはれは知《し》り給はじ。[三〇]情《なさけ》なき御心にぞものし給ふらむと、いと恐《おそ》ろし。[三一]子ゆへ《(ゑ)》にこそ[13]万《(よろづ)》の」あはれは思《おも》ひ知《し》らるれ」と言《い》ひたりし、[三二]さもありぬべきことな

一八 筋道を立てて話されましたことが。
一九 声になまりがあって。「若うよりさるあづまの方の遥かなる世界に埋もれて年経ければにや、声などほとほとうちゆがみぬべく、物うち言ふ少したみたるやうにて」（源氏・東屋）。
二〇 粗野な感じで。
二一 経典の微妙な道理。
二二 よくわかっていないのではないかと思っていたが。
二三 奥ゆかしくなって。
二四 悲田院の住職ともなっておられるのは。
二五 このように柔軟なところがあって、その利点もあるのであろうと。

第百四十二段 恩愛の情の肯定と、為政者への善政の提言。
二六 情趣を解しないと見える者も。
二七 荒っぽい東えびすの恐ろしそうなのが。前段の尭蓮の印象と近い人物か。
二八 かたわらの人に向かって。
二九 それでは物のあわれはおわかりでないでしょう。
三〇 情愛を解しないお心でいらっしゃるだろうと思われて。
三一 わが子があるからこそ人情の機微はわかるものだ。
三二 いかにもそうであるに違いないことである。

1き—来り（烏） **2**ことうけのみ—ことは（常） **3**さこそ—さも（常） **4**と—ども（烏） **5**は（常・烏）—ナシ **6**おほかるへし—多かり（常） **7**すくよか—きすく（常） **8**一こと葉—一言（烏） **9**の—ナシ（烏） **10**侍し—侍しなり（常） **11**見る—見ゆる（常・烏） **12**ひとことは—ことは（常） 一言（烏） **13**万の（常・烏）—ナシ

り。[一]恩愛の道《みち》ならでは、か丶る者《もの》[1]の心に慈悲ありなんや。[二]孝養《(けうやう)》の心なき者《もの》も、子持《も》ちてこそ親《おや》の心ざしは思《おも》ひ知《し》[2]るなれ。

[3]世を捨《す》てたる人[4]の[三]するすみなるが、なべて[四]ほだし多《おほ》かる人の、よろづにへつらひ、望《のぞ》み深《ふか》きを見《み》て、[五]むげに思《おも》ひくたすは僻事《ひがこと》なり。[5]その人の心になりて思《おも》へば、まことに[六]かなしからむ親《おや》のため、妻子のためには、恥《はぢ》をも忘《わす》れ、盗《ぬす》みもしつべきことなり。されば、盗《ぬす》人をいましめ、僻事《ひがこと》をのみ罪《つみ》せむよりは、世《よ》の人の飢《う》へ《(ゑ)》ず、寒《さむ》からぬ[6]やうに世を行《おこな》はまほしきなり。[七]人、恒《つね》の産なき時は恒《つね》の心なし。[八]人窮《きは》まりて盗《ぬす》みす。世治《おさ》まらずして、[九]凍餒《(とうたい)》の苦《くる》しみあらば、咎《とが》の者《もの》絶《た》ゆべからず。[一〇]人を苦《くる》しめ、法を犯《おか》さしめて、それを罪《つみ》なはんこと、不便《(ふびん)》のわざなり。

[7]さて、いかにして人を恵《めぐ》むべき[8]〔とならば〕、[一一]上《(かみ)》の奢《おご》り費《ついや》すところ

一 親子や夫婦の間の愛情でなくては。
二 親に孝行する心のない者も。
三 無一物である者が。「匹如(スルスミ)ノ身後何事カ有ラン」(沙石集四ノ九)。
四 係累が多くいる人が。
五 ひどく心の中で軽蔑するのは間違いである。
六 いとしい親や妻子のためには。
七 人間は一定の財産がないと通常の心も持てないものである。「恒産無くして恒心有る者は、惟(ただ)士のみ能くすと為す。民の若きは則ち恒産無ければ、因りて恒心無し。苟(いやしく)も恒心無ければ、放辟邪侈、為さざる無し」(孟子・梁恵王上)による。
八 「鳥窮すれば則ち啄み、獣窮すれば則ち攫み、人窮すれば則ち詐り、馬窮すれば則ち佚す」(孔子家語五)、「子の曰はく、君子固(もと)より窮す。小人窮すれば斯に濫る」(論語・衛霊公)などによるか。
九 寒さにこごえる苦しみと飢えの苦しみと。孟子に「五十帛にあらざれば煖かならず、七十肉にあらざれば飽かず。煖かならず飽かざる、これを凍餒と謂ふ」(尽心上)と見える他、「其の妻子を凍餒せしむれば、則ちいかにすべき」(梁恵王下)ともある。
一〇 孟子で注七引用の部分に続いて、「罪に陥るに及びて、然る後従ひて之を刑(つみ)するは、是れ民を罔(な)みするなり。焉んぞ仁人位に在る有りて、民を罔みして為(をさ)むべけんや」(梁恵王上)という。
一一 第二段での為政者の奢侈を批判する思想に通ずる発言。

をやめ、民[一二]を撫《な》で、農[一三]を勧《すゝ》めば、下《しも》に利あらむこと、疑《うたが》ひあるべからず。衣食[9]世《よ》の常《つね》なる上《うへ》に僻事《ひがこと》せん人[10]ぞ、まことの盗《ぬす》人とはいふべき。

（第百四十三段）

人の終焉[一四]の有様《ありさま》のいみじかりしことなど、[11]人《ひと》の語《かた》るを聞《き》くに、たゞ「静《しつ》[一五]かにして乱《みだ》れず」と言《い》はば心[一六]にくかるべきを、[12]愚《おろ》かなる人は、あやし[一七]く、異《こと》なる相《さう》を語《かた》りつけ、[13]言[一八]《い》ひし言《こと》葉も、振舞《ふるま》ひも、を[一九]（お）のれが好《この》む方《かた》に褒《ほ》めなすこそ、其人《（その）》の日頃《ごろ》の本意《（ほい）》にもあらずやと覚《おぼ》ゆれ。

この[14]大事[二〇]は、[15]権者[二一]《（ごんじゃ）》の人も定《さだ》むべからず、博学[二二]の士も測《はか》るべからず。[二三]（お）をのれ違《たが》ふところなくは、人[二四]の[16]見聞《き》くにはよるべからず。

一二 民をいつくしみ。漢語「撫民」を訓読していう。
一三 農業を奨励したならば民に利益があることは疑う余地がない。「以て農を勧めて足らざるを贍（た）さば、百姓利を蒙る」（漢書・食貨志）。

第百四十三段 人の臨終の有様を誇張して礼讃することへの批判。

一四 臨終の様子がたいそう立派であったこと。
一五 平静で取り乱した様子はなかった。「西住法師みまかりける時、終り正念なる由を聞きて、円位法師のもとにつかはしける　乱れずと終り聞くこそうれしけれさても別れは慰まねども」（千載集・哀傷・寂然）。
一六 奥ゆかしいであろうに。
一七 奇異な有様。普通と変った死の様子。
一八 死んでゆく人が今はの際に言った言葉も行為も。
一九 語り手自身が好む方に歪曲して褒めそやすことは。
二〇 臨終という大事。
二一 仮に人の姿となってこの世に現れた仏の化身。
二二 学識豊かな人。
二三 当人が間違いなく往生できればよいので。
二四「常州ニ真壁ノ敬仏房トテ…道心者ト聞シ高野聖ハ、人ノ臨終ヲ、ヨシト云ヲモ、ワロシト云ヲモ、「イサ、心ノ中ヲシラヌゾ」ト云ハレケル、実ニテ覚ユ」（沙石集十本ノ十）。

1 の（常・烏）―も　2 しるなれ―しらるれ（常）　3 世を…なるか―するすみにて世を思ひすてたるまゝに（常）　4 の―のよろづに（烏）　5 おもへは―みるに（常）　6 を―をば（烏）　7 いかに―いかゝ（常・烏）　8 とならは（常・烏）―ナシ　9 よのつね―尋常（烏）　10 そ―をぞ（烏）　11 ひと―をろかなるひと（常）　12 おろかなる人は―ナシ（常）　13 いひし―ナシ（常）　14 大事―一大事（常）　15 権者―権化（烏）　16 見きく―見聞（常・烏）

（第百四十四段）

栂尾[一]《とがのを》の上人、道《みち》を過《す》ぎ給《たまひ》けるに、河にて馬洗《あら》ふ男《おのこ》、「あし〳〵[二]」と言《い》ひければ、上人立《た》ちとまりて、「あな尊《たうと》や、宿執開発[三]《しゆくしふかいほつ》の人かな。阿字[四]《あじ》〳〵と唱《とな》ふるぞや。いかなる人の御馬ぞ。余《あま》りに尊《たうと》く覚《おぼ》ゆるは」と尋《たづ》ね[1]給ければ、「府生殿[五]《ふしやうどの》の御馬に候《さうらふ》」と答《こた》へけり。「こはめで[六]たきことかな。阿字本不生[七]《あじほんふしやう》にこそあなれ。うれしき[八][2]掲焉《けちえん》をもしつるかな」とて、感涙を拭《のご》はれけるとぞ。

（第百四十五段）

御随身[九]《みずいじん》秦[一〇]《はだ》の重躬《しげみ》、北面[一一]の下野[一二]入道信願《しんぐわん》を、「落馬の相ある人なり。能〻《よくよく》慎《つゝし》み給へ」と言《い》ひけるを、いとまこと[一三]しからず思ひける

第百四十四段　明恵上人が馬を洗う男の言葉を仏教信仰に即して聞き、感動したという逸話。

一　明恵上人。寛喜四年（一二三二）没、六十歳。

二　「足足」と、馬に足を上げるよう呼び掛けたか。

三　前世での善根功徳が今の世に開き現れて善い果を結ぶこと。

四　梵語の第一字母。不生不滅である宇宙万有を象徴する文字とされている。

五　「府生」は六衛府（左右近衛・左右兵衛・左右衛門）・検非違使庁などの四等官の下の役。

六　これはすばらしいことだなあ。

七　阿字は本来あるもので、他の物によって新たに生ずるものではないという意。

八　嬉しくも仏道に入る機縁を結んだことよ。「掲焉」は「結縁」とあるべきところ。

第百四十五段　経験に照し合せて、落馬の相を言い当てた秦重躬の話。

九　帯剣し、弓箭を携えて貴人の警護をつとめた内舎人や衛府の舎人。

一〇　鎌倉後期の随身。生没年未詳。

一一　北面の武士。第九十四段注一〇参照。

一二　伝未詳。

一三　信用が置けないと思っていたが。主語は後文の「人」、すなわち第三者の人々か。「信願」ととる説もある。

一四　一道に秀でた者の一言は神託のように的中する。

一五　鞍に落着きの悪い尻。

一六　荒っぽくてよくはねる馬。「権中納言良宗卿騎るところの馬頗る沛艾、揚りて走り出すの間」（伏見院御記・正応元年十月二十一日の条）。

一七　信願に落馬の相を負わせました。

に、信願、馬より落《お》ちて死《し》にゝけり。[一四]道に長じぬる一言、神のごとしと[3]人思《おも》へり。

さて、「いかなる相ぞ」と人の問《と》ひければ、「極《きは》めて[一五]桃尻《もゝじり》にして、[一六]沛艾《はいがい》の馬を好《この》みしかば、[一七]此《この》相を負《お》ほせ侍《はべり》き。[4][一八]いつかは申《まうし》誤《あやま》りたる」とぞ言《い》ひける。

（第百四十六段）

[一九]明雲座主《めいうんざす》、[二〇]相者《さうじや》にあひたまひて、「[二一]を《お》のれ、もし兵杖《ひやうぢやう》の難やある」と尋《たづ》ね給《たまひ》ければ、相人《さうにん》、「まことにその相おはします」と申《まうす》。「いかなる相ぞ」と尋《たづ》ね給ければ、「[5][二二]傷害の恐《おそ》れおはしますまじき御身にて、[二三]仮《かり》にもかくおぼしよりて尋《たづ》ね給ふ、これ既《すで》にその[二四]危《あやぶ》みのきざしなり」と申《まうし》けり。

一八 いつだって間違って申したことはありません。「かは」は反語。自身の予言が単なる思いつきではなく、理屈に叶った推理であることへの自信を窺わせる語。

第百四十六段　兵仗の難に遭うと占われて的中した明雲の話。

一九 天台座主。寿永二年（一一八三）十一月、木曾義仲が後白河法皇の法住寺御所を襲った際に横死した。享年六十九。

二〇 人相見に向かわれて。源平盛衰記ではこの相者を信西（藤原通憲）として、次のごとく語る。「後白川院御登山ノ時、少納言入道信西、御伴ニ候ケリ。…其次ニ明雲僧正、「我ニイカナル相カ有」ト御尋アリ。信西、「三千ノ貫首、一天ノ明匠ニ御座ス上ハ、子細不ㇾ及ㇾ申」ト答フ。重タル仰ニ、「我ニ兵杖ノ相アリヤ」ト尋給ケレバ、「世俗ノ家ヲ出テ、慈悲ノ室ニ入御座ヌ。災天何ノ恐カ有ベキナレ共、『兵杖ノ相アリヤ』トノ御詞怪ク侍シ。是即兵死ノ御相ナラン」ト申タリケルガ、ハタシテ角成給ヒケルコソ哀ナレ」（三十四）。

二一 自分はもしかして兵仗の難（武器によって害せられるという危険）に遭うという相があるだろうか。

二二 傷害に遭うという危惧がおありな筈はない高僧の御身であって。

二三 仮定のこととしてもこのように思いつかれてお尋ねなさること。

二四 危険の兆候。明雲の質問を通して、彼の心裡に危険に近付こうとする傾向が潜んでいることを洞察した語。

1給―ナシ（常）　2掲焉―結縁（常・烏）　3人―人みな（常）　4いつ―いつく（常）　5傷害のおそれ―か様の事（常）

一はたして、箭《（や）》に当《あた》りて失《う》せ給《（たまひ）》にけり。

（第百四十七段）

「二灸治《（きうぢ）》、あまた所になりぬれば、三神事に汚《けが》れあり」といふ事、近《ちか》く人の言《い》ひ出《いだ》せるなり。[1]四格式《（きやくしき）》にも見《み》えずとぞ。

（第百四十八段）

五四十以後の人[2]、身に灸を加《くわ》へて六三里を焼《や》かざれば、七上気の事あり。かならず灸すべし。

（第百四十九段）

八鹿茸《（ろくじよう）》を鼻に当《あ》てて嗅《か》ぐべからず。九小《ちい》さき虫《むし》ありて、鼻《はな》より入《（いり）》て、

一「明雲大僧正、円慶法親王も、御馬より射落されて、御頸取られさせ給ひけり」（平家物語八・鼓判官）。愚管抄五にその死を詳述し、「スベテ積悪ヲ、カル人ナリ」と批判する。

第百四十七段　神事に灸治はけがれがあるという説は根拠がないこと。

二 灸をすえて病を治すこと。

三 汚れがあるから神を祭る際に奉仕してはいけない。

四 格や式。格は律令を改訂、補正するために制定された法。式は律令を施行するための細則。

第百四十八段　四十以後の人への灸治の勧め。

五 四十歳を人生の大きな節目と考えていう。なお、第七段注二八参照。

六 膝頭の下の外側の少し凹んだ箇所。

七 のぼせることがある。

第百四十九段　鹿茸の取扱い上の注意。

八 初夏頃、鹿の角が落ちた後、生えかわった新しい角。「袋角」ともいい、皮をかぶっている。強壮剤となる。薬経太素、輔仁本草、康頼本草等に見える。

九 本草綱目では「小白虫」という。

脳を食《は》むといへり。[3]

（第百五十段）

一〇能を付《つ》かむとする人、「一一よくせざらむほどは、なまじゐ（ひ）に人に知《し》られじ。一二うちうちよく習《（ならひ）》得《え》て、さし出《い》でたらむこそ、[4]心にくからめ」と常《つね》に言《い》ふめれど、かく言《い》ふ人、一芸も習《なら》ひ得《う》ることなし。未《いま》だ一三堅固《けむご》かたほなるより、上手の中に交《まじ》りて、譏《そし》り笑《わら》はるゝにも恥《は》ぢず、一四つれなく過《す》ぎてたしなむ人、一五天性其骨《（そのこつ）》なけれども、一六道になづまず、一七みだりにせずして年《とし》を送《おく》れば、一八堪能《（かんのう）》のたしなまざるよりは、つゐ（ひ）に上手の位《くらゐ》に至《いた》り、一九徳闌《とくた》け、人に許《ゆる》されて、並《なら》びなき名を得《う》る事なり。

天下の二〇物の《ものゝ》上手といへども、初《はじ》めは二一不堪《（ふかん）》の聞《きこ》えもあり、二二無下の瑕《か》

第百五十段　すべて、恥をかくことを恐れず努力する人が名人になること。

一〇 ある技能を習得しようとする人。

一一 うまくできないうちはこれこれの技芸を習っているとなまじっか人に知られまい。

一二 内々よく習得したのちに人前に出るのが奥ゆかしいであろう。

一三 全く未熟な段階から。「堅固」は「全く」の意。「堅固の」という形でも用いられる。「堅固の田舎人にて、子細を知らず」（宇治拾遺物語一三五話）、「雅経は…其比堅固の若輩にてありしかば」（正徹物語・上）。「かたほ」は「まほ」の対で、不完全なこと、欠点のあることの意。

一四 何を言われても気にしないで過ごして努力する人。

一五 生まれつきその天分はないけれども。「骨」は、勘の働き。先天的な場合は「天骨」ともいう。「骨のある人は、意地によりて句がらの面白き也」（連理秘抄）、「さきの翁よりは天骨もなく、おろおろかなでたりければ」（宇治拾遺物語三話）。

一六 その芸道で停滞することなく。

一七 いいかげんにしないで。

一八 才能はあるけれども努力しない人よりは。

一九 芸の格もあがり、他人に名人と認められて。

二〇 その道の名人。「なほまことの物の上手はさまことに見え分かれ侍る」（源氏・帚木）。

二一 未熟であるという評判。「中院禅門為家、若くては此道（歌道）不堪なり」（井蛙抄六）。

二二 ひどい欠点。

1 格式―格式等（常・烏）　2 人―人の（常）　3 いへり―なり（常）　4 心にくからめ―いと心にくからめ（烏）

瑾《きむ》もありき。されども、その人、[一]道《みち》の掟《をきて》正《たゞ》しく、是《（これ）》を重《おも》くして、[二]放《（はう）》埒《（らつ）》せざれば、[三]世の博士《はかせ》にて、万人の師となる事、諸道変《かは》るべからず。

（第百五十一段）

或《（ある）》人の言《い》はく、[四]年《とし》五十になるまで上手に至《いた》らざらむ芸をば捨《す》つべきなり。[五]励《はげ》み習《（ならふ）》べき行末もなし。[六]老人のことをば、人もえ笑《わら》はず。[七]衆に交《まじ》はりたるも、あひなく見ぐるし。大方《おほかた》、[八]よろづのしはざ《（わ）》は[1]やめて、暇《いとま》あるこそ、目《め》やすく、あらまほしけれ。[九]世俗の事に携《たづさ》はりて生涯を暮《くら》すは、下愚《（かぐ）》の人なり。[一〇]ゆかしく覚《おぼ》えむことは学《まな》び聞《き》くとも、[一一]その趣《おもむき》を知《し》りなば、おぼつかなからずしてやむべし。[一二]もとより望《のぞ》むことなく、[2]羨《うらや》まざらんは、[3]第一なり。

[一三]写本《ニ》云《ク》 此段、本はみせけちなれども、私《ニ》記《ス》レ之《ヲ》。

一 その芸道のきまりを正しく守り。

二 勝手気ままに振舞わなかったので。

三 世間における指導者。「馬頭、物定めの博士になりて、ひひらきゐたり」（源氏・帚木）。

第百五十一段　老人が不相応な努力をせず、閑暇な生活を送ることの勧め。

四 五十歳になるまで名人の域に達しないような芸は捨てるべきである。「子曰はく、後生畏るべし。焉《（いづ）》んぞ来者の今に如《（し）》かざるを知らんや。四十五十にして聞ゆること無くんば、斯れ亦畏るるに足らざるのみ」（論語・子罕）。

五 努力して学習できるだけの余命もない。

六 たとえ下手な芸であっても、老人のことを他人も笑うことはできない。だからといっていい気になってはいけないの意。

七 大勢の人々とつきあっているのも、そぐわず、みっともない。第百十三段と共通する感じ方。

八 諸事はやめて閑暇がある状態が見た目が良く、望ましいのである。第七十五段での主張と同じ考え。

九 世俗の事に従事して一生を送るのはひどく愚かな人である。

一〇 知りたいと思われることは学び聞くとしても。

一一 その様子を知ったならば、わからなくはないという程度でやめておくべきである。

一二 もともと習おうと望むことなく、芸ある人を羨ましく思わないですませられたら、それが最もよいことである。

一三 正徹本系独自の注記。

(第百五十二段)

一四西大寺《(さいだいじ)》の静然《(じやうねん)》一五上人、腰屈《こしかゞ》まり、眉白《まゆしろ》く、誠に徳闌《とくた》一六けたる有様《ありさま》にて内裏へまいら《(ゐ)》れたりけるを、西園寺《(さいをんじ)》一七の内大臣殿、「あな尊《たうと》のけしきや」とて、信仰の気色《きそく》一八ありければ、資朝卿《(すけとも)》一九、是《(これ)》を見《み》て、「年《とし》の寄《よ》りたるに[4]候《(さうらふ)》」と申されけり。

後日に、むく犬《いぬ》二〇の、あさましく老《お》ひ《(い)》さらぼひて毛はげたるを引《ひ》かせて、「[5]此気色《(このけしき)》尊《たうと》[6]く見《み》えて候」とて、内府《(だいふ)》二一[7]へまいら《(ゐ)》せられたりけるとぞ。

(第百五十三段)

為兼《(ためかね)》二二の大納言入道召《め》二三し取《と》られて、武士どもうち囲《かこ》みて、六波羅二四へ

第百五十二段　老僧を尊ぶ西園寺実衡を日野資朝が揶揄した話。

一四 奈良の古寺で、南都七大寺の一。称徳天皇の勅願寺。中世、睿尊が再興し、戒律の道場となった。
一五 良澄。元徳三年(一三三一)没、八十歳。
一六 徳の高い様子で。
一七 藤原(西園寺)実衡。嘉暦元年(一三二六)没、三十七歳。
一八 尊信する顔付きだったので。
一九 藤原(日野)資朝。元弘二年(一三三二)刑死、四十三歳。
二〇 ひどく老衰して毛の抜けたむく犬。むく犬は毛の多い犬。「山陰にやせさらぼへる犬桜追ひ放たれて引く人もなし」(散木奇歌集・春)、「痩せ給へること、いとほしげにさらぼひて」(源氏・末摘花)。
二一 内大臣の唐名。

第百五十三段　資朝が六波羅へ連行される京極為兼を羨望した話。

二二 藤原(京極)為兼。元弘二年(一三三二)没、七十九歳。
二三 正和四年(一三一五)十二月二十八日のこと。時に為兼六十二歳、資朝二十六歳。為兼は藤原(西園寺)実兼の庇護を受けて人となり、初めその家僕のごとく仕えていたが、伏見院の寵を得て権勢を誇るようになり、とくに正和四年四月末、宿願を果すために、一門を率いて奈良に下向した際にはきわめて派手に振舞ったので、実兼が嫉視して関東に讒言したために、六波羅に逮捕され、土佐国に流された(花園院御記・元弘二年三月二十四日の条)。
二四 六波羅探題。鴨川の東岸の地に置かれた鎌倉幕府の京都政庁。南方と北方の両探題がいた。

1しはさ―わさ(常)　2なくうらやまさらんは―なくしてやまむは(常・烏)　3第一―第一の事(烏)　4に候―には(常)　5気色―けしきの(常)　6みえて候―みゆる(常)　7へ―のもとへ(常)

率《ゐ》て行《ゆ》きければ、資朝卿《すけともきやう》、一一条わたりにてこれを見《み》て、「あな羨《うらや》ましし。二世にあらむ思《おも》ひ出《い》で、かくこそあらまほしけれ」とぞ言《い》はれける。

（第百五十四段）

三この人、四東寺の門に雨宿《あまやど》りせられたりけるに、かたは者《もの》どもの集《あつ》まりゐたるが、手《て》も足《あし》も捻《ね》ぢゆがみ、五うちかへりて、いづくも不具に異様《ことやう》なるを見て、六とりぐ〳〵にたぐひなき癖《くせ》物なり、七もとも愛《あい》するに足《た》れりと思《おも》ひて、八まぼりたまひけるほどに、九やがてその興《けふ》尽きて、見にくゝ、一〇いぶせく覚《おぼ》えければ、一一たゞすなほにめづらしからぬ物にはしかずと思ひて、「帰《かへり》て」のち、一二この間《あいだ》、植《う》ゑ木を好《この》みて、異様《ことやう》に曲折あるを求《もと》めて目《め》を悦《よろこ》ばしめつるは、かのかたはを愛《あい》するなり

一　一条付近で。為兼の家は一条京極にあったか。
二　この世に生きたという思い出として、あのようでありたいものだ。政治、国事に関わりたいという気持が籠められており、元弘の乱で斬られた資朝の生涯を暗示するような言葉である。

第百五十四段　資朝が身体障害者を見たのち、愛玩していた植木を捨てた話。

三　資朝。
四　京の南、九条にある真言宗の寺。平安奠都の際に造営された官寺。
五　そりかえって。
六　それぞれ類のない変り者である。
七　いかにも愛好する価値がある。
八　見守っておられるうちに。
九　すぐその興味も失せて。
一〇　不快に感じたので。
一一　ただまっすぐで珍奇でない物には及ばない。
一二　ここのところ鉢植えの木を好んで。「それがしもと世にありし時は、鉢の木に好き」（謡曲「鉢木」）。

けりと、興《けう》なく覚《おぼ》えければ、鉢に[4]植《う》ゑられける木ども、皆[5]焼《や》き捨《す》てられにけり。

一三 さも有《(あり)》ぬべきことなり。

（第百五十五段）

一四 世に従《したが》はむ人[6]、先《(まづ)》一五 機嫌《(きげん)》を知《し》るべし。一六 つゐ《(い)》で悪《あ》しきことは、一七 人の耳《み》にも逆《さか》ひ、心にも違《たが》ひて、一八 その事成《な》らず。さやうのお《(を)》りふしを心得《う》べきなり。

たゞし、病を受《う》け、子生《う》み、死《し》ぬることのみ、一九 機嫌を[7]測《はか》らず。つゐ《(い)》で悪《あ》しとて、やむ事なし。二〇 生住異滅《(しやうぢゆういめつ)》の移《うつ》り変《かは》るまことの大事は、二一 たけき河のみなぎり流《なが》るゝがごとし。しばしも滞《とゞこほ》らず、直《たゞ》ちに行《おこな》ひゆく物なり。されば、[8]二二 真俗につけて、かならず果《はた》し遂《と》げんと思《おも》はむ

一三 いかにももっともなことである。

第百五十五段 物事の時機についての論と、死の到来の迅速なこと。

一四 世俗に従って生きようとする人。第七十五段注一六参照。

一五 人の意向を推察して事を行うべき時機。「ことによりてよくきげんをはからふべき事也」(十訓抄七)、「かかる騒ぎのほどなれば、経沙汰もいよいよきげんあしき心ちして」(とはずがたり四)。

一六 物事の順序が悪いことは。

一七 いい意見でも聞き入れられず、気に入られないで。

一八 目的とする事柄は成就しない。「すべて人の腹立ちたる時、こはく制すればいよいよ怒る。盛りなる火に少き水をかけん、その益なかるべし。然れば、機嫌をはばかりて和かに諫むべし」(十訓抄六)。

一九 時機を見計らうことはできず、順序が悪いからといって止まることはない。

二〇 生じ、とどまり、変化し、滅するという、万物に普遍的に見られる現象。これを四相という。「而して(五音を)識らざるの時は空しく生住異滅の四相に遷せられ、唯生老病死の四苦を受く。之を覚るの時は即ち生老病死の四苦を転じて、立ちどころに常楽我浄の四徳を備ふ」(管絃音義)。

二一 激流の大河。

二二 真諦(しんたい=真実の道理)につけ俗諦(世間一般の道理)につけ。

1 に―にこそ(常) **2** まほり―まもり(常・烏) **3** 帰て(常・烏)―ナシ **4** うゑられ―つくられ(常) **5** やき―ほり(常・烏) **6** 人―人は(常・烏) **7** はからす―うかゝはす(常) **8** 真俗につけてかならすはたし―此世も後の世も必(常)

1ことは、機《き》嫌《げん》を言《い》ふべからず、とかくの2もよひ[一]なく、足《あし》を踏《ふ》み止《とゞ》むまじきなり。

[二]春暮《く》れてのち、夏になり、夏果《は》てゝ、秋の来《く》るにはあらず。[三]春はやがて夏の気を催《もよほ》し、夏より既《すで》に秋は通《かよ》ひ、秋はすなはち寒《さむ》くなり、[四]十月は小春の天気、草も青《あを》くなり、梅もつぼみぬ。木《こ》の葉《は》の落《お》つるも、まづ落《お》ちて3芽《め》ぐむにはあらず、[五]下よりきざし4つはるに堪《た》へずして、落《お》つるなり。[六]迎《むか》ふる気下《した》に設《まう》けたるゆへ《（ゑ）》に、待《ま》ち取《と》るつゐ《（い）》ではなはだ速《はや》し。

[七]生老病死《（しやうらうびやうし）》の移《うつ》り来《きた》ること、又これに過《す》ぎたり。四季は猶《（なほ）》定《さだ》まれるつゐ《（い）》であり。[八]死期《（しご）》はつゐ《（い）》でを待《ま》たず。[九]死は前《まへ》よりしも来《きた》らず、兼《（かね）》て後《うしろ》に5迫《せま》る。[一〇]人みな死ある事を知《し》りて、待《ま》つことしかも急ならざるに、覚《おぼ》えずして来《きた》る。[一一]沖《おき》の干《ひ》潟《かた》遥《はる》かなれども、磯《いそ》より潮《しほ》の満《み》つ6

一 準備。
二 季節は直線的に推移するのではないという考え方を述べる。
三 春はそのまま夏の気候のきざしをあらわし。春のうちに既に夏が内包され、やがてそれが春にとって変るという、同心円的な移り変りを考えている。
四 陰暦十月には小春日和の天気が続き。「十月、天時和暖似ㇾ春。故曰二小春一」(荊楚歳時記)、「十月江南天気好 可ㇾ憐冬景似二春華一」(白氏文集二十・早冬)、「おのづから垣根の草も青むなり霜の下にも春や近づく」(風雅集・冬・伏見院、題「冬庭」)。
五 下から芽ぐみ、突き上げてくるのに堪えられなくて落葉するのである。「木の葉なき空しき枝に年暮れてまた芽ぐむべき春ぞ近づく」(玉葉集・冬・京極為兼、題「冬木」)、「葉隠れてつはると見えしほどもなくこはうみ梅になりにけるかな」(金葉集・雑上・読人不知)。
六 落葉を迎える気が下に整っているために、それを待って受け取る時機がきわめて速いのである。
七 これを四苦と呼ぶ。
八 死ぬ時期は順序を待たない。
九 死は前方から来るとは限らない、あらかじめ背後に迫っているのである。
一〇 人は誰も死があることを知っているが、そう急なことではないと思って、気付かないうちにやって来る。
一一 「沖の干潟」が「前」、「磯」が「後」、「潮」が「死」に相当する。

第百五十六段　大臣大饗を行う建物に関する故実。

がごとし。

（第百五十六段）

[7]一二大臣大饗《（だいじんのたいきやう）》は、一三さるべき所を申《（まうし）》請《う》けて行《おこな》ふ、常《つね》のことなり。宇一四治の左大臣殿は、一五東三条殿《（とうさんでう）》にて行《おこな》はる。一六内裏にてありけるを、申されけるによりて、他所へ行幸《（ぎやうがう）》ありけり。一七させることのよせなけれども、一八女院《（にようゐん）》の御所など借《か》り申《（まうす）》、故実なりとぞ。

（第百五十七段）

一九筆を取《と》れば物書《か》かれ、[8]二〇楽器を取《と》れば音《ね》を立《た》てんと[9]思《おも》ふ。盃《さかづき》を取《と》れば酒を思《おも》ひ、賽《さい》を取《と》れば[10]二一攤《（だ）》打《う》たむことを思《おも》ふ。二二心はかならず事に触《ふ》れて来《きた》る。仮《かり》にも二三不善の戯《たはぶ》れをなすべからず。

一二 正月または新任の際に大臣の主催で行う宴会。江家次第二にその次第を記す。「大饗（タイキヤウ）」（名目鈔）。
一三 しかるべき適当な場所を拝借して行う。古くは、「このおとゞ〈顕忠〉のみぞ、御ぞうの中に、六十余までおはせし。四分一の家にて大饗し給へる人なり」（大鏡二・時平）のごとく、質素に行った人もいるが、これはやはり例外か。
一四 藤原頼長。保元元年（一一五六）横死、三十七歳。
一五 東三条院。
一六 時の皇后が他所へ行啓したことはあったが、天皇の場合、このような事実はなかったらしい。
一七 特別な縁故がなくても。
一八 「女院」は天皇の生母・准母・三后（太皇太后・皇太后・皇后）・女御・内親王などのうち、院（門院）号をこうむった人。待遇は院（上皇）に準ずる。「女院（ニヨウヰム） 常音ニヨ也。名目ノ時引レ之」（名目鈔）。女院の御所を借りた例は、鎌倉時代の事例が知られている。

第百五十七段 たとえ心からでなくても勤行すべきことの勧め。
一九 筆を執ればおのずと物を書くようになり。
二〇 楽器を手にすれば演奏しようと思う。
二一 賽を使ってする賭事。公衡公記・弘安六年（一二八三）七月五日の条に「其外壇紙百帖・厚紙百帖、人々攤打ちて之を取る」とある他、御堂関白記、栄花物語・初花、大鏡三・師輔などにも見える。
二二 心は必ず何かの事柄に触発して生ずる。
二三 よくない戯れをしてはならない。直前の「攤打つこと」などをさしていうか。

1こと―人（常） 2もよひ―用意（常） 3て―て後（常） 4つはる―出る（常） 5せまる―せまれり（常・鳥） 6みつ―みつる（常・鳥） 7大臣―大臣の（常・鳥） 8楽器を―礼儀〈器イ〉（常） 9おもふ―思ひ（常） 10攤―双六（常）

[一]あからさまに[二]聖教《(しやうげう)》の一句を見れば、何《なに》となく前後の文《(もん)》も見《み》ゆ。[三]卒爾《(そつじ)》にして、[四]多年の非を改《あらた》むることもあり。仮《かり》に今《いま》此《(この)》文を展《ひろ》げざらましかば、このことを知《し》らむや。是則《(これすなはち)》触《ふ》るゝ所の益《やく》なり。[五]心更《(さら)》に起《お》こらずとも、仏前にありて数珠《ずゞ》を取《と》り、経を取《と》らば、怠《おこた》るうちにも[六]善業《(ぜんごふ)》を《(お)》のづから修《(しゆ)》せられ、[七]散乱《(さんらん)》[1]〔の心[2]ながら[八]縄床《(じようしやう)》に座せば、覚《おぼ》えずして〕[九]禅定《(ぜんぢやう)》なるべし。

[一〇]事理《(じり)》、もとより二《(ふたつ)》ならず。[一一]外相《(げさう)》もし背《そむ》かざれば、[一二]内証《(ないしよう)》かならず熟す。[一三]しゐ《(ひ)》て不信と[3]いふべからず。[4]〔[一四]仰《あふ》ぎて是《(これ)》を尊《たうと》むべし。〕

（第百五十八段）

「[一五]盃《さかづき》の底を捨《す》つることは、いかゞ心へ《(え)》たる」と、[5]ある人尋《たづ》ねさせ給《(たまひ)》しに、「[一六]凝当《(ぎやうだう)》と申[6]侍《(まうしはべる)》は、底《そこ》に凝《こ》りたるを捨《す》つるにや候《(さうらふ)》らん」

一　ついちょっと。　二　経典。
三　にわかに。　四　永年誤解していたこと。
五　心は一向にその気にならなくても。信仰心が起らなくても。　六　善い行い。
七　集中統一できない精神状態ながらも。「若し人散乱の心にて、塔廟の中に入りて、一たび南無仏と称へば、皆已に仏道を成ぜり」（法華経・方便品）。
八　縄を張って作った腰掛。「草庵ノ縁ノ前、西北ノ角、学問所ノ前ニ一本ノ松アリ。ソノ下ニ縄床一脚ヲタツ」（高山寺明恵上人行状・上）。
九　煩悩の境界を離れて、心静かに瞑想すること。
一〇　事（相対・差別の現象）と理（絶対・平等の真理）はもともと別のものではない。「色空本不二、事理元来同」（心経秘鍵）、「事理ハ元不二之法門也。但事ハ凡夫迷惑ノ見、但理ハ二乗ノ小分ノ証、事理不二、真俗無碍、是大乗ノ菩薩也」（雑談集九）。
一一　外面に現れた相がもしも仏道に背反しないならば。
一二　内心の悟り。心の内で会得した真理。
一三　心の起らぬ読経や散乱の心ながらの座禅をしいて不信仰の所行というべきではない。
一四　「是」は「外相」をさす。

第百五十八段　盃の底に残った酒を捨てる作法の呼び名と意味についての聞書。

一五　盃の底に残った酒を捨てる行為の意味を、どう考えているか。
一六　盃の底（当）に凝ったものの意に解した造語か。ただし、四節八座抄・元日に「凝濁」、達幸故実抄一に「澆濁」の語が見え、節会などでの飲酒の作法として、末座にある者はこれを沃ぎ棄ててはならないと説く。
一七　そうではない。
一八　「魚道《(ゲウ)(タウ)》　魚道ハ残盃ヲ建《(コ)(ボ)》ス器也。餘瀝ヲ以テ杯痕ヲ洗フ。之ヲ魚ノ旧道ヲ過グルニ喩フ。故ニ魚道ト云フ也。魚ハ大海ニ游泳スト雖モ旧道ヲ忘レザル者也」（元和本下学集・態芸門）。
一九　お流れを残して。

と中侍しかば、「[一七]さにはあらず。[一八]魚道《(ぎよだう)》なり。[7][一九]流《(ながれ)》を残《のこ》して、口の付《つ》きたる所《ところ》をすゝぐなり」[8]と仰《(おほせ)》られし。

（第百五十九段）

[9]「[二〇]蜷結《になむす》びといふは、糸《いと》を結《むす》び重《かさ》ねたるが、[10][二一]蜷《にな》といふ貝《かひ》に似たればいふ」と、ある やんごとなき人仰《(おほせ)》られき。[11][二二]みなといふは誤《あやま》り也。

（第百六十段）

門に額《(がく)》〔[12]掛《か》くるを〕[二三]打《う》つといふは、[13]よからぬにや。[二四]勘解由少路《かでの(こうぢ)》の二品禅門《(にほんぜんもん)》は、「額掛《か》くる」との給《(たまひ)》き。「[二五]見物の桟敷《さじき》打《う》つ」[14]なども、よ[15]からぬにや。「[二六]平張《ひらばり》[16]打《う》つ」などは、[二七]常《つね》の事《こと》なり。[17]「桟敷構《さじきかま》ふる」など[18]也。「[二八]護摩《(ごま)》焚《た》く」と言《い》ふも、[19]悪《わろ》し。「修《(しゆ)》する」「護摩《ごま》する」など[20]也。

第百五十九段　蜷結びの名の起りに関する聞書。

二〇 組紐の結び方の一種。「ミナムスビ如何。コレハ海中ノ甲虫ニ、ニナトイヘルアリ。河貝子トモカキ、蜷トモカケリ。ソレヲミナトモイヘリ。カノ貝ノハヒアリキタルアトノマサゴニツキタルガ、ヤウ〳〵ニムスボヽレテイリクミタルニヨセテイヘルニヤ。又、貝ヨリイデタル身ノアリサマニニセテムスベル義アル歟」（名語記十）。　二一 小さな巻貝。

二二 「にな」「みな」が烏丸本等と逆になっているが、いずれが正しいかは未詳。

第百六十段　日常的な言葉遣いに関する覚え書。

二三 平家物語にも「御墓所のめぐりにわが寺々の額を打つ事あり」（一・額打論）という。

二四 藤原経尹。世尊寺流の能書家。延慶三年（一三一〇）出家、六十四歳。正しくは「勘解由小路」。

二五 賀茂祭の行列などを見物するための桟敷。第五十段注二二参照。

二六 仮屋を作る時、棟を作らず、天井を平らに幕を張る方式。「宇治殿聞ニ召其由ー、平等院大門前ニ、錦平張ナド打テ、種々儲ドモ用意シテ、雖レ待ニ官使ー、々々成レ恐不ニ参向ー止畢ト云々」（古事談 一）。

二七 普通に言うことである。

二八 炉の中に火を燃やし、供物を焼いて本尊に供養する密教の修法。

1の心…して（常・烏）―ナシ　2なから―ながらも（烏）　3と―を（烏）　4あふきて…へし（常・烏）―ナシ　5人―人の（常・烏）　6侍は―侍れは（常）侍るは（烏）　7流―酒（常）　8と―とそ（常・烏）　9にな―みな（烏）　10にな―蜷（常・烏）　11みな―にな（烏）　12かくるを（常・烏）―ナシ　13よからぬ…の給き―わろし（常）　14なと―ナシ（烏）　15ぬにや―す（常）　16うつなとはつねのことなり―うちてなといふめり（常）　17さしきかまふるなと也―ナシ（常）　18也―いふべし（烏）　19わろし―わろき詞也（常）　20也―云也（烏）

「[一]行法《（ぎやうぼふ）》も、法の字を澄《す》みて言《い》ふ、[1]悪《わろ》し。[2]濁《（にごり）》て」と、[二]清閑寺《（せいがんじ）》の僧正仰《おほ》せられき。

常《つね》に言《い》ふことに、かゝることのみ多《おほ》し。

（第百六十一段）

[三]花のさかりは、[四]冬至より百五十日とも、[五]時正《（じしやう）》の後七日とも言《い》へど、[六]立春より七十五日、大様違《おほやうたが》はず。

（第百六十二段）

[七]遍照寺《（へんぜうじ）》の[八]承仕《せうじ》法師、[九]池の鳥を日頃《ごろ》[一〇]飼ひ付《つ》けて、堂の内《うち》まで餌《ゑ》を撒《ま》きて、戸一《ひと》つ開《あ》けたれば、[一一]数《かず》も知《し》らず入籠《（いり）こも》りけるのち、[一二]を《（お）》のれも入《い》りて、[一三]立《た》て籠《こ》めて、捉《とら》へつゝ殺《ころ》しけるよそ[一四]お《（ほ）》ひ、[一五]おどろ〳〵しく

一　修法。秘法。密法。「文覚坊三十余日不ㇾ食、船ノ中ニシテ行法シケル」（雑談集三）、「Guiŏbô ギャゥボゥ（行法）」（日葡）。
二　道我。康永二年（一三四三）没、六十歳。一説に、道源かという。

第百六十一段　花盛りと暦日との関係について。
三　桜の花の盛り。
四　二十四節気の一。北半球では一年中で昼が最も短い。
五　昼夜の時間が正しく同じの意で、春分・秋分の二日後の日。彼岸の初日とされる。
六　二十四節気の一。春の初めとされる日。陰暦（太陰太陽暦）では旧年中に立春となる、年内立春という現象も起る。

第百六十二段　殺生の行為で投獄された承仕法師の話。
七　京都嵯峨、広沢の池の西にあった真言宗の寺院。
八　閼伽（あか＝水）を汲み、花を盛るなど、雑用をつかさどる役僧。「御堂の承仕法師でありけるが、御灯参らせんとて」（平家物語六・祇園女御）、「故金剛王院ノ厳海僧正、召仕ヒケル承仕法師老々タルガ韮畠作リケル所ニテ」（雑談集五）。
九　広沢の池。永祚元年（九六九）寛朝が遍照寺を建立した際に掘られたと伝える。
一〇　飼い馴らして。餌付けをして。
一一　鳥が無数に入り込んだのちに。
一二　自分自身も。
一三　戸を閉めて出られないように籠めて。
一四　恰好。
一五　騒がしく聞えたのを。
一六　草刈りの少年。草刈りは子供の仕事と見られていたらしい。
一七　大挙して。第八十七段注四一参照。
一八　ばたばたと音を立てている中に。

聞《きこ》えけるを、草刈[一六]る童《わらは》聞《き》きて、人に告《つ》げたりければ、[3]〔[4]村の男《をのこ》ども[一七]おこりて、入《(いり)》て見るに、〕[5]大雁どもふため[一八]きあへる中《なか》に法師交《まじ》りて、打《う》ち伏《ふ》せ、捻《ね》ぢ殺《ころ》しければ、此《(この)》法師を捕《とら》へて、所[一九]《ところ》より使庁[二〇]《(しちやう)》へ出《いだ》したりけり。殺[二一]《ころ》す所の鳥を首《くび》に掛《か》けさせて、禁獄[二二]《きんごく》せられにけり。基俊[二三]《もとゝし》の大納言、別当[二四]の時になん侍《(はべり)》ける。

（第百六十三段）

太衡[二五]《〈たいせう〉〈おほつき〉》の太の字、[6]点打[二六]《う》つ、打《う》たずといふこと、陰陽[二七]《(おんやう)》の友がら相論[二八]の事有《(あり)》けり。盛親[二九]《もりちか》入道申 侍《(まうしはべり)》しは、「吉平[三〇]《(よしひら)》が自筆の[7]占方[三一]《うらかた》の裏《うら》に書《か》かれたる御記《(ぎよき)》、近衛[三二]の関白殿にあり。[8]点打《う》ちたるを書《か》き[9]たり」と申き。

一九 地元から。
二〇 検非違使庁へ突き出した。「撿非違使。此云㆓使庁㆒。本所乃靫負庁」(職原抄・下)。
二一 見せしめのためにしたことか。
二二 投獄された。
二三 源基俊。第九十九段注四参照。
二四 検非違使別当。検非違使庁の長官。基俊が別当であったのは、弘安八年(一二八五)四月十日から翌年(月日は不明)までのこと。本段での別当の処置は、検非違使別当藤原隆房家の上臈女房が盗賊の首領であったことが露顕し、大層驚いた別当は彼女の「きぬかづきを脱がせて、面をあらはにして」白昼禁獄したという処置(古今著聞集十二ノ四三二)を連想させる。意外感を与える犯罪者という点でも、本段と同説話とは類似する。

第百六十三段 「太衡」の表記に関する盛親入道の説の聞書。
二五 陰暦九月の称。陰陽道でいう。
二六 「太衡」か「大衡」かということ。
二七 陰陽道に携わる人々。
二八 議論しあうことがあった。
二九 伝未詳。
三〇 安倍吉平。生没年未詳。
三一 烏丸本等の「占文」の方がよいか。占文は、占の結果を記した文書。
三二 藤原(近衛)経忠か。経忠は観応三年(一三五二)没、五十一歳。

1わろし―ナシ(常)　2濁て―濁りていふ(烏)　3たり―ナシ(烏)　4村の…見るに(烏)―ナシ(底・常)　5大雁―大鳥(常)　6点(常・烏)―黙　7うらかたのうら―うらかたの書の裡(常)　占文の裏(烏)　8点(常・烏)―黙　9たり―たるよし(常)

（第百六十四段）

世の人あひ逢《あ》ふ時、[一]しばらくも[1]黙止することなし。必《(かならず)》言《こと》葉あり。そのことを聞《き》くに、多《おほ》くは無益《(むやく)》の談也。世間の浮説、[二]人の是非、[三]自他のため失多《おほ》く、得少《すくな》し。是《(これ)》を語《かた》る時、互の心に、無益のことなりといふことを知《し》らず。

（第百六十五段）

[四]吾《あ》妻《づま》人の都の人に交《まじ》はり、宮この人の吾《あ》妻《づま》に行《(ゆき)》て身を立《た》て、[五]又、[六]本寺本山を離《はな》れぬる[七]顕蜜《(けんみつ)》の僧、すべて、[八]わが俗にあらずして人に[3]交《まじ》はれるは、みぐるし。

第百六十四段　世人の無駄話の多さへの批判。

一　ほんの短い時間も黙っていることはない。「黙止」は幸隆本に「モクシ」と振仮名する。

二　噂。風説。

三　人のよしあしの批判。「人に会ひて言語多く語らふこと莫れ。又人の行事を言ふこと莫れ。唯其の思ふ所と兼ねて触るる事とを陳べて、世人の事を言ふべからず。人の災は口より出づ。努々《(ゆめ)》慎み慎め」（九条右丞相遺誡）。

第百六十五段　本領でない場所で活動する見苦しさへの批判。

四　東国の人。

五　世間に用いられ。立身し。「順教舜恵は関東に下りて、我が本道の陰陽師を立てて奉公、各立身云々」（井蛙抄六）、「人こそ用ゐずとも心ばかりは思ふ所ありて、身を立てんと骨張るべきなり」（無名抄）。

六「本寺」も「本山」も一宗一派の寺々を統轄する寺院の意。「山法師イキドヲリフカヽリケレバ、（東大寺の信救得業）本寺ヲハナレテ、田舎ニ住ケリトイヘリ」（沙石集・拾遺八十二話）。

七　顕教や密教の僧。「蜜」は「密」の当字。発心集八には、比叡山を離れて南都に移った聖梵と永朝の話が語られている。

八　自分の風俗習慣。自分の生活圏。

（第百六十六段）

人間の営《いとな》みあへるわざを見《み》るに、春の日に[九]雪仏《(ゆきぼとけ)》を作《つく》り、そのために金銀珠玉《(しゆぎよく)》の飾《かざ》りを営《いとな》み、堂を建《た》てんとするに似《に》たり。[一〇]其構《(その)かま》へを待《ま》ちて、よく安置してんや。[一一]人の命、ありと見《み》るほども下《した》より消《き》ゆること、雪のごとくなるうちに、[一二]営《いとな》み待《ま》つこと甚《(はなはだ)》多《おほ》し。

（第百六十七段）

[一三]一道に携《たづさ》はる人、[一四]あらぬ道の筵《むしろ》に臨《のぞ》みて、「あはれ、我が道ならましかば、かくよそに見《み》侍らじ物を」と言《い》ひ、心にも思《おも》へること、常《つね》の事《こと》なれど、[4]よに悪《わろ》く覚《おぼ》ゆるなり。知《し》らぬ道の羨《うらや》ましく覚《おぼ》えば、「[5]〔あな羨《うらや》まし、〕[一五]などか習《なら》はざりけむ」と言《い》ひてありなむ。[一六]わが智

第百六十六段 雪仏を作って荘厳するのにも似た人間の営為のはかなさについて。
九 雪で作った仏像。康資王母集に、瞻西が「雪を丈六の仏に作り奉りて供養しつるよしいはれて」として歌があり、その返歌として、「日にそへて雪の仏は消えぬらんそれも薪の尽きぬとや見し」とある。
一〇 その設備が整うのを待ってうまく安置できるであろうか。「や」は反語。
一一 人の命は生きていると見るうちにも徐々に死に向かってゆくこと。
一二 骨を折って将来に期待すること。

第百六十七段 誇ったり他人と競争したりすることの戒め。
一三 一つの芸道に従っている人。
一四 自分の専門ではない芸道の席。
一五 どうして習わなかったのだろうかと言うのがよいだろう。
一六 智恵を競うことも結局は獣が自身に備わっている角や牙を武器として争うのと同様であるという。

1 黙止—点止(常)　2 ため—ために(烏)　3 ましはれ(「れ」補入)るは—ましはるは(常)　まじはれる(烏)　4 わろく—せむなく(常)　5 あならうらやまし(常・烏)—ナシ

を取《と》り出《い》でて《ゝ》人に[1]争《あらそ》ふは、[2]角《(つの)》のある物《もの》の《ゝ》角《つの》を傾《かたぶ》け、[3]牙《きば》のある物《もの》の《ゝ》牙《きば》を噛《か》み出《いだ》すたぐひなり。

人としては、[一]善に誇《ほこ》らず、物と争《あらそ》はざるを徳とす。[二]他に勝《まさ》る[4]事あるは、大《(おほき)》なる失なり。品《しな》の[5]高《たか》きにても、才芸のすぐれたるにても、先祖の誉《ほま》れにても、人に勝《まさ》れりと思《おも》へる人は、たとひ言葉《こと》に[6]出《い》でて《ゝ》[7]言《い》はねども、内心にそこばく[三]の咎《とが》あり。慎《つゝし》みて是《(これ)》を忘《わす》るべし。おこ[四]《(を)》にも見《み》え、人にも[五]言《い》ひ消《け》たれ、災《わざわ》ひをも招《まね》くは、[8]〔只〕この慢心也。

[六]一道にもまことに長じぬる人は、身づから明《あきら》かに其《(その)》非を知《し》るゆへ《(ゑ)》に、心ざし常《つね》に[9]満《み》たらずして、[10]〔つゐ《(ひ)》に〕物に誇《ほこ》ることなし。

（第百六十八段）

年老《(おい)》たる人[11]も、一事すぐれたる[12]才のありて、「[七]此《(この)》人の後には、誰《たれ》

一　第百三十段注一八参照。
二　他人よりもすぐれていることは大きな損失である。老荘的思想のようでもあるが、以下述べることはむしろ儒教的である。
三　多くの罪がある。
四　ばからしくも見え。
五　悪く言われ。「光る源氏、名のみことごとしう、言ひ消たれ給ふ咎多かなるに」（源氏・帚木）。
六　本当の意味でのその道の名人。

第百六十八段　年老いるまで一事に専心しているのはかえって感心しない、人間は謙虚でありたい、知ったかぶりは聞きづらいと述べる。
七　この人のなきのちには誰に尋ねたらよいだろうか。
八　老人の味方であって。
九　生きているのも無駄ではない。
一〇　衰えた所。
一一　第百十二段注一四のような反省を欠いていることを、劣っていると感じるのである。
一二　今は忘れてしまったと言うのがよいであろう。
一三　むやみに勝手気ままに言うのは。

にか問《と》はむ」など言《い》はるゝは、[八]老の方人《かたうど》にて、[九]生《い》けるもいたづらならず。[13]さあれど、其《(それ)》も[14][一〇]すたれたる所のなきは、[一一]一生此事にて暮《く》れにけりと、つたなく見《み》ゆ。「[一二]今は忘《わす》れにけり」と言《い》ひてありなむ。[15]大方《おほかた》、知《し》り[16]たることも[17][一三]すゞろに言《い》ひ散《ち》らすは、さばかりの才にはあらぬにやと[18]聞《きこ》え、誤《あやま》りも有《(あり)》ぬべし。「[一四]定《さだ》かにもわきまへ知《し》らず」など言《い》ひたるは、[19]まことに[一五]道の主《あるじ》とも覚《(おぼえ)》ぬべし。まして、知《し》らぬこと[一六]したり顔《がほ》に、[一七]おとなしくもどきぬべくもあらぬ[20]人の言《い》ひ聞《き》かするを、[一八]さもあらずと思ひながら聞《き》きゐたる、[一九]いとわびし。

（第百六十九段）

「「[二〇]何事《なにごと》のしき」と言《い》ふことは、[二一]後の嵯峨《さが》の御代までは言《い》はざりけるを、近《ちか》きほどより[21]ゆ《(い)》ふ言葉《こと》なり」と[22]〔人の〕申侍《(まうしはべり)》しに、[23][二二]建礼門

一四 はっきりとわかっておりません。「身ニ才智アルモノハ、不レ知ト云事ヲ不レ恥也。実才ナキモノノヨロヅノ事ヲシリガホニスル也。都テ学問ヲシテハ、皆ノ事ヲシリアキラムル事ト人ノシレルハ僻事也。大小事ヲワキマフルマデスルヲ学問ノキハメトハ云ナリ。ソレヲ知ヌレバ、難議ヲ被レ問テ不レ知ト云ヲ恥トセヌ也」（続古事談二）。
一五 その道の長者。
一六 得意顔に。
一七 年長なので批判することもできないような人が。
一八 そうでもないと思いながらも、反論できぬままに聞いていることは。
一九 ひどくつらい。

第百六十九段 「…のしき」という言葉遣いの消長。
二〇 「式」の字を当てて、「…のし方」「…の方式」という意か。
二一 後嵯峨天皇。院政を含めてのその治世は、仁治三年（一二四二）一月二十日から文永九年（一二七二）二月十七日まで。
二二 平安後期から鎌倉初期にかけての女房歌人。建礼門院（平清盛の女《むすめ》徳子）の女房。生没年未詳。家集、建礼門院右京大夫集がある。

1 にあらそふ—とあらそふ心（常） 2・3 の—ナシ（常・烏） 4 事—ことの（烏） 5 たかき—高さ（烏） 6 いてゝ—出てこそ（常・烏） 7 いはね—我身をほめね（常） 8 只（常・烏）—ナシ 9 みたら—満（烏） 10 つゐに（常・烏）—ナシ 11 も—の（常・烏） 12 才の—才能（常） 13 さ—さは（常・烏） 14 すたれ—すくれ（常） 15 おほかた—大方は（烏） 16 たることも—たりとも（烏） 17 すゝろ—そゝろ（常） 18 きこえ—聞えをのつから（常・烏） 19 まことに—なを（常） なをまことに（烏） 20 の—に（常） 21 ゆふ—いふ（常・烏） 22 人の（常・烏）—ナシ 23 建礼門院の—建永に一院の（常）

院の右京大夫、一1後鳥羽院御位の2頃《ころ》、二又内裏《うち》住《ず》みしたることを言《い》ふに、「三世のしきも変《かは》りたることはなきに3」と書《か》きたり。

四此段、みせけち也。私書《ニク》レ之《ヲ》。

（第百七十段）

五さしたることなくて人のがり六行《ゆ》くは、よからぬことなり。用《よう》ありて行《ゆ》きたりとも、その事果《は》てなば、とく帰《かへ》るべし。久《ひさ》しくゐたる、七いとむつかし。

八人と4向《む》かひたれば5言《こと》の葉多《おほ》く、身もくたびれ、心も閑《しづ》かならず。6よろづこと障《さは》りて、時を移《うつ》す、7九互《たが》ひのため、いと益《やく》なし。一〇厭《いと》はしげに言《い》はむも8悪《わろ》し。一一心《こゝろ》づきなきことあらむおり(を)は、一二中〳〵そのよしをも言《い》ひてん。

一 後鳥羽天皇の在位は、寿永二年（一一八三）八月二十日から建久九年（一一九八）一月十一日まで。右京大夫が出仕したのは平家が滅亡した元暦二年（一一八五）三月以降やや時をおいてのことか。
二 女房として宮中に出仕すること。右京大夫は以前建礼門院に仕えていたので、「又」という。
三 建礼門院右京大夫集には「御しつらひも世のけしきもかはりたる事なきに」とあり、諸本異同はない。文段抄も同集板本によってこのことを指摘する。
四 底本独自の注記。

第百七十段　用事もないのに人を訪問することの戒め。

五 特別の用事がなくて。
六 人のもとに行くのは。
七 ひどく厄介だ。「暮れゆくにまらうと（薫）は帰り給はず。姫宮いとむつかしと思す」（源氏・総角）。
八 第百六十四段注一の部分と同じ考え。
九 主人にも客人にもお互いにひどく無益だ。
一〇 客に気がそまぬように応対するのもよくない。
一一 気にそまないことがある時は。
一二 かえってそのこと（今日は話す気になれないということ）を言った方がよい。
一三 自分と同じ心で対座していたく思うようなその家の主人が。
一四 所在なくて。退屈していて。
一五 もう少しゆっくりしていってください。今日は心閑かにお話ししましょう。
一六 中国、魏・晋の人。竹林の七賢の中心人物。好ましい人物には青眼で、礼俗の士には白眼で対した。弔問に訪れた嵆喜（七賢の一人嵆康の兄）に白眼を向けたが、後日酒琴を携えて行くと、青眼で迎えた。この故事を蒙求で「阮籍青眼」と標題し、蒙求和歌・酒部でも解説し、詠じている。

[一三]同《おな》じ心に向《む》かはまほしく思《おも》はむ人の、[一四]つれ〴〵にて、「[一五]今《いま》しばし、今日《けふ》は心閑《しづ》かに」など言《い》はむは、この限《かぎ》りにはあらざるべし。[一六]阮籍《(げんせき)》が青《あを》き眼《まなこ》、[一七]誰もあるべきことなり。

[一八]そのこととなきに人の来《き》[9]て、[一九]のどかに物語《がた》りして帰《かへ》りぬる、[10]「いと」よし。[11]文《ふみ》も、「[二〇]久《ひさ》しく聞《きこ》えさせねば」などばかり言《い》ひおこせたる、いとうれし。

（第百七十一段）

[二一]貝を覆《おほ》ふ人の、[二二]わが前《まへ》なるをばを《(お)》きて、よそを見わたし、人の袖の陰《かげ》、膝《ひざ》の下《した》まで目《め》を配《くば》るまに、前《まへ》なるをば人に覆《おほ》はれぬ。よく覆《おほ》ふ人は、[二三]よそまでわりなく取《と》るとは見《み》えずして、近《ちか》きばかり覆《おほ》ふやうなれど、多《おほ》く覆《おほ》ふなり。

一七 誰にも人に対する好悪の情はあるに違いない。
一八 何ということもないのに。用事もないのに。
一九 のんびり話をして帰っていったこと。
二〇 長いことお便りをさしあげませんので、などとだけ言ってよこした手紙。単なる無沙汰の挨拶で用件のない手紙。これらを「よし」「いとうれし」というのは、もとより相手が自身と同じような心の人だから。

第百七十一段 万事自身の内側をしっかり固めよとの戒め。
二一 貝合(かいあわせ)をする人が。貝合は貝覆いともいい、三六〇の蛤の貝を地貝(下に置く)と出し貝に分け、出し貝を一つずつ出して地貝と合せ、合った数の多い方を勝とする遊戯。「天福元年の春の比、院、藻壁門院、方を分ちて、絵づくの貝おほひありけり」(古今著聞集十一ノ四〇三)。
二二 自分の前にある貝をさし置いて。
二三 自分の前以外までむやみに取るとは見えないで。

1後鳥羽院—後鳥羽院の(常・烏)　**2**ころ—後(常・烏)　**3**に—にも(烏)　ナシ(常)　**4**と—に(常)　**5**ことの葉—詞(烏)　**6**よろつこと—万事(常)　万の事(烏)　**7**たかひのためいとやくなし—たがひのため益なし(烏)　ナシ(常)　**8**わろし—わひし(常)　**9**き—来り(烏)　**10**いと(常・烏)—ナシ　**11**ふみも—又文も(烏)

[1]碁盤《ごばん》[一]の隅《すみ》に石を立《た》てて《ゝ》弾《はじ》くに、向《むか》ひなる石を[2]守《まぼ》[二]りて弾《はじ》くは当《あた》らず、わが手元《てもと》をよく見《み》て、こゝ[三]なる聖目《ひじりめ》を直《すぐ》に弾《はじ》けば、立《た》てたる石かならず当《あた》る。

[四]よろづのこと、外《ほか》に向《む》きて求《もと》むべからず。たゞ、こゝ[五]もとを正《たゞ》しくすべし。清献公《(せいけんこう)》[六]が言葉《ことば》に、「好事《(かうじ)》[七]を行《(ぎやう)》[3]［じて］、[4]前程を問《と》ふことなかれ」と言《い》へり。世[八]を保《たも》たん道《みち》もかくや侍らん。内《うち》[九]を慎《つゝし》まず、軽《かろ》くほしきまゝにして、みだりなれば、遠《とを》き国必《(かならず)》背《そむ》く時、初《はじ》めて謀事《はかりこと》を求《もと》む。「[一〇]風に当《あた》り、湿に臥《ふ》して、病を神霊に[5]訴《うた》ふる、愚《おろ》かなる人なり」と医書に言《い》へるがごとし。目《め》[一一]の前《まへ》なる人の愁《うれ》へを止《や》め、恵《(めぐみ)》を施《ほどこ》し、道を正《たゞ》しくせば、その[一二]化《(くわ)》遠《とを》く流《なが》れんことを知《し》らざるなり。禹[一三]の行《ゆ》きて三苗《(さんべう)》[一四]を征《せい》せしも、軍《いくさ》[一五]を返《かへ》して徳を敷《し》くにはしかざりき。

一 弾碁(たんぎ・たぎ=弾棊とも書く)に類する遊びをさすか。弾碁は二人が盤に向かって相対し、黒白の石を弾いて相手の石に当ったのを勝とする、中国伝来の遊戯。源氏・須磨に見える。ただし、単なる戯れの動作の叙述と見る説もある。　二 見つめて。

三 すぐ近くの聖目を見つめながらまっすぐに弾けば。「ひじりめ」は、碁盤の聖目(せいもく=九曜を象って九つある)の訓読。

四 万事、外側に向かって求めるべきではない。

五 自身の側を正しくすべきである。

六 趙抃。中国北宋の人。御史となり、貴顕を恐れることなく職務を遂行した。清献公はその諡。

七 現在よいことを行って、将来のことを問うな。「窮達皆由レ命　何労レ発二嘆声一　但知行二好事一　莫レ要レ問二前程一」(皇朝類苑三十六・馮瀛王)。これを「清献公が言葉」といった理由は不明。

八 世の中を治める道もこのようなことでしょうか。

九 国内での政治を慎まず、軽く考えて、勝手なことをしていい加減であれば、遠国が必ず反乱を起す、その時初めて対策を探すことが少なくない。以下、魯の季氏の侵略政策と、それに加担しようとする冉有・季路を批判した孔子の言(論語・季氏の冒頭の章)に通ずる考え方が述べられる。

一〇 風に吹かれ、湿気のある所に臥して、病気を癒してほしいと神に訴えるのは、愚かな人である。「常に能く上に事ふるを慎まざる者は、自ら百痾の本を致し、咎を神霊に怨むか。風に当り湿に臥して反つて他人を失覆に責むるは、皆癡人なり」(本草経・序)。

一一 国内の人の悩みごとを解消し、仁政を施行し、道徳を正しくしたならば。

一二 その徳化が遠くまで及ぶことを知らないのである。

一三 古代中国の聖帝。舜の禅譲を受けて夏の始祖となる。　一四 尭舜の時代、江・淮・荊州(現在の湖南・湖北・江西省)に拠り、反抗した種族。四凶の一とされた。

一五 軍隊を帰して徳政を行ったのには及ばなかった。

（第百七十二段）

若《わか》き時は、[一六]血気内《うち》に余《あま》り、[一七]心物《(もの)》に動《うご》きて、[6][一八]精欲《(せいよく)》多《おほ》し。[一九]身を危《あや》ぶめて砕《くだ》けやすきこと、[二〇]玉を走《はし》らしむるに似《に》たり。[7][二一]花麗を好《この》みて宝を費《つい》やし、これを捨《す》てゝ[二二]苔の袂《たもと》にやつれ、[二三]勇《いさ》める心盛《さか》りにして[8]物と争《あらそ》ひ、[二四][9]人に[10]恥《は》づ、羨《うらや》み、好《この》む所日ゝに定《さだ》まらず。[二五]色に耽《ふけ》り、情《なさけ》に愛《め》で、行《(おこなひ)》をいさぎよくして、[11][二六]百年の身を誤《あやま》りて、[12]⌈命を失《うしな》へるためし願《ねが》はしくして、[二七]身の⌋全《また》く久《ひさ》しからむことをば思《おも》はず、[13]⌈好《す》ける方《かた》に心引《(ひき)》て、⌋[二八]長《なが》き世語《がた》りともなる。[14]⌈身を誤《あやま》つこと⌋は、若《わか》き時のしわざなり。

老《(おい)》ぬる人は、[二九]精神衰《おとろ》へ、[三〇]淡《あわ》く疎《おろそ》かにして、[15]感じ動《うご》く所なし。心を《(お)》のづから閑《しづ》かなれば、無益《(むやく)》のわざをなさず、[三一][16]身を助《たす》け、愁《うれ》へなく、

「尭徳有り、心力を労し、干戈用いず、三苗服せり」（荀子・成相）。

第百七十二段 若者と老人の長所短所の比較論評。一六「孔子の曰はく、君子に三戒有り。少（わか）き時は血気未だ定まらず。之を戒むること色に在り。其の壮なるに及んでは血気方（まさ）に剛なり。之を戒むること闘に在り。其の老いたるに及んでは血気既に衰ふ。之を戒むること得に在り」（論語・季氏）。一七 心は物に触発されて動揺して。「人生れて静なるは天の性なり。物に感じて動くは性の欲なり」（礼記・楽記）。一八 情念に基く欲望の意で、烏丸本等の「情欲」がよいか。「情」を「セイ」と読んだので、「精」を当てたか。一九 その身を危険にさらして破滅しやすいことは。二〇 玉をころがすのに似ている。「瓦全」と対をなす「玉砕」（北斉書・元景安伝）の語を連想していうか。二一 花やかで美しいことを好んで財宝を費したと思うと。二二 粗末な僧衣をまとう身となり。「苔の袂」「苔の衣」は僧衣の意。「みな人は花の衣になりぬなり苔の袂よかわきだにせよ」（古今集・哀傷・遍昭）。二三 勇猛な心が盛んであって、物事について争い。注一六引用の論語の文言を受けていうか。二四 他人に対して自身を恥じ、他人を羨望しという具合に。二五 恋愛に耽溺し、愛情に感じやすく、潔い行動をとって。

1こはん（「はん」補入）—囲碁盤（常） 棊盤（烏） 2まほり—のみまもり（常） 3して（常・烏）—ナシ 4前程（烏）—前日（常） 前𛀙〈本マ、〉（底） 5うたふる—うたふるは（常・烏） 6精欲—情欲（烏） 7花麗—美麗（烏） 8と—に（常） 9人—心（烏） 10はつ—はち（常） 恥（烏） 11百年の身をあやまりて—百年の身を誤り（烏） ナシ（常） 12命を…身の（常・烏）—ナシ 13すけるかたに心引て（常・烏）—ナシ 14身をあやまつこと（常・烏）—ナシ 15感し—感（常） 16たすけ—たすけて（常・烏）

[一]人の煩《わづら(ひ)》いなからむことを思《おも》ふ。[二]老《(おい)》て[1]智若《わか》きに[2]勝《まさ》れること、若《わか》くしてかたちの老《お》いたるに勝《まさ》るがごとし。

（第百七十三段）

[三]小野小町がこと、極《きは》めて定《さだ》かならず。[四]衰《おとろ》へたるさまは[五]玉作《(たまつくり)》といふ[3]文に見《み》えたり。此《(この)》[4]文、[5][六]清行《(きよゆき)》書《か》けりといふ説あれど、[七]高野《(かうや)》の大師の[八]御作の目録《もくろく》に入《い》れり。大師は[九]承和《(じようわ)》の初《はじ》めに隠《かく》れ給へり。[一〇]小町が盛《さか》りなること、その後《のち》のことにや。[一一]猶《(なほ)》おぼつかなし。

（第百七十四段）

[一二]小鷹《(こたか)》によき犬、[一三]大鷹《おほたか》に使《つか》ひぬれば、小鷹《こたか》に悪《わろ》くなるといふ。[一四]大に就《つ》き、小を捨《す》つることは《(わ)》り、まことにしかなり。

二六 長生きできる身をしくじって、あたら命を落した例が好ましく思われて。「為㆓君一日恩㆒誤㆓妾百年身㆒」（白氏文集・井底引銀瓶）を引く。
二七 その身が安全に長寿を保つことを考えない。
二八 いつまでも世間の語り草ともなるのは。「世語りに人や伝へんたぐひなくうき身をさめぬ夢になしても」（源氏・若紫での藤壺の歌）。 二九 注一六引用の論語の文言を受けていうか。 三〇 物事に淡白であって。
三一 身体をいたわり、心に悩みごとを持たず。

一 他人に面倒をかけないようにと考える。
二 老いて智恵が若い時に勝っていることは、若い時に容貌が老いた時よりも勝っているようなものだ。「君の王に事(つか)ふる所以の者は色なり。莆(しふ)の王に事ふる所以の者は智なり。色は老いて衰へ、智は老いて多し。日に多きの智を以て、衰悪するの色を逐はば、君必ず困(くる)しまん」（戦国策・趙六）。

第百七十三段 小野小町の伝記に関する疑問。
三 平安初期の女房歌人。生没年・享年等も未詳。
四 その容姿が衰えた有様は。
五 玉造小町壮衰書。玉造小町子形衰記とも。一巻。空海に仮託された書。驕慢な美女が老いさらぼえ、零落して徘徊するに至る有様を漢文体で叙す。文中、小野小町のことをさす字句はないが、小町伝と受け取られ、小町伝説の形成に多大な影響を及ぼした。宝物集にも、「小野小町が老い衰へて貧窮になりたりし有様、弘法大師の玉造と云ふ文に書きつるこそ、哀れに悲しく侍るめれ」として、玉造小町壮衰書によって語る。
六 三善清行か。延喜十八年（九一八）没、七十二歳。あるいは、安倍清行か。昌泰三年（九〇〇）没、七十六歳。
七 空海。承和二年（八三五）没、六十二歳。
八 御著作目録。金沢文庫蔵御作目録に、「玉造小町形衰記一巻、有㆑疑、或云、善相公作」と記されている。
九 「承和」は八三四年一月三日から八四八年六月十三日まで。仁明天皇の代の年号。空海は承和二年三月二十

[一五]人事《(にんじ)》多《おほ》かる中に、[一六]道を[6]楽《たの》しむより気味深《ふか》きはなし。是《(これ)》、まことの大事なり。[一七]一度《ひとたび》道を聞《きゝ》て是に心ざゝむ人、[一八]いづれのわざか廃《すた》れざらむ、何事をか営《いとな》まん。[一九]愚《おろ》かなる人といふとも、賢《かしこ》き犬の心に劣《おと》らむや。

（第百七十五段）

世には[二〇]心えぬ[7]事多《おほ》き也。[8]何事《なにごと》にも酒《さけ》を勧《すゝ》めて、[二一]強《し》ゐ《(ひ)》飲《の》ませたるを[9]興《けう》ずること、いかなるゆへ《(ゑ)》とも心えず。飲《の》む人の顔《かほ》、いと堪《た》へがたげに眉《まゆ》をひそめ、[二二]人目《め》を測《はか》りて捨《す》てんとし、逃《に》げんとするを捉《とら》へて、引《ひ》き止《とゞ》めて、[10][二三]すゞろに飲《の》ませつれば、[二四]うるはしき人もたちまちに狂人となりて、[二五]おこ《(を)》がましく、[二六]息災《そくさい》なる人も目《め》の前《まへ》に大事の病者となりて、前後も知《し》らず倒《たふ》れ伏《ふ》す。[二七]祝《いは》ふべ

一 日没。
一〇 小町が若く女盛りであったのはその後のことであろうか。 一一 やはりはっきりしない。
第百七十四段 仏道に志すことへの勧め。
一二 小鷹狩。隼・はいたか（はしたか）などの小鷹を使って秋に行う狩。鶉・雀などを捕る。犬は鷹狩に用いる鷹犬のこと。 一三 大鷹狩。大鷹を使って冬行う狩。雉・鶴・雁・鴨・兎などを捕る。
一四 重大な事物に専心して軽小な事物を見捨てる道理。「体に貴賤有り、小大有り。小を以て大を害すること無く、賤を以て貴を害すること無かれ。其の小を養ふ者は小人たり、其の大を養ふ者は大人たり」（孟子・告子上）。 一五 人間のしわざ。また、人間社会の事柄。
一六 仏道修行を楽しむこと以上に味わい深いことはない。「人間栄耀因縁浅　林下幽閑気味深」（白氏文集三十三・老来生計）。
一七 一度仏道を聞いてこれへの精進に志すような人。
一八 どのような仕事を廃しないことがあろうか、また何事を営々と行おうか。「か」は反語。 一九 「愚かなる人」と「賢き犬」を対照させていう。「や」は反語。
第百七十五段 飲酒の弊害と酒の徳について。
二〇 理解に苦しむこと。
二一 無理強いして飲ませるのを面白がること。「在家ノ酒宴ニ、ソヾロニシヰ、ノミクルヒ、コボシスツルハ、洪水ノ如シ」（雑談集三）。
二二 人の見ていないのを見すまして。
二三 やたらに飲ませてしまうと。 二四 端正な人。
二五 馬鹿げた振舞いをし。 二六 健康な人。
二七 祝い事をすることになっている日。

1 智—智の（常・烏） 2 に—時に（烏） 3 文—物（常） 4 文—書（常） 5 清行—清行が（烏） 6 たのしむ—たのしふ（烏） 7 事—事の（常・烏） 8 なにことにも—ともあることにはまづ（烏） 9 けうする—興とする（常・烏） 10 すゝろに—そゝろに（常）

き日などは、あさましかりぬべし。[一]明《あ》くる日まで頭痛《かしらいた》く、物食《く》はず[二]によひ臥《ふ》し、[三]生《(しやう)》を隔《へだ》てたるやうにして、昨日の[1]こと覚《おぼ》えず、[四]おほやけわたくしの大事を闕《か》きて、煩《わづら》ひとなる。[五]人をしてかゝる目《め》を見すること、慈悲もなく、礼儀[2]を背《そむ》けり。[六]かくからき目《め》に遭《あ》ひたらむ人、ねたくくちをしと思《おも》はざらんや。「[七]人の国にかゝる習《なら》ひあなり」と、[八]是《(これ)》らになき人事《ごと》にて伝《つた》へ聞《き》きたらんは、あやしく不思議《ふしぎ》に覚《おぼ》えぬべし。

[九]人の上《うへ》[3]にて見《み》たる、[4]ことに心憂《う》し。[一〇]思《おも》ひ[5]入《い》れたるさまに、心にくしと見《み》し人も、[一一]思《おも》ふところなく笑《わら》ひのゝしり、[一二]言《こと》葉多《おほ》く、[一三]烏帽子《ゑぼし》ゆがみ、[一四]紐外《ひもはづ》し、脛高《はぎたか》くかゝげて、[一五]用意《ようゐ》なきけしき、日頃《ごろ》の人とも覚《おぼ》えず。女は、[一六]額髪《ひたいがみ》はれらかに掻《か》きやり、[一七]まばゆからず顔《かほ》うちさゝげてうち笑《わら》ひ、盃《さかづき》持《も》てる手に取《と》り付《つ》き、[一八]よからぬ人は、肴取《さかなと》りて

一 二日酔の状態を叙す。
二 うめいて横になり。第八十七段(一六四頁)注二参照。
三 生れ変ったようであって。
四 公私の大切なことに支障をきたして、面倒なことになる。「羲和酒に沈湎して、其の職長く廃し、阮籍世に放曠して、其の宗早く亡びぬ」(台記・康治元年十二月三十日の条)。
五 他人をこのような目にあわせること。
六 このようなひどい目にあった人は、しゃくにさわり残念だと思わないであろうか。
七 外国にこのように奇妙な風習があるそうだ。
八 我が国にはない他人事として伝え聞いたとしたならば、奇妙でわけがわからないと思うであろう。一般に当然と思われている習慣が、実は決して当然ではないのだという指摘。自国の習俗を他国のものと仮定した上で客観的に観察する視点は注目される。
九 酔態を他人のこととして見るのは、とくにいやなものである。自身の場合は客観視できないのに対し、他人の酔態は客観的に見られるから、「ことに」というか。異文「見たるだに」だと、言外に「まして他人とはいえない親しい人の場合は一層いやだ」という気持を含むか。
一〇 思慮深い様子で奥ゆかしいと見ていた人。
一一 思慮なく高笑いし。
一二 口数が多く。酔が廻って饒舌になることをいう。
一三 烏帽子は横に曲り。
一四 衣服の紐。
一五 気遣いをしていない様子。
一六 額髪を顔がはっきり見える状態にうしろに掻きやって。
一七 恥かしげもなく顔を挙げて笑い。
一八 品の劣った人は肴を取って相手の口に宛てがい。
一九 あらん限りの声を出して。
二〇 第五十四段注二六に見えるような「能ある遊び法師」か。

口《くち》にさし当《あ》て、みづからも食《く》ひたる、さま悪《あ》し。声《こゑ》[一九]の限《かぎ》り出《いだ》して、をの〳〵《(お)》歌《うた》ひ舞《ま》ひ、年老《とし(おい)》[二〇]たる法師召《しめ》し出《いだ》されて、黒《くろ》く[6]汚《きたな》き身を肩《かた》脱《ぬ》ぎて、目《め》[二一]も[7]あてられずすぢり[二二]たるを、興《けう》[二三]じ見る人さへ疎《うと》ましく、憎《にく》し。

あるは又、わが[二四]身いみじきことども、[8]かた[二五]はらいたく[9]語《かた》り聞《き》かせ、あるは酔泣《ゑいな》[二六]きし、下《しも》[二七]ざまの人は、罵《の》りあひ、諍《いさか》ひて、あさましく恐《おそ》ろし。恥《はぢ》[二八]がましく、心憂《う》きこゝのみありて、はては許《ゆる》[二九]さぬ物ども押《お》し取《と》りて、縁《えむ》より落《お》ち、馬[三〇]、車より落《お》ちて、誤《あやま》ちしつ。物《もの》[三一]にも乗《の》らぬ際《きは》ゝは、大路《おほち》をよろぼひ[三二]行《ゆ》きて、[10]築地《ついぢ》、門《かど》の下《した》などに向《む》きて、えも[三三]いはぬことどもし[11]〔散《ち》らし〕、年老《とし(おい)》[三四]、袈裟掛《けさか》けたる法師《し》の、小童《こわらは》[三五]の肩《かた》を押《おさ》へて、聞《きこ》[三六]えぬことども言《い》ひつゝ、よろめきたる、いとかは[三七]ゆし。

二一 正視するに堪えられないほど。「見たる人の、(重衡の)御顔は変らで、目もあてられぬなど言ふが心憂く」(建礼門院右京大夫集)。
二二 身体をよじっている有様を。「翁、伸びあがり屈まりて、舞ふべきかぎり、すぢりもぢり、えい声を出だして、一庭を走りまはり、舞ふ」(宇治拾遺物語三話)。
二三 当の法師はもとより、面白がって見る人さえ。
二四 自分がひどく偉いなどと自慢すること。
二五 傍で聞きづらいほど語って聞かせ。
二六 泣き上戸の有様。源氏物語にも登場人物が酔泣きする描写は少なくない。
二七 身分の低い人は。
二八 恥となるような情ないこと。
二九 いけないという物を無理に取り。
三〇 馬や牛車から落ちて、怪我をする。
三一 乗物にも乗らない身分の者は。
三二 よろけて行って。「酒をたうべて たべ酔(ゑ)うて たふとこりぞ まうで来(く)ぞ よろぼひぞ まうで来る まうで来る」(催馬楽・酒をたうべて)。
三三 何とも言いようのないこと。ここでは、嘔吐などの汚いことをさす。
三四 分別もあり、地位もあるような法師をいうか。
三五 お供の稚児。
三六 訳のわからないことをくどくど言いながらよろめき歩いている有様。
三七 見ていられない。

1こと—ことも(常) 2を—も(常) にも(烏) 3にて—を(常) 4ことに—たに(常・烏) 5いれ—いり(常) 入(烏) 6きたなき—きたなけなる(常) 7あて(常・烏)—あけ 8かたはらいたく—かたはらいたきまて(常) 9かたり—云(烏) 10ついち—ついひぢ(烏) 11ちらし(常・烏)—ナシ

か丶ることをしても、[一]この世も後《のち》の世も、益《やく》あるべきわざならば、いかゞはせん。此世《(この)よ》に[1]誤《あやま》ち多《おほ》く、[二]宝《たから》を失《うしな》ひ、病を[2]設《まう》く。[三]百薬の[3]頂とはいへど、よろづの病《やまひ》は酒《さけ》よりこそ起《お》これ。[四]憂《うれ》へ忘《わす》るといへど、酔《ゑ(ひ)》いたる人ぞ、過《す》ぎにし憂《う》さをも思《(おもひ)い》出でて泣《な》くめる。[五]後《のち》の世は、[六]人の智恵を失《うしな》ひ、[七]善根《(ぜんごん)》を焼《や》く事、火のごとくして、悪を増《ま》し、[八]よろづの戒を破《やぶ》りて、[九]地獄に堕《お》つべし。「[一〇]酒を取《と》りて人に飲《の》ませたる人、五百生《(しやう)》が間《あひだ》、手《て》なき者《もの》に生《むま》る」とこそ、仏は説《と》き給ふなれ。

[一一]かく、疎《うと》ましと思《おも》ふ物なれど、をのづ《(お)》から捨《す》てがたきおり《(を)》もあるべし。[一二]月の夜、[一三]雪の朝《あした》[4]も、[一四]花の本《もと》にても、心のどかに物語して、盃出《さかづきいだ》したる、よろづの興《けふ》を添《そ》ふるわざなり。[一五]つれ〴〵なる日、[一六]思《おも》ひのほかに友《とも》の入《い》り来《き》て、取《と》り行《おこな》ひたるも、心慰《なぐさ》む。[一七]なれなれしからぬあたりの御簾《みす》の内《うち》より、[一八]御果《くだ》[5]〔物〕、御酒《みき》など、[一九]よきやうなるけ

一 現世も来世も有益なことならばどうしようか、非難するにはあたらないのだが。
二 「酒に六失有り。一には財を失ふ。二には病を生ず。三には闘諍。四には悪名流布。五には恚怒異に生ず。六には智恵日に損ず」(阿含経)。
三 「百薬の長」とあるべき。「夫れ塩は食肴の将、酒は百薬の長、嘉会の好」(漢書・食貨志)。
四 酒の異名を忘憂物という。「秋菊有佳色、裛露掇其英、汎此忘憂物、遠我達世情」(文選十五・雑詩二首・陶淵明)。
五 やや先の「地獄に堕つべし」にかかる。
六 酒が正しい判断力を喪失させることをいう。宝物集には、酒甕に映じた各自の影を見て争った天竺の長者夫婦の話を語る。
七 よい果報をもたらすよい行い。「解脱を焼くこと火の如くなるは、所謂酒の一法なり」(往生要集・上)。
八 多くの戒律を破って。破戒の罪を犯して。毘婆沙論に、一時の渇きを癒すために酒を飲んだ優婆塞が次々と五戒を破ったことを述べる。宝物集にも見える。
九 往生要集・上に、「殺・盗・婬・飲酒の者」は叫喚地獄に堕ちると説く。
一〇 梵網経に、「若し仏子…若し自身酒器を過《わた》し、人に与へて酒を飲ますれば、五百生手無からん」と説き、宝物集、雑談集三にも引用する。
一一 以下、一転して、酒の功徳を述べる。無住も雑談集三で、酒が君臣和合に役立った例があるという仏の言などを引き、酒の効用を述べている。
一二 月見酒を酌む心。 一三 雪見酒を酌む心。
一四 花見酒を楽しむ心。寂然の十戒歌のうち、不酤酒戒を詠んだ「花のもと露の情はほどもあらじ酔ひなすすめそ春の山風」(新古今集・釈教)を念頭に置くか。
一五 所在ない日。 一六 思いがけず友達が入って来て。
一七 なれなれしく近付けないような身分の人のおられる御簾の内から。 一八 お肴や御酒などを。
一九 いかにも品のありそうな声で。差し出すのは女性であろう。 二〇 火で何かを煮たりして。

わ《(は)》ひして差《さ》し出《いだ》されたる、いとよし。冬、狭《せば》き所《ところ》にて、火[二〇]にて物煎《い》りなどして、隔《へだ》[二一]てなきどち、差《さ》し向《む》かひて多《おほ》く飲《の》みたる、いとお《(を)》かし。旅《たび》[二二]の仮《かり》屋、野山などにて、「御《(み)》肴《さかな》[二三]、何《なに》がな」など言《い》ひて、芝《しば》の上《うへ》にて飲《の》みたるも、[6]お《(を)》かし。[二四]いたう痛《いた》む人の、強《し》ゐ《(ひ)》られて少《すこ》し飲《の》み[7]たる、いとよし。[二五]よき人の、[8]取《と》り分《わ》き、「今一《いまひと》つ、上少《うへすく》[二六]し」などのたまはせたるも、うれし。近付《ちかづ》[二七]かまほしき人の、上戸《(じやうご)》[二八]にて、ひし[二九]〳〵と馴《な》れぬる、又うれし。

[三〇]さは言《い》へど、上戸はお《(を)》かしく、罪許《つみゆ》[9]るゝ者也。酔《ゑ》[三一]い《(ひ)》くたびれて朝《あさ》寝《い》したるところを、主《あるじ》の引《ひ》き開《あ》けたるに惑《まど》ひて、ほ[三二]れたる顔《かほ》ながら、[三三]細《ほそ》き髻《もとゞり》差《さ》し出《いだ》し、物も着《き》あへず抱《いだ》き持《も》ち、引《ひ》[三四]きしろひ[10]て逃《に》ぐる掻《かい》[三五]取《と》り[11]姿《すがた》の後手《うしろで》、毛《け》生《を》[三六]い《(ひ)》たる細脛《ほそはぎ》のほど、[12]お《(を)》[三七]かしくつき〳〵し。

二一 遠慮のない同士。
二二 旅先の仮小屋や野山などで。歌題「野酌」の趣。
二三 酒の肴となるようなものが何かないかなあ。「我家《わいへ》は　帷帳も　垂れたるを　大君来ませ　聟にせむ　御肴に　何よけむ　鮑栄螺か　石陰子よけむ　鮑栄螺《あはびさだを》か　石陰子《かせ》よけむ」（催馬楽・我家）。
二四 ひどく迷惑がって辞退する人。「大臣、ほどなく空酔をし給ひて、乱りがはしく強ひ酔はし給ふを、さる心していたうすまひ悩めり」（源氏・藤裏葉）。
二五 身分のある人。
二六 盃の上の方が少ししか減っていないの意か。
二七 近付きになりたい人が。二八 いける口で。
二九 ぴったりと馴染みになったのも嬉しい。
三〇 そうは言うけれども酒飲みはおもしろく、罪も大目に見られる者である。飲酒の害を述べた部分を受けて「さは言へど」という。「罪許さるるほどの数奇にて侍れ」（古今著聞集十二ノ四二六）。三一 酔い疲れて、朝寝しているところを。人の家で酔って寝てしまった客の描写。三二 ぼうっとした顔のまま。
三三 冠物を着けていない有様。露頂といって、失礼な姿とされる。
三四 衣服を着終える余裕もないままに抱え持って、引きずるようにして逃げる。「中将の帯をひき解きて脱がせ給へば、脱がじとすまふを、とかくひきしろふほどに、綻びはほろほろと絶えぬ」（源氏・紅葉賀）。
三五 裾をたくしあげた後姿。「しどけなき姿にて、冠などうちゆがめて走らむ後手思ふに、いとをこなるべしと思しやすらふ」（源氏・紅葉賀）、「なかふさの少将の

1に―には（常・烏）　2まうく―うく（常）　3頂―ちやう（常）長（烏）　4も―ナシ（烏）　5物（常・烏）―ナシ　6おかし…いと―ナシ（常）　7たる―たるも（烏）　8とりわき―とりわきて（烏）　9ゆるゝ―ゆるさるゝ（常・烏）　10て―ナシ（常）　11すがたの（烏）―すすかたの（底）　の（常）　12おかしく―いとおかしく（常）

（第百七十六段）

[一]黒戸《くろど》は、[二]小松の御門《みかど》、位に即《つ》かせ[1]給《たまひ》て、[三]昔《むかし》たゞ人におはしましゝ時、[四]まさなごとせさせ給しを忘《わす》れ[2]させ給はず、[3][五]常《つね》に営《いとな》ませ給ひける[4]所《ところ》なり。[5][六]御《み》竈木《かまぎ》に煤《すゝ》けたれば、黒《くろ》戸と[6]いふとぞ。

（第百七十七段）

[七]鎌倉《かまくら》の中書王《ちうしよわう》にて[八]御鞠《まり》ありけるに、雨降《ふ》りてのち、いまだ庭の乾《かは》かざりければ、「[九]いかゞせむ」と[一〇]沙汰《さた》ありけるに、[一一]佐々木《さゝき》の隠岐《おき》の入道、[一二]鋸《のこぎり》の[7]屑《くづ》を車に積《つ》みて、多《おほ》くたてまつりたりければ、[一三]一《ひと》庭に敷《し》かれて、[一四]泥土《でいと》の煩《わづら》ひなかりけり。「[一五]取《と》り溜《た》めけん用意《ようゐ》、有《あり》がたし」と、人感じあへりけり。

折りにまゐりて、見付けられて逃げしよし申す、去りし後手のをかしさ申しし」(康資王母集)。

三六 兼好はこのあたりに一種の男の色気のごときものを感じているか。「袴を高く引上げて、ほそはぎを出して」(宇治拾遺物語七十四話)。

三七 趣があり似合わしい。

第百七十六段 黒戸の起源に関する聞書。

一 清涼殿の北廊にある戸。ここでは、その戸のある部屋、黒戸御所のこと。「小松の帝と申す。この御時に藤壺の上の御局の黒戸は開きたると聞き侍るは、まことにや」(大鏡一・光孝天皇)、「くまもなき月の光に磨かれて黒戸もいづら名にしおひけり」(正治後度百首・宮内卿)。 二 光孝天皇。平安時代の天皇。仁和三年(八八七)没、五十八歳。

三 臣下でいらっしゃった時。光孝天皇は、陽成天皇の後、藤原基経に推されて、元慶八年(八八四)二月二十三日、五十五歳で践祚した。 四 たわむれごと、ここでは炊事の意。 五 いつも炊事をなさった所である。

六 御薪。日本書紀・天武四年(六七五)正月の条に、「薪」を「みかまき」と訓読する。「御薪(ミカマギ)」(名目鈔)。

第百七十七段 乾いていない鞠庭で蹴鞠を行う際の故実の聞書。

七 宗尊親王。文永十一年(一二七四)没、三十三歳。

八 御蹴鞠の会。蹴鞠は「風吹かず雨降らず日照らぬをもちて能き日」(二条為定「遊庭秘鈔」)とされる。

九 どうしたらよいであろうか。 一〇 論議された時に。

一一 佐々木政義。正応三年(一二九〇)没、八十三歳。

一二 おが屑。

一三 鞠の庭(コート)一面にお敷きになって。

一四 ぬかるみに悩まされることはなかった。「Deito デイト(泥土) Doro tçuchi(泥土) 泥」(日葡)。

一五 寛永八年(一六三一)松下教久の蹴鞠之目録九拾九ヶ条にも、「雨降て庭のしめりすぎたる時は、大鋸くづを用意して置、庭にまき、しめりを取、はき取べし」と

此《この》ことを、ある者《ものゝ》の語《かた》り出《い》で[8]たりしに、[一六]吉田中納言の、「[一七]乾《かは》き砂《すな》子《ご》の用意《ようい》やはなかりける」との給《たまひ》たりし[9]、[一八]恥《は》づかしかりき。いみじと思《おも》ひける鋸《のこぎり》の屑《くづ》、[一九]いやしく、異様《ことやう》のことなり。[二〇]庭の儀を奉行《ぶぎやう》する人、乾《かは》き砂子《すなご》を設《まう》くるは[10]、[二一]故実なりとぞ。

（第百七十八段）

ある所《ところ》の侍《さぶらひ》ども、[二二]内侍所《ないしどころ》の御神楽《みかぐら》を見《み》て人に語《かた》るとて、「[二三]宝剣《ほうけん》を[二四]ばその人ぞ[11]持《も》ち給《たまひ》つる[12]」など言《い》ふを聞《き》きて、[二五]内《うち》なる女房の中に、「[二六]別殿の行幸《ぎやうがう》には、[二七]昼《ひ》の御座《ござ》の御剣《けん》にてこそあれ」と[二八]忍《しの》びやかに言《い》ひたりし、心にくかりき。

その人、古《ふる》き[二九]典侍《ないしのすけ》なりけるとかや。

ある。

一六 藤原冬方か。冬方は元徳元年(一三二九)四十五歳で出家。没年未詳。一説に藤原定資。定資は元徳二年(一三三〇)没、五十六歳。

一七 乾燥した砂の用意がなかったのか。言外に、当然あるべきではないかという気持が感じられる口吻。

一八 人々とともにおが屑に感心していた自身を顧みて、恥じ入ったのである。

一九 下賤で、貴族的な鞠の庭にそぐわない。

二〇 鞠の庭のことを執り行う人。遊庭秘鈔にも「庭」の項で、雨後早く水が引くために、一丈掘り下げて底五尺に瓦や塩を敷く工夫を説き、「故陽明博陸亭の庭、愚老往年の昔奉行して瓦を敷侍りしなり」という。

二一 古いしきたりであるということだ。

第百七十八段 宮中に古く仕える典侍が、侍の御剣についての誤りを正した話。

二二 毎年十二月、内侍所(第二十三段注三三参照)の庭で行われる神楽。禁秘抄・上・賢所に「一条院の御時より、十二月に御神楽有り。但し多くは隔年之を行ふ。近代毎年之有り。新所の時或いは行はる。又臨時の御神楽の例有り」という。江家次第十一、建武年中行事にその次第を詳述する。

二三 三種の神器の一である剣。禁秘抄・上・宝剣神璽に「御剣は、神代に三剣有り、其の一なり。…其の後宝物と為り伝来。而るに寿永海に入り紛失後、院(後鳥羽)御時以後、廿余年清涼殿の御剣を用ゐらる」という。

二四 誰それがお持ちであった。剣を持つのは近衛次将(中将・少将)の役。 二五 御簾の内側にいた女房。

二六 天皇が沓を履いて清涼殿以外の殿舎へ行幸するこ

1給て―給はて(常) 2させ―ナシ(烏) 3す―で(烏) 4ところ―間(烏) 5みかま木―御薪(烏) 6とそ―かとそ(常) 7の―ナシ(常) 8いて―出し(常) 9し―しかば(烏) 10は―か(常) 11そ―の(常) 12給つる―給へる(常)

（第百七十九段）

入宋《につそう》[一]の沙門、道眼《だうげん》上人[二]、一切経[三]を持来して、六波羅[四]のあたり、や[五]けのといふ所《ところ》に安置して、ことに首楞厳経《しゆれうごんきやう》[六]を講じて、那蘭陀寺《ならんだじ》[七]と号す。

其聖《そのひじり》の申されしは、「那蘭〔陀〕寺[八]は、大門、北向《きたむき》也と、江帥《がうそち》[九]の説とて言《い》ひ伝《つた》へたれど、西域伝[一〇]、法顕伝《ほつけんでん》[一一]などにも見《み》えず、更《さらに》所見なし。江帥いかなる才学[一二]にて申されけん、おぼつかなし。唐土の西《さい》[一三]明寺《みやうじ》は、北向勿論《もちろん》也」と申《まうし》き。

（第百八十段）

さぎ丁《ちやう》[一四]は、正月打《う》ちたる毬《ぎ》丁[一五]を、真言院[一六]より神泉苑《じんぜんゑん》[一七]へ出《い》でて、焼《や》

と。ここでは、内侍所が別殿である。二七 清涼殿の天皇の日中の御座所。「昼御座（ゴザ）在レ庇」（名目鈔）。二八 低い声で言ったのが、奥ゆかしかった。
二九 内侍司の次官。

第百七十九段 入宋体験を有する道眼が、インドの那蘭陀寺に関する大江匡房の説を疑問であるとした話。

一 中国に渡った僧侶。二 詳しい伝記は未詳。
三 経蔵・律蔵・論蔵の三蔵とその注釈書類を含めた仏典の総称。大蔵経。四 鴨川の東岸、五条末と七条末との間一帯を呼んだ。第百五十三段注二四参照。
五 未詳。六 正式には、大仏頂如来密因修証了義諸菩薩万行首楞厳経。十巻。
七 六波羅寺の西にあった（京都府地誌）といい、また、轆轤町の東南にあった（坊目誌）と伝えるが、未詳。
八 インドの那蘭陀寺。中インド摩竭陀（マガダ）国王舎城の北にあった。施無厭寺と訳す。玄奘が渡った時、仏教の中心地であった。
九 大江匡房。天永二年（一一一一）没、七十一歳。藤原頼通が宇治の平等院を建立する際、北向きに大門がある寺を尋ねたのに対し、未だ無官で江冠者といっていた匡房が「天竺ニハ奈良陀寺、唐土ニハ西明寺、此朝ニハ六波羅密寺」と答えて頼通を感心させた説話が、古事談五、十訓抄一に見える。一〇 大唐西域記。玄奘著。十二巻。インド・西域地方への求法の旅を記した旅行記。一一 東晋の法顕（第八十四段注一参照）が記した旅行記。一巻。西域への求法のための苦難に充ちた旅をつぶさに記す。
一二 どのような学識によって申されたのであろうか。
一三 唐の顕慶三年（六五八）、長安に建てられた寺。玄奘が住した。大和の大安寺は同寺を模したと伝える。

第百八十段 左義長の実態と、その囃子詞の起源。

一四 左義長。「三毬杖」とも書く。小正月の火祭。
一五 木製の毬を槌形の杖で打ち合う遊戯。平家物語五・

き上《あ》ぐる也。「法成就《ほふじやうじゆ》一八の池にこそ」とはやすは、神泉一九〔苑〕6の池をいふ也。

（第百八十一段）

「「降《ふ》二〇れ〳〵こ雪、たんばのこ雪」といふ事、米搗《よねつ》二一きふるひたるに似れば7、粉《こ》雪といふ。「たまれこ雪二二」と言《い》ふべきを、誤《あやま》りて、「たんばの」とは言《い》ふ也。「垣《かき》二三や木の股《また》に」と歌《うた》ふべし」と、ある物知《し》り申《まうし》き。

昔より言《い》ひけること〔に〕8や。鳥羽院二四幼《おさな》くおはしまして、雪の降《ふ》るに、かく仰《おほせ》られけるよし、讃岐典侍《さぬきのすけ》二五が日記に書《か》き9たり。

奈良炎上、十二・六代被斬などにも見える。

一六 内裏の西南、中和院の西にあった朝廷の修法所。

一七 平安京造営の際に設けられた禁苑。平安時代には御霊会や請雨法が行われた。

一八 焼きあげる時のはやし言葉。空海の祈雨の法が成就した（太平記十二）という伝承に基くか。

一九 祈雨修法がしばしば行われたことを反映して、神泉苑の池は法成就池と呼ばれた。

第百八十一段 「降れ降れこ雪」という童謡の歌詞の解釈についての聞書と、この童謡が讃岐典侍日記に見えること。

二〇 現在でもさまざまな形で歌い継がれている童謡。

二一 米を搗いて篩にかけた粉に似ているので。歌経標式に「鼠の家与禰都岐不留比（米つきふるひ）木を切りて引き切り出だす四といふかそれ」（あな恋し）という謎の歌を掲げ、「与禰都岐不留比者、是粉名也」という。「北東風（きたごち）にけゐの床までとほりつるこ雪は御簾（みす）のふるふなりけり」（夫木抄十九・風・源仲正）。

二二 「溜まれ」の意を「たんまれ」と歌ったことから、地名の丹波に誤まられたことをいう。

二三 前の童謡の続き。「垣や木の股に溜れ」の意。

二四 鳥羽天皇。保元元年（一一五六）没、五十四歳。

二五 讃岐典侍は堀河天皇に典侍として仕え、その没後引続き鳥羽天皇に出仕した女房。生没年未詳。讃岐典侍日記はそのことを回想した仮名日記。二巻。同書巻下に「つとめて起きて見れば、雪いみじく降りたり。今もうち散る。…「降れ、降れ、こ雪」と、いはけなき御気配にて仰せらるる、聞ゆる。こはたそ、たが子にかと思ふほどに、まことにさぞかし」と見える。

1陀（常・烏）—ナシ　2江師—江師は（常・烏）　3正月—正月に（烏）　4き丁—きつちやう（常）　5いてゝ—出して（烏）　6苑（常・烏）—ナシ　7れは—たれは（常・烏）　8に（常・烏）—ナシ　9かきたり—かけ〈きたイ〉り（常）

（第百八十二段）

[一]四条大納言隆親《たかちか》卿、[二]乾鮭《からざけ》といふ物を[三]供御《ぐご》にまい《ゐ》らせられたりけるを、「[四]かくあやしき物、まい《ゐ》る様あらじ」と人の申《まうし》けると聞《き》きて、大納言、「[五]鮭《さけ》といふ魚まい《ゐ》らぬことにてあらむにこそあれ、鮭《さけ》の[六]白《しら》乾し、[七]何条《なでふ》ことかあらん。[八]鮎《あゆ》の白乾《しらぼ》しはまい《ゐ》らぬかは」と申されけり。

（第百八十三段）

[九]人突《つ》く牛をば角《つの》を切《き》り、[一〇]人食《く》ふ馬をば耳を切《きり》て、その印《しるし》とす。印《しるし》を付《つ》けずして人を[一一]破《やぶ》らせぬるは、[一二]主《ぬし》の咎《とが》なり。[一三]人食《く》ふ犬をば養飼《やしなひかふ》べからず。是《これ》、皆咎《とが》あり。[一四]律の戒《いましめ》なり。

第百八十二段　乾鮭を供御に用いて批判された四条隆親が反論した話。

一 藤原（四条）隆親。弘安二年（一二七九）没、七十七歳。四条家は庖丁（料理道）の家。 二 干物の鮭。腸を除き、塩を用いずに乾燥させる。厨事類記に干物として「干鳥。楚割。蒸蚫。焼蛸」を挙げ、「楚割。鮭ヲ塩ツケズシテホシテ削テ之ヲ供ス」という。 三 天皇の食事。

四 このように下賤な物をさしあげるべきではあるまい。

五 鮭という魚を全然さしあげないならともかく、そうではないのだから。 六 塩を用いずに干したもの。

七 何の問題があろうか。「公事をよろづつとめてのちにともかくもあらむは、なんでうことかあらむ」（大鏡六・道長下）。

八 鮎の白乾しはさしあげるではないか。「或上人、鮎ノ白干ヲ紙ニ裹（ツツ）テ、剃刀ト名テ、カクシヲキテ食シケル」（雑談集二）。

第百八十三段　人に傷害を与える性癖ある家畜に関する故実。

九 人を突く牛の場合はその角を切り。「雑令に云はく、畜産人を觝くは両角を截れ」（政事要略七十）。たとえば、明月記・嘉禄三年（一二二七）四月七日の条（ただし、錯簡あるか）にも「今日大炊御門東洞院辺放れたる牛有り、往反の人を突く」という記事があり、このような事故が時折あったことを想像させる。

一〇 人に嚙みつく馬の場合は、その耳を切って、その標識とする。「人を齧ふは両耳を截れ」（政事要略七十）。

一一 人を傷つけた場合は。

一二 飼主の罪。「厩庫律に云はく、畜産及び嚙犬、人を觝き踏齧む有りて、標幟羈絆法の如くならず、若しくは狂犬殺さざるは笞卅」（政事要略七十）。

一三 人に嚙みつく犬。 一四 律令制での刑法。

第百八十四段　松下禅尼が倹約の徳を息子北条時頼に教えようとして障子の切張りをした逸話。

一五 北条時頼。弘長三年（一二六三）没、三十七歳。

一六 秋田城介（安達）景盛の女（むすめ）。生没年未詳。「故松

（第百八十四段）

[一五]相模守時頼《さがみのかみときより》の母は、[2]松[一六]の下禅尼《ぜんに》とぞ申《まうし》ける。守[一七]《かみ》を入《いれ》申さるゝ事ありけるに、[3]煤[一八]《すゝ》け明《あか》り障子《さうじ》の破《やぶ》ればかりを、禅尼手[一九]づから、小刀[二〇]《こがたな》して切《き》りまはしつゝ張《は》られければ、兄人[二一]《せうと》の城《じやう》の介《すけ》義景《よしかげ》、其《その》日の経営[二二]《けいめい》して候《さうらひ》けるが、「[二三]たまはりて、[二四]なにがし男に張《は》らせ候はむ。[二五]さ様〔[4]の〕事に心えたる物に候《さうらふ》」と申されけれ[5]ば、「其男、[二六]尼が細工《さいく》にもよも勝《まさ》[6]りさぶらはじ」とて、猶《なほ》[二七]一間《ま》づゝ張《は》られけるを、義景《よしかげ》、「皆《みな》を張《は》り替《か》へ候はんは、遥《はる》かにたやすく候べし。[二八]まだら[7]にもみぐるしくや」と重《かさ》ねて申されけれ[8]ば、「尼も、[二九]後《のち》はさは〳〵と張《は》り替《か》へんと思《おも》へども、今日[三〇]《けふ》ばかりはわざとかくてあるべきなり。物[三一]は、破《やぶ》れたる所《ところ》[9]ばかり修理《しゆり》して用《もち》ゐる事ぞと、若[三二]《わか》き人に見習《なら》はせて、心付[三三]《つ》けんため

下ノ禅尼ハ、難レ有人ニテ御坐ケル。上東門ノ女院ノ御事ヲ常ニ慕ヒ申サレテ、我モカクアリタキトテ、仏法ヲ信ジ行ゼザル者ハメシツカハレズ」(雑談集三)。

一七 相模守時頼を招じ入れ申されることがあった時に。

一八 煤ぼけた明り障子。「明り障子」は現在の障子。「明障子のやぶれより、きと見れば」(古今著聞集十七ノ六〇七)、「為氏まかりて、縁にて声づくりて、あかり障子を開けて入らむとせられけるを」(井蛙抄六)。

一九 自身の手で。 二〇 小刀をまわして切り取っては張り、切り取っては張りしておられたので。

二一 安達義景。建長五年(一二五三)没、四十四歳。「城の介」は秋田城介の意。古代の北辺鎮護司令官の職なので、有名無実となったのちも、武門にとって名誉の称号とされた。

二二 世話役として伺候していたが。「けいめい」は「けいえい」の音転という。「預りいみじくけいめいし歩く気色に、この御有様知りはてぬ」(源氏・夕顔)。

二三 こちらに頂いて。 二四 何某という男。「又五郎男」(第百二段)などと同様な言い方。

二五 そのようなこと(障子張り)に心得のある者でございます。 二六 わたしの細工に。「尼」は禅尼の自称。

二七 明り障子のひとますずつ。 二八 ひとますずつですと、新しい紙と古い紙とがまだらになりますのも。

二九 後日にはさっぱりと、すっかり張り替えようと。

三〇 禅尼の教育的配慮を窺わせる言葉。 三一 御成敗式目の冒頭、神社を修理し、祭祀を専らにすべき事の条に、「小破の時は且(かつ)修理を加へ、若し大破に及ばば子細を言上し、その左右に随ひてその沙汰あるべし」というのに通う考え方。 三二 息子の時頼をさす。

三三 気付かせようと思うためです。

1 と—を(常・烏)　2 松の下—松の下の(常)　松下(烏)　3 すゝけ—すゝけたる(常・烏)　4 の(常・烏)—ナシ　5 は—とも(常)　6 さふらは—侍ら(烏)　7 に—に候(常・烏)　8 は—共(常)　9 はかり—はかりを(常・烏)

[1]なり」と申されける、[一]いとありがたかりけり。

[2]世[二]を治《おさ》むる道《みち》、倹約をもととす。女性《(にょしやう)》[三]なれども、聖人の心に通《かよ》へり。天下[四]を保《たも》つほどの人を子にて[3]持《も》たれけるは、[4]まことに[五]たゞ人にはあらざりけるとぞ。

(第百八十五段)

城陸奥守《(じやうのむつのかみ)》[六]泰盛《やすもり》は、左右《(さう)》[七]なき馬乗《の》りなりけり。馬[八]を引《ひ》き出《いだ》させけるに、足を揃《そろ》へて[5]閾《しきみ》[九]をゆらりと越《こ》ゆるを見《み》て、[6]「是《(これ)》は勇《いさ》[一〇]める馬也」とて、鞍[一一]を置き換《か》へさせけり。又、足を伸《の》べて[7]閾《しきみ》に[8]当《あ》てぬれば、「これは[一二]鈍《にぶ》くして、誤《あやま》ちあるべし」とて、乗《の》らざりけり。

道[一三]を知《し》らざらん人、かばかり恐《おそ》れなむや。

一　たいそう殊勝なことであった。破綻した部分だけを修繕して用いるという態度は、急激な変革を嫌う兼好の考え方から深く共感されたのであろう。野槌は御成敗式目の前引の部分を引き、禅尼は北条泰時のそのような政治を見聞していたので、先祖の風を時頼に教えたのであるという。

二　第二段に説く思想と共通の考え方。「子の曰はく、約を以て之を失する者は鮮(すく)なし」(論語・里仁)、「子の曰はく、奢れば則ち不孫、倹なれば則ち固(こ)し。其の不孫ならんよりは寧ろ固しかれ」(同・述而)。

三　第百九段注二〇の言い方と類似している。時頼をさす。

四　天下の政治を執るほどの人。

五　類似した考え方、表現として、六代勝事記で承久の乱の際に幕府の危機を救った政子について、「女性世を治むるにたれる事、直なる人にあらざるものか」と賞讃している。

第百八十五段　乗馬の名人城泰盛が、乗馬に先立って馬を慎重に観察して選んだ話。

六　安達泰盛。秋田城介(前段注二一参照)で陸奥守を兼ねたので、「城陸奥守」という。弘安八年(一二八五)誅された。五十五歳。　七　並ぶ者のない馬乗り。

八　馬を厩舎から引き出させた際に。　九　敷居。

一〇　はやっている馬。

一一　その馬の鞍を他の馬に置き換えさせた。

一二　この馬は反応が鈍くてまちがいがあるだろう。

一三　その道を知らない人はこれほど用心しないであろう。「や」は反語。なお、古事談六に、藤原頼通の随身兼時が気の立っている馬を見分けて、道長に賞せられたという話を語る。

第百八十六段　乗馬の名人吉田が、事前に馬をよく観察して選ぶことが乗馬の秘訣であると語ったという話。

一四　伝未詳。　一五　どの馬でもしたたかな物である。

一六　人の力で対抗できないと知るべきである。

一七　馬の轡(注一八参照)が扱いにくいことを「口が強

（第百八十六段）

[一四]吉田《よしだ》と申《まうす》馬乗《の》りの申侍《まうしはべり》しは、「[一五]馬ごとに[9]強《こは》物なり。[一六]人の力《ちから》、争《あらそ》ふべからずと知《し》るべし。[10]乗《の》るべき馬をばまづよく見《み》て、[一七]強《つよ》き所、弱《よは》き所を知《し》るべし。次に[一八]轡《くつは》、鞍《くら》の具《ぐ》に危《あやう》きことやあると見《み》て、[一九]心にかゝることあらば、其《その》馬を馳《は》すべからず。[11]此《この》[二〇]用心を忘《わす》れざるを、[二一]馬乗《の》りと[12]申なり。[13]是《これ》[二二]、秘蔵《ひさう》の事也」と申き。

（第百八十七段）

[二三]よろづの道の人、たとひ不堪《ふかん》[二四]なり[14]といへども、堪能《かんのう》[二五]の非家《ひか》の人に[15]並《なら》ぶ時、かならず勝《まさ》ることは、[二六]たゆみなく慎《つゝし》みて軽々《かろがろ》しくせぬと、[二七]ひとへに自由なるとの、等《ひと》しからぬ也。

(わこ)い」という。その意か。「口のつよき、左につよくきれ右につよくきるゝなどの心ばへをしれと也」（文段抄）。

一八 「轡」は馬の口に噛ませる金具で、これに手綱を付ける。

一九 気になることがあったらその馬を走らせてはいけない。 二〇 注意。

二一 本当の馬乗り。 二二 これは秘伝のことである。

第百八十七段 専門家が非専門家に勝る点は慎重であること。さらにすべてにわたって慎重であることの勧め。

二三 すべてその道の専門家。「為忠卿天性の堪能とは覚え侍らざりしかども、…古今などは空に皆覚えられき。誠に道の人とぞ覚え侍りし」（近来風体抄）。

二四 下手。第百五十段注二一参照。

二五 上手な非専門家。巧みな素人。「堪能」は第百五十段注一八参照。 二六 専門家は油断することなく慎重で軽率に事を行わない。

二七 非専門家はひたすら勝手気ままである。「自由」は第六十段注三〇参照。第百五十段（二三〇頁）注二一の「放埒」と同義。古今著聞集十ノ三六六では、上手と不堪の者が番えられた競馬で、相手をあなどった上手が辛勝した話を、同十ノ三六七では、強力の大男と無力の小男が番えられた競馬で、相手をあなどった大男が負けた話を語る。馬芸を主題とする前二段から「堪能」と「不堪」の違いを論ずる本段への展開は、あるいは同書と関係を有するか。

1なり―ナシ（常） 2世を（常・烏）―代ゝを 3にて―に（常） 4は―ナシ（烏） 5しきみ―としきみ（常） 6て―ては（烏） 7しきみに―としきみを（常） 8あて―蹴あて（常・烏） 9こは物―こはきもの（烏） 10のる―乗つ（常） 11用心―用意（烏） 12と―とは（烏） 13是―ナシ（常） 14といへとも―とも（常） 15ならふ―ならふる（常）

芸能[一]、所作のみにあらず、大方[二]の振舞、心づかひも、おろか[三]にして慎《つゝし》めるは、得の本《もと》なり。巧《たく》[四]みにしてほしきまゝなるは、失の本《もと》なり。

（第百八十八段）

ある者、子を法師になして、「学問して、因果のことはり《(わ)》[五]をも知《し》り、説経[六][1]などして世渡《わた》[七]るたつきともせよ」と言《い》ひければ、教《おし》へのまゝに、説経師[八]にならむために、先《(まづ)》馬[2]を乗《の》り習《なら》ひけり。輿《(こし)》[九]、車[3]持《も》たず、[4]導師[一〇]に請《(しやう)》ぜられん時《とき》、馬など迎《むか》へにおこせたらむに、桃尻《もゝじり》[一一]にて落《お》ちなんは心憂《う》[5]かるべしと思《(おもひ)》けり。次《つぎ》に、仏事の後《のち》、酒など勧《すゝ》むることあらむに、法師[一二]のむげに能なきは、檀那[一三]すさまじく[一四]思《おも》ふべしとて、早《はや》歌[一五]といふことを習《なら》ひけり。二《ふた》つのわざ、やう〳〵[一六]境《さかひ》に入《(いり)》[6]けれ

一 芸や仕事だけではなく。「芸能　日本やシナの諸学芸。芸は礼、楽、射、御、書、数。…能は琴、棋、書、画」（日葡）。
二 一般の行動や心遣いにしても。
三 愚かであっても慎重であることは、成功の根本である。「諸道も下手は多けれども、学べば道は相続するなり」（了俊一子伝）。
四 巧みであっても勝手気ままであることは、失敗の根源である。

第百八十八段　他の一切を放擲して、最大事を直ちに実行すべきことの勧め。
五 仏教で、万物の生滅変化を支配する原因と結果の法則。
六 経典や教義を説き、人々を教化すること。唱導。
七 生計とせよ。
八 説経を専門とする僧。
九 屋形に二本の長柄を付け、人力で運ぶ乗り物。肩にかつぐ輦（れん）と、手で腰の辺に支える腰輿（よう）とがある。
一〇 法会の中心となる僧。第百二十五段注七参照。
一一 馬の鞍に座りにくい尻。第百四十五段注一五参照。
一二 法師で全く芸能の心得がないのは。第五十四段注二六の「能ある遊び法師」、第百七十五段（二五一頁）注二〇の酒宴の席で舞う「年老たる法師」などが連想される。
一三 檀家。施主。
一四 興ざめに思うであろう。
一五 「げにや娑婆」ともよばれ、中世、武家社会などでとくに愛された謡い物。のちには宴曲ともいわれた。「もろともに月に歌はんげにやさば今はた誰もさぞ覚えたる」（七十一番職人歌合・六十六番右・早歌うたひ）。
一六 ようやく名人の境地に入ったので。

ば、一七いよ〳〵よくしたく覚《おぼ》えて、嗜《たしな》みけるほどに、説経習《なら》ふべき暇《ひま》なくて、年寄《としよ》りにけり。

此《この》法師のみに[7]あらず、世間の人、なべて此事あり。若《わか》きほどは、諸事につけて、一八身を立《た》て、大《おほき》なる道をも[8]成《じやう》じ、一九能をも付《つ》き、学問をもせんと、二〇行末久《ゆくすゑ》しくあらますことども、心には懸《か》けながら、世を二一のどかに思《おも》ひてうち怠《おこた》りつゝ、先《まづ》さしあたりたる目の前《まへ》のことに[9]まぎれて月日を送《おく》れば、二二[10]ことになすことなくして身は老《おい》ぬ。つゐ《ひ》に物二三の上手にもならず、二四思《おも》ひし様に身をも持《も》たず、[11]悔《くゆ》れども二五取《と》り返《かへ》さるゝ齢《よはひ》ならねば、二六走《はし》りて坂《さか》を下る輪のごとくに衰《おとろ》へ行《ゆく》。

されば、一生のうち、二七むねとあらまほしからむことの中に、いづれか勝《まさ》ると、よく思ひ較《くら》べて、第一の事《こと》を案《あん》じ定《さだ》めて、其外《そのほか》は思ひ捨《す》てて、二八一事をはげむべし。一日のうち一時のうちにも、あまたの

一七 一層うまくなりたいと思って。
一八 立身し。目立った存在となり。第百六十五段注五参照。
一九 技能をも身に付け。第百五十段注一〇参照。
二〇 遠い将来まで予期している事柄。
二一 世をのんびりと思って油断し。
二二 格別したことはなくて身体は年老いてしまう。「事事無レ成身老也」(白氏文集十七・酔吟二首の第一首、和漢朗詠集・述懐)。
二三 ある芸道の名人。第百五十段注二〇参照。
二四 思ったほどにその身もならず。
二五 「取り返す物にもがなや世の中をありしながらの我身と思はむ」(源氏釈)などの古歌を念頭に置くか。
二六 坂を走り下る車輪のように加速度が付いて衰えてゆく。「五旬齢ノ流車坂ニクダル」(海道記)。
二七 主として望ましいと思うこと。
二八 一つの事柄を成就しようと努めるべきである。

1なと—ナシ(常)　2を—に(常・烏)　3車—車は(烏)　4す—ぬ身に(常)ぬ身の(烏)　5うかるへし—うからむ(常)　6けれ—ぬれ(常)　7に—にも(烏)　8成し—なし(常)　9に—にのみ(常・烏)　10ことに—年〳〵(常)　こと〳〵(烏)　11悔れとも—悔とも(常)

こと[1]〔の来《きた》らむ中に、少《すこ》しも益のまさらむこと〕を営《いとな》みて、其外《そのほか》をばうち捨《す》てゝ大事を急《いそ》ぐべき也。一何方《いづかた》をも捨《す》てじと心に取《と》り持《も》ちては、一事も[2]成すべからず。

たとへば、[3]碁《ご》を打《う》つ人の、[4]二一手《ひとて》もいたづらにせず、三人に先立《さきだ》ちて、四小を捨《す》て、大に就《つ》くがごとし。五それにとりて、三《みつ》の石を捨《す》てゝ十の石に就《つ》くことはやすし。十を捨《す》てゝ十一に就《つ》くことはかたし。一《ひと》つなりとも勝《まさ》らん方へこそ就《つ》くべきを、十までなりぬれば、惜《お》しく覚《おぼえ》て、多《おほ》く勝《まさ》らぬ石には代《か》へにくし。六此《これ》をも捨《す》てず、かれをも取《と》らむと思《おも》ふ心に、彼をも得《え》ず、是《これ》をも失《うしな》ふ[5]べき也。

京に住《す》む人、急《いそ》ぎて七東山に用ありて、すでに行着《ゆきつ》きたりとも、八西山に行て其益《そのやく》勝《まさ》るべきことを思《おも》ひ[6]たらば、九門より帰《かへ》りて、[7]西へ行《ゆく》べきなり。「こゝまで[8]着《つ》きぬれば、此事《このこと》をば先《まづ》言《い》ひてん。一〇日を

一 どちらをも捨てまいと心で執着していては。
二 一手でも無駄にせず。
三 相手の先廻りをして。
四 大小多少を比較して、小を見殺しにして、大を生かそうとするようなものである。第百七十四段注一四参照。
五 その場合。
六 これも見捨てず、しかもあれも取ろうという欲ばった心のために、あれも取れず、これも失うであろう。いわゆる虻蜂取らずである。
七 京の東山。
八 京の西山。東山と西山との間は、約一〇キロメートル。
九 東山の人の家に入ることなく、その門から引き返して。人を訪れながら門に入らずに帰るというのは、蒙求にいう「子猷尋戴」の故事などから連想された比喩か。
一〇 日時を指定しないことであるから。
一一 一旦帰って又の機会に決心して出かけよう。
一二 ほんの一時のおこたりがそのまま一生のおこたりとなる。「懈怠」は第九十二段注九参照。
一三 一つの事を必ず成し遂げようと思ったならば。
一四 他の事が破綻することをも苦痛に思ってはならない。この後の常縁本の一文は、あるいは初稿には存したものか。第百五十五段と関連するか。
一五 人の嘲りをも恥じてはいけない。第百五十段注一三に通う考え方。

指《さ》さ《ゝ》ぬことなれば、西山のことは、帰《かへ》[一一]りて又こそ思《おも》ひ立《た》た《ゝ》め」と思《おも》ふゆへ《(ゑ)》に、[一二]一時の懈怠《(けだい)》、すなはち一生の懈怠となる。是を恐《おそ》るべし。[一三]一事をかならず成《な》さむと思《おも》はば《ゝ》、[一四]他の事《こと》の破《やぶ》るゝをも[9]痛《いた》むべからず。[一五]人の嘲《あざけ》りをも恥《は》づべからず。[一六]万事に代《か》へずしては、一の大事成《な》るべからず。

[10][一七]人あまたありける中にて、ある物、「[一八]ますほの薄《すゝき》、まそをの薄《すゝき》などいふことあり。[一九]渡辺《わたのべ》[11]なる聖《(ひじり)》、此事を伝《つた》へ知《し》りたり」と語《かた》りけるを、[二〇]登蓮《とうれん》法師《し》、其《(その)》座に侍《(はべり)》けるが聞《き》き《ゝ》て、雨の降《ふ》りけるに、「[二一]蓑《みの》、笠《かさ》やある。貸《か》し給へ。[12]〔かの薄の事習《なら》ひに、〕[二二]渡辺《わたのべ》の聖《ひじり》のがり尋《たづ》ねまからむ」と言《い》ひけるを、「[二三]余《あま》りに物騒《さは》がし。雨止《や》みてこそ」と[13]人の言《い》ひければ、「[二四]むげのこと[14]をば仰《(おほせ)》らるゝ物かな。[二五]人の命は雨の晴《は》れ間《ま》をも待《ま》つ物かは。我も死《し》に、聖も失《う》せなば、尋《(たづね)》聞《き》き《ゝ》てんや」とて、走《はし》り

一六 「万事」と「一の大事」を対照させていう。「此一節此段の眼目なり」(文段抄)。

一七 以下の話は鴨長明の無名抄に「マスホノス、キ」として語られている。

一八 無名抄には「ますほの薄、まそをの薄、ますうの薄とて三くさ侍るなり。ますほの薄といふは、穂の長くて一尺ばかりあるをいふ。…まそをの薄といふは真麻の心なり。…ますうの薄とは、まことに蘇芳なりといふ心なり」と説く。

一九 摂津国西成郡の地名。難波江の渡り口なのでいうとされる。

二〇 平安後期の歌人。生没年未詳。

二一 蓑と笠がありますか。蓑も笠も雨具。

二二 渡辺の聖のもとに尋ねに出かけます。無名抄では雨具を身に付けて理由も言わず出て行こうとする登蓮に対して人々が訳を尋ね、そこで初めて登蓮が理由を述べる。

二三 「余りにも急なことですね。雨が止んでからいらっしゃい」の意。無名抄では人々は「さるにても雨やめて出で給へ」と言って止める。

二四 余りにもひどいことをおっしゃるものですね。無名抄では登蓮は「いではかなき事をものたまふかな」と答えている。

二五 無名抄での以下の言葉は「命は我も人も雨の晴間など待つべき事かは。何事も今静かに」。

1のきたらむ…こと(常・鳥)—ナシ　2成す—なる(鳥)　なさる(常)　3こ—囲碁(常)　棊(鳥)　4の—ナシ(鳥)　5へき—へき道(常・鳥)　6たらは—えたらは(常・鳥)　7西—西山(常・鳥)　8つき—きつき(鳥)　9いたむへからす—いたむへからす機嫌をも待へからす(常)　10人—人の(鳥)　11なる—の(鳥)　12かの薄の事ならひに(常・鳥)—ナシ　13人の—人ゝ(常)　14をは—をも(常・鳥)

[1]出《い》でて行《(ゆき)》つゝ、習《なら》ひ侍《(はべり)》にけりと申伝《(まうしつたへ)》たるこそ、[一]ゆゝしくありがた[2]く覚《おぼ》ゆれ。敏《(とき)》時はすなはち功ありとぞ、[二]論語と云《(いふ)》文にも侍《(はべる)》なる。[三]此《(この)》薄《すゝき》をいぶかしく思《おも》ひけるやうに、[四]一大事[3]の因縁をぞ思《おも》ふべかりける。

（第百八十九段）

[五]今日は其《(その)》事をなさむと思《おも》へど、[六]あらぬ急《いそ》ぎ先《(まづ)》出《い》で来《き》てまぎれ暮《くら》[4]し、[七]待《ま》つ人は障《さは》りて、[5]頼《たの》めぬ人は来《きた》り、[八]頼《たの》みたる方《(かた)》のことは[6]違《たが》ひて、思《おも》ひ寄《よ》らぬ道ばかりは叶《かな》ひぬ。[九]煩《わづら》はしかりつることは事無《ことな》くて、安《やす》かるべきことはいと心ぐるし。日ゝに過《す》ぎ行《ゆ》くさま、[一〇]かねて思《おも》ひつるには似《に》ず。[一一]一年《とせ》の内《うち》もかくのごとし。一生の間《あひだ》も又しかなり。[一二]かねての[7]あらまし、皆違《みなたが》ひゆくかと思《おも》ふに、[8][一三]を《(お)》のづから違《たが》はぬこ

一 たいそう殊勝に思われる。
二 論語は孔子の言行録で、四書の一。ここに引く文言は「孔子の曰はく、能く五つの者を天下に行ふを仁と為す。…敏なれば則ち功あり、恵なれば則ち以て人を使ふに足る」（陽貨）、「寛なれば則ち衆を得、信なれば則ち民任じ、敏なれば則ち功あり、公なれば則ち説《(よろこ)》ぶ」（堯曰）と、二箇所に見出される。
三 この薄に関する口伝を知りたいと思ったように。
四 仏教での第一義の道理を思うべきであったのだ。主語は、自身を含む広く一般の人々と見る。「諸仏世尊は唯一大事の因縁を以ての故にのみ世に出現したまへばなり」（法華経・方便品）。
第百八十九段　すべて物事は不定であり、それだけが確かな真実であるという認識。
五 今日はあることをしようと思っていても。
六 予期しない急用。
七 待つ人は邪魔が入ってやって来ず、約束していなかった人がやって来て。
八 期待していた方面のことはあてが外れて、うまくいくことは思いもよらぬ方面のことだけは実現してしまう。
九 面倒であったことは無事に解決し、反対に当然簡単そうなことはひどく心労の種となる。
一〇 前もって思っていたこととは食い違う。「定めがたく思ひ乱るることの多きを　あらましも昨日に今日は変るかな思ひ定めぬ世にし住まへば」（兼好家集）。
一一 日々が不定であるという経験から、それを手懸りに、一年、さらに人間の一生も同様だという認識に到達する点が、兼好らしい。
一二 前々からの予想がすべて食い違うかと思うと。「あらまし」は第五十九段注二二参照。「此詞一転じて又奇妙なり」（文段抄）。
一三 たまには違わないこともあるから。
一四 万事は不定であると会得したことだけが本当であって、違わない。「不定」は第三十九段注一二参照。

ともあれば、いよ〳〵物《もの》は定《（さだめ）》がたし。[一四]不定《（ふぢやう）》と心えぬるのみ、まことにて違《たが》はず。

（第百九十段）

[一五]妻《め》といふ物こそ、男《おのこ》の持《も》つまじき物なれ。[9]「いつも[一六]ひとり住《ず》みにて」など聞《き》くこそ、心にくけれ。[10]「[一七]たれがしが聟《（むこ）》になりぬ」とも、又、「[一八]いかなる女を取《と》り据《す》へ《（ゑ）》て相住《あひす》む」など[11]聞《き》きつれば、[一九]むげに心劣《おと》りせらるゝわざも、[12]「[二〇]殊《（こと）》なることなき女を、よしと思《おも》ひ定《さだ》めてこそ、添《そ》ひゐたらめ」と、[二一]いやしくも推《お》し量《はか》られて、[13]よき女ならば、[二二]「[二三][14]らうたくしてぞ、「[二四]あが仏《ほとけ》」と守《まも》りゐたらむ。[15][二五]たとへば、さばかりにこそ」と覚《おぼ》えぬべし。まして、[二六]家の[16]中行《おとな》ひ治《おさ》めたる女、いとくちをし。子など出《い》で来《き》て、[二七]かしづき愛《あひ》したる、心憂《う》し。[17][二八]男《おとこ》なくなり

第百九十段 結婚無用論。

一五 妻という存在こそは男性が持つべきではないものである。

一六 男が女と共に住まずに過ごしている状態。「行きかかづらふ方も侍りながら、世に心のしまぬにやあらん、独り住みにてのみなむ」（源氏・若紫）。

一七 誰それの聟になった。

一八 これこれの女を家に迎えて一緒に住んでいる。

一九 思っていたよりもひどく劣っているとつい軽蔑されることである。

二〇 たいしたことのない女を。「かくことなることなき人を率ておはして、時めかし給ふこそ、いとめざましくつらけれ」（源氏・夕顔）。

二一 その男のことが取るに足りないように推量され。

二二 連れ添っているのがよい女であるならば。

二三 かわいい者として。常縁本・烏丸本だと、「らうたくし」「守り」の主語は女ということになるが、それは不自然。

二四 「吾が仏」（自分の尊崇する仏）の意で、いとしい人を呼ぶ言い方。 二五 言ってみればその程度であろう。

二六 家事をきちんと処理している女。模範的な家庭の主婦。世話女房。「まめまめしき筋を立てて、耳挟みがちに、美相なき家刀自の、ひとへにうちとけたる後見ばかりをして、…いかがはくちをしからぬ」（源氏・帚木）。

1いてゝ―ナシ（常） 2ありかたく―有かたふ（常） 有がたう（烏） 3の―ナシ（烏） 4くらし―くる〈らイ〉し（常） 5て―有て（烏） 6たかひて（常・烏）―互に 7あらまし―有様（常） 8をのつから―をのつから又（常） 9いつも…きく―独すみ（常） 10たれかし―たれかしし（常・烏） 11きゝ―聞え（常） 12も―なり（常・烏） 13て―ナシ（常・烏） 14らうたくしてそ―此男をらうたくして（常） 此男をぞらうたくして（烏） 15む―め（烏） 16中―内を（常・烏） 17おとこ―夫（常）

て後、尼になりて年寄《としよ》りたる有様《ありさま》、[一]なき跡まであさまし。

いかなる女なりとも、明《あ》け暮《く》れ添《そ》ひ見《み》んに、いと[二]心づきなく、[2]憎《にく》かりなむ。[三]女のためも中空《(なかぞら)》にこそならめ。[四]よそながら[1]時〳〵通《かよ》ひ住《す》まんこそ、[五]年月《とし》[3]経《へ》て絶《た》えぬ仲《なか》らひともならめ。[六]あからさまに来《き》て、泊《とま》りゐなどせんは、めづらしかりぬべし。

（第百九十一段）

「[七]夜に入《い》りて物《もの》のはへ《(え)》なし」と言《い》ふ人、[八]いとくちおし《(を)》。よろづの物のきら、[九]飾《かざ》り、[一〇]色ふしも、[一一]夜《よる》のみこそめでたけれ。[4]昼《ひる》は[一二]ことそぎ、[一三]およすげたる姿《すがた》にてもありなん。夜は[一四]きらゝかに、はなやかなる装《さう》束《ぞく》、いとよし。[一五]人のけしきも、[一六]夜《よる》の火影《ほかげ》ぞ、よきはよく、[一七]物言《い》ひたる声《こゑ》も、暗《くら》くて聞《き》きたる、用意《ようい》ある、心にくし。[一八]匂《(にほひ)》も、物の音《ね》も、

二七 子供を大切に育ててかわいがっているのはいやだ。「北の方(雲居雁)は、…知らぬやうにて君達もてあそび紛らはしつつ、わが昼の御座に臥し給へり」(源氏・夕霧)。
二八 連れ添う男が死んだのち。

一 男の亡きあとまでも恥さらしである。
二 気に入らず、憎らしいであろう。
三 女のためにも中途はんぱになるであろう。「いづ方にもよらず、中空に憂き御宿世なりければ」(源氏・柏木)。
四 離れていながら。別居していながら。
五 長い年月が経っても絶えることのない恋人としての間柄ともなるであろう。
六 男が女のもとへちょっとやって来て泊っていたりなどするのは。第百四段のような状態を理想的なものとしていうか。

第百九十一段 夜という時間への礼讃。
七 夜になると物の美しさがわからなくなる。
八 ひどくがっかりさせられる。
九 きらめき。輝き。第百四段注三一参照。
一〇 色彩の目立って美しい箇所の意か。
一一 夜がとくにすばらしいのである。
一二 簡略で。
一三 老成した、じみな感じの姿でもよいであろう。
一四 きらびやかで派手な装束がとくによい。
一五 人の様子。
一六 夜の灯火に照らし出された姿。
一七 話をしている声も、暗い中で聞いていて、話し手が心配りをしていると思われるのが奥ゆかしい。第百四段注二五の部分に見られるような物の言い方を念頭に置いていうか。
一八 香などの物の匂いも楽器の音色も、夜が一層引き立ってすばらしい。視覚・聴覚・嗅覚と、すべて感覚的

たゞ夜《よる》ぞ一際《きは》めでたき。
一九さしてことなる事なき夜、二〇うち更《ふ》けてまい《ゐ》れる人の、清《きよ》げなるさましたる、いとよし。二一若《わか》きどち、心とゞめて見《み》る人は、二二時をも分《わ》かぬ物なれば、ことにうち二三とけぬべきおり《を》ふしぞ、二四褻《け》晴《はれ》なく二五引《ひ》き繕《つくろ》はまほしき。二六よき男の、日暮《く》れて二七ゆするし、女も夜更《ふ》くるほどに5 二八すべり、鏡取《と》りて、二九顔《かほ》など繕《つくろ》ひて出《い》づるこそ、おか《を》しけれ。

（第百九十二段）

6 三〇神仏にも、三一人のまうでぬ日、夜、三二まいり《ゐ》たる、よし。

（第百九十三段）

三三くらき人の、人を測《はか》りて、其《その》智を知《し》れりと思《おも》はむ、三四更に当《あた》るべ

な刺激がもたらす夜の美感を述べてゆく。このあたりも第三十二・四十四・百四段などに通ずる。
一九 とくに格別な行事のない夜。
二〇 夜が更けてから参上した人がきれいな身なりをしているのは。
二一 若い人の仲間達の有様を注意して見る人は。第二百三十二段でも「若き人は、少しの事も、よく見え、悪く見ゆるなり」という。
二二 時期の区別もないものであるから。
二三 とくにくつろいでよいような場合にこそ。
二四 日常の装いと晴の装いの区別なく。「褻」は日常的なこと、「晴」は改まったことの意。
二五 服装を整えたいものである。
二六 容貌のととのった男の意か。
二七 髪を洗い梳き。
二八 そっと退席して。
二九 化粧などを直して再び元の席へ出るのが、情緒がある。

第百九十二段 神仏参詣によい日時について。
三〇 神社仏閣にも。
三一 人々が大勢参詣する祭礼の日や縁日などでない日。
三二 参詣するのがよい。

第百九十三段 自身の領域外のことに関する批判を慎めという戒め。
三三 暗愚な人が、他人のことを推測して。
三四 一向に当る筈がない。

1 に─には(烏)　2 にくかり─成(常)　3 へてたえぬ─へたてぬ(常)　へてもたえぬ(烏)　4 ことそき─ことそなき(常)　5 すへり─すへりつゝ(常・烏)　6 神仏─神事(常)

からず。

[一]拙《つたな》き人の、[1]碁打《ごう》つことばかりに聡《さと》く、巧《たく》みなるが、[2]賢《かしこ》き人の此《(この)》芸に愚《おろ》かなるを見て、を《(お)》のれが智に及ばずと定《さだ》めて、[二]よろづの道の匠《たくみ》、わが道を人の知《し》らざるを見《み》て、を《(お)》のれすぐれたりと思《おも》はむこと、大《(おほき)》なる誤《あやま》りなるべし。[三]文字《(もんじ)》の法師、[四]暗証《(あんしよう)》の禅師《(ぜんじ)》、[五]互に測《はか》りて、を《(お)》のれにしかずと思《おも》へる、ともに当《あた》らず。

[六]を《(お)》のれが境界《(きやうがい)》にあらざる物をば、諍《(あらそふ)》べからず、[七]是非すべからず。

(第百九十四段)

[八]達人の人を見《み》る眼は、[九]少《すこ》しも誤《あやま》る所あるべからず。

たとへば、[3]ある人、世中《(よのなか)》に[一〇]虚《そら》事を構《かま》へ出《いだ》して、人を謀《はか》ることあらんに、[一一]すなほにまことゝ思《おも》ひて、云《(いふ)》まゝに謀《はか》らるゝ人あり。[一二]余《あま》りに

一 愚劣な人で碁を打つことだけに機敏で上手であるのが。第百八十八段と同様、具体例としてまず碁打ちを挙げることは、碁打ちが兼好の生活圏に近かったらしいことを想像させる。

二 さまざまな方面の専門的な職人が。

三 仏教教理を研究して実践の伴わない僧侶。摩訶止観五上では「誦文の法師」という。

四 もっぱら座禅を修して、教理に通じていない僧侶。同じく摩訶止観では「闇証の禅師」と記す。「闇証ノ禅師ハ無ニ智恵一、文字ノ法師ハ無レ定」(雑談集一)。

五 お互いに相手を推測して、自分には及ばないと思っているのは。

六 自身の力の及ぶ範囲内にない物事を。

七 よしあしを論ずるべきではない。

第百九十四段 達人が見れば、凡愚の惑いはすべて明白であること。

八 物事の道理に深く通じている人が人々を観察する眼は。

九 いささかも間違う所のある筈がない。この一文、前段の冒頭文と対する意識があるか。「達人は大観す。物として可ならざる無し」(文選七・鵩鳥賦)。

一〇 嘘を考え出して他人をだますことがあるとしたら。

一一 素朴に本当と思って言う通りだまされる人。

一二 余りにも深く信じこんで。信仰して。第二百三十六段にも「ゆゝしく信起こしたり」とある。

深《ふか》く信を起《お》こして、[一三]なを《(ほ)》煩《わづら》はしく空事《(そら)ごと》を心え添《そ》ふる人あり。又、[一四]何としも思はで、心を付《つ》けぬ人あり。又、[一五]いさゝかおぼつかなく覚《(おぼえ)》て、[一六]頼《たの》むにもあらず、頼《たの》まずもあらで、案《あん》じゐたる人あり。又、[一七]まことしくは覚《おぼ》えねども、[4]「[一八]人の云《(いふ)》ことなれば、さもあらむ」とて、やみぬる人もあり。又、[一九]さま〴〵に推《すい》し、[二〇]心えたるよしして、賢《かしこ》げにうちうなづき、[5][二一]ほうゑみ《(ほゑ)》てゐたれど、[二二]つや〳〵知《し》らぬ人あり。又、[二三]推《すい》し出《いだ》して、「[二四]あはれ、さるめり」[6]とは思《おも》ひながら、「[二五]猶《(なほ)》誤《あやま》りもこそあれ」と、怪《あや》しむ人あり。又、「[二六]ことなるやうもなかりけり」と、[二七]手を打《う》ちて笑《わら》ふ人あり。又、[二八]心えたれども、知《し》れりとも言《い》はず、[二九]おぼつかならぬはとかくのことも[7][8]なし、知《し》らぬ人と同《おな》じやうにて過《す》ぐる人あり。又、[三〇]此《(この)》虚事《そら》の本意《(ほい)》を初《はじ》めより心えて、少《すこ》しも[三一]あざむかず、[三二]構《かま》へ出《いだ》したる人と同《おな》じ心になりて、力を合《あは》する人あり。

一三 わかったつもりで(結果的に)更に面倒に嘘を付け加える人。
一四 何とも思わないで気にとめない人。
一五 少々はっきりしない、怪しいと思って。
一六 信用するでもなく、信用しないでもないといった中途半端な状態で考えている人。
一七 本当らしくは思われないけれども。
一八 人が言うことだからそのようなこともあるであろうと思って。
一九 さまざまに推測して。
二〇 わかったというそぶりで。
二一 にこにこ笑っているけれども。
二二 じつは全くわかっていない人。
二三 それが嘘らしいと推測して。
二四 ああ、そうなのであろう。
二五 それでもやはり間違っているかもしれないと、疑っている人。
二六 別に変っていることはなかったのだなあ。
二七 何だ、そうだったのかという気持で手を打つさま。
二八 嘘であるとわかったけれどもわかったと言わず。
二九 はっきりわかっていることは別にどうと言うこともないという様子で。
三〇 嘘をしくんだことの本当の意味、狙いを最初からわかっていて。
三一 馬鹿にせず。
三二 嘘を考えしくんだ人と一緒になって。

1こ―囲碁(常) 棊(烏)　2か―は(烏)　3人―人の(烏)　4とも―と(常)　5ほうえみ―ほゝえみ(常・烏)　6とは―と(烏)　7も―ナシ(烏)　8なし―なく(烏)

[一]愚者の中の戯《たはぶ》れだに、知《し》りたる人[二]の前《まへ》にては、このさま〴〵[三]の得《え》たるところ、言葉《こと》[四]にても[1]〔顔《かほ》にても〕隠《かく》れなく知《し》られぬべし。まして、[五]明《あきら》かならむ人の惑《まど》へるわれらを見むこと、[六]たな心の[2]上《うへ》の物を見《み》んがごとし。

[七]たゞし、かやうの推《お》し量《はか》りにて、仏法までを準《なずら》へ言《い》ふべきにはあらず。

（第百九十五段）

ある人、[八]久我《こが》縄手《なはて》を通《とを》りけるに、[九]小袖《（こそで）》に[一〇]大口《（おほくち）》着《き》たる人、[一一]木造《づく》りの地蔵を田の中の水に[3]おし浸《ひた》して、[一二]ねんごろに洗《あら》ひけり。心えがたく見《み》るほどに、[一三]狩衣《かりぎぬ》の男《おとこ》、二三人《（ふたりみたり）》出《い》で来《き》て、[一四]「こゝにおはしましけり」とて、此人《（この）》を具《ぐ》して[一五]去《い》にけり。[一六]久我《こが》の内大臣殿にてぞおはしけ

一　愚かな人々の間の戯れごとでさえ。
二　それが嘘だとわかっている人の前では。
三　種々の受けとめ方。
四　以上述べたような戯れに興じる人々を「愚者」と言ったのは、「達人」「明かならむ人」と対比させるため。
五　物の道理に明るい人が迷っている我々を見ることは。
六　掌の上の物を見るように明らかである。
七　ただし、このような推量で仏法での方便までをもこれに準じて言うべきではない。第七十三段の最後と類似した言い方であることが注目される。

第百九十五段　精神に異常をきたした久我通基が異常な振舞いをした話。

八　京の南、鳥羽から久我家の領地である久我荘を通って山崎に至る道。　九　袖口の狭い衣服。
一〇　大口袴。裾口が大きく広いのでこの称がある。
一一　木造の地蔵の像。「此地蔵于今久我ニアリ」（幸隆本書入）。　一二　ていねいに洗っていた。
一三　狩衣姿の男。狩衣は公卿・殿上人などの略服。
一四　ここにいらっしゃったのだよ。この語で「小袖に大口着たる人」が家来の監視の隙に家を抜け出してきたとわかる。
一五　連れて行ってしまった。
一六　源（久我）通基。延慶元年（一三〇八）没、六十九歳。
一七　尋常でいらっしゃった時は。
一八　落ち着いて立派な人でいらっしゃった。

第百九十六段　土御門定実の差出口に対して、久我通基が毅然と答え、後日、定実は一知半解だと評したという話。

一九　東大寺は奈良にある聖武天皇勅願の寺。神輿はその鎮守の神である手向山八幡宮の神輿。
二〇　東寺は京都の教王護国寺。若宮は同寺の境内にある鎮守の神。
二一　元の所に鎮座される時。この話は、弘安二年（一二七九）五月、石清水神人の強訴の際のことで、神輿は実は石清水八幡宮の神輿であった。

る。

4 [一七]世《よ》の常《つね》におはしましける時は、[一八]神妙《しんべう》にやむごとなき人にておはし

5 けり。

（第百九十六段）

[一九]東大寺の神輿《しんよ》、[二〇]東寺の若宮《わか》より[二一]帰座の時《とき》、[二二]源氏の公卿まい《ゐ》られけるに、[二三]この殿、大将にて、[二四]先《さき》を追《お》はれけるを、[二五]土御門《つちみかど》の相国《しやうこく》、「[二六]社頭にて6[二七]警蹕《ケイヒツ》、いかゞ侍《はべる》べからむ」と申されければ、「[二八]随身《ずいじん》の振舞は、[二九]兵仗《ひやうぢやう》の家が知《し》ることに候《さうらふ》」とばかり答《こた》へ給《たまひ》けり。さて、後に仰《おほせ》られけるは、「[三〇]此《この》相国、7[三一]北野抄を見《み》て、[三二]西宮《さいきう》の8記をこそ知《し》られざりけれ。[三三]眷属《けんぞく》の悪鬼9悪神《あくじん》恐《をそ》るゝ故に、[三四]神社にて殊《こと》に先《さき》を追《お》ふべきことは《わ》りあり」とぞ仰られける。

二二 源姓を名乗っている公卿。村上源氏・宇多源氏・醍醐源氏などの人々。八幡神は源氏の祖先神なので、源氏の人々が参仕する。
二三 前段の源通基。建治四年(一二七八)二月から正応元年(一二八八)十月二十七日まで右大将であった。
二四 先をお追いになったのを。「れ」は尊敬の助動詞。随身に先を追わせたのである。
二五 源(土御門)定実。通基のまたいとこに当る。嘉元四年(一三〇六)没、六十六歳。
二六 神社の社頭で先払いの声を立てることはどうでございましょうか。賛成できないの意。
二七 天皇の出入や貴人の通行、神事の際などに、声を発して先を払うこと。
二八 随身の行動は、武官の家柄の者(すなわち自分)が知っていることです。
二九 武官の家。「兵仗」は、随身が持つ儀衛の武器の意。
三〇 源定実。
三一 烏丸本などの「北山抄」がよいか。北山抄は藤原公任(第八十八段注九)の著した有職故実書。その巻八、大嘗会御禊の項に「神社行幸大嘗会御禊に准ずべし。但し社頭に至りては警蹕せず。猶憚り有るべきか」とある。
三二 西宮記。源高明(西宮左大臣)の著した有職故実書。ただし、同書にはここに言うような説は見出されない。
三三 ここでは祭神に付き従う悪鬼や悪神。「Acujin アクジン(悪神)」(日葡)。
三四 神社ではとくに先を追うべき理由がある。ただし、太平記三十九・神木御帰座事に先を追わなかった例が見える。

1 かほにても(烏)—ナシ(底・常)　2 うへの—ナシ(常)　3 おし—ナシ(常)　4 よのつね—尋常(烏)　5 けり—ましけり(常)　6〈ケイヒツ畢か〉(底細紙片)　7 北野抄—北山抄(烏)　8 記—説(烏)　9 悪神—悪神を(烏)

（第百九十七段）

[一]諸寺の僧のみにあらず、定額《ちやうがく》の女孺《にょじゅ》[二]と云《いふ》こと、延喜式[三]に見《み》えたり。すべて、数定《かずさだ》まりたる公人《くにん》[四]の通号《つうがう》[五]にこそ。

（第百九十八段）

[六]揚名介《やうめいのすけ》に限《かぎ》らず、揚名目《やうめいのさくわん》[七]といふ物もあり。政事要略《せいじえうりやく》[八]にあり。

（第百九十九段）

[九]横河行宣法印《よかはのぎやうせん》[一〇]が申侍《まうしはべり》しは、「唐土[一一]は呂《りよ》[一二]の国なり。律[一三]の音なし。[一四]和国は単律[一五]の国にて、呂の音なし」と申《まうし》き。

第百九十七段　定額の女孺という呼称についての備忘録。
一 定額僧というように、諸々の寺の僧についてだけいうのではなく。「定額」は一定数、定員の意。定額僧は、官寺・勅願寺などに一定の人数で置かれ、官から供料を受けた僧。
二「女嬬」とも表記する。後宮に仕え、雑務をした下級女官。
三 朝廷の行事、百官の作法、役所の規則などを記した書。延喜五年(九〇五)編纂に着手し、延長五年(九二七)完成した。五十巻。その巻十二に「皇后宮定額女孺九十人装束料」、巻十四に「凡定額〈チヤウカク〉女孺已下、宮人已上春秋禄、請ヒ受ケ之ヲ頒ケ給フ」などと見える。
四 宮中の地下の小役人。五 通称であろう。

第百九十八段　揚名目という官職についての備忘録。
六 国司だけにある名誉職。国務も執らず、俸禄もない。「介」は国司の次官。源氏・夕顔に「揚名介なる人の家になん侍りける」と見える。藤原定家が「揚名介　此事源氏第一之難義也。末代ノ人勘ヘ知ルベキ事ニ非ザル歟」(奥入)と注しているように、源氏物語解釈上の疑問点とされ、新続古今集・雑中には、その質疑に際しての飛鳥井雅朝と丹波忠守との贈答歌も見出される。
七「目」は第四等官。「定額の女孺、揚名目」と一対のごとき意識で考証するか。
八 惟宗允亮(ときすけ)撰の法制書。一条天皇の頃に成る。もと一三〇巻、現存本は二十六巻。巻六十七に「問ふ、人の僕従は履を着くべからず。但し諸国揚名掾目等、車馬の従たるの日、例に依りて僕従猶制すべしや、掾目を帯びたる為に制すべからずや」と見える。

第百九十九段　呂律に関する行宣の説の聞書。
九 比叡山の三塔の一。根本中堂の北に位置し、中堂は首楞厳院(しゆりようごんいん)。三塔の他の二つは、東塔・西塔。
一〇 伝未詳。井蛙抄六に、「仰木に行宣法師とて古き者」と見え、老後坂本の北「あふぎと云ふ所」に籠っていた弁内侍のことを語っている。一一 中国。

（第二百段）

[一六]呉《くれ》竹は葉細《ほそ》く、[一七]河竹は葉広《ひろ》し。[一八]御溝《みかは》に近きは河竹、[一九]仁寿殿《じじゆうでん》の方《かた》に寄《よ》りて植《う》へ《ゑ》られたるは、呉竹なり。

（第二百一段）

[二〇]退凡下乗《たいぼんげじよう》の率都婆《そとば》[2]は、[二一]外なるは下乗、[二二]内なるは退凡なり。

（第二百二段）

十月を[二三]神無月《かみなづき》と云《いひ》て、[二四]神事に憚《はばか》るべきよしは、記《しる》したる物[3]もなし。[4][二五]本文《もとふみ》見えず。但《ただし》、[二六]当月《たうげつ》諸社の祭《まつり》なき故に、此《この》名あるか。

此月、[二七]よろづの神たち、[二八]太神宮へ集《あつ》まり給ふなど云《いふ》説あれども、

一二 呂旋のこと。雅楽の音階の一。洋楽のソ・ラ・シ・ド・レ・ミ・ファ・ソに当る。 一三 律旋のこと。雅楽の音階の一。洋楽のレ・ミ・ファ・ソ・ラ・シ・ド・レに当る。 一四 日本国。「歌は和国の風にて侍るうへは…やさしく物あはれによむべき事とぞ見え侍るめる」(毎月抄)。 一五 律旋のみの国。本段にも、「唐土―呂」「和国―律」という対の意識が明瞭である。以下、第二百一段まで同じことが考えられる。

第二百段 内裏の呉竹と河竹についての備忘録。

一六 呉から渡来した竹。淡竹(はちく)の一種。古事談一に、臨時祭試楽に遅参した藤原実方が挿頭の花の代りに竹台の呉竹の枝を挿して以来、試楽の挿頭には呉竹を用いるようになったと語る。 一七 まだけ、めだけなど、説が分かれる。 一八 御溝水(みかわみず)。内裏、清涼殿の東庭を流れる溝。「石バイノ間ノ前ニ河竹ノ台アリ。…御講水砌ヲ流タリ」(禁腋秘抄)。 一九 紫宸殿の北、清涼殿の東にある建物。「仁寿殿ノ西向ノ北ノ方〈イ間〉ニハ、呉竹ノ台アリ」(禁腋秘抄)。

第二百一段 天竺の仏跡にある、退凡と下乗の二種の卒都婆についての備忘録。

二〇 釈迦が霊鷲山で説法した際、摩訶陀国の頻婆娑羅《びんばしやら》王が通路に立てた卒都婆。大唐西域記に見える。「退凡」は凡人を入れないの意、「下乗」は王が乗物から下りるの意。 二一 霊鷲山の山麓に近い場所にあるのは。 二二 霊鷲山の内にあるのは。

第二百二段 十月と神事との関係についての疑問。

二三 陰暦十月の異称だが、その語原は未詳。 二四 神事を執り行うのを遠慮すべきであるということ。 二五 典拠となる文言も見当らない。 二六 この月、すなわち十月には。延喜式二・四時祭下によれば、九月祭、生島巫奉斎神祭の後は直ちに十一月

1 に—にも(烏) 2 は—ナシ(烏) 3 も—ナシ(烏) 4 もとふみ—本文も(常) もと文も(烏)

[1]其本説《(そのほんぜつ)》[一]なし。さる事ならば[二]、伊勢には[2]殊《(ことに)》祭月《(さいげつ)》とすべきに、[3]其例もなし。十月諸社の行幸《(ぎやうがう)》、其例[4]も多《おほ》し。但、多《(おほく)》は不吉[三][5]〔の〕例也。

(第二百三段)

勅勘《(ちよくかん)》[四]の所に靫《(ゆき)》[五]懸《か》くる作法、今は絶《た》えて、知《し》れる人なし。主上《(しゆしやう)》[六]の御悩《(ごなう)》、大方《おほかた》、[6]世中《(よのなか)》[七]騒《さは》がしき時は、五条[八]の天神に靫を懸《か》けらる。鞍《くら》[九]馬《ま》に靫《ゆき》[一〇]の明神といふも、靫懸《ゆきか》けられ[7]たりける神也。看督長《(かどのをさ)》[一一]の[8]老[一二]たる靫《ゆき》を其家《(その)》に懸《か》け[9]られぬれば、人出《い》で入《い》らず。[10]此事《(この)》絶《た》えて後、今の世には封[一三]を付《つ》くることになりに[11]たり。

(第二百四段)

犯人《(ぼんにん)》[一四]を笞《しもと》にて打《う》つ時は、拷器《(がうき)》[一五]に寄《よ》[一六]せて結《ゆ》ひ付《つ》くる[12]〔也〕。拷器の様

祭、相嘗祭神七十一座の記述となり、十月の祭はない。
二七 日本国中の諸神。
二八 伊勢神宮。第二十四段注七参照。奥義抄・上・物異名付十二月名には、「十月 神無月 天の下の諸々の神出雲国に行きてこの国に神なきゆゑに神なし月といふを誤れり」という。

一 根拠となるような説はない。
二 そのようなことであるならば。 三 行幸後まもなく、天皇が譲位したり、崩じたりした事例から、不吉とするのであろうが、具体例は多いとは言えないか。

第二百三段 勅勘の所に靫を懸ける作法について。

四 天子の咎め。 五 矢を入れて背に負う筒形の箱。緒を通して肩に懸ける。
六 天皇の御病気。 七 世間に疫病が流行している時。
八 五条大路南、西洞院大路東にある神社。祭神は大己貴命・天照大神。平安京遷都の際に空海が勧請したと伝えられ、説話集などにも登場する。
九 鞍馬寺。京の北、鞍馬山の中腹にある寺。本尊は毘沙門天。八世紀末の創建。真言宗だったが、のち天台宗となった。
一〇 由岐神社。鞍馬寺境内、仁王門の北にある、同寺の鎮守の神。祭神は大己貴命・少彦名命。天慶三年(九四〇)の勧請と伝える。
一一 検非違使の属官で、牢獄の管理、罪人の追捕を役とする者。 一二 「老」は「負ひ」の当字。負っている靫。
一三 門に封印を付けるの意か。

第二百四段 犯人を笞で打つ作法について。

一四 罪を犯した人。「Bonnin … Vocasu fito(犯す人)」(日葡)。 一五 拷問の道具。「木馬」と呼ばれるものなどがあった。「その咎軽からぬことなりとて雑色所へ下して木馬にのせんとするあひだ」(十訓抄七)。
一六 犯人の身体を縛りつける。「件の人を拷せん為拷器を立つ。其の儀版を去ること南一許丈之を立つ。第一尉看督長を召し、仰せて云はく、其姓其丸を召せと。

も、寄《よ》する作法も、今は弁《わきま》へ知《し》れる人なしとぞ。

（第二百五段）

一七比叡《ひゑ》の山に、一八大師勧請《だいしくわんじやう》の起請《きしやう》といふ事は、一九慈恵《じゑ》僧正書《か》き始《はじ》め給ひける也。二〇起請文《きしやうもん》といふこと、二一法曹《はふさう》には二二其《その》沙汰なし。二三いにしへの聖代、すべて起請文に[13]つきて行はるゝ政《まつりごと》はなきを、二四近代この事流布《るふ》したる也。

[14]二五法令《はふりやう》には、二六水火に穢《けがれ》を立《た》てず。二七容物《いれもの》には穢《けが》れあるべし。

（第二百六段）

二八徳大寺の[15]故大臣殿《こおほいとの》、二九検非違使《けんびゐし》の別当の時、三〇中門にて使庁の三一評定《ひやうぢやう》行《おこな》はれけるほどに、三二官人章兼《くわんにんあきかね》が牛三三放《はな》れて、三四[16]庁屋《ちやうや》の内《うち》へ入《いり》て、三五大理《だいり》

犯人を召して版に就かしむ。尉看督長を召し、仰せて云はく、版人器に寄せよ」（西宮記二十三）。

第二百五段 起請文の起源と法制における穢れの扱いについて。

一七 比叡山延暦寺。第四十七段（一二四頁）注五参照。
一八 伝教大師最澄の霊を勧請して記す起請文。
一九 良源。天台座主となり、元三大師と称せられた。永観三年（九八五）没、七十四歳。
二〇 起請文そのものは平家物語その他中世の文学作品にはしばしば見出される。
二一 法律に関係する者。明法道の家。平安中期以後、明法博士は坂上・中原両家の世襲だった。
二二 とくに問題になっていない。
二三 具体的には延喜（醍醐天皇）・天暦（村上天皇）あたりの治世を念頭に置くか。
二四 作者の時代、すなわち鎌倉時代。御成敗式目の最後には起請が付されており、御成敗式目追加にも「起請文失条々」の項がある。
二五 法律。「大将殿御時、法令を求めて御成敗など候はず」（御成敗式目追加）。
二六 水や火については穢れを問題にしない。穢れは、神事への奉仕や内裏への出仕を憚るべき状態。死穢《しゑ》・産穢・月経の類。
二七 容器。触穢の場所にあった容器は、穢れとして扱われるの意か。

第二百六段 徳大寺実基は牛が検非違使庁の床に登ったことを怪異と認めなかったが、はたして凶事は起らなかったという話。

二八 藤原公孝。嘉元三年（一三〇五）没、五十三歳。

1其―ナシ（常） 2殊―猶（常） 3例―き（常） 4も―ナシ（常） 5の（常・烏）―ナシ 6世中―世中の（烏） 7たりける―たる（常） 8老たる―おひたる（常）負たる（烏） 9られ―ナシ（常） 10此事（常・烏）―此事に 11たり―けり（常・烏） 12也（常・烏）―ナシ 13つき―つけ〈きイ〉（常） 14法令―又法令（常・烏） 15故大臣殿―右大臣殿（烏） 16庁屋―庁（烏）

の座の[1]浜《はま》[一]の床《ゆか》の上《うへ》に登《のぼ》りて、[二]にれうちかみて臥《ふ》したりけ[2]る。「[三]重き怪異なり」とて、牛を陰陽師《おんやうじ》[四]のもとへつかはすべきよし、をの《お》〳〵申《まうし》けるを父の[五]相国《しやうこく》聞《き》き給《たまひ》て、「[六]牛に分別なし。脚あればいづくへか登《のぼ》らざらむ。[七]尫弱《わうじやく》の官人、たま〳〵[八]出仕の微牛《びぎう》[3]を取《と》るべき[4]咎《とが》なし」とて、牛をば主《ぬし》に返《かへ》して、臥《ふし》たりける畳《たゝみ》をば替《か》へられにけり。[九]敢《あへて》凶事なか[5]りけるとなむ。

「[一〇]怪《あや》しみを見《み》て怪《あや》しまざる時は、怪《あや》しみかへりて破《やぶ》る」と言《い》へり。

(第二百七段)

[一一]亀山殿建《た》てられんとて地《ち》[一二]を引《ひ》かれけるに、大《おほき》なる[一三]くちなは、数も知《し》らず凝《こ》り集《あつ》まりたる塚《つか》[一四]ありけり[6]。「[一五]此《この》所の神也」と云《いひ》て、事のよしを申《まうし》ければ、「[一六]いかゞあるべき」と勅問ありけるに、「古《ふる》くより此

二九 公孝が検非違使別当であったのは、文永四年(一二六七)六月二十三日から同六年三月三十日までの間。小槻季継記では、公孝が別当になって「庁始日」のこととする。 三〇 東西の表門の内側にあって、寝殿南庭に通ずる門。第六十六段(一四四頁)注二参照。 三一 検非違使庁での相談。 三二 中原章兼。ただし、小槻季継記では、章国とする。 三三 牛車から放れて。 三四 検非違使庁の庁舎。第九十九段注七参照。 三五 検非違使別当の唐名。第九十九段注五参照。

一 帳台の床として設けられた方形の台。上に畳を敷いて座所とする。 二 反芻して。小槻季継記には「糞ヲシタリケルホドニ」とある。 三 重大な怪事件である。 四 陰陽寮に属し、天文・暦数・卜筮などに携わった職員。 五 藤原(徳大寺)実基。文永十年(一二七三)没、七十三歳。 六 牛には判断力がない。小槻季継記では実基は「畜類ハ何所トモ知ラズ、敢ヘテ苦有ルベカラズ」と言ったとする。 七 微禄の役人。 八 勤務に参上するために用いるやせ牛。「尫弱」と対になるような気持で、「微牛」という。 九 少しも不吉なことはなかったということである。「かへッて御感に預りしうへは、あへて勅勘なかりけり」(平家物語六・紅葉)。明月記・寛喜二年(一二三〇)七月三十日の条によれば、女上童が謬って鏡を取り落して破ったことについて、「女房局」から禁忌ではないかと尋ねられた藤原定家は、以前自身に同様のことがあった際、父俊成(入道殿)が、俗説では忌み憚る由であるが、しかるべき書に所見がないから、鏡を改鋳するだけでよいと教えたことを述べ、鏡の改鋳のみを指示して、禁忌としていない。本段に共通する事例としてよいか。 一〇 怪異を見てもこれを怪しまなければ、怪異の方が消えてしまう。「怪を見て怪しまざれば、其の怪自ら壊る」(宋の洪邁「夷堅志・巳集六」)。

第二百七段　亀山殿建立の際、徳大寺実基は蛇塚を掘り捨てさせたが、祟りは全く無かったという話。

地を占《し》めたる物ならば、[一七]さうなく掘《ほ》り捨《す》てられがたし」と、皆人申されけるに、此[一八]大臣《おとゞ》一人、「[一九]王土にをらん虫、皇居を建《た》てられんに、何《なに》の祟《たゝ》りを[7]かなすべき。[二〇]鬼神はよこしまなし。[二一]咎《とが》むべからず。只《(ただ)》皆掘《ほ》り捨《す》[8]つべし」と申されたりければ、塚を崩《くづ》して、くちなは[9]をば[二二]大井川に流《なが》してけり。[二三]更に[10]たゝりなかりけり。

（第二百八段）

[二四]経文などの紐を結《ゆ》ふに、[二五]上下《かみしも》[11]より襷《たすき》に違《ちが》へて、二筋《すぢ》の中[12]よりわな[二六]の頭《かしら》を横《よこ》さまに引出《(ひき)いだ》す[13]事、常《つね》のことなり。さ様にしたる[14]をば、花《(け)》[二七]厳院《ごんゐん》の[二八]弘舜《(こうしゆん)》僧正、解《と》きて直《なを》させけり。「[15]是《(これ)》は[二九]此比様《(このごろやう)》の事也。いと[三〇]憎《にく》し。[三一]うるはしくは、[三二]たゞくる〳〵と巻《ま》きて、上《うへ》より下《しも》へわなの先《さき》[16]をばさし挟《はさ》むべし」と申されけり。

一一 第五十一段注一参照。 一二 地ならしをなさったところ。 一三 蛇。 一四 土を高く盛りあげた墓。 一五 この土地の神である。 一六 どうしたらよいだろうかと、お上がお尋ねになられた際に。院政の主後嵯峨上皇を天皇と同様に考えて、「勅問」といった。第九十四段注九の「勅書」と同じ意識である。 一七 無造作には掘り返し、捨てられにくい。蛇の祟る例としては、古今著聞集に、熱湯を注いで蛇を殺す方法を教えた女が、殺された蛇の霊に取り殺された話（二十ノ六九九）がある。 一八 前段の徳大寺実基。 一九 国王の統治する土地。「普天の下王土に非ざるなし」（詩経・小雅）。 二〇 鬼神は邪道を行わない。「鬼神に横道なし」（謡曲「鍾馗」）とも。中世に行われた諺らしい。 二一 気にすることはない。 二二 大堰川。第五十一段注二一参照。 二三 全く祟りはなかったということである。

第二百八段 経文の紐の結い方に関する弘舜の意見の聞書。

二四 経巻などの表紙に付いている紐。 二五 上と下から襷状に交叉させて。このように結ぶと見た目には装飾的に感じられる。 二六 輪状にまとめた紐や糸。 二七 仁和寺の院家の一。 二八 生没年未詳。仁和寺の僧で僧正に至る。 二九 当世風のやり方である。 三〇 気に入らない。 三一 正式には。 三二 このように結ぶと見た目には無造作に感じられるが、それをよいとした点に、作為的なものを嫌う弘舜の心がうかがわれる。作者はそれに共感した。

1はまのゆか—はまゆか（常・烏） 2ける—けり（常・烏） 3を—ナシ（常） 4とか—やう（烏） 5ける—けり（常） 6けり—ナシ（常） 7をか—を（常） 8すつ—すてらる（常） 9をは—を（常） 10たゝり（烏）—崇（底） とかめ（常） 11より—ナシ（常） 12より—よりも（常） 13事—事は（烏） 14をは—を（常） 15是は—見れは（常） 16をは—を（常・烏）

一古《ふる》き人にて、かやうのこと知《し》[1]れる人になん侍《はべり》[2]ける。

（第二百九段）

二人の田を論《ろん》ずる物、三訴《うた》へに負《ま》けて、四ねたさに、「五其田《そのた》を刈《か》りて取《と》れ」とて、人をつかはしけるに、六先道《まづ》すがらの田をさへ七刈《か》りもて行《ゆ》くを、「八是《これ》は論じ給《たまふ》所にあらず。いかにかくは」と云《いひ》ければ、刈《か》る者《もの》ども、「九其所とても、刈《か》るべきことは《(わ)》りなけれども、一〇僻事《ひがこと》せむとてまかるものなれば、一一いづくをか刈《か》らざらむ」[3]と言《い》ひける。

一二ことは《(わ)》り、いとお《(を)》かしかりけり。

（第二百十段）

一三喚子鳥《よぶこ》は春一四の物なりとばかり云《いひ》て、いかなる鳥とも、定《さだ》かに記《しる》せ

一 古老。
第二百九段　田の所有権を争って裁判に敗れた者の使用人が、道理に合わないと知りながら無関係な田の稲まで刈り取ったという、滑稽な話。
二 他人の田の所有権を裁判で争う者。
三 訴訟。裁判。四 くやしさに。腹立ちまぎれに。
五 係争の対象となった田。このように人の田の稲を不法に刈ることを、刈田狼藉といった。
六 途中の田までも。七 ずっと刈ってゆくのを。
八 これは裁判でお争いなさった田ではないのに、どうしてそんな無茶なことをなさるのか。
九 問題の田でも、刈ってよいという道理はないのだが。
一〇 どうせ道理に外れたことをしようとして出掛けるのだから。一一 どこもかしこも刈ってしまうのだ。
一二 ここでは、屁理屈の意。
第二百十段　喚子鳥に関する疑問。
一三 人を呼ぶような声で鳴くという、実体不明の鳥。古今集・春上・読人しらずの「をちこちのたつきも知らぬ山中におぼつかなくもよぶこ鳥かな」の歌によって、古今伝授三鳥の一とされている。
一四 春の景物。堀河百首でも春二十題の一とされ、八雲御抄三でも「喚子鳥　春物也」という。「春の夜のくらぶの山の喚子鳥心の闇を思ひこそやれ」（兼好家集）。
一五 真言の修法を記した書物。具体的にどういう物かは未詳。
一六 身体から遊離した魂を招き返す秘密の修法。「やがて招魂（せうこ）の御祭、泰山府君（たいざむぶく）など祭らる」（とはずがたり一）。
一七 とらつぐみ。ツグミ科の鳥で、つぐみより大きい。夜、寂しい声で鳴く。袋草紙・上・誦文歌に「鵼鳴ク時ノ歌　よみつ鳥我が垣本に鳴きつなり人皆聞きつ行く玉もあらむ」とある。この歌も招魂の呪術と関りあるか。
一八 万葉集。仙覚の研究によって、その読解はかなり

る物なし。[一五]或《(ある)》真言書の中に、喚子鳥鳴《な》く時、[一六]招魂の法をば行《おこな》ふ次第あり。是《(これ)》は[一七]鵼《(ぬえ)》なり。[4][一八]万葉の長歌に、「[一九]霞立《た》つ　長《なが》き春日の」など続《つゞ》[二〇]けたり。鵼《ぬえ》[二一]鳥も、喚子鳥《よぶこ》[5]のことざま[二二]に通《かよ》ひて聞《きこ》ゆ。

（第二百十一段）

[二三]よろづのことは頼《たの》むべからず。愚《おろ》かなる人は、深《ふか》く物《もの》を頼《たの》む故に、[二四]恨《うら》み、怒《いか》ることあり。

[二五]勢《いきをひ》ありとて、憑《(たのむ)》べからず。[二六]強《こは》き物、先《(まづ)》滅《ほろ》ぶ。財《(たから)》多《おほ》しとて、憑べからず。[二七]時の間《ま》に失《うしな》ひやすし。才ありとて、憑べからず。[二八]孔子も時に遇《あ》はず。徳ありとて、頼《たの》むべからず。[二九]顔回《(がんくわい)》も不幸なりき。[三〇]君の寵をも、頼《たの》むべからず。[6]〔[三一]誅を受《う》くる事、速《すみ》やか也。[三二]奴《(やつこ)》随《したが》へりとて、頼《たの》むべからず。〕[三三]背《そむ》き走《はし》ることあり。[三四]人の心ざしをも、頼《たの》むべから

深められていたか。
一九 万葉集一、讃岐国における軍王（いくさのおおきみ）の長歌に「霞立つ　長き春日の　暮れにける　わづきも知らず　村肝の　心を痛み　鵼子鳥　うらなけ居れば…」と歌われている。 二〇 言葉を続けて詠んでいる。
二一 「よぶこ鳥、さまざまの義在レ之歟。…鵼と中鳥と習也。万葉にも証拠在レ之。又、真言秘法に、よぶこ鳥のなきし時、致修法有と云、則鵼也。不レ可二口外一努々（ゆめゆめ）」（浄弁「古今集註」）。
二二 事の有様。様子。

第二百十一段　万事につけ頼みとしないことの勧め。
二三 すべての事はあてにならない。
二四 期待が裏切られると、恨んだり、怒ったりする。
二五 権勢があるからといって、あてにならない。
二六 「兵強きときは則ち滅ぶ」（淮南子・厚道訓）。
二七 ほんの僅かの間に失われやすい。第十段注二〇参照。
二八 孔子も時勢に遇わなかった。「それ遇と不遇とは時なり、賢と不肖とは才なり。君子博学深謀にして、時に遇はざる者衆し。何ぞ独り丘のみならんや」（孔子家語二十）。なお、第百三十三段注一九参照。
二九 哀公が学を好む弟子は誰かと問うたのに対する孔子の答え、「顔回なる者あり。…不幸、短命にして死せり」（論語・雍也）という語を用いる。顔回については、第百二十九段注二三参照。
三〇 主君の恩寵も頼みにならない。
三一 寵愛が衰えれば直ちに誅罰される。韓非子・説難に語られている、衛の君主と弥子瑕のごとき主従関係を念頭に置いていうか。 三二 下僕。
三三 主人に背いて逃げることがある。 三四 他人の好意。

1 しれる—よくしれる（常）　2 ける—けり（常）　3 と—とぞ（烏）　4 万葉—万葉集（烏）　5 の—も（常）　6 誅を…たのむへからす（常・烏）—ナシ

ず。必《(かならず)》変ず。約[一]をも頼《たの》むべからず。信[二]あること少《すくな》し。身[三]をも人をも頼《たの》まざれば、是《(ぜ)》[四]なる時は喜《よろこ》び、非[五]なる時は恨《うら》みず。左[六]右広《ひろ》ければ、障《さは》らず。前[七]後遠《とを》ければ、塞《ふさが》らず。狭[八]《せば》き時は、ひしげ砕《くだ》く。心[九]を用《もち》ゐること、少《すこ》しきにして厳《きび》しき時は、物に逆《さか》ひ、争《あらそ》ひて破《やぶ》る。緩[一〇]《ゆる》くして和《(やはら)》かなる時は、一毛《(いちもう)》も損ぜず。

人[一一]は天地の霊也。天[一二]地は限《かぎ》る所なし。人[一三]の性《(しやう)》、何《なん》ぞ異《こと》ならむ。[1]寛[一四]大にして窮《きは》まらざる時は、喜怒是《(これ)》に障《さは》らずして、物《もの》のために煩《わづら》はず。

（第二百十二段）

秋[一五]の月は限《かぎ》りなくめでたき物也。「い[一六]つとても、月はかくこそあれ」とて、思[一七]《おも》ひ分《わ》かざらむは、[2]むげ[一八]に心憂《う》かるべきことなり。

一 約束。
二 信用の置けることは少ない。
三 自身をも他人をもあてにしなければ。
四 うまく事が運ぶ時は喜び、
五 事がうまく運ばない時は恨まない。
六 左右が広く空間を取ってあれば障碍となるものはない。
七 前後に遠く距離を置いてあれば閉塞することはない。
八 空間が狭い場合は押しつぶされ、砕けてしまう。
九 心の配り方が狭くて、しかも峻厳な考え方をすると。
一〇 心をゆるやかに柔軟に用いれば、毛筋一本もそこなわれない。「人の生るるや柔弱、其の死するや堅強なり。万物草木の生ずるや柔脆、其の死するや枯槁す。故に堅強なる者は死の徒、柔弱なる者は生の徒なり」(老子・下)。
一一 「惟(こ)れ天地は万物の父母にして、惟れ人は万物の霊なり」(書経・泰誓上)。
一二 天地は無限の広さがある。「天と地とは窮まりなく、人の死するは時有り」(荘子・盗跖)。
一三 人の性情もどうして天地と異なることがあろうか。
一四 心が寛容で広大な場合は。

第二百十二段 秋の月のすばらしさを解しないことは残念であるという感想。
一五 秋の月はこの上なくすばらしいものである。「秋月揚二明暉一」(陶淵明集三・四時)。
一六 四季のいつでも月はこのようであるのだ。
一七 秋の月と他の季節の月を区別しないことは。
一八 ひどくなさけないことであろう。

（第二百十三段）

一九御前の火炉《くわろ》に二〇火を置《を》く時は、火箸《ばし》して挟《はさ》むことなし。土器《かはらけ》より直《たゞ》ちに移《うつ》すべし。されば、二一転《ころ》び落《お》ちぬやうに[3]心えて、炭を積《つ》むべき也。二二八幡《やはた》の御幸《ごかう》に供奉《ぐぶ》の人、二三浄衣《じやうえ》を着《き》て、手にて炭をさゝれければ、ある二四有職《いうそく》の人、「白き物を着《き》たる日[4]、火箸《ばし》を[5]用《もち》ゐる、苦《くる》しからず」と申されけり。

（第二百十四段）

二五想夫恋《さうふれん》と云《いふ》楽は、二六女、男《おとこ》を恋《こ》ふる[6]故の名にはあらず。本《もと》は相府蓮《さうふれん》、二七文字の通《かよ》へるなり。二八晋の二九王倹《わうけん》、大臣として家に蓮《はちす》を植《う》へ《（ゑ）》て愛《あひ》せし時の楽なり。是《これ》より大臣を三〇蓮府《れんぷ》と云《いふ》。

第二百十三段　火炉に炭火を置く仕方と火箸を用いる故実。

一九 天子の御前の火炉。火炉は火鉢。

二〇 火種を置く際には。

二一 火種がころがり落ちないように。

二二 石清水八幡宮への御幸。おそらく上皇の御幸であろうが、いつのことか未詳。「帝王位をすべらせ給ひて、諸社の御幸のはじめには、八幡・賀茂・春日などへこそならせ給ふに」（平家物語四・厳島御幸）、「去年霜月ニ新院八幡御幸成シ時」（慈光寺本承久記・上）。

二三 神事などの際に着る潔斎の装束。通常は白い。

二四 故実に精通している人。

第二百十四段　想夫恋と廻忽の名の起源。

二五 相府蓮、相夫恋とも書く。雅楽で、唐楽に属する平調（ひようじよう）の中曲。「箏の琴いとめでたし。調べはさうふれん」（枕草子二一七段）。源氏・常夏、同・横笛にも曲名が見える。

二六 平家物語六・小督に「楽は何ぞと聞きければ、夫をおもうて恋ふとよむ想夫恋といふ楽なり」とある。

二七 音が通じてこのように書いたのである。

二八 三国時代の魏に代った西晋とそののちの東晋。ただし、王倹は東晋滅亡後の人。

二九 中国南北朝時代の人。斉に仕えて尚書左僕射となった。王倹が家に蓮を植えて愛したことは南斉史の王倹伝に見えるが、音楽のことは典拠未詳。

三〇 「王尚書之蓮府麗則麗　恨唯有二紅顔之賓一」（和漢朗詠集・山家・菅原文時）。

1寛太―莫太（常）　2は―人は（烏）　3心えて―ナシ（常）　4日―日は（烏）　5もちゐる―用るも（常）　6故の―楽の（常）

[一]廻忽《くわいこつ》は、[1][二]廻鶻国《くわいこつこく》とて、[三]夷《あびす》の[2]強き国あり。其《その》夷、[四]漢に伏《ふく》して[3]後、来《きた》りてを《お》のれが国の楽を奏せしなり。

（第二百十五段）

[4][五]平宣時朝臣《たひらののぶときあそん》、老《おい》の後、昔語《がた》りに、[5]「[六]西明寺《さいみやうじ》の入道、ある宵《よゐ》の間《ま》に呼《よ》ばるゝ事ありしに、「[七]やがて」と申《まうし》ながら、[八]直垂《ひたゝれ》のなくて、[九]とかくせしほどに、又使《つかひ》[6]来《き》て、「直垂などのさぶらはぬにや。[一〇]夜《よる》なれば、異様《ことやう》なりとも。[7]とく」とありしかば、[一一]なへ《え》たる直垂、[一二]うち〳〵のまゝにてまかりたりしに、[一三]銚子《てうし》に土器《かはらけ》取り添《そ》へて持《も》て出《い》でゝ、「此《この》酒を[一四]ひとりたうべんがさう〴〵しければ、申つるなり。肴《さかな》こそなけれ。[一五]人は静《しづ》まりぬらん。[一六]さりぬべき物やあると、いづくまでも求《もと》め給へ」とありしかば、[一七]紙燭《しそく》さして[一八]隈《くま》〴〵を求《もと》めしほどに、[一九]台《だい》

一 廻骨とも書く。雅楽で、唐楽に属する平調の中曲。教訓抄六には、貴養成が作り、父の墓のほとりで弾琴したところ、その死骨が蘇って墓を三回まわって失せたので、廻骨というと伝える。
二 廻紇とも書く。西域部族の名。「廻紇、其の先匈奴の裔なり」（旧唐書・廻紇伝）。
三 蛮族の強力な国。
四 中国に降伏の後。

第二百十五段 味噌を肴に平宣時と酒を酌み交した北条時頼の逸話。
五 北条宣時。元亨三年（一三二三）没、八十六歳。
六 北条時頼。第百八十四段注一五参照。
七 直ちに参上します。
八 武士が平常着る衣服。
九 あれこれとぐずぐずしているうちに。
一〇 夜だから変な身なりでもかまわないだろう。
一一 糊気の落ちた直垂。
一二 ふだん着のままで。
一三 銚子（酒を注ぐ金属製の器）に素焼きの盃を一緒に持って出て。
一四 ひとりで飲むのがものさびしいので、お呼びしたのである。「酒をたうべて　たべ酔うて　たふとこりぞ」（催馬楽・酒を飲べて）。
一五 人々は寝静まっているであろう。
一六 適当なものがあるかどうか。
一七 紙燭をともして。
一八 隅々を。
一九 台盤（食器類を載せる脚付きの台）を置く所を意味する台盤所の略。炊事場。厨房。
二〇 素焼きの小皿。
二一 それで足りるであろう。
二二 盃を重ねて。
二三 上機嫌になられました。
二四 時頼の時代にはこのように質素なものでした。

所の棚《たな》に、[二〇]小《こ》土器《かはらけ》に味噌《みそ》の少《すこ》し付《つ》きたるを見出《い》でて、「これぞ求《もと》め得《え》てさふ《（う）》らふ」と申《（まうし）》しかば、「[二一]事足《た》りなん」とて、心よく[二二]数《（す）》献《こん》に及《（および）》て、[二三]興《けう》に入られ[8]侍《（はべり）》き。[二四]其《（その）》世には、かくこそ侍しか」と[二五]申されき。

（第二百十六段）

[9]西明寺《（さいみやうじ）》入道、[二六]鶴が岡の社参の次《（ついで）》に、[二七]足利左馬入道《（あしかがのさまのにふだう）》のもとへ、先《（まづ）》使をつかはして、立《た》ち入られたりけるに、[二八]饗設《あるじまう》けられたりける様《（やう）》、[二九]一献《こん》に[三〇]打《う》ち鮑《あはび》、二献《こん》に海老《ゑび》、三献《こん》に[三一]掻餅《かいもちゐ》にてやみぬ。其《（その）》座には、[三二]亭主夫婦、[三三]隆弁《（りうべん）》僧正、[三四]主方《あるじ》の人にて座せられけり。

さて、「[三五]年ごとにたまはる[三六]足利の染《そめ》物、[三七]心もとなく候《（さうらふ）》」と申されければ、「用意《ようゐ》[10]しさぶらふ」とて、[三八]色《いろ》〳〵の染《そめ》物三十、[三九]前《まへ》にて、[四〇]女房どもに小袖に調《てう》ぜさせて、[四一]後につかはされけり。

二五 言われた。助動詞「き」を用いているので、以上の話は作者が宣時から直接聞いたかと想像される。

第二百十六段 北条時頼と足利義氏が親密でざっくばらんな間柄であったという逸話。

二六 鶴岡八幡宮。代々の鎌倉将軍の信仰篤く、幕府の政治の精神的拠り所であった。

二七 足利義氏。建長六年（一二五四）没、六十六歳。

二八 饗応なさった様子。

二九 肴一膳につき盃を三度干すこと。一献ごとに銚子を改めて、三献まで出すのが通常の儀礼であるという。

三〇 薄く細長く切り、延ばして乾した鮑。のし鮑ともいう。「御酌まはり候へば、打あふびの前の二ばんめを御口にあて、御懐中有て」（大草殿より相伝聞書）。

三一 ぼた餅。「いざ、かいもちひせん」（宇治拾遺物語十二話）。

三二 義氏夫妻。義氏室は北条泰時の女《むすめ》。

三三 園城寺の僧。弘安六年（一二八三）没、七十六歳。

三四 摂待する側の人として。隆弁の甥四条隆親（第百八十二段注一）は義氏の女を妻としている。

三五 毎年頂く。

三六 足利産の染物。足利は下野国、現、栃木県足利市。義氏の父祖の地で、当時から染絹が名産として知られていた。

三七 待ち遠しく思われます。

三八 種々の色に染めた染物三十疋。一疋は二反。

三九 時頼の前で。

四〇 自分の侍女達に小袖に仕立てさせて。

四一 時頼が帰ったのちに届けられた。

1 は―も廻鶴なり（烏）　2 強き―こはき（烏）　3 後―後に（烏）　4 平宣時朝臣―〈大仏奥州〉（底頭書）　5 西明寺―最明寺（烏）　6 き―来り（常・烏）　7 とく―ナシ（常）　8 侍―ナシ（常）　9 西明寺―最明寺（烏）　10 し―ナシ（常）

[一]其《(その)》時見《み》たる人の、近《ちか》くまで侍《(はべり)》しが、語《かた》り侍しなり。

（第二百十七段）

ある[二]大福長者の言《い》はく、「人はよろづをさしを《(お)》きて、[三]ひたふるに徳《とく》を付《つ》くべきなり。貧《まづ》しくしては、生《い》ける甲斐《かひ》なし。富《(とめ)》るのみを人とす。徳《とく》を付《つ》かむと思《おも》はゞ、[四]すべからく、先《(まづ)》其《(その)》心づかひを修行すべし。其心と云《(いふ)》は、他の事《こと》にあらず、[五]人間常住の思《(おもひ)》に住《(ぢゆう)》して、[六]仮《かり》にも無常を観ずる事なかれ。是《(これ)》、第一の用心也。次に、[七]万事の用を叶《かな》ふべからず。人の世にある、[八]自他につけて、[九]所願無量也。欲に随《(したがひ)》て心ざしを遂《と》げんと思はゞ、百万の銭ありといふとも、しばらくも[一〇]住すべからず。所願はやむ時なし。財《(たから)》は尽《つ》くる期《(ご)》あり。[一一]限《(かぎり)》ある財をもちて限なき願《(ねがひ)》に随《したが》ふこと、得《う》べからず。所願[一二]心にきざすこと

一 その時まのあたりに見ていた人で最近まで生存しておりました人が語ったことでございます。

第二百十七段　大金持ちが語った蓄財のための教訓と、それに対する作者の感想。

二 大金持ち。「(藤原邦綱は)大福長者にておはしければ、何にても必ず毎日に一種をば入道相国のもとへ送られけり」(平家物語六・祇園女御)、「伏見ノ修理大夫…大福長者ニテ、蔵共多カリケルヲ」(雑談集三)。

三 ひたすら裕福になるべきである。

四 当然なすべきこととして、まずその心がけを修行すべきである。「すべからく」は漢文訓読語で、下の助動詞「べし」と呼応する。

五 人間は死なないものだという考えを抱き続けて。

六 かりそめにも無常であると観念してはいけない。

七 さまざまな用事を果してはならない。

八 自身の用につけ他人の用につけ。

九 願望することは数限りなくある。

一〇 銭はとどまっている筈がない。

一一 有限な財でもって無限な願望のままに行動することはできる訳がない。「吾が生や涯有り、而して知や涯なし。涯有るを以て涯なきに随ふ、殆《(あや)》ふきのみ」(荘子・養生主)などの表現に学んだか。

一二 心に生ずることがあったら。

一三 悪い考え。

あらば、我を滅《ほろぼ》すべき悪念[一三]来《きた》れりと、堅《かた》く慎《つゝし》み恐《をそ》れて、小要[一四]をも成《(なす)》べからず。次に、銭を奴《やつこ》[一五]のごとくして使《つか》ひ用《もち》ゐる物と知《し》らば、長《なが》く貧苦を免《まぬか》るべからず。君のごとく、神[一六]のごとく、恐《をそ》れ尊《たうと》みて、従《したが》へ用《もち》ゐることなかれ。次に、恥《はぢ》[一七]に2臨《のぞ》むといふとも、怒《いか》り恨《うら》むることなかれ。次に、正直[一八]にして、約を堅《かた》くすべし。此儀《(この)ぎ》を3守《まぼ》りて利を求《もと》むる人は、富[一九]の来《きた》ること、火の乾《かは》けるに付《つ》き、水の下《くだ》れるに従《したが》ふがごとくなるべし。銭積《つも》りて尽《つ》きざる時は、宴飲[二〇]声色をことゝせず、居所を飾《かざ》らず、所願を成《(じやう)》ぜざれども、心[二一]とこしなへに安《やす》く、楽《たの》し」と申《(まうし)》き。

抑《(そもそも)》、人は所願を成ぜんがために、財を求《もと》む。銭を財とすることは、願《ねが》ひを4叶《かな》ふる故也。所願あれども叶《かな》へず、銭あれども用《もち》ゐざらむは、全《(またく)》貧者と同《おな》じ。何《なに》[二二]をか5楽《たの》しみとせむ。6此掟《(この)をきて》[二三]は、たゞ人間[二四]の

一四 些細な用事をもしてはいけない。
一五 下僕のように。
一六 晋の魯褒の銭神論などを念頭に置いていうか。
一七 恥かしい目にあったとしても、怒ったり恨んだりしてはならない。感情に左右されては銭は得られないことをいう。
一八 正直であって約束を堅く守るべきである。契約を履行しなければ信用が失われ、利益は得られない。
一九 火が乾燥した物に燃え付き、水が低い所に流れてゆくように、富はおのずと集まってくるであろう。「子曰はく、同声は相応じ、同気は相求む。水は湿に流れ、火は燥に就く」(易経・文言伝)、「孟子曰はく、…人の性の善なるは、猶水の下(ひ)きに就くがごとし。人善ならざること有るなく、水下らざること有るなし」(孟子・告子上)。
二〇 宴を催し酒を飲み、快い音楽を聞き、美しい女性を見たりということをせず。
二一 いつまでも安らかで楽しい。
二二 何を楽しみとしようというのであろうか。
二三 この規範。
二四 人間的な欲望を断念して、貧乏を悲しんではならないというのと同様であると解される。

1しては―は(常) ては(烏)　2のそむと(常・烏)―のそむとと　3まぼり―まもり(常)　4かなふる―かなふるが(烏)　5たのしみ―楽ひ(烏)　6此をきては―是をきゝて(常)

望を断《た》ちて、貧を愁《うれ》ふべからずと聞《きこ》えたり。欲を成《(じやう)》じて[1]楽《たの》しみとせんよりは、しかじ[一]、[2]欲なからむには。癰疽《(ようそ)》[二]を病《や》む者《もの》、水に洗《あら》ひて[3]楽《たの》しみとせんよりは、病《や》まざらむにはしかじ。こゝに至《いた》りては、貧福[三]分《わ》く所なし。究竟《(くきやう)》[四]は理即《(りそく)》[五]に等《ひと》し。大欲[六]は無欲に似《ゝ》たり。

（第二百十八段）

狐《きつね》[七]は人に食《く》ひ付《つ》く物也。堀河殿《どの》[八]にて、舎人《とねり》[九]が寝《ね》たる[4]足《あし》を狐に食《く》はる。[一〇]仁和寺《(にんわじ)》にて、夜《よる》[一一]本寺の前《まへ》を通《とを》る下法師《(しもぼふし)》[一二]に、狐三《(みつ)》飛《と》び懸《かゝ》りて食《く》ひ付《つ》きければ、刀を抜《ぬ》きてこれを防《ふせ》くあひだ、狐二疋を突《つ》く。[5]一《ひと》つは突《つ》き殺《ころ》し[6]つ。[7]二《(ふたつ)》は逃《に》げぬ。法師はあまた所食《く》はれながら、[8]事故《ことゆへ》[一三]なくなりけり。

[一四]是はみせけち也。私書《ニク》ㇾ之《ヲ》。

一　無欲であることにこしたことはないであろう。
二　「癰」も「疽」も、悪性の腫れもの。
三　貧福は区別する所はない。
四　究竟即の意で、天台宗でいう六即（真理に相即し一体となる六の段階）の最高位で、本有の仏性が完全に現れる、究極の円満の位。
五　六即の初位で、仏性・真如の理を具えながらそれを知らずに生死輪廻する位。「理即より究竟にいたる仏こそひとつ心の玉と見ゆらめ」（宝積経要品紙背短冊の兼好の歌）。
六　両極端が一致する論理の面白さを約めていった警句。

第二百十八段　狐が人に食い付いた事例。
七　狐は化けて人をたぶらかすだけではなく、人に食い付くものであるの意。
八　堀河大納言と呼ばれた源通具の子孫の邸宅。
九　寝ていた舎人の足。「舎人」は第一段（七八頁）注四参照。
一〇　第五十二段注一四参照。
一一　本堂の意か。
一二　雑役に従う身分の低い法師。
一三　事故はなかった。
一四　底本の注記。

第二百十九段　横笛の穴に関する、豊原竜秋と大神景茂の二人の楽人の説の聞書。
一五　藤原隆資か。南朝の正平七年（一三五二）戦没、六十一歳。
一六　仰せられて。
一七　豊原竜秋。後光厳院の笙の師範。貞治三年（一三六四）没、七十三歳。

（第二百十九段）

[一五]四条黄門《しでうのくわうもん》[一六]命ぜられて云《いはく》、「[9]竜秋《たつあき》[一七]、道[一八]にとりては[10]止事《やむこと》なき者也。先日来《きたり》て云《いはく》、「[一九]短慮の至《いた》り、極《きは》めて荒涼[二〇]のことなれども、横笛《よこ》[二一]の五《ご》の穴は、聊《いささか》[二二]いぶかしき所の[11]侍《はべる》かと、ひそかに是《これ》を存《ぞん》ず。其故《その》は、干《かん》の穴は平調《ひやうでう》[二三]、五の穴は下《しも》[二四][12][無]調《むでう》也。其間《あひだ》に、勝絶調《しようぜつでう》[二五]を隔《へだ》[二六]てたり。[13]上《じやう》、双調《さうでう》[二七]、次に、鳧鐘調《ふしようでう》[二八]をきて《お》、夕《さく》の穴、黄鐘調《わうしきでう》[二九]也。その次に、[14]鸞鏡調《らんけいでう》[三〇]をおきて、中《ちう》の穴、盤渉調《ばんしきでう》[三一]、中と六《ろく》との間《あはひ》に、神仙《しんせん》[三二]調《でう》あり。か様に、間《ま》ゝ《ま》[三三]に皆《みな》一律を盗《ぬす》めるに、五の穴のみ、上《じやう》[三四]の間《あひだ》に調子を持《も》たずして、しかも間《ま》を配《くば》ること等《ひと》しきゆへに、其声《その》[15]不快也。されば、此穴《この》を吹《ふく》時は、かならず退《の》[三五]く。退《の》けあへぬ時は、物《もの》に合《あ》はず。吹《ふき》うる人かたし」と申《まうし》き。料簡《れうけん》[三六]の至《いた》り、まことに興あり。先達[三七]、

一八 管弦の道にとって。
一九 至って浅い考えであって。以下、竜秋の語。
二〇 過言のことではあるが。
二一 雅楽などに用いる笛。吹口のほかに、六・中・夕（さく）・上・五・干（かん）・次の、七個の指穴がある。
二二 不審な点。
二三 基音である壱越（いちこつ）より二律上の音。中国十二律の太簇（たいそう）、洋楽のホ音に相当する。
二四 中国十二律の姑洗（こせん）、洋楽の嬰ヘ音に相当する。
二五 中国十二律の夾鐘（きようしよう）、洋楽のヘ音に相当する。
二六 間に置いている。
二七 中国十二律の仲呂（ちゆうりよ）、洋楽のト音に相当する。
二八 中国十二律の蕤賓（すいひん）、洋楽の嬰ト音に相当する。
二九 中国十二律の林鐘（りんしよう）、洋楽のイ音に相当する。
三〇 中国十二律の夷則（いそく）、洋楽の嬰イ音に相当する。
三一 中国十二律の南呂（なんりよ）に相当、洋楽のロ音に近似する。
三二 中国十二律の無射（ぶえき）、洋楽のハ音に相当する。
三三 穴と穴との間ごとにすべて一律をひそかに忍ばせているのに。
三四 上の穴との間に一つの調子を持たないで、しかも穴と穴との間を等しくしているために。
三五 口を吹口から少し離して吹くの意か。
三六 至って深い判断であり。竜秋自身の謙辞「短慮の至り」と対のようになる。
三七 「子の曰はく、後生畏るべし。焉（いづく）んぞ来者の今に如（し）かざるを知らんや」（論語・子罕）。

1たのしみ―たのしひ（烏）　2欲―財（烏）　3たのしみ―たのしひ（烏）　4たる―たりし（常）　5ひとつ―一疋（常）　6つ―ぬ（烏）　7二―二疋（常）　8なくなり―なかり（常・烏）　9竜秋―竜秋は（常・烏）　10は―ナシ（常）　11侍か―侍り（常）　12無（常・烏）―ナシ　13上―上の穴（烏）　14鸞鏡調―鸞雞（常）　15不快（常・烏）―下快

後生《こうせい》を恐《おそ》ると[1]云《いふ》、此事也」と侍《はべり》き。

他日に[2][一]景茂《かげもち》が[二]申侍《まうしはべり》しは、「[三]笙《しやう》は、[四]調《しら》べおほせて、持《も》[3]ちたれば、たゞ吹《ふく》ばかり也。笛は、[五]吹ながら息《いき》のうちにて、かつ調《しら》べもてゆく物なれば、穴ごとに、[六]口伝《くでん》の上《うへ》に[七]性骨《しやうこつ》を加《くは》へて、心を入《い》るゝこと、五の穴のみに限《かぎ》らず。[八]ひとへに退《の》くとばかりも定《さだ》むべからず。悪《あ》しく吹《ふ》けば、いづれの穴も心よからず。上手はいづれをも吹合《ふきあ》はす。[九]呂律《りよりつ》の物に叶《かな》はざるは、人の咎《とが》なり。[一〇]器《うつはもの》の失にあらず」と[一一]申き。

（第二百二十段）

「何事も[一二]辺土は[4]賤《いや》しく、頑《かたく》なれども、[一三]天王寺《てんわうじ》の舞楽のみ、都に恥《は》ぢず」と[5]云《いふ》。天王寺の[一四]伶人《れいじん》の申侍《まうしはべり》しは、「当寺の楽は、よく[一五]図を調《しら》べ合《あは》せて、[一六]物の《ものゝ》[6]音《ね》のめでたくとゝのほり侍《はべる》こと、外《ほか》よりもす

一 大神景茂。大神氏は代々笛の名手を出している。永和二年(一三七六)没、八十五歳。
二 景茂に逢った際前記の話をした作者に対して、景茂が意見を述べたという事情を明かす常縁本本文は、あるいは初稿の形をとどめているか。
三 雅楽に用いる管楽器。匏(ほつ)の上に長短十七本の竹を環状に立ててある。 四 すっかり調律して。
五 吹きながら呼吸の中で、吹く一方で調律してゆくものだから。
六 口頭で授けられる秘伝。 七 天性のこつ。
八 いちずに退くとばかり決めることはできない。
九 音の調子がうまく合わないのは、吹く人の誤ちである。
一〇 楽器の欠点ではない。
一一 景茂の口吻には、笛の専門家としての自負と、竜秋の意見への批判的な感情が窺われる。初め四条黄門同様、竜秋の意見に感嘆していたかもしれない作者は、この言に深い感銘を受けたのであろう。そのように見ると、本段は第百七十七段と類似した構造の章段ということになる。

第二百二十段 天王寺の舞楽で楽器の音律が調っている理由と、鐘の音の調子について。

一二 都からはずれた土地。辺地。片田舎。公衡公記・弘安六年(一二八三)七月四日の条では、東山沿いの禅林寺殿を「辺土御所」という。
一三 四天王寺。摂津国難波にある、聖徳太子の建立と伝える古寺。 一四 雅楽の演奏者。 一五 音律の標準となるもの。一般には図竹(調子笛)を用いる。
一六 楽器の音がみごとに調律されていること。
一七 聖徳太子。用明天皇の皇子。推古天皇の代、皇太子となり、摂政として執政した。推古三十年(六二二)没、四十九歳。 一八 基準とする。
一九 晨朝・日中・日没・初夜・中夜・後夜の六時ごとに勤行を修する堂。 二〇 正真の黄鐘調。
二一 気温の変化によって鐘が伸縮するから、音も高低

ぐれたる[7]故云々。[一七]太子の御時の図、今《いま》に侍を博士《はかせ》[一八]とす。いはゆる[一九]六時堂《(ろくじだう)》の前《まへ》の鐘也。その声《こゑ》、[二〇]黄鐘調《(わう)しきでう》の最中《もなか》なり。[二一]寒暑《(かんじよ)》に従《したが》ひてか[8]り下《さが》る[9]べき故に、[二二]二月涅槃会《(ねはんゑ)》より[二三]聖霊会《(しやうりやうゑ)》までの中間《(ちうげん)》を[二四]指南《(しなん)》とす。[二五]秘蔵事也《(ひさうのこと)》。[二六]此《(この)》一調子をもちて、いづれの声《こゑ》をもとゝのへ侍《(はべる)》なり」と申き。

凡《(およそ)》、鐘の声《こゑ》は黄鐘調《わうしきでう》なるべし。是《(これ)》、無常の調子、[二七]祇園精舎《(ぎをんしやうじや)》の無常[二八]院の声なり。[二九]西園寺《(さいをんじ)》の鐘、黄鐘調《わうしきでう》に鋳《い》らるべしとて、あまたゝび鋳易《いか》へられけれども、叶《かな》はざりけるを、遠国《(をんごく)》より尋《たづ》ね出《いだ》されけり[10]。[11][三〇]浄金剛院《(じやうこんがうゐん)》の鐘[12]の声、又《(また)》黄鐘調[13]なり。

（第二百二十一段）

「[三一]建治《(けんぢ)》、弘安《(こうあん)》の頃《ころ》は、[三二]祭《まつり》の日[14]の[三三]放免《(はうべん)》の[三四]付《つけ》物に、異様《ことやう》なる紺の布四

の変化があることをいう。「Canjo カンジョ（寒暑）」（日葡）。「かる」は調子が高く外れることをいう音楽用語。「自然、為手（て）の音声に調子の少しかりさがる甲乙あるべし」（世阿弥「習道書」）。
二二 釈迦が入滅した二月十五日に修する法会。
二三 旧暦二月二十二日に天王寺で行われた、聖徳太子の御忌会。
二四 拠るべき規範とする。 二五 これは秘説である。
二六 この一つの調子、すなわち黄鐘調。
二七 須達長者が釈迦とその弟子のために中インドの拘薩羅（コーサラ）国舎衛城の南に建てた寺。
二八 祇園精舎の外四十九院の一。精舎の西北角にあり、病者を収容した。「祇洹（ぎをん）の西北の角、日光の没する処に無常院を為（つく）れり。もし病者あらば安置して中に在（お）く」（往生要集・中）、「祇園精舎ノ無常院ノ鐘ハ、諸行無常ノ音（コヱ）アリテ、聞レ之病人多ク愈ユト云ヘリ」（雑談集五）。
二九 藤原公経が衣笠山の北西、現在の鹿苑寺（金閣）の地に造営した寺。その規模の宏壮な有様は、増鏡・内野の雪に述されている。 三〇 亀山殿の別院。後嵯峨法皇の遺骨は同院に納められた。
第二百二十一段 一時代前の放免の風俗の聞書と、最近の風俗の批判。
三一 「建治」は一二七五年四月二十五日より一二七八年二月二十九日まで、「弘安」はそれに続き、一二八八年四月二十八日まで。ともに後宇多天皇の代の年号。

1云―いふこと（常・烏） 2景茂か―景茂対面の時此事をかたり出侍しには景茂か（常） 3たれ―つれ（常） 4いやしく―ナシ（常） 5云―ナシ（常） いへば（烏） 6ね―声（常） 7たる故云々―たるゆへは（常） たり故は（烏） 8かり―あかり（常・烏） 9さかる―さがり有（烏） 10けり―にけり（常） 11浄金剛院―浄〈法歟〉金剛院（底） 12の声―ナシ（常） 13なり―ナシ（常） 14の―ナシ（常）

五段《(たん)》にて馬を作《つく》りて、尾髪《おかみ》[一]には灯心《とうじみ》[二]をして、蜘蛛《くも》[三]の巣《ゐ》かきたる水《(すい)》[四]干《(かん)》に付《つ》けて、歌[五]の心など言《い》ひて渡《わた》りしこと、常に見及侍《(みおよびはべり)》しなども、興《けう》ありてしたる心ち[1]にてこそ侍しか」と、老《(おい)》たる道志《(だうし)》[六]どもの[2]今日[七]し語《かた》り侍《(はべる)》也。

此比《(このごろ)》は、付《つけ》物、年《とし》[八]を[3]送《(おくり)》て過差《(くわさ)》[九]ことのほかになりて、よろづの重《(おもき)》物を多《おほ》く付《(つけ)》て、左右の袖を人に持《も》たせて、身づからは鉾《ほこ》[一〇][4]をだに持《も》たず、息《いき》[一一]づき苦《くる》しむ有様《ありさま》、いと見ぐるし。

（第二百二十二段）

竹谷《(たけだに)》[一二]の乗願房《(じようぐわんばう)》、東二条《(とうにでう)》[一三]の院へ参られたりけるに、「亡者《(まうじや)》[一四]の追善には、何事か勝利[一五]多《おほ》き」と尋《(たづね)》させ給《(たまひ)》ければ、「光明真言《(くわうみやうしんごん)》[一六]、宝篋印《(ほうけふいん)》[一七]陀羅尼《(だらに)》」と申されたりけるを、弟子ども、「[一八]いかにかくは申《(まうし)》給ける

二二 賀茂祭。第百三十七段(二一四頁)注一五参照。
二三 検非違使庁で犯人捜査などに従事した下部。刑期を終えて釈放された者を用いたのでこの称がある。
二四 飾り。建武年中行事にも「検非違使一条の大路を渡る。桙(ほこ)もちいろいろの物つけさせたり」とある。

一 馬の尾やたてがみ。
二 灯心を使って。細藺のしんで作った。七十一番職人歌合・四十番右に「灯心うり」があり、「とうしみ」と歌う。
三 蜘蛛の巣を描いた。
四 狩衣を簡素化した衣服。
五 野槌等に「蜘蛛のいに荒れたる駒は繋ぐとも二道かくる人は頼まじ」という古歌の心。
六 大学の明法道を終えて、衛門府の志(さかん)＝第四等官)と兼ねて検非違使の志に補任された者。「凡そ志は使庁の諸公事を奉行するの故、当道(明法道)を以て其の撰と為す。此を道志と号する也」(職原抄・下)。
七 他本本文によっても解し難い。あるいは「興じ」の当字か。
八 年を追って。
九 贅沢。第九十九段注三参照。
一〇 放免が当然持つべき鉾をすら持たず。
一一 あえぎ苦しんでいる。

第二百二十二段　女院の質問に対し、自宗にこだわらず、他宗の功徳を挙げた宗源の話。
一二 宗源。藤原長方の男。建長三年(一二五一)没、八十四歳。「竹谷」は清水寺の東南の谷。
一三 藤原公子。後深草天皇の中宮。嘉元二年(一三〇四)没、七十三歳。沙石集二ノ八では、「勅宣」があったとする。
一四 故人の冥福を祈って営む仏事供養。
一五 功徳。御利益。「一乗法花ヲ転読シテ七社権現ニ祈誓セバ、何ドカ勝利ナカランヤ」(源平盛衰記四)。

ぞ。「念仏に勝《まさ》ることさふらふ《(う)》まじ」とは、など申給はぬぞ」と申ければ、「一九わが宗なれば、さこそ申さまほしかりつれども、まさしく、二〇称名《(しようみやう)》を二一追福に修《(しゆ)》して二二巨益《(こやく)》あるべしと説ける経文を見及《をよ》ばねば、「何《なに》に見《み》えたるぞ」と重《かさ》ねて問《と》はせ給はば、いかゞ申さむと思《おも》ひて、二三本経の[5]確《たし》かなるに付《つ》きて、この真言、陀羅尼をば申つるなり」とぞ申されける。

（第二百二十四段）

二四陰陽師《(おんやうじ)》二五有宗《(ありむね)》入道、二六鎌倉《かまくら》より上《のぼ》りて、尋《たづ》ねまうで[6]来《きた》りしが、二七まづさし入《(いり)》て、「[7]この庭のいたづらに広《ひろ》きこと、二八あさましく、あるべからぬこと也。二九道を知《し》る者《もの》は、植《う》ふ《(う)》ることを努《つと》む。[8]細道《ほそみち》一《ひと》つ残《のこ》して、皆畠《みなはたけ》に作《つく》り給へ」と諫《いさ》め侍《(はべり)》き。

一六 詳しくは、不空大灌頂光明真言。「或亡者ノ孝養ニ説法シケル事侍シニ、夢ニ、光明真言ノ行ト説法トノ故ニ、三ノ苦ノ中ニ二ハタスカリタリト見ヘタル事侍シ」(雑談集九)。
一七 宝篋印陀羅尼経の神呪。
一八 どうしてそのように申しあげなさったのですか。
一九 念仏は自身の宗旨であるから。
二〇 念仏。
二一 追善供養に修して。
二二 大きな功徳があるであろう。
二三 論・疏の中で解釈の根拠となる経文。

第二百二十四段 庭を空地のまま放置すべきではなく、畠とすべきであるという有宗入道の忠告。
二四 第百六十三段注二七参照。
二五 安倍有宗。晴宗の男。生没年未詳。
二六 有宗入道は鎌倉幕府に仕えていた陰陽師か。
二七 入ってくるやいなや。
二八 あきれた、よくないことである。
二九 物の道理を知っている者は役立つ草木を植える努力をするものだ。「南宮适、孔子に問ひて曰はく、…禹と稷とは躬ら稼して天下を有《(も)》つ。夫子答へず」(論語・憲問)。

1 にて—して(常)　2 今日し—けふも(常) 今日も(烏)　3 送て—追て(常)　4 をたに—たにも(常)　5 の—ナシ(常)　6 きたり—たり(常)　7 の—ナシ(常)　8 ほそみちひとつ—道ひとつを(常)

まことに、少《すこ》しの地をいたづらに[一]置《を》かむことは、[1]利益《(りやく)》なきこと也。食《く》ふ物、[二]薬種などを植《う》へ《(ゑ)》置《を》くべし。

（第二百二十五段）

[三]多[2]久資《(おほのひさすけ)》が申《(まうし)》けるは、[四]通憲入道、舞の手の中に、興ある[3]手どもを選《えら》びて、[五]磯《いそ》の禅師《(ぜんじ)》といひける女に教《おし》へて、舞《ま》はせけり。白《しろ》き[六]水干《(すいかん)》に[4][七]さう巻をさゝせ、[5][八]烏《ゑ》帽子《ぼうし》を引《ひ》き入《(いれ)》たりければ、男舞《おとこまひ》とぞいひける。禅師が娘《むすめ》、[九]静《しづか》といひける、この芸を[6]継《つ》ぎけり。これ、[一〇]白拍子《(しらびやうし)》の[7][一一]根《(こん)》元《げん》なり。[一二]仏神の本縁を歌《うた》ふ。其《(その)》後、[一三]源光行《(みなもとのみつゆき)》、[8]多《おほ》く本を作《つく》れり。[一四]後鳥羽院の御作もあり。[一五]亀菊に教《おし》へさせ給《(たまひ)》けるとぞ。

（第二百二十六段）

一 利用せずに放置することは。 二 薬の材料。ここでは、薬草の意。兼好の医療への関心を窺わせる。「庵の下に少し地を占め、あばらなる姫垣を囲ひて園とす。即ちもろもろの薬草を植ゑたり」(兼良本方丈記)。

第二百二十五段　多久資が語った白拍子の起源。

三 楽人。永仁三年(一二九五)没、八十二歳。 四 信西。俗名藤原通憲。平治元年(一一五九)横死、享年未詳。 五 平家物語十二・土佐房被斬にその名が見える。

六 第二百二十一段注四参照。

七 鍔のない短刀。鞘巻(さやまき)に同じ。七十一番職人歌合・四十五番左に「鞘巻きり」があり、「当時はやらで得分もなき細工かな」という。

八 烏帽子をかぶったので。「家貞ハ布衣下ニ、萌黄ノ腹巻衛府ノ太刀佩(はき)、烏帽子引入(ひきいれ)袖纈(くくり)テ」(源平盛衰記一)。

九 源義経の愛妾として知られる静御前。

一〇 平安末期に流行した歌舞芸能。七十一番職人歌合・四十八番左に見える。

一一 起源。以上の記述は、あるいは平家物語一・祇王に語る白拍子の起源と関連があるか。

一二 仏や神の縁起。 一三 寛元二年(一二四四)没、八十二歳。

一四 第四十八段注一〇参照。

一五 後鳥羽院の愛妾と伝えられる白拍子。慈光寺本承久記に、その所領問題が承久の乱の発端であると語る。沙石集・拾遺四十八話には、後鳥羽院の時の「本所ノ者ノ中ニ、名人ナリケル」が承久の乱後落魄して、白拍子の鼓を打って地方めぐりしていたことが語られている。

第二百二十六段　平家物語の著者と平家琵琶の起りについての伝承。

一六 天皇在位期間のみならず、院政期をも含めていうか。すると、寿永二年(一一八三)から承久三年(一二二一)まで。

一七 「信濃前司」(前信濃守)と呼びうる行長は不明。藤原行隆の男で下野守従五位下であった行長のことかと考えられている。生没年未詳。

[一六]後鳥羽院御時、[一七]信濃前司行長《（しなののぜんじゆきなが）》、[9]稽古《（けいこ）》[一八]の誉《ほま》れ有《（あり）》けるが、楽府《（がふ）》[一九]の御論《（みろん）》義《（ぎ）》の番[二〇]に召《め》されて、七徳舞《（しちとくのまひ）》[二一]を二《ふた》つ[10]を忘《わす》れたりければ、五徳《（ごとく）》[二二]の冠者《（くわんじや）》と異名[二三]を付《つ》きにけるを心憂《う》きことにして、学問[二四]を捨《す》てゝ遁世したりけるを、慈鎮和尚《（じちんくわしやう）》[二五]、[11]一芸ある者《もの》をば下部《（しもべ）》[12]までも召《め》し置《を》きて、不便《（ふびん）》にせさせ給《（たまひ）》ければ、此《（この）》信濃入道を扶持[二六]し給けり。

[13]この行長入道、平家[二七]の物語《がたり》を作《つく》りて、生仏《（しやうぶつ）》[二八]といひける盲目[二九]に教《おし》へて、語《かた》らせけり。[三〇]さて、山門[三一]のことを[14]ことにゆゝしく[三二]書《か》けり。九郎[三三]判官のことは詳《くは》しく知《し》りて、書《か》き載《の》せたり。蒲《かば》[三四]の冠者の[15]方はよく知《し》らざりけるにや、多《おほ》くの[16]ことども記《しる》し洩《もら》せり。武士のこと、弓馬[三五]の業《わざ》は、生仏、東国の者《もの》にて、武士に問《と》ひ聞《き》きて、書《か》ゝせけり。かの生仏が生《むま》れつきの声《こゑ》を、今《いま》の琵琶《びは》[三六]法師《ほうし》は学《まな》びたるなり。

一八 学問に秀でているという栄誉。
一九 白氏文集の新楽府に関して、天皇や上皇の前で行われる討論。承元四年(一二一〇)三月十五日に楽府問答の行われたこと、建保六年(一二一八)六月三日に白氏文集論義の行われたことが知られている。
二〇 ある問題点につき議論する一対の討論者。
二一 白氏文集・新楽府五十篇の第一。
二二 七徳を二つ欠いた五徳の冠者という嘲弄の心。「冠者」は元服(加冠)した若者の意だが、ここでは軽侮していう。後鳥羽院の時代には天竺冠者とあだ名された巫覡の徒もいた。 二三 人々があだ名を付けたことを。
二四 学業を放棄して。 二五 慈円の諡。第六十七段注二七参照。 二六 生活の面倒を見ておやりになった。
二七 軍記物語の平家物語。異本の多いことで知られるが、兼好がどのような平家物語に触れていたかは確かめられない。以下の叙述から想像すれば、語り本系か。延慶本や長門切と呼ばれる本文も既に存在していたと考えられる。
二八 生仏の出自については諸説あるが、未詳。
二九 盲僧。なお、第二百三十二段(三〇〇頁)注七参照。
三〇 それで。 三一 比叡山延暦寺。第四十七段注五参照。
三二 とくに詳しく書いた。
三三 源義経。平家追討に大功を立てたが、兄頼朝に疎まれて奥州に逃れて、文治五年(一一八九)衣川で自殺。行年三十一歳。

1利益—益(烏) 2久資—久資入道(常) 久助(烏) 3手—事(烏) 4さう巻—さやまき(常) 5ゑほうし—ゑほし(常) 烏帽子(烏) 6つきけり—つたへけり(常) つげり(烏) 7根元—根本〈元イ〉(常) 8おほく本—おほくこと(常) おほくの事(烏) 9行長—長行(常) 10を—ナシ(烏) 11に—ナシ(常) 12までも—なれ共(常) 13行長—長行(常) 14ことに—ナシ(常) 15方—事(常・烏) 16こととも—ことゞもを(烏)

（第二百二十七段）

六時礼讃《ろくじらいさん》[一]は、法然[二]上人の弟子、安楽《あんらく》[三]と云《いひ》ける僧、経文を集《あつ》めて造《つくり》て、勤《つとめ》にしけり。其《その》後、太秦《うづまさ》[四]の善観房[五]といふ僧、節博士《ふしはかせ》[六]を定《さだ》めて、声明《しやうみやう》[七]になせり。一念[八]の念仏の最初也。後嵯峨[九]の[1]院御代より始《はじ》まれり。法事讃《ほふじさん》[一〇]も、同《おな》じく善観房始《はじ》めたるなり。

是[一一]にもみせけし也。

（第二百二十八段）

千本《せんぼん》[一二]の尺迦《しやか》[一三]念仏は、文永[一四]の比《ころ》、[2]如輪《によりん》[一五]上人、これを始《はじ》められけり。

（第二百二十九段）

三四 源範頼。建久四年（一一九三）兄頼朝により伊豆に追放され、殺された。享年未詳。三五 武芸。
三六 平曲を語る盲僧。七十一番職人歌合・二十五番左に見える。平家物語の形成過程を語る本段の記述は、文学史上きわめて注目される。説話的ではあるが、多分に真実を含むか。

第二百二十七段 六時礼讃と法事讃の起源。
一 晨朝・日中・日没・初夜・中夜・後夜の六時、仏を礼拝し、讃歎する際に唱える偈頌。
二 第三十九段注五参照。
三 法然の弟子。遵西《じゅんさい》。外記入道中原師秀の男。後鳥羽院の官女がその念仏を聴聞、発心剃髪したので、院の怒りを買い、住蓮とともに捕えられ、斬られた。「この念仏は後鳥羽院の御代の末つ方に、住蓮安楽などいひし、その長として弘め侍りけり」（野守鏡）。
四 洛西、双ヶ丘の南の地。広隆寺がある。あるいは同寺を意味するか。本尊は聖徳太子像。秦河勝の創建と伝える。五 伝未詳。六 節を定め、墨譜を作って。
七 仏教の儀式・法要で唱える声楽。
八 一念義の念仏。一念義は法然の弟子のうち、一度念仏を唱えただけで往生できると説く一派。
九 第百六十九段注二一参照。
一〇 詳しくは、転経行道願往生浄土法事讃。善導作。
一一 底本の注記。

第二百二十八段 千本釈迦念仏の起源。
一二 千本釈迦堂。正しくは、瑞応山大報恩寺。本尊は釈迦如来。承久三年（一二二一）求法上人義空の開創。
一三 「南無釈迦牟尼仏」と唱える念仏。
一四 「文永」は一二六四年二月二十八日から一二七五年四月二十五日まで。亀山・後宇多天皇の代の年号。
一五 澄空。生没年未詳。

よき[一六]細工は、少《すこ》し[一七]鈍《にぶ》き刀を使《つか》ふ[3]といふ。[一八]妙観《(めうくわん)》が刀[4]は、[一九]いたく立《た》ゝず。

(第二百三十段)

[二〇]五条内裏には[二一]化物《ばけ》ありけり。[二二]藤大納言殿《(とうだいなごんどの)》語《かた》られ侍《(はべり)》しは、殿上人《(てんじやうびと)》ども、[二三]黒戸《くろど》にて[5]碁《ご》を打《う》ちけるに、御簾《みす》を挑《かゝ》げて見《み》る物あり。「誰《た》そ」と見向《む》きたれば、狐、人の様に[二四]つゐ《(い)》ゝて、さしのぞきたるを、「あれ、狐よ」と[二五]どよまれて、惑《まど》ひ逃《に》げにけり。[二六]未練《(みれん)》の狐、化《ば》け損《そん》じ[6]たりけるにこそ。

[二七]是も二本は有リレ之。

第二百二十九段 細工の名人が使う刀は少し鈍いものであるという聞書。

一六 彫刻師。

一七 鋭利でない刀。「大直は屈れるが若く、大巧は拙の若く、大弁は訥の若し」(老子)というのにも近い考えか。

一八 宝亀十一年(七八〇)摂津国の勝尾寺講堂の観自在菩薩像・四天王像を刻し、その像の前で遷化したと伝えられる(元亨釈書二十八)妙観をさすか。

一九 深くは切れない。

第二百三十段 五条内裏に化けそこなった狐が現れたという話の聞書。

二〇 五条大宮内裏。五条の北、大宮の東にあった。

二一 妖怪変化。古今著聞集十七・変化第二十七には、二条天皇の代に南殿に出た化物の話(五九八話)、八条殿に古狸の化物が出た話(六〇二話)、化狐の話(六〇六話)などを語る。それらに通ずる興味から書き留められたか。

二二 藤原(二条)為世。建武五年(一三三八)没、八十九歳。「藤大納言殿」という呼び方は、兼好家集に「藤大納言どのゝ松のお花見におはせしに、さそはれたてまつりて」と見える。「語られ侍しは」と、助動詞「き」の連体形「し」を用いているので、作者が直接聞いたことと考えられる。

二三 黒戸御所。第百七十六段注一参照。

二四 膝をついて座って。

二五 騒がれて。

二六 化けることに未熟な狐。

二七 底本の注記。

1院—院の(常・烏)　2如輪—如林(常)　3といふ—ナシ(常)　4は—ナシ(常)　5こ—囲碁(常) 棊(烏)　6たりける—たる(常) ける(烏)

(第二百三十一段)

[一]園《その》の別当入道は、[二]さうなき包丁《(はうちやう)》師《し》也[1]。ある人のもとにて、[三]いみじき鯉《(こひ)》を出《いだ》したりければ、皆人《みな》、別当入道の[四]包丁を見ばやと思へども、[五]たやすくうち出《い》でんもいかゞと、ためらひけるを、別当入道[六]さる人にて、「此程《(このほど)》[七]百日の鯉を切《き》り侍《(はべる)》を、[八]今日闕《か》き侍べきにあらず。[九]枉《ま》げて申《(まうし)》請《う》けん」とて、切《き》られた[2]りける、いみじく[一〇]つきぐ〵しく、興《けう》ありて、人ども思《おも》へ[3]りけると、ある人、[一一]北山の太政入道殿に語《かた》り申されたりければ、「かやうの事[4]、[一二]を《(お)》のれ[5]はうるさく覚《おぼ》ゆるなり。[一三]「切《き》りぬべき人なくは、たべ。切《き》らん」と言《い》ひたらんは、[6]猶《(なほ)》よかりなむ。[一四]何条《(なでふ)》百日の鯉を切《き》らんぞ」との給《(たまひ)》たりし、お《(を)》かしく覚《おぼ》えしと、人の語《かた》り給ける、いとお《(を)》かし。

第二百三十一段　人々の意向を察知した園別当入道の如才ない振舞いに対する北山太政入道の批評と作者の感想。

一 藤原(園)基氏か。基氏は弘安五年(一二八二)没、七十二歳。ただし、基氏の孫権中納言基藤も検非違使別当となっている。彼は正和五年(一三一六)没、四十一歳。

二 並ぶ者のない料理の名人。七十一番職人歌合・五十七番左に「はうちやうし」があり、「庖丁には、魚も鳥も、いくらもよせ有ぬべきを、二首ながら鯉をよめる、才覚なきにゝたり」と評されている。

三 すばらしい鯉。鯉は料理で珍重された。第百十八段注五参照。

四 料理の手並みを見たい。庖丁さばきを見たい。「一条院御時、於二清涼殿一、有二御酒宴一之日、讃岐守高雅朝臣奉レ仕庖丁一」(古事談一)、「家成卿、右兵衛督にて侍りけるに、庖丁すべきよし沙汰ありけれども、辞申けるを、ある殿上人、鯉を彼卿の前に置きてけり」(古今著聞集十八ノ六二六)。

五 軽々しく言い出すのもどんなものかと。

六 たいした人で。ここでは、たいそうさばけた人で、というような気持。

七 百日間続けて鯉を料理すること。和歌における百首歌などと同様に、庖丁道の修行の一手段として行われたか。梁塵秘抄口伝集には「百日の歌」「千日の歌」という言い方が見える。

八 今日怠るべきではありません。

九 是非とも料理の役をさせて頂きたい。

一〇 その場にふさわしく、感興をそそられると、人々が思った。

一一 藤原(西園寺)実兼。第百十八段注一一参照。彼は基氏よりは三十八歳年少、基藤よりは二十八歳年長。

一二 自分にはわずらわしく思われる。

一三 切りそうな人がいないのなら、わたしにください。

一四 何で百日の鯉を切ろうなどと言うのか。

大方、振舞《(ふるまひ)》[一五]て興あるよりも、興《けう》なくて安《やす》らかなるが勝《まさ》りたる事[7]也。客人《まれ(びと)》[一六]の饗応《(きやうおう)》[8]なども、ついで[一七]おか《(を)》しきやうに取《と》りなしたるも、まことによけれども、たゞ[一八]その事となくて取《と》り出《い》でたる、いとよし。人に物を取《と》らせたるも、つゐ《(い)》でなくて、「これ[9]、たてまつらん」と言《い》ひたる、まことの心ざし也。惜《お》[一九]しむよしして乞《こ》はれんと思ひ、勝負[二〇]の負《ま》けわざにことづけなどしたる、むつかし。

（第二百三十二段）

すべて[二一]、人は無智無能なるべきものなり。

ある人の子の、見《み》ざまなど[二二]悪《あ》しからぬが、父の前《まへ》にて人と物言《い》ふ[10]とて、史書[二三]の文《(もん)》を引《ひ》きたりし、賢《さか》しくは聞《きこ》えしかども、尊者《(そんじゃ)》[二四]の前《まへ》にては、さらず[二五]とも覚《おぼ》えし也。

一五 気取って行動して面白いことよりも。
一六 お客へのもてなし。
一七 丁度よい機会であるように意味づけしたのも。
一八 ただ何ということもなく取り出したのが、たいそうよい。
一九 惜しむふりをして相手からほしいと言われようと考えたり。
二〇 勝負事で負けた側が勝った側にする饗応にかこつけなどして与えるのは、わずらわしい。

第二百三十二段 きざな物の言い方の戒め。
二一 総じて、人は知識や才能がないように振舞うべきである。
二二 外見など悪くはないのが。
二三 歴史書の本文を典拠として引いたのは。
二四 目上の人。「孔子、郷党に於いて恂恂如たり」（論語・郷党）。文段抄に、「郷党」を「父兄宗族の在所」と言い換えて引き、「…といへるをおもふべし」とする。
二五 そのようなことをしなくともよいのにと思われた。

1包丁し―庖丁者（烏） **2**たり―ナシ（常・烏） **3**ける―けり（常） **4**事―ことの（常） **5**うるさく―世にうるさく（常・烏） **6**猶―ナシ（常） **7**事―ナシ（常） **8**饗応（常・烏）―饗膺 **9**これ―是を（烏） **10**物―物を（常）

又、ある人のもとにて、琵琶《びは》[一]法師の物語を[1]聞《き》かむとて、琵琶《びは》を召《め》し寄《よ》せたるに、柱《ぢう》[二]の[2]一《ひと》つ落《お》ちたりしかば、「作《つく》りて付《つ》けよ」と言《い》ふに、ある男の中《なか》に悪《あ》[三]しからずと見《み》ゆるが、「古《ふる》[四]き[3]杓《ひさく》の柄《ゑ》ありや」など言《い》ふを見《み》れば、爪《つめ》[五][4]を[5]生《お》ほしたり。琵琶《びわ》[六]など弾《ひ》くにこそ。盲《めくら》[七]法師《し》の琵琶《びは》、其《その》[八]沙汰にも及《をよ》ばぬことなり。道[九]に心えたるよしにやと、か[一〇]たはらいたかりき。杓《ひさく》[一一]の柄《ゑ》はひもの木とかやいひて、よからぬものに[6]ぞ、ある[7]人仰《おほせ》られし。

若《わか》き人は、少《すこ》しの事も、よ[一二]く見《み》え、悪《わろ》く見ゆるなり。

（第二百三十三段）

[一三]よろづの咎《とが》あらじと思《おも》はゞ、何事《なにごと》にもまこと[一四]ありて、人[一五]を分《わ》かずうや〳〵しく、言葉《こと》[一六]少《すくな》からんにはしかじ。男女老少、皆《みな》[一七]さる人こそ

一 平家物語など語り物を芸とする僧形の遊芸者。第二百二十六段注三六参照。
二 琵琶の胴に立てて弦を支える具。普通は四つだが、平曲の琵琶では五つある。なお、第七十段(一四八頁)注一参照。　三 外見も悪くはないと見える男が。
四 「ひさく」は「ひさこ」の転で、ひしゃくの意。琵琶の柱は古杓の柄で作るという伝えもあった。「柱には檜の木をす。元はひさごの古き柄を作りけり。それもし水に浸りて油気のなければにやと、古き人言ひまされど、今はたよく枯れたる木の堅くて白きがよきなり」(木師抄)。　五 爪を長くのばしている。
六 琵琶などを弾くのであろう。箏を弾く者の心得としてではあるが、夜鶴庭訓抄に「爪の欠けぬやう、油気を寄すと申せど、箏のために又あしければ、塩湯にて時々洗ふべし」とある。
七 この語にはやや侮蔑的な響きがあるか。「哀傷の所はめくら法師が語る平家の物語にてぞある」(歌苑連署事書)。
八 そのような処置をする必要はないことである。
九 琵琶の道に通じているということを誇示しようとしているのであろうかと思われ。
一〇 傍で聞いていて聞き苦しかった。
一一 檜物師の使う白木の意かという。「ひさごの柄はひものきといひて、目細かに赤く柔かにて、とくもつひ、又きしきしと鳴り、又またなかなか油ぎりたるもあれば、わろし」(木師抄)。
一二 よく見えたり、また反対に悪く見えたりするものである。善悪につけ、若者は目立ちやすいことをいう。なお、第百九十一段注二一参照。
第二百三十三段　言葉を慎み、美しい言葉を用い、人に対して礼儀正しく振舞うことの勧め。
一三 万事欠点がないようにしようと思ったならば。
一四 誠意があって。
一五 人を区別せず礼儀正しく。「子夏が曰はく、…君子は敬して失なく、人と恭(うやうや)しくして礼あらば、四海

よけれども、ことに、[一八]若《わか》くかたちよき人の言《こと》うるはしきは、忘《わす》れがたく[一九]思《おも》ひ付《つ》かるゝもの也。

よろづの咎《とが》は、[二〇]馴《な》れたるさまに上手めき、[8][二一]所《(ところ)》得《え》たるけしきして、[二二]人をないがしろにするにあり。

(第二百三十四段)

人の物《もの》を問《と》ひたるに、[二三]知《し》らずしもあらじ、ありのまゝに言《い》はむは[二四]お《(を)》こがましとにや、[9][二五]心迷《まよ》はすやうに[10]返《かへ》り事《ごと》したる、よからぬことなり。知《し》りたることも、[二六]なを《(ほ)》定《さだ》かに[11]〔と〕思《おも》ひてや問《と》ふらん。又、まことに知《し》らぬ人も、などかなからむ。[二七]うららかに言《い》ひ聞《き》かせたらむは、[二八]おとなしく聞《きこ》えなまし。

人はいまだ聞き《きゝ》及《をよ》ばぬことを、[二九]わが知《し》りたるまゝに、[三〇]「さても、

の内は皆兄弟たり」(論語・顔淵)、「子の曰はく、言忠信、行篤敬なれば、蛮貊《ばんばく》の邦と雖ども行はれん」(同・衛霊公)、「凡そ人の為に常に恭敬の儀を致して、慢逸の心を生ずること勿れ」(九条右丞相遺誡)。

一六 口数が少ないのにこしたことはないであろう。第一段(七八頁)注二五参照。 一七 そのような人。

一八 若く顔形のよい人で言葉遣いがきちんとしているのは。第二百三十二段の二人の男は若く容姿もよかったが、物言いに難点があった。

一九 慕わしい気になるものである。「思ひ付く」は第三十七段注二五参照。 二〇 物馴れた様子でそのことは得意であるというふうに振舞い。

二一 いかにもその場にふさわしいという態度で。

二二 人を軽んずることにもとづくのである。具体的には、第七十八段後半などで批判されている「世馴れず、よからぬ人」の態度を念頭に置くか。

第二百三十四段 他人の質問に対して明確に答えることの勧めと、独り合点の言い方の戒め。

二三 知らない訳ではあるまいに。

二四 馬鹿らしいと思ってであろうか。

二五 判断に迷うように返事をするのはよくないことである。

二六 さらに確かに知ろうと思って問うのかもしれない。

二七 はっきりと。明瞭に。

二八 物を心得ていると聞えるであろう。

二九 自分が知っているからには当然相手も知っているだろうと独り合点して。

三〇 それにしても、その人に関するあの事柄の驚きあきれたこと。

1をーナシ(常) 2ひとつーナシ(常) 3ひさくーひさこ(常) 4をーナシ(常) 5おほしたりーおほしたる(常) おふしたり(烏) 6そーとぞ(烏) 7人ー人は(常) 8所ー心(常) 9まよはすーまとはす(常・烏) 10かへりことー返事(常) 11と(常・烏)ーナシ

其《(その)》人の事のあさましさ」[一]などばかり言《い》ひやりたれば、「[二]いかなることのあるにか」[1]と、[三]押《お》し返《かへ》し[2]問《と》ひやるこそ、[四]心づきなけれ。[五]世《よ》に古《ふ》りぬることをも、を《(お)》のづから聞《き》き洩《も》らすあたりもあれば、[六]おぼつかなからぬやうに告《つ》げやりたらむ、悪《あ》しかるべきことかは。かやうのことは、[七]物馴《ものな》れぬ人のあることなり。

（第二百三十五段）

[八]主《ぬし》ある家には、[九]すゞろなる人、[一〇]心《こゝろ》のまゝに入《い》り来《く》ることなし。主《あるじ》なき所には、[一一]道行《みちゆ》き人《(びと)》みだりに立《た》ち入《い》り、[一二]狐《きつね》、梟《ふくろう》やうの物も、[一三]人気《(ひとげ)》に塞《せ》かれねば、[一四]所《(ところ)》得《え》がほに入《い》り住《す》み、[一五]木霊《こたま》などいふけしからぬ形《かたち》も顕《あらは》るゝ物也。

又、[一六]鏡《かゞみ》には色、形《かたち》なきゆへ《(ゑ)》に、よろづの影来《かげきた》りて映《うつ》る。鏡に色、

一 などとだけ漠然と言い送るものだから。
二 一体どんなことがあるのですか。
三 折り返し問い合わせの使い（手紙）を出すのは。
四 おもしろくない。不愉快である。主として、問い合わせねばならない者の気持をいうか。
五 世間で古くなってしまっていることをたまたま聞き洩らす人もいるのだから。兼好がそのような人をむしろ「心にくし」と感じていたことは、第七十八段によって知られる。 六 はっきりしない点のないように告げてやることは。 七 世事に通じていない人にありがちなことである。第七十八段にも「世馴れず、よからぬ人の、かならずあることなり」とあった。

第二百三十五段　心の実体の有無について。
八 主人のいる家。 九 かかわりのない人。
一〇 勝手気ままに入って来ることはない。 一一 通行人も勝手に立ち入り。 一二 狐・梟といったたぐいの物も。
一三 人のけはいが無いものだから、邪魔されないで。
一四 いかにもふさわしい場所を得たという様子で入り込んで住みつき。
一五 こだまなどというあやしい物も現れるのである。「木霊」は古木に宿ると信じられていた精霊。この部分は源氏・蓬生で、末摘花の邸宅の荒廃を述べた、「もとより荒れたりし宮の内、いとど狐の住みかになりて、うとましうけ遠き木立に、梟の声を朝夕に耳馴らしつつ、人げにこそさやうの物もせかれて影隠しけれ、木霊など、けしからぬ物ども所得て、やうやう形を顕し、ものわびしき事のみ数知らぬに」との叙述に基く。
一六 「譬へば明鏡の上に諸の色像を現ずること有るが如し」（観心略要集）、「何かそれ映らぬ影ぞなかりける心や澄める鏡なるらん」（弘長百首・藤原行家）。
一七 空間は何も無いから物を容れることができる。虚空と心との類似を述べたものとして、梅尾（栂尾）明恵上人伝記・上での西行の語とされるものに、「紅虹タナビケバ虚空色ドレルニ似タリ。白日カヽヤケバ虚空明ナルニ似タリ。然ドモ虚空ハ本明ナル物ニモ非ズ、又

形《かたち》あらましかば、映《うつ》らざらまし。[3]虚空《(こくう)》[一七]、よく物を容《い》る。我等《(われら)》が心に念ゝ[一八]のほしきまゝに来《きた》り浮《うか》ぶも、[一九]心《こゝろ》といふもののなきにやあらむ。[二〇]心《こゝろ》に主《ぬし》あらましかば、胸《むね》の内《うち》に[4]そ[二一]こばくのことは入来《(いり)きた》らざらまし。

（第二百三十六段）

丹波に[二二]、出雲《いづも》[二三]といふ所あり。大社《おほ(やしろ)》[二四]を移《うつ》して、めでたく造《つく》れり。[二五]しだのなにがしとかや領《し》る所なれば、秋の頃《ころ》、聖海《(しやうかい)》[二六]上人、其外《(そのほか)》も人あまた誘《さそ》ひて、「[二七]いざたまへ、出雲拝《をが》み給へ。[5]搔餅《かいもちゐめ》[二八]召させん」とて具《ぐ》[二九]しもていきたるに、[6]をの《(お)》〲拝《をが》みて、[三〇]ゆゝしく信起《お》こしたり。

御前なる師子《(し)し》[三一]、狛犬《こまいぬ》、背《そむ》きて後《うしろ》さまに立《た》ち[7]たりければ、上人いみじく感じて、「[三二]あなめでたや、この師子の立《た》ちやう、いと[8]めづらし

色ドレル物ニモ非ズ。我又此虚空ノ如ナル心ノ上ニヲイテ種々ノ風情ヲ色ドルト云ヘドモ更ニ蹤跡ナシ」とある。なお、沙石集にも、「明鏡ニ像ノ迹ナク、虚空ノ色ニソマザルガゴトク、身ト心ヲ練シナス、マコトノ道心ナルベシ」(拾遺三十七話)という。一八 さまざまな思念が勝手気ままにやって来て浮ぶのも。

一九 心というものが本来無いからであろうか。二〇 丁度家に主がいるように、もしも心に主があったならば。

二一 それほど多くのことは入り込んでこないであろう。

第二百三十六段 丹波の出雲神社に参詣した聖海が、子供の悪戯とも知らず、変った立ち方をした狛犬に感動したという滑稽談。

二二 丹波国。現在の京都府と兵庫県にまたがる。

二三 現、京都府亀岡市千歳町出雲。出雲神社(出雲大神宮)がある。

二四 出雲大社を勧請して、立派に造営されている。出雲大社は、現、島根県簸川郡大社町杵築東にある。主神は大国主命。社殿は大社造りとして著名。

二五 しだの何某とかいう人が知行している所なので。「しだのなにがし」は未詳。

二六 伝未詳。徳大寺公継の男左少将実嗣の男聖海と、藤原安範の男聖海がいる。徳大寺家の聖海か。

二七 さあ、一緒にいらっしゃい。

二八 ぼた餅を御馳走しましょう。「いざれ高雄へ。かいもちひくれう」(古今著聞集十六ノ五二〇)。「搔餅」は、第二百十六段注三一参照。二九 連れて行ったところ。

三〇 たいそう信仰心を起した。

三一 今の狛犬。左右の狛犬のうち、左の口を開いた方が獅子。右の口を閉じた方が狛犬。

三二 ああすばらしい。

1あさましさ—あさましき(常) 2とひ—とひに(常・烏) 3虚空—虚空は(常) 4そこはく—若干(烏) 5給へ—ナシ(常) に(烏) 6いき—ゆき(常) 7たり—ナシ(常) 8めつらしく—めつらし(常・烏)

く、ふかきゆへ（ゑ）あらん」と涙ぐみて、「一いかに殿ばら、二殊勝《しゆしよう》のことは[1]御覧《ごらん》じ咎《とが》めずや。三むげなり」と言《い》へば、をの（お）く怪《あや》しみて、「誠に他《た》に異《こと》なりける。[2]四都のつとに語《かた》らむ」など言《い》ふに、上人なを（ほ）五ゆかしがりて、六おとなしく物知《し》りぬべき顔《かほ》したる神官を呼《よ》びて、「此《この》[3]社《やしろ》の師子の立《た》てられやう、七定《さだめて》習《なら》ひあることに侍らん。ちとうけたまはらばや」と言《い》はれければ、「八そのことに候《さうらふ》。九さがなき童《はらはべ》ども[4]のつかまつりける、一〇奇怪《きくわい》に[5]候事也」とて、さし寄《よ》りて据《す》へ（ゑ）直《なを》して[6]ければ、上人の感涙一一いたづらに成《なり》にけり。

（第二百三十七段）

一二柳筥《やなひばこ》に据《す》ゆる物は、一三縦《たて》さま、横《よこ》さま、物によるべきにや。「巻物などは縦《たて》さまに置《を》きて、一四木の間《あはひ》より紙捻《かみひね》りを通《とを》して結《ゆ》ひ付《つ》く。硯《すずり》も

一 なんと、皆さん。
二 このすばらしいことには注目なさらないのですか。
三 あんまりです。
四 都への土産話に話そう。
五 知りたがって。
六 年配でいかにも物を知っていそうな顔つきの。「おとなしく」は第二百三十四段注二八に近い語感でいう。
七 きっとしきたりのあることでしょう。
八 そのことでございます。
九 性わるの子供達がしでかしました。
一〇 けしからぬことでございます。
一一 無駄になってしまった。

第二百三十七段　柳筥に物を据える据え方の故実。
一二 細く削った柳の木をこよりなどで編んで作った箱。後には、その蓋になぞらえて柳の木を編み、足を付けた、物を載せる台をいう。「山藍・日かげなど、柳筥に入れて、かうぶりしたる男など持てありく」（枕草子九十二段）。
一三 「縦さま」は編んだ柳の材に平行に、「横さま」はそれと直角に置く置き方。「Tatesama タテサマ（縦様）」（日葡）。
一四 並べて編んだ木の間からこよりを通して結い付ける。
一五 未詳。「右大臣」を「内大臣」の誤りとし、藤原実重（公親男）、その子公茂、その孫実忠かとする諸説がある。実重は長らく前内大臣であったが、文保二年（一三一八）太政大臣となり、嘉暦四年（一三二九）没、七十歳。公茂は文保元年任内大臣、元亨四年（一三二四）没、四十一歳。実忠は康永二年（一三四三）任内大臣、貞和三年（一三四七）没、四十四歳。

縦《たて》さまに置《を》きたる、7筆転《ころ》ばず、よし」と、一五三条の8右大臣殿仰《おほせ》られき。一六勘解由少路《かでのこうぢ》の家の能筆の人〻は、仮《かり》にも縦《たて》さまに置《を》かるゝことなし。かならず横《よこ》さまに据《すゑ》へられ侍《はべり》き。

（第二百三十八段）

一八御随身《みずいじん》9近友《ちかとも》、一九自讃《じさん》とて、七ヶ条書《かき》留《とゞ》めたることあり。皆《みな》二〇馬芸、二一させることなきことどもなり。其《その》例《ためし》を思《おもひ》て、自讃の事七《ななつ》あり。

10一、人あまた連《つ》れて花《はな》見歩《あり》きしに、二二最勝光院《さいしようくわうゐん》の辺にて、男《おのこ》の馬《むま》を走《はし》らしむるを見て、「今一度《いまいちど》馬を11馳《は》するものならば、二三馬倒《たふ》れて、落《お》つべし。しばし見たまへ」とて、立《た》ち止《と》まりたるに、又馬《むま》を馳《は》す。止《とゞ》むる所《ところ》にて、馬を引《ひ》き倒《たを》しての12ち、泥土《でいと》の中に転《ころ》び入《い》る。二四その言《こと》葉の誤《あやま》らざることを、人皆感《みなかん》ず。

一六 正しくは「勘解由小路」。世尊寺流の藤原経尹（第百六十段注二四参照）とその一族をさすか。
一七 文字を上手に書く人。能書家。手書き。「Nôfit ノウヒツ（能筆）」（日葡）。

第二百三十八段 兼好の自讃七箇条。
一八 中臣近友。生没年未詳。「御随身」は第百四十五段注九参照。
一九 自慢する事柄。
二〇 騎馬の技芸。古今著聞集十には、「馬芸第十四」という篇目が立てられている。
二一 たいしたこともない事柄ばかりである。
二二 後白河院の妃建春門院（平滋子）の御願寺。京都東山の法住寺殿付近に造営された。承安三年（一一七三）十月二十一日落慶供養が行われ、壮麗さを謳われたが、嘉禄二年（一二二六）六月四日焼亡した。明月記・正治二年（一二〇〇）閏二月十五日の条に「最勝光院に向かひ花を見ると雖も、時に桜未だ開かず」とあり、早くから花見の場所であったらしい。
二三 馬は倒れて、乗っている男は落馬するだろう。
二四 近友の自讃が馬芸に関することだったので、同様に騎馬の話から始めたか。作者の勘の鋭さを窺わせる話。

1ふかき（常・烏）―ふるき（底）　**2**ける―けり（常・烏）　**3**社―御社（烏）　**4**つかまつり―つかうまつり（常）　**5**に候―の（常）　**6**けれは―いにけれは（常・烏）　**7**筆―筆も（常）　**8**右大臣―左大臣（常）　**9**近友―近友か（常・烏）　**10**一―ナシ、以下同ジ（常）　**11**はする―はしらしむる（常）　**12**のち―乗人（常）　乗る人（烏）

一、[一]当代《たうだい》いまだ坊[二]におはしまし比《ころ》、[三]万里少路殿《までのこうぢどの》御所なりしに、[四]堀[1]川大納言[五]祗候《しこう》したまひし御曹司《ざうし》へ、用《よう》ありてまい《ゐ》り[2]たりしに、[六]論語の四五六の巻を繰《く》り拡《ひろ》げ給《たまひ》て、「[3]只今《ただいま》御所にて、「[七]紫《むらさき》の[4]朱奪《あけうば》ふことを悪《にく》む」といふ[5]文《もん》、御覧ぜられたきことありて、御本を御覧《らん》ずれども、御覧《らん》じ[6]出《いだ》さぬは、「猶《なほ》よく引《ひ》き見《み》よ」と仰《おほせ》ごとにて求《もと》むるなり」と仰らるゝに、「[八]九の巻のそこ〳〵のほどに侍《はべる》」と申《まうし》たりしかば、「あなうれし」とて持《も》てまい《ゐ》らせ給き。

かほどのことは[九]児《ちご》どもも常《つね》のことなれ[7]ど、[一〇]昔《むかし》の人はいさゝかのことをもいみじく自讃したる也。[一一]後の鳥羽院[8]の、「[一二]御歌に、袖と袂《たもと》と一首の内《うち》に悪《あ》しかりなむや」と、[一三]定家卿に尋《たづ》ね仰られたるに、

「[一四]秋の野の草のたもとかはなすゝきほに出《い》でてまねく袖と見《み》ゆ

一「当代」は現在の天皇。ここでは、後醍醐天皇。南朝延元四年(一三三九)没、五十二歳。
二 東宮でいらっしゃった頃。後醍醐天皇の東宮時代は、徳治三年(一三〇八)九月十九日から文保二年(一三一八)二月二十五日まで。
三 正しくは「万里小路殿」。冷泉万里小路殿。冷泉の北、万里小路の西、高倉の東、大炊御門の南にあった。
四 源具親。暦応三年(一三四〇)出家、四十七歳。
五 東宮のおそばにお仕えするので詰めていらっしゃったお部屋へ。
六 第百八十八段(二六六頁)注二参照。
七 論語・陽貨に「子の曰はく、紫の朱を奪ふを悪(にく)む。鄭声の雅楽を乱るを悪む。利口の邦家を覆すを悪む」とある。「紫の…」は、間色の紫が正色の赤を圧するのが憎いの意。
八 論語の巻九には陽貨第十七と微子第十八を収める。
九 子供達も知っている普通のこと。
一〇 古人。
一一 後鳥羽上皇。第四十八段注一〇参照。
一二 歌学でいう同心病を犯していることにならないかを問うたのである。
一三 藤原定家。第百三十九段(二一〇頁)注三参照。明月記・建仁二年(一二〇二)六月十日条に「今夜夢想」として、「予申云、袖たもと詠歌不᠎二覚悟一、可レ為レ病乎否」云々の記事が存する。
一四 古今集・秋上・在原棟梁(むねやな)の歌。詞書は「寛平御時后宮の歌合の歌」。「花すすきは秋の野を彩る千草の袂なので、表面に現れて人を招く袖と見えるのだろうか」の意。
一五 何も問題ではございません。
一六「大事な時に際して典拠となる和歌を覚えていた。歌道における冥加(歌神の加護)があったのである。好運である」。明月記の一節かと推測されるが、現存の同記には見出されない。
一七 藤原伊通。長寛三年(一一六五)没、七十三歳。
一八 自身の功績などを列挙した上申書。
一九 格別なこともない条項。
二〇 京都東山にあった寺院。

らん

と侍れば、何事[一五]かさふ《(う)》らふべき」と申されたることども、[9]「時《とき》[一六]に当《あた》りて本歌を覚悟す。道の冥加《(みやうが)》也。[10]高運《(かううん)》なり」など、ことごとくし[11]記《しる》し置《を》かれ侍なり。九[一七]条相国伊通《(これみち)》公の款状《(くわんじやう)》[一八]にも、異《こと》[一九]なる事なき題目をも書《か》き載《の》せて、自讃せられたり。

一、常在光院《(じやうざいくわうゐん)》[二〇]の[12]撞《つ》き鐘の銘は、在兼卿《(ありかぬ)》[二一]の草《(さう)》也。行房《(ゆきふさ)》[二二]朝臣清書なり。[13]鋳型《いかた》[二三]に[14]移《うつ》させんとせしに、奉行《(ぶぎやう)》[二四]の入道、かの[二五]草を取《と》り出《い》でて見せ侍《(はべり)》しに、「花[二六]の外《(ほか)》に夕《(ゆふべ)》[15]に送《をく》れば、声《(こゑ)》百里に聞《きこ》ゆ」と云句《(いふ)》あり。「陽唐韻《(やうたうのゐん)》[二七]と見ゆるに、百[二八]里、誤《あやま》りか」と申《(まうし)》たりしを、[16]「〔よく〕[17]ぞ見《み》[二九]せたてまつりける、を《(お)》のれが高名《(かうみやう)》なり」とて、筆[三〇]者のもとへ言《い》ひやりたるに、「誤《あやま》り侍けり。数行《(すかう)》と[18]直《なを》さるべし」と[19]返《かへ》り事《ごと》侍き。数[三一]行[20]もいかなるべきにか。若《(もし)》[三二]、[21]数歩《(すほ)》の心歟《(か)》、おぼつかなし。

二一 菅原(唐橋)在兼。元亨元年(一三二一)没、七十三歳。「草」は草稿の意。 二二 藤原(世尊寺)行房。延元二年(一三三七)金崎城落城の際、自殺。享年未詳。 二三 行房が清書した筆跡を鋳型に取ろうとした際に。「Icata イカタ(鋳型)」(日葡)。 二四 上の命を受けて事務を執行する人。第四十八段注一二参照。 二五 在兼の草稿。 二六 春の夕べ、花の外に鐘声を送ると、その声は百里もの遠くまでも聞える。「長楽鐘声花外尽」(和漢朗詠集・春・雨・李嶠)、「夕陽残二木末一／花の陰より鐘は響きて」(菟玖波集・聯句連歌・足利尊氏)などに通うものがある句。 二七 銘文の前後の句は陽唐韻を踏んでいると見えるのに。「陽唐韻」は漢字の韻の名。三善為康の童蒙頌韻にも「陽唐七」として百五十六字を挙げる。 二八 「声聞百里」では、「里」は脂之韻だから、「百里」は誤りかと言った。 二九 お見せ申しあげたことはわたしの手柄です。 三〇 在兼をさす。 三一 「数行」もどうであろうか、余り感心しない。 三二 もしかして、「数歩」の意で「数行」と直したのか、はっきりしない。童蒙頌韻によれば、陽唐韻の「行」は連なるの意、庚耕清韻の「行」はめぐるの意を表す。

1大納言—大納言殿(常・烏) 2たり—ナシ(常) 3御所—御前(常) 4あけ—あけを(常) 5もん—文を(烏) 6いたさぬは—出さぬ(常) 出されぬ也(烏) 7と—共(常) 8の御歌に—ナシ(常) 9とも—も(常・烏) 10也—ナシ(常) 11しるし—書(常) 12つき鐘—叩鐘(常) 13なり—して(常・烏) 14うつさせん—うつさむ(常) 15に—を(烏) 16よく(烏)—ナシ(底・常) 17そみせたてまつりける—ナシ(常) 18なをさる—なをさしむ(常) 19かへりこと—返事(常・烏) 20も—か(常) 21数歩の心歟—数行ならは数のこゝろ(常)

1私[一]、数行猶《(なほ)》不審。数は四五也。鐘[二]四五歩、不ルレ幾ナラなり。只《(ただ)》遠《とを》く聞《きこ》ゆる心なり。

一、人あまた伴《ともな》ひて三塔《(さんたふ)》[三]巡礼のこと侍《(はべり)》しに、横《よ》[四]川《かは》の常行堂《(じやうぎやうだう)》[五]のうち、竜華院《(りようげゐん)》[六]と書《か》ける古《ふる》き額《(がく)》あり。「佐理《(さり)》[七]、行成《(かうぜい)》[八]の間疑《あひだうたが》ひありて、いまだ決せずと申《(まうし)》伝《つた》へたり」と、堂僧ことぐ〳〵しく[九]申侍しを、「行成ならば、裏書《うらがき》[一〇]あるべし。佐理ならば、裏書《うらがき》あるべからず」と言《い》ひたりしに、裏《うら》は塵積《つ》もり、虫の巣《す》にていぶせげ[一一]なるを、よく掃《は》き拭《のご》ひて、をの《(お)》〳〵見侍しに、行成位署《(ゐしよ)》[一二]名字年号、定《さだ》かに見《み》え侍しかば、人皆興《みなけう》に入《(いる)》。

一、那蘭陀寺《(ならんだじ)》[一三]にて、道眼《(だうげん)》[一四]聖《ひじり》談義[一五]せしに、八災《(はつさい)》[一六]と云《(いふ)》事を忘《わす》れて、2「是《(これ)》[一七]か覚《おぼ》え給《(たまふ)》」と言《い》ひしを、所化《(しよけ)》[一八]皆覚《みなおぼ》えざりしに、局《つぼね》[一九]の内《うち》より、「これ〳〵にや」と言《い》ひ3出《いだ》したれば、いみじく感じ侍き。

一 以下、作者自身の加筆か、後人の加筆か、未詳。
二 鐘四、五歩に聞えるというのでは、いくらの距離でもない。
三 比叡山延暦寺の東塔・西塔・横川を順次参拝すること。弘安四年(一二八一)七月の叡山巡礼記草などによって、中世にこのような巡礼の行われたことが知られる。
四 三塔の一。根本中堂の北。その中堂は首楞厳院で、円仁の創建。兼好は横川に住んだこともある。「よ河にすみ侍しころ、霊山院にて生身供の式をかき侍しおくにかきつく」(兼好家集)。
五 普通名詞で、常行三昧を修する堂の意。ここでは、横川にある良源建立の常行堂。
六 横川の四季講堂の別名か。
七 藤原佐理。平安時代の能書家。三蹟の一人佐蹟。長徳四年(九九八)没、五十五歳。
八 藤原行成。第二十五段(一〇四頁)注四参照。
九 仰々しく申しましたのを。
一〇 文書などの裏に書く文面。ここでは、額の裏に由来などを記した文言。
一一 見苦しげであるのを。
一二 公文書などに官位を記す法式。一定の書式があった。
一三 第百七十九段注七参照。
一四 第百七十九段注二参照。
一五 説法をした際に。
一六 禅定を妨げる八種の災い。喜・憂・苦・楽・尋・伺・出息・入息をさす。
一七 これ(八災)を覚えていらっしゃいますか。
一八 弟子の僧。
一九 聴聞者のために設けられた部屋。

[4][二〇]上人申侍《(まうしはべり)》しは、「那蘭陀寺の大門、北向也《(きたむき)》と、江師《(ごうそち)》の説とて言《い》ひ伝《つた》へたれど、西域伝、法顕伝《(ほっけんでん)》などに見《み》えず。すべて所見なし。いかなる才学にてか申されけん、おぼつかなし。唐土《たうど》の西明寺《(さいみやうじ)》は、北向勿論《(もちろん)》なり」と申き。

一、[5][二一]顕助《(けんじょ)》[6]僧正伴《ともな》ひて、[二二]加持香水《(かぢかうずい)》を見侍しに、いまだ果《は》てぬほどに僧正帰《かへ》り[7]出《い》で侍しに、[8][二三]陳《(ちん)》の戸まで[二四]僧都《(そうづ)》見えず。法師《し》どもを返して求《もと》めさするに、「[二五]同《おな》じさまなる大衆《(だいしゅ)》多《おほ》くて、[二六]え求《もと》め会《あ》はず」と云《(いひ)》て、いと久《ひさ》しく[9]て[10]出《(いで)》たりしを、「[二七]あなわびし、それ求《もと》めておはせよ」と言《い》はれし[11]に、[二八]帰《かへ》り入《(いり)》て、やがて具《ぐ》して出《い》でぬ。

一、[二九]二月《(きさらぎ)》十五日、月明《あか》き夜、うち更《ふ》けて[三〇]千本《(せんぼん)》の寺にまうでて、うしろより入《(いり)》て、ひとり[三一]顔深《かほふか》く隠《かく》して聴聞《ちやうもん》し侍《(はべり)》しに、[三二]優なる女の、姿《すがた》、匂《にほ》ひ、人より殊《(こと)》なるが、分《わ》け入て膝《ひざ》に[三三]居懸《ゐかゝ》れば、匂《にほ》ひなども移《うつ》る

二〇 以下四行は第百七十九段と同文。この重複は、あるいは初稿の状態をとどめているか。
二一 平(金沢)貞顕の息で、三条公茂(第二百三十七段注一五参照)の猶子。元徳二年(一三三〇)没、三十七歳。烏丸本は「賢助」とする。
二二 行者の心垢を洗い、菩提心を起こすために、修法に際し、散杖(灑水器から水を取って散らす杖状の仏具)で香水を加持する作法。真言密教で行われる。ここは、後七日の御修法(第六十三段注二四参照)で、天皇に対して行われるもの。金沢文庫に「加持香水内裏図」が現存する。
二三 真言院の外陣(げじん=本尊が安置されている内陣の外側。衆僧の出入口)の戸。「陳」は「陣」に同じ。
二四 顕助に同伴した僧都。
二五 同じような風体をした多くの僧達。
二六 探し求めることができない。
二七 ああ困った。
二八 戻って入って、直ちに連れて出た。これも作者の一種の勘のよさが窺われる話。
二九 釈迦が入滅した、すなわち涅槃に入った日。
三〇 千本釈迦堂。第二百二十八段注一二参照。
三一 顔を布などで隠して。
三二 優雅な女で容姿や香の薫りが他の人々よりもとくにすぐれているのが。
三三 寄り懸るので。

1私数行…なり―ナシ(常) 一字下ゲ、「私」ナシ(烏) 2是か―誰か(常) 是や(烏) 3いたしたれは―たりしかは(常) 4上人…と申き―ナシ(常・烏) 5顕助―賢助(烏) 6僧正―僧正に(常・烏) 7いて―て(烏) 8陳の戸―陣の外(常・烏) 9て―して(常) 10出(常) いで(烏)―い 11に―かは(常)

ばかりなれば、[一]便悪《びんあ》しと思《おも》ひて、すり退《の》きたるに、猶《(なほ)》[二]居寄《ゐよ》りて同《おな》じさまなれば、立《た》ちぬ。その後《ゝち》、ある[三]御所さまの古《ふる》き女房の、[四]そゞろ言《ごと》いはれしついでに、「[五]むげに色なき人におはしけりと、[六]見貶《おと》し[1]たてまつることなんありし。情《なさけ》なしと恨《うら》みたてまつる人なん[2]ある」とのたまひ[3]出《いだ》したるに、「[七]さらにこそ心え侍らね」と申《(まうし)》て止《や》みぬ。

此事《(この)》、後《のち》に聞《き》き《ゝ》侍《(はべり)》しは、かの聴聞《ちやうもん》の夜、[八]御局《つぼね》の内《うち》より、[九]人の御覧《(ごらん)》じ知《し》りて、さぶらふ女房を[一〇]作《つく》り立《た》て《ゝ》て出《いだ》し給《(たまひ)》て、「[一一]便《びん》よくは、言葉《こと》など[4]掛《か》けん物ぞ。其有様《(その)ありさま》まいり《(ゐ)》て申せ。[5][一二]いと興《けう》あらん」とて、[一三]謀《はか》り給けるとぞ。

（第二百三十九段）

一 不都合だと思って。
二 座ったまま寄ってきて、同じように寄り懸るので。
三 ある御所にお仕えする古参の女房。
四 冗談。
五 ひどく恋の情趣を解しない人。
六 お見さげ申しあげたことがあった。
七 全くこの身に思い当ることはございません。
八 聴聞者のための部屋。本段三〇八頁注一九参照。
九 あるお方が御覧になってわたしと知って。
一〇 仕立てて。
一一 いい機会があったら、兼好に言葉などを掛けるのだぞ。
一二 たいそう面白いだろう。
一三 自己をよく弁えていて、美女の誘惑に屈せず、「人」の謀に乗せられなかったことが自讃。これは第二百四十段末尾での教戒と関連するか。

第二百三十九段　八月十五夜と九月十三夜が月を賞美するのによい理由。
一四 星宿で二十八宿の一。現在の牡羊座の中の星。原中最秘抄・上・夕顔に「八月十五夜、九月十三夜、婁宿也。仙術法云、朔望晦夜等、不ㇾ行二陰陽一云々」とある（落合博志）。
一五 曇りなく明らかなので。

八月十五日、九月十三日は、[一四]婁宿《(ろうしゆく)》なり。此《(この)》宿[一五]清明《(せいめい)》なるゆへ《(ゑ)》に、月を翫《もてあそ》ぶに良夜《(りやうや)》とす。

（第二百四十段）

[一六]しのぶの浦《うら》の海人《あま》のみるめもところせく、[一七]くらぶの山も守《も》る人滋《しげ》からむに、[一八]わりなく通《かよ》はん心の色こそ、浅《あさ》からずあはれと思ふふしぐ〳〵の忘《わす》れがたきことも多《おほ》からめ、[一九]親《おや》はらから許《ゆる》してひたふるに迎《むか》へ6据《す》ゑたらむ、[二〇]いとまばゆかりぬべし。

[二一]世にありわぶる女の、似《に》げなき老法師《(おいぼふ)し》、[二二]あやしの吾妻人《あづま》なりとも、[二三]賑《にぎ》はゝしきにつきて、「[二四]さそふ水あらば」など言《い》ふを、[二五]仲人《なか》に、7何方《いづかた》も心にくきさまに言《い》ひなして、[二六]知《し》ら8［れ］ず知《し》らぬ人を迎《むか》へもて来《き》たらんあいなさよ。[二七]何事《なにごと》をか打《う》ち出《い》づる言《こと》の葉《は》にせむ。年《とし》月のつ

第二百四十段 結婚否定論と、風流な振舞いを断念することとの勧め。

一六 人目を忍ぶ恋であるから、他人の見る目も窮屈で。「しのぶの浦」は陸奥国の歌枕。「うちはへて苦しきものは人目のみしのぶの浦のあまの栲縄」(新古今集・恋二・二条院讃岐)などと歌われるので、人目を忍ぶ恋の意でこの歌枕を用い、その縁で「海人」「海松め」と続けた。

一七 暗いくらぶ山のような闇をも見守っている人の目が多い中で。「くらぶの山」は山城国の歌枕。「くらぶの山に宿りも取らまほしげなれど」(源氏・若紫)。

一八 無理に通うような情愛こそ、一通りでなくしみじみと思う点で忘れがたい思い出も多いであろうが。

一九 親兄弟が認めてひたすら妻として迎えて家に置くことは。

二〇 当の女にとってひどく気恥かしいことであろう。

二一 世の中を渡ってゆきかねている女が。

二二 身分の低い東国の人であっても。

二三 暮らしぶりが豊かであるのについて。第百四十一段注一七参照。

二四 小野小町の「わびぬれば身をうき草の根を絶えてさそふ水あらばいなむとぞ思ふ」(古今集・雑下)を引く。詞書、「文屋康秀三河掾になりて、県見(あがたみ)にはえ出で立たじやといひやれりける返事によめる」。

二五 仲人口で、男の方にも女の方にも関心をそそるような様子に言いつくろって。

二六 自分が相手に知られず、また相手を知らなかったような人。「うとくなる人を何とて恨むらん知られず知らぬ折もありしに」(新古今集・恋四・西行)を引くか。

二七 いったい何を最初に言い出す言葉としたらよいのであろうか。

1 たてまつる―奉りし(常)　2 ある―あり(常)　3 いたし―ナシ(常)　4 なと―ナシ(常)　5 いと―ナシ(烏)　6 すゑ―すみ(常)　7 に―ナシ(常・烏)　8 れ(常・烏)―ナシ

らさをも、「分《わ》[一]けこし葉山の」なども[1]相語《あひかた》らはむこそ、尽《つ》[二]きせぬ言《こと》の葉にてもあらめ。

すべて、[三]よその[2]人取《と》りまかなひたらむ、[四]うたて心づきなきこと多《おほ》かるべし。[五]よき女ならむにつけても、品下《しなくだ》[六]り、見にくゝ、年《とし》もたけなむ男は、[七]かくあやしき身のために、[八]あたら身をいたづらになさむ[3]やはと、[九]人も心劣《おと》りせられ、我身《(わが)》は向《むか(ひ)》[一〇]ゐゐたらむも、影恥《かげは》づかしく覚《おぼ》えなむ、[一一]いとこそあいなからめ。

[一二]梅の花かうばしき夜のおぼろ月にたゝずみ、[一三]御垣《みかき》が原《はら》の露分《わ》け出《い》でん在明《(ありあけ)》の空も、[4][一四]我身のさまにしのばるべくもなからむ人は、たゞ色好《この》まざらむにはしかじ。

（第二百四十一段）

一 今まで分けて来た障害の多かったことなどとお互いに語りあうことこそ。「筑波山葉山しげ山繁けれど思ひ入るにはさはらざりけり」（新古今集・恋一・源重之）などを念頭に置くか。
二 いつまでも尽きることのない愛情の言葉であろう。
三 局外者が諸事万端世話をすることは。
四 ひどく気に入らないことが多くあるであろう。
五 妻が出自や容姿などよい女であるにつけても。
六 妻よりも身分も低く、容姿も醜く、年も取っているような男。
七 このように賤しい自分のために。
八 もったいない身を台無しにするのだろうか。
九 相手も思ったよりも劣っているとつい軽蔑したくなり。
一〇 女と対座しているのも、自身の姿が恥かしく思われることは。
一一 ひどく面白くないであろう。
一二 梅の花が薫る春の夜の朧月夜、女の家のあたりに佇み。色好みの男の行動の描写で、源氏が末摘花の邸を訪れる件り、「十六夜の月をかしきほどにおはしたり。…梅の香をかしきを見出してものし給ふ」（源氏・末摘花）などの叙述を念頭に置くか。
一三 垣をめぐらした屋敷の中の女にこっそり通って、朝露を分けながら、有明の月の懸る空の下帰ってくるという体験。これも色好みの男の後朝の行動描写。柏木が女三の宮の女房小侍従に書き送った文、「一日、風に誘はれて御垣の原を分け入りて侍りしに」（源氏・若菜上）などを念頭に置くか。
一四 自身のこととして思い出すことができそうもない人、すなわち色男でない人は。

第二百四十一段 死に臨んで後悔しないよう、万事を放下して道に向かうべきことの勧め。

[一五]望《もち》月のまどかなる事はしばらくも住《(ぢゆう)》せず、やがて欠《か》けぬ。心[5]とゞめぬ人は、一夜の中に[6]さまで変《かは》るさまも見《み》え[7]ぬにやあらむ。病の重《おも》るも、[一六]住する[8]暇《ひま》なくして死期《(しご)》すでに近《ちか》し。されども、[一七]いまだ病急《(きふ)》ならず、死に赴《おもむ》かざるほどは、常住平生《(じやうぢゆうへいぜい)》の念にならひて、生《(しやう)》の中に多《(おほく)》のことを[9]成《(じやう)》じて後《のち》、[一八]閑《しづ》かに道を修《(しゆ)》せむと思《おも》ふほどに、病を受《う》けて[一九]死門《(しもん)》に臨《のぞ》む時《とき》、所願一事も成ぜず。言《い》ふ甲《か》斐《ひ》なくて、[二〇]年《とし》月の懈怠《(けだい)》を悔《(くい)》て、「このたびもし立《た》ち直《なを》りて命を全《また》くせば、夜を日に継《つ》ぎて、此《(この)》事彼《(かの)》事[10]怠《おこた》らず[11]成じてん」と[12]願を起《お》こすらめど、[二一]やがて重《おも》りぬれば、[二二]我にもあらず取《と》り乱《みだ》して果《は》てぬ。[二三]此た〔[13]ぐ〕ひのみこそ[14]あらん。

此事、[二四]先《(まづ)》人ゝ急《いそ》ぎ心に置《を》くべし。

[二五]所願を[15]成じて後《のち》、暇《いとま》ありて道に向《む》かはむとせば、所願尽《つ》くべからず。[二六]如幻《(によげん)》の生の中に、何事をかなさむ。すべて、[二七]所願皆[16]妄相《(みなまうざう)》なり。

一五 満月の完全に円い状態は少しの間も止まっておらず、月はすぐ闕けてしまう。第八十三段注三一参照。
一六 止まる時間はなくて死期は早くも近づいている。
一七 以下述べることは、第四十九・五十九・百五十五・百八十八の各段で論じたことと共通する点が多い。
一八 心静かに仏道を修行しようと思ううちに。
一九 いよいよ死のうとする時、願ったことは一つも成就していない。「死門」は死のこと。死はこの世から死後の世界へ入る関門であるのでいう。死関とも。「既に死門に及ばん時、悔しむべし」(元応本沙石集五本ノ十四)。
二〇 多くの歳月の怠りを後悔して。「懈怠」は第九十二段注九参照。
二一 そのまま重くなると。
二二 正体もなく取り乱して死んでしまう。臨終正念の反対である。
二三 世人の多くはこの類の人々ばかりであろう。「こそあらめ」とあるべきところ。係り結びの乱れの例。
二四 人々は真先に念頭に置くべきである。
二五 願望を成就したのちに暇を作って仏道に赴こうとしたならば、願望は尽きる筈がない。第二百十七段にも類似の表現があった。
二六 幻のごときこの世での生において、何事を成就できようか。
二七 願望は皆誤った想念である。「妄相」は正しくは「妄想」。

1かたらはむ—かたらむ(常)　2人—人の(常・烏)　3やはと—こそ(常)　4身の—身(烏)　5とゝめぬ—とめぬ(常)　6さまて(常・烏)—さまけて(常)　7ぬ—すらす—ナシ(常)　8ひま—ま(常)　9成し—なし(常)　10おこたらす—ナシ(常)　11成し—なし(常)　12願を—願(常)　願ひを(烏)　13く(常・烏)—ナシ　14あらん—あらめ(常・烏)　15成し—なし(常)　16妄相—忘想(常)　妄想(烏)

[一]所願心に来《きた》らば、妄心迷乱《まうしんめいらん》すと知《しり》て、一事をもなすべからず。直《ただち》に[二]万事を放下《はうげ》して道に向《む》かふ時《とき》、障《さは》りなく、[1][三]所作《しよさ》なくて、[四]心身[2]永《なが》く閑《しづか》也。

（第二百四十二段）

とこしなへに[五]違順《ゐじゆん》に使《つか》はるゝ事は、ひとへに苦楽のためなり。[六]楽といふは、好《この》み愛する事なり。これを求《もと》むること、止《や》む時なし。[七]楽《げう》欲《よく》するところ、一《ひとつ》には[八]名なり。名に二種あり。[九]行跡《かうせき》と才芸との誉《ほま》れなり。二《ふたつ》には[一〇]色欲、三《みつ》には[一一]味《あぢはひ》也。よろづの願《ねが》ひ、此《この》[3]三にはしかず。是《これ》、[一二]顛倒《てんだう》の想[4]より起《お》こりて、[一三]そこばくの煩《わづら》ひあり。[一四]求《もと》めざらむにはしかじ。

一 願望が心に萌したならば、誤った心が自身を惑わし乱していると悟って、一事もしてはいけない。この部分、第二百十七段の大福長者の語と類似している。
二 万事を放擲して仏道に向かう時。「放下」は第百十二段注一七参照。
三 無用な行為。「仏の深く誡め給ふ名聞と利養とを朝夕の所作とし」（妻鏡）。
四 「Xinjin シンジン（心身）」（日葡）。

第二百四十二段 楽しみを求めないことの勧め。
五 苦と感ずる事柄（違）と、楽と感ずる事柄（順）。「近代ノ学者、法門モ義理モ、高ク談ジ広ク論ズレドモ、違順ノ境ニアヒテ、悪愛ノ心ヤミガタキニヤ」（沙石集四ノ九）。
六 仏語の「楽」には、六情の欲する所を獲るの意がある。
七 好み願うこと。第九段注二二参照。
八 名誉。華厳経では、五欲の一として、名欲（名誉に執着する欲）を挙げる。
九 行状と才能技芸に関する名誉。
一〇 仏教で五欲の一とする。第八段注四参照。
一一 仏教では食欲を味欲と呼び、四欲、また五欲の一とする。
一二 正しくは「顚倒の相」。実相に反する誤った考え方。「この病は前世の妄想顚倒の諸の煩悩より生ずと知る」（摩訶止観八下）、「妄想顚倒ノ嵐ハゲシク、悪業煩悩ノ霜アツク侍ル間」（発心集七ノ二）、「世間ノ人ノ楽ト思ヘル事ヲヨクヨク思トケバ、顚倒ノ心ニテ、苦ヲ楽ト思也」（沙石集十本ノ四）。
一三 多くの厄介なこと。
一四 求めないのにこしたことはないであろう。

（第二百四十三段）

八《やつ》[一五]になりし年《とし》、父に[一六]問云《とひていはく》、「仏[一七]はいかなる物にか候《さうらふ》らん」と言《い》ふ。父が言《い》はく、「仏[一八]には、人のなりたるなり」と。又問《と》ふ、5「人は何《なに》として仏にはなり候やらむ」と。父又、「仏の教《おし》へによりてなるなり」と答《こた》ふ。又問《と》ふ、「教《おし》へ候《さうらひ》ける仏をば、何《なに》が教《おし》へ候ける」と。又答《こたふ》、「それも又、先《さき》[一九]の仏の教《おし》へによりてなり給ふ6なり」。又問《とふ》、[二〇]「その教《おし》へ始《はじ》め7候ける第一の8仏は、いかなる9仏に候ける」と言《い》ふ時《とき》、10[二一]「空よりや降《ふ》りけん、土よりや湧《わ》きけん」と言《い》ひて笑《わら》ふ。「問《と》ひ詰《つ》められて、11[二二]え答《こた》へずなり侍《はべり》つ」と諸[二三]人に語《かた》りて、興《けう》じき。

第二百四十三段 仏について父に質問した幼時の回想。

[一五] 兼好弘安六年（一二八三）誕生説によれば、正応三年（一二九〇）のこととなる。「八」という年齢について、野槌は、八歳で俊秀の才を顕した中国の賢人達の故事と、法華経・提婆品に説く八歳竜女成道のことを引く。なお、法華後撰集・冬には、「人のむすめのやつなりける」の歌を載せる。作者は自覚していないかもしれないが、八歳が幼年期から少年期へと進む一つの節目と考えられていたか。
[一六] 卜部兼顕。生没年未詳。
[一七] 仏はどのような物でございますか。
[一八] 仏には人が成仏してなったのである。
[一九] それ以前に成仏した仏。
[二〇] 最初にこの世界に現れた仏。法華経・序品では、「過去の無量無辺、不可思議なる阿僧祇劫の如き、その時に仏あり。日月灯明如来・応供・正遍知・明行足・善逝・世間解・無上士・調御丈夫・天人師・仏・世尊と号く」と説かれる。
[二一] 空から降ってきたのだろうか、それとも土から涌いて出たのであろうか。法華経・従地涌出品には、娑婆世界の三千大千国土が震裂して、無量千万億の菩薩・摩訶薩が同時に涌出したと説かれる。父はあるいはそのようなイメージの下にこう答えたか。
[二二] よう答えられなくなってしまいました。
[二三] 多くの人々に話して面白がった。幼時から芽生えていた、物事に疑問を抱く自身の姿と、それに誠実に応じた父の姿を回想しているのは、本書の結びとしてふさわしい。

1所作なく―ナシ(常)　2なかく閑―長閑(常)　3には―に(常)　4想―相(烏)　5人は―ナシ(常)　6なり―なりと(常・烏)　7候―ナシ(常)　8仏は―仏(常)　9仏に―仏にか(常・烏)　10空よりや―父空よりや(常・烏)　11えこたへすなり―こたへす(常)

兼好法師作也《ト》云云

此《ノ》草子一見之次、不《ル》ㇾ堪《ノ》ㇾ感《ヘ》余《ニリ》、去《ヌル》[一]永享元年冬十二月中旬比《ノ》、書写《シ》畢《ンヌ》。則《チ》[二]両三本之取《リ》合《セ》校《シテ》 以《テ》直《シ》付《ケ》畢《ンヌ》。[三]雖《モ》ㇾ然《リト》 尚以《テ》非《ル》ㇾ無《キ》二不審一也。初《メ》書写之本或《ル》仁依《リ》二所望《ニ》一与《ヘ》進《ラセ》、重《ネテ》 書写《スル》 所也。後日以《テ》二能書《ヲ》一誂《フル》二清書《ヲ》一者也

永享三年卯月十二日功終《ヘ》畢《ンヌ》

非人正徹

一 一四二九年。

二 二、三本を取り合せて校合し、誤りを訂正した。

三 けれどもなおも疑問の箇所が無いわけではない。

付録

徒然草　人名一覧

一　徒然草に登場する人名を五十音順に配列し、簡潔に解説した。

一　原則として、一般男子の場合は姓名、宮廷女房の場合は女房名、皇族の場合は諡号・院号・称号、僧侶・沙弥の場合は法名によって掲げた。

一　兼好家集の記載にも言及するように努めた。

徒然草　地名・建造物名一覧

一　徒然草に見出される地名(国名を含む)・建造物名(社寺名)を五十音順に配列し、簡潔に解説した。

一　兼好家集の記載にも言及するように努めた。

＊項目末尾の漢数字は段数を表す。

付図 1　京都周辺図

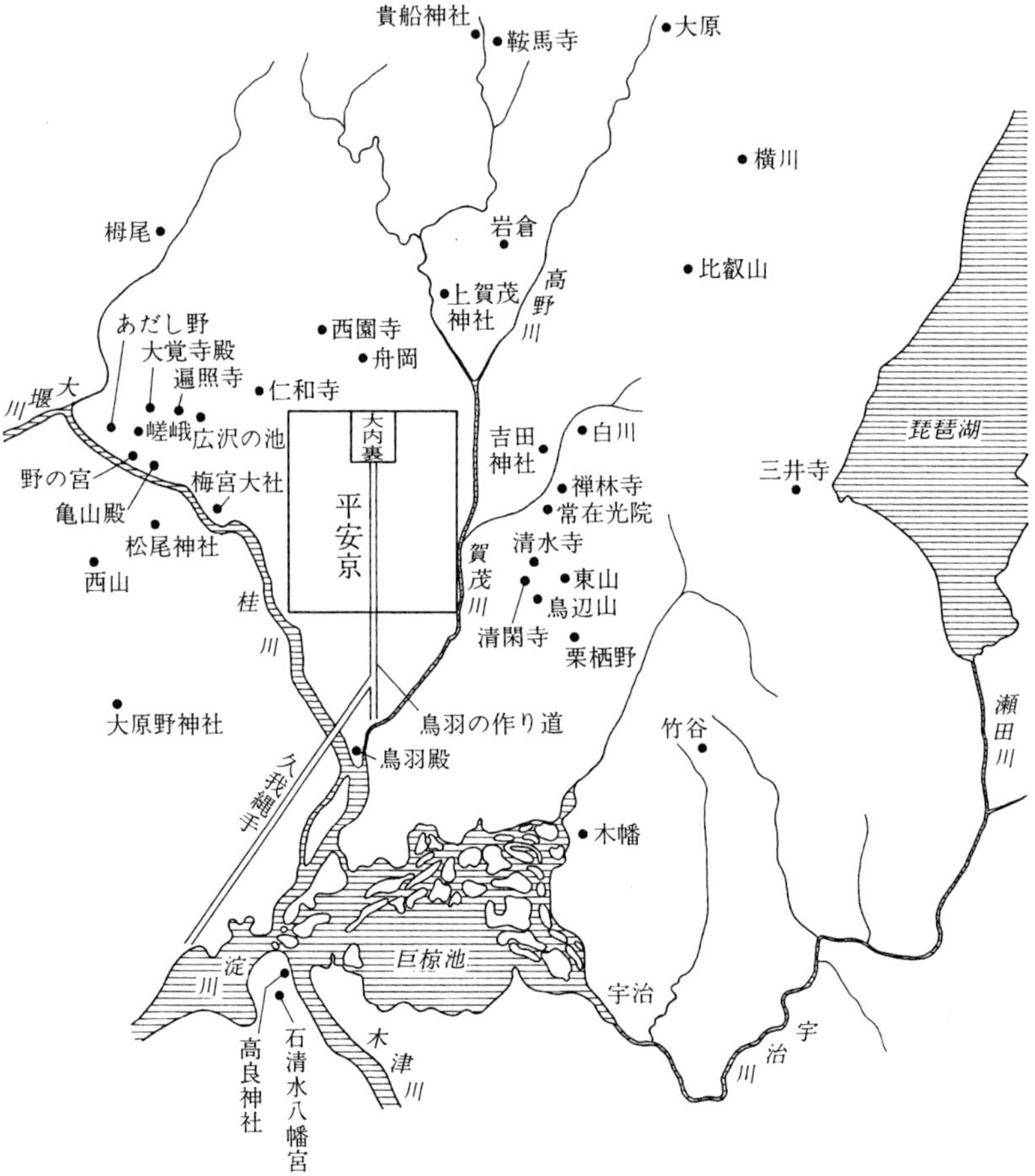
貴船神社
鞍馬寺
大原
横川
岩倉
梅尾
比叡山
上賀茂
神社
高野川
西園寺
舟岡
あだし野
大覚寺殿
遍照寺
仁和寺
大堰川
嵯峨
広沢の池
大内裏
吉田
神社
白川
琵琶湖
三井寺
野の宮
梅宮大社
亀山殿
平安京
禅林寺
常在光院
松尾神社
清水寺
西山
賀茂川
東山
鳥辺山
桂川
清閑寺
栗栖野
瀬田川
大原野神社
鳥羽の作り道
竹谷
鳥羽殿
久我縄手
木幡
巨椋池
淀川
宇治
宇治川
木津川
高良神社
石清水八幡宮

付図2　洛中周辺図

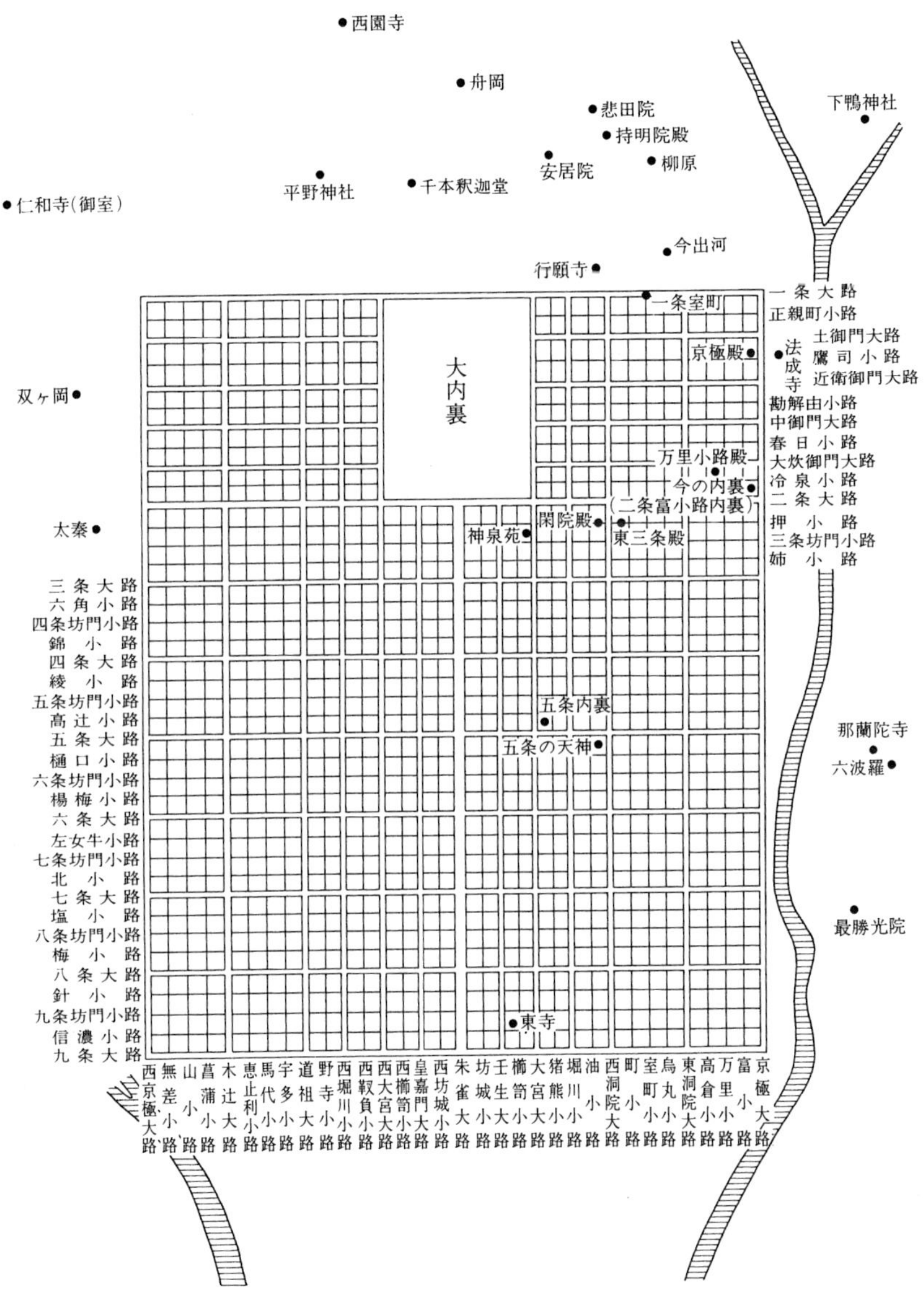
西園寺
舟岡
悲田院
持明院殿
安居院
柳原
下鴨神社
平野神社
千本釈迦堂
仁和寺(御室)
今出河
行願寺
一条室町
大内裏
京極殿
法成寺
双ヶ岡
万里小路殿
今の内裏
(二条富小路内裏)
閑院殿
神泉苑
東三条殿
太秦
五条内裏
五条の天神
那蘭陀寺
六波羅
最勝光院
東寺
一条大路
正親町小路
土御門大路
鷹司小路
近衛御門大路
勘解由小路
中御門大路
春日小路
大炊御門大路
冷泉小路
二条大路
押小路
三条坊門小路
姉小路
三条大路
六角小路
四条坊門小路
錦小路
四条大路
綾小路
五条坊門小路
高辻小路
五条大路
樋口小路
六条坊門小路
楊梅小路
六条大路
左女牛小路
七条坊門小路
北小路
七条大路
塩小路
八条坊門小路
梅小路
八条大路
針小路
九条坊門小路
信濃小路
九条大路
西京極大路
無差小路
山小路
菖蒲小路
木辻大路
恵止利小路
馬代小路
宇多小路
道祖大路
野寺小路
西堀川小路
西靫負小路
西大宮大路
西櫛笥小路
皇嘉門大路
西坊城小路
朱雀大路
坊城小路
壬生大路
櫛笥小路
大宮大路
猪熊小路
堀川小路
油小路
西洞院大路
町小路
室町小路
烏丸小路
東洞院大路
高倉小路
万里小路
富小路
京極大路

付図3　内　裏　図

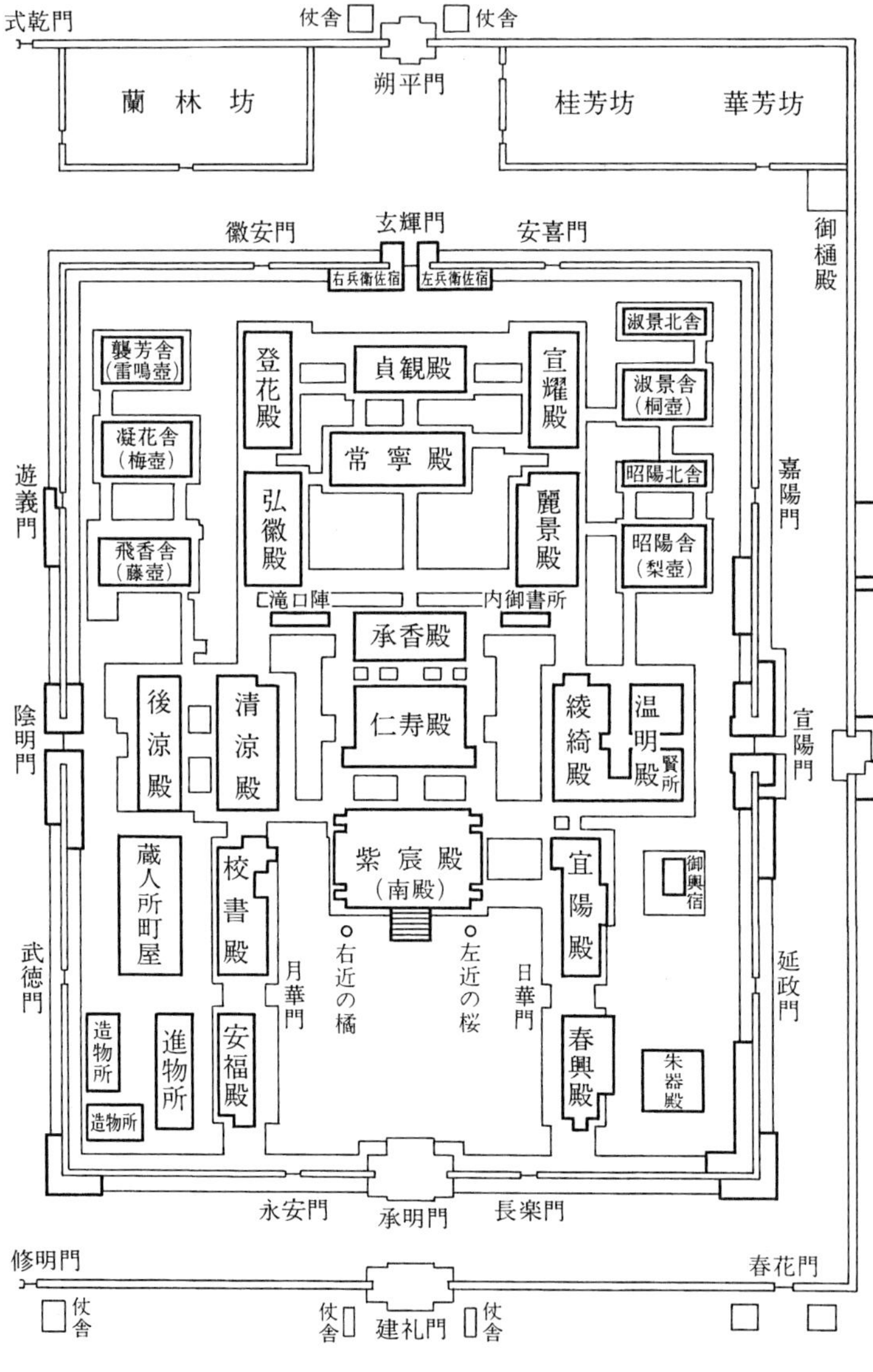
式乾門
仗舎
仗舎
朔平門
蘭林坊
桂芳坊
華芳坊
御樋殿
徽安門
玄輝門
安喜門
右兵衛佐宿
左兵衛佐宿
淑景北舎
襲芳舎
(雷鳴壺)
登花殿
貞観殿
宣耀殿
淑景舎
(桐壺)
凝花舎
(梅壺)
常寧殿
昭陽北舎
遊義門
弘徽殿
麗景殿
嘉陽門
飛香舎
(藤壺)
昭陽舎
(梨壺)
滝口陣
内御書所
承香殿
後涼殿
清涼殿
仁寿殿
綾綺殿
温明殿
賢所
陰明門
宣陽門
建春門
蔵人所町屋
校書殿
紫宸殿
(南殿)
宜陽殿
御輿宿
右近の橘
左近の桜
武徳門
月華門
日華門
延政門
造物所
進物所
安福殿
春興殿
朱器殿
造物所
永安門
承明門
長楽門
修明門
春花門
仗舎
仗舎
建礼門
仗舎

付図4　清涼殿図

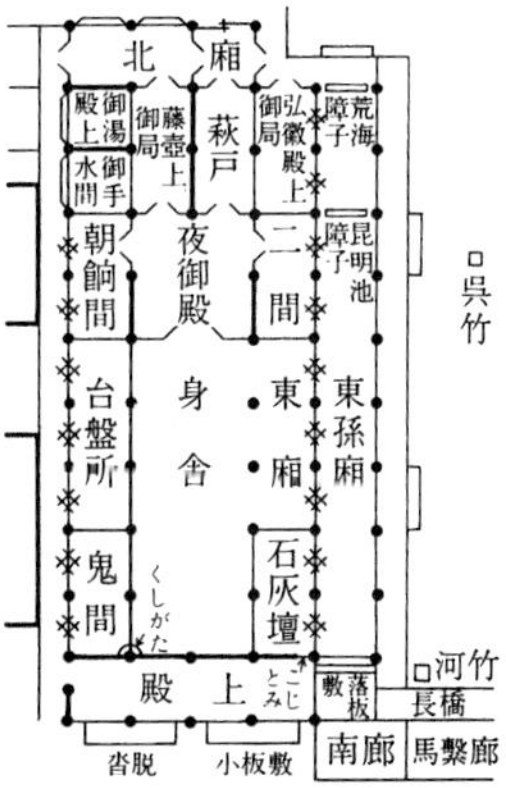
北
廂
御湯殿上
御手水間
藤壺上御局
萩戸
弘徽殿上御局
荒海障子
昆明池障子
朝餉間
夜御殿
二間
呉竹
台盤所
身舎
東廂
東孫廂
鬼間
くしがた
石灰壇
河竹
殿上
こじとみ
落板敷
長橋
沓脱
小板敷
南廊
馬繋廊

徒然草　人名一覧

あ　行

足利義氏《あしかがよしうじ》 (一一八九—一二五四)　清和源氏足利、左兵衛尉義兼の三男。母は北条時政の女。左馬頭となり、足利三郎、足利左馬頭と号した。仁治二年(一二四一)四月十二日出家、法名正義。建長六年(一二五四)十一月二十一日没、六十六歳。和歌は続拾遺和歌集に一首見える。　二一六

安達泰盛《あだちやすもり》 (一二三一—一二八五)　本姓藤原氏北家魚名流、義景の三男。秋田城介・陸奥守。弘安八年(一二八五)十一月十七日霜月騒動で誅された。五十五歳。　一八五

安達義景《あだちよしかげ》 (一二一〇—一二五三)　本姓藤原氏北家魚名流、景盛の男。評定衆となった。建長五年(一二五三)六月三日没、四十四歳。　一八四

安倍有宗《あべのありむね》　晴宗の男。陰陽頭正四位下。生没年未詳。あるいは鎌倉幕府に仕えていた陰陽師か(全注釈)。　二二四

安倍清行《あべのきよゆき》 (八二五—九〇〇)　大納言安仁の男。右中弁・陸奥守・讃岐守等に任ぜられ、従四位上に至る。昌泰三年(九〇〇)没、七十六歳。古今和歌集において小野小町と和歌を贈答している。「安倍清行が式」という和歌作法書があったらしいが、現存しない。　一七三

安倍吉平《あべのよしひら》　晴明の男。平安中期の陰陽師。陰陽博士。生没年未詳。　一六三

在原業平《ありわらのなりひら》 (八二五—八八〇)　平城天皇の皇子阿保親王の五男。母は桓武天皇の皇女伊都内親王。蔵人頭右近中将となり、在五中将と呼ばれ、後世伊勢物語の主人公と見なされる。元慶四年(八八〇)五月二十八日没、五十六歳。六歌仙、三十六歌仙の一人。古今和歌集初出。　六七

安喜門院《あんきもんいん》 (一二〇七—一二八六)　藤原有子。浄土寺太政大臣三条公房の女。母は藤原範季の女。後堀河天皇の皇后。嘉禄三年(一二二七)二月二十日院号を蒙った。寛元四年(一二四六)九月二十五日出家、弘安九年(一二八六)二月六日没、八十歳。　一〇七

安楽《あんらく》 (?—一二〇七)　法然の弟子。法諱、遵西(じゅんさい)。外記入道中原師秀の男。後鳥羽院の官女がその念仏を聴聞、発心剃髪したので、院の怒りを買い、住蓮とともに後鳥羽院に捕えられ、斬られた(愚管抄六)。建永二年(一二〇七)没。　二二七

磯禅師《いそのぜんじ》　平家物語十二・土佐房被斬にその名が見える。　二二五

今出川院近衛《いまでがわいんのこのえ》　藤原氏北家師実流鷹司、権大納言伊平の女。亀山天皇の后今出川院(今出川太政大臣藤原公相の女嬉子)の女房。生没年未詳。続古今和歌集初出。　六七

いろをし房《いろおしぼう》　伝未詳。　一一五

禹《う》　古代中国の伝説上の聖帝。治水に功あり、舜の禅譲を受けて夏の始祖となる。　一七一

太秦殿《うずまさどの》　未詳。一説に藤原(坊門)信清の子孫かという。太秦

は京都西郊の地名。二四

卜部兼顕《うらべのかねあき》　従四位下右京大夫兼名の男。兼好の父。治部少輔に至る。生没年未詳。二四三

恵遠《えおん》（三三四-四一六）　慧遠とも。中国、東晋の僧。道安に学び、大乗の奥義を極めた。廬山に白蓮社を結んだ。虎渓三笑の故事で知られる。一〇八

円伊《えんい》　俗姓は藤原氏北家師実流鷹司。尊卑分脈では権大納言藤原伊平の孫、寺法師の尊道の男とするが、園城寺伝法血脈では、尊道の兄弟権大納言伊頼の男とする。今出川院近衛の一門。生没年未詳。新後撰和歌集初出。八六

延政門院《えんせいもんいん》（一二五九-一三三二）　後嵯峨天皇の第二皇女悦子内親王。母は西園寺公経の女、大納言三位。弘安七年(一二八四)二月二十八日院号を蒙った。元弘二年(一三三二)二月十日没、七十四歳。兼好家集にはその女房延政門院一条との二組の贈答歌が存する。六三

王倹《おうけん》　中国南北朝時代の人。字は仲宝。斉に仕えて尚書左僕射となった。従って、「晋の王倹」という言い方は正確ではない。二四

王子猷《おうしゆう》　中国、東晋の人。徽之、子猷は字。書家として著名な王羲之の子。竹を愛したことで知られる。一三

大江匡房《おおえのまさふさ》（一〇四一-一一一一）　成衡の男。権中納言兼大宰権帥に至り、江都督・江帥と呼ばれる。博学多才で知られる文化人。天永二年(一一一一)十一月五日没、七十一歳。江都督納言願文集、続本朝往生伝、本朝神仙伝、江家次第、傀儡子記、遊女記、狐媚記、洛陽田楽記など、多くの著作がある。家集、江帥集。和歌は後拾遺和歌集初出。一七九・二二八

大神景茂《おおがのかげもち》（一二九二-一三七六）　景光の男。京都方の楽人。永和二年(一三七六)没、八十五歳。二一九

多久資《おおのひさすけ》（一二一四-一二九五）　久行の男。京都方の楽人で、楽所の一の者。周防守正五位下に至る。永仁三年(一二九五)八月七日没、八十二歳。二二五

乙鶴丸《おとづるまる》　伝未詳。九〇

小野小町《おののこまち》　平安初期の女房歌人。六歌仙、三十六歌仙の一人。絶世の美女と伝えられるが、伝記の詳細は不明。生没年・享年等も未詳。家集、小町集。古今和歌集初出。一七三

小野道風《おののみちかぜ》（八九六-九六六）　一般に「とうふう」と音読する。平安時代の能書家で、三蹟のうちの野蹟。大宰大弐葛絃の男。正四位上に至る。康保三年(九六六)十二月二十七日没、七十一歳。八六

か　行

兼明親王《かねあきらしんのう》（九一四-九八七）　醍醐天皇の皇子。人臣として左大臣に至ったが、親王宣下により二品中務卿となる。具平親王を後中書王と称するのに対して前中書王と呼ぶ。永延元年(九八七)九月二十六日没、七十四歳。詩才をもって知られ、本朝文粋所収の「菟裘賦」はとくに著名。和歌は後拾遺和歌集に一首見える。六

亀菊《かめぎく》　後鳥羽院の愛妾と伝えられる白拍子。慈光寺本承久記に「佐目牛西洞院ニ住ケル…舞女」と記し、その所領摂津国長江庄の地頭が院宣を無視したことが承久の乱の発端であると語る。二二五

亀山天皇《かめやまてんのう》（一二四九-一三〇五）　鎌倉時代の天皇。諱は恒仁。後嵯峨天皇の第三皇子。母は藤原姞子(大宮院)。在位は正元元年

(一二五九)十一月二十六日より文永十一年(一二七四)一月二十六日まで。嘉元三年(一三〇五)九月十五日没、五十七歳。大覚寺統の最初の天皇。家集、亀山院御集。続古今和歌集初出。　一〇七

鴨長明《かものながあきら》　(?―一二一六)　平安後期から鎌倉初期にかけての歌人で、方丈記の作者、発心集の編者として知られる。四季物語をも著したらしいが、現存の二種の四季物語は偽書か。下賀茂社の禰宜長継の男。建保四年(一二一六)閏六月八日没。　一三八

顔回《がんかい》　(前五一四―前四八三)　古代中国、春秋末期、魯の人。字は子淵。孔子の門弟。十哲(門弟十人)の筆頭。徳行をもって知られる。　一二九・二一一

紀貫之《きのつらゆき》　望行の男。古今和歌集撰者四人の中心的な存在。のち、同集を精選して新撰和歌を撰した。また、土佐守の任期を満了して帰洛の旅を土佐日記に綴った。天慶八年(九四五)頃没か。享年未詳。三十六歌仙の一人。家集、紀貫之集。古今和歌集初出。　一四

行雅《ぎょうが》　村上源氏、系図纂要では左中将守通の子とする。　四三

行宣《ぎょうせん》　伝未詳。井蛙抄六に、「仰木に行宣法師とて古き者」と見え、老後坂本の北「あふぎと云ふ所」に籠っていた弁内侍のことを語っている。　一九九

行仙房《ぎょうせんぼう》　生没年未詳。弘安元年(一二七八)没か。上野国山上の僧。静遍の弟子。沙石集十末ノ三に逸話が見える。金沢文庫本念仏往生伝はその著作(日本思想大系『往生伝　法華験記』)。九八

敬仏房《きょうぶつぼう》　生没年未詳。常陸国真壁の人。明遍(空阿弥陀仏)の弟子。高野山の聖で、道心者として知られていた(沙石集十本ノ十)。　九八

尭蓮《ぎょうれん》　伝未詳。　一四一

許由《きょゆう》　古代中国の伝説的賢人。尭が天下を譲ろうとしたのを拒んで箕山に隠れ、さらに九州の長としようとしていると聞いて、汚れたとし、頴川で耳を洗ったという。　一八

空海《くうかい》　(七七四―八三五)　弘法大師と諡される。讃岐の人、佐伯氏。真言宗の開祖。渡唐し、帰朝後高野山に金剛峰寺を創建した。承和二年(八三五)三月二十一日没、六十二歳。　一七三

具覚房《ぐかくぼう》　伝未詳。　八七

久米の仙人《くめのせんにん》　大和の葛城山または吉野の竜門寺に住んでいた仙人という。「物洗ふ女」と夫妻となったが、後再び神通力を得て仏土をさして飛び去ったという(七大寺巡礼私記、扶桑略記、今昔物語集、発心集等)。　八

嵆康《けいこう》　(二二三―二六二)　古代中国、魏・晋の人。字は叔夜。中散大夫に至ったが、殺された。竹林の七賢の一人。　二一

桀《けつ》　古代中国、夏の最後の王。殷の湯王に討たれた。紂とともに暴君として知られる。　一二一

玄輝門院《げんきもんいん》　(一二四六―一三三九)　藤原愔子(いんし)。山階左大臣洞院実雄の三女。母は権大納言藤原隆房の女。後深草天皇の妃、伏見天皇の母。正応元年(一二八八)十二月十六日准三宮とされ、院号を蒙った。元徳元年(一三二九)八月三十日没、八十四歳。とはずがたりに「東の御方」として登場する。　三三

顕助《けんじょ》　(一二九四―一三三〇)　俗姓桓武平氏、武蔵守北条(金沢)貞顕の男で、三条内大臣公茂の猶子。仁和寺真乗院の僧で、正中二年(一三二五)十二月権僧正・法務となった。元徳二年(一三三〇)七月二十一日没、三十七歳。　二三八

賢助《けんじょ》　(一二八〇―一三三三)　俗姓藤原氏北家公季流洞院、山本太政大臣公守の男。醍醐寺の僧、同寺の座主、東寺の長者。正和四年

(一三三五)九月大僧正に至った。元弘三年(一三三三)没、五十四歳。和歌は玉葉和歌集に一首見える。 二三八

顕性房《けんしょうぼう》 生没年未詳。松陰に住したか。 九八

阮籍《げんせき》 (二一〇—二六三) 中国、魏・晋の人。字は嗣宗。竹林の七賢の中心人物。青眼白眼の故事で知られる。 一七〇

建礼門院右京大夫《けんれいもんいんのうきょうのだいぶ》 平安後期から鎌倉初期にかけての女房歌人。藤原(世尊寺)伊行の女。母は大神基政の女夕霧。高倉天皇の中宮建礼門院(平清盛の女徳子)の女房。平家滅亡後は後鳥羽天皇の内裏に出仕した。あるいはその後、その母后七条院にも出仕したか。生没年未詳。家集、建礼門院右京大夫集。新勅撰和歌集初出。 一六九

光孝天皇《こうこうてんのう》 (八三〇—八八七) 平安時代の天皇。諱は時康。仁明天皇の第三皇子。陽成天皇の後、藤原基経に推されて、元慶八年(八八四)二月二十三日五十五歳で践祚。仁和三年(八八七)八月二十六日没、五十八歳。家集、仁和御集。古今和歌集初出。 一七六

孔子《こうし》 (前五五一—前四七九) 古代中国、春秋時代の思想家。魯の人。名は丘、字は仲尼、姓は孔。言行録、論語は二十篇から成り、四書の筆頭とされる。 一三三・二二一

江侍従《ごうじじゅう》 平安中期の女房歌人。大江匡衡の女。母は赤染衛門。生没年未詳。後拾遺和歌集初出。 一三八

弘舜《こうしゅん》 俗姓藤原氏北家高藤流、権大僧都法印公玄の男。仁和寺の僧、僧正に至り宰相僧正と号した。元応二年(一三二〇)一月八日東寺の長者とされた。その後も長者となっている。元亨三年(一三二三)十一月三十日までの動静が知られる。生没年未詳。 二〇八

後宇多天皇《ごうだてんのう》 (一二六七—一三二四) 鎌倉時代の天皇。諱は世仁。亀山天皇の第二皇子。母は洞院実雄の女藤原佶子(京極院)。文永十一年(一二七四)一月二十六日、父亀山院の譲りを受けて践祚、弘安十年(一二八七)十月二十一日、持明院統の伏見天皇に譲位した。徳治二年(一三〇七)七月二十六日薙髪、元亨四年(一三二四)六月二十五日没、五十八歳。和歌は新後撰和歌集初出。兼好家集によれば、兼好は後宇多院より歌を求められている。 一三六

強盗の法印《ごうどうのほういん》 伝未詳。 四六

弘融《こうゆう》 (一二八七—?) 仁和寺の僧侶。弘舜の弟子。元弘三年(一三三三)四十七歳で生存、没年未詳。 八二・八四

後京極院《ごきょうごくいん》 (?—一三三三) 藤原禧子。後西園寺太政大臣実兼の三女。後醍醐天皇の中宮。元弘三年(一三三三)十月十二日没、享年未詳。後京極院と謚された。 一一八

後嵯峨天皇《ごさがてんのう》 (一二二〇—一二七二) 鎌倉時代の天皇。諱は邦仁。土御門天皇の第三皇子。母は源通宗の女通子。四条天皇の夭折により北条泰時に推戴され、仁治三年(一二四二)一月二十日践祚。寛元四年(一二四六)一月二十九日譲位後院政を行った。文永九年(一二七二)二月十七日没、五十三歳。和歌は続後撰和歌集初出。 六三・一六九・二二七

後醍醐天皇《ごだいごてんのう》 (一二八八—一三三九) 鎌倉・南北朝時代の天皇。諱は尊治。大覚寺統の後宇多天皇の第二皇子。母は藤原忠継の女談天門院。徳治三年(一三〇八)九月十九日立坊、文保二年(一三一八)践祚、元弘の乱後建武の新政を行ったが、足利尊氏に叛かれ、吉野に移り、南朝延元四年(一三三九)八月十六日没、五十二歳。和歌は新後撰和歌集初出の他、新葉和歌集にも多い。兼好家集によれば、兼好は天皇が召した建武二年(一三三五)内裏千首に詠進している。 二三八

後鳥羽天皇《ごとばてんのう》 (一一八〇—一二三九) 鎌倉時代の天皇。諱は尊成。高

倉天皇の四宮。母は藤原信隆の女殖子(七条院)。寿永二年(一一八三)八月二十日践祚、建久九年(一一九八)一月十一日譲位。以後、院政を行った。承久三年(一二二一)七月、承久の乱に敗れ、隠岐に移され、延応元年(一二三九)二月二十二日没、六十歳。和歌を好み、新古今和歌集を撰進させた。日記、後鳥羽院御記。歌論書、後鳥羽院御口伝。家集、後鳥羽院御集。新古今和歌集初出。四八・一六九・二二五・二二六・二三八

さ　行

賽王丸《さいおうまる》　駿牛絵詞に、「後嵯峨院御代…名を得たる御牛飼」の一人としてその名が見え、逸話が語られている。一一四

西行《さいぎょう》（一一一八—一一九〇）　平安末期の歌人。俗姓藤原氏北家藤成流、俗名佐藤義清。左衛門尉康清の男。母は監物源清経の女。徳大寺家の随身、鳥羽上皇の北面だったが、保延六年(一一四〇)出家した。法名円位。文治六年(一一九〇)二月十六日没、七十三歳。家集、山家集・聞書集、その他。詞花和歌集初出(ただし、読人しらず)。一〇

最澄《さいちょう》（七六七—八二二）　伝教大師と謚される。近江国の人。俗名三津首広野。渡唐し、帰国後、天台宗の開宗を勅許された。弘仁十三年(八二二)六月四日没、五十六歳。二〇五

佐々木政義《ささきまさよし》（一二〇八—一二九〇）　宇多源氏、隠岐守義清の男、左衛門尉。隠岐太郎と呼ばれていたが、吾妻鏡建長二年(一二五〇)十二月二十九日には「隠岐太郎左衛門入道心願」と見える。法名は真願とも記したか。正応三年(一二九〇)六月十七日没、八十三歳。続拾遺和歌集に「真願法師」として遁世後の述懐歌一首が見出される。一七七

讃岐典侍《さぬきのすけ》　藤原氏北家道綱流、讃岐守顕綱の女長子。堀河天皇に典侍として仕え、その没後引き続き鳥羽天皇に出仕した。生没年未詳。讃岐典侍日記はそのことを回想した仮名日記。二巻。一八一

慈円《じえん》（一一五五—一二二五）　俗姓は藤原氏摂家相続流、法性寺関白忠通の男。謚は慈鎮。九条兼実の弟、後京極摂政良経の叔父。大僧正となり、生涯に四度天台座主に補された。嘉禄元年(一二二五)九月二十五日没、七十一歳。和歌を好み、拾玉集、慈鎮和尚自歌合がある他、史論、愚管抄もその著。千載和歌集初出。六七・二二六

重明親王《しげあきらしんのう》（九〇六—九五四）　醍醐天皇の皇子。母は大納言源昇の女。三品式部卿に至り、吏部王と称された。徽子女王(斎宮女御)の父。天暦八年(九五四)九月十四日没、四十九歳。その日記、李部王記(吏部王記)は逸文を集成したものが存する。一三二

静《しずか》　源義経の愛妾。二二五

下野武勝《しもつけのたけかつ》　姓は正しくは「下毛野」。右近衛府の番長。実躬卿記にその名が見える。生没年未詳。六六

謝霊運《しゃれいうん》（三八五—四三三）　中国、六朝の東晋から宋代にかけての詩人。刑死した。一〇八

舜《しゅん》　古代中国の伝説にいう五帝の一人。尭の摂政となり、その没後、帝位に即いた。八五

順徳天皇《じゅんとくてんのう》（一一九七—一二四二）　鎌倉時代の天皇。諱は守成。後鳥羽天皇の第三皇子。母は藤原重子(修明門院)。承久の乱後佐渡に遷され、仁治三年(一二四二)九月十二日没、四十六歳。有職故実書、禁秘抄。歌学書、八雲御抄。日記、順徳院御記。家集、順徳院御集。続後撰和歌集初出。二

性恵法親王《しょうえほうしんのう》　綾小路宮。亀山天皇の皇子。母は後三条内大臣藤原公親の女。無品。天台宗の門跡妙法院に住し、上野綾小路宮と呼ばれた。生没年未詳。なお、これ以前、後高倉院の皇子尊性法親王も綾小路宮と号している。　一〇

聖海《しょうかい》　伝未詳。尊卑分脈によれば、徳大寺公継の男左少将実嗣の子に聖海の名があり、藤原安範の子にも僧聖海がいる。内大臣三条公秀の母は僧聖海の女という。時代的には徳大寺家の聖海、公秀母の父である聖海が合うか。　二三六

性空《しょうくう》　(九一〇—一〇〇七)　橘善根の男と伝える。播磨の書写山円教寺の開基。寛弘四年(一〇〇七)三月十日没、九十八歳。　六九

貞慶《じょうけい》　(一一五五—一二一三)　俗姓藤原氏南家貞嗣流、権右中弁少納言貞憲の男。少納言入道通憲(信西)の孫。興福寺の学僧としてその才学を知られたが、笠置山に遁世し、晩年にはさらに海住山寺に移った。解脱上人と呼ばれた。建暦三年(一二一三)二月三日没、五十九歳。著書、愚迷発心集その他。　九八

証空《しょうこう》　伝未詳。　一〇六

盛親《じょうしん》　徳治三年(一三〇八)正月二十六日の東寺での後宇多法皇の灌頂を記した後宇多院御灌頂記に、「持花衆卅二口持二花莒一」の一人として、権少僧都盛親の名が見える(中新敬『徒然草の成立に関する研究』)。　六〇

聖徳太子《しょうとくたいし》　(五七四—六二二)　用明天皇の皇子。母は穴穂部間人皇女。厩戸皇子、豊聡耳皇子とも。推古元年(五九三)立太子、摂政となる。推古三十年(六二二)二月二十二日、斑鳩宮で没、四十九歳。墓陵は河内国磯長陵。　六・二三〇

静然《じょうねん》　(一二五二—一三三一)　良澄。律宗の僧。西大寺を再興した睿尊(思円上人)から四代目の長老。元徳三年(一三三一)十二月十三日没、八十歳。　一五三

生仏《しょうぶつ》　伝未詳。　二二六

白河天皇《しらかわてんのう》　(一〇五三—一一二九)　平安時代の天皇。諱は貞仁。後三条天皇の第一皇子。母は藤原能信の女茂子。在位は延久四年(一〇七二)十二月八日より応徳三年(一〇八六)十一月二十六日まで。その後院政を行う。嘉保三年(一〇九六)八月九日落飾、大治四年(一一二九)七月七日没、七十七歳。和歌は後拾遺和歌集初出。　一一三

しら梵字《しらぼんじ》　伝未詳。　一一五

心戒《しんかい》　源有仁の子孫で平宗盛の猶子となり、俗名宗親といったが、平家滅亡後出家し、重源の弟子となったという。発心集七ノ十二、延慶本平家物語六末に逸話が語られている。　四九

信願《しんがん》　伝未詳。　一四五

信西《しんぜい》　(一一〇六—一一五九)　藤原氏南家貞嗣流、文章生実兼の男。俗名通憲。少納言にまで至る。博学多才をもって知られ、保元の乱でも重要な働きをしたが、平治の乱の際、宇治の奥、田原まで逃れ、平治元年(一一五九)十二月十三日自殺した。五十四歳。　二三五

周防内侍《すおうのないし》　平安中期の女房歌人。周防守平棟仲の女。後冷泉・後三条・白河・堀河の四代の天皇に出仕した。生没年未詳。家集、周防内侍集。後拾遺和歌集初出。　一三八

菅原在兼《すがわらのありかね》　(一二四九—一三二一)　在嗣の男。文章博士・大学頭で正二位。伏見・後伏見・後二条・花園・後醍醐の五代の天皇の侍読を勤めた。元亨元年(一三二一)六月二十三日没、七十三歳。　二三八

清少納言《せいしょうなごん》　清原元輔の女。初め橘則光と、のち藤原棟世と結婚した。一条天皇の皇后藤原定子の女房、枕草子の作者として知られる。生没年未詳。中古三十六歌仙の一人。家集、清少納言集。後拾遺和歌集初出。　一

是法《ぜほう》 兼好と同時代の僧で歌人。生没年未詳。続千載和歌集初出。兼好とともに、観応元年(一三五〇)八月二条為世十三回忌品経和歌を詠じている。一四

善観房《ぜんかんぼう》 伝未詳。三七

僧賀《そうが》 (九一七―一〇〇三) 「増賀」とも。多武峰に隠栖した高僧。橘恒平の男と伝えるが、疑問。あるいは藤原伊衡男か(三木紀人『多武峰ひじり譚』)。奇行で知られる。長保五年(一〇〇三)没、八十七歳。一

宗源《そうげん》 (一一六八―一二五一) 俗姓は藤原氏北家顕隆流、権中納言長方の男。初め仁和寺に住し、真言宗を学び、のち天台宗をも学んだが、法然の弟子となる。醍醐の菩提寺の奥樹下の谷、のち、清水の竹谷に隠栖した。建長三年(一二五一)七月三日没、八十四歳。一言芳談にその語が見える。二三

荘子《そうし》 古代中国、戦国時代中期の思想家。蒙の人。名は周。漆園の吏であったという。寓言をもって老子の思想を説いた。著作、荘子は南華真経とも呼ばれ、内篇・外篇・雑篇、現行本は計三十三篇から成る。一三

孫晨《そんしん》 古代中国の賢人。字は元公。孫晨藁席の故事で知られる。一八

た 行

大納言法印《だいなごんほういん》 伝未詳。九〇

平惟継《たいらのこれつぐ》 (一二六六―一三四三) 桓武平氏、治部卿高兼の男。元徳二年(一三三〇)二月二十六日権中納言に任ぜられたが、同年三月二十二日には辞した。その後、刑部卿・大宰権帥・大蔵卿・文章博士などを歴任、北朝の暦応五年(一三四二)正月二十五日出家、康永二年(一三四三)四月十八日没、七十八歳。和歌は玉葉和歌集初出の他、新葉和歌集にも見える。八六

高倉天皇《たかくらてんのう》 (一一六一―一一八一) 平安末期の天皇。諱は憲仁。後白河天皇の第五皇子。母は平滋子(建春門院)。在位は、仁安三年(一一六八)二月十九日より治承四年(一一八〇)二月二十一日まで。同五年一月十四日没、二十一歳。和歌は新古今和歌集初出。一二四

為則《ためのり》 伝未詳。一一四

丹波忠守《たんばのただもり》 (?―一三四四) 典薬頭長有の男。典薬頭、宮内卿で正四位下に至った。康永三年(一三四四)六月二十二日没、享年未詳。歌人としても知られ、玉葉和歌集初出。一〇三

紂《ちゅう》 古代中国、殷の最後の王。周の武王に滅ぼされた。桀とともに、悪王として著名。三一

澄空《ちょうくう》 俗姓は藤原氏北家摂家相続流、摂政松殿師家の男。「如琳」とも記す。求仏上人の弟子、大報恩寺の長老であった。生没年等未詳。三八

重源《ちょうげん》 (一一二一―一二〇六) 俗姓紀氏、滝口左馬允季重の男。俗名を刑部左衛門重定。房号、俊乗房。初め醍醐寺で密教を学んだ。法然の弟子となり、専修念仏に帰し、南無阿弥陀仏と号した。渡宋し、帰国後、平氏のために焼亡した東大寺再建の勧進職とされ、同寺の復興に尽力した。その事績は南無阿弥陀仏作善集に詳しい。建永元年(一二〇六)六月四日没、八十六歳。九八

趙抃《ちょうべん》 中国北宋の人。御史となり、貴顕を恐れることなく職務を遂行した。清献公はその諡。一七

道我《どうが》 (一二八四―一三四三) 俗姓は藤原氏北家内麿流、権律師聖誉の男。東寺の僧で権僧正に至る。康永二年(一三四三)十月十九日没、六十歳。兼好家集に兼好との贈答歌が見える。家集、権僧正道

我集。続千載和歌集初出。一六〇

道眼《どうげん》　伝未詳。延慶二年(一三〇九)一切経を将来した(『日本文化史年表』上)。一七九・二三八

東二条院《とうにじょういん》　(一二三二—一三〇四)　藤原公子。常磐井太政大臣(西園寺)実氏の二女。母は四条隆衡の女貞子。後深草天皇の中宮。康元二年(一二五七)一月二十九日中宮、正元元年(一二五九)十二月十九日院号を蒙る。正応六年(一二九三)六月七日出家、嘉元二年(一三〇四)一月二十一日没、七十三歳。とはずがたりに登場する。二三

登蓮《とうれん》　平安後期の歌人。俊恵の歌林苑に集う歌人達や西行と親交があった。生没年未詳。中古六歌仙の一人。登蓮法師恋百首・登蓮集がある。詞花和歌集初出。一八八

鳥羽天皇《とばてんのう》　(一一〇三—一一五六)　平安時代の天皇。諱は宗仁。堀河天皇の第一皇子。母は藤原実季の女苡子。嘉承二年(一一〇七)七月十九日、五歳で践祚、保安四年(一一二三)一月二十八日譲位後、院政を行った。保元元年(一一五六)七月二日没、五十四歳。一八一

豊原竜秋《とよはらのたつあき》　(一二九一—一三六三)　京都方の楽人。清秋の男で、祖父豊秋の猶子となる。後光厳院の笙の師範。貞治二年(一三六三、貞治三年説もあり)閏一月一日(九日とも)没、七十二歳、七十三歳とも。二一九

頓阿《とんあ》　(一二八九—一三七二)　鎌倉後期から南北朝時代にかけての歌人。俗姓藤原氏南家乙麿流、二階堂光貞の男で、俗名を貞宗といったか。法名は初め泰尋・感空と号したという。二条為世の門弟で、和歌四天王の一人。同じく四天王の兼好と親交があったことは、兼好家集・草庵集などから知られる。応安五年(一三七二)三月十三日没、八十四歳。家集、草庵集・続草庵集・頓阿法師詠。歌学書、井蛙抄。続千載和歌集初出。八二

な　行

中原章兼《なかはらのあきかね》　系譜未詳。外記日記・文永四年(一二六七)十一月三日の条に「検非違使章兼」、旧金沢文庫本令集解巻六奥書に「建治二年(一二七六)後三月三日引合正親町判官章兼本校合了」と見える(日本思想大系『中世政治社会思想 下』)。なお、小槻季継記では、章国とする。二〇六

中原近友《なかはらのちかとも》　兼武の男。生没年未詳。富家語・続古事談五などにその名が見え、堀河天皇の代、白河院の随身であったと知られる。二三八

中原康綱《なかはらのやすつな》　(一二九〇—一三三九)　源重尚の男。中原と改姓した。暦応二年(一三三九)没、五十歳。一〇一

は　行

白楽天《はくらくてん》　(七七二—八四六)　中国、中唐の詩人。太原の人。名は居易。楽天は字。香山居士と称した。元稹と親交あり、しばしば元白と併称される。詩文集、白氏文集(白氏長慶集)は七十一巻。一三

秦重躬《はだのしげみ》　鎌倉後期、後宇多院に奉仕していた随身。実躬卿記や継塵記にその名が見える。生没年未詳。一四五

花園天皇《はなぞのてんのう》　(一二九七—一三四八)　鎌倉時代の天皇。諱は富仁。萩原院とも呼ばれる。持明院統の伏見天皇の第二皇子。母は洞院実雄の女藤原季子(顕親門院)。大覚寺統の後二条天皇の没後、徳治三年(一三〇八)八月二十六日践祚、文保二年(一三一八)大覚寺統の後醍醐天皇に譲位。貞和四年(一三四八)十一月十一日没、五十二歳。京極派歌人として知られ、風雅和歌集の監修者。日記、花園院御記。和歌は玉葉和歌集初出。二七

枇杷皇太后宮《びわのこうたいこうぐう》（九九四―一〇二七）　藤原妍子。道長の二女で三条天皇の后となった。万寿四年（一〇二七）九月十四日没、三十四歳。和歌は新古今和歌集初出。　一二八

藤原家平《ふじわらのいえひら》（一二八二―一三二四）　北家摂家相続流近衛、浄妙寺関白家基の男。母は鷹司兼平の女。正和二年（一三一三）七月十二日関白となり、同四年九月二十一日辞した。元亨四年（一三二四）五月十五日没、四十三歳。岡本関白と号する。和歌は新後撰和歌集初出。六六

藤原兼季《ふじわらのかねすえ》（一二八六―一三三九）　北家公季流菊亭、後西園寺太政大臣実兼の四男。元亨二年（一三二二）八月十一日内大臣を経ずして右大臣に任ぜられた。北朝光厳天皇の正慶元年（一三三二）十一月八日太政大臣に任ぜられたが、翌年五月十七日後醍醐天皇の詔命によって停められた。暦応二年（一三三九）一月十六日没、五十四歳。和歌は新後撰和歌集初出。　七〇

藤原公明《ふじわらのきんあきら》（一二八二―一三三六）　北家公季流三条、従二位実仲の男。嘉暦元年（一三二六）侍従、延元元年（一三三六）五月二十五日侍従は元のまま中納言から権大納言に任ぜられたが、同年九月十一日没した。五十五歳。和歌は続千載和歌集初出。　一〇三

藤原公賢《ふじわらのきんかた》（一二九一―一三六〇）　北家公季流洞院、後山本左大臣実泰の男。建武二年（一三三五）二月十六日右大臣に任ぜられ、同四年これを辞した。北朝の康永二年（一三四三）四月十日左大臣に任ぜられ、貞和二年（一三四六）これを辞したが、同四年十月二十日太政大臣に任ぜられた。観応元年（一三五〇）三月十八日これを辞し、延文四年（一三五九）四月十五日出家した。翌五年四月六日没、七十歳。中園太政大臣と号する。家集、中園相国御集。日記、園太暦。続千載和歌集初出。兼好家集に見える「左大臣殿」は公賢かという。　一〇三

藤原公茂《ふじわらのきんしげ》（一二八四―一三二四）　北家公季流三条、三条太政大臣実重の男。母は内大臣源通成の女。文保元年（一三一七）六月二十一日内大臣に任ぜられ、翌年八月十五日辞した。元亨四年（一三二四）一月九日没、四十一歳。押小路内大臣と号する。和歌は続千載和歌集初出。　二三七

藤原公相《ふじわらのきんすけ》（一二二三―一二六七）　北家公季流西園寺、常磐井太政大臣実氏の二男。弘長元年（一二六一）十二月十五日太政大臣に任ぜられたが、翌年には辞した。文永四年（一二六七）十月十二日没、四十五歳。冷泉太政大臣と号する。和歌は続後撰和歌集初出。　一一四

藤原公孝《ふじわらのきんたか》（一二五三―一三〇五）　北家公季流徳大寺、太政大臣実基の一男。文永四年（一二六七）六月二十三日から同六年三月三十日までの間、検非違使別当であった。太政大臣従一位に至り、後徳大寺太政大臣と号す。嘉元三年（一三〇五）七月十二日没、五十三歳。和歌は新後撰和歌集初出。　二三・二〇六

藤原公任《ふじわらのきんとう》（九六六―一〇四一）　北家実頼流、関白頼忠の男。権大納言正二位。四納言の一人。長久二年（一〇四一）一月一日没、七十六歳。家集、四条大納言公任集。拾遺和歌集初出。　八八

藤原公衡《ふじわらのきんひら》（一二六四―一三一五）　北家公季流西園寺、後西園寺太政大臣実兼の一男。延慶二年（一三〇九）三月十九日左大臣に任ぜられたが、同年六月十五日には辞している。応長元年（一三一一）八月二十日、四十八歳で出家、正和四年（一三一五）九月二十五日没、五十二歳。竹林院左大臣と号する。日記、公衡公記。和歌は玉葉和歌集初出。　八三

藤原公世《ふじわらのきんよ》（？―一三〇一）　北家公季流八条、従三位実俊の男。永仁元年（一二九三）九月十二日従二位。正安三年（一三〇一）四月六日没、

享年未詳。尊卑分脈に「箏一流正統」と注する。兼好家集に、永仁五年公世が横川に登り、五部大乗経供養をし、弾箏した際に詠じた歌を記し、追和している。歌人としては、続拾遺和歌集初出。 四五

藤原伊通《ふじわらのこれみち》（一〇九三―一一六五） 北家頼宗流、権大納言宗通の男。太政大臣正二位。九条または大宮大相国と号した。長寛三年（一一六五）二月十五日没、七十三歳。大槐秘抄はその著。 二三八

藤原定家《ふじわらのさだいえ》（一一六二―一二四一） 一般に「ていか」と音読する。北家長家流、俊成の二男。母は美福門院加賀。権中納言に至り、家が一条京極にあったので京極中納言と呼ばれた。新古今和歌集五人の撰者の中心、新勅撰和歌集の撰者。仁治二年（一二四一）八月二十日没、八十歳。日記、明月記。歌論書、近代秀歌・詠歌大概その他。家集、拾遺愚草。千載和歌集初出。 一三九・二三八

藤原定資《ふじわらのさだすけ》（一二七五―一三三〇） 北家高藤流坊城、権大納言俊定の男。徳治元年（一三〇六）十二月二十二日権中納言、正二位に至る。元徳二年（一三三〇）七月十一日没、五十六歳。歌人としては、新後撰和歌集初出。 一七七

藤原実氏《ふじわらのさねうじ》（一一九四―一二六九） 北家公季流西園寺、太政大臣公経の嫡男。母は藤原能保の女。寛元四年（一二四六）三月四日太政大臣に任ぜられたが、同年十二月九日辞した。文永六年（一二六九）六月七日没、七十六歳。常磐井太政大臣と号する。歌人としても知られ、弘長百首（七玉集）作者の一人。新勅撰和歌集初出。 九四

藤原実雄《ふじわらのさねお》（一二一七―一二七三） 北家公季流洞院、西園寺太政大臣公経の三男。玄輝門院の父。洞院家の祖。左大臣従一位。文永十年（一二七三）八月十六日没、五十七歳。山階左大臣と号した。和歌を好み、続後撰和歌集初出。 一〇七

藤原実方《ふじわらのさねかた》（？―九九八） 北家師尹流、侍従定時の男。母は左大臣源雅信の女。左近中将となったが、陸奥守として赴任、長徳四年（九九八）十一月十三日、任地に没した。享年未詳。伝説説話が多い。中古三十六歌仙の一人。家集、実方中将集。拾遺和歌集初出。 六七

藤原実兼《ふじわらのさねかね》（一二四九―一三二二） 北家公季流西園寺、冷泉太政大臣公相の三男。母は大外記中原師朝の女。徳大寺実基を養祖父とした。太政大臣従一位に至り、後西園寺太政大臣と号した。元亨二年（一三二二）九月十日没、七十四歳。とはずがたりで後深草院二条の恋人「雪の曙」として登場する。京極派歌人としてもすぐれ、家集に実兼公集がある。続拾遺和歌集初出。 一一八・二三一

藤原実定《ふじわらのさねさだ》（一一三九―一一九一） 北家公季流徳大寺、大炊御門右大臣公能の嫡男。母は藤原俊忠の女。左大臣正二位に至る。建久二年（一一九一）閏十二月十六日没、五十三歳。家集、林下集。千載和歌集初出。 一〇

藤原実重《ふじわらのさねしげ》（一二六〇―一三二九） 北家公季流三条、後三条内大臣公親の二男。母は山階左大臣洞院実雄の女。正応五年（一二九二）十一月五日内大臣に任ぜられ、翌年一月二十一日辞した。文保二年（一三一八）八月二十四日太政大臣に任ぜられ、翌元応元年十月十八日辞した。嘉暦四年（一三二九）六月二十六日没、七十歳。三条太政大臣と号する。和歌は新後撰和歌集初出。 二三七

藤原実忠《ふじわらのさねただ》（一三〇四―一三四七） 北家公季流三条、押小路内大臣公茂の男。ただし、公卿補任に、実父は三条太政大臣実重であるという。康永二年（一三四三）四月十日内大臣に任ぜられ、同四年九月八日辞した。貞和三年（一三四七）一月四日没、四十四歳。和歌は続後拾遺和歌集初出。 二三七

藤原実衡《ふじわらのさねひら》 （一二九〇—一三二六） 北家公季流西園寺、竹林院左大臣公衡の男。元亨四年(一三二四)四月二十七日内大臣に任ぜられた。嘉暦元年(一三二六)十一月十八日没、三十七歳。和歌は玉葉和歌集初出。 一五二

藤原実基《ふじわらのさねもと》 （一二〇一—一二七三） 北家公季流徳大寺、左大臣公継の二男。太政大臣従一位に至る。文永十年(一二七三)二月十四日没、七十三歳。和歌は続拾遺和歌集初出。 二〇六・二〇七

藤原実泰《ふじわらのさねやす》 （一二六九—一三二七） 北家公季流洞院、山本太政大臣公守の男。実泰と公衡の父実兼とがまたいとこの関係にある。文保二年(一三一八)八月二十四日左大臣に任ぜられ、元亨二年(一三二二)八月十一日これを辞したが、翌年六月十五日還任した。元亨四年四月には辞している。嘉暦二年(一三二七)八月十五日没、五十九歳。後山本左大臣と号する。和歌は新後撰和歌集初出。 八三

藤原資季《ふじわらのすけすえ》 （一二〇七—一二八九） 北家道綱流二条、従三位資家の男。正元元年(一二五九)四月十七日権大納言に任ぜられたが、翌年辞した。文永五年(一二六八)十月五日出家、法名了心。正応二年(一二八九)一月二十二日没、八十三歳。和歌は新勅撰和歌集初出。 一三五

藤原資朝《ふじわらのすけとも》 （一二九〇—一三三二） 北家内麿流日野、権大納言俊光の二男。元亨元年(一三二一)四月六日参議に任ぜられた。同四年権中納言とされたが、同年九月幕府に捕えられ、翌正中二年(一三二五)八月佐渡に流され、元弘二年(一三三二)六月二日、元弘の乱の際、佐渡において斬られた。四十三歳。 一五二・一五三・一五四

藤原佐理《ふじわらのすけまさ》 （九四四—九九八） 一般に「さり」と音読する。平安時代の能書家。三蹟の一人佐蹟。北家実頼流、左少将敦敏の男。参議・大宰大弐、正三位に至る。長徳四年(九九八)七月没、五十五歳。「恩命帖」「離洛帖」「頭弁帖」などはその真筆として著名。 二三八

藤原隆資《ふじわらのたかすけ》 （一二九二—一三五二） 北家末茂流四条、左中将隆実の男。祖父権大納言隆顕の猶子となるか。元徳二年(一三三〇)十月二十一日権中納言に任ぜられたが、建武三年(一三三六)十二月には解官されている。南朝では従一位権大納言に至り、左大臣を贈官された。南朝の正平七年(一三五二)五月十二日八幡において戦没、六十一歳。和歌は新葉和歌集に見える。 二一九

藤原隆親《ふじわらのたかちか》 （一二〇三—一二七九） 北家末茂流四条、権大納言隆衡の男。とはずがたりの作者後深草院二条の母方の祖父。大納言正二位に至る。弘安二年(一二七九)九月六日没、七十七歳。和歌は新勅撰和歌集初出。 一八二

藤原為兼《ふじわらのためかね》 （一二五四—一三三二） 一般に「ためかね」と読む。京極為兼。北家長家流、右兵衛督為教の男。玉葉和歌集の撰者。永仁六年(一二九八)三月六波羅に捕えられ、佐渡に流されたが、乾元二年(一三〇三)閏四月許されて帰京し、延慶三年(一三一〇)十二月二十八日権大納言に任ぜられたが、翌年十二月二十日辞した。正和二年(一三一三)十月十七日伏見上皇と同日に出家した。同四年十二月二十八日六波羅に連行され、土佐国に流された。元弘二年(一三三二)三月二十一日河内において没、七十九歳。京極派和歌の首唱者で、歌論書、為兼卿和歌抄。日記、為兼卿記。和歌は続拾遺和歌集初出。 一五三

藤原為世《ふじわらのためよ》 （一二五〇—一三三八） 二条為世。北家長家流御子左、権大納言為氏の男。正応五年(一二九二)十一月五日権大納言に任ぜられたが、同年十二月二十五日には辞した。建武五年(一三三八)八月五日没、八十九歳。新後撰和歌集・続千載和歌集の撰者。定家の曾孫で二条家の宗匠、兼好の和歌の師として、兼好家集にも

見える。歌論書、和歌庭訓。続拾遺和歌集初出。 二三〇

藤原経忠《ふじわらのつねただ》 （一三〇三―一三五二） 北家摂家相続流近衛、岡本関白家平の男。元徳二年（一三三〇）一月二十六日関白に任ぜられたが、同年八月二十五日には止められた。建武三年（一三三六）八月十五日北朝の光明天皇の詔により、再び関白となっている。翌年四月五日吉野に走った。北朝の観応三年（一三五二）八月十三日没、五十一歳。和歌は続後拾遺和歌集初出。 一〇三・一六三

藤原経尹《ふじわらのつねまさ》 （一二四七―？） 北家伊尹流、経朝の男。従二位。延慶三年（一三一〇）二月二十日出家、法名寂尹。時に六十四歳。世尊寺家現過録では、元応二年（一三二〇）六月八日、六十九歳で没したとする。世尊寺流の能書家。歌人としては新後撰和歌集初出。 一六〇

藤原信長《ふじわらののぶなが》 （一〇二二―一〇九四） 北家摂家相続流、大二条関白教通の三男。母は藤原公任の女。太政大臣従一位。寛治八年（一〇九四）九月三日没、七十三歳。和歌は九条太政大臣として新勅撰和歌集に二首見える。 六

藤原冬方《ふじわらのふゆかた》 （一二八五―？） 北家高藤流、権大納言経長の三男。母は権中納言藤原（葉室）定嗣の女。吉田と号した。正中三年（一三二六）二月十九日権中納言に任ぜられ、翌嘉暦二年三月には辞している。従二位に至る。元徳元年（一三二九）九月十日出家、法名端昭。時に四十五歳。没年未詳。 一七

藤原道長《ふじわらのみちなが》 （九六六―一〇二七） 北家摂家相続流、関白太政大臣兼家の五男。母は藤原中正の女時姫。太政大臣に至る。万寿四年（一〇二七）十二月四日没、六十二歳。日記、御堂関白記。家集、御堂関白集。 二五

藤原光親《ふじわらのみつちか》 （一一七六―一二二一） 北家顕隆流、光雅の男。権中納言正二位に至る。承久の乱後の承久三年（一二二一）七月二十三日幕府によって駿河国で斬られた。享年四十六歳。 四八

藤原基家《ふじわらのもといえ》 （一二〇三―一二八〇） 北家摂家相続流九条、後京極摂政良経の三男。母は松殿基房の女藤原寿子。嘉禎三年（一二三七）十二月二十五日内大臣に任ぜられ、翌年六月七日辞した。後九条内大臣と号する。弘安三年（一二八〇）七月十一日没、七十八歳。続古今和歌集撰者の一人。続後撰和歌集初出。 二三

藤原基氏《ふじわらのもとうじ》 （一二一一―一二八二） 北家頼宗流園、権中納言基家の男。参議、検非違使別当で、正三位に至る。文暦元年（一二三四）十一月十七日、二十四歳で出家、法名円空。弘安五年（一二八二）十一月没、七十二歳。和歌は続後撰和歌集初出。 二三一

藤原基藤《ふじわらのもとふじ》 （一二七六―一三一六） 北家頼宗流園、参議基顕の男。延慶二年（一三〇九）検非違使別当を務めた。権中納言従二位に至る。正和元年（一三一二）五月四日出家、法名寂玄。同五年七月四日没、四十一歳。 二三一

藤原師輔《ふじわらのもろすけ》 （九〇八―九六〇） 北家摂家相続流、太政大臣忠平（貞信公）の二男、九条流の祖。右大臣に至り、天徳四年（九六〇）五月四日没、五十三歳。著書、九条右丞相遺誡。 二

藤原師教《ふじわらのもろのり》 （一二七三―一三二〇） 北家摂家相続流九条、報恩院関白忠教の男。母は今出川太政大臣公相の女。嘉元三年（一三〇五）四月十二日関白とされ、徳治三年（一三〇八）八月二十六日には摂政とされたが、同年十一月十日止められた。元応二年（一三二〇）六月七日没、四十八歳。己心院殿、また浄土寺と号した。和歌は新後撰和歌集初出。 一〇七

藤原行長《ふじわらのゆきなが》 北家顕隆流、左大弁行隆の男。母は藤原行兼の女美福門院越前。下野守従五位下に至る。生没年未詳。 二二六

藤原行成《ふじわらのゆきなり》 （九七二―一〇二七） 一般に「こうぜい」と音読する。北家伊尹流、右少将義孝の一男。母は源保光の女。祖父伊尹（一条摂政）の猶子。寛仁四年（一〇二〇）十一月二十九日権大納言に任ぜられ、四納言の一人。万寿四年（一〇二七）十二月四日没、五十六歳。能書として知られ、三蹟のうち権蹟と呼ばれる。日記、権記。 二五・二三八

藤原行房《ふじわらのゆきふさ》 （？―一三三七） 北家伊尹流、経尹の男。右京大夫・修理大夫となる。延元二年（一三三七）三月六日、越前金崎城落城の際、自殺した。享年未詳。尊円親王の入木口伝鈔にその口伝が記されている。和歌は、玉葉和歌集初出の他、新葉和歌集に見える。草庵集により、頓阿とも親交のあったことが知られる。 二三八

藤原良房《ふじわらのよしふさ》 （八〇四―八七二） 北家摂家相続流、冬嗣の二男。染殿の后明子の父で摂政。従一位。貞観十四年（八七二）九月二日没、六十九歳。忠仁公と諡された。 六

藤原頼長《ふじわらのよりなが》 （一一二〇―一一五六） 北家摂家相続流、忠実の二男。左大臣に至り、宇治悪左大臣と呼ばれる。兄法性寺忠通と不和で、崇徳院と共に保元の乱を起し、敗走中流れ矢に当って、保元元年（一一五六）七月十四日横死した。三十七歳。日記に台記がある。 一五六

弁乳母《べんのめのと》 平安中期の女房歌人。藤原順時の女明子。三条天皇の皇女禎子内親王（陽明門院）の乳母。生没年未詳。家集、弁乳母家集。後拾遺和歌集初出。 一三八

北条時頼《ほうじょうときより》 （一二二七―一二六三） 武蔵太郎と呼ばれた修理亮時氏の男。母は松下禅尼。執権・相模守となった。康元元年（一二五六）十一月二十三日、最明寺において出家、法名道崇。弘長三年（一二六三）十一月二十二日没、三十七歳。 一八四・二一五・二一六

北条宣時《ほうじょうのぶとき》 （一二三八―一三二三） 桓武平氏、北条氏、武蔵守朝直の男。陸奥守従四位下。執事となった。元亨三年（一三二三）六月三十日没、八十六歳。和歌は続拾遺和歌集初出。 二一五

法然《ほうねん》 （一一三三―一二一二） 諱は源空。浄土宗の開祖。美作国久米郡、押領使漆間時国の子。母は秦氏。幼名勢至丸。延暦寺の源光、皇円、黒谷の叡空などに学ぶ。善導や源信の教えにもとづき専修念仏を唱えた。流罪されたが、のち帰洛。建暦二年（一二一二）一月二十五日没、八十歳。 三九・二二七

墨子《ぼくし》 古代中国、戦国時代の思想家。姓は墨、名は翟。ただし、活動した年代や出身地については諸説がある。兼愛・非攻の説を唱えた。著作、墨子は門人の撰したものか。 二六

法顕《ほっけん》 中国、東晋の僧。インドに渡り、十二年間の旅行ののち帰国、大般涅槃経などを漢訳した。法顕伝はその旅行記。 八四

ま 行

又五郎《またごろう》 伝未詳。 一〇二

松下禅尼《まつのしたのぜんに》 秋田城介（安達）景盛の女。北条時氏の妻として、経時・時頼・為時・時定を生んだ。生没年未詳。 一八四

源顕基《みなもとのあきもと》 （一〇〇〇―一〇四七） 醍醐源氏、権大納言俊賢の男。権中納言従三位に至る。後一条天皇没後出家して大原に住んだ。法名円照。永承二年（一〇四七）九月三日没、四十八歳。 五

源有仁《みなもとのありひと》 （一一〇三―一一四七） 後三条天皇の三宮輔仁親王の男。左大臣従一位に至る。歌人としても知られ、逸話も多い。久安三年（一一四七）二月十三日没、四十五歳。和歌は金葉和歌集初出。 六

源有房《みなもとのありふさ》 （一二五一―一三一九） 村上源氏六条、右少将通有の男。長

らく前権大納言であったが、元応元年(一三一九)六月二十八日、死の直前に後醍醐天皇の意向により内大臣に任ぜられ、同年七月二日没した。六十九歳。六条、また禅林寺と号した。和歌は新後撰和歌集初出。兼好は正和二年(一三一三)九月一日、有房の男六条三位有忠から山科小野庄の田地を購入している。 一三六

源家長《みなもとのいえなが》 (?―一二三四) 醍醐源氏、蔵人大膳大夫時長の男。兵庫頭・但馬守従四位上に至る。後鳥羽院に仕え、和歌所開闔であった。文暦元年(一二三四)没、享年未詳。源家長日記は回想的な仮名日記で、新古今時代の資料として重要。新古今和歌集初出。 一四

源兼行《みなもとのかねゆき》 陽成源氏、僧延幹(上総公)の男。内匠頭・大和守正四位下に至る。生没年未詳。能書で内裏や寺院の額を書いたと伝える。 二五

源定実《みなもとのさだざね》 (一二四一―一三〇六) 村上源氏土御門、権大納言顕定の男。後久我内大臣通基のまたいとこに当る。通基が権大納言兼右大将の時、大納言であった。正安三年(一三〇一)六月二日太政大臣に任ぜられ、翌年に辞した。嘉元四年(一三〇六)三月三十日没、六十六歳。土御門太政大臣と号する。とはずがたりにも登場する。 一九六

源具氏《みなもとのともうじ》 (一二三二―一二七五) 村上源氏中院、右中将通氏の男。建長四年(一二五二)正月十三日右中将、文永四年(一二六七)二月二十三日参議に任ぜられた。建治元年(一二七五)九月十四日没、四十四歳。和歌は続古今和歌集初出。 一三五

源具親《みなもとのともちか》 (一二九四―?) 村上源氏堀川、権中納言具俊の二男。祖父堀川内大臣具守の猶子。後醍醐天皇の東宮時代にはまだ大納言になっていなかった。元亨三年(一三二三)十一月三十日権大納言に任ぜられ、嘉暦三年(一三二八)七月二十日辞した。翌年還任、元徳二年(一三三〇)には大納言に転じている。暦応二年(一三三九)十二月二十七日内大臣に任ぜられたが、翌年七月八日辞し、出家した。時に四十七歳。没年未詳。兼好家集の詞書に見える「権大夫殿」は文保二年(一三一八)三月九日から八月八日(九月三日とも)「女事」により解官されるまで春宮権大夫であった具親をさすかとされる。 二三八

源具守《みなもとのともまもり》 (一二四九―一三一六) 村上源氏堀川、堀川太政大臣基具の一男。正和二年(一三一三)十二月二十六日内大臣に任ぜられたが、翌年辞した。同五年(一三一六)一月十九日没、六十八歳。兼好家集に、具守を岩倉の山荘に葬った翌春、延政門院一条と交した贈答歌が存する。また、具守の女基子(西華門院、後二条天皇の生母)に求められて詠じた後二条院の追善和歌も存する。 一〇七

源範頼《みなもとののりより》 (?―一一九三) 清和源氏、左馬頭義朝の男。建久四年(一一九三)八月、兄頼朝により伊豆に追放され、殺された。 二二六

源雅清《みなもとのまさきよ》 (一一八二―一二三〇) 村上源氏、権大納言通資の二男。参議左中将正三位に至った。寛喜二年(一二三〇)四月二日没、四十九歳。和歌は新勅撰和歌集に一首見出される。ただし、吾妻鏡によれば、雅清の弟通時の男通清が唐橋中将と呼ばれている。 四二

源雅房《みなもとのまさふさ》 (一二六二―一三〇二) 村上源氏土御門、土御門太政大臣定実の一男。永仁三年(一二九五)十二月二十九日権大納言に任ぜられ、同五年十月十六日大納言に転じた。正安四年(一三〇二)九月二十八日没、四十一歳。 一二八

源通光《みなもとのみちみつ》 (一一八七―一二四八) あるいは「みちてる」と読むか。村上源氏久我、土御門内大臣通親の三男。母は後鳥羽院の乳母藤原範子。寛元四年(一二四六)十二月二十四日太政大臣に任ぜられた。

宝治二年(一二四八)一月十八日没、六十二歳。後久我太政大臣と号する。歌人としても知られ、新古今和歌集初出。一〇〇

源通基《みなもとのみちもと》(一二四〇—一三〇八) 村上源氏久我、右大将通忠の男。建治四年(一二七八)二月二十五日右大将に任ぜられ、正応元年(一二八八)七月十一日右大将は元のまま、内大臣に任ぜられたが、勅使を遣わされて辞職を求められ、同年十月二十七日両職を辞している。延慶元年(一三〇八)十一月二十九日没、六十九歳。後久我内大臣と号す。とはずがたりにも登場する。和歌は続拾遺和歌集に一首見出される。一九五・一九六

源光忠《みなもとのみつただ》(一二八四—一三三二) 村上源氏中院、六条内大臣有房の二男。元徳元年(一三二九)十月十日弾正尹、同二年十一月七日権大納言に任ぜられた。翌元徳三年正月五日正二位に叙されたが、二月十八日没した。四十八歳。中院と号した。和歌は続千載和歌集初出。一〇三

源光行《みなもとのみつゆき》(一一六三—一二四四) 清和源氏、光遠(光季)の男、大和守・河内守・民部丞・大監物などに任ぜられ、正五位下に至る。寛元二年(一二四四)二月十七日没、八十二歳。歌人、源氏物語の研究でも知られ、蒙求和歌・百詠和歌等の著作も存する。千載和歌集初出。二二五

源基俊《みなもとのもととし》(一二六一—一三一九) 村上源氏堀川、堀川太政大臣基具の二男。弘安八年(一二八五)四月十日検非違使別当となった。翌年これを辞している。正応二年(一二八九)九月伊豆国を給わり、鎌倉将軍久明親王の東下に従って下向、鎌倉亀ヶ谷に住した。同四年七月二十九日権大納言に任ぜられたが、翌年辞した。文保三年(一三一九)四月三日没、五十九歳。九九・一六二

源基具《みなもとのもととも》(一二三二—一二九七) 村上源氏堀川、内大臣具実の男。正応二年(一二八九)八月二十九日太政大臣に任ぜられたが、翌年には辞した。永仁五年(一二九七)五月十日没、六十六歳。九九

源義経《みなもとのよしつね》(一一五九—一一八九) 清和源氏、左馬頭義朝の男。母は常磐。平家追討に大功を立てたが、兄頼朝に疎まれて、奥州の藤原秀衡の許に身を寄せ、その没後、泰衡に攻められて、文治五年(一一八九)閏四月三十日、衣川で自殺した。三十一歳。二二六

明恵《みようえ》(一一七三—一二三二) 紀伊国の人、平重国の男。母は湯浅宗重の女。諱は高弁。華厳宗の高僧。栂尾高山寺中興の祖。寛喜四年(一二三二)一月十九日没、六十歳。家集、明恵上人集。和歌は新勅撰和歌集初出。一四四

妙観《みようかん》 宝亀十一年(七八〇)、摂津国の勝尾寺講堂の観自在菩薩像・四天王像を刻し、その像の前で遷化したと伝えられる(元亨釈書二十八)妙観をさすか。二二九

明禅《みようぜん》(一一六六—一二四二) 俗姓藤原氏北家顕隆流、参議成頼の男。比叡山の僧で、法印に至る。尊卑分脈に「毘沙門堂名人也」という。仁治三年(一二四二)五月二日没、七十七歳。九八

三善清行《みよしきよゆき》(八四七—九一八) 淡路守氏吉の男。母は佐伯氏。文章博士・大学頭・参議・宮内卿に任ぜられ、従四位上に至る。延喜十八年(九一八)十二月七日没、七十二歳。善家秘記・意見十二箇条などを著した。一七三

宗尊親王《むねたかしんのう》(一二四二—一二七四) 後嵯峨天皇の第一皇子。母は木工頭平棟基の女准三后棟子。中務卿だったので中書王という。鎌倉将軍とされたが、文永三年(一二六六)七月四日、北条時宗に廃された。文永十一年(一二七四)八月一日没、三十三歳。歌人として著名で、家集に、瓊玉和歌集・柳葉和歌集・竹風和歌抄などがある。続古今和歌集初出。一七七

明雲《めいうん》（一一一五—一一八三） 天台座主。俗姓村上源氏、源顕通の男。安元三年（一一七七）五月、後白河法皇に座主を罷免され、流罪されたが、比叡山の大衆が抑留した。寿永二年（一一八三）十一月十九日、木曾義仲が法皇の法住寺御所を襲った際に横死した。六十九歳。和歌は千載和歌集に一首見える。一四六

元良親王《もとよししんのう》（八九〇—九四三） 陽成天皇の第一皇子。三品兵部卿に至る。天慶六年（九四三）七月二十六日没、五十四歳。大和物語にも逸話が見える歌人。家集、元良親王集。後撰和歌集初出。一三三

盛親《もりちか》 伝未詳。一六三

や 行

やすら殿《やすらどの》 伝未詳。九〇

楊朱《ようしゅ》 古代中国、戦国時代初期の思想家。字は子居。墨子の兼愛説に対して為我の説を唱えた。この二人は「楊墨」としてしばしば併称される。三六

吉田《よしだ》 伝未詳。一八六

ら 行

隆勝《りゅうしょう》（一二六四—一三一四） 俗姓藤原氏北家末茂流四条、権大納言隆行の男。醍醐寺の僧。報恩院、釈迦院に住し、水本と号した。僧正に至る。正和三年（一三一四）十一月二十六日没、五十一歳（常楽記）。風雅和歌集に一首入集の他、続門葉和歌集に多くの歌が採られている。九〇

隆弁《りゅうべん》（一二〇八—一二八三） 俗姓は藤原氏北家末茂流四条、権大納言隆房の男。大僧正、鶴岡八幡宮別当、園城寺長吏となった。弘安六年（一二八三）八月十五日没、七十六歳。和歌は続後撰和歌集初出。二一六

良覚《りょうがく》 俗姓藤原氏北家公季流八条、従三位実俊の男で、比叡山延暦寺の僧。生没年未詳。嘉元元年（一三〇三）の嘉元仙洞百首の作者となっているので、この時までは生存していたか。時に八十代であったか。大僧正に至った。歌人でもあり、続古今和歌集初出。四五

良源《りょうげん》（九一二—九八五） 大僧正。近江国の人。天台座主となり、元三大師と称せられた。永観三年（九八五）一月三日没、七十四歳。二〇五

老子《ろうし》 古代中国、周の時代の思想家。楚の人。名は耳、字は聃（たん）、姓は李。周の守蔵室の史官であったという。無為自然に帰すことを説く。語録、老子（道徳経）は上下二篇から成り、河上公本は八十一章に分かつ。一三

わ 行

和気篤成《わけのあつしげ》 典薬助経成の男。典薬頭、元亨二年（一三二二）六月大膳大夫で正四位下に至る。生没年未詳。永仁年間、宇佐使とされている。一三六

徒然草　地名・建造物名一覧

あ　行

安居院《あごいん》　比叡山東塔竹林院の里坊で、現在の京都市上京区前之町にあった。澄憲・聖覚父子を初めとする安居院流唱導で知られる。悲田院の南西に当る。　五〇

足利《あしかが》　下野国。栃木県南西部。現在は大部分が足利市。足利氏発祥の地。古くから織物の名産地として知られる。　二一六

飛鳥河《あすかがわ》　大和国の歌枕。奈良県の北西部、竜門山地の高取山付近に発して北流し、奈良盆地のほぼ中央で大和川に注ぐ。長さは二四キロメートル。　二五

あだし野《あだしの》　山城国の歌枕、墓地とされる。現、京都市右京区嵯峨。ただし、八雲御抄五では名所かいなか疑問とする。　七

有栖川《ありすがわ》　京の西、嵯峨野を南流して、桂川に注ぐ川。　一一四

出雲《いずも》　丹波国桑田郡。現、京都府亀岡市千歳町出雲。出雲神社(出雲大神宮)がある。丹波国の一宮で、祭神は大己貴命・三穂津姫命。日本紀略・弘仁九年(八一八)十二月十六日にその名が見える。正応五年(一二九二)十二月二日正一位を授けられている。　二三六

伊勢《いせ》　伊勢神宮。皇大神宮(内宮)と豊受大神宮(外宮)を併せていう。内宮は伊勢国度会郡、現、伊勢市宇治館町。祭神は天照大神で、皇室の祖先神。外宮は、現、伊勢市豊川町。祭神は豊受大神。　二四・二〇二

伊勢の国《いせのくに》　現在の三重県の大部分。　五〇・一三三

一条《いちじよう》　京の一条大路。　一五三

一条室町《いちじようむろまち》　一条大路と室町小路の交叉するあたり。京の北東に当る。室町は京を南北に貫いていた小路。　五〇

因幡の国《いなばのくに》　現在の鳥取県の東部。　四〇

今出河《いまでがわ》　一条大路付近を流れていた川及びその流域の地名。川は現在暗渠となっている。中川はその下流に当る。流域には西園寺家から分かれた今出川家があった。　五〇

今の内裏《いまのだいり》　二条富小路内裏。二条北、富小路西にあった。鎌倉幕府が造内裏の料を献じたので、もともと内裏があった跡地、二条南富小路西の内裏の隣接地に新たに造営され、文保元年(一三一七)四月十九日、花園天皇が移徙したことが、花園院御記同日の条によって知られる。大略は閑院内裏を模したという。　三三

岩倉《いわくら》　京の北東の盆地。山城国愛宕郡、現、京都市左京区。山城国の歌枕とされる。古くは「石蔵」とも書いた。兼好家集に「堀河のおほいまうちぎみ(源具守)をいはくらの山庄にをさめたてまつりにし又の春」の延政門院一条との贈答歌が見えるが、明月記・嘉禄三年(一二二七)九月四日の条によれば、具守の曾祖父通具も岩倉に葬送されているから、山荘とともに堀河家代々の墓地があったと考えられる。　一〇七

石清水《いわしみず》　石清水八幡宮。山城国綴喜郡、現、京都府八幡市の男山の頂上にある。行教和尚が貞観二年(八六〇)宇佐八幡宮を勧請した。祭神応神天皇・神功皇后・玉依姫は、本地垂迹思想により、阿弥陀・観音・勢至と考えられていた。　五二

岩本社《いわもとしゃ》　賀茂別雷神社(上賀茂社)の境内にある末社。岩の上に社があるのでこう呼ばれる。吉田兼満の神祇拾遺によれば、祭神は住吉明神。　六七

院の御桟敷《いんのおんさじき》　上皇が行列などを見物するための桟敷屋。一条に半恒久的な桟敷屋があったらしいことは、明月記、宇治拾遺物語一六〇話などから知られるが、臨時に設けられることもあったらしい。古今著聞集十ノ三六八に見える二条室町の「院の御桟敷」は、大嘗会御禊行幸を見物するためのもので、明月記によれば、特に新たに設けられたものか。徒然草に見えるものは常設の桟敷か。　五〇

宇治《うじ》　山城国宇治郡、現、京都府宇治市。京の東南に位置する。古く、宇治川に架かる宇治橋両岸の集落を中心とする一帯を宇治郷と呼んだ。宇治川は急流なので、宇治の里には昔から水車が多かった。「をかしく舞ふものは、巫(かうなぎ)小楢葉車の筒とかや、平等院なる水車、囃せば舞ひ出づる蟷螂(いぼうじり)、かたつぶり」(梁塵秘抄二)、「ながめやる宇治の川瀬の水車とことはにこそ君はかけけれ」(夫木抄三十三・水車・宗尊親王)。　五一・八七

宇治大路《うじのおおち》　宇治にあった大路か。　八七

太秦《うずまさ》　洛西、双ヶ丘の南の地。現、京都市右京区太秦蜂岡町。広隆寺がある。二二七段では同寺を意味するか。本尊は聖徳太子像。秦河勝の創建と伝える。　一四・二三七

梅宮《うめのみや》　梅宮大社。山城国葛野郡、現、京都市右京区フケノ川町。祭神は本殿が酒解神・酒解子神・大若子神・小若子神、相殿が橘清友・橘嘉智子(檀林皇后)・嵯峨天皇・仁明天皇。式内社、橘氏の氏神。　二四

大井《おおい》　大堰川流域の土地。　五一

大井河《おおいがわ》　大堰川。保津川の下流、嵯峨・嵐山の麓付近をこのように呼ぶ。それより下、桂付近からは桂川となる。　五一・二〇七

大原野《おおはらの》　大原野神社。山城国乙訓郡、現、京都市西京区大原野南春日町。長岡京への遷都に際して春日神社を勧請したので、祭神は同社と同じく、武甕槌命・斎主命・天児屋根命・比売神。式外社。　二四

大原の里《おおはらのさと》　京都の北東の大原。現、京都市左京区。勝林院・来迎院・三千院・寂光院など、古寺が多い。遁世者が多く隠栖した地で、山城国の歌枕ともされる。　六一

大社《おおやしろ》　出雲大社。出雲国出雲郡、現、島根県簸川郡大社町杵築東にある。主神は大国主命。社殿は大社造りとして著名。　二三六

御室《おむろ》　本来は延喜四年(九〇四)三月、宇多法皇が仁和寺内に造営した居室(仁和寺御伝、古今著聞集十一ノ三八五)。転じて、仁和寺の門跡、また仁和寺の別称となり、また同寺付近の地名となった。　五四

か　行

廻鶻国《かいこつこく》　西域、ウイグル族が建国した国。「廻紇」とも記す。　二一四

春日《かすが》　春日大社。大和国添上郡、現、奈良市春日野町。祭神は武甕槌命・斎主命・天児屋根命・比売神。式内社で藤原氏の祖神。　二四

金沢《かねさわ》　現、神奈川県横浜市金沢区。北条実時に始まる金沢氏が領していた。実時の創設した称名寺・金沢文庫のある地。兼好家集に「武蔵国かねさはといふ所に昔住みし家のいたう荒れたるに泊りて、月あかき夜　ふるさとの浅茅が庭の露の上に床は草葉と宿る月かな」とあり、兼好は若い頃しばらく金沢に住んだことがあった。　三四

鎌倉《かまくら》　相模国鎌倉。現、神奈川県鎌倉市。幕府の所在地。　二九・三四

亀山殿《かめやまどの》　後嵯峨院が京の西、嵯峨の亀山の麓に造営した離宮。跡地は、現、京都市右京区嵯峨天竜寺芒ノ馬場町付近、天竜寺の地。洞院実雄(山階左大臣)の沙汰で造営され、建長七年(一二五五)十月二十七日移徙が行われた。古今著聞集八ノ三三一、五代帝王物語、増鏡六・おりゐる雲などにその有様が描かれている。　五一・二〇七

賀茂《かも》　賀茂神社。賀茂別雷神社(上賀茂)と賀茂御祖神社(下鴨)を併せていう。賀茂別雷神社は山城国愛宕郡、現、京都市北区上賀茂本山。祭神は賀茂別雷命。賀茂御祖神社は、現、京都市左京区下鴨泉川町。祭神は賀茂建角身命・玉依日売。式内社で山城国の鎮守。　二四・四一・六七

閑院殿《かんいんどの》　拾芥抄に「二条南、西洞院西一町」とある。もと藤原冬嗣の家。宝治三年(一二四九)二月一日焼亡し、建長三年(一二五一)関東の沙汰によって再建され、同年六月二十七日後深草天皇が遷幸したが、正元元年(一二五九)五月二十二日また炎上した。最初の焼亡と再建後の遷幸の有様は弁内侍日記に詳細に描写されている。正元元年の炎上は、五代帝王物語によれば、最勝講の行事官の下人の放火によるという。　三三

祇園精舎《ぎおんしょうじゃ》　須達長者が釈迦とその弟子のために中インドの拘薩羅(コーサラ)国舎衛城の南に建てた寺。祇園精舎は祇樹給孤独園精舎の略。法顕伝にその有様が描写されている。　三〇

貴布禰《きぶね》　貴船神社。山城国愛宕郡、現、京都市左京区鞍馬貴船町。祭神は闇龗神・高龗神。式内社。水の神。　二四

行願寺《ぎょうがんじ》　革堂とも呼ばれる京都の天台宗の古寺。皮聖と称された行円が寛弘元年(一〇〇四)一条北辺に創建した。現在は中京区に移転している。　八九

京極《きょうごく》　京の東京極大路。藤原定家の晩年の家は、一条京極、梅忠社の北にあった。明月記によれば、嘉禄二年(一二二六)十二月二十一日、初めてこの新築の家に宿している。この家ではしばしば月次歌会が行われた。為家集で「京極亭月次会」という京極亭がこの家である。　一三九

京極殿《きょうごくどの》　藤原道長の邸宅。土御門殿、上東門第とも呼ばれた。拾芥抄に「土御門南、京極西、南北二町」という。現、京都市上京区京都御苑。紫式部日記冒頭に、寛弘五年(一〇〇八)七月、後一条天皇誕生直前の土御門殿の有様が描かれている。　二五

清水《きよみず》　清水寺。山号は音羽山。京都東山の音羽山麓にある。山城国愛宕郡、現、京都市東山区清水一丁目。法相宗の本山。本尊は十一面観音。平安遷都後まもなく、延暦年間(七八二—八〇六)の創建と伝える。　四七

口なし原《くちなしはら》　くちなし(梔子)の生えている原と解するが、あるいは地名か。「木幡山あるはさながらくちなしの宿かるとても答へやはせむ」(新撰六帖五・藤原知家)。　八七

くらぶの山《くらぶのやま》　山城国の歌枕。「くらぶの山に宿りも取らまほしげなれど」(源氏・若紫)。具体的にどの山をさすか明らかで

はないが、鞍馬山のことかともいう。兼好家集でも「よぶこ鳥」の題で、「春のよのくらぶの山のよぶこ鳥心の闇を思ひこそやれ」と歌われている。 二四〇

鞍馬《くらま》 鞍馬寺。山城国愛宕郡、現、京都市左京区鞍馬本町。京の北、鞍馬山の中腹にある寺。本尊は毘沙門天。八世紀末の創建。真言宗だったが、のち天台宗となった。 二〇三

栗栖野《くるすの》 山城国宇治郡、現、京都市山科区の栗栖野か。花山から勧修寺にかけての東山東麓の野をいう。兼好は正和二年(一三一三)九月一日、六条三位有忠から山城国山科小野庄(現、京都市山科区)の田地を購入している。ただし、同愛宕郡、現、京都市北区の栗栖野とする説もある。 一一

花厳院《けごんいん》 仁和寺の院家。法橋景雅の房であった。宗信・定顕・定成と譲られ、沽却されたが、また仁和寺に寄せられた。鎌倉末期には弘舜が住している。 二〇八

沅湘《げんしよう》 中国の河川、沅水と湘水。沅水は貴州省に源を発して東北に流れ、湘水は広東省に源を発して北流し、共に洞庭湖に注ぐ。 二一

高野山《こうやさん》 真言宗の総本山金剛峰寺。紀伊国伊都郡、現、和歌山県伊都郡高野町。空海が弘仁七年(八一六)朝廷に奏請して聴され、同十年五月創建した。 一〇六

高良《こうら》 高良神社。男山の東北麓、いわゆる山下にある石清水八幡宮の摂社。筑前国高良山より勧請したと伝える。平家物語一・鹿谷に「甲良の大明神」と見える。 五二

久我縄手《こがなわて》 京の南、鳥羽から久我、淀を通って山崎に至る道。 一九五

小河《こがわ》 賀茂の二股川から発して、一条付近で堀川に注いでいた川。現在は暗渠となっている。 八九

極楽寺《ごくらくじ》 男山の東北麓にあった石清水八幡宮の別当寺。行教の弟子安宗が建立した。 五二

小坂殿《こさかどの》 天台宗の門跡、京都東山沿いの妙法院内の一院の名かという。 一〇

五条内裏《ごじようのだいり》 五条大宮内裏。五条の北、大宮の東にあった。百練抄などによれば、建長八年(一二五六)七月三日に完成し、後嵯峨院が妃大宮院とともに移徙している。そののち亀山天皇の内裏とされたこともあるが、吉続記・文永七年(一二七〇)八月二十二日の条によれば、吉田経長の家が焼けた際、類焼した。五代帝王物語に五条殿として見え、「大宮院の御所なるべしとて」父の常磐井大相国実氏が橘知茂の沙汰で造営したものだが、その後まもなく焼亡したので、再建されて「ゆゝしき御所」であったが、変化の出現することも多かったとして、その具体例を語り、焼亡も天魔の所為かとしている。 二三〇

五条の天神《ごじようのてんじん》 五条天神社。山城国愛宕郡五条大路南、西洞院大路東、現、京都市下京区天神前町。祭神は大己貴命・天照大神。平安京遷都の際に空海が勧請したと伝えられ、説話集などにも登場する。 二〇三

木幡《こはた》 山城国の歌枕。現、京都市伏見区の伏見山であるという。盗賊なども出没したらしく、都人に恐れられていた。「木幡山はいと恐ろしかなる山ぞかし」(源氏・浮舟)。 八七

さ 行

西園寺《さいおんじ》 衣笠山の北西、現在の金閣寺(鹿苑寺)の地にあった寺院。承久二年(一二二〇)十一月、藤原公経(西園寺太政大臣)が神

祇伯仲資王より入手した領地に造営した持仏堂。その規模の宏壮な有様は、増鏡五・内野の雪や、とはずがたり三に描かれている。　五〇・二三〇

最勝光院《さいしょうこういん》　後白河院の妃建春門院(平滋子)の御願寺。京都東山の法住寺殿付近に造営された。承安三年(一一七三)十月二十一日落慶供養が行われ、土木の壮麗、荘厳の華美を謳われたが、嘉禄二年(一二二六)六月四日焼亡した。明月記・正治二年(一二〇〇)閏二月十五日の条に「雖下向二最勝光院一見上レ花、時桜未レ開」とあり、早くから花見の場所であったらしい。同記にはその焼亡の翌日、これを慨嘆する記述も見出される。無名草子の冒頭近くにも、「最勝光院の大門あきたり」と見える。のち、後醍醐天皇が伝領した。　二二八

西大寺《さいだいじ》　奈良の古寺で、南都七大寺の一。現、奈良市西大寺芝町。称徳天皇が天平神護元年(七六五)創建した勅願寺。真言律宗の総本山。山号は秋篠山。中世、睿尊(興正菩薩)が再興し、戒律の道場となった。　一五三

西明寺《さいみょうじ》　唐の顕慶三年(六五八)、長安に建てられた寺。玄奘が住した。大和の大安寺は同寺を模したと伝える。「大安寺は、兜率天の一院を天竺の祇園精舎に移造、天竺の祇園精舎を唐の西明寺にうつしつくり、唐の西明寺の一院を、此国のみかどは、大安寺にうつさしめ給へるなり」(大鏡・藤氏物語)。三宝絵下、今昔物語集十一ノ十六、扶桑略記六、元亨釈書二十八、雑談集五にも同趣の記述がある。　一七九・二二八

嵯峨《さが》　山城国の歌枕。同国葛野郡、現、京都市右京区。地名の起源は地形に求められるという。　一一四

三塔《さんとう》　比叡山延暦寺の東塔(本院・一乗止観院)・西塔(宝幢院)・横川(楞厳院)の三所の総称。台嶺三塔ともいう。　二三八

山門《さんもん》　比叡山延暦寺のこと。　二三六

四条《しじょう》　京の四条大路。　五〇

しのぶの浦《しのぶのうら》　陸奥国の歌枕。「うちはへて苦しきものは人目のみしのぶの浦のあまの栲縄」(新古今集・恋二・二条院讃岐)などと歌われる。　二四〇

持明院殿《じみょういんどの》　持明院統の上皇(院)の御所。現、京都市上京区安楽小路町がその跡地。はじめ、藤原基頼が邸内に持仏堂を建てて持明院と名付けた。のちに持仏堂は安楽光院と改称され、持明院は同家の称号となった。承久の乱後、後高倉院の仙洞御所となり、後深草・伏見・後伏見院も仙洞御所としたので、後深草院の皇統を持明院統と呼ぶ。　五〇

宿河原《しゅくがわら》　武蔵国の多摩川の流域、鎌倉街道沿いの地か。現、川崎市多摩区に地名として残り、かつては多摩川の対岸狛江市にも同じ地名があった。ただし、摂津国説もある。　一一五

浄金剛院《じょうこんごういん》　亀山殿の別院。後嵯峨院の御願寺として、現在の京都市右京区、檀林寺の跡に建てられ、道観上人を長老とし、浄土宗の寺とした。後嵯峨法皇の遺骨は同院に納められた。足利尊氏が天竜寺を造立する際に、同じく嵯峨の二尊院に移されている。　二三〇

常在光院《じょうざいこういん》　京都の東山沿い、華頂山の下、真葛が原のあたりにあった寺院で、五山の宿徳の人の退隠の地だったという(雍州府志四、八)。　二二八

白河《しらかわ》　京の東山沿いを流れる白川流域一帯をさす。花の名所とされていた。兼好家集によれば、兼好は藤原(中御門)経継の「白河の山庄」で探題和歌を詠じている。　五〇

晋《しん》 中国古代の王朝、西晋(二六五—三一六)と、それに続く東晋(三一七—四一九)を併せていった。 二一四

真乗院《しんじょういん》 仁和寺の院家で、宜秋門院の御願寺。藤原顕季が最勝院を建立した時、房を造って、息律師覚顕を住せしめたのに始まるという。その後、長覚・印性と譲られ、僧正覚教が破損していた房舎を修造して、真乗院と号した。鎌倉末期には、裔助・頼助・教助・顕助らが住している。 六〇

神泉苑《しんぜんえん》 平安京造営の際に設けられた禁苑。現、京都市中京区門前町。平安時代には御霊会や請雨法が行われた。祈雨修法がしばしば行われたことを反映して、神泉苑の池は法成就池と呼ばれた。金沢文庫には、鎌倉時代後期に書写された神泉苑の請雨経法図が存する。 一八〇

住吉《すみよし》 住吉大社。摂津国住吉郡、現、大阪市住吉区住吉町。祭神は表筒男命・中筒男命・底筒男命(住吉三神)と神功皇后。式内社。軍神、船霊、和歌の神。 二一四

清閑寺《せいがんじ》 京の清水、音羽山中腹にある寺院。山城国愛宕郡、現、京都市東山区清閑寺山ノ内町。高倉天皇陵がある。兼好家集によれば、兼好は東下に際して、清閑寺に立ち寄って僧都道我に別れを告げている。 一六〇

千本釈迦堂《せんぼんしやかどう》 正しくは、瑞応山大報恩寺。山城国愛宕郡、現、京都市上京区溝前町。本尊は釈迦如来。承久三年(一二二一)求法上人義空の開創。藤原光隆(猫間中納言、家隆の父)の家司が家を寺にし、如琳上人澄空を請じたとも伝える。遺経教会として現在も行われている。兼好家集に、八月十五夜報恩寺に多くの人々が集まり詠歌した際、病んで参加できず、藤原(小倉)実教と贈答歌を交しているが、その報恩寺はこの寺と考えられる。 二二八・二三八

禅林《ぜんりん》 禅林寺。山号は聖衆来迎山、院号は無量寿院。一般に永観堂と呼ばれる。山城国愛宕郡、現、京都市左京区永観堂町。東山の麓、南禅寺の北にある。もとは古今集歌人藤原関雄の別荘。空海の弟子真紹の請いによって、貞観五年(八六三)九月六日定額寺とされた。当初は真言宗の道場で、仁和寺諸院家記でも仁和寺の遠所別院の一としているが、永観の入寺以後、浄土念仏の道場となり、永観は中興の祖とされ、永観堂の名で知られるようになった。本尊は阿弥陀如来。 四九

た 行

大覚寺殿《だいかくじどの》 洛西の嵯峨(現、京都市右京区嵯峨大沢町)にある大覚寺内の御所。大覚寺は嵯峨天皇の離宮、嵯峨院を、天皇の皇女正子内親王(西院皇后)が、貞観十八年(八七六)寺院としたもの。鎌倉時代、後嵯峨・亀山・後宇多の三上皇が住し、仙洞御所とされた。とくに後宇多院は大覚寺中興とされる。建武三年(一三三六)八月二十八日炎上した際、兼好の知人権僧正道我が嘆いて歌を詠じている。 一〇三

太神宮《だいじんぐう》 伊勢神宮のこと。 一三三・二〇三

高倉院の法花堂《たかくらのいんのほっけどう》 東山の清閑寺内の法華三昧堂。源通親の高倉院升遐記にも、「御わざの事はてにしかば、ゆくりなき三昧僧にあづけおきたてまつりて、法華道場をたてをさめ、おのおのゆきわかれにき」「御月忌に法花だうへまゐりて」などと見えるが、その跡地は未詳。 一三四

竹谷《たけだに》 京都東山沿いの清水寺の東南の谷。 二二二

丹波《たんば》 丹波国。現在の京都府と兵庫県にまたがる。 二三六

筑紫《つくし》　九州、とくに北九州をさす古称。　六

鶴が岡《つるがおか》　相模国鎌倉の鶴岡八幡宮。現、鎌倉市雪ノ下。代々の鎌倉将軍の信仰篤く、幕府の政治の精神的拠り所であった。　二一六

天王寺《てんのうじ》　四天王寺。摂津国難波、現、大阪市天王寺区。聖徳太子の建立と伝える古寺。　二二〇

東三条殿《とうさんじようどの》　宇多上皇の後院で、東三条院(藤原兼家の女詮子)などの御所であった。藤原氏の代々の長者が伝領した。拾芥抄に「二条南、町西、南北二町」と見える。跡地は現、京都市中京区。　一五六

東寺《とうじ》　正しくは教王護国寺。京の南、九条(現、京都市南区九条町)にある真言宗の寺。本尊は薬師如来。平安奠都の際に造営された官寺。　一五四・一九六

東大寺《とうだいじ》　奈良にある聖武天皇勅願の寺。南都七大寺の筆頭。現、奈良市雑司町。本尊の盧舎那大仏像開眼供養は天平勝宝四年(七五二)に行われた。　一九六

栂尾《とがのお》　山城国葛野郡、現、京都市右京区梅ヶ畑栂尾町。高雄・槙尾とともに、三尾の一。清滝川が流れ、栂尾山高山寺がある。　一四四

鳥羽殿《とばどの》　白河上皇が寛治元年(一〇八七)京の南、鳥羽に建造した離宮。鳥羽離宮。城南離宮ともいわれた。扶桑略記にその規模の宏大な有様が記されている。　一三二

鳥羽の作り道《とばのつくりみち》　平安京の羅城門、四塚から上鳥羽を経て、鳥羽を一直線に南下し、久我縄手に接する道。梁塵秘抄二にも「いざれこまつぶり、鳥羽の城南寺の祭見に、われはまからじ恐ろしや、こりはてぬ、作り道や四塚に、あせる上馬の多かるに」と歌われている。　一三二

鳥部野《とりべの》　鳥辺山に同じ。　一三七

鳥辺山《とりべやま》　鳥辺野ともいう。山城国の歌枕で葬地。現、京都市東山区。阿弥陀ヶ峰山麓。　七

な　行

奈良の都《ならのみやこ》　大和国、現奈良市に営まれた平城京。元明天皇の和銅三年(七一〇)三月十日奠都し、桓武天皇の延暦三年(七八四)十一月十一日、長岡京に遷都するまで、王城の地であった。　一三九

双の岡《ならびのおか》　山城国の歌枕のように見なされていた岡。現在は双ヶ丘という。平安京の西、仁和寺の南方に位置する丘陵。現、京都市右京区御室双岡町。一ノ丘、二ノ丘、三ノ丘とある。兼好家集に「ならびのをかに無常所まうけて、かたはらに桜を植ゑさすとて　契りおく花とならびのをかのへにあはれ幾世の春をすぐさむ」とある。　五四

那蘭陀寺《ならんだじ》　六波羅蜜寺の西にあった(京都府地誌)といい、また、轆轤町の東南にあった(京都坊目誌)とも伝えるが、未詳。　一七九・二三八

那蘭陀寺《ならんだじ》　インドの那蘭陀寺。中インド摩竭陀(マガダ)国王舎城の北にあった。施無厭寺と訳す。玄奘が渡った時、仏教の中心地であった。　一七九

西山《にしやま》　京都盆地の西側の山々。兼好家集によれば、西山で花見をして歩いたことがある。　一八八

仁和寺《にんわじ》　山号を大内山と号し、真言宗御室派の総本山。山城国葛野郡、現、京都市右京区御室大内。京の西、大内山の南麓にある。光孝天皇の勅願寺。仁和四年(八八八)金堂供養が行われ

た。　五二・五三・二八

野の宮《ののみや》　斎宮または斎院（賀茂神社に奉仕する）が皇居の初斎院から移ってさらに潔斎生活をする宮。現在、野々宮神社と呼ばれる神社が、京都市右京区西院日照町、同区嵯峨野々宮町などにあり、いずれも伊勢斎宮の潔斎所の旧跡であったらしい。　二四

は　行

橋本社《はしもとしや》　賀茂別雷神社（上賀茂社）の境内にある末社。御手洗川に架かる橋のほとりにあるので、こう呼ばれる。吉田兼満の神祇拾遺によれば、祭神は浦明神。　六七

比叡の山《ひえのやま》　比叡山延暦寺。比叡山は山城国（京都府）と近江国（滋賀県）との境に位置する山。延暦七年（七八八）最澄が創建した。延暦寺は同山中の天台宗の総本山。延暦七年（七八八）最澄が創建した。兼好家集によれば、兼好は比叡山で遅桜を見たり、雪の降る日登ったりしている。　四七・二〇五

悲田院《ひでんいん》　病人・窮者・孤児などを救済する寺院。平安奠都後、東山沿いと鴨川西の二箇所に設けられたが、仁安三年（一一六八）両悲田院が火災で類焼したのちは、鴨川西の地のものだけが再建され、安居院付近に移されたのは延慶元年（一三〇八）のことという。跡地は、現、上京区扇町。ただし、公衡公記（後深草院崩御記）・嘉元二年（一三〇四）八月二十日の条に、「安居院悲田院…東悲田院」と見える。　一四一

平野《ひらの》　平野神社。山城国葛野郡、現、京都市北区平野宮本町。祭神は今木神・久度神・古開神・比売神。式内社。平氏・高階氏・大江氏等の氏神。　二四

広沢の池《ひろさわのいけ》　現、京都市右京区嵯峨広沢町。永祚元年（九八九）寛朝が遍照寺を建立した際に掘られたと伝える。遍照寺の東に位置する。月見の名所とされ、六百番歌合の秋の題に、「広沢池眺望」がある。　一六三

東山《ひんがしやま》　鴨川の東岸、京都盆地の東側に南北に連なる山々。洛東の地を広くさしていうこともある。　五〇・一八八

舟岡《ふなおか》　京の北、紫野の西にある岡。現、京都市北区。西行も「舟岡の裾野の塚の数添へて昔の人に君をなしつる」（山家集）と歌っており、葬送地であった。　一三七

遍照寺《へんじようじ》　山号を広沢山と号する、真言宗御室派の寺。山城国葛野郡、現、京都市右京区嵯峨広沢西裏町。広沢の池の西にあった。現在は堂宇の一部が池の南にある。花山天皇の勅願により、永祚元年（九八九）僧正寛朝が開創した。　一六三

法成寺《ほうじようじ》　藤原道長が創建した寺院。拾芥抄に「近衛北、京極東」という。現、京都市上京区。極楽浄土を思わせるというその壮麗な有様は、栄花物語十六・もとのしづく、同十七・音楽、十八・たまのうてなに詳述されている。花園院御記・元弘元年（一三三一）十月七日の条に、「北方有㆑火、大炊御門朱雀西頬云々、人々群集、余炎及㆓法城寺㆒、阿弥陀堂回禄了」と見える。　二五

堀河殿《ほりかわどの》　堀河大納言と呼ばれた源通具（村上源氏、土御門内大臣通親の男）と、その子孫の邸宅。明月記・元仁二年（一二二五）四月二日の条に「通具卿於㆓堀川家㆒白拍子会」と見え、同嘉禄二年（一二二六）五月六日の条には、通具が失火後「新㆓造居住㆒、堀川構㆓潺湲㆒之間」、その子息具実が二条大宮泉に入り、奇巌怪石を盗み取ったと記すが、その所在地は明らかではない。堀河は堀川とも書き、平安京の左京のほぼ中央を流れる川。中世に

はほぼ堀川通を南流、一条戻橋で小川を併せ、上鳥羽で天神川に合流し、運河として利用されていた。現在は鴨川に合流する。二八

ま行

松尾《まつのお》　松尾大社。山城国葛野郡、現、京都市西京区嵐山宮町。祭神は大山咋神・市杵島姫命。式内社。酒の神とされる。二四

万里小路殿《までのこうじどの》　底本は「万里少路」と表記するが、正しくは「万里小路」。冷泉万里小路殿のこと。冷泉の北、万里小路の西、高倉の東、大炊御門の南にあった。五代帝王物語で後嵯峨天皇の践祚を述べた箇所に、「今日冷泉万里小路の御所へ入せ給て、賢所剣璽などわたしまいらせて践祚の儀あり。此御所は四条大納言隆親卿の家也。…御脱屣のゝちも、始中終此御所にわたらせ給ふ。目出度吉所也」とあるのによれば、後嵯峨天皇の里内裏であったが、大覚寺統の伝領するところとなった。増鏡十一・さしぐしに、後宇多院がいとこの遊義門院(後深草院の内親王姈子内親王)を冷泉万里小路殿に住まわせて愛したと語り、同十三・秋のみ山には、「こたみの春宮には、後二条院の一の御子(邦良親王)定まり給ぬれば、御門(後醍醐天皇)坊にておはしましし時のまゝに、冷泉万里小路殿寝殿に移り住ませ給へるに」とある。二三八

三井寺《みいでら》　園城寺。山号を長等山と号し、天台宗寺門派の総本山。近江国滋賀郡、現、滋賀県大津市。天武九年(六八〇)頃、大友与多王の創建と伝える。文保三年(一三一九)四月二十五日、延暦寺の大衆によって焼かれた。八六

三輪《みわ》　三輪明神と呼ばれる大神神社。大和国城上郡、現、桜井市三輪町。祭神は大物主大神・大己貴神・少彦名神。式内社。二四

武蔵国《むさしのくに》　現在の東京都・埼玉県と神奈川県の一部。二二四

無常院《むじょういん》　祇園精舎の外四十九院の一。精舎の西北角にあり、病者を収容した。二二〇

無量寿院《むりょうじゅいん》　法成寺の中心伽藍である阿弥陀堂。寛仁四年(一〇二〇)三月二十二日、落慶供養が行われた。花園院御記・元弘元年(一三三一)十月七日の条に、「阿弥陀堂回禄了」と見える。二五

や行

やけの　所在未詳。一七九

柳原《やなぎはら》　京都上京の地名。室町寺之内上ルのあたりかという。四六

八幡《やはた》　石清水八幡宮のこと。二二三

山(男山)《やま(おとこやま)》　男山では頂上を山上、麓を山下といった。五二

靫の明神《ゆきのみょうじん》　由岐神社。山城国愛宕郡、現、京都市左京区鞍馬本町。鞍馬寺境内、仁王門の北にある、同寺の鎮守の神。祭神は大己貴命・少彦名命。天慶三年(九四〇)の勧請と伝える。二〇三

横川《よかわ》　比叡山の三塔の一。根本中堂の北。その中堂は首楞厳院で、円仁の創建。兼好家集に「よ河に住み侍りし頃、霊山院にて、生身供の式を書き侍りし奥に書き付く　うかぶべき便りとをなれ水茎の跡とふ人もなき世なりとも」「人に知られじと思ふ頃、ふるさと人のよかはまで尋ね来て、世の中のことどもいふ、いとうるさし　年ふればとひこぬ人もなかりけり世の隠れがと思ふ〈しめし〉山路を」などと見え、横川に住んだことがあったと知られる。一九九・二三八

吉田《よしだ》　吉田神社。山城国愛宕郡、現、京都市左京区吉田神楽岡町。春日神社を勧請したので、祭神は同社と同じく、武甕槌命・斎主命・天児屋根命・比売神。式外社。二四

吉野《よしの》　大和国の歌枕。現、奈良県吉野郡吉野町。吉野山はかつて世捨て人の隠栖の地であったが、平安時代以来、花の名所とされる。一三九

吉水《よしみず》　山城国愛宕郡、現、京都市東山区円山町の安養寺の寺伝によれば、同寺は最澄の創建になり、建久年間(一一九〇―一一九九)慈円が住み、吉水坊と称し、青蓮院に属せしめたという。旱魃の歳に霊応ある水が湧いていたと伝える。慈円を吉水の和尚ともいうのは、この吉水坊にちなむ。六七

ら　行

凌雲観《りょううんかん》　古代中国、魏の明帝が建立した高楼。韋誕を籠に入れ、轆轤で引き上げて額を書かせたところ、地上に降りた時には鬢髪が真白であったという。一二九

竜華院《りょうげいん》　横川の四季講堂の別名か。二三八

六波羅《ろくはら》　鴨川の東岸、五条末と七条末との間一帯を呼んだ。現、京都市東山区。この地に鎌倉幕府の京都政庁である六波羅探題(北方と南方に分かれていた)があったので、単に六波羅で六波羅探題を意味することもある。一五三・一七九

わ　行

渡辺《わたのべ》　摂津国西成郡の地名。難波江の渡り口なのでいうとされる。一八八

解説

方丈記管見

佐竹昭広

一

底本とした大福光寺本方丈記は、京都府船井郡丹波町(旧高原村)大福光寺所蔵の巻子一軸である。大正十五年四月、国宝指定、昭和二十八年の改訂で重要文化財となった。国宝指定時の調書・報告書の類は、現在文化庁に残っていないという。本書がはじめて世に紹介されたのは指定の前年、大正十四年三月刊、古典保存会の複製による。解説の執筆は山田孝雄。国宝指定の根拠も、概ね解説と同趣旨だったと理解してよいであろう。

この本は京都府丹波国船井郡高原村大福光寺に蔵するものにして最近の発見にかかる。原本は巻子にして一巻なり。紙質は白色斐紙にして紙幅は縦九寸四分 首の一紙は横一尺二寸五分 末の一紙は横九寸七分、その他は横一尺五寸五分にして総計十一枚あり。表紙は縹色厚手の鳥子紙にして幅六寸三分あり、絹の細き打紐をつく。題簽は白色の斐紙に「方丈記」と記せり、これ等はすべて当初のままと見ゆ。題簽の下に「鴨長明御自筆」と後人の記入あり。原本の末に別に白楮紙を継ぎ、これに「親快」の名を以てこの本が長明自筆のものなる由を記せることと複製本に見る所の如し。親快は当時の醍醐寺の僧なれど、この奥書は果して親快の自署なりや疑ふべきなり。原本にはすべて欄界を施さず完備の全紙につきていへば、一枚廿八行乃至三十六行にして行書片仮名交りに書け

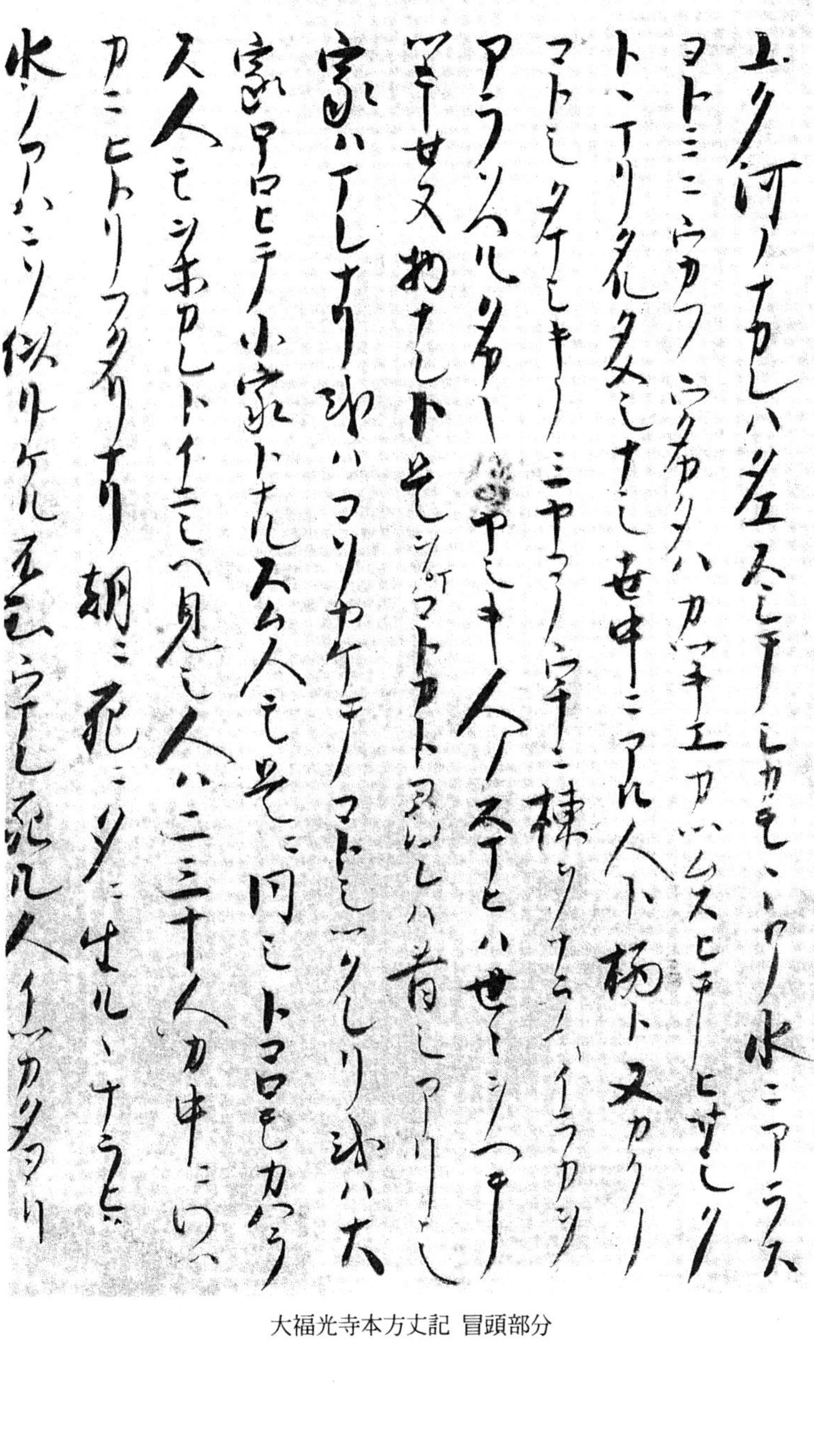
ユク河ノナカレハ絶スシテシカモゝトノ水ニアラス
ヨトミニウカフウタカタハカツキエカツムスヒテヒサシク
トゝマリタル例ナシ世中ニアル人ト栖ト又カクノ
コトシタマシキノミヤコノウチニ棟ヲナラヘイラカヲ
アラソヘル高キイヤシキ人ノスマヒハ世ゝヲヘテツキ
セヌ物ナレトモマコトカト尋ヌレハ昔シアリシ
家ハマレナリ或ハコソヤケテコトシツクレリ或ハ大
家ホロヒテ小家トナル住人モ是ニ同シトコロモカワラ
ス人モ多カレトイニシヘ見シ人ハ二三十人カ中ニワツ
カニヒトリフタリナリ朝ニ死ニ夕ニ生ルゝナラヒタヽ
水ノアハニソ似タリケル不知生レ死ル人イツカタヨリ

大福光寺本方丈記　冒頭部分

り。本書は書体を以て按ずるに鎌倉時代中期を下らざるものなるべくして「ツ」「マ」「キ」「ホ」「ワ」等に古体の仮名を用ゐたるなど、文字上の研究資料としても価値存す。本書には所々に誤脱あり。ことに複製本の第四張第七行の「所ノアリサマヲミルニ」と「南ハ海チカクテ」との間には約一行の脱文あるに似たり。これらを以て長明自筆の原本とは見るを得ざるものと思はるれども、現今世に知られたる方丈記としてはこの本を以て最も古しとすべく、著者の年代を距ることもさほど遠からぬものなるを思ふときは本書は頗る貴重すべきものなりとす。……要するに、本書が鴨長明自筆の原本にあらざるはいふまでもなけれど、本書の文の如き方丈記が、既に著者を距ること遠からざる時代に存したりといふことは認めざるべからず。

「果して親快の自署なりや」と疑われた奥書については、「寛元二年に親快がこの方丈記を見て、これを証したといふことは、種々の点から事実と思はれるから、たとひそれが親快の自筆乃至当時のものでないとしても、それは何かの事情で、後から以前あつた親快の奥書を模し、別の紙を継いで書き改めたものであらう。換言すれば、奥書は親快の自筆乃至親快当時の現物でないにしても、親快が寛元二年に、西南院より伝へた方丈記に対し、長明の自筆であることを証したと云ふ事実は、十分にこれを認容してよい」とする後藤丹治の解釈(「方丈記の基礎的研究」『中世国文学研究』、昭和十八年刊)があり、また、川瀬一馬による、更に具体的な考証も行なわれている。

この本の巻末に、江戸初期、元禄少し前頃まで次の識語があったが、それを、新しく別紙を継ぎ足して、書き改めたのが現在見られる奥書である。

方丈記長明自筆也従西南院相伝之

寛元四年十一月十二日　沙弥親快判

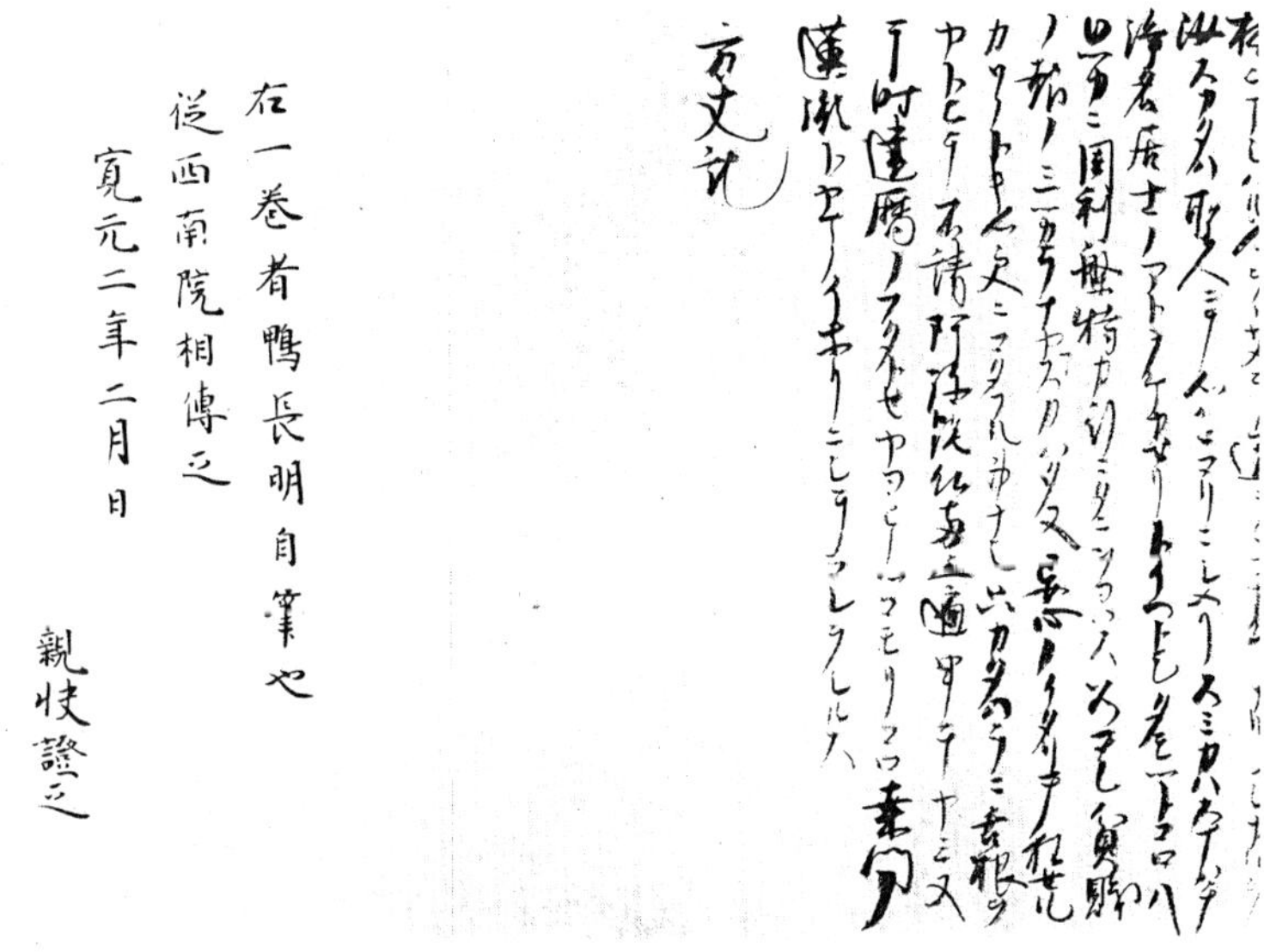

大福光寺本方丈記 奥書

（書き改め奥書）

右一巻者鴨長明自筆也従西南院相伝之

寛元二年二月　日　　親快証之

これらのことは前に詳しく論じたので、今ここには詳しく述べないが、寛元四年は長明歿後三十年、この本を持っていた醍醐寺の西南院の住持などは、あるいは長明と面識があったかもしれないと思われる時代である。親快は醍醐寺第二十五代の座主に補せられた学僧で、この識語をしるした寛元四年には三十二歳である。日野に近い醍醐の子院に長明自筆の方丈記が伝存していたのは、大いにありそうなことで、親快の手に入った方丈記は以来醍醐寺に伝わり、ずっと後になって、同じ真言宗の末寺なる大福光寺へ移ったものである。

（昭和四十六年刊、講談社文庫『方丈記』解説）

川瀬氏は「国宝大福光寺本方丈記は鴨長明自筆なり」（日本書誌学之研究、昭和十八年刊）以来一貫して長明自筆論者、後藤氏は自筆説に惹かれながらも、「私の今の立場としては(大福光寺本が長明の著述かどうか分ればよいのであるから)そこまで解釈する必要はない」」、多分、親快の鑑識に誤りはないであろうが、「文中に誤脱のあることを殊更に重く見て、非自筆論者に一歩を譲ることにしよう」、「私はこの大福光寺本方丈記は長明の自筆ではないにしても、なほそれが長明の著述であることは、どうしても認めざるを得ないのである。尤も建長年代の十訓抄を始め、古文献に方丈記のことをしるし、方丈記の文章を引いたものは多少あるが、それによつて、この種の方丈記を長明の真作であると決定し得るものは一つもない。この点に於て、大福光寺本の親快の跋文は、甚だ貴重なものと謂はねばならない」。ここには、藤岡作太郎(鎌倉室町時代文学史)、野村八良(鎌倉時代文学新論)などの方丈記偽書説に対する批判の意味が込められている。

　親快の伝については、折しも「法流錯乱」(醍醐寺座主法流血脈)の時に当たり、詳細は知りがたい。没年は建治二年(一二七六)五月二十六日、六十二と三宝院伝法血脈に載る。伝法灌頂師資相承血脈(醍醐寺文化財研究所『研究紀要』第一号、昭和五十三年)に、「建長二年十一月二十日、印可、三十六」とあるので、双方から逆算して、生年は建保三年(一二一五)であることが確かめられる。長明の死の前年の生まれであった。師道教が嘉禎二年(一二三六)五月二十六日、三十七歳で早世した時、親快は二十二歳だった。入滅の二日前、五月二十四日、道教は親快に無作法灌頂を授け、弟子の深賢に、他日、具支灌頂を授けるべき遺言を残した。具支灌頂は、三年後、暦仁二年(一二三九)に授けられた。建長年中には憲深からも印可を受けたと三宝院伝法血脈に見えるが、これは三十六歳の印可のことであろう。

　西南院の方丈記を親快はどのような経路で相伝したのか。師道教は三宝院・遍智院・覚洞院・西南院・大智院の「五ヶ院主」であった。その西南院で、親快は決疑抄を書写し(仁治四年三月十三日)、秘蔵記抄を書写し(寛元元年五月十四日)、仁和寺海恵僧都の筆海要津を書写した(寛元三年三月二十八日)。いずれも東寺蔵該書の識語によって明らかである。彼が西南院主から方丈記の相伝を受けた時期といささかも矛盾しない。相伝が寛元二年なら親快は三十歳、四年なら三十二歳である。

而して此の大福光寺本は寛元二年に既に西南院から相伝してゐたといふのであるから、勿論寛元二年以前に書かれたものでなければならない。殊に「長明自筆也」と証し、「相伝之」といつたこの識語は、決して新写本に対して発せらるべき言ではない。相当に古い写本に対して言はれるべき語であるから、この大福光寺本方丈記は寛元二年当時、既に古い伝本であつたに相違ない。しかるに寛元二年は長明の没したと云ふ建保年代を隔つること、僅かに三十年前後である。から見て来ると、この大福光寺本方丈記の書写されたのは、長明在世当時か、乃至それに極めて接近した時代であつたらう。(後藤丹治『中世国文学研究』)

同感である。少なくとも、時の西南院主、前の道教、その前の院主と三代ぐらいは経ていなければ不自然だと思う。長明の没した年、道教はまだ十七歳であった。その前の院主あたりを想定すれば、長明との交流もあり得ないことではない。

二

しかし、長明の自筆本であるか否かという問題は依然として解決しない。彼の真蹟が他に伝存しない以上、筆跡鑑定はできない。誤字が多いといっても、自筆本には誤字がないときめてかかること自体、危険である(池上禎造「自筆本と誤字」『漢語研究の構想』)。問題は誤字の質にある。

また、誤字とか脱文とか認定する必要のない箇所を、理解の行き届かぬままに速断してしまう危険も常にある。古典文庫『方丈記五種』の解題(松浦貞俊)に、従来、大福光寺本の脱文・誤字と見られて来た主な例が掲出されているので、それを参照してみる。

前記山田博士解説にみえる約一行の脱文とは、前田家本に拠りても、

その地ほどせばくて条里をわるにたらずきたはやまにそひてたかく

の三十字が、こゝに入るべきだと推定出来る。その他、飢饉の条に、「夏ウフルイトナミ」とある上に、「空しく春耕し」と云ふ語句が、前田家本、流布本にはあるが、こゝは対偶を以て綴られてゐる文章修辞の上からみて、正に在る可き一句であり、同条の隆暁法印の行蹟を叙した個所に於ても、「ひじりあまたかたらひて」(前田家本)、「聖を余多かたらひつゝ」(流布本)の一句が、両本には在つて大福光寺本にはない。また草庵の閑寂を叙した個所では、「今草庵ヲアイスルモ」の下に、「とがとす」といふ一語が前田家本には存し、それより七字距てて、「サハカリナルベシ」とある一句は、前田家本の「さはりなる」、流布本の「障なる」と対比して、「カ」は誤記衍文なることが知られる。右は誤脱の主なるものである。このほか、「ワガ、ミ」「更▲スヱハノ」「名ヲ、トハ山トイフ」「トヲクマキノ▲カヾリビ」「ハイムヤ」など、▲点の個所に錯乱、衍文・誤脱が認められる。また不審なのは、「セミウタノヲキナ」「サルマロマウチキミ」といふ書き様で、まことに奇異に感ぜられる。流布本には夫々「蟬丸翁」「猿丸大夫」とある。

これらの箇所については、本書の脚注にも指摘し、あるいは私見を記した。

まず、「セミウタノヲキナ」は、蟬歌の名手である翁、即ち蟬丸の意であって、大福光寺本の本文のまま解すべき

こと、安良岡康作『方丈記全訳注』(講談社学術文庫、昭和五十五年刊)に殊に詳しい。

「サルマロマウチキミ」も、脚注に引いたように、猿丸大夫の呼称として使用された鎌倉期の例(京大図書館中院文庫『古今秘註抄』)があって、奇異なことではない。

「マキノカヾリビ」は、「槙の嶋」の略称と考えた方が適切と思う。「マキノシマノカヾリビ」では、冗漫の感があるので意識して略したのではないか。

「更スヱハノヤドリ」の「更」は、サラニと読むのであろう。「ニ」脱とは断定しかねる。

以上の四例、とりわけ先の二例は、大福光寺本の本文を軽々に疑ってかかることに猛省を促すはずである。たとえ、「名ヲ、トハ山トイフ」の箇所が、すべての諸本に「とやま」「外山」とあっても、大福光寺本の本文はあくまで慎重に読まれなければならない。大福光寺本は「名ヲ音羽山トイフ」で十分に理解可能なのである。この解釈は水原一の『方丈記全釈』(中道館、昭和五十年刊)に示されている。

注釈書によっては、この辺に音羽山という山はないとするものもある。しかし音羽山は山城・近江の境界に当る大嶺の名であって、笠取山に連って伸び、醍醐山・日野山などはその音羽山の一部なのである。『とはずがたり』(後深草院二条作、中世女流日記の傑作)巻四に、尼となった作者が後深草院に呼ばれて伏見御所に行った記事があるが、

(院のお話を)つくづくと承りゐたるに、おとはの山の鹿の音は涙をすゝめがほに聞え、即成院の暁の鐘は明けゆく空を知らせがほなり。

と記されている。伏見は北・西・南に山はない。これは東方の深草・木幡などの丘陵部も含めすべて音羽山に

つゝみこまれるからこう言ったのである。長明が自分の住む日野山を「音羽山」と言ったのは何等不都合ではない。底本の「ヽ」「ハ」の二字を筆の誤りと見るのも無理で、やはり「音羽山」のつもりで書いたものとしか思われない。これを受けて「まさきのかづらあとをうづめり」と神遊び歌を連想するには「外山」の方がより好都合であり、諸本もこの線にそって「外山」に改めたのであろうが、山景の表現に「まさきのかづら」を言う例はきわめて多く、神遊び歌のみを問題とすべきでもない。大福光寺本を底本とする限りでは、音羽山を認め、長明自身の歌(語釈に示した)にもあるような軽い連想で「まさきのかづら」と続けたものと見ておきたい。

狭義の音羽山は逢坂関の南方、海抜五九三メートルの、いわゆる牛尾山であるが、北は逢坂山に続き、南は千頭岳・笠取山・岩間山・高塚山・醍醐山・日野山・炭山・宇治山と連る連山を成している。

逢坂関や逢坂山も音羽山のうちに含まれていたことは、次の歌を読めばわかる。

つれなさは猶かはらでや山科の音羽の山の音に立つらん　(千五百番歌合・一一五七左)

音羽山今朝の霞をかきわけて心ぞかよふ白川の関　(拾玉集二)

音羽山卯の花がきに遅桜春と夏とや逢坂の関　(夫木抄・夏一)

鳴神の音羽の滝やまさるらん関のこなたの夕立の空　(夫木抄・夏三)

逢坂のかけひの水に流るるは音羽の山の紅葉なりけり　(夫木抄・雑十五)

音羽の滝は、誰も知る清水寺のそれ以外に、逢坂の南(牛の尾)、遠くは比叡山麓西坂本にもあったらしい。

比叡の山なる音羽の滝を見てよめる　ただみね

落ちたぎつ滝の水上年つもり老いにけらしな黒き筋なし　(古今集・雑上)

毘沙門堂本古今集註に「音羽ノ滝ト云者、西坂ノ水ノミノ下ニ落タル滝也」と言い、「音羽ノ滝、相坂ニモ有ニ依テマギラハサジトテカク書キ分タル也。ヒエノ西坂本ニアリ。キラヽ坂水ノミノ地蔵ノワキヨリ落ル也」と、兼載の古今私秘聞に言う。その西坂本には、比叡の音羽川の水を導き入れた庭園があった。

権中納言敦忠が西坂本の山庄の滝の岩に書きつけ侍りける　伊勢

音羽川せき入れて落す滝つ瀬に人の心の見えもするかな　（拾遺集・雑上）

事書の敦忠は、作者伊勢の活躍期に合わず、一時代後の世代に属する。伊勢の家集に彼の名はない。

ある大納言、ひえさかもとに音羽といふ山のふもとに、いとをかしき家つくりたりけるに、

音羽川をやり水にせきいれて、滝おとしなどしたるを見て、やり水のつらなる石にかきつく

音羽川せきれておとす滝つせに人のこころの見えもするかな

これは西坂本に音羽山と呼ばれる山があったことの確証ではないか。延暦寺の在る山嶺を「ひえ」と呼ぶ名の定着したのと重なるようにして、音羽山という古称がなお存続していたことを推察させる。音羽の名は、山名においては、延暦寺の興隆に押されて、逢坂以北では早く影薄くなり、以南でも次第に一嶺に狭められていったが、川や滝などの小地名は辛うじて後々まで生き残ったということなのであろう。

かくして、音羽山とは、元来、北は叡山から南は宇治山に及ぶ大山系の総称だったと推測される。源氏物語にも、椎本巻、薫が八宮を訪問するくだりに、

宇治に詣でて久しうなりにけるを、思ひ出て参り給へり。七月ばかりになりにけり。都にはまだ入り立たぬ秋のけしきを、音羽の山近く、風の音もいと冷やかに、槙の山辺もわづかに色づきて、なほ尋ね来たるに、をかしう

珍らしう覚ゆるを、宮はまいて例よりも待ち喜び聞え給ひて……

とあって、宇治東方の山々も音羽山と呼ばれていたことを看取し得る。水原氏の卓説通り、長明の日野山もまた音羽山の一部に属した。大福光寺本の本文「名ヲ、トハ山トイフ」は、決して間違いではない。単純そうな誤写に見えるとはいえ、「名ヲト山トイフ」を「名ヲ、トハ山トイフ」と写し誤るのは、かなり混み入っている。逆に「名ヲ、トハ山トイフ」を「とやま」「外山」に改変する心理は容易に理解できる。

「セミウタノヲキナ」「サルマロマウチキミ」「名ヲ、トハ山トイフ」、いずれも大福光寺本に疑問の余地はなく、誤脱どころの沙汰ではないと判明した。却って他本よりもはるかに豊かに古色を保存していることを認めるべきであろう。「イハムヤ」を「ハイムヤ」、「樋口」を「桶口」と書いたような単純な誤写は別として、他本の本文を安易に採用する前に、大福光寺本の言わんとするところを極力読み取る努力が肝要だと思う。「カリノイホリモヤ、フルサト、ナリテ」の「フルサト」が他本、おしなべて「ふるや」「フル屋」「古屋」となってはいても、ここは「フルサト」とあってこそ、深い感慨の滲み出る所なのだ。「身心ノ苦シミヲ知レ、バ」の「身心」を、他本によって「心、身ノ苦シミヲ」と改めることも無用の校訂である。大福光寺本の本文批判は、諸本との校合にも増して、大福光寺本の本文そのものの読みから出発することが強く望まれる。大福光寺本が長明自筆であるか否かという問題も、その過程で何らかの手がかりが見出されるかも知れない。

本文批判は、大福光寺本が漢字まじりの片仮名本であることを当然、重視する。

「クルシトイヘドモ馬クラ牛車ト心ヲナヤマスニハシカズ」の「ナヤマス」を、本書で「ナヤマヌ」の誤写と推測したのも、片仮名「ス」と「ヌ」の紛らわしさによる。意味の通じない「ワカ、ミ」を「ソノカミ」に訂した理由も、速筆の片仮名に誤写の可能性を見たからである。

「アキハヒクラシノコヱミヽニ満リ。ウツセミノヨヲカナシムホトキコユ」の「カナシムホト」を、他本の「かなしぶかと」「かなしむと」などに拠らず、「ホ」を「楽」からの誤写と見做し、「カナシム楽トキコユ」という形で捉え直す試案も、平仮名本からは想到不能な本文批判と言えよう。中国文学には、蜩の声を音楽と聞きなす伝統があった。

容麗蜩螗、声美宮商。（晋・陸士龍、寒蟬賦）
始蕭瑟以攅吟、終嬋媛而孤引。（宋・顔延之、寒蟬賦）
声疎飲露後、唱絶断絃中。（陳・張正見、賦得寒樹晩蟬疎詩）
単吟如転簫、群噪学調笙。（隋・顔之推、聴鳴蟬詩）

長明は和漢故事典拠の粋を傾けてこの辺の美文を綾どっている。何も踏まえないとは信じがたい箇所である。

僅かな例から見通しを語ることになるが、私の全般的印象では、大福光寺本は、やはり長明の自筆本ではない。長明自筆ならば、「ナヤマヌ」を、意味的に正反対の「ナヤマス」に、「ソノカミ」を意味不通の「ワカヽミ」に書き誤るような過ちは犯さないであろうし、特に、「楽」の草体を片仮名の「ホ」に誤認するなど、自作については起こり得ない事態である。おそらく大福光寺本は転写本であると思う。しかも、相当の速度で写した転写本であると思う。

三

大福光寺本が長明自筆でないとなれば、西南院主が長明から直接方丈記を入手したという線は消える。転写本を手に入れたか、あるいは転写本を書写したか、どちらかであろう。長明の草庵は「醍醐日野山」「醍醐なる日野の外山」(謡曲「鴨長明」)にあり、下の醍醐にも、上の醍醐にも程近い。上の醍醐には、隠遁者たちの草庵があった。「遁世の後、大原に住み」、「後には上の醍醐に住みて往生を遂げ」た、中納言顕基(十訓抄六ノ十一)などは、長明にとって一世紀前の大先輩に当たる。長明の方丈記は、上の醍醐の世捨人たちも争って書写したに違いない。そういう写本の一つが西南院にもたらされたという想像も楽しい。また、日野山の麓の法界寺が方丈記を入手したのも、かなり早かったであろう。勿論、たちまち都にも伝わって行ったと思っていい。方丈記はいちはやく多数の愛読者を持った。

長明没後三十七年、十訓抄(建長四年成)の著者も、東山の草庵に「方丈記とて仮名に書き置けるもの」(九ノ七)を写し持っていた一人に数えられよう。著者が方丈記冒頭文の典拠に文選・歎逝賦「世閲人而為世、人苒々而行暮、川閲水以成川、水滔々而日度」を挙げて以来、これと論語・子罕篇「子在川上曰、逝者如斯夫、不舎昼夜」などを出典に擬する注釈が主流を占め、何故か仏典に目を向けてはいけないような雰囲気が出来上がってしまった。十訓抄の儒教的解釈の呪縛から脱け出しさえすれば、方丈記の思想に一層ふさわしい典拠は法句経・無常品に見出されるであろう。

如河駛流、往而不返、人命如是、逝者不還。

それはさて措き、方丈記の普及はかくも迅速であった。写本の数が増えて行くということは、自然、異本の数が増えて行くということである。今日、大福光寺本に次いで古い写本は、鎌倉末頃の前田家本(冊子一冊、尊経閣文庫蔵)

である。平仮名本ではあるが、大福光寺本にもっとも近接した本文を有し、前者の脱文かと言われている箇所を本書で補うことが可能である。しかし、大福光寺本の脱文と言われる箇所は、果して本当に脱文であるのか。

「隆暁法印トイフ人、カクシツヽ数モ不知死ル事ヲ悲シミテ、(ひじりあまたかたらひて)」と、前田家本(括弧内)で補う必要があるだろうか。「(むなしく春かへし)夏植ウルイトナミアリテ、秋刈リ冬収ムルソメキハナシ」であらねばならないと断定して良いだろうか。「今草菴ヲ愛スルモ(とがとす)閑寂ニ着スルモ」の方が原文の姿だと断言できるだろうか。一概には決められないのではないか。大福光寺本はひたすら簡潔を旨とし、前田家本はそこに筆を加えているから意味が通じやすいというだけのことではないのか。全部がそうだとは言わないまでも、態度としては、右のような留意があって然るべきであろう。所与の言語テクストを、可能な限り、テクストに即して解読することに努め、そのテクスト世界を掌握することをこそ最優先させるべきである。安直な他本本文の採用は、しばしば徒らな混成本文の製造に堕してしまう。

大福光寺本の原本を擱筆してから死亡までの四年間、長明は自分の方丈記に幾度添削を施したであろうか。手直しを加えられた方丈記が、書き与えられ、書き写されて、転々として行く。異本は彼の手もとからも産み出されたのだ。大福光寺本の原本自体が何回目かの添削を経た本文だったかも知れないのである。しかし、その先はもはや闇のなかにある。われわれは大福光寺本以前の方丈記を持たず、大福光寺本以上に古体・古色を留め、長明の肉声の聞こえるような方丈記を他に持っていない。

方丈記の諸本は、広本と略本に二大別される。

略本は、われわれの知る方丈記とは全く趣を異にする短文で、五大災厄の記事もなければ、最終章もなく、また、日野・大原など長明ゆかりの地名も記さない等々、極めて特殊な性格の本である。長享本、延徳本、真字本(最簡略本)の三種があり、三者の間にも内容上の出入りが著しい。

万人周知の方丈記は広本に属し、古本系と流布本系の二系統がある。青木伶子編『方丈記総索引』(昭和四十年刊)掲出の諸本名は左記の通り。

古本系　大福光寺本、前田家本、故山田孝雄蔵本、三条西家旧蔵本、正親町家本、日現本、保最本、賀茂氏孝筆本、名古屋図書館本、龍山本、学習院本

流布本系　一条兼良筆本、近衛家本、京都大学本(木活字本)、嵯峨本(第一種本)、天理図書館本、正保板本

流布本系最古の兼良本(一帖、室町中期写)は、昭和三十一年、吉田幸一によって公開された(古典文庫)。要するに、兼良本の祖本(即ち流布本の原本)と大福光寺本(古本系の原本)とは、長い年代を互ひに異本関係を保つて伝来し来つたのであつて、文章表現の上で説明的な要素の多い流布本系と文脈に語勢のある古本系とは、原作者に於て既に初稿本、修正本の形で成立してゐたと見ることができるのではなからうか。(吉田氏解説)

大福光寺本長明自筆説の川瀬氏は、かねて流布本先行説でもあるが、氏の場合はその上に略本初稿説が加わる。現存資料によると、長明は方丈記の構想をしばしば練りなおしている。最初は、池亭記に見合う類の短い形のもの〔注、略本〕を作り、それをまた三度改稿している。……さらに全く構想を新たにして長文のものに改めてからも、少くとも再度大きな訂正を行なっている。その二通りの大きな変化を示すテキストは、流布本と称する系統の本と、本書が底本とする長明自筆の大福光寺本との二種である。そのほか、大福光寺本系統に属する古写本が多く残っているが、それら各本の間には、多少の語句の異同が見られ、その異同の中には、後の伝写の際の誤脱

改変と思われる部分もあるが、それら若干の異同の根源は、長明自身が、一旦成稿を得た後にも、みずから手写する度ごとに、少量ずつ文章の改変を行なったがために生じているものと推測せられる。大福光寺本の書写相からも、そのことが考えられるごとくである。大福光寺本と流布本との両系統本の異同の性質については、嘗ても論じておいたが、恐らく流布本系が長文に成った最初の形で、大福光寺本系は後の改変であろうと推定する。長文の方丈記には、どの本にも巻末に、建暦二年三月の執筆識語があるから、長文の形が成立したのは、長明が鎌倉から帰って僅か二・三ヵ月の後であることは明白であるが、それから四年後に歿するまでの間に、一度大きな改訂を行ない、あとは小訂正を時々していたものと解せられることは、上述のごとくである。そして、流布本系の古写本が僅かに一本しか残存せず、大福光寺本系統の古写本が、語句の小異同を持ちつつ、多数残存しているという事実は、流布本系の本文を書き上げて後、あまり時差のない頃に、大福光寺本系のごとき改変を行ない、長明生前に、改変後の本文が広まる期間の方が長かったことを意味するものであろうと思われる。著者の立場からすれば、大きく改訂したからには、結果として、一旦成稿した最初の形は未熟な姿として、他人に読まれることを望まなかったに相違なかろうと考える。(講談社文庫『方丈記』解説)

同感ではない。大福光寺本を長明自筆と確信される川瀬氏には、大福光寺本の語句を例にして教示を仰ぐのが至当であろう。先に挙げた例で言えば、長明は、流布本(ここでは兼良本をもって代表させる)の「外山」を「ヲトハ山」に、「病人」を「舞人」に、「我身」を「ソノカミ」に、「蟬丸の翁」を「セミウタノヲキナ」に、「ふる屋」を「フルサト」に、「条里」を「手振里(てぶり)」に、「うへしにければ」を「ケイシヌレバ」に、「かなしむときこゆ」を「カナシム楽トキコユ」に改訂したことになるが、そもそも氏の脳裏にある長明の流布本は、片仮名本であろうか、平仮名本であろうか。大福光寺本について、「歌人にして僧籍に入つた長明が、片仮名を用ひて書写してゐる点も然るべき事であらう」(日本書誌学之研究)と述べられた前言との関係は如何。また、流布本の整った詞句・対句を崩し、「大福光寺本になく、流布本にのみ存する本文」四箇所(講談社文庫)、その長文の叙述を、長明自らばっさり切り捨てたのが大福光寺本なのだろうか。流布本の平明流麗な行文を、長明は一癖も二癖もある蒼枯な文章に改造したのだろうか。常識的には順序倒立ではないかと思われる。大福光寺本が流布本のような形に整備されて行ったというのなら筋道は立つ。しかし、それも、必ず長明が行なったと考える必要があるだろうか。流布本の前に、略本が書かれたという位置付けも合点がゆかない。「その短い形の場合にも、落ちつかず、三回も書きなおしているのである」(講談社文庫)。氏は、古本も、流布本も、三種の略本も、悉く長明が書いたとしなければ納まらない。仮に略本が五種類に増えた時には、五回の書き直しである。長明いよいよ忙しい。川瀬氏の他にも略本先行説の支持者はいる。方丈記を素材に、抽象的な仏教思想を拙い文章で要約しただけ、長明作と言うには気の毒な後代の末書に過ぎないと私には思えるのだが、読者の感想はいかがであろうか。付録を一読して頂きたい。

四

大福光寺本方丈記の発見は、方丈記を後代の偽書とする説に事実上の終止符を打った。しかし、提唱者のなかには、依然として自説を撤回しない人もいた。

そこで予は拙著に於て推定した「長明に果して方丈記の作ありたらんには、そは今の流布本(此の大福光寺本を含めて言ってよい事を今こゝに補足する)の如きものには非ざるべし」といふ考、「流布本方丈記は後人の偽作なるべし」といふ考を毫も変更する必要を認めぬ。(後人の偽作であらうといふ其の偽作の年紀が、此の大福光寺本の世に出た事によつて、長明の死後大した年代の経過してゐないのを示す事となつたのも、今こゝに補足する。)(野村八良『増補・鎌倉時代文学新論』、大正十五年刊)

野村氏の偽書説は、方丈記が慶滋保胤の池亭記を粉本としているということを重要な根拠とする。

流布本方丈記の結構並に文辞は全く池亭記の模倣なり。単に構造を則り、字句を引けるものとは大に趣を異にす。若し長明が一廉の文章家にして又知者ならんには、拙劣なる手段を取ること此の如くならんや。(『鎌倉時代文学新論』、大正十一年刊)

この論拠は山田孝雄によって完膚なきまでに論破された(昭和三年刊、岩波文庫『方丈記』解題)。論破されても致し方ない論拠ではある。

なほ又方丈記が池亭記によれりといふことの何の恥づべき点なきを吾人は思ふ。先づこの題号を見よ。池亭記と方丈記とその題号に於いてまづ一脈の生気相通ずるを見よや。その池亭は池中の亭舎なり、この方丈は山中の小庵なり。長明の胸中或は最初よりして、池亭記の如きものを和漢混淆の文体によりて記述せむの腹案ありて宿構成りて一夕筆を呵して成りしものこの方丈記にあらずや。果して然らば、池亭記の文脈語勢はた、その成語の散見するはもとより当然にして、これあるが故に長明が卑劣なりとも拙陋なりとも認めらるべき筈なきものにあらずや。(同右)

方丈記が慶滋保胤の池亭記(天元五年成)を粉本として述作されたことに疑いの余地はない。

慶保胤の池亭記は藤原明衡編『本朝文粋』巻十二「記」の部に、都良香「富士山記」・菅贈大相国「書斎記」・紀納言「亭子院賜飲記」・前中書王「池亭記」と共に採録された平安時代漢文学の名作である。「記者紀事之文也」、「其盛自唐始也。其文以叙事為主。後人不知其体。顧以議論雑之」と文体明弁(巻四十九・記二)に言う。

「池亭」の「記」に倣って作られた「方丈」の「記」は、第一義的に叙事と議論を含む「記」の文学であった。保胤の池亭記は五段に分けて読むことができる。長明の方丈記も同じく五段に分段すれば、安良岡氏の要約した「主題の展開」(方丈記全訳注)に過不足なく対応する。

一。無常の世における、人と栖のはかなさ。
二。若い時から、度々の災厄で経験した、無常の世の中における、人と栖のはかなさ。
三。その住みにくい世に生きるわが心の悩みから、踏み切って入った遁世生活。
四。日野山の方丈の庵の生活において獲得した、わが心の安楽さ。
五。死に近づいて省みた、方丈の庵の生活における、わが心と修行との不徹底さ。

一方、大曾根章介は、方丈記の五段構成が中国の「詩序」の五段構成と合致することを指摘した。重要な指摘である。

当時の漢文に序というのがありますが(詩序や和歌序)、これは五段に書くということが鎌倉時代の『王沢不渇鈔』に書かれています。そして最後を「云尓」で結ぶわけなのです。これによりますと、第一段に時候や詩会(あるいは歌会)の場所が勝れていたことを書き、二段目は前を承けて発展させ、三段目が中心になるわけですが、三段目が表題の言葉を用いて書きます。普通ですと『方丈記』ですから、方丈ということを三段目にかならず入れるということになっているのです。四段目はこれを承けて華麗な対句を並べ、最後は謙遜の言葉で結ぶことになります。とくに守るべきことは第三段の詩題を取ることと第五段の作者の謙辞を述べることです。（シンポジウム・日本文学『中世の隠者文学』、学生社、昭和五十一年刊）

詩序は「一序可存五段」（王沢不渇鈔・下）、第三段「載題字」（同上）、「第五段自謙句云也。卑下詞也」（カナ抄、王沢不渇鈔・下、寛永十一年刊）を原則とする。

詩序の五段構成の叙述法に倣ったと見える方丈記の第一段は、文頭に「先発端叙事詞」、発語「夫（それ）」を省略した形（事実、後世、誤って「夫行河ノ流不断ズシテモトノ水ニ非ズ」と引用したものがある。見聞愚案記・巻五）として、最後の第五段は、「自謙句」「卑下詞」の段として読まねばならない。

第四段において「今、サビシキ住マヒ、一間ノ菴、ミヅカラコレヲ愛ス」、「住マズシテ誰カサトラム」と自賛した長明は、第五段に入るや、一転して、「今、草菴ヲ愛スルモ、閑寂ニ着スルモ」仏の教えに悖る罪悪であることを自省し、「世ヲ遁レテ山林ニ交ハルハ、心ヲ修メテ道ヲ行ハムトナリ。シカルヲ、汝、スガタハ聖人ニテ、心ハニゴリニ染メリ。栖ハスナハチ浄名居士ノ跡ヲケガセリトイヘドモ、持ツトコロハワヅカニ周利槃特ガ行ニダニ及バズ」と自問、ついに解決の答えを得られないまま、方丈記の筆を擱く。「居所の心に叶はぬは良き事なり。心に叶ひたらんには、われらがごとくの不覚人は、一定執しつと覚え候なり」（一言芳談）。草庵の快適が愛執の咎だと気付いたのなら、「積ムトコロ僅カニ二両」、「草庵に暫く居ては打ち破り」（猿蓑集五）と、ただちに引っ越せば良いではないか。苦悩が深刻であれば、安心が強ければ、その分、一心不乱に念仏を称えるのが定ではないのか。しかるに、彼は「只、カタハラニ舌根ヲヤトヒテ、不請阿弥陀仏両三遍申テ已ミヌ」と筆を投じて、甚だ徹底しない。

だが、実はこう書いたこと自体、第五段が何よりも的確な「自謙句」「卑下詞」であることの明証であると私には思われる。諸説未だ帰するところを知らない難語「不請阿弥陀仏」について、脚注欄に、「己が心にはさほど思はねど、但口すさみに念仏するをいふ。此は心の深からぬを卑下していひしなり」という織田得能の解(用例解釈・仏教語大観)を採用したのも如上の理由による。織田氏の解は同氏の仏教大辞典にも「此は俗語なり、本義と稍異なれり。俗に不請不請と云ひ、いやながら事を作す時に用ふ。己が心にさほど請ひ望まず、但口ずさみに念仏するを云ふ。これ心の深からぬを卑下して云ひしなり」と見える。俗語といっても、本義から転じた用法という意味であって、橋本進吉『キリシタン教義の研究』は袋草子から、岩波古語辞典は十訓抄から、それぞれ傍証を挙げている。

王沢不渇鈔は、和歌の序の有り方についても指示する。

客云、和歌序者其体如何。

予云、其情同詩序。但其体可優玄云々。以置訓詞為故実也。

歌人長明の見識は無名抄に披瀝されている。

古人云、仮名に物書く事は、歌の序は古今の仮名序を本とす。日記は大鏡のことざまを習ふ。和歌の詞は伊勢物語幷後撰の歌詞を学ぶ。物語は源氏に過ぎたる物なし。皆これらを思はへて書くべき也。いづれも〳〵構へて真名の言葉を書かじとする也。心の及ぶ限りはいかにも和げ書きて、力なき所をば真名にて書く。それにとりて、撥ねたる文字、入声の文字の書きにくきなどをば、皆捨てゝ書くなり。万葉集には新羅をば「しら」と書けり。古今の序には喜撰をば「きせ」と書く。これら皆其証也。又、詞の飾りを求めて対を好み書くべからず。僅かに寄り来る所ばかりを書くなり。対をしげく書きつれば真名に似て、仮名の本意にはあらず。是はわろき時の事也。彼の古今の序に、「花に鳴く鶯、水に棲む蛙」などやうに、え避らぬ所ばかりを自ら色へたるがめでたきなり。詞の次と云ふは、「菅の根の長き日」とも、「こゆるぎの急ぎて」とも、「石の上古りぬる」などいふやうに、或は古きを取り、或は珍しき工みなるやうに取りなすべし。勝命云、仮名に物書く事は、清輔いみじき上手也。中にも初度の影供の日記、いとをかしく書けり。「花の下に花の客人来り、柿の下に柿本の影を懸けたり」とあるほどなど、殊に見ゆ。仮名の対はかやうに書くべき也。

和歌序は、優玄たるべきこと、訓詞すなわち和語を使用すべきこと。これが王沢不渇鈔。和語を主として、やむを得ない時に限り、漢語を使え。対句の頻用は漢文の体に似て好ましからず、心して用いよ。古今集の仮名序を範とせよ。これが無名抄。長明が方丈記の制作にこれらのことを意識しなかったはずはない。

しかし、第一義的には「記」の文学である方丈記を、和歌序の用語法で律し了せないことは自明である。由来、方丈記は和歌序でもなければ、詩序でもない。叙事と議論をもってする「方丈」の「記」である。「方丈」の「記」にとっては、漢文の「池亭」の「記」こそ唯一無二の粉本であった。長明には「方丈」の「記」を漢文で書く道もあった。むしろその方が容易であったかも知れない。その意味で長明が方丈記を片仮名で書いたということは、仏者としても、歌人としても、極めて野心的な創作活動だったと言える。池亭記の構想と形式を藉り、その用語・措辞を随所にちりばめ、漢文訓読語、漢文訓読の語法、漢文訓読調の力強いリズムを駆使しながら、併せて歌語・雅語の積極的かつ効果的な使用による和文優玄の体をも志向した方丈記は、両者の長を最大限に発揮し、無常感充溢、朗々唱すべき格調高い和漢混淆の名文を達成した。総字数、僅か八一四五字(大福光寺本)。

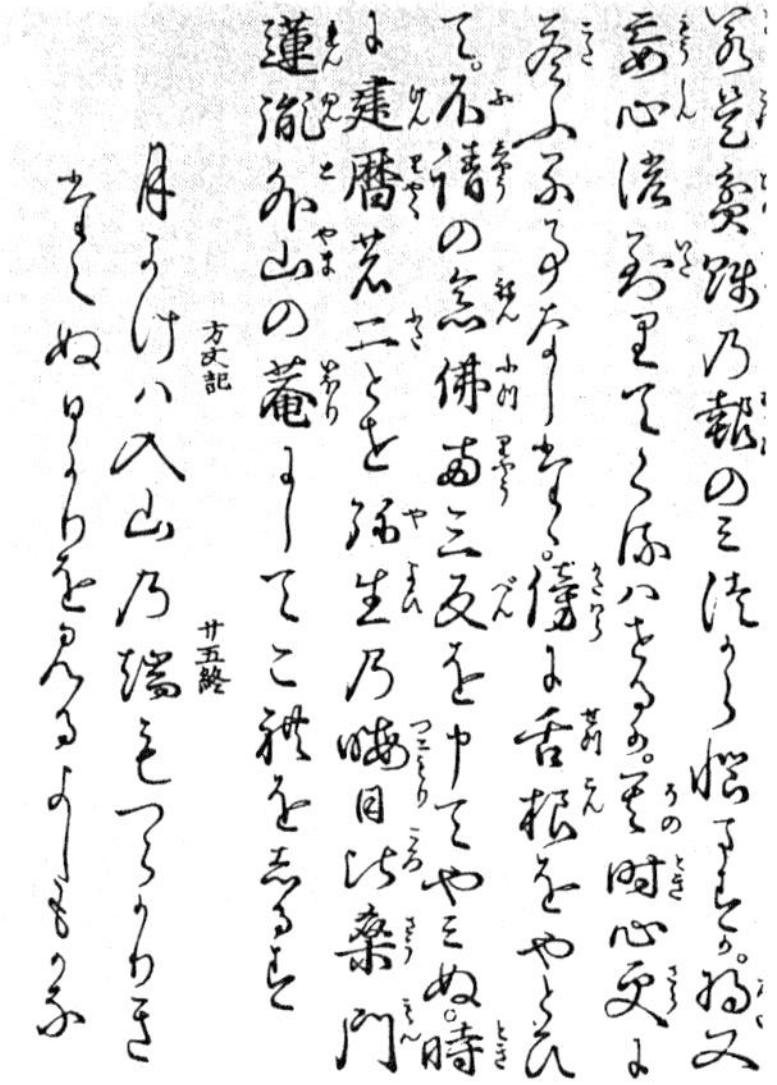
資は貧賤の報のみづから悩ますか。はた又妄心のいたりて狂せるか。その時心更に答ふる事なし。只傍に舌根をやとひて不請の念仏両三反を申てやみぬ。時に建暦二とせ弥生乃晦日比桑門の蓮胤外山の庵にしてこれをしるす
方丈記　廿五終
月かけハ入山乃端もつらかりき
たえぬひかりを見るよしもかな

板本方丈記　無刊記本

「記」は「有篇末系以詩歌」（文体明弁）とも許容されていた。歌人長明が方丈記の末尾に一首の歌をも付さなかったところに、本作に対する彼の姿勢が窺われよう。方丈記の巻末に、

月かげは入る山の端もつらかりき
たえぬひかりを見るよしもがな

の一首（新勅撰集・釈教）を添えた後人の心情もわかるような気がする。

方丈記が書かれなければ、芭蕉の「幻住庵記」は生まれなかった。「幻住庵記」の末尾には、「まづ頼む椎の木もあり夏木立」、「やがて死ぬけしきも見えず蟬の声」の句が添えてある。嵯峨本以下、近世の板本方丈記の巻末には、必ず「月かげは」の歌が付いていたのである。

五

本稿は長明その人の伝記に直接触れにくい書き方をして来たので、ここに彼の略伝を日本古典文学大辞典所収の拙稿「鴨長明」の項から一部抄出して置く。

鴨氏は歴代京都下賀茂神社の社家。長明は、同社禰宜鴨長継の次男。長兄は長守《ながもり》。長明の名もナガアキラと読む

のが正しい。没年は建保四年(一二一六)閏六月であることは、没後五七日の前日、僧禅寂の草した『月講式』の存在によって明らかであるが、生年は未詳。行年六十二歳と推定される。『方丈記』などの記事を介して逆算を試み、久寿二年(一一五五)出生と推定する説が一般的である。本項も当面この推定説に従って述べる。応保元年(一一六一)、七歳にして中宮叙爵、従五位下。父方の祖母、すなわち長継の父季継の妻の家を継承、菊大夫と称した。十九歳の頃、有力な保護者であった父を失って以後は、神官としての昇進の道も閉され、妻子とも離別、三十代には祖母の家をも去り、失意の年月を送っていたらしい。建仁元年(一二〇一)、四十七歳、後鳥羽院によって再興された和歌所の寄人となる。地下歌人の身としては破格の抜擢であった。後鳥羽院は、彼を下賀茂河合《ただすの》社《やしろ》の禰宜職に補任しようとしたが、惣官鴨祐兼の妨害で実現に至らず、宿望挫折した長明は、元久元年(一二〇四)、五十歳の春、出家遁世、洛北大原に隠遁した。法名蓮胤。承元二年(一二〇八)、五十四歳の時、さらに心機一転、大原から日野の外山に移り、方一丈の草庵を最後の住みかと定める。人生六十年という中世の定命観にもとづく覚悟であったと思われる。『吾妻鏡』によれば、三年目の建暦元年(一二一一)冬、『新古今集』撰者の一人、藤原雅経の推挙により、鎌倉に下向、将軍源実朝と対面度々、源頼朝の忌日に墓参を果した後、日野の方丈に帰還。翌建暦二年三月晦日、『方丈記』擱筆。以後、没するまで四年間の動静は不明であるが、多分、この草庵で入滅したものと想像される。

「多分、この草庵で入滅したものと想像」する理由の一つは、第三段に「コヽニ六十ノ露消エガタニ及ビテ、更末葉ノヤドリヲ結ベル事アリ。イハバ、旅人ノ一夜ノ宿ヲツクリ、老タル蚕ノ繭ヲイトナムガゴトシ」とあるからである。「イハバ……」は池亭記の「亦猶行人ノ旅宿ヲ造リ、老蚕ノ独繭ヲ成スガゴトシ。其住マンコト幾時ゾ」に拠り、池亭記は、「蚕の繭を作りて、自ら纏ひ、自ら裹み、乃至、中に於て而も自ら死を取るが如く」(阿毘達磨大毘婆沙論四十八)、「蚕の繭を作り、自ら作つて自ら纏ひ、中に於て遷化するが如く」(大乗顕識経・上)というような仏典の比喩に依拠している。長明は勿論そこまで知り尽くした上で「老タル蚕ノ繭ヲイトナムガゴトシ」と述べたのだろう。ということは、新しく結んだ方丈の中で死を迎える決心がここに表明されているということでなければならない。五年前を振り返りながら、あえて老蚕の比喩を借用した長明に、転居の意志はもはやなかったと読んでいい。

何となく結ぶ庵の縄朽ちて跡を嵐の払ふばかりぞ

さる閑居の人の辞世歌(修験頓覚速証集)だというが、彼の死後、方丈の庵はどうなったのだろう。百余年の後、跡を訪ねた法印公順の歌が一首、家集『拾藻鈔』に収められている。

鴨長明とやまの方丈にかきつけ侍りし

朽ちはてぬその名ばかりと思ひしに跡さへのこる草のいほかな

これが果して今の方丈石の地に当たるかどうか、ついに知るよしもない。

徒然草、その作者と時代

久保田　淳

はじめに

十四世紀初めのある年、春の口、京の街、四条大路より上京寄りの町の人々が、口々に「一条室町に鬼がいる」と叫びながら、一斉に北をさして走っていた。このような騒ぎはここ二十日ばかり、洛中はもとより、賀茂川の東、白川のあたりでも繰り返されているのであった。それというのは、鬼になった女を伊勢の国から連れて来て、廟堂で重きをなす西園寺家の人々や、院の御所にお目にかけているという噂が立って、〃今その鬼はどこそこにいるそうだ〃などと、鬼の動静までが事細かに伝えられもしたけれども、確かに見たという人もなく、そうかと言って、それは嘘だと言い切る人もいない。ともかく、貴賤上下おしなべて、鬼の噂で持切りなのであった。

結局、この日も、大貴族達の宏壮な屋敷が続いて、ふだんはむしろひっそりしている一条室町のあたりに、牛車などはとても通れそうもないほど、大勢の群衆が日暮れ時までひしめいたけれども、鬼はついに現れなかった。そのうちに喧嘩まで始まって、刃傷沙汰などがあったという。

その後まもなく、誰彼の区別なく、二、三日煩うという流行病が蔓延した。そして、あの鬼が連れて来られたという嘘は、この疫病の前兆だったのだと言う人もいた。

以上の話は、徒然草の、一般に第五十段と数えられている章段に語られていることである。「応長の比」と語り出されるこの第五十段は、流言蜚語に踊らされる京都市民の動きを、あたかもこの中世都市の条坊にひしめく群衆の姿が見えるかのように、いきいきと描き出している、すぐれた章段である。この描写のもたらす臨場感は、「白河」「西園寺」「四条」「一条室町」その他、短い文章の中に数多くちりばめられた京の街筋や建造物などの名前によるところが大きいことは言うまでもない。しかしながら、まず第一に、これが単なる伝聞ではなく、語り手自身がかなり物見高い野次馬の一人として登場することが、この章段の迫真的な描写を可能にしている最大の原因であろう。すなわち、鬼になった女が上洛したという噂で持切りであったということを述べたのちに、語り手は次のように言うのである。

その頃、東山より安居院辺へまかり侍しに、四条より上さまの人、みな北をさして走る。「一条室町に鬼あり」とのゝしりあへり。今出河辺より見やれば、院の御桟敷のあたり、さらに通りうべくもあらず、立ち込みたり。「はやく、跡なきことにはあらざめり」とて、人をやりて見するに、大方逢へる物なし。暮るゝまで立ち騒ぎて、はては闘諍起こりて、あさましきことどもありけり。

彼はこの日、東山ぞいのどこかから出て賀茂川を渡り、京の街を北寄りに横切る形で通り抜けようとして、この騒ぎに出逢ったのであった。そして、好奇心に駆られて、「人をやりて」、噂が本当か嘘か確かめようとしているのである。

自身かなり物見高いこの語り手が、とりもなおさず徒然草の作者兼好なのである。

正徹の語る兼好像

清少納言の『枕草子』とともに、日本古典の随筆の双璧とされる徒然草の作者が兼好であることを疑う人は、まずいないであろう。しかしながら、兼好と同時代の人々は、彼にこのような著作があったことに言及してはいない。現在知られる限りでは、この作品が兼好の手になるものであると言った最初の人は、兼好から見れば孫ぐらいの世代に当たる室町時代の歌僧正徹であった。すなわち、彼は永享元年(一四二九)十二月と、同三年の三月から四月にかけてと、二度にわたって徒然草を書写し、現在、正徹本の呼び名で伝存するその二度目の写本上下両冊の奥に、

兼好法師作也云云

と書き記しているのである。そして、さらにその後およそ十数年を経て成ったかと考えられている、その歌論書『正徹物語』においては、徒然草の作者としての兼好について、次のように述べたのであった。

「花はさかりに、月はくまなきをのみみるものかは」と兼好が書たるやうなる心ねを持たる者は、世間にたゞ一人ならではなき也。此心は生得にて有也。兼好は俗にての名也。久我か徳大寺かの諸大夫にてありし也。官が滝口にて有ければ、内裏の宿直に参て、常に玉躰を拝し奉りける。後宇多院崩御成しによりて遁世しける也。やさしき発心の因縁也。随分の歌仙にて、頓阿、慶運、静弁(浄弁)、兼好とて、其比四天〔王〕にて有し也。つれ〴〵草のおもふりは清少納言が枕草子の様也。(上七十四)

右の文章でも「随分の歌仙にて」というように、兼好は歌人であった。その歌人としての兼好については、彼の同時代人である二条良基も、正徹の師である了俊も、その横顔を語っている。けれども、徒然草の作者としての兼好に

ついて述べた、現在知られる最も古い文献は、この『正徹物語』なのである。従って、徒然草の作者について知ろうとする時、我々はこの記述の検討から始めなければならないのであるが、その際には歌人としての兼好が残した、彼の自筆と考えられる書写本の形で現存する歌集、いわゆる『兼好自撰家集』(以下『兼好家集』)が極めて有効な資料となるであろう。

兼好出家の時期

兼好は卜部氏の出身である。『尊卑分脈』や『卜部氏系図』によれば、祖父は従四位下右京大夫兼名、父は治部少輔兼顕で、民部大輔従五位下になった兼雄、大僧正慈遍という二人の兄弟がいた。慈遍には「南朝詔着二直衣一」という注記が付されている。そして、兼好自身は蔵人で、左兵衛佐であったが、「以二俗名一為二法名一」という。『正徹物語』で「兼好は俗にての名也」というのはこのことを意味する。その出生の年次や生母については明かではない。江戸時代の注釈書には、高野山西光院の位牌に、観応元年(一三五〇)四月八日に六十八歳で卒したと記してあると伝えるものがある(大和田気求『徒然草古今鈔』)。これによれば、弘安六年(一二八三)の誕生ということになるが、後述するように、それ以後生存の事実が知られるので、この伝承は信を置きがたい。しかしながら、他の事蹟をも勘案すると、弘安六年前後の出生というのは、それほど見当違いではないであろうと考えられている。

それでは、その左兵衛佐卜部兼好がその俗名をそのまま音読して、沙弥兼好となったのは、『正徹物語』が伝えるように、後宇多院の死を悲しんでの行為であったのであろうか。しばらく、兼好の遁世の問題を考えてみたい。

兼好が生れ育った鎌倉時代後期は、いわゆる両統迭立の時代である。後嵯峨院の二人の皇子、すなわち後深草院と亀山院それぞれの皇統が、鎌倉幕府の執権北条氏の調停によって、交互に皇位に即いていた。後深草院の皇統が持明院統で、のちの北朝、亀山院の皇統が大覚寺統でのちの南朝である。後宇多院は亀山院の皇子で、大覚寺統としては第二代の天皇であった。徒然草第百三十六段に「故法皇」として言及されているのが、この帝王であると考えられている。

『兼好家集』によれば、兼好は後宇多院から和歌の提出を求められて、権僧正道我を通じて進覧している（以下、『兼好家集』の引用本文は、西尾実校訂『兼好法師家集』により、歌番号は『私家集大成5 中世Ⅲ』による）。

後宇多院よりよめる歌どもめされ侍けるにたてまつるとて、僧正道我に申つかはし侍ける

人しれずくちはてぬべきことの葉のあまつそらまで風にちるらむ　（一〇四）

返し　そう正

ことはりやあまつそらよりふく風ぞもりのこのはをまづさそひける　（一〇五）

ところで、先の『正徹物語』において、四天王の筆頭に挙げられている頓阿も、後宇多院から和歌を求められていることが、その家集『草庵集』によって確かめられるのである（『草庵集』『続草庵集』の本文・歌番号は、『私家集大成5 中世Ⅲ』による）。

後宇多院御時、もとよみたる百首歌めして御覧ぜられて、御前にて披講せられ侍ける後、権僧正道我中をくられて侍し

時しあれば花のひかりもあらはれてかたへにこゆる和歌のうら浪　（一一四八）

返し

なにとたゞうかび出らん和歌の浦の波の下草したにくちなで　（一一四九）

おそらく、後宇多院が兼好の詠を召したのも、この頓阿の百首を求めたのとほぼ同じ機会であろう。そして、それは院が治天の主であった後醍醐天皇の代の勅撰集『続千載和歌集』を、二条為世が撰進する際のことであろう。同集は元応二年(一三二〇)八月四日撰進されている。そして、『兼好家集』に、「修学院といふところにこもり侍しころ」の詞書の下に掲げられている、遁世した者の心境を吐露した四首の連作のうちの、

いかにしてなぐさむ物ぞよの中をそむかですぐす人にとはゞや　（五五）

の一首が、巻第十八雑歌下二〇〇四番(『新編国歌大観』による。勅撰集は以下同じ)に、「題しらず　兼好法師」として入集している(ただし、第三句は「うき世をも」と異なっている)。

後宇多法皇その人は、それから四年後の元亨四年(一三二四)六月二十五日、五十八歳で世を去った。従って、兼好の遁世は「後宇多院崩御成しによりて」というのではなかったことが知られる。

では、その出家の原因は何か、そしてその時期はいつか、現在それを明かにすることはできない。ただし、正和二年(一三一三)九月一日には、彼は既に遁世者の身であったことが、大徳寺に伝わる古文書によって確かめられる。兼好は六条三位源有忠(第百三十六段に登場する「六条の故内府」有房の男)という貴族から、沙汰人俊経なる人物の口入をもって、この日、山城国山科小野庄の田地壱町を銭九十貫文で買い取っているのであるが、その田地売券や添状に、「兼好御房」という呼び方が見出されるからである。関係文書は三通存するが、試みに田地売券のみを掲げておく。

沽却田事

合壱町

在山城国山科小野庄、

　里坪四坪別帋在之、

右、件田者、相伝子細、後白河院御起請符明鏡也、案文相副者也、而以直銭玖拾貫文、限永代、所奉沽却兼好御房也、但件田者、不可有寺役庄役等一塵公事、然則縦依　公家・武家之御徳政、雖有被取返沽却地之法、於此田者、以別儀不可有子細、其外付此田地、令違乱相違出来者、本銭仁相副半倍、不日可返弁之、若猶及遅引者、以備中国中津井庄田地、検山科田所当分、不依田数為得分中、可打渡下地者也、然者、子々孫々雖聊不可有相違、仍新券文如件、

　正和弐年癸丑九月一日　　祐慶（花押）（裏書）「後見大輔判」

（花押）（裏書）「子息中将殿御判」　　庄家沙汰人俊経（花押）（裏書）「公文判」

（花押）（裏書）「六条三位殿御判」

兼好と堀川家

次に、「久我か徳大寺かの諸大夫にてありし也」という正徹の言葉を検討してみたい。この口吻は正徹自身断定しがたいものを感じていたらしいことを思わせる。おそらく、徒然草の中に久我家や徳大寺家の人々の逸話が語られているところから、このように想像したまでで、必ずしも確かな伝えに基くものではないのであろう。が、徒然草には右の両家の人々のみならず、西園寺・洞院・堀川・四条などの人々、さらには藤原俊成・定家に始まる歌の家の人々、

藤原行成を祖とする入木道の家の人々のことも語られている。

それらの中で、『兼好家集』によって、かなり深い繋りがあったのではないかと想像されるのは、堀川家である。堀川家は村上源氏に属し、『新古今和歌集』五人の撰者の一人、大納言源通具に始まる家である。通具の曾孫に内大臣従一位に至った具守がいる。徒然草第百七段に登場する「堀河の内大臣殿」である。彼は正和五年(一三一六)一月十九日、六十八歳で没し、岩倉に葬られた。翌春兼好はその墓に詣でて、あたりの蕨を手折り、知り合いの女房である延政門院一条に送っている(引用本文の―はミセケチ、( )は抹消された文字であることを示す。○は補入の記号)。

　ほりかはのおほいまうちぎみをいはくらの山庄におさめたてまつりにし又の春、

そのわたりのわらびをとりて、○《あめふる日》中つかはし侍し

さわらびのもゆる山辺をきて見ればきえしけぶりの跡ぞかなしき　(六七)

　返し　あめふる日　延政門院一条

見るまゝになみだのあめぞふりまさるきえしけぶりのあとのさわらび　(六八)

ほぼ一周忌と思われる時期に、山里ともいうべき岩倉までわざわざ墓参に出掛けていることは、出家後も兼好にとって具守が心理的に近い存在であったらしいことを思わせるのである。

具守の女基子は祖父基具の猶子として後宇多院の後宮に入り、弘安八年(一二八五)三月一日後二条天皇を生んだ。天皇は徳治三年(一三〇八)八月二十五日、二十四歳の若さで世を去っている。基子はその翌日出家した。四十歳であった。同年十二月二日、准三宮とされ、西華門院の院号を蒙っている。

兼好はこの女院に求められて、他の人々とともに後二条天皇追善の和歌を詠じている。

後二条院のかゝせ給へる歌の題のうらに御経かゝせ給はむとて、女院より人〳〵に

よませられ侍しに、夢に逢恋を

うちとけてまどろむとしもなき物をあふとみつるやうつゝなるらん　(五七)

このことも、後二条天皇その人との間柄もさることながら、兼好と堀川家の人々との関係の近さを物語るものと考えられるのである。

これらのことから、つとに風巻景次郎が推定したように(「家司兼好の社会圏――徒然草創作時の兼好を彫塑する試み――」『国語国文研究』第五、六号、昭和二十七年三月、十月、『中世圏の人間』所収)、左兵衛佐卜部兼好は堀川家の家司のごとき存在だったと想像されるのである。

その卜部兼好の出家までの過程を、家集の記載などを手懸りに推測すれば、およそ次のようなことになるであろうか。

卜部兼好にもきわめて親しい間柄の女性は当然いたようである。そして、失恋に近い体験もあったらしい。が、妻やそれに近い存在の女性の影を認めることはできない。子のほだしもなかったのではないだろうか。「よぶこどり」という題を詠じた、

春のよのくらぶの山のよぶこ鳥こゝろのやみをおもひこそやれ　(八)

という歌での歌い手の姿勢や第百四十二段の「ある荒夷」と「かたえ」との対話という形での叙述は、そのようなことを想像させる。すると、徒然草第六段・第百九十段などでの子孫無用論・結婚否定論の主張には適っていることにもなる。

おそらく、ごく普通の官人生活を送るうちに、徐々にきざした無常の観念が、ついに卜部兼好を出家へと駆り立てたのであろう。後二条天皇の早世が直接の原因とは考えにくいが、無関係ではないかもしれない。ともかく、出家に至るまでには煩悶もあったらしいことは作品からうかがわれないわけではない。

　世をそむかんとおもひたちしころ、秋のゆふぐれに
そむき(な《て》)はいかなるかたにながめまし秋のゆふべもうき世にぞうき　（三四）

　世中おもひあくがるゝころ、山ざとにいねかるを見て
よの中の秋田かるまでなりぬれば露もわが身もをきどころなし　（四六）

出家後は既に見たごとく、修学院に籠り、また、木曾路を経て関東に下ったのであろう。

　世をのがれてきそ地といふ所をすぎしに
おもひたつきそのあさぬのあさくのみそめてやむべき袖のいろかは　（五一）

しかしながら、帰京後は都近くの山里に住み、かなり気ままな閑居を楽しみつつ、貴族や文雅を好む武士、僧侶などと雅交を続けていたのであろう。

兼好と関東

兼好は関東の地と相当深い繋りを有するように思われる。徒然草のそこここにも関東の地における見聞が書き留められているし、関東の武人達の逸話も見出される。そしてまた、『兼好家集』には、「あづまへまか」る際、清閑寺に立寄って、当時は僧都であった前述の道我と別れを惜しんだ贈答歌、海道での詠などとともに、「むさしのくにかね

さはといふところ」、現在の横浜市金沢区金沢文庫の地を「ふるさと」と呼んでいる、次のような歌の含まれていることが注目されるのである。

むさしのくにかねさはといふところにむかしすみし家の、いたうあれたるにとまりて、月あかき夜

ふるさとのあさぢがにはのつゆのうへにとこはくさ葉とやどる月かな　（七六）

これによれば、兼好は一度ならず関東に下向し、しかも単なる一旅人として金沢の地を訪れたというのではなく、しばらくその地に住んでいたことが知られる。

金沢は北条氏の一支流、金沢氏の領地であった。同地称名寺に現存する金沢文庫は金沢実時の創建に成るものである。ここには兼好の書状と認められている、末尾を欠いた消息と、その懸紙とが伝存する。竹内理三編『鎌倉遺文』によってそれを示せば、次のごとくである。

○二三四五四　卜部兼好書状（懸紙）　○金沢文庫文書

「進上（ウハ書）　称名寺侍者　　卜部兼好状」

○二三四五五　卜部兼好書状　○金沢文庫文書

雖陳言多、不載愚□□併下向ゝ顔之時、可欝散候也、

御寺、付物別、無子細候覧、為悦候、抑上洛已後者、雖便宜多候、不拝恩問、不為献愚札候き、而故郷難忘者、併有君芳志、亦花洛住好者、帝王隆盛故也、兼亦路次間、雖不堪行歩候、於御所之逗留、加一見、咸（感カ）難疆、京着者、南都北都巡礼、莫不被忩心、当時者、罷住東山辺、明夜、

林瑞栄は、これとは別に同文庫に伝わる、金沢貞顕の執事掃部助倉栖兼雄の書状や文書をも調査検討して、倉栖兼雄はすなわち『卜部氏系図』において兼好の兄とされている兼雄であり、兼好は卜部兼顕の猶子となったのであると想像し、その兼雄書状との関係から、右の兼好書状は俗人としてそれまで関東に在住していた卜部兼好が、徳治二年（一三〇七）十月上洛以後の第一信であろうと推論している。そして、この推論には最初に紹介した徒然草第五十段の記述も援用されている（「卜部兼好書状の考察——兼好と後二条帝——」『文化』第二号、昭和四十年八月、及びその他の論考、『兼好発掘』所収）。まことに興味深い論ではあるが、倉栖兼雄と卜部兼雄とを同一人物と認定する手続きについては鎌田元雄の批判が提示されているし（「兼好の周辺」『文学』昭和三十七年十月）、若くして関東から上洛した兼好が正安元年（一二九九）に体験した嘆きと打撃を証するものとして林が挙げる、小倉実教との贈答歌やその他一連の和歌の年次考証と解釈、さらに後二条天皇と兼好の関係を考える際に林が用いた、前引の西華門院の求めによる「うちとけて」の歌の解釈なども、疑問点は少なくないように思われるので、この問題については留保したい。

ただし、卜部氏が父祖の代から関東に由縁があったらしいことは、鎌田が紹介した神祇関係の文書や記録類から十分想像されるのである。そしてそこに前述の兼好と堀川家との関係もからむかもしれない。堀川内大臣具守の弟権大納言基俊は、徒然草第九十九段、第百六十二段に語られているように、弘安八年（一二八五）から九年にかけて検非違使別当を務めたのちまもなく、関東に下り、鎌倉に住みついたのではないかと想像されている。正応二年（一二八九）九月、鎌倉将軍惟康親王は将軍の座を追われて上洛し、翌十月後深草院の皇子久明親王が新将軍として東下しているが（このことは『とはずがたり』巻四に詳しく述べられている）、それに先立って、九月二十八日当時権中納言であった基俊は「将軍御供可㆑下㆓向関東㆒之賞」（『吉続記』同日の条）として、伊豆国を与えられているのである。そして、十月十日久明親王に随って関東に下向した(『勘仲記』同日の条)。『尊卑分脈』で彼の家に「亀谷」と注しているのによれば、おそらく彼は鎌倉の亀ヶ谷(現在の扇ヶ谷)あたりに居住していたのであろう。

鎌田によれば、兼好の祖父兼名が「仁治寛元之比、奉二公関東一在国」していたという記述が『吉田家日次記』抜書に見出されるということであるが(「兼好の周辺(補遺)」『駒沢国文』第三号、昭和三十九年五月)、そうであるとすれば、兼名や兼顕の代に金沢氏や堀川家と繋りが生ずることも想像され、兼顕の男兼好が金沢の地を「ふるさと」と歌うのも、父祖の代に結ばれたこのような地縁関係を背景としているのかもしれないとも考えられるのである。

動乱期の歌人としての兼好

正徹が先に引いたような形で徒然草の作者としての兼好に言及するより早く、二条良基はその歌論書『近来風体抄』において、歌人兼好を次のように論評している。

> 貞和の比は、毎月三度の月次百首会、為定大納言の点、又判などにて侍しなり。其時の会衆はみな名誉の人々にて有しなり。(中略)頓阿、慶運、兼好、定衆にて所存を申し也。(中略)其比は、頓、慶、兼三人、何も〳〵上手とはいはれし也。(中略)兼好は、この中にちとおとりたるやうに人々も存ぜしやらむ。されども、人の口にある歌どもおほく侍なり。「都にかへれ春のかり金」、此歌は頓も慶もほめ申き。ちと誹諧の体をぞよみし。それはいたくの事もなかりし也。

兼好は生前においてはあくまでも歌人として世に知られていたのであった。

兼好の歌道の師は二条為世である。『兼好家集』においては、為世は「入道大納言」、為世の二男為藤は「侍従中納言殿」、為世の早世した一男為道の男為定は「民部卿殿」「御子左中納言殿」などと呼ばれている。この為定は兼好の母の一周忌の際に捧物を寄せていることが、『新千載和歌集』巻第十九哀傷歌の贈答歌から知られる。

兼好法師が母身まかりにける一めぐりの法事の日、ささげ物にそへて申しつかはし侍りし　前大納言為定

別れにし秋は程なくめぐりきて時しもあれとさぞしたふらん　(二二六一)

返し　兼好法師

めぐりあふ秋こそいとどかなしけれあるをみしよは遠ざかりつつ　(二二六二)

頓阿とは親交があったようである。頓阿が母の喪に服していた年の春取り交した贈答歌が、『兼好家集』に見出される。

頓阿母のおもひにてこもりゐたる春、雪ふる日つかはす

はかなくてふるにつけてもあは雪のきえにしあとをさぞしのぶらむ　(二一一)

返し

なげきわびともにきえなでいたづらにふるもはかなき春のあはゆき　(二一二)

また、『草庵集』によれば、この頃兼好は人々に和歌を勧進していたらしい。頓阿はそれに応じなかったようである。

母の思に侍し比、兼好歌をすゝめ侍し返事に

おもへたゞつれなき風にさそはれしなげきのもとはことの葉もなし　(一二三〇)

しかしながら、兼好勧進の「浄光明院三首」には応じている(一一二三)。浄光明院は後に言及する仁和寺の院家浄光

院と同じものであるかもしれない。兼好が頓阿の草庵にやって来て、共に詠歌することもあった。やはり『続草庵集』に見出される、次の折句歌の贈答も、この二人のこまやかな心の通い合いを物語るものとして、よく知られている。

世中しづかならざりし比、兼好がもとより、「よねたまへ、ぜにもほし」といふことを沓冠にをきて

よもすゞしねざめのかりほ手枕もま袖も秋にへだてなきかぜ　(五三九)

返し、「よねはなし、ぜにすこし」

よるもうしねたく我せこはてはこず猶ざりにだにしばしとひませ　(五四〇)

やはり四天王の一人、浄弁とも親しかったらしく、彼が筑紫へ下向する際には火打石を餞に贈っている。

皇室関係では、後二条天皇の一宮、邦良親王と和歌の上での交渉が多かった。

文保二年(一三一八)二月二十六日、第二十七段に描写されているように、花園天皇が譲位して、再び大覚寺統の後醍醐天皇の代となった。ややあって、三月九日、邦良親王が東宮に立てられている。この背景には、大覚寺統内部での分裂の危機を回避しようという努力が潜んでいるのであろう。しかし、この親王は正中三年(一三二六)三月二十日、二十七歳で世を去ったので、「前坊」と呼ばれる。兼好はこの親王の歌合に一度ならず作品を寄せている。また、次に掲げるようなくつろいだ連歌の付合いの存在は、兼好がこの親王に親近していたことを想像させるに十分である。

前坊御まへに○《月の夜》権大夫殿などさぶらはせ給て、みきなどまいりて、(し)《御連歌ありし》に、けんかう候よし、人の申されたりければ、御さかづきをたまはすとて

まてしばしめぐるはやすきをぐるまの

といひをかれて、つけてたてまつれとおほせられしかば、たちはしりてにげんとするを、
ながとしのあそんにひきとゞめてせめられしかば
かゝる光の秋にあふまでと申す　（二七八）

次に、第二百三十八段において、「当代」と呼ばれている後醍醐天皇の関係では、建武二年（一三三五）の「内裏千首」と呼ばれる続歌において、頓阿らとともに題を与えられて、七首を詠進している。そのうちの二首を左に掲げる。

春殖物
久方のくもゐのどかにいづる日のひかりにゝほふ山ざくらかな　（一七〇）

雑地儀
せり川のちよのふるみちすなほなるむかしの跡はいまやみゆらん　（一七六）

この年の後半には早くも天皇の理想とした新政が破綻し、足利尊氏が叛旗を翻しているが、おそらくそれ以前の詠であろう。当の尊氏も「あづまに侍りけるに、題をたまはりて」（『新千載和歌集』冬歌、雑歌上）、この千首歌に参加したことが知られるのである。兼好は天皇統治下のこの国の静謐をことほぎ、天皇自ら『建武年中行事』を撰ぶといった復古的な風潮を讃えたのであった。

その後まもなく、日本国は南北朝動乱に突入する。この間、兼好は吉野を訪れ、『吉野拾遺』の著者「隠士松翁」と語り、後宇多法皇の時代を回顧したということが同書に記されているが、もとより偽書であることが明白の同書の記述であるだけに、信じがたい。『園太暦』や『賢俊僧正日記』などの記録類は、尊氏配下の武将高師直や権力者に近かった醍醐三宝院の賢俊に接近している兼好の姿を伝えている。『太平記』巻第二十一塩谷判官讒死事に語られる、

師直のための艶書代筆も虚構とのみは言い切れないものがある。『兼好家集』には人に代って詠じた恋の歌も含まれているのである。

しかしながら、それも所詮は世に処するための一つの姿勢であったのであろう。その心情や知性、教養からいっても、一遁世者にすぎない兼好が、南北のいずれかに加担するということはおそらくなかったと思われる。

兼好の没年

兼好がいつ世を去ったかも、明かではない。『大日本史料』第六編之十三(大正三年三月刊)においては、「南朝正平五年　北朝観応元年」の四月八日の条に、「卜部兼好死ス」として、関係史料を掲げている。その拠り所となるものは、

兼好法師、観応元年四月八日、

右法金剛院之過去帳、

という、諸寺過去帳下の記載である。

しかしながら、観応元年(一三五〇)四月八日以降も彼の生存を知りうる文学関係の資料が存在する。

その一は、観応元年四月下旬に成立した『玄恵法印追善詩歌』(井上宗雄・久保田淳・樋口芳麻呂・和田茂樹編　未刊国文資料『頓阿法師詠と研究』所収、歌番号も同書による)に兼好の和歌二首が見出されることである。法印玄恵(玄慧)は観応元年三月二日に没した。彼の死は『太平記』巻第二十七直義朝臣隠遁事付玄慧法印末期事の条に、感傷的な美文をもって綴られている。そして、その五旬の忌に当る同年四月下旬(二十一日か)、追善詩歌が催されたのであるが、そこ

で、兼好は和歌作者の一人として、

福智無比分

よもの山人のたからも一ことのみのりにまさるものなかりけり　（四六）

あすからはあすともまたぬ水のあわのありとみるまの世にこそ有けれ　（四七）

という二首を詠じているのである。それゆえ、彼は四月下旬に健在であったと思われる。

その二は、やはり観応元年八月上旬に詠ぜられたと考えられる、『二条為世十三回忌品経和歌』（前掲書所収）である。為世は建武五年（一三三八）八月五日、八十九歳で世を去ったので、観応元年がその第十三年に相当することになる。供養和歌は当然命日の八月五日にまとめられたのであろう。兼好はこれにも参加し、阿弥陀経の心と懐旧の題を、それぞれ次のように詠じている。

詠阿弥陀経和歌

兼好

ことならば秋くるかたに花すゝきなびく葉末の露もみたれじ　（一三五）

懐ゝ

遠ざかるわかれと何かおもふらむたゞそのまゝの秋の夕暮　（一三六）

その三は、兼好の真筆と認められる、薄金家蔵『続古今和歌集』の奥書である。すなわち、同本巻下に、

正平六年辛卯十二月三日

感得此本秘蔵ゝゝ

とあるという。次田香澄はこの奥書の一字一字を兼好の真蹟類と対照して、これを真筆と認定し、南朝の正平六年、すなわち北朝の観応二年十二月、兼好はなお健在であるとした(「兼好の終焉伝説と歿年」『国語と国文学』昭和二十九年十一月)。

その四は、加点者として兼好の名を有する『後普光園院殿御百首』(『続群書類従』巻第三百八十九、第十四輯下所収)の存在である。すなわち、二条良基の百首歌である同百首には「観応三年八月廿八日」の日付を有する跋文のごとき文章が付されているのであるが、そこに加点者として、頓阿・慶運・兼好の三人が名を連ね、頓阿は六十八首、慶運は七十一首、兼好は四十二首に合点したことが知られるのである。これによれば、兼好は少くとも観応三年(一三五二)の秋までは生存していたことになるであろう。

しかしながら、これ以後の兼好の消息は明かではない。金子金治郎は『実隆公記』文亀三年(一五〇三)七月十九日の条により、兼好は仁和寺の院家浄光院で死を迎えたかと想像している(「晩年の兼好法師」『国文学攷』第十二号、昭和二十九年十一月)。生没年ともに不明なのであるから、没年齢も全くわからないが、おそらく七十歳ほどではあったであろう。彼はこの点に関しては、「長くとも、四十に足らぬほどにて死なんこそ、めやすかるべけれ」という徒然草第七段での主張と著しく背馳していることになる。

徒然草の成立と読者

徒然草がいつ書かれたか、また、その最初の読者としてどのような人々が想定されていたのかという問題も、この随筆をいささかでも研究的に読もうとする際に、誰しもが直面してきた多年の難問である。

まず、いつ書かれたかという、成立年次の問題については、作品に登場する人物の呼称や史的事実などからその時期を割り出すという方法が、既に江戸時代から試みられているが、国文学においてこの方法を徹底させることによって、徒然草の成立に関してある意味では明確な答を出したのは、橘純一である。橘の説はいくつかの論考に繰り返されているが、最終的なものとして、日本古典全書『徒然草』の解説によってこれを紹介すれば、この作品の成立時期についてここでは「第一推定」「第二推定」と呼ぶ二つの回答を用意している。その「第一推定」は、後醍醐天皇の元徳二年(一三三〇)の末から翌元弘元年(一三三一)の秋にかけての約一箇年のうちのある期間、「第二推定」は、元徳元年(一三二九)八月末前後から元弘元年秋までとするのである。いずれの場合も、この作品が「大体現在見るやうな形において逐段に書きつがれていつたものだといふこと」、そしてまた、第二百三十八段の「当代」は後醍醐天皇をさすということを前提としている。「第一推定」において、元徳二年の末という上限が提示されているのは、第百二段に登場する弾正尹源(中院)光忠が権大納言に任ぜられたのが元徳二年十一月七日であることによる。一方、二様の推定に共通する元弘元年秋という下限は、第二十五段に「無量寿院ばかりぞ、そのかたとて残りたる」と書かれている無量寿院は、『花園院御記』によって、元弘元年十月七日に焼失したことが確かめられることに基くものである。橘氏は当初、「第一推定」に相当する考えを唱えたのであったが、それでは余りに短時日に成ったことになるという批判を受け止めて、「第二推定」を試みたのであろう。が、いずれにせよ、第百三段に登場する「侍従大納言公明卿」の「大納言」は、「何等か誤あるもの」とされて、成立年代推定の考証に際しては除外されている。侍従中納言藤原(三条)公明が権大納言に任ぜられたのは延元元年(一三三六)五月二十五日のことであるが、徒然草の執筆時期をこの事実以後とすると、他の点において整合していた氏の考証が成立しなくなると考えられるからである。このような手続きを経た結果、氏は「兼好のやうな叡智の人を以てしても、元弘元年秋以後における大変革を予想し得なかつたのであらう」と言う。すなわち、この作品は南北朝動乱勃発の直前に擱筆されたと見るのである。

この橘説、特に最初発表された「第一推定」に対しては、その後幾人かの人々が批判を試みている。その一人である高乗勲は、第二百三十八段の「当代」は確かに後醍醐天皇をさすが、文保二年(一三一八)二月二十六日のその受禅から南朝の延元四年(一三三九)八月十六日没するまでの期間、この呼び方が可能であったとし、そのことから「侍従大納言公明卿」という呼び方をも取り込んだ上で成立年代を次のように推定した。すなわち、上巻は嘉暦(一三二六―一三二九)の頃、遅くとも元徳の初め頃から執筆を始め、延元元年の夏か秋頃書き上げられ、下巻は同二、三年の間に書き終った。結局、約十年間にわたって書き継がれたと見るのである(「徒然草の成作時期考」『文芸研究』第四十八集、昭和三十九年九月)。

また、安良岡康作は序段から第三十二段までと、第三十三段以降との間に思想的にも表現的にも断絶があると見る立場から、初めの部分を第一部、第三十三段以降を第二部と呼び、第一部は元応元年(一三一九)に執筆され、第二部はそれから十一年後の元徳二年(一三三〇)から翌年にかけて書かれた、更に北朝の建武三年、南朝の延元元年(一三三六)以後か、第一部と第二部がまとめられ、上下二巻に編成され、その際に若干の章段の補入や語句の補訂があったという説を提唱した(『徒然草全注釈』下巻)。

この他、常縁本を徒然草の原本の形を伝えると見る立場から、橘説を大筋において認めつつ、「侍従大納言公明卿」については後年兼好自身が改訂したとする山極圭司の説(「徒然草成立の時」『日本文学』第三十七巻第九号、昭和六十三年九月)もある。

要するに、徒然草の成立年次は依然として明かとは言いがたい。従ってまた、その最初の読者としてどのような人々が著者自身に予想されていたかも全くわからない。

ここで臆見を述べることが許されれば、この作品が橋説の主張するように短時日に執筆され、成立したと見ることに対しては、懐疑的にならざるをえない。執筆に要した年数と編集に要した時日とは区別して考えるべきであろう。成立年次考証に際して「侍従大納言公明卿」を除外したことも問題であると考える。大体においては元弘の乱直前に執筆を終えているのであろうが、南北朝動乱突入後に若干の改訂や補筆もありえたのではないであろうか。そして、最初の読者としては、上層貴族よりも、かつて自身が属していたような社会階層の人々、教養を求める武士や僧侶などが想定されていたのではなかったであろうか。

徒然草の諸本

この作品は近世初頭以来、ほとんどの場合、烏丸光広が校訂した烏丸本およびその系統の本によって読まれてきた。古典文学作品にありがちな異本らしい異本は存在しないと考えられていた時期もあった。

けれども、昭和の初めに、正徹が書写した本、本文に関する注記や衍文を有し、一章段(第二百二十三段)の位置が烏丸本とは著しく異なる正徹本が紹介され、昭和三十年代にはさらに大幅に段章の配列が異なる伝東常縁筆本、いわゆる常縁本が知られ、その他の異本の存在も報告されるに至って、やはり徒然草も複雑な伝来の過程を経た作品であることが明かになってきた。一つの試みとして徒然草の数多くの写本を、烏丸本系統、幽斎本系統、正徹本系統、常

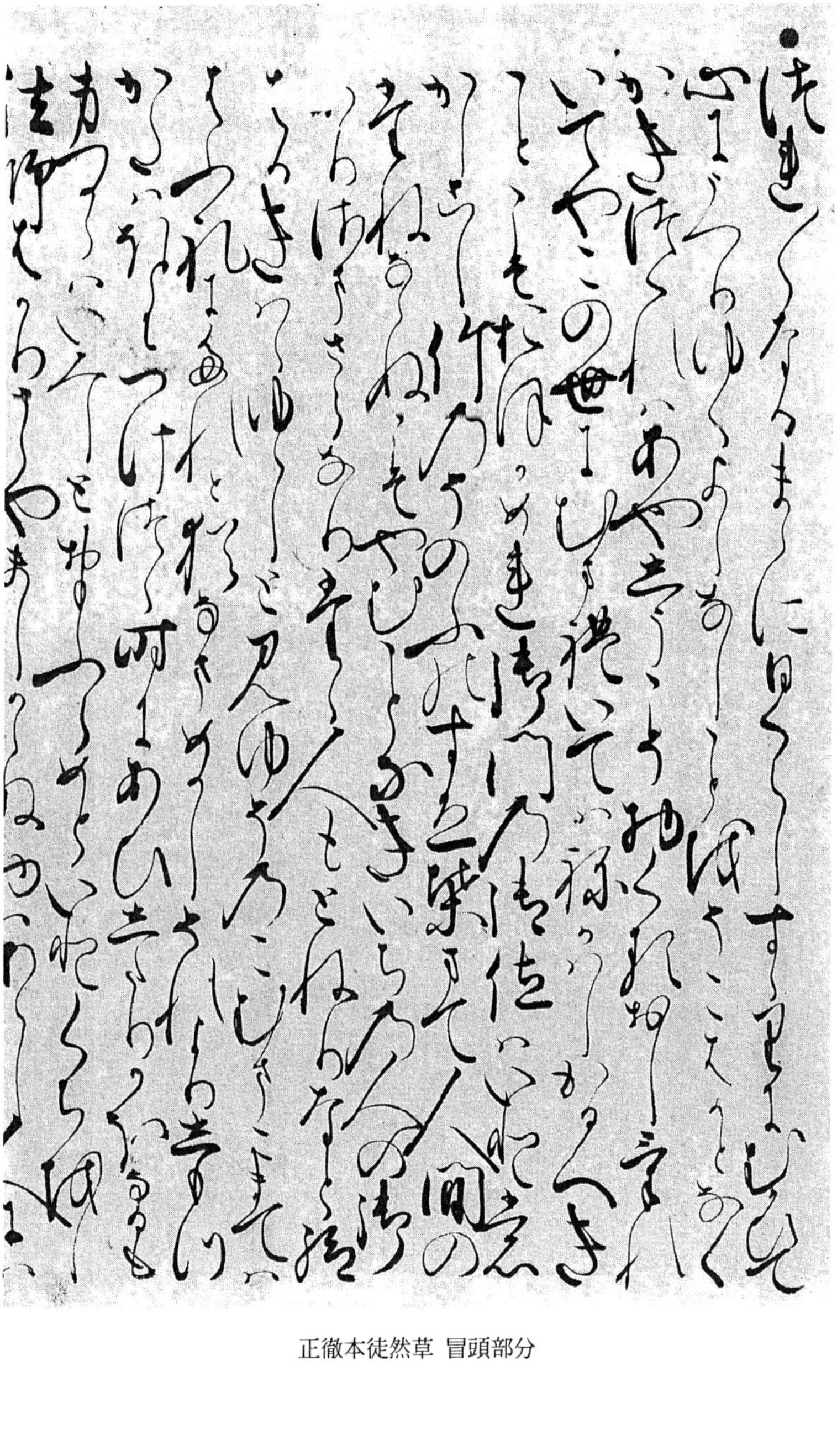

正徹本徒然草　冒頭部分

縁本系統の四系統に分かち、その派生の経路を考える立場もあるが、それも現段階においてはあくまでも一つの試案にとどまるものであって、この作品の流伝の跡は未だ明かになったとは言うことができない。

本書においては、正徹本を底本としてこの作品を読むこととした。正徹本は現存する諸本の中で最もその書写が古く、本文的に注目すべきであると言われながら、烏丸本系統の本文の校合本として用いられる程度で、正徹本そのものによって徒然草を読もうという試みは、川瀬一馬の手に成る二種の校注本を除いて、従来見られなかった。そして、もっぱら本文的に安定している、永い間親しまれてきたという理由によって、烏丸本系本文が徒然草の翻刻注釈書を独占してきたのであった。

しかしながら、前にも述べたような多岐にわたる異本の出現は、研究者にこの作品の本文の問題、成立の問題を根本から考え直すことを求めているのである。本文的には不安定な点をとどめている正徹本をあえて底本としたのも、これを機にこれらの問題を出発点から考え直そうとするからに他ならない。

兼好の感性と思想

徒然草の作者はさまざまな姿勢をとって、読者の前に現れる。

簡潔にこの書の内容を言いおおせて書名の由来ともなった、余りにも有名な序段ののちに、彼はまず、

いでや、この世に生れ出でば、願はしかるべきことこそ多かめれ。

と、この世に生きる一人の人間として、理想的な在り方や望ましくない状態を、種々の観点から論評したあげく、

手などつたなからず走り書き、声おかしくて拍子取り、いたましうする物から、下戸ならぬこそ、男はよけれ。

と結ぶ。この一段から窺われる作者像は、世俗的関心をも十分に持ち合せている、いわば常識人の姿である。

よろづにいみじくとも、色好みならざらむ男は、いとさう〴〵しく、玉の盃の底なき心ちぞすべき。

と書き出される第三段や、色欲の誘惑に屈することを強く戒めつつも女性の魅力を説く第八・九段からも、また奇談・巷説の類に少からず関心を示し、高僧の渾名の由来や法師の失敗談を第三者として冷静に書き留めているところからも、同様の姿が想像されるであろう。

けれども、「まめやかの心の友」は求めがたいのだ、人間は結局孤独な存在なのだという認識を述べた第十二段や、

人遠く、水草清き所にさまよひ歩きたるばかり、心慰む事はあらじ。

と結ぶ第二十一段などでは、離俗的な志向の著しい作者の姿が浮びあがってくる。ひたすら古典の世界に没入し、古人と対話する楽しみを述べた読書論(第十三段)や、

何事も古き世のみぞ慕しき。今様はむげに賤しうこそ成行くめれ。

と、器物や言葉遣いなどを例に、ほとんど論理を超越して古代をたたえ、自身の生きる「今様」を言いおとしめる第二十二段などから受ける印象も、現実社会を白眼視した反俗的人物としての作者を想像させる。

古代を憧憬する作者は、古代的習慣を色濃く留めている宮廷や神社などからかもし出される情趣を礼讃し、また昔物語の登場人物にも似た優雅な男や女が情感溢れる設定のもとにしめやかに語らう場面を好んで取上げて描く。また、王朝文化を彩ってきた数々の年中行事や草木などへの愛惜の念を縷々と述べる。それらの章段においても優先するのは作者自身の感性や感覚であって、論理的なものはすべて捨象されているかに見える。

しかしながら、世人の迷妄を衝き、無常の道理を述べる段になると、その筆致はにわかに論理的な色彩を帯びてく

る。我々はその例を、第三十八段・第九十一段・第九十三段・第百五十五段・第百八十八段などに見出すであろう。そしてまた、感性的な対象の把握から始まって、いつしかそれが論理的な認識に帰結する場合もある。「花はさかりに、月はくまなきをのみ、見る物かは」と書き起されて、

閑かなる山の奥、無常の敵、きおひ来らざらむや。その死に臨めること、敵の陣に進めるに同じ。

としめくくられる第百三十七段はその例である。

無常の理を説き、迷妄からの覚醒をうながすという点では、他者に働きかける説経師にも通ずる姿勢がないとは言えないが、しかし作者の物言いは他者よりもむしろ自己に向かって発せられているような口吻も感ぜられる。

日暮れ、道遠し。吾生すでに蹉跎たり。諸縁を放下すべき時なり。信をも守らじ。礼義をも思はじ。此心を得ざらむ人は、物狂いとも言へ、うつゝなし、情なしとも思へ。譏るとも苦しまじ。褒むとも聞き入れじ。

という、ほとんど激語といってよい文体の言葉で終る第百十二段などにおいて、その感が深いが、弓術の稽古を例に、「懈怠の心」を戒める第九十二段も、他者への説示よりは自身への慨嘆に終っている。

が、尚古趣味にせよ、無常の認識にせよ、所詮は作者個人の問題であって、彼が現実社会に働きかける性質のものではない。

それでは、この作者は現実社会とは一切関わろうとしないのかというと、そうではない。

人の才能は、文明かにして、聖の教へを知れるを第一とす。

という一文に始まる第百二十二段では、「文武医の道」に加えて、料理や工芸までをも社会人が身につけるべき才芸として挙げている。作者自身がそれを実践していたかいなかは別として、ここには第一段に通ずる、現実世界に生き

る人間のための提言が見出されるのである。いくつかの章段で繰り返し為政者の奢侈を戒めているところも、この作者が気ままな市隠であるとともに、あるべき政治、あるべき社会についても硬骨な意見を持っていた知識人であったことを物語っている。

備忘録的な章段にしても、それらはしばしば実用性、実効性を有する知識によって裏打ちされている。「めなもみといふ草」の効用を述べた第九十六段や、火炉への火の置き方を説いている第二百十三段などはその例である。この作者は、

後世を思はむ者は、糂汰瓶一つも持つまじきこと也。持経、本尊に至るまで、よき物を持つ、よしなきなり。

上臈は下臈になり、智者は愚者になり、徳人は貧になり、能ある人は無能になるべきなり。

といった「尊き聖」の言葉に深い感銘を受けながらも、自身は所持品に関する好みのやかましい人であり、決して愚者や無能な人物になりえない人であった。

このような複雑な人物の精神の坩堝であるこの作品に対して、一つの決まった読み方などというものがあろうとは考えられない。道念の書、処世哲学の書、趣味の本といったたぐいのレッテルは、すべてこの作品の一面しか捉えていないと思われる。とすれば、われわれもそれぞれの生のさまざまな折節に、著者と旧知の間柄のごとく馴れあうことなく、常に覚めた目でこの書に向かう他に、すべは無いのではないだろうか。

兼好略年表

＊南北両朝並立の時代は、年号・天皇の諡号ともに併記し、南朝は右、北朝は左に掲げた。
＊閏月は⑦のごとく丸で囲んだ。
＊人名の下の（　）内の数字は享年、ゴチック体漢数字（一〇七など）は徒然草の段数を示す。

西暦	年号	事項
一二八三	弘安六	是歳？　兼好誕生
一二八九	正応二	10・9 久明親王将軍として東下、源(堀川)基俊その供として随行する
一三〇三	嘉元元	12・19 新後撰和歌集撰進
一三〇五	三	9・15 亀山法皇没(57)一〇七
一三〇八	延慶元	8・25 後二条天皇没(24)、花園天皇践祚
一三一一	応長元	4・25 この頃疫病流行。その直前か、鬼女上京の流言あり 五〇
一三一二	正和元	3・28 玉葉和歌集撰進
一三一三	二	9・1 兼好、六条三位有忠より山科小野庄の田を購入する。田地売券に「兼好御房」とあり
一三一六	五	1・19 源(堀川)具守没(68)一〇七
一三一八	文保二	2・26 花園天皇譲位、後醍醐天皇践祚 二七
一三一九	元応元	4・3 源(堀川)基俊没(59)九九・一六三
一三二〇	二	8・4 続千載和歌集撰進、兼好一首入集
一三二二	元亨二	4・27 兼好、山科小野庄の私領名田を柳殿塔頭に売寄進する
一三二四	正中元	6・25 後宇多法皇没(58)一三六 9・19 正中の変 11・16 兼好、古今和歌集を書写 12・13 兼好、二条為世より古今和歌集を授講 是頃か　続現葉和歌集成立、兼好入集
一三二五	二	12・18 続後拾遺和歌集撰進、兼好一首

		入集
一三二六	嘉暦元	3・20 邦良親王没(27)
一三三〇	元徳二	7・21 顕助没(37)二三八
一三三一	元弘元 元徳三	2・18 源(中院)光忠没(48)一〇三
		8・24 元弘の乱起る
一三三二	元弘二 正慶元	3・21 京極為兼没(79)一五三
		6・2 日野資朝、佐渡の配所にて斬られる(43)一五二・一五三・一五四
一三三三	元弘三 正慶二	5・22 北条氏滅亡する
		是歳 賢助没(54)三三八
一三三五	建武二	是歳 兼好、内裏千首和歌に七首詠進
一三三六	延元元 建武三	3・13 兼好、二条為定より古今和歌集を授講
		4・9 後伏見法皇没(49)
		9・11 藤原(三条)公明没(55)一〇三
一三三八	延元三 暦応元	⑦・9 兼好、古今和歌集を校合
一三三九	延元四 暦応二	8・16 後醍醐天皇没(52)三三八
一三四三	興国四 康永二	10・19 道我没(60)一六〇
一三四四	興国五 康永三	10・8 高野山金剛三昧院短冊にこの日の足利直義の跋あり。兼好参加
		是歳頃 藤葉和歌集成立、兼好入集
一三四六	正平元 貞和二	⑨・6 兼好、藤原(洞院)公賢を訪問
一三四八	正平三 貞和四	12・26 兼好、藤原(洞院)公賢を訪問
一三四九	正平四 貞和五	2・? 風雅和歌集成立、兼好一首入集
一三五〇	正平五 観応元	4・21 玄恵法印追善詩歌、兼好参加
一三五一	正平六 観応二	2・26 高師直没(?)
		10・24 足利尊氏、南朝に帰順
		12・3 兼好、続古今和歌集を書写
一三五二	正平七 文和元	8・28 後普光園院殿御百首、奥書に頓阿・慶運・兼好の名あり
一三五九	正平一四 延文四	12・25 新千載和歌集完成、兼好三首入集
一三六〇	正平一五 延文五	4・6 藤原(洞院)公賢没(70)
一三六四	正平一九 貞治三	12・? 新拾遺和歌集完成、兼好三首入集
一三七二	文中元 応安五	3・14 頓阿没(84)八三

参考文献

市古貞次　つれ〴〵種　正徹本　日本古典文学会　昭和四十七年

村井順・吉田幸一　つれ〴〵草　常縁本上下　古典文庫　昭和三十四・三十八年

桑原博史　つれ〴〵草　烏丸本上下　新典社　昭和四十六年

時枝誠記　徒然草総索引　至文堂　昭和三十年
秦　宗巴　徒然草寿命院抄　慶長六年跋　川瀬一馬解説複製本　松雲堂書店　昭和六年
林　羅山　野槌　元和七年序
加藤磐斎　徒然草抄　寛文元年
高階楊順　徒然草句解　寛文五年
北村季吟　徒然草文段抄　寛文七年
浅香山井　徒然草諸抄大成　貞享五年
契　沖　徒然草鉄槌書入　元禄三年以前成　契沖全集第十六巻　岩波書店　昭和五十一年
黒川由純　徒然草拾遺抄　貞享三年成　未刊国文古註釈大系第十六冊　帝国教育会出版部　昭和十四年
橘　純一　正註つれ〳〵草通釈上中下　瑞穂書院・慶文堂書店　昭和十三・十六年
山田孝雄　つれ〳〵草　宝文館　昭和十八年
武田祐吉　徒然草新解　山海堂　昭和二十一年
橘　純一　徒然草（日本古典全書）　朝日新聞社　昭和二十二年
川瀬一馬　徒然草（新註国文学叢書）　講談社　昭和二十五年
田辺　爵　徒然草諸注集成　右文書院　昭和三十七年
安良岡康作　徒然草全注釈上下（日本古典評釈全注釈叢書）　角川書店　昭和四十二・四十三年
永積安明　徒然草（日本古典文学全集）　小学館　昭和四十六年
木藤才蔵　徒然草（新潮日本古典集成）　新潮社　昭和五十二年
三木紀人　徒然草㈠㈡㈢㈣（講談社学術文庫）　講談社　昭和五十四・五十七年
西尾実・安良岡康作　新訂徒然草（岩波文庫）　岩波書店　昭和六十年
稲田利徳　徒然草上下（日本の文学 古典編）　ほるぷ出版　昭和六十一年
西尾　実　兼好法師家集（岩波文庫）　岩波書店　昭和十二年
東京帝国大学　大日本史料　第六編之十三　大正三年
岩橋小弥太　史料採訪　大日本出版社峯文荘　昭和十九年
冨倉徳次郎　卜部兼好（人物叢書）　吉川弘文館　昭和三十九年
風巻景次郎　中世圏の人間（風巻景次郎全集第八巻）　桜楓社　昭和四十六年
林　瑞栄　兼好発掘　筑摩書房　昭和五十八年
井上宗雄　中世歌壇史の研究 南北朝期　明治書院　昭和六十二年改訂新版

新日本古典文学大系 39　方丈記 徒然草

1989 年 1 月12日　第 1 刷発行
2010 年12月 6 日　第10刷発行
2016 年 6 月10日　オンデマンド版発行

校注者　佐竹昭広《さたけあきひろ》　久保田淳《くぼたじゅん》

発行者　岡 本　厚

発行所　株式会社 岩波書店
〒 101-8002 東京都千代田区一ツ橋 2-5-5
電話案内 03-5210-4000
http://www.iwanami.co.jp/

印刷／製本・法令印刷

ISBN 978-4-00-730435-4　　Printed in Japan